陳水雲
昝聖騫 注譯
王衛星

新譯清詞三百首

三民書局 印行

刊印古籍今注新譯叢書緣起

劉振強

人類歷史發展，每至偏執一端，往而不返的關頭，總有一股新興的反本運動繼起，要求回顧過往的源頭，從中汲取新生的創造力量。孔子所謂的述而不作，溫故知新，以及西方文藝復興所強調的再生精神，都體現了創造源頭這股日新不竭的力量。古典之所以重要，古籍之所以不可不讀，正在這層尋本與啟示的意義上。處於現代世界而倡言讀古書，並不是迷信傳統，更不是故步自封；而是當我們愈懂得聆聽來自根源的聲音，我們就愈懂得如何向歷史追問，也就愈能夠清醒正對當世的苦厄。要擴大心量，冥契古今心靈，會通宇宙精神，不能不由學會讀古書這一層根本的工夫做起。

基於這樣的想法，本局自草創以來，即懷著注譯傳統重要典籍的理想，由第一部的四書做起，希望藉由文字障礙的掃除，幫助有心的讀者，打開禁錮於古老話語中的豐沛寶藏。我們工作的原則是「兼取諸家，直注明解」。一方面熔鑄眾說，擇善而從；一方面也力求明白可喻，達到學術普及化的要求。叢書自陸續出刊以來，頗受各界的喜愛，使我們得到很大的鼓勵，也有信心繼續推廣這項工作。隨著海峽兩岸的交流，我們注譯的成員，也由臺灣各大學的教授，擴及大陸各有專長的學者。陣容的充實，使我們有更多的資源，整理更多樣化的古籍。兼採經、史、子、集四部的要典，重拾對通才器識的重視，將是我們進一步工作的目標。

古籍的注譯，固然是一件繁難的工作，但其實也只是整個工作的開端而已，最後的完成與意義的賦予，全賴讀者的閱讀與自得自證。我們期望這項工作能有助於為世界文化的未來匯流，注入一股源頭活水；也希望各界博雅君子不吝指正，讓我們的步伐能夠更堅穩地走下去。

自序

我從事明清文學教學二十餘年，發現有一種特殊現象：人們對於明清小說戲曲多耳熟能詳，但對於明清詩詞發展概貌瞭解不夠，往往會以其不如唐詩宋詞而輕視之。這也是五四新文化運動以來，一般人對於中國文學史的認識，但實際情況並非如此。以清代而論，它是中國傳統文學的「集大成」，詩、詞、賦、駢文等傳統文類都取得了很高的成就，不但作家多，流派多，而且作品風格呈多樣化的發展風貌，真有一種「如行陰山道上，令人目不暇接」的美感享受。

過去，因為對清代詩詞缺乏瞭解，往往有一種先入為主的偏見。如何將清代詩詞的真實面貌介紹給一般讀者？我在武漢大學嘗試開設「明清詩詞欣賞」的課程，想通過這種普及性的教學實踐，全面介紹明清詩詞的藝術成就，力圖改變人們對於明清詩詞實際成就認識的不足。二〇〇九年五月，我收到蘇州大學王英志教授的來信，他說，臺灣三民書局正在組織海峽兩岸專家編選明清詩詞的普及讀本，並向三民書局編輯部推薦了我。真誠感謝王英志教授給我提供了這樣一個極好的機會，讓我通過這本書表述自己多年研治清詞的心得和體會。

二十世紀以來，清詞選本眾多，比較著名的有朱祖謀《詞莂》、葉恭綽《全清詞鈔》、龍榆生《近三百年名家詞選》、錢仲聯《清詞三百首》，我們這個選本在參照諸家選目基礎上，通過選本及別集的甄別，選取詞家一百人，詞作三〇四首。在編選過程中，我們確立了這樣幾個大的原則：㈠以反映清詞發展脈絡為主線；㈡以清詞流派為重要參照系；㈢突出經典詞人和經典作品；㈣重視作品的思想性和藝術性，力圖較為全面地反映清詞真實面貌。因為清代詞史的實際成就是兩頭高中間低，對於清初，我們著重體現南北詞壇百派回流的局面；對於中葉的作品，因其成就不高，風格單一，故選錄較少，主要是突出浙派的巨大影響力和常州派的新變氣象；至於晚期的作品，則以重要詞人為中心，選錄能反映世變內容的作品，並說明清詞地域廣泛、風格多樣的發展風貌。

《新譯清詞三百首》從接受任務到正式完稿，歷時三年半，其間原委，略加陳述。二〇〇九年十月，我與三民書局簽訂了正式合同，交稿時間為二〇一一年十月。未料接受任務後不久，相繼又有其他研究任務到來，直到二〇一〇年底這部書稿還沒有完成全部工作量的四分之一。適逢在北京參加學術會議，偶遇趙伯陶老師，詢問其承擔的明詩部分的完成情況，並談到自己在寫稿過程中遇到的困難，他建議我在體例上作些調整，由原來約定的按題材分類改為按時間先後編排。在徵得三民書局編輯部的同意後，我調整了書稿的編排體例，對選目也做了大幅度的調整和改動，這樣寫作起來相對得心應手多了。

有必要說明的是，為了加快寫稿進度，我先後邀請昝聖騫、王衛星加入，他們是我指導的博士生和博士後，專業研究方向是詩詞學，有過舊體詩詞寫作的經驗，在稿件品質和工作進度上是有切實保障的。其中，聖騫參與較早，撰寫的初稿最多，衛星是後來才加入的，不僅撰有大量的初稿，而且還為我分擔了部分改稿任務，所以，這部書稿的完成得感謝聖騫和衛星的幫忙，還要感謝王英志教授的推薦和趙伯陶老師的建議。當然，更要感謝編輯先生的寬容，他們允許我們在超過合同約定期後能安心寫作，這樣才能把這部書稿做得更加完美。

陳水雲

二〇一六年三月十日

新譯清詞三百首 目次

導讀

詞作為一種重要的中國古典詩歌體裁，從唐五代興起到兩宋走向繁榮，然後是元明的中衰，再到清代的中興，經過了一千多年的發展歷程。胡適之先生認為詞的歷史有三個大的時期，從晚唐到元初為自然演變時期，自元到明清之際為曲子時期，自清初到清末為模仿填詞的時期❶，這一分期實際上揭示了千年詞史從民間走向書齋、從俗文學到雅文學的歷史進程。作為千年詞史之終結的清詞，不同於以流行歌曲在社會上流傳的唐宋詞，它已蛻變成一種以抒懷言志為其主要功能的雅文學，一種以紙本形式在文人之間流傳的案頭文學。它如長川大河匯納眾流，它博大寬廣、橫無際涯、汪洋恣肆，它作品豐富、流派眾多、風格多樣，雖然沒了唐五代詞的清新活潑，沒了兩宋詞的絢麗多姿，卻有了一種歷經燦爛之後的成熟醇厚之美。

一、清詞中興的表現

過去，有一種比較流行的說法，唐後無詩，宋後無詞。誠然，一種文體的出現有盛必有衰，但正如人的生命，不同階段會呈現不同階段的生命特徵。錢仲聯先生說：「就詞來說，宋代，譬如人的少壯

❶ 胡適〈詞選序〉，《詞選》，河北人民出版社西元一九九九年版，第二頁。

期，生命力正當旺盛，但也未必沒有疾病。清代譬如人已在中年以後，日趨於老。老當益壯，原因在於生命之火未到衰竭，光焰還是萬丈。」❷那麼，清詞的「光焰萬丈」又表現在哪些方面呢？

首先是作品數量驚人。據南京大學《全清詞》編纂研究室統計，目前已出版各斷代詞總集，唐五代有詞人一百七十餘人，詞作二千五百餘首；宋代有詞人一千四百三十餘人，詞作二萬八千六百餘首；金代有詞人七十餘人，三千五百七十餘首；元代有詞人二百一十餘人，詞作三千七百二十餘首；明代有詞人一千三百九十餘人，詞作二萬餘首；而清代，目前已出「順康卷」有詞人二千一百零五餘人，詞作超過五萬首；「雍乾卷」有詞人九百五十九餘人，詞作三萬餘首；初步估計，有清一代，詞人有一萬餘人，作品數量預計超過三十萬首。

其次，流派眾多。在唐宋也有花間派、江西派、婉約派、豪放派、典雅派等稱謂，但這些詞派大多是不自覺的詞派，而清詞流派則是非常自覺的文學流派。從明末清初的雲間派、西泠派、柳洲派，到在清代盛有影響的陽羨派、浙西派、常州派，都有非常明確的詞派意識，如陳維崧為《浙西六家詞》作序，強調在浙西詞派之外應該重視江東詞派——陽羨派；朱彝尊也認為對浙西詞派不能以地域來界定，「猶夫豫章詩派，不必皆江西人，亦取其同調焉耳矣」（〈魚計莊詞序〉）。周濟也說過「江浙別派，是亦有故」的話，他追攀的就是由張惠言開創的常州詞派——「吾郡自皋文、子居兩先生開闢榛莽，以〈國風〉、〈離騷〉之旨趣，鑄溫韋周辛之面目，一時作者競出。」（〈味雋齋詞序〉）這些詞派不但有陣營比較強大的創作隊伍，而且還有明確的理論主張，對推動清詞的發展都作出了重要的貢獻。

第三，在清代，詞已擺脫了小道、末技的地位，成為「與詩、賦同類而諷誦之」（張惠言〈詞選序〉）的文類。在唐宋，受詞為豔科觀念的影響，當時作品大多局限於寫男女豔情，雖然也有李煜、蘇

❷ 錢仲聯《清詞三百首》〈前言〉，嶽麓書社西元一九九二年版，第三頁。

軾、周邦彥、辛棄疾等人的開拓，表現相思、惜別、悼亡、羈旅、懷古、詠史、詠物等內容，然始終未能擺脫一己之悲歡的狹小格局，以致人們對詞形成了一種「狹而深」的美感認知。但是，這一狹小格局，在明末清初有了較大的突破，當時的社會大動亂為詞的中興提供了良好的契機，詞壇上也充斥著一種類似於晚唐五代的穠豔風氣，然多能託體〈風〉〈騷〉、寄意甚深、蘊含著深沉的情感內涵，有寫亡國之哀的，有抒個體之悲的，還有寫民生之苦的。正是在這樣的創作前提下，「詞史」的觀念被提出來了。到晚清時期，列強的入侵，外侮的加重，更激發起詞壇對現實的關懷，或導揚盛烈，或慨歎時艱，出現了林則徐、鄧廷楨、周星譽、張景祁等寫海防題材的作品，從而極大地拓展了詞的表現空間，走出了尊前花間的狹小格局，也抬高了詞在傳統文類中的文體地位。

第四，清代還是詞史上理論最為成熟的時期。詞在唐宋已取得了巨大成就，但還未能上升到一定的理論高度，在清代，因為要從唐宋詞那裡借鑑成功的創作經驗，對唐宋詞史進行理論總結也就勢所必然，清代也就成為中國詞學史上詞話寫作最為豐富的時期。據有關統計，見存清代詞話已達一百四十餘種❸。在這些數量相當可觀的詞話作品裡，可以看到清代理論家閃光的思想和智慧，他們或是對唐宋詞創作經驗進行總結，或是明確打出自己的理論旗幟，提出了尊詞體、辨體性、區正變等一系列的詞學主張，並建構起有異於傳統詩學的理論體系。然而，無論是雲間派推崇晚唐五代的穠豔，還是陽羨派標榜蘇辛的豪情壯慨；是浙西派宗法姜張的醇雅作風，還是常州派推尊溫庭筠的深美閎約和周邦彥的沉鬱頓挫，都是在試圖探索一條適合時代需要的清詞發展道路。

以上所述，未必能概括清詞中興的方方面面，但卻能說明清詞相對唐宋詞而言有繼承，有發展，更有超越。

❸ 譚新紅《清詞話考述》，武漢大學出版社西元二〇一〇年版。

二、清詞的發展流變

有清一代，經過了近二百七十年的歷史進程，清詞的演進也與時代的發展同步，經過了一個從明末的初興，到順治、康熙的全盛，再到雍正、乾隆跌入低谷，然後是嘉慶、道光再度振起，到同治、光緒走向輝煌的終結，直至民國初年也還不時迭現著清詞的餘波微瀾。

(一)初期

正如吳熊和先生所說，「清詞之盛，肇於明末」❹。明末雲間派的出現，是有清近三百年詞史復興的起點，它的領袖人物——陳子龍，雖在順治四年為國捐軀，但他在崇禎時期和李雯、宋徵輿的《幽蘭草》唱和，對清詞中與產生過重要的推動作用，他提倡以晚唐五代的高渾境界為追求目標，也奠定了清初詞壇的基本格局和發展方向，像李雯和宋徵輿入清以後的作品都有濃郁的悲淒情調。

在雲間派的影響下，江浙地區比較有影響的詞派還有西泠派、柳洲派、廣陵派，比較有代表性的詞人是沈謙、丁澎、曹爾堪、吳綺、彭孫遹、王士禛等，他們大致認同雲間派的理論主張，在創作風格上也與雲間派比較接近。在上述詞派之外，還有一些重要詞人，他們歷經明亡清興的歷史慘痛，有的志向故國，積極參與反清復明運動，當復國無望後，便隱居不仕，做了遺民；有的則投入到清廷懷抱，效忠於新興的王朝，然而清初尖銳的民族矛盾衝突，使得他們在仕途上大多有過屢起屢躓的經歷。前者有萬壽祺、歸莊、今釋、王夫之、屈大均等，他們大都通過創作表達了亡國的悲哀，也抒發了自己矢志不渝

❹ 吳熊和〈柳洲詞選與柳洲詞派〉，《吳熊和詞學論集》，杭州大學出版社西元一九九六年版，第三七三頁。

的情操，在作品風格上有婉約也有豪放；後者則以吳偉業、曹溶、龔鼎孳、宋琬、尤侗為代表，他們在清初詞壇有較大的影響力，儘管入清出仕，卻也不忘故國，作品不時流露對故國的懷念之情，甚至還表達了對自己出仕行為之懺悔，也有的在作品中表達了對清廷不道行為的譴責和憤慨；他們在創作風格上或淒婉悲涼，或淩厲豪縱，是清初詞壇風格多樣化的具體表現。

在清初詞壇影響最大的是陽羨派和浙西派，前者領袖為陳維崧，後者領袖為朱彝尊，二人詞集曾合刻為《朱陳村詞》。

陳維崧為明末四公子之一陳貞慧之子，入清後家道中落，不得不依人生活，先是寄食在冒襄家，後到京師尋求政治出路，一直抑鬱不得志，曾得到過龔鼎孳的資恤，特殊的家庭背景和落拓坎坷的生活際遇，使得他胸中積壓著太多太多的抑鬱不平之氣，於是發而為詞，便有了沉雄悲壯之慨、縱橫博大之氣。他還突破傳統觀念，提出「為經為史，曰詩曰詞」的主張，在他的筆下呈現的是一個豐富的情感世界，有慨歎故國之淪亡的，有哀痛民生之多艱的，也有抒寫懷才之不遇的。他的詞在風格上以雄豪見長，以才力取勝，但也有「一覽無餘」的不足。這一派詞人還有史惟圓、任繩隗、徐喈鳳、曹亮武、蔣景祁等。

朱彝尊曾祖朱國祚在熹宗朝為大學士，但到他少年時，家道已經中落，因家貧而入贅馮氏為婿。他早年也參加過抗清鬥爭，後事敗，避難山西，依附山西按察副使曹溶，為幕僚，後轉至龔佳育幕，這南北飄遊、依人作幕的生活，豐富了朱彝尊的人生閱歷，促成他寫下了傳世之作《江湖載酒集》。自稱「把平生涕淚都飄盡，老去填詞，一半是空中傳恨」（〈解佩令・自題詞集〉）。在遊幕期間，他與李良年、李符、沈岸登、沈皥日、龔翔麟相唱和，在康熙十八年結集為《浙西六家詞》，這是浙西詞派形成的一個重要標誌。這一年，汪森把自己與朱彝尊合編的《詞綜》一書刊刻行世，並通過這一詞選打出了尊南宋、宗姜張、尚醇雅、重清空的理論旗幟。也是在這一年，朱彝尊應試博學鴻詞，授以翰林院檢討，與修明史，從此，他的思想和他的詞風發生了較大變化，主張詞宜於宴嬉逸樂時歌詠盛世昇平，後期作品主要有詠物詞《茶烟閣體物集》和集句詞《蕃錦集》。

在陽羨、浙西兩派之外，尚有一些創作成就頗為突出的詞人，他們是被稱之為京師「詞壇三絕」的曹貞吉、納蘭性德和顧貞觀。曹貞吉為清初詩壇「金臺十子」成員之一，詩風悲歌慷慨，詞風亦風華掩映，雄渾豪宕，其詠史、詠物之作寄託遙深，在當時即甚得諸家之好評，他的《珂雪詞》是唯一被收入《四庫全書》的清詞別集。納蘭性德是清初著名的滿族詞人，他是康熙朝權相明珠之子，生在豪門卻倦於仕祿，自稱「我是人間惆悵客」，願做清時之賀知章，不願做漢時之東方朔。他心向江湖，常有山澤魚鳥之思，所交往者多是落落寡合、不肯媚俗的江南文人，如朱彝尊、陳維崧、姜宸英、嚴繩孫等。他的愛情詞清新活潑，他的悼亡詞哀感頑豔，他的邊塞詞清壯悲涼，在當時詞壇皆卓犖特出，被王國維稱為是「北宋以來，一人而已」的大詞人。顧貞觀與朱彝尊、陳維崧有「三絕」之目，他對朱彝尊論詞取法南宋，表示不能認同，主張填詞當自出機杼，推崇晚唐五代清新自然的作派。他的〈金縷曲〉二首，用以詞代書的方式，用家常話的表達方式，傾吐了自己為朋友在所不惜的心聲，悲之深，愍之至，可以泣鬼神矣！當時，比較著名的詞人還有秦松齡、高士奇、曹寅等，他們都各有自己的創作特色，值得關注。

(二)中葉

清代中葉的詞壇，基本上為浙西詞派所籠罩。在康熙末年，厲鶚登上詞壇，揚浙派之波，在乾隆初年掀起一股推尊南宋的熱潮。他坐館在揚州馬氏小玲瓏山館，與金農、汪沆、陳皋等相唱和，其成員還有閔華、陳撰、陳章、趙意林、趙谷林、江昱、江炳炎、張四科等。這是一個生活在雍乾盛世的「寒士」群體，「大抵皆淹雅恬退之人，闃寂荒涼之輩，擬之以賀知章、陸龜蒙、陶峴，洵無愧色……以視疏泉架石，游人闃集，篇索當途題句，筆舌互用，以驚爆時人耳目者，迥不侔矣」（伍崇曜〈沙河逸老小稿跋〉）。他們沒有顯赫的家庭出身，也沒有從政的經歷和熱情，有的只是熱衷搜尋古董、探訪山林古跡的野趣，在審美趣味和社集方式上迥異於唐宋時期的文人雅集。正如其所主張的一樣，厲鶚的詞以清婉深秀見長，有一種幽香冷豔的審美特徵，寫景、詠物、抒懷均能淨洗鉛華、力除俳鄙，但也存在著好用僻典、鑿虛鏤空的不足。

在厲鶚同時，還有一些不逐時趨的詞人或詞派，比如王時翔、王策、王輅等的小山詞社，以晚唐北宋為宗；陸震、鄭燮、蔣士銓等，接續陽羨，推崇豪放；史承謙、史承豫、儲國鈞等陽羨詞人，由外放而內斂，變雄健為幽淒。

在厲鶚之後，到乾嘉之際，浙派的影響還在持續，但其弊端漸現，以詠物為能事，性靈不存，意旨枯寂，這時求變的思想開始出現了。

先是在浙派內部漸現苗頭，正如譚獻所說，「枚庵（吳翌鳳）高朗，頻伽（郭麐）清疏，浙派為之一變」❺。像吳錫麒不再唯姜、張是尊，對周、柳、蘇、辛也有肯定；郭麐強調學習古人，應做到作者之心思才力與古人相接，然後「自抒其襟靈」，「寫其心之所欲出」，這樣方能稱之為「作者」。

接著，在浙派之外，在常州地區出現新興的詞人群體，像洪亮吉、黃景仁、趙懷玉、左輔、惲敬、張惠言等，不再以南宋為宗，不再只取姜、張一派清空醇雅之作；有的取法陽羨一路，以奇崛取勝，如洪亮吉；有的出入辛棄疾、柳永之間，以激楚悲淒見長，如黃景仁；有的出入秦觀、蘇軾之間，清俊內斂，含蓄雋永，如趙懷玉；左輔、惲敬、張惠言諸人，人生經歷大多比較坎坷，在科場和仕途上歷經挫折，所作主要是表達賢人君子幽約怨誹之情，但受儒家傳統詩教觀念的影響，呈現出來的是「低徊要

❺ 譚獻《復堂詞話》，人民文學出版社西元一九六二年版，第四二頁。

眇」的審美特徵。特別是張惠言與其弟張琦合選的《詞選》一書，提出尊詞體、區正變、主比興的理論主張，對嘉道以還的晚清詞壇產生了極其深遠的影響。近人徐珂說：「浙派乾嘉間而益弊，張皋文起而改革之，其弟翰風和之，振北宋名家之緒，闡意內言外之旨，而常州詞派成。」❻

「宛陵二張」雖打出了常州詞派的旗幟，但擴大常州詞派影響的卻是周濟、董士錫、宋翔鳳諸人。周濟先後編選有《詞辨》和《宋四家詞選》，把張惠言主張的「賢人君子之幽約怨誹」，發展為「感慨所寄，不過盛衰」的「詞史說」，把張惠言「意內言外」說修正為「非寄託不入，專寄託不出」的「寄託出入」說，對二張的思想作了進一步的闡發，從理論上完善了常州詞派的思想體系。不僅如此，他們還將常州詞派的理論主張落實到創作實踐上，如周濟的〈蝶戀花〉（絡緯啼秋啼不已）、董士錫的〈蘭陵王〉（水聲咽）便是其代表性作品。值得注意的是，乾嘉兩朝也是清代學術最為繁榮的時期，這時詞壇還出現了一批學人之詞，像凌廷堪、江藩、焦循等，他們以學為詞，注重音律，講究四聲，頗有時代特色。

(三)晚期

清代社會進入道光時期，衰世病象漸現，近代思想的先驅——龔自珍在〈乙丙之際箸議第九〉一文中明確提到衰世已經到來。他自稱，自己填詞，「不能古雅不幽靈，氣體難躋作者庭」（《己亥雜詩》），如〈臺城路〉（山陬法物千年在）一詞，既暴露了清末社會的死氣沉沉，也抒發了自己革舊圖新、挽救危局的豪情壯慨。

道光二十年（西元一八四〇年）鴉片戰爭的爆發，是中國歷史的一個轉折點，它表徵著中國社會進

---

❻ 徐珂《清代詞學概論》，上海大東書局西元一九二六年版，第六頁。

入了一個新的時代。鄧廷楨、林則徐作為鴉片戰爭時期兩位抗英主將，在唱和詞〈高陽臺〉（鴉渡冥冥）和〈高陽臺〉（玉粟收餘）裡，既揭示了鴉片給中華民族帶來的深重災難，也表達了禁煙運動初勝的快意和興奮，其作品既充滿著濃郁的憂國情懷，也表達了力不從心的悲哀和感慨。在道光、咸豐、同治時期，由於晚清政局的複雜性，也由於生活內容的豐富性，這時詞壇有一種濃厚的寫實之風，像蔣春霖寫太平天國，張景祁寫中法戰爭，葉衍蘭寫甲午戰爭，由周濟提出的「詩有史，詞亦有史」之說通過他們的作品得到了具體的印證。

總的說來，晚清詞壇，詞人眾多，流派紛呈，唱和頻繁，是一片繁榮的景象，以致有「清人詞至嘉道而復盛」❼的說法，葉恭綽先生說：「有清二百數十年，詞之造詣，實超乎其他文藝之上，至末造尤然，蓋幾乎與唐詩、宋詞並軌，故可稱為此類韻文之一大後勁，亦可云即其一大結穴。」❽

在當時，浙西詞派與常州詞派並存發展，相互吸納，具有包容色彩的地域性詞人群體漸現。像以「吳中七子」為代表的吳中詞人群體，以謹守聲律相號召，引導出晚清研討聲律的新風尚；以蔣春霖、杜文瀾、丁至和為代表的淮海詞人群體，用淒怨幽咽的詞筆，敘寫動盪不寧的社會現實，在晚清詞壇可謂獨樹一幟；以許賡皞、謝章鋌、劉家謀為代表的閩中詞人群體，標榜深情真氣，揚辛、劉之波；以葉衍蘭、陳澧、梁鼎芬為代表的嶺南詞人群體，兼取浙常兩派，或清雅雋秀，或雅健勁直；還有，以莊棫、譚獻、馮煦、陳廷焯等為代表的晚清常州詞派，通過《篋中詞》、《詞則》、《宋六十名家詞選》等選本，推揚二張的「意內言外之旨」，提出「折衷柔厚」、「沉鬱頓挫」、「憂生念亂」的創作主張，在清末民初詞壇產生了廣泛而深遠的影響。此外，姚燮、蔣敦復、項鴻祚、吳藻、顧太清，也是這一時期創作頗有成就者。

---

❼ 劉毓盤《詞史》，上海書店出版社西元一九八五年版，第一八九頁。

❽ 葉恭綽《全清詞鈔後記》，中華書局西元一九八二年版，第二〇六八頁。

到清末民初，文廷式、王鵬運、朱祖謀、況周頤、鄭文焯、王國維是這一時期重要詞人，特別是「清末四大詞人」——王鵬運、朱祖謀、況周頤、鄭文焯，「本張皋文意內言外之旨，參以凌次仲、戈順卿審音持律之說，而益發揮光大之」❾，融匯浙西派、常州派、吳中派的創作主張，把清詞上推到一個前所未有的高度。

文廷式祖籍江西萍鄉，出生在廣東潮州，曾從嶺南大儒陳澧問學，為光緒十六年恩科進士，在甲午戰爭時期力主抗戰，支持帝黨，主張變革，與盛昱、黃遵憲、志銳等交往密切。他論詞反對浙派宗法南宋，主張要廣泛涉獵百家，他自己的創作則以雄勁的作風為人所稱道，人稱：「文道希詞，有稼軒、龍川之遺風，惟其斂才就範，故無流弊。」（陳銳《裒碧齋詞話》）

王鵬運為清末四大詞人之首，他在光緒十四五年官居內閣期間，與端木埰、況周頤、許玉琢相唱和，結集為《薇省同聲集》，後與況周頤、繆荃孫、宋育仁等舉「咫村詞社」，朱祖謀、鄭文焯亦先後加入，「清末四大詞人」漸以形成。特別是在光緒二十六年，八國聯軍進京期間，他與朱祖謀、劉福姚避難在四印齋，約為同課，嗎於唱酬，寫下了悲憤慘惻的《庚子秋詞》，既表達了對列強入侵的憤慨，也抒寫了哀國憫民的心曲。至於「清末四大詞人」的其他三人，在思想上都受到王鵬運的影響，但各人在創作上也表現出鮮明的特色，如況周頤的穠豔、鄭文焯的清雅、朱祖謀的密麗等等。更值得一提的是，他們在詞學研究上的重大貢獻，由王鵬運啟動的《四印齋所刻詞》，經過朱祖謀的推衍，引發了二十世紀以來的詞籍校勘之風；由王鵬運提出的「重、拙、大」思想，經過況周頤的闡發，成為二十世紀以來影響甚巨的理論主張。王國維的《人間詞》是清詞在終結之際的一道曙光，他是在哲學上思考無法得到解脫時轉而填詞的，他以「人間」命名其詞集，表明他是把填詞作為一種人生求索的特殊方式。

❾ 蔡嵩雲《柯亭詞話》，《詞話叢編》，中華書局西元一九八六年版，第四九〇八頁。

三、清詞的時代特徵

經過近二百七十年的發展，清詞逐漸有了自己的時代特徵，它成為有清一代之詞的時代標誌。

首先是地域色彩鮮明。無論是清初的雲間派、西泠派、柳洲派，還是中期影響較大的陽羨、浙西、常州三大派，直到晚清在嶺南、揚州、吳中、粵西等地出現的詞人群體，在創作和理論上都有比較鮮明的地域性特徵，他們既繼承了這一地域的固有傳統，也適應時代的需要對舊有傳統作了改造和發展。

其次是群體性特徵明顯，唱和活動較頻繁。在清代曾經出現過眾多的詞社，這些詞社少則三五人，多則幾十人，甚至上百人，他們同題拈韻，彼唱此和，並結集刊行，影響一時，至今流傳下來的還有《倡和詩餘》、《紅橋唱和》、《秋水軒唱和》、《庚子秋詞》、《薇省同聲集》等等。

第三，在才子之詞、詞人之詞外，增入學人之詞一派。錢仲聯先生說過，清代詞人之主盟壇坫者多是學人，如朱彝尊是撰寫《經義考》的經學家，洪亮吉是經學、史學、地理學家，張惠言是《周易》虞氏學家，張琦是輿地學家，周濟是史學家，龔自珍是公羊學家……「蓋清賢懲明人空疏不學之弊，昌明實學，邁越唐宋，詩家稱學人之詩與詩人之詩合，詞家亦學人之詞與詞人之詞合。」⑩

第四，形式和風格的多樣性。在清代，不但有同調同題同韻倡和詞，而且還有以詞代書的寄贈詞，這是唐宋詞史不曾出現過的新形式。清人在創作風格上也是多樣化的，絕不局限一家一派，陳維崧以豪放見長，也有穠麗婉約風格的作品；朱彝尊以清雅之風為主，也有激昂豪宕之作；等等。總之，清詞不但特色鮮明，流派眾多，作品數量龐大，在中國詞史上占有非常重要的地位，在中國文學史也是不能忽視的一環，它說明詞作為一種抒情文學樣式進入清代以後獲得了新的生機和活力。

⑩ 錢仲聯〈全清詞序〉，《全清詞》，中華書局西元二〇〇二年版，第二頁。

1 南鄉子❶

萬壽祺

帶甲滿京華❷，落日孤城閉暮鴉。隔得南徐三百里❸，天涯。亂後零星三兩家。

夢斷碧雲賒❹，故國枌榆❺天外遮。連夕月明聽不得，悲笳❻。幾處關山雁影斜。

【作　者】萬壽祺（西元一六〇三—一六五二年），字介若，又字內景、年少，江蘇銅山人。明崇禎三年（西元一六三〇年）舉人，遊復社。順治二年（西元一六四五年），會同抗清志士起兵太湖，兵敗，僧服名慧壽、號明志道人。又與顧炎武等人共謀，事不成，抱憾終。有《隰西草堂集》。又與何堅等人以詞唱和，結為《遁渚唱和集》。壽祺身兼數長，詩文詞及琴棋書畫皆通，與閻爾梅並稱「徐州兩遺民」。

【注　釋】❶南鄉子　順治二年（西元一六四五年）五月，八旗鐵騎攻克南京，南明政權覆滅。萬壽祺與陳子龍、錢邦芑、沈自炳等忠臣烈士在太湖一帶舉兵抗清，失敗後避禍太湖斜江一帶。本詞和下一首〈蝶戀花〉詞皆作於此時。❷帶甲滿京華　意謂清軍占領明朝南都南京。帶甲，指兵士。杜甫〈送遠〉：「帶甲滿天地，胡為君遠行。」京華即京城，杜甫〈夢李白〉（其二）：「冠蓋滿京華，斯人獨憔悴。」❸隔得南徐三百里　兵敗後詞人避亂蘇州太湖附近的斜江，距南徐約三百里。南徐，今江蘇鎮江市的古稱。東晉以京口（即今鎮江市）為治所僑置徐州於江南，南朝宋稱南徐，入隋後廢。❹賒　遠。❺枌榆　指枌榆社，漢高祖故鄉豐縣的里社名，在今江蘇徐州豐縣東北。❻悲笳　悲涼的笳聲。笳，古管樂器名，漢時流行於塞北、西域一帶，清代形制有三孔，木製，兩邊彎曲。

【語　譯】昔日繁華的南京城，如今到處都是帶甲的清兵。天晚日落，有幾隻歸巢的烏鴉，在緊閉的城門上飛過。鎮江遠在三百里外，我已經流落到天涯。四顧茫茫，大亂後的江南，只剩下三兩戶人家。　我的夢被隔斷在碧雲深處。故國社稷，故鄉枌榆，遠在天邊。月明照人，我怎堪忍聽這夜復一夜，從遠方傳來的悲笳聲。幾隻歸來的大雁，在空中發出悲鳴之聲，在破碎的關山上畫下幾道橫斜的影子。

【研析】這首〈南鄉子〉寫得「清蒼哀涼，潛氣積鬱」（嚴迪昌《清詞史》），是明末清初易代之際志士仁人心志的真實寫照。

上片，寫自己流落天涯。「帶甲滿京華，落日孤城閉暮鴉」，起筆凝重而哀傷。西望故都，硝煙未散，軍士帶甲，氣氛肅殺。戰事掃蕩著一切生靈，從前自己與朋友在這裡「良夜高集，望舒南流，舉觴賦詩」（〈建業聯句詩序〉），如今這曾經的「江南佳麗地」已是一派蕭條景象，沒有了往日的生機。詞人身處斜江，離鎮江只有三百里，但在他看來卻是如隔天涯。對心無所依的人來說，「天涯」從來都不遠；何況眼看著國都被攻陷、國朝被顛覆、國人被殺戮呢？詞人巧妙利用了詞調的體制，讓這短處的「天涯」兩字，讀來倍覺傷感。戰敗後，萬氏與一二友人藏身太湖，孤獨無援，淒涼無比。「亂後零星三兩家」，是寫實，也是寫內心深處的悲涼，國已不存，人何以附？

下片，由自己的流落聯想到故園的衰敗，更聯想到已經不存在的故國。「夢斷碧雲賒，故國枌榆天外遮。」明朝大勢已去，志士復國難成，連夢都到不了在天邊碧雲外的故國與家園。「枌榆」即漢高祖枌榆社，是一典多用，既象徵著社稷，也象徵著故鄉。「遮」字與上片「閉」字遙相呼應：今日城中已是別家之天下，今日國中何處是遺民容身之所？「連夕月明聽不得，悲笳」，再一次利用詞調格式上的特點，在不經意之中凸顯了「悲笳」意象。這悲笳之聲夜夜嗚嗚，在明月映照下的孤城上回蕩，也在詞人和讀者的耳畔回蕩！「幾處關山雁影斜」，是以景結情，「水闊雲深，路遠日沉沉」（〈思帝鄉・獨感〉），詞人遠在天涯，不能返回自己的家鄉，不能回到自己的故國，只能苦笑地看著南歸的雁影斜飛過關山。全詞抒家國之痛，幾乎不用典故，也不費雕琢之功夫，卻寫得情調悲愴，感情凝重。

2 蝶戀花

京口❶

萬壽祺

荊楚東來增古戍❷。鐵甕城❸西，月下前朝樹。風景不殊❹天四宇❺，驚飆❻驅雁誰為侶？洲渚年年芳草渡。依舊江山，擺到丹陽住❼。瑟瑟秋聲吹暮雨，夜深不見潮回去❽。

【注釋】❶京口　今江蘇鎮江市，這裡實是代指南明故都南京。❷荊楚東來增古戍　意謂京口歷史悠久，為戰略要地。荊楚即今湖北等地。古戍，古時軍事堡壘，這裡代指戰事。❸鐵甕城　指京口子城（今江蘇鎮江市），三國時孫權所築，名取雄險堅固之意，一說其形若甕。❹風景不殊　暗指鼎革之變。《世說新語・言語》：「過江諸人，每至美日輒相邀新亭，藉卉飲宴。周侯中坐而嘆曰：『風景不殊，正自有山河之異。』皆相視流淚。唯王丞相愀然變色曰：『當共勠力王室，克復神州，何至作楚囚相對！』」劉孝標注曰：「《丹陽記》曰：『新亭，吳舊立。先基崩淪，隆安中丹陽尹司馬恢之徙創今地。』」❺天四宇　猶言四方天下。《文子・自然》：「往古來今謂之宙，四方上下謂之宇。」❻驚飆　突發的狂風。❼依舊江山二句　意謂動盪的山河到了京口重新獲得穩固，強調了京口扼要的地理位置。丹陽，清時設丹陽縣屬鎮江府，即今江蘇丹陽。❽夜深不見潮回去　意謂國家已經覆滅，作為遺民感情也沒有了著落。唐劉禹錫〈金陵五題・石頭城〉：「山圍故國周遭在，潮打空城寂寞回。」宋毛滂〈惜分飛〉：「今夜山深處，斷魂吩咐潮回去。」

【語譯】古老的京口要塞，在東鎮守著荊楚大地。鐵甕城西邊，故國林木沐浴著明淨的月色。四面周遭，風景依然，但換了人間！狂風突然而來，正驅趕著孤雁，誰能來與牠為伴？渚清沙白，野渡邊的芳草，年年萋萋。故國山河依舊，我想擺渡到京口。秋聲瑟瑟，暮雨瀟瀟。夜深矣，只聽得潮聲陣陣，卻看不見潮水返回。

【研　析】本詞以「京口」為題，並多用與京口相關的典故，實際上是為憑弔南京南明政權而發。開篇三句，言鎮江位置之險要與歷史之悠久。「荊楚東來增古戍。鐵甕城西，月下前朝樹。」「古戍」、「鐵甕城」，說明鎮江在地理位置上的特殊性，這是自古以來的軍事要衝。在戰爭時期下，京口越是險固，歷史就越顯得悲愴，這裡曾經上演過多少場激烈的爭戰！淮揚之地是吳頭楚尾，始建鐵甕城的孫權，也曾成就「坐斷東南」的霸業，詞人以前者起筆，以後者點綴，一片雄心壯志歸於悵惘之中。遺民當然不願意認故國為「前朝」，然而這卻不能阻止當年手植的林木成為「前朝樹」。舉目四顧，大有「風景不殊，正自有山河之異」之慨，可是能如王導一樣戮力王室、奠定東南的英雄今又何在？歇拍一句，「驚飈驅雁誰為侶」，振起憤懣之情。兩三遺民志士，直如狂風中離群之雁，備受摧殘而已！

過片三句，由自身處境轉到題面京口，由眼前之景回溯到歷史時空。「芳草渡」與「前朝樹」相呼應，多少次鐵蹄踏過，多少次芳草萋萋再生，春風年年染綠江南，烈士心中，壯志還在否？據史載，詞人從來就沒有放棄過恢復之志，僧服後還「錫杖訪才傑」，掛念「五年江上客，今有幾人還」（〈行腳〉）。但此刻，在舉兵失敗後，逃難在湖山之間，詞人的幽淒心境可以想見。結拍兩句，「瑟瑟秋聲吹暮雨，夜深不見潮回去」，以秋聲、暮雨、深夜、寒潮構景，這一系列意象烘托出「江山依舊，故國何在」的悲感。「夜深不見潮回去」，是用劉禹錫〈石頭城〉詩意，表達故國亦如東去不回的潮水。宋人毛滂名句「斷魂吩咐潮回去」，表達了綿綿無盡的相思；此處「夜深不見潮回去」略加變化，傳達了「精衛徒生滄海恨，鼇靈不斷蜀山心」（〈雙調・望江南・秋悵〉）的遺民之痛，堪稱雙璧。

3　浪淘沙　楊花❶

李　雯

金縷❷曉風殘，素雪❸晴翻，為誰飛上玉雕欄❹？可惜章臺❺新雨後，踏入沙間！沾惹❻忒❼無端，青鳥❽空銜，一春幽夢綠萍❾閒。暗處消魂羅袖❿薄，與淚輕彈。

【作　者】李雯（西元一六〇八－一六四七年），字舒章，號蓼齋，青浦（今屬上海）人。少與陳子龍、宋徵輿齊名，稱「雲間三子」。明崇禎十五年舉人。入清，官中書舍人，充順天府鄉試同考官。有《蓼齋集》附詞一卷。

【注　釋】❶楊花　柳絮。❷金縷　鵝黃色的柳枝。晏殊〈蝶戀花〉：「楊柳風輕，展盡黃金縷。」❸素雪　白雪，這裡指楊花飛絮。❹雕欄　又稱雕闌，有雕花裝飾的欄杆。李煜〈虞美人〉詞：「雕闌玉砌應猶在，只是朱顏改。」❺章臺　漢代長安街名。《漢書·張敞傳》：「敞無威儀，時罷朝會，過走馬章臺街，使御史驅，自以便面拊馬。」顏師古注：「孟康曰：『在長安中。』臣瓚曰：『在章臺下街也。』」❻沾惹　牽纏；招引。李清照〈怨王孫〉：「多情自是多沾惹，難拚捨，又是寒食也。」❼忒　太；過分。❽青鳥　神話傳說中為西王母取食傳信的神鳥。《山海經·西山經》：「又西二百二十里，曰三危之山，三青鳥居之。」郭璞注：「三青鳥主為西王母取食者，別自棲息於此山也。」李商隱〈無題〉詩：「蓬山此去無多路，青鳥殷勤為探看。」❾綠萍　一種植物名，又名滿江紅。❿羅袖　絲織品的衣袖。

【語　譯】淡黃的新柳在曉風中蕩漾，素潔的楊花在晴空中飛舞，它是為誰飛上那富貴人家的玉雕欄？只可惜，一場綿綿春雨之後，它會墮萎在章臺街上，被行人踏入沙間。　雨沾風惹真是太無奈，想必青鳥或能銜來楊花，誰知道也只是空傳音信。聞說楊花可以化為池中綠萍，其實也不過是一場幽夢。我獨自在暗處銷魂傷神，用輕薄的羅袖拭去淚痕。

【研　析】這是一首詠物詞，所詠為楊花，即柳絮。在宋代，最為著名的楊花詞是蘇軾的〈水龍吟·次韻章質夫楊花詞〉，它通過描寫楊花的飄零刻劃了一位女子的傷感和幽怨，李雯的這首楊花詞則是以楊花寄託身世，哀感自己的降清失節，表達自己「踏入沙間」的無奈和自傷。上片寫景，「金縷曉風殘，素雪晴翻」二句，寫春天明麗的景色，「金縷」與「素雪」相對，色澤鮮明，一黃一白，前狀柳枝，後寫柳絮，皆極傳神，「晴翻」二字則寫出楊花輕柔曼妙的姿態，從「曉風」到「晴翻」，呈現出春日從晨光初曦到麗日普照的變化過程。「為誰飛上玉雕欄」一句，是在問楊花，也是在自問，為什麼投入到清廷的懷抱呢？沒有回答，原來是他自己也說不清道不明的，楊花是被東風吹上了玉雕欄的，他自己呢？據《南匯縣志》載，其父李逢甲遭誣謫戍，李雯為父訟冤奔走京師，不久父殉闖難，雯募棺殮之，途阻不得南歸。「本朝定鼎，內院諸大臣憐其孝，且知其才，薦授弘文院中書。」「玉雕欄」，語本李煜〈虞美人〉詞：「雕闌玉砌應猶在」，指華麗的宮殿建築，李雯在甲申國難時曾為弘文院中書舍人，「飛上玉雕欄」正指此。「可惜」二句寫楊花的凋謝，「章臺」本為秦代的章臺宮，到漢代指長安街名，在唐宋詩詞中則為秦樓楚館的代稱，這裡應該是兼有二義，一是指楊花的凋零，二是詞人的自喻，雖出入宮中禁院，卻名節掃地，「踏入沙間」暗喻其人格為人踐踏棄毀。

上片寫楊花從漫天飛舞到墜地凋殘，下片轉入抒情，接續上片說楊花的凋零，也是交待自己「踏入沙間」的原因，一怨風雨無端，再怨青鳥空銜，「風雨」暗喻明末清初的社會大動亂，「青鳥」則比喻清王朝，「青鳥空銜」是指清王朝對他的重用，在他看來這都是徒勞之舉，縱有青鳥銜起，也洗不盡此生的恥辱。春已去，自己的人格已遭毀棄，曾有的一切有如那「一春幽夢」，飄浮在春日池塘裡的綠萍之間，楊花已經找不回它漫天飛舞的柔姿。結拍「暗處」二句，「羅袖薄」寫女子之衣裝，「淚輕彈」寫女子之動作，皆極傳神，描寫出這位女子羅袖單薄、煢煢孑立的形象，這是寫美人，又何嘗不是寫詞人自己呢？

4 菩薩蠻　憶未來人

李　雯

薔薇未洗胭脂雨❶，東風❷不合❸催人去。心事兩朦朧，玉簫❹春夢中。

斜陽芳草隔，滿目傷心碧❺。不語問青山，青山響杜鵑❻。

【注　釋】❶薔薇未洗胭脂雨　意為薔薇尚未開得盛足。薔薇，一種多年生落葉灌木，春夏間開花，深紅色為多。胭脂，一種紅色染料，古時常被用於女性化妝。❷東風　春風。❸不合　不該。❹玉簫　玉製的簫或簫的美稱。齊愈〈八寶妝〉：「惆悵夜久星繁，碧雲望斷，玉簫聲在何處？」❺滿目傷心碧　滿目青山在愁人心中的感覺。李白〈菩薩蠻〉：「平林漠漠煙如織，寒山一帶傷心碧。」❻杜鵑　又名子規，相傳為古蜀國望帝之魂所化，啼時嘴角溢血。據《成都記》載：「杜宇又曰杜主，自天而降，稱望帝，好稼穡，治郫城。後望帝死，其魂化為鳥，名曰杜鵑。」

【語　譯】經過春雨洗滌的薔薇，尚未開出胭脂般的花朵，春風啊你不該這樣催人遠去！但春為何去？國為何衰？實在是說不清道不明，就像是春夢中的玉簫那樣飄渺迷離！　眼前無邊的芳草隔斷了遠在斜陽處王孫的歸路，滿目的青山看起來是這樣讓人心傷。默默無言對著青山發問，你為什麼這樣讓人心傷不已，哪想青山處處響起了杜鵑的聲聲哀鳴。

【研　析】這首詞寫在明亡之後，它借對暮春景色的詠歎，以及對離人的思念，抒寫了作者的亡國之悲。開篇一句，以薔薇未開起興，暗示春光的易逝以及美好事物的遠去。「薔薇未洗胭脂雨」，點明季節；「東風不合催人去」，抒寫別情。薔薇花一般在五六月開放，但作者描寫的是它尚未盛開的暮春時節，經過了一場場春雨的滋潤，薔薇進入了一種欲開未開的狀態，就是在這樣的情境下友人卻要離他而去，他不禁發出這樣的怨誹之辭：「東風不合催人去。」「不合」，不該，表達的是一種憂怨的情緒。然而，他沒有去埋怨離去之人，而是把埋怨的情緒轉向「東風」，這「東風」不僅是指自然的春風，而且也是指催人離別的社會情勢，它催人而去的離別者是已經滅亡的明朝。據史料記載，西元一六四四年四月崇禎皇帝在煤山自縊身亡，北京城為李自成起義軍所據有。五月吳三桂和清兵聯合在山海關擊敗起義軍，李自成兵敗後退出北京，之後清兵入駐北京，開始長達二百六十八年統治中原的歷史。接著下來兩句，是進一步敘寫離情，述說自己在友人離開後的心理感受：「心事兩朦朧。」朦朧者，迷茫也，不清也。春何以去？國何以亡？他真是說不清道不明。一個「兩」字用得極佳，既有對春去的惋惜，也有對明亡的痛楚。「玉簫春夢中」是對這種朦朧心理狀態的具體描述，「玉簫」聲音綿渺，「春夢」境界迷離。

如果說上片重在抒情，那麼下片轉入寫景，過片一句，「斜陽芳草隔」，是一組表達離情的審美意象。范仲淹〈蘇幕遮〉：「山映斜陽天接水，芳草無情，更在斜陽外。」秦觀〈踏莎行〉：「霧失樓臺，月迷津渡，桃源望斷無尋處。可堪孤館閉春寒，杜鵑聲裡斜陽暮。」作者以斜陽垂暮、芳草遠隔的暮景，烘襯出內心的痛楚和傷感，表達了對漸逝漸遠之明朝的懷念之情。李雯生在松江府華亭縣的一個官宦之家，這一帶在晚明也是經濟最為繁榮的地區，他曾與陳子龍、宋徵輿等少年才俊結社唱和，並與柳如是等江南名妓有過一段非常浪漫的愛情生活，但是明朝的滅亡卻讓這曾有的一切消失得無影無蹤，對著這樣的人世巨變自然會生出「斜陽芳草隔」的哀感。接著下來一句，「滿目傷心碧」，雖然眼前都是滿目的青山，但在他眼中這一切已被抹上了感傷的色彩，這一句語出李白〈菩薩蠻〉：「平林漠漠煙如織，寒山一帶傷心碧。」作者在「碧」前用了「傷心」二字加以修飾，不過是「以我心來觀外物，故物皆著我之色」而已，他將自己的情感投射到這滿目的青山上，使青山也無形中帶上了人的情感色彩。結拍一句，「不語問青山，青山響杜鵑」，是模仿歐陽脩〈蝶戀花〉「淚眼問花花不語，亂紅飛過秋千去」的句法，但在內容上卻有點題的意義。「不語」，默默無語，無限的感慨不知從何處說起，其感慨之深之重亦可推想而知！人的無語與杜鵑的啼鳴，形成一種鮮明的對比，彷彿杜鵑已代人而語，並引入對明亡思念的題旨，起到了收尾束題的效果。杜宇是因為蜀亡而化為子規的，作者這裡引入杜鵑的審美意象，正是借牠表達一種亡國的悲哀，一種對明王朝滅亡的悲憫。杜鵑的聲聲啼叫，激起他無限的傷感和痛楚。譚獻對這首詞題旨的評價是：「亡國之音。」（《篋中詞》）

5 風流子 送春

李雯

誰教春去也？人間恨，何處問斜陽？見花褪殘紅，鶯捎濃綠；思量往事，塵海❶茫茫。芳心❷謝，錦梭停舊織，麝月❸懶新妝。杜宇數聲，覺余驚夢；碧欄三尺，空倚愁腸。東君❹拋人易，回頭處，猶是昔日池塘。留下長楊❺紫陌❻，付與誰行？想〈折柳〉❼聲中，吹來不盡；落花影裡，舞去還香。難把一樽輕送，多少暄涼❽！

【注釋】❶塵海 人海；人間。❷芳心 女子的情懷。歐陽脩〈蝶戀花〉詞：「照影摘花花似面，芳心只共絲爭亂。」❸麝月 月亮，指代鏡子。徐陵〈玉臺新詠序〉：「金星將婺女爭華，麝月與嫦娥競爽。」❹東君 司春之神。辛棄疾〈滿江紅・暮春〉詞：「可恨東君，把春去，春來無迹。」❺長楊 秦宮名，舊址在今陝西周至東南。❻紫陌 指帝都郊野的道路。劉禹錫〈元和十一年自朗州召至京戲贈看花諸君子〉詩：「紫陌紅塵拂面來，無人不道看花回。」❼折柳 古曲名，多用以惜別懷遠。李白〈春夜洛城聞笛〉詩：「此夜曲中聞〈折柳〉，何人不起故園情？」❽暄涼 炎涼，也指歲月的變遷。韋應物〈端居感懷〉詩：「暄涼同寡趣，朗晦俱無理。」

【語譯】是誰讓春天離開的？人間的怨恨，惟有對斜陽發問：你在何方？看腥紅的花兒凋謝，鶯兒捎來濃濃的綠蔭；想想過往的情事，只是人海茫茫而已。美好的理想已幻滅，還是停下手中的織布錦梭吧，也不願意對著鏡子梳妝打扮。杜鵑的幾聲哀鳴，把我從睡夢中驚醒；靠在三尺的碧欄杆上，剩下的是滿腹的惆悵和悲哀。

春神就這麼匆匆地拋人而去，回首之處，還是那年年長滿青草的池塘。它留下了高高的柳樹和寬闊的道路，也不知道是要把這些東西託付給誰？想起那表達離情別緒的〈折柳曲〉，吹出來的是人們對故國的不盡思念；凋零的花兒在空中無聲的飄灑，在臨飛的那一瞬留下了濃濃的香氣。豈能用一杯酒就把春天那麼輕易地送走，這其中又飽含了多少人間的悲歡冷暖！

【研析】這是一首送別春天的詞，表達了作者對春天過早離去的惜別之情，寄寓了詞人對明朝滅亡的痛惜和傷感。開篇一句，起端發問，「誰教春去也？」這一問看似突兀而起，實則把作者惜春傷春之情和盤托出。「春去也」一詞，很容易讓人想起李煜的名句：「流水落花春去也，天上人間。」李煜在這首〈浪淘沙令〉裡，表達了亡國之後的「天上」與「人間」相隔之感，李雯這首詞自然也是表達一種對明朝滅亡的惋惜之意。接著下來一句，是進一步的追問，並點明題旨，「人間恨」，語帶沉重的感情色彩，一個「恨」字包含了多少國破家亡的悲痛！又包含了多少對自己失節行為的悔恨！上一問是無端發問，這一句則是有的放矢。他要問斜陽：為什麼人間有這樣的「恨」？但詞人並沒有就此展開，而是將筆鋒一轉，先是描寫春去後的自然景色，然後轉入對往事的追憶，最後轉而抒發生活的感慨：人世間就像茫茫波濤變化無常！這一系列內容，層層遞進，環環相扣，而後逼出對人之心緒的描寫：「芳心謝，錦梭停舊織，麝月懶新妝。」「芳心」，本指女子的情懷，這裡指對美好生活的憧憬，「芳心謝」意味著美好的生活已經不存在了，曾經歌舞昇平的繁華景象再也不會出現了。「錦梭停舊織，麝月懶新妝」，是通過刻畫這位女子的慵懶姿態，表明：既然過去一切美好（「舊織」）都不存在了，她也沒有必要去梳妝打扮了（「新妝」）。其實，這位女子的行為正是作者自身的形象寫照，既然自己已喪失名節，也就沒必要去談什麼理想了，也懶於為過去的理想作什麼努力了，這也就意味著理想的幻滅和人生的失落。如果說上一句是寫外在的慵懶，那麼下一句則是寫內在的愁緒。「杜宇」即杜鵑，這是一個特殊的審美意象，牠是一種國家滅亡的符號和表徵，作者在夢中就是被這種淒戾的杜鵑啼聲所驚醒的。「碧闌干」，語出韓偓「碧闌干外繡簾垂，猩色屏風畫折枝」（〈已涼〉），原詩是說，屋內豪華的陳設與室外已涼未寒的節候形成反差，從而表達了作者對光陰流逝的感慨，李雯這裡也是要表達春天已逝、只剩下滿腹惆悵和悲哀之意。

過片一句，照應了開端的發問，是對「誰教春去也」的直接回答。「東君拋人易」，說的是司春之神拋人而去；「回頭處」，表達的是對過去美好生活的留戀，春神拋人而去，他卻無法忘懷過去的一切，還要頻頻回首；「昔日池塘」，表示他過去的生活，這裡曾留下他多少美好的回憶！「留下長楊紫陌，付與誰行？」是一句詰問，春神啊，你要把這長楊紫陌留給誰？「長楊」，漢代長楊宮；「紫陌」，帝郊的道路；「長楊紫陌」代表的是國家的都城，意思是說明朝已經不再存在，它的都城它的江山又要交給誰呢？這就進一步展示了作者對明朝滅亡的悲痛了。「想〈折柳〉聲中，吹來不盡；落花影裡，舞去還香。」〈折柳〉是古曲名，「吹來不盡」意義是說〈折柳曲〉反覆歌唱，古時有折柳送人的習俗，〈折柳曲〉通常是在離別送行的時候歌唱的，「落花」也是一種春天即將逝去的意象，〈折柳〉的「吹來不盡」與落花的「舞去還香」，都表達了作者對過去美好生活的依依不捨之情，一個「想」字烘托出作者真實的內心世界：對明朝的留戀，對故友的懷念。結拍一句，是再次點題，揭示題旨，春天豈能用一杯酒就輕易送走，它裡面包含了多少人間的悲喜和憂愁！我自身失節的人生汙點又豈是用一杯酒就能送走的了？一「難」一「輕」，意義相反相承，真實地表達了作者矛盾的內心世界，也就是說失節的行為在他的心中已是無法撫平的傷痛。

6 醜奴兒令❶

豔情❷

吳偉業

低頭一霎❸風光❹變，多大❺心腸！沒處參詳❻，做箇生疏❼故試郎。

何須抵死推儂❽去，後約何妨！卻費商量。難得今宵是乍涼。

【作　者】吳偉業（西元一六〇九－一六七二年），字駿公，號梅村，江蘇太倉人。明崇禎四年（西元一六三一年）榜眼及第，復社骨幹之一。授翰林院編修。南明朝任少詹事。明亡，隱居鄉里。順治九年（西元一六五二年），應詔出仕侍講。十三年，遷國子祭酒，不久即辭官歸里。有《梅村集》。吳偉業與錢謙益、龔鼎孳合稱「江左三大家」，詩名震天下，其歌行有「梅村體」之稱。詞名雖為詩名所掩，亦自成一家。

【注　釋】❶醜奴兒令　即〈采桑子〉。❷豔情　指男女之情。❸一霎　一剎那；一瞬間。❹風光　臉上的表情。❺多大　何等。❻參詳　琢磨；探究明白。❼生疏　不熟悉。❽儂　江浙一帶對他人的稱呼。

【語　譯】在低頭那一剎那，她的表情突然有了變化，這是何等多變的心腸！我實在是無法琢磨，原來她是要裝模作樣故意地試探我！

這哪裡是催促我趕快離去，她還說再約會一次也未嘗不可！女人啊，她微妙的心理實在是讓人費盡商量！她還說：「難得今晚是初涼！」

【研　析】如題所言，這是一首豔情詞，刻畫了一位感情真摯、性情直率、天真可愛的少女形象。上片，寫女子的「試郎」。開篇一句，突兀而起，捕捉的是一個瞬間的鏡頭：在低頭那一剎那，這位女子的臉色突然發生了變化。這說明，剛才可能還是笑逐顏開，現在卻是一副不理不睬的模樣，一個「變」字展現了這位女子內心世界的微妙變化。「風光」本是用來描寫自然景觀的，這裡借來用以刻畫人的面部表情，正有似「東邊日出西邊雨，道是無情卻有情」；「一霎」，客觀上說是一個時間性語詞，主觀上卻變成了一個心理性語詞，它突出這位女子情感世界的豐富性。接著下來二句，是進一步說這位女子的「變」，「心腸」猶言心地或內心，人的內心是個很小很小的世界，可它就是這樣讓人無法弄個通透明白。如果說開篇一句寫「變」是謎面，那麼歇拍這一句就是謎底了，原來這位女子是要「做個生疏故試郎」，是要試驗一下戀人對她的感情如何。「故」字，下得極妙，它說明這位女子的外在行為與內心世界是相反的，這位女子對「郎」的態度實際上是外冷內熱，「做個生疏故試郎」一句可謂是無理而妙！

下片，進一步揭開謎底，寫出了這位女子真實的內心世界。過片一句，先是一個特寫鏡頭：「抵死推儂去」，看起來這位女子對「郎」的態度決絕，接著下來一句話卻又讓人費盡商量：「後約何妨」，這是一句起死回生、喚人希望的話語，她的動作與她的語言傳達的意思完全相反。因為她的這種矛盾，這位「郎」不免發出這樣感慨：女人的心理世界啊，真是讓人無法琢磨！這一句「卻費商量」與上片「沒處參詳」一句，表達的意思完全相同，揭示了這位女子外冷內熱的心理世界。結拍一句：「難得今宵是乍涼」，原來她還是希望「郎」能留下來的，再一次展露了這位女子真實的心理世界。這首詞的妙處在於婉轉含蓄，寫豔情卻不直露，真實地刻畫這位女子複雜的感情世界，雖為小令，但感情上幾度起伏，特別是下片，先是抵死催人去，接著是後約，最後卻是關切，情感變化較大，表現內容卻非常豐富。

7 沁園春

贈柳敬亭❶

吳偉業

客也何為❷，八十之年，天涯放遊？正高談拄頰❸，淳于曼倩❹，新知❺抵掌❻，劇孟曹丘❼。楚漢縱橫，陳隋遊戲，舌在❽荒唐一笑收。誰真假？笑儒生誑世，定本《春秋》❾！　眼中幾許王侯，記珠履三千❿宴畫樓。歎伏波歌舞，淒涼東市⓫，征南士馬，慟哭西州⓬。只有敬亭，依然此柳，雨打風吹絮滿頭⓭。關心處，且追陪少壯，莫話閒愁。

【注釋】❶柳敬亭　江蘇泰州人，明末清初著名說書藝人。本姓曹，獷悍無賴，逃於盱眙。後渡江南下，改姓柳，從儒生莫後光處得說書要義，技藝大進。入明寧南侯左良玉幕，草檄奉使，有「柳將軍」之號。明亡，以說書自給。漫遊南北，公卿待之如上賓。黃宗義、吳偉業皆撰有〈柳敬亭傳〉，吳氏還作有〈為柳敬亭陳乞引〉、〈柳敬亭贊〉。本詞當作於康熙十年（西元一六七一年）左右，時柳敬亭年屆八十，遊於南北，得到當時文人酬贈詩詞很多。❷何為　為何；怎麼回事。❸拄頰　用手托著腮。❹淳于曼倩　指戰國時的淳于髡和漢代的東方朔（字曼倩），二人都是以博學而善辯、滑稽而賢能著稱，事跡見《史記・滑稽列傳》。❺新知　新交的朋友。❻抵掌　擊掌。❼劇孟曹丘　指漢代的劇孟和楚漢之際的曹丘生。劇孟在洛陽活動，任俠而行，影響很大，見《史記・游俠列傳》。曹丘生，辯士，到處揄揚季布之名，見《史記・季布欒布列傳》。❽舌在　《史記・張儀列傳》載張儀被誣告偷了楚國相國的玉璧，鞭笞而釋。「其妻曰：『嘻！子毋讀書游說，安得此辱乎！』張儀謂其妻曰：『視吾舌尚在不？』其妻笑曰：『舌在也。』儀曰：『足矣。』」❾誰真假三句　意謂像《春秋》這樣的經典也成為腐儒欺世的工具。❿珠履三千　指幕客眾多。《史記・春申君列傳》：「春申君客三千餘人，其上客皆躡珠履以見趙使。」⓫歎伏波二句　指南明弘光朝首輔馬士英擁立福王，主持大局，後被清軍逮捕處死。唐趙嘏〈經郭汾陽宅〉詩云：

「門前不改舊山河，破虜曾輕馬伏波。今日獨經歌舞地，古槐疏冷夕陽多。」這裡「伏波歌舞」其實是用趙詩，以郭子儀（汾陽）代指馬士英。東市，代指刑場，因漢代在長安東市處決犯人，故名。⑫征南士馬二句　指南明寧南侯左良玉率軍南下，以勤王的名義征討馬士英，後病死軍中。慟哭西州，用晉人羊曇哭謝安典。據《晉書・謝安傳》，謝安帶病還京，經西州門。安死後，曾受其器重的羊曇傷感不已，不忍從西州過。一次醉後不覺走到西州門，觸景傷情，大哭而返。⑬只有敬亭三句　意謂馬、左等人都已不在，只有柳敬亭尚在人間，不過已白髮蒼蒼。

【語　譯】八十歲的老翁，還這樣放蕩不羈，浪遊天涯。敬亭啊，你這究竟是為哪般呢？像淳于髡和東方朔一樣撐腮談笑，像劇孟和曹丘生一樣到處交友。楚漢爭霸和陳隋興亡的歷史，這人世間的荒誕劇，你一笑之中將它收入談吐中。誰真誰假？真好笑，那些欺世盜名的腐儒，說什麼自己根據的是《春秋》！　你眼裡哪有什麼王侯將相，也曾在寧南侯門前，見識了三千賓客在畫樓宴飲的宏大場面。可歎那曾經擁立福王的馬首輔，暴死於東市；還有率兵勤王的左寧南病死軍中，讓人痛哭於西州。只有你柳敬亭，像一棵不敗的老柳，撐過了雨打風吹，只是已白絮滿頭。從今往後，莫再陪著那些年輕人關心前朝事，說些不明不白的閒愁！

【研　析】梅村寫作本詞時，已入暮年，辭官多時，雖然對故國的懷念和做了貳臣的悔恨並未稍減，但不免看破歷史，意氣消退，故而本詞少了許多激昂慷慨，多出不少沉鬱蒼涼。

詞作以贈為題，以刻劃明末說書藝人柳敬亭之形神為內容，然而開篇三句，卻單刀直入地表示「不理解」：「客也何為，八十之年，天涯放遊？」八旬高齡，縱不能盡享天倫，也應心如死灰，怎能再去干謁公卿、南北浪遊？這種不理解，一方面是為接下來寫柳敬亭之傳奇人生作欲揚先抑的鋪墊，另一方面是為抒寫胸中之所感做一個引子。「淳于曼倩」概其滑稽而賢，「劇孟曹丘」言其俠義而勇，「楚漢」三句稱賞其高超的說書技藝。從前的敬亭是如此，現在的敬亭也是如此，八十高齡仍然「高談拄頰」、「新知抵掌」，真是奇人奇事！楚漢爭霸，陳隋代興，固然被說書人的三寸不爛之舌付之一笑，可說到底封建王朝的更迭又何來規律可言？歷史是由勝利者書寫的，誰順誰逆，誰真誰假，還不是操筆文人引經據典、搬弄文字的結果。這種種「誑世」的行為，還要從《春秋》裡找歷史根據，真是太好笑！柳敬亭的講史書，也牽動了詞人對明亡清興的悲痛。

下片追懷史事，以精彩的用典，婉曲而巧妙地抒發了對前塵往事的傷悼。「眼中幾許王侯」，歷史上的英傑雄主，不過付之一笑，眼前這些新貴，又有幾人能入其法眼？當年在金陵，無論是開府延名士的大司馬范景文，還是閉門不見客的何如寵，「兩家引生為上客」（吳偉業〈柳敬亭傳〉）；到了左良玉幕下，更倚為親信，真是見慣了大場面。更重要的是，柳敬亭不是那種趨炎附勢之徒、沽名釣譽之輩，而是俠肝義膽，心懷故國，「被酒嘗為人說故甯南時事，則欷歔灑泣」（同上），故有「東市」之淒涼，「西州」之痛哭。其實，這淒涼也是詞人心頭之感受，只是迫於時忌，不得不婉曲而出之。尤其馬士英乃弘光朝首輔，卻被東林黨人指為與阮大鋮一路的誤國權奸，後來還入了《明史・奸臣傳》。其實，馬士英擁立福王，拉攏各派，雖無實績，不為無功，其舉薦阮大鋮實出於報恩，與閹黨無關，後來堅持抗清而被殺。詞人借唐人趙嘏詩，以對唐朝有再造之功的郭子儀比馬士英，曲而發之，悲憫其際遇，雖有拔高之嫌，卻也用心良苦。眼前這位柳敬亭，堪稱明末清初的「活字典」，當年「休大柳下生」、「攀條泫然」（同上）而改姓柳，現在自己也成為傳奇，一身風流未被雨打風吹去，只不過已是白絮滿頭的老翁罷了。既然風雨已過，白髮滿頭，再無可奈何也已成為事實，又何必再來發那些無聊不平之氣、折磨我們這些老頭子呢？不如去陪伴那些年輕人，不要再聊興亡了。

8 臨江仙

過嘉定感懷侯研德❶

吳偉業

苦竹編籬茅覆瓦❷，海田❸久廢重耕。相逢還說廿年兵❹。寒潮衝戰骨，野火起空城。

門戶凋殘❺賓客在，淒涼詩酒侯生。西風又起不勝情。一篇〈思舊賦〉❻，故國與浮名。

【注　釋】❶過嘉定感懷侯研德　侯研德去世後不久，作者偶過嘉定（今上海嘉定區一帶），寫下了這首詞。侯泓（西元一六二〇—一六六四年），晚更名涵，字研德，號掌亭，嘉定人。工詩文，與從兄弟合稱「江左六龍」（《江南通志》）。伯父左通政侯峒曾及二子、父太學生侯岐曾、師黃淳耀皆在清軍攻陷嘉定時殉難，兄汸、弟瀞亦被追捕。研德「獨力撐拄其間，上應官府符檄，次謀殯殮，次拊孤寡，蓋瀕於死者數矣」（汪琬〈貞憲先生墓誌銘〉）。病歿後，門人私諡曰貞憲先生。有《掌亭集》。❷苦竹編籬茅覆瓦　謂戰後生活十分艱難。苦竹，野生，莖細，本不宜編籬；茅草當瓦蓋屋，也是簡陋之極。❸海田　海邊的田地，因嘉定靠海故云。❹廿年兵　順治二年（西元一六四五年），清軍為推行剃髮令，進攻嘉定，遭遇頑強抵抗。城破後，清軍三度屠城。❺門戶凋殘　指侯氏一家或死難或逃亡，凋零殆盡。❻思舊賦　魏晉名士、「竹林七賢」之一的向秀，在路過亡友嵇康、呂安故居時，作〈思舊賦〉而悼之。

【語　譯】放眼望去，院子邊圍著竹編的籬笆，房頂上覆蓋著茅草瓦。海邊的田地久已荒廢，現在又要重新耕作。人們相逢還是要提起，二十年前的那場大戰。寒冷的潮水沖刷著戰死者的白骨，熊熊的野火燃燒著死寂的空城。

嘉定城裡，十萬戶人家死難殆盡，只有你這位門客猶存。想起當年那談詩縱酒、意氣風發的侯生，我心中湧起一陣淒涼的寒意。一陣陣秋風吹拂而過，真是叫我情不能堪。讀一篇懷友悼亡的〈思舊賦〉，感念那已經滅亡的故國和無用的浮名。

【研　析】這首詞是對清初「嘉定三屠」事件的慨歎，不但追述了嘉定所遭兵禍之慘酷，而且也寫到了世家大族所受之毀滅，語言簡練而真實，感情樸實而沉痛，堪稱「詞史」之作。

上片從眼前凋敝的民生寫起，引入對二十年前慘烈戰況的回憶，以「相逢還說」相勾連，表明那是一段揮之不去的噩夢和難以平復的傷痛。「苦竹編籬茅覆瓦，海田久廢重耕」，寫即目之景，不費雕琢。這種滿目瘡痍、困苦不堪的場面，很難與嘉定這個魚米富庶之鄉人文薈萃之地聯繫起來。「寒潮衝戰骨，野火起空城」，是對當時屠城慘狀的歷史還原。梅村是那段歷史的親歷者，明亡時恰好辭官歸里，太倉距嘉定極近，其言可信。三遭屠城，軍民皆不得幸免，屍體至腐爛而無人收殮，江邊，海邊，嶙嶙可見，也無可分辨。多少年的繁華，在一夜之間，便付之一炬，嘉定已是一座荒蕪的空城，當年的熊熊烈火至今燃燒不息。梅村以史料入詞，亦以詩筆入詞，簡勁老辣，別具一格。

下片，由寫所見轉而寫所感。當年率眾抗清的侯氏家族，在城破之時多壯烈殉國；二十年後，苦苦支撐家風不墜、家門不倒的侯研德也已去世，侯氏凋零的命運已難以改變。然而，「門戶凋殘賓客在」，在侯氏盛時「造門登堂者」（汪琬〈貞憲先生墓誌銘〉），既沒有從俗以炎涼，也不畏新朝政權的威壓，依然奔走於侯氏之門。這是明末清初江南士風講氣節的體現，也從一個側面表現了侯氏父子的人格魅力，並不會因為人已去世、家道中落便消亡。只是，當年隨乃父詩酒風流、四方賢公貴卿「呼為小友」（同上）的侯生已經不在了。在秋風下回首往事，不能不令人感到淒涼與悵惘。「一篇〈思舊賦〉，故國與浮名」，通過〈思舊賦〉寫詞人對侯研德的感情，故國早已滅亡，諸門客為你議定的「貞憲」的美謚，你也不可能知道了，「我」在這裡寫詞悼念你，又有什麼意義呢？所謂「故國」、「浮名」云云，皆是託情之語，詞人顯然是想借他人酒杯澆自己之塊壘。眾所周知，梅村對自己在順治九年應詔出仕、成為「兩截人」悔恨萬分，留下了「草間偷活」的自砭和「詩人吳梅村之墓」的自銘。從本詞末句，我們不難讀出詞人的這點隱衷。

9 賀新郎

病中有感❶

吳偉業

萬事❷催華髮❸。論龔生❹、天年❺竟夭❻，高名❼難沒。吾病❽將難醫藥治，耿耿❾胸中熱血。待灑向、西風殘月。剖卻心肝今置地，問華佗❿解我腸千結⓫？追往恨，倍淒咽。

故人⓬慷慨多奇節⓭。為當年、沉吟⓮不斷⓯，草間偷活⓰。艾灸眉頭⓱瓜噴鼻⓲，今日須難訣絕⓳。早患苦、重來千疊⓴。脫屣妻孥㉑

非易事，竟一錢不值㉒何須說㉓！人世事，幾完缺㉔？

【注　釋】❶病中有感　這首詞曾被說成是作者的絕筆，語見尤侗《艮齋雜說》、靳榮藩《吳詩集覽》、陳廷焯《白雨齋詞話》。據今人李學穎的考證，其確切作年為順治十一年（西元一六五四年），距作者康熙十一年（西元一六七二年）逝世還有十八年。作者在這首詞裡表達了其悔恨失節之情，感情真摯，音調沉痛。❷萬事　很多事。❸華髮　花髮。❹龔生　指漢人龔勝。據《漢書》卷七二〈王貢兩龔鮑傳〉：「……勝字君賓，西漢哀帝時官光祿大夫。王莽篡位後，屢徵勝為上卿，固辭不受，語使者曰：『吾受漢家厚恩，亡以報，今年老矣，旦暮入地，誼豈以一身事二姓，下見故主哉？』……遂不復開口飲食，積十四日死，死時年七十九矣……有老父來弔，哭甚哀，既而曰：『嗟乎！薰以香自燒，膏以明自銷。龔生竟夭天年，非吾徒也。』遂趨而出，莫知其誰。」❺天年　指人的自然壽命。《莊子・山木》：「此木以不材得終其天年。」❻夭　言少壯而死。❼高名　盛名；大名。❽吾病　指心病，吳偉業因屈節仕清而心生內疚。❾耿耿　忠誠的樣子。❿華佗　漢末著名醫學家，尤其擅長外科。⓫腸千結　宋張先〈千秋歲〉：「天不老，情難絕。心似雙絲網，中有千千結。」⓬故人　老朋友，這裡指為明殉節的故友，如陳子龍、夏允彝、夏完淳等。⓭奇節　卓異的氣節。⓮沉吟　猶豫不決。⓯不斷　無決斷。⓰草間偷活　指自己偷生。《晉書・周顗傳》：「吾備位大臣，朝廷喪敗，寧可復草間求活，外投胡越邪？」⓱艾灸眉頭　一種古代的治病方法，將艾絨放在患者的額頭點燃熏灸。⓲瓜噴鼻　也是一種古代的治病方法，它是將瓜蒂放在患者的鼻端，使之吸入，以利通氣。《隋書・麥鐵杖傳》載，麥鐵杖對醫者說：「大丈夫性命，自有所在，豈能用艾柱灸頞，瓜蒂噴鼻，療黃不瘥，而臥死於兒女手中乎？」⓳訣絕　永別。⓴千疊　千重。㉑脫屣妻孥　脫屣，即脫鞋，喻比較容易的事。屣，鞋子。孥，兒女。《漢書・郊祀志》：「嗟乎！吾誠得如黃帝，吾視去妻子如脫屣耳！」㉒一錢不值　《史記・魏其武安侯列傳》載，灌夫罵臨汝侯（灌賢）說：「生平毀程不識不直一錢。」直，同「值」。㉓何須說　無須說；何必說。㉔完缺　完，保全名節。缺，名節缺失。

【語　譯】自從世變以來，人間萬事催白了我的頭髮。試論那秉持氣節的龔勝，人雖早夭，大名卻長存。我的病是心病，用藥難療治，其實我胸中也有一股耿耿的熱血在流淌！我要把這腔熱血，灑向故國的西風殘月。我願剖開我的心肝，放在地上，讓人觀瞻，試問蓋世名醫華佗能否解開我的愁腸百結？追念往事，悔恨不已，惟有一種淒涼和哽咽。很多故友慷慨就義，為國捐軀，表現出高尚氣節！我卻為了自己當年猶豫不決付出沉痛的代價，雖說是草間偷活，心靈卻倍受煎熬。艾灸燒眉，瓜蒂噴鼻，這樣的療法也無法排解我心中的鬱結！我已經沉浸在痛苦之中，這痛苦真可謂千重萬疊。像脫鞋一樣的拋妻棄子，哪有這麼容易啊，不過我也因之變得一錢不值，這樣的心情難以向人辨解清白。人間的事啊，變幻莫測，能有幾次機會檢驗自己名節的完整和缺失？

【研　析】吳偉業在崇禎四年的進士科考時，曾由崇禎皇帝親閱其卷，並寫下「正大博雅，足式詭靡」的批語，還准其回鄉娶親，一時天下榮之。但在順治十年他迫於清廷的淫威，擔心禍及家人，違心仕清，儘管只有不到一年的時間，這一不光彩的經歷，卻成為他後半生揮之不去的「陰影」，〈賀新郎‧病中有感〉就是在這樣的背景下寫作出來的。起句從「有感」寫起，人間萬事催白了我的頭髮，既是寫身體狀態，也是抒發人生感慨。接著，筆鋒一轉，寫到漢代秉持氣節、不受王莽政權利祿誘惑的龔勝，並由此引出自己對屈節仕清行為的悔恨，點明了自己的真正病因，回應詞題。上闋是比照古人自己不如龔勝，下闋則比照今人也不如自己的朋友陳子龍、夏允彝、侯峒曾，其故何在？詞人作了進一步的自剖，就是為了「草間偷活」，但現代有的學者認為還有一個重要原因，就是吳偉業的性格比較懦弱，沒有勇氣與清廷抗爭。接下來，作者又回到詞題上講自己的「病」，認為自己得的是「心病」，任何有效的療法都無法根治，並且為自己不能像故人那樣從容殉節作辨解——「脫屣妻孥非易事」，詞人認為這當然不是草間偷活的合理解釋，所以才會接著說「竟一錢不值何須說」。最後，再次回到詞題「有感」上，人間的事實在是變幻莫測，又能有幾次機會檢驗自己名節的完整和缺失？總之，全詞緊緊圍繞一個「病」字做文章，然後通過挖掘病因，將自己與前人龔勝及同時友人對比，既表示了對堅守氣節之士的敬重之意，也沉痛地表達了其屈節仕清的悔恨之情。在藝術上，此詞用典較多，以史書為主，但意不深澀，表情自然暢達，體現了吳偉業能驅南北史於筆端的創作特點。全詞上下片兩轉韻，結句為平韻，聲調由短促轉而悠揚，符合其情感表達的需要。

10 臨江仙

逢舊❶

吳偉業

落拓江湖常載酒❷，十年重見雲英❸。依然綽約❹掌中輕❺。燈前纔一笑，偷解砑羅裙❻。

薄倖蕭郎❼憔悴甚，此生終負卿卿。姑蘇城上月黃昏。綠窗❽人去住❾，紅粉❿淚縱橫。

【注釋】❶逢舊　與舊時的情人重逢。《國朝名家詩餘》本〈梅村詞〉稱此詞為卞玉京作，卞玉京者，何許人也？她名賽，字賽賽，自號玉京道人，是明末江南名妓，富於才華，兼工詩畫，為「金陵八豔」之一，在明末與吳偉業有段情緣。❷落拓江湖常載酒　語出杜牧〈遣懷〉：「落魄江湖載酒行，楚腰纖細掌中輕。」落拓，潦倒失意。❸雲英　唐代妓女，此處代指明末清初江南名妓卞玉京。❹綽約　亦稱淖約、婥約，意指女子姿態的柔美。白居易〈長恨歌〉：「樓閣玲瓏玉雲起，其中綽約多仙子。」❺掌中輕　相傳漢成帝皇后趙飛燕能作掌上舞，「掌中輕」是用以形容女子體態的輕盈。❻砑羅裙　一種經石碾壓磨、結實而有光澤的絲織品。❼蕭郎　原指梁武帝蕭衍，後用來指稱女子愛憐的男子。《梁書・武帝紀》載：王儉謂廬江何憲曰：「此蕭郎三十內當作侍中，出此則貴不可言。」❽綠窗　綠色紗窗。韋莊〈菩薩蠻〉：「綠窗人似花。」❾去住　去留，亦即去留難定，表難分難捨之意。❿紅粉　胭脂和鉛粉，女子的化飾品，引申為女子，此處指卞玉京。

【語譯】我窮困潦倒，放浪江湖，常以酒為伴，不想十年後又見到了雲英。她依然是那樣風姿綽約，體態輕盈。但見她在燈前才嫣然一笑，就偷偷地解下了砑羅裙。

曾經輕薄的蕭郎，現在已是憔悴潦倒的模樣，這一生恐怕要辜負她對我的真情。這時正是蘇州城外月上樹梢的黃昏時分，綠色紗窗下我倆難分難捨，我的紅粉人兒此刻已是淚雨千行。

【研析】這是一首豔情詞，卻將身世之感打併入豔情，抒寫了作者在亂離之後的人世滄桑之感。上片，寫亂後重逢。先是交代自己的生存狀況，然後點題，交代他與卞玉京在亂後重逢，並具體描寫了卞玉京在他眼中的形象。「十年重見雲英」，典出何光遠《鑒戒錄》：「羅秀才隱……初赴舉之日，於鍾陵筵上與娼妓雲英同席。一紀後下第，復與雲英相見。雲英撫掌曰：『羅秀才猶未脫白耶？』隱雖內恥，尋又嘲之云：『鍾陵醉別十餘春，重見雲英掌上身，我未成名君未嫁，可能俱是不如人。』」詞人這裡是以羅隱自比，以雲英比卞玉京，據馮其庸、葉君遠《吳梅村年譜》載，吳偉業與卞玉京是在崇禎十六年（西元一六四三年）相識的，再次相見則是在八年後的順治七年（西元一六五〇年），這一段時間正是明末清初的社會大動盪時期，政權更迭頻繁，江南戰亂不斷，局勢動盪不寧，卞玉京在動亂的局勢下流落江湖，詩人也經歷了一個從人生巔峰到人生低谷的過程。「十年」之句，既抒發了身世之感，也表達了惺惺相惜之意。「落拓江湖常載酒」，「依然綽約掌中輕」，是化用杜牧〈遣懷〉詩意，前一句寫自己，後一句寫卞玉京，前一句寫自己的失意潦倒，後一句寫卞玉京依然是光彩不減當年，通過自己與卞玉京的對比，作者讚美了卞玉京的美豔照人。「燈前纔一笑，偷解砑羅裙」兩句，繼續刻畫卞玉京的溫柔體貼和善解人意，也形象地說明卞玉京對吳偉業的一往情深，鄒祇謨對這一句的評語是：「風情不減，知司馬君實詞亦非假托。」司馬君實指北宋著名史學家司馬光，曾寫有「寶髻鬆鬆挽就，鉛華淡淡妝成」（〈西江月〉）之句。

下片，抒發感慨。過片一句，從寫對方轉向寫自己，「薄幸蕭郎憔悴甚」是寫自己的落拓，而「薄幸」一語特意突出了自己的輕薄，並引出下一句寫自己「此生終負卿卿」，表達自己的內心愧疚之意，回應了歇拍之句寫卞玉京對自己的一往情深，在結構上也有承上啟下的作用和效果。但是，作者並沒有讓這種感情直接宣洩，而是蓄勢待發，有意蕩開一筆，將筆鋒轉向對城外景色的描寫，也交待他們重逢的時間和地點：「姑蘇城外月黃昏。」他們十年才一見，自然是有不盡的情意要表達，或是傾訴衷腸，或繾綣纏綿，由白晝到黃昏，直到月兒逐漸爬上了城頭。這一句看似是閑來之筆，但通過寫景達到了言情的效果，這正是中國古典詩詞所崇尚的「意在言外」的表現手法。結拍一句，措辭工整，用語講究，形象地刻畫了他們在即將分手之際的情景。「綠窗人去住」表現他們的難分難捨，「紅粉淚縱橫」突出了對方的用情之深，這在意境上有點類似於蘇東坡的「但願人長久，千里共嬋娟」（〈水調歌頭〉），陳廷焯對這一句的評價是：「哀豔而超脫，直是坡仙化境。」（《白雨齋詞話》）這首詞最大的特點是，多處化用前人詩句，不見斧鑿之痕跡，並能融情入景，情景交融，體現了作者在藝術錘煉上功夫之深。

11　滿江紅

蒜山❶懷古

吳偉業

沽酒南徐❷，聽夜雨、江聲千尺❸。記當年、阿童東下，佛狸深入❹。白面書生成底用❺？蕭郎裙屐❻偏輕敵。笑風流、北府好譚兵，參軍客❼。　人事改，寒雲白。舊壘廢，神鴉❽集。盡沙沉浪洗，斷戈殘戟❾。落日樓船鳴鐵鎖❿，西風吹盡王侯宅。任黃蘆、苦竹打荒潮⓫，漁樵笛。

【注　釋】❶蒜山　山名，在今江蘇鎮江市西。❷沽酒南徐　在鎮江買酒。沽酒，買酒，此指飲酒。南徐，指鎮江。❸千尺　言雨聲、江聲浩瀚渺遠。❹阿童東下二句　阿童，王濬小字。東下，入侵東吳。佛狸深入，指魏太武帝拓跋燾率軍攻打劉宋王朝，他曾率兵直達瓜步（今江蘇六合）。佛狸，拓跋燾之字。深入，入侵劉宋。❺白面書生成底用　指只知爭口舌之利的讀書人有什麼用。❻蕭郎裙屐　指衣著華美而無真才實學的人。《北史・邢巒傳》：「蕭深藻是裙屐少年，未洽政務。今之所任並非宿將重名，是皆左右少年而已。」❼笑風流二句　用曾為北府（鎮江）參軍的郗超故實。《晉書・郗超傳》：「桓溫辟為征西大將軍掾，溫遷大司馬，又轉為參軍。溫英氣高邁，罕有所推，與超言，常謂不能測，遂傾意禮待。超亦深自結納。時王珣為溫主簿，亦為溫所重。府中語曰：『髯參軍，短主簿，能令公喜，能令公怒。』超髯，珣短，故也。尋除散騎侍郎。時愔在北府，徐州人多勁悍，溫恆云『京口酒可飲，兵可用』，深不欲愔居之。而愔暗於事機，遣箋詣溫，欲共獎王室，修復園陵。超取視，寸寸毀裂，乃更作箋，自陳老病，甚不堪人間，乞閑地自養。溫得箋大喜，即轉愔為會稽太守。

溫懷不軌，欲立霸王之基，超為之謀。謝安與王坦之嘗詣溫論事，溫令超帳中臥聽之，風動帳開，安笑曰：『郗生可謂入幕之賓矣。』」北府，軍府。東晉都城在建康（今南京），軍府在建康之北的廣陵（今揚州），故稱之。❽神鴉　指食祠廟中祭品的烏鴉。宋辛棄疾〈永遇樂・京口北固亭懷古〉：「可堪回首，佛狸祠下，一片神鴉社鼓。」❾盡沙沉浪洗二句　極言此地滄海桑田之變。化用唐杜牧〈赤壁〉：「折戟沉沙鐵未銷，自將磨洗認前朝。」❿落日樓船鳴鐵鎖　指西晉王濬破東吳鐵鎖封堵進攻南京事。《晉書・王濬傳》：「吳人於江險磧要害之處，並以鐵鎖橫截之，又作鐵錐暗置江中以逆距船……濬乃作大筏數十，亦方百餘步，縛草為人被甲持杖，令善水者以筏先行，筏遇鐵錐，錐輒著筏去。又作火炬，長十餘丈，大數十圍，灌以麻油，在船前。遇鎖，燃炬燒之，須臾，融液斷絕。」⓫任黃蘆苦竹打荒潮　化用白居易〈琵琶行〉詩句：「黃蘆苦竹繞宅生。」

【語　譯】我在鎮江城西的蒜山上飲酒，只聽得夜雨淅瀝，江面上濤聲千尺。記得當年，王濬是從這裡率軍東下的，拓跋燾也是在這裡攻打劉宋。一介白面書生有何用？就像那蕭郎貌似儀表堂堂，好為空言卻輕敵誤國。真可笑！那些在軍府中大談兵法風流倜儻的參軍客。

人間的情事複雜變化，冬天的雲朵看起來是那麼潔白；城上的舊營壘已毀圮，惟有無數神鴉在這裡聚集。在沙礫和大浪的淘洗下，舊時戰場上散落的兵器，變成了一片片殘戈斷戟。在落日餘暉中，彷彿能聽到當年樓船橫江熔斷鐵鎖的聲響；在陣陣西風裡，舊時的王侯府第早已化成了一片無法辨認的廢垣！聽，那秋後的寒潮，正拍打著岸邊枯萎了的黃蘆苦竹，還有那江邊的漁父和樵夫正吹奏著淒婉的笛聲。

【研　析】這是一首懷古詠史詞，通過對發生在鎮江的幾個重大歷史事件的追憶，抒寫了對六朝時期幾個短命王朝歎惋之情，表達了對剛剛滅亡的明王朝的憑弔之意。上片，懷古。開篇三句，交待時間和地點，作者在鎮江城西的蒜山上，一邊飲酒，一邊觀景，為後面懷古奠定基調。一個「聽」字點明所寫皆為聽覺效果，「夜雨」、「江聲」是江城鎮江的典型夜景，「千尺」二字呈現出江面上波濤洶湧的場面。接著，筆鋒一轉，由寫景轉入懷古，從「記當年」開始，敘寫在鎮江發生的幾個重大歷史事件，一個「記」字頗有當年歷史事件歷歷如目的意味，也說明這些事件在歷史上給人們留下了何其深刻的印象！「阿童東下，佛狸深入」，本已有深刻的歷史憾恨，沒想有東吳、劉宋的前車之鑑，還會有蕭梁的後車之覆再度上演。「白面書生成底用？蕭郎裙屐偏輕敵」是一個對句，「白面書生」、「蕭郎裙屐」是指空有虛名不諳實務之輩，前一句典出《南史・沈慶之傳》，後一句語出《北史・邢巒傳》，「成底事」是說他們成不了大事，「偏輕敵」是說他們輕敵誤國，而這兩句話又何嘗不是對南明亡國歷史的感慨？據《明史・楊文驄傳》記載，南明福王在南京監國，時馬士英當國，楊文驄監軍京口（今江蘇鎮江市）：「及大清兵臨江，文驄駐金山，扼大江而守。……大清兵乘霧潛濟，迫岸，諸軍始知，倉皇列陣甘露寺。鐵騎衝之，悉潰。」接著下來一句，「笑風流、北府好譚兵，參軍客」，用的是郗超之故實，實際上也是指楊文驄以書生監軍之誤國，一個「笑」字飽含了多少對南明滅亡的感慨和悲涼！

下片，歎今。「人事改，寒雲白。舊壘廢，神鴉集」，是對鎮江戰後荒涼景象的描繪，江山依舊，然物是人非，眼前所見，寒雲籠罩著鎮江城，神鴉聚集在廢丘舊壘，牠們是歷史滄桑變遷的見證。「人事改，寒雲白」，暗用劉禹錫「人世幾回傷往事，山形依舊枕寒流」（〈西塞山懷古〉）詩意；「舊壘廢，神鴉集」，則從辛棄疾「可堪回首，佛貍祠下，一片神鴉社鼓」（〈永遇樂・京口北固亭懷古〉）化出。這兩句在用字及遣詞上都特別講究，一個「改」字引出多少歷史變遷的感慨，「舊」、「廢」二字則跨越千年，回首歷史，把過去與現在縮接起來，讓讀者展開對在這裡上演過的歷史爭戰的想像，一個「神鴉」意象的引入則將這種想像進一步形象化了。接下來一句，是從杜牧「折戟沉沙鐵未銷，自將磨洗認前朝。」（〈赤壁〉）化出，「盡」是一個領字，道出了眼前所見之景象：「沙沉浪洗，斷戈殘戟。」大浪淘沙，時光沖刷著歷史的記憶，「斷戈殘戟」就是最好最形象的說明。這是對江上景象的描寫，接著又進一步刻劃了歷史的滄桑巨變：「落日樓船鳴鐵鎖，西風吹盡王侯宅。」前一句是從劉禹錫「王濬樓船下益州，金陵王氣黯然收」（〈西塞山懷古〉）化出，後一句則化用杜甫「王侯第宅皆新主，文武衣冠異昔時」（〈秋興八首〉其四）詩意，但是作者化用前人詩意卻能做到不見斧鑿的痕跡。最後，結句以景結景，描畫的是一幅寒江隱士圖：「任黃蘆、苦竹打荒潮，漁樵笛。」「漁樵」在中國古典詩詞中歷來是作為隱士的意象出現的，這位隱士吹出清脆悠揚的笛聲，迴蕩在寬闊的江面上，與潮水拍打江岸的聲音相和鳴，為全詞抹上一股荒涼破敗、淒苦幽怨的色調，也用一種激越之聲傳達出作者的危苦之情。

12 採桑子

雲塞秋夜❶

曹溶

隔牆弦索❷無心聽，挑滅銀燈❸。暗憶平生，白髮蕭蕭❹酒易醒。月華
風定❺芭蕉冷，樓上三更。不住雞聲，一枕江南夢未成。

【作者】曹溶（西元一六一三—一六八五年），字潔躬，一字鑒躬，號秋嶽，又號倦圃，浙江秀水（今浙江嘉興）人。崇禎十年（西元一六三七年）進士，選御史。入清後任河南道御史，督學順天，順治三年（西元一六四六年）革職。十一年起補太常寺少卿，翌年擢戶部侍郎、廣東布政使。又因與同年陳之遴相善，牽累降職山西陽和道，補山西按察副使，備兵大同。康熙三年（西元一六六四年）歸里不出。著有《靜惕堂集》。

【注釋】❶雲塞秋夜　本詞當作於作者大同兵備道任上，雲塞即雲中（大同）。❷弦索　此處代指弦樂器如琵琶等發出的聲音。❸挑滅銀燈　捻滅銀燭臺上的蠟燭。❹蕭蕭　頭髮花白稀疏的樣子。❺月華風定　風停下來，月亮灑下銀輝。

【語譯】實在是沒有心情，去聽那隔牆傳來的琴聲，乾脆挑滅了銀燈。暗想自己這一生，真想一醉方休，卻偏偏容易醒來。我啊，只贏得一頭蕭蕭的白髮！　夜靜風平，月華如水，它靜靜地灑落在芭蕉葉上，一片清寒。那雞鳴聲聲不斷，讓我夢回江南也難成，此時天色已到三更時分。

【研析】這首小詞言簡意賅，情景兼到，將思退之意和懷鄉之情表現得淋漓盡致。詞人在上下兩片各選取了一個鏡頭，寫景言情集中而不散漫。上片寫夜坐，「隔牆弦索無心聽，挑滅銀燈」。客居異鄉，心中孤寂，在旅舍聽到的是一片蕭瑟的弦索聲，可詞人內心實在是無法聽下去，這弦索聲勾起了他對故鄉的懷念之情。一

個「挑滅銀燈」的動作，刻劃了詞人內心深處的孤獨。「暗憶平生」，是對詞人心理世界的刻畫，本應該有很多內容要表現，詞人卻以人老白頭的形象作結。「白髮蕭蕭酒易醒」，頭上白髮已經稀疏，借酒澆愁酒又易醒，勞苦疲憊之狀宛然可見，讀者彷彿看到了一位在昏夜中默坐的白髮斑斑的老人形象，很難不為之動容。

下片是另一個鏡頭，寫詞人深夜不眠，寫他憑欄倚窗時所見所想。「月華風定芭蕉冷，樓上三更。不任雞聲」，看天色已是三更，夜靜無風，月華如水灑在芭蕉葉上，一片清寒，氛圍之冷寂一如詞人的內心。也許是月光明亮似曙色，引得雞鳴不斷。如此一來，雖然時間尚早，詞人懷鄉的美夢也做不成了。這首小詞簡淨真醇，天然不雕，情味十足，體現了深厚的創作功力。

13

踏莎行

答客問雲中

曹　溶

堠❶雪翻鴉，城冰浴馬，搗衣❷聲裡重門閉。琵琶忽送短牆西，當時不是無情地。

帳底燒春❸，樓頭熱浴，百錢便博❹征夫醉。寒原望斷少花枝，臨風也省看花淚。

【注　釋】❶堠　古代用來瞭望敵情的土堡。❷搗衣　用砧杵將麻等衣料捶軟，方便縫製衣服。「擣衣」常常與戰爭聯繫在一起，婦女搗衣為了給兵士準備衣物。❸燒春　酒名，泛指酒。據唐李肇《國史補》卷下記載，唐時有「滎陽之土窟春、富平之石凍春、劍南之燒春」等名酒。❹博　賭錢。

【語　譯】烏鴉在覆蓋著積雪的堠壘上翻飛，戰馬在城河的凜冽冰水中洗浴，重重緊閉的城門後傳來陣陣搗衣聲。短牆西邊忽然響起了琵琶聲。到處都充滿著生命氣息，想當年雲中應該不是無情之地！　軍帳中將士在痛飲好酒，樓頭上有人在熱湯沐浴，這些兵夫有幾個錢便要拿來賭博買醉。臨風遠眺，整片荒涼的原野上難見幾樹花，也讓我省下了不少傷春的淚水。

【研　析】這首詞寫大同冬季風光和軍旅生活，從「當時不是無情地」一句來看，可能作於詞人離任大同兵備職之後。作者寫景寫情，豪快潑辣，酷寒之中不乏生機，寒毛直豎卻有熱血流動，讀來身臨其境。上片寫景，「堠雪翻鴉，城冰浴馬」，這是一派奇異的邊塞風光。堠壘是軍事設置，卻有烏鴉在這裡出入，可見其地之荒寒；戰馬就在冰水中沐浴，馬嘶之聲夾著冰凌之聲，惡劣的生活條件益發反襯出昂揚向上的生命氣息。接下來由物及人。「搗衣聲裡重門閉」是邊地百姓生活的真實寫照，它既寫邊城的嚴寒荒涼，又把筆觸指向明朝與北元的戰爭。當時，明朝為保障中原地區的安寧，在北部邊境設置了許多關隘，詞人所在大同地區正是內地與塞外的交接點。「琵琶忽送短牆西，當時不是無情地」，由搗衣而琵琶，一個是在家婦女的動作，一個是守邊將士的樂器，同樣是寫聲音，卻有笙簫夾鼓的變化之妙。「中軍置酒飲歸客，胡琴琵琶與羌笛」（唐岑參〈白雪歌送武判官歸京〉），琵琶本就是邊地標誌性的樂器，唐代王昌齡〈從軍行〉詩：「琵琶起舞換新聲，總是關山舊別情。」邊關的琵琶聲往往會催發戍邊之人的離愁別緒。「當時不是無情地」一句，是對上闋的收束，雪鴉冰馬，搗衣琵琶，甚至那種被忽然而起的琵琶聲勾起的情愫，不禁讓詞人發出這樣的感慨：這片土地，這段生活，又豈是無情的歲月！

下片生命氣息更濃郁，感情也更熱烈。「帳底燒春，樓頭熱浴，百錢便博征夫醉」，寫豪邁痛快的邊關生活，形象地描寫了守邊將士的生活內容。以「燒春」代酒名，恰與「熱浴」相諧，酒酣耳熱之態如在目前；「百錢便博」是非親身經歷不能道的細節，荒唐之中豈非也有一種「醉臥沙場君莫笑」的灑脫？結尾「寒原望斷少花枝，臨風也省看花淚」兩句，放曠爽朗之下藏著無端的苦悶，因為既然以不必再傷春流淚為快，又何必癡然望「斷」整片荒原呢？詞人本是前朝御史，再仕新朝又屢遭猜忌，宦海之中，數度浮沉，來到大同任上，難免生出疲憊思退、懷念故鄉之情。從爽朗中見悲涼一點看，末兩句幾可比肩「羌笛何須怨〈楊柳〉，春風不度玉門關」的唐人名句。全詞寫景寒肅奇警，寫情爽朗放曠，造語生新不琢，運筆嫻熟老辣。

14 滿江紅

錢塘觀潮

曹溶

浪湧蓬萊❶，高飛撼、宋家宮闕。誰蕩激，靈胥❷一怒，惹冠沖髮？點點征帆都卸了，海門❸急鼓聲初發。似萬群風馬❹驟銀鞍，爭超越。

江妃❺笑，堆成雪；鮫人❻舞，圓如月。正危樓❼湍轉❽，晚來愁絕。城上吳山❾遮不住，亂濤穿到嚴灘❿歇。是英雄未死報仇心，秋時節。

【注釋】❶蓬萊　海上仙山。古時把蓬萊、方丈、瀛洲稱為海上三仙山。❷靈胥　伍子胥的靈魂。靈，神。❸海門　在錢塘江的入海口有赭、龕二山對峙似門，故稱。❹風馬　神馬。❺江妃　傳說中江上的女神。漢劉向《列仙傳》記載，江妃二女，遊於江漢之濱，遇鄭交甫，解佩珠相贈。交甫行數十步，二女不見，佩珠亦不見。❻鮫人　傳說中居於海底的怪人。晉張華《博物志》：「南海水有鮫人，水居如魚，不廢織績，其眼能泣珠。」❼危樓　高樓。❽湍轉　水勢急速回旋的樣子。❾吳山　在杭州市城西南。春秋時為吳、越兩國邊界。其上有子胥祠，內供子胥塑像。❿嚴灘　即嚴陵瀨，又稱七里灘，在浙江省富春山。嚴陵即嚴光，光字子陵，東漢會稽餘姚人。少曾與漢光武帝劉秀同遊學，秀即帝位後，光變姓名隱遁，秀遣人覓訪，徵召到京，授諫議大夫，不受，退隱於富春山。後人稱他所居遊之地為嚴陵山、嚴陵瀨、嚴陵釣臺等。

【語譯】兇猛的潮水湧上了蓬萊仙島，那高聳的潮頭向上奮飛，快要撼動南宋的皇家宮殿。是誰激怒了子胥的靈魂，惹得他掀起了衝冠怒髮？往日千帆林立的江面上，這時見不到一點蹤影，只聽得海門處傳來如軍隊初發般的急鼓聲。它就像萬群佩戴著銀鞍的俊馬，驟然間乘風奔馳而來，你爭我趕，相互競逐。　江上的女神笑了，海上湧來的潮水如雪堆；水中的鮫人在翩翩起舞，激起的浪花圓圓如月。我站在高樓之上，看著這湍急的潮水，真有晚來愁絕之感。杭州城邊的吳山，也阻擋不了它洶湧澎湃的氣勢。只見它逆流而上，穿山越嶺，到達嚴陵灘後才停歇下來。它啊，就是伍子胥含冤而死後不屈的報仇心，又重現在這深秋的季節裡！

【研　析】 這首錢塘觀潮詞，描寫了錢塘潮水從初發到消歇的全過程，並通過引入伍子胥的民間傳說抒寫了江南文人的亡國遺恨。開篇三句，總說潮水的氣勢，一「湧」字逼真地刻畫了潮水到來時的洶湧澎湃，「蓬萊」本是海上仙山，潮水到來卻大有將其淹沒之勢，「高飛撼」三字是上一句的進一步鋪張，分別狀寫了潮水的高度、動勢及力量。「宋家宮闕」建在杭州西南鳳凰山東麓，據史書記載：當時南宋皇宮，建築規模宏偉瑰麗，工力精緻，金碧流丹，華燦照映，望之如天宮化成。錢塘江的潮水居然能撼動這樣的城闕，可見其威力無比！然而，作者並沒有就勢續寫潮水，而是由潮水轉入寫有關潮水的傳說，它是通過一問一答的方式展開的：「誰蕩激，靈胥一怒，惹冠沖髮？」據《吳越春秋・夫差內傳》記載，春秋時期，吳越兩國爭霸，越王句踐戰敗求和，吳王夫差許之，大夫伍子胥強諫而不聽，並遭太宰嚭讒言而被夫差賜劍自裁。「吳王乃取子胥屍，盛以鴟夷之器，投之於江中，言曰：『胥汝一死之後，何能有知？』即斷其頭，置高樓上，謂之曰：『日月炙汝肉，飄風飄汝眼，炎光燒汝骨，魚鱉食汝肉。汝骨變形灰，有何所見？』乃棄其軀，投之江中。子胥因隨流揚波，依潮來往，蕩激崩岸。」接下來二句，寫潮水到來時海面上的情形，往日千帆競逐的場面不見了，只聽得海門處千軍萬馬急鼓陣陣。「點點征帆都卸了」一句是以虛映實，「海門急鼓聲初發」一句是以聲寫形，皆為傳神之筆。歇拍一句，以形象生動的比喻，寫潮水到來時的聲音、顏色和氣勢，尤其是「爭超越」一句成為全篇的點眼之筆，寫出了潮水到來時一浪高過一浪洶湧澎湃的氣勢。

過片兩句，承歇拍而來，如果說歇拍一句，寫出了潮水的壯美，那麼這兩句則用了兩個形象的比喻，突出了潮水優美之態：海水與江水相激而形成的浪潮，就像是江妃嫵媚的笑靨；還有潮水逆江而上捲起的浪花，就像是鮫人在大海深處的翩翩起舞。其中，「笑」和「舞」二字，是以擬人化的手法，狀寫潮水的姿態之美，「雪」和「月」則是兩個具有高潔品格的審美意象，在用字上可謂傳神寫照！「正危樓湍轉，晚來愁絕」一句，寫詞人所見所感，「危樓」是點明方位，「晚來」是點明時間，此時此景，詞人觸景生情，胸中湧起了無窮的愁緒。正有如辛棄疾〈菩薩蠻・書江西造口壁〉所云：「青山遮不住，畢竟東流去。江晚正愁余，山深聞鷓鴣。」接著下來一句，繼續寫錢塘潮的氣勢，吳山也阻擋不了它前進的步伐，它能穿山越嶺到達七百里之外的嚴陵瀨！然而，在詞人看來，錢塘潮有這樣的聲勢，並非是自然力量的結果，而是伍子胥未死的報仇心所使然，從而進一步深化了自然力量的人文意蘊。值得注意的是，詞人生活在由明入清的明末清初，在明末做過御史，入清後出任過廣東布政使、山西按察副使，仕途上頗為坎坷，他對錢塘潮的描寫與對伍子胥的詠歎，實際也有對亡明的眷懷之意。

15 永遇樂

雁門關❶

曹溶

眼底秋山，歸來風雨，橫槊❷之處。壁冷沙雞❸，巢空海燕❹，各是酸心具。老兵散後，關門自啟❺，脈脈晚愁穿去。一書生、霜花❻踏遍，酒腸澀時誰訴？

闌珊鬢髮，蕭條衣帽，打入唱驪❼新句。回首神州，重重遮斷，惟有翻空絮。歲華貪換，刀環落盡❽，草際夕陽如故。嗟同病、南冠❾易感，登樓莫賦❿。

【注釋】❶雁門關　地名，在今山西代縣北部。❷橫槊　指從軍征戰。《南齊書・垣榮祖傳》：「昔曹操、曹丕上馬橫槊，下馬談論，此於天下可不負飲食矣。」❸壁冷沙雞　棲於營壁上的沙雞感到寒冷。❹巢空海燕　海燕棄巢不知蹤影。與上句之義相承，言雁門關秋景蕭瑟。❺老兵散後二句　言老兵散去後，只好自己去開啟關門。❻霜花　嚴霜，暗指遍地淒冷。唐李賀〈北中寒〉：「霜花草上大如錢，揮刀不入迷濛天。」❼唱驪　演唱離別之歌。唐李白〈灞陵行送別〉：「正當今夕斷腸處，驪歌愁絕不忍聽。」❽刀環落盡　言歸朝無望。刀環，借指還朝或還家。《漢書・李陵傳》：「立政等見（李）陵，未得私語，即目視陵，而數數自循其刀環，握其足，陰諭之；言可還歸漢也。」落盡，即言未有歸期。❾南冠　指謫官、囚犯。《左傳·成公九年》：「晉侯觀于軍府，見鍾儀，問之曰：『南冠而縶者，誰也？』有司對曰：『鄭人所獻楚囚也。』」

⑩登樓莫賦　指不要作思鄉的詩賦。東漢王粲〈登樓賦〉：「雖信美而非吾土兮，曾何足以少留！」

【語譯】我站在雁門關上，眺望眼前這經霜後的秋山，這是一派經過多年風雨洗刷的崇關峻嶺，曾經有多少次戰爭在這裡展開激烈爭奪。如今只有沙雞棲息在冷落的營壁上，往日在這裡築巢落戶的海燕也不見了蹤影，對此景，我心中不免湧起一種酸楚的心情。自從守關的老兵去後，這裡是如此的荒涼，到今日我只能自己親自開啟關門。唉，有一種莫名的愁緒在心底脈脈穿過！我是一介書生，踏著這遍地的霜花，一種酸澀的酒腸能向誰傾訴？　一頭快要脫落的鬢髮，一身蕭條破落的衣衫，我把這些都譜入那將要寫成的驪歌。回首故鄉，它是那麼的遙遠，重重煙霧模糊了我遠眺的視線，見到的只是不斷翻飛起舞的柳絮！時光流轉，戰事已經平息，天邊的夕陽還是一如既往的緩緩落下。歎息同病如我者，不要作思鄉的詩賦。

【研析】這是一首登臨抒懷詞，作於作者在山西任職按察副使期間（西元一六六三—一六六七年）。雁門關位於山西代縣西北，是著名的天下險關，歷有「三晉咽喉」、「中原鎖鑰」之稱。《呂氏春秋》有「天下九塞，勾注其一」之說，勾注關即雁門關。顧祖禹《讀史方輿紀要》卷三九〈山西一〉：「勾注山在太原代州西北二十五里，一名西陘山，亦曰雁門。」開篇三句點題，點明此次登臨的時間和地點，在深秋季節，作者登上了雄踞峰頂的雁門關，極目所見，雁門關一帶的崇山峻嶺，經過多年風雨的洗刷，依然不改其雄偉壯麗的本色。它傍山就險，屹為巨防，是山西北部和中部之間的交通咽喉，具有重要的戰略地位，自然為歷代兵家必爭之地。在明末清初，這裡更成為明朝軍隊或反清義兵抗清據守的重要關隘，據《明史》記載崇禎十五年清兵即從此關進犯中原，又據《清史列傳》記載順治五年反清將領劉遷在這裡率兵扼關據守。然而，到康熙年間隨著明清易代戰爭的結束，曾為重兵把守的關隘成了一個荒涼的所在：「壁冷沙雞，巢空海燕，各是酸心具。」一「冷」一「空」二字，生動地狀寫了雁門關的荒涼和破敗。這一句是通過「沙雞」和「海燕」出沒來表現雁門關的荒涼，接下來一句則是通過人的活動進一步補寫雁門關的破敗。「老兵散後，關門自啟」，是說老兵散去後，作者遊覽此地，只得自己去開啟關門。對著這荒涼破敗的雁門關，作者不由自主湧起這樣一種內心感受：「酸心」、「晚愁」，歷史的喧囂到如今卻成為一種無聲的歎息。歇拍一句，是感懷，站在這霜花滿地、久無人跡的雁門關，他感慨起自己的身世，回想起自己的人生際遇，湧起一股「酒腸酸澀」的情緒並有無處傾訴的悲涼。

過片一句，緊接歇拍而來，描寫作者形影孤弔的落寞形象：「闌珊鬢髮，蕭條衣帽」。「打入唱驪新句」一句是說把自己落寞的情懷譜入新曲，李白〈灞陵行送別〉詩云：「正當今夕斷腸處，驪歌愁絕不忍聽。」又李穀〈浙東罷府西歸酬別張廣文皮先輩陸秀才〉詩云：「相逢只恨相知晚，一曲驪歌又幾年」。這說明「驪歌」是一種離別之曲，當時，曹溶是與浙派詞人朱彝尊一起遊覽雁門關的，在這次遊歷後不久朱彝尊便離開大同去了北京，曹溶寫作這首詞也有對朋友即將別離而去的傷感惜別之意。然而，作者並沒有停留在對個人離愁別緒的表達上，而是宕開一筆，轉入寫景，寫回望中原之所見：「回首神州，重重遮斷，惟有翻空絮。」作者所處的雁門關一帶是中原地區與蒙古草原的分界點，「回首神州」是指回望中原，那裡有自己的家鄉，曹溶的家鄉在浙江秀水，然而關隘重重，阻隔了自己的視線，所見到的是漫天飛舞的柳絮。作者當時是在秋天遊覽雁門關的，所謂「惟有翻空絮」實際上是作者的懸想之辭，正如有的學者所說「漫天飛絮象徵神州陸沉」，其中暗含有山河變色、前途迷茫的寓意。「歲華貪換」三句，是訴說自己的處境，時光流轉，明末清初的戰事已經平息，人世間也實現了改朝換代，天邊那一輪夕陽還是一如既往地緩緩落下，而自己卻羈於薄宦，飄泊他鄉，欲歸不能。「刀環」，典出《漢書．李陵傳》：「立政等見陵，未得私語，即目視陵，而數數自循其刀環。」漢使用刀環向李陵暗喻歸還，而詞中說「刀環落盡」，則歸家無望矣！結拍三句，是把自己比作是楚囚，比作是登樓的王粲，王粲在〈登樓賦〉中表達了思歸的嚮往，自己也有王粲一樣「同病相憐」之感。值得注意的是，這裡「嗟同病」也有與同遊者朱彝尊「同病相憐」之意，他們都是為了自己的生存而飄泊他鄉，朱彝尊在這次遊歷中也填有一首同題同調同韻的〈消息．度雁門關〉。

16 錦堂春

燕子磯❶

歸莊

半壁橫江矗起，一舟載雨孤行。憑空怒浪兼天湧❷，不盡六朝聲。　隔岸荒雲遠斷，繞磯小樹微明。舊時燕子還飛否？今古不勝情。

【作　者】歸莊（西元一六一三—一六七三年），一名祚明，字爾禮，又字玄恭，號恆軒，又號歸藏，崑山（今屬江蘇）人。歸有光曾孫。諸生，與顧炎武相友善，有「歸奇顧怪」之稱。順治二年在崑山起兵抗清，事敗亡命。善草書、畫竹，文章胎息深厚，詩多奇氣。有《歸玄恭文鈔》、《歸玄恭遺著》。

【注　釋】❶燕子磯　在今南京北觀音山，因狀如飛燕而得名，斷崖絕壁，俯瞰江水，為金陵勝景之一。❷憑空怒浪兼天湧　描繪驚濤駭浪上湧漫天的壯觀景象。杜甫〈秋興八首〉（其一）：「江間波浪兼天湧，塞上風雲接地陰。」

【語　譯】半壁懸崖在江面上橫矗而起，一葉孤舟，載風載雨，江上前行。怒潮向空騰起，與天色共澎湃，這是自六朝以來就有的回聲！　對岸破碎的殘雲，荒涼而遼遠；環繞磯邊的小樹，朦朧而微明。舊時的燕子是否還在飛？俯仰今古，我不勝其情。

【研　析】這是一首懷古詞，上下兩片，結構相同，句鍛字煉，有大氣蒼老之境。開篇兩句對仗，下字取景，皆有可稱道之處。「半壁橫江矗起，一舟載雨孤行。」船行水中，人在船中，離絕壁越來越近，絕壁看起來也越長越高，是一個從下往上看的動態過程，故用「起」而不用「立」。「一舟載雨孤行」，既沒有其他船隻，船上也沒有同行之人，「一」與「孤」看似重複，其實寫的是不同方面，反而強化了孤獨之感。絕壁之下，一舟孤行，這獨立蒼茫之情味，只有詩人才能體會。三四句寫覽江滔而懷古，神思飛越，筆力千鈞。「憑空怒浪兼天湧」，四周怒浪憑空而起，彷彿天色也跟著湧動，詞人化用杜詩名句，改「江間」作「憑空」，「波浪」作

「怒浪」，更顯環境之險惡。接下來不寫一己之安危，而抒懷古之幽情，洶湧的江濤聽起來好像歷史的回聲，章法上極具張力。何為「六朝」？燕子磯在金陵，自然是曾定都於此的東吳、東晉、宋、齊、梁、陳六朝；何為「六朝聲」？當然是江水之聲，六朝已逝，而江流無窮，於江水能聽得前朝之聲。「山圍故國周遭在，潮打空城寂寞回」（劉禹錫〈金陵五題・石頭城〉），「鳥去鳥來山色裡，人歌人哭水聲中」（杜牧〈題宣州開元寺水閣閣下宛溪夾溪居人〉），等等，六朝之聲都融化在「不盡六朝聲」五字裡。於抒情處斷開，於懷古處連回，大筆轉折，卻又自然而然。金陵也是南明都城，也許國破家亡之恨正在詞人心頭翻湧，他聽到的更多是故國故園之聲，六朝云云只是掩飾罷了。

換頭依然是兩句對仗，放筆寫遠望之景，從章法上說，是在為結拍兩句蓄勢。從水中望向岸上，風急山高，陰晦雨寒，斷雲零落，充滿荒涼蒼茫之感。微明，即朦朧之中時暗時明。小樹環繞，有無明滅之間，狀如燕子的石磯是不是也要起飛呢？古典詩詞之中，詩人常用一物象貫穿今古，抒發自然永恆、人世變幻的滄桑感，如「淮水東邊舊時月，夜深還過女牆來」，「人面不知何處去，桃花依舊笑春風」等等。本詞結尾兩句亦暗用劉禹錫〈烏衣巷〉「舊時王謝堂前燕，飛入尋常百姓家」句意，不過在今與古的勾連之外，又以眼前朦朧欲飛的「燕子」（燕子磯）與詩句中的意象「燕子」相連，多一層張力，多一層虛幻，亦多一份情味。其出之以問句，情靈更加搖曳不定。江山再次易主，又一個以金陵為都的王朝已經覆滅，興亡還在繼續，興亡之感也還在繼續，這隻聳立在江邊的巨大「燕子」，豈非會永遠在歷史的上空飛舞？通篇以寫景為主，不作正面抒情，亦不失於含蓄蘊藉，是能以詩法入詞的成功之作。

17 滿江紅　大風泊黃巢磯下❶

今釋

激浪輸風，偏絕分、乘風破浪❷。灘聲戰、冰霜競冷，雷霆失壯。鹿角狼頭❸休地險，龍蟠虎踞❹無天相❺。問何人、喚汝作黃巢，真還謗？　雨欲退，雲不放。海欲進，江不讓。早堆垝❻一笑，萬機俱喪。老去已忘行止計，病來莫算安危帳。是鐵衣、著盡著僧衣❼，堪相傍。

【作　者】今釋（西元一六一四－一六八〇年），俗名金堡，字衛公，又字道隱，浙江仁和人。崇禎十三年（西元一六四〇年）進士，官臨清縣知縣。順治二年（西元一六四五年），清軍占杭州，金堡起兵敗，歸附南明隆武、永曆，因不畏權貴、上書直諫而下獄，遭流放。順治七年，桂林陷落，金堡削髮為僧，易名今釋，字澹歸，住丹霞寺（在今廣東韶關）。有《遍行堂集》、《遍行堂續集》，詞附集中。其詞蒼勁雄放，淋漓痛切，為清初特出之傑作，方外詞之奇作。

【注　釋】❶大風泊黃巢磯下　據清顧祖禹《讀史方輿紀要》記載，黃巢磯在廣州府清遠縣（今廣東清遠）湞水之上，「相傳黃巢嘗覆舟於此」。金堡《遍行堂集》卷二〇〈仁化縣誌〉「凡例」說：「清遠瀕江，有磯亦名黃巢。」其地甚險，「波流急湍，白石鑿鑿」（宋方信孺〈南海百詠・黃巢磯〉詩自序）。本詞當作於金堡出家之後。❷偏絕分乘風破浪　偏絕分，偏偏沒有機會。乘風破浪，指遠大的抱負，見《宋書・宗愨傳》。❸鹿角狼頭　喻指險要之地。杜甫詩有「鹿角真走險，狼頭如跋胡」之句。❹龍蟠虎踞　指地勢險要、易守難攻之地，常用來指國都。《太平御覽》卷一五六引〈吳錄〉曰：「劉備曾使諸葛亮至京，因覩秣陵山阜，歎曰：『鍾山龍盤，石頭虎踞，此帝王之宅。』」❺天相　天佑；天助。❻堆垝　高險之處。一說即「堆豗」，困頓的樣子。辛棄疾〈水調歌頭〉：「坐堆豗，行答颯，立龍鍾。」❼是鐵衣著盡著僧衣　宋王明清《揮麈錄》後錄卷五引陶穀〈五代亂紀〉云：「（黃）巢既遁免，祝髮為浮屠，有詩云：『三十年前草上飛，鐵衣著盡著僧衣。天津橋上無人問，獨倚危欄看落暉。』」

【語　譯】激浪捲起了狂風，我偏偏沒機會去乘風破浪。灘聲嗚咽，如在酣戰，雄壯過於雷霆，寒冷不遜冰霜。那鹿角狼頭之灘，算不上是險境；那龍盤虎踞之城，也得不到老天護佑。是誰把你喚作「黃巢」，是真有其事，還是汙蔑誹謗？　秋雨欲退，愁雲不收；海浪欲進，江水不讓。我早已登高一笑，忘掉了人生煩惱。人老了，不再想什麼出處行止，病了也不再算什麼安危帳。穿破鐵衣後再拾起僧衣，自認為堪與我相伴。

【研　析】這首〈滿江紅〉抒寫了詞人豪氣干雲，面對艱難險境而益發「酒酣胸膽尚開張」的氣概，也表達了在抗清復明失敗後能隨心任運、閒庭信步式的瀟灑堅強。黃巢磯，岸峻湍急而兼惡名；澹歸，年過半百而有疾在身。二者狹路相逢，澹歸戰而勝之！

開篇五句，寫黃巢磯下，江浪高聳，彷彿裹挾著大風而來。灘流之急，水聲之大，若水岸交戰，雷霆不能過之；水氣之冷，若欲與冰霜一較短長。面對如此駭人之景，詞人卻恨不能發出「乘風破浪」的籲求，何其豪邁！詞句中隱隱顯示出壯志未酬的悲感，卻也有烈士暮年的豪邁，而非英雄失路的憤懣。從「鹿角狼頭」的險灘，到「龍蟠虎踞」的重城，世號天塹，人稱地利，但歷史證明它從來不足為憑，眼前此磯也一樣，黃巢一世梟雄，不也在這裡翻了船？自助者天助之，地利不如人和。想想南明王朝，固守一隅，不思進取，黨同伐異，戕害忠臣，不也同樣滅亡了嗎？上片寫景抒情，大聲鏜鞳，血脈賁張，其設語下字，如「破」、「戰」、「競」等，皆充滿著一種力量感。

過片是此景此情的繼續，「雨欲退，雲不放。海欲進，江不讓」，兩「欲」兩「不」，一「進」一「退」，重章複沓，強化了語言的力度感。天地間不同力量，相摩相蕩，互不相讓，大自然就是這樣的神奇！詞人在這風浪之中，卻「堆垝一笑，萬機俱喪」。孔子說君子之道是「仁者不憂，知者不惑，勇者不懼」（《論語・憲問》），慧能說禪法是「無念為宗，無相為體，無住為本」（《壇經・定慧》），莊子筆下得道者南郭子綦是「隱几而坐，仰天而噓，荅焉似喪其偶」（《莊子・齊物論》），不管此處詞人之思歸於何處，都能看到一個水火不能侵犯的澹歸，他的精神世界是如此的豐富而強大！「老去已忘行止計，病來莫算安危帳。」誠然老矣病矣，然而行即行，止即止，生即生，死即死；遇大風不能前，止於此險惡之地，又有何危險，有何不可，有何可憂？亂世之時著鐵衣，「我」有一腔熱血，是大明忠臣金堡道隱，富貴不能淫，威武不能屈；事不能為著僧衣，「我」有一身清氣，是禪門高僧今釋澹歸，於念而不念，於相而離相。鐵衣，沙場，僧衣，佛門，哪個不堪依傍？黃巢磯下風波惡，卻是「我」澹歸怡神養性之道場。詞人絕非自比黃巢，黃巢覆舟於此，也許還要受詞人之譏憐呢。

18 浣溪沙

芳草

宋琬

乍暖猶寒二月天，玉樓長抱博山❶眠。沉香❷火冷少人添。

殘雪初消春鳥哢❸，畫闌干外草芊綿❹。幾時青得到郎邊？

【作　者】宋琬（西元一六一四—一六七三年），字玉叔，號荔裳，山東萊陽人。清順治四年（西元一六四七年）進士，授戶部主事，遷永平兵備道、寧紹臺道。被誣與山東棲霞起義軍首領于七通，下獄三年。後流寓江南。康熙十年，起為四川按察使。三藩亂起時，值入覲，卒於京師。宋琬文名震海內，與施閏章合稱「南施北宋」。康熙四年（西元一六六五年），曾與曹爾堪、王士祿等倡導「江村唱和」，填〈滿江紅〉詞。有《安雅堂集》，詞集名《二鄉亭詞》。

【注　釋】❶博山　即博山爐，一種有山形裝飾的香爐。❷沉香　一種香料，用沉水木芯製作。❸哢　鳥鳴聲。❹芊綿　形容草木繁密茂盛。

【語　譯】早春二月，正是乍暖還寒的時候，我依偎著博山爐，在玉樓上春眠。水沉香爐已冷，再也沒有人來為它添香。　初春的積雪已經融化，自在的鳥兒在枝頭喧鬧，畫欄之外青草茫茫無邊。什麼時候它能綠到情郎的身邊？

【研　析】這首小詞寫閨情，輕靈婉約，明快自然。上片寫人，起調極溫婉。「乍暖猶寒二月天」，初春二月的天氣，開始變暖而寒氣猶重，頗讓人無所適從。這樣的天氣，女主人公在做什麼呢？「玉樓長抱博山眠」，她靠著博山爐，依窗而眠，一個「眠」字寫出了她在春天到來時嬌柔婀娜的姿態。「玉樓」寫居所，「博山」寫陳設，事中見景，華麗而形象。「沉香火冷少人添」，承上而來，微吐相思之意。博山爐火已冷，卻無人為其添香，可見詞中人之慵懶。且身在「玉樓」、「博山」之中，顯非一般人家，添香之事本可由婢女來做，仍覺「少人」，只因少的是那個曾經陪伴自己的心上人。

下片寫景，鏡頭由室內轉向室外，並由景及情，風格上清婉自然。「殘雪初消春鳥哢」，呼應首句，「殘雪初消」即「乍暖猶寒」之意，「春鳥哢」也在提示時間是早春二月，一個「哢」字寫出了春天的生機和活力。按〈浣溪沙〉調之格律，下片前兩句本應對仗，然而此處「畫闌干外草芊綿」一句與上句似對似不對，似乎是為了減少人工雕琢的痕跡。「畫闌干外草芊綿」，在視力上是由近而遠，在結構上則起到把思婦與遊子綰合的效果。「幾時青得到郎邊」一句，它是自五代詞人牛希濟「記得綠羅裙，處處憐芳草」（〈生查子〉）化出，但改以問句出之，更顯得情思悠揚。在意脈上，它由己及人，這芊綿不盡的芳草，承載著女子的思念，從玉樓畫欄之外，延伸至遠行的遊子身邊，希望情郎能睹物思人，見芳草而思歸，情致就在這一實一虛兩處時空之中飄渺不盡。這首詞讀來墨痕淡淡，情思悠悠，便置之五代北宋詞中亦不遜色。

19 浪淘沙

秋旅

宋琬

風雨十分驕，怒似江潮。愁來我欲睡鄉逃。促織❶多言偏不允，枕畔叨叨。

強半❷客僧寮❸，琴劍蕭條。一枝難穩愧鷦鷯❹。來歲西窗須記取，莫種芭蕉。

【注　釋】❶促織　蟋蟀。❷強半　大半，這裡指大半時間。❸僧寮　僧舍。❹一枝難穩愧鷦鷯　意謂慚愧不能安於現狀。鷦鷯，鳥名。《莊子・逍遙遊》：「鷦鷯巢於深林，不過一枝；偃鼠飲河，不過滿腹。」

【語　譯】風狂雨驟太驕橫，它發怒起來就好似洶湧的江潮。每當愁思襲來，我只想逃進夢鄉。可氣那囉嗦的蟋蟀，偏偏要和我過不去，一直在枕頭邊嘮叨不停。　想來這大半生的時光，都寄寓在這荒涼的僧舍。琴心劍膽，我的人生是這樣的蕭索。很慚愧，做不到隨遇而安，還不如那棲息在小樹枝上的鷦鷯。僧舍主人明年可要記得：西窗下別再種芭蕉。

【研　析】宋琬以餘力作詞，小令卻寫得當行本色，自然明快，含蓄多情，讀來愛不釋手。這首〈浪淘沙・秋旅〉，信筆寫來，疏朗明白，情味悠然，饒有諧趣。「風雨十分驕，怒似江潮」，寫夜來風雨之聲，「驕」字新鮮可愛，將秋風秋雨不管不顧、縱橫恣肆之態傳達給讀者。「怒似江潮」一句，樸素有味。聯繫詞人生平，其出獄後曾流寓江南相當長一段時間，這裡的「江潮」可能即是錢塘江潮。現在由秋夜的狂風驟雨聯想起曾經觀覽的江潮，年來羈旅之情懷也會油然而生吧？然後，順勢引出下文。「愁來我欲睡鄉逃。促織多言偏不允，枕畔叨叨。」睡鄉與醉鄉是詞人之「二鄉」（見《安雅堂未刻稿・從謝方山中翰索酒四絕句》自注），此刻正是打算借睡鄉避愁而不可得。其實心中憂愁不能入睡又何必怨環境呢？就算是環境的不安吵得人不能入睡，也要先怪「怒似江潮」的風雨，蟋蟀能鬧出多大動靜呢？詞人用擬人手法寫家常語，詼諧有味。

蟋蟀說了什麼，詞人未言，整個下片是他自己的「叨叨」。「強半客僧寮，琴劍蕭條」，寫年來旅食蕭索，多數時間只能寄寓僧舍，「劍膽琴心」——滿腔抱負與一身瀟灑，俠義肝腸與多情襟抱——都已被苦澀的命運消磨幾盡，不知何時能重理。這樣的心態下，「一枝難穩愧鷦鷯」的話只能是解嘲，而不是解脫了。歇拍「來歲西窗須記取，莫種芭蕉」兩句又是妙筆。「古之愁夜雨者，多以蕉葉為辭」（清朱彝尊《靜志居詩話》卷一〇），因為蕉葉上叮咚的雨聲最能撩人心弦，寫雨打芭蕉的名句不勝枚舉。此處宋琬又翻出新意，從「一夜不眠孤客耳，主人窗外有芭蕉」（唐杜牧〈雨〉）的名句出發，不言客子不耐蕉雨，而求主人莫再種蕉，包裹心酸而出以詼諧，愈覺情味不盡。且詞人不寫此刻寫「來歲」，似乎「客僧寮」的命運還會繼續，讀來不免傷感。此時在此，「來歲」在彼，此時是實，「來歲」是虛，情致就在由此到彼、由實及虛的距離中被賦予了靈動之態。

20 賀新郎

登燕子磯❶閣望大江作

宋琬

絕壁銜飛閣。倚寒空、巑嶸窈窕❷，是誰雕琢？六代❸興亡如逝水，煙冷千尋鐵索❹。夢不到、烏衣簾箔❺。結綺臨春❻歌舞散，大江流、尚繞青山郭❼。悲自語，簷邊鐸❽。

滔滔東下風濤作。俯層闌、黿鼉❾出沒，雪山❿噴薄。況是清秋明月夜，何處樓船吹角。早驚起、南飛烏鵲⓫。估客⓬船從巴蜀下，看帆檣、半向青天落。吾欲醉，騎黃鶴⓭。

【注釋】❶燕子磯 見歸莊〈錦堂春・燕子磯〉詞注❶。❷巑嶸窈窕 指山水高峻幽深。❸六代 即吳、東晉等六朝。宋王安石〈桂枝香・金陵懷古〉：「六朝舊事隨流水，但寒煙、芳草凝綠。」❹千尋鐵索 引自唐劉禹錫〈西塞山懷古〉：「千尋鐵鎖沉江底，一片降旛出石頭。」❺烏衣簾箔 指曾居住在烏衣巷的南朝王、謝等豪家。箔，簾子。❻結綺臨春 即結綺閣與臨春閣，皆為陳後主所建，供與妃嬪享樂之用。❼郭 外城。唐孟浩然〈過故人家〉：「綠樹村邊合，青山郭外斜。」❽鐸 大鈴，形如鐃、鉦而有舌。❾黿鼉 黿，大龜。鼉，鼉龍。這裡泛指水中的神獸。❿雪山 這裡指浪花。⓫南飛烏鵲 化用三國曹操〈短歌行〉：「月明星稀，烏鵲南飛。」⓬估客 商賈。⓭騎黃鶴 指遊仙，傳說仙人王子安曾騎黃鶴遨遊。南宋岳飛〈滿江紅・登黃鶴樓有感〉：「卻歸來，再續漢陽遊，騎黃鶴。」

【語　譯】陡峭的懸崖輕輕地銜起燕子閣。它背負著寒空，屹立在高峻幽深的燕子磯上，這鬼斧神工之筆是誰雕琢而成？六朝興亡彷彿東逝的江水，千尋的攔江鐵索一瞬間灰飛煙冷。很難夢到烏衣巷的珠簾玉箔，六朝歌舞已在結綺閣和臨春閣消歇。只有這川流不息的大江，還繞著外城青山流過。那簷角的風鐸，獨自在空中悲咽。　憑欄遠望，滔滔不絕的江流滾滾東去。浪花千疊，噴薄如雪，好似有黿鼉出沒。正當月明風清之夜，是何處樓船傳來的角聲，早驚醒了南飛的烏鵲。遠方天際，商船自巴蜀東下，紛紛卸下了桅帆。我真想大醉一場，騎著黃鶴飛去。

【研　析】這首〈賀新郎〉，寫登金陵燕子磯所見江景，憑弔前朝往事，壯懷激烈，蒼勁有力。上片以江景搭臺，唱的是懷古的好戲。「絕壁銜飛閣」，起調不凡，力透紙背，為全篇定下峭拔的基調。「壁」而「絕」，「閣」而「飛」，已險峻之極；再用一「銜」字將二者輕輕連接，險上加險，燕子磯之欲飛欲墜，躍然紙上。「倚寒空、嶒嶸窈窕，是誰雕琢？」短短十一字，處處是佳筆。憑欄而望，如倚寒空，憑虛御風，飄飄若飛，氣勢逼人。「嶒嶸」平聲如鐘，寫山之高聳，「窈窕」上聲如凹，寫谷之深幽，兩對疊韻詞高低相配，聲情並茂。「是誰雕琢」顯然是無疑之問，是讚歎造化之神力，自非人工所能企及。接下來抒懷古之情。可笑的是攔江鐵索固已無存，燒斷它們的熊熊之火，同樣也灰飛煙滅，居住在烏衣巷的王、謝家族已被歷史塵封，到夢中神遊也尋覓不到。「結綺臨春歌舞散，大江流、尚繞青山郭」，是感歎歷史的興亡，人間的繁華只是歷史長河中短暫的一瞬，惟有日夜奔流的大江和萬古長青的山川不會有絲毫的改變。「悲自語，簷邊鐸」，照應開篇之「飛閣」，詞人彷彿聽到了簷鈴的訴說。金陵不但是六朝古都，更是南明王朝的都城；詞人的深沉感慨中，或有亡國之恨。

下片從往昔回到當下，寫壯闊江景。「滔滔東下風濤作」，承上啟下，風吹鐸響，濤來浪作，洶湧澎湃，是為後面描寫大江蓄勢。「俯層闌、黿鼉出沒，雪山噴薄」，是憑高遠眺江面之所見，它以想像、誇張的筆法寫江濤之險惡，神氣高張。「況是清秋明月夜，何處樓船吹角。早驚起、南飛烏鵲」，由近及遠，健筆如椽。

詞人調大焦距，攝入秋空明月，視野為之一闊；驚起之烏鵲在近處尚能看到，而遠處之樓船應在視線之外，那麼角聲之高亢激厲可想而知。「估客」三句仍然寫船，與之前的樓船有虛實之別，避免了重複。青天之際，遠帆停泊，帆檣一一落下，與稼軒之名句「問何人、又卸片帆沙岸，繫斜陽纜」有異曲同工之妙。結拍「吾欲醉，騎黃鶴」二句以瀟灑心胸收結壯闊江景，再呼應開篇的絕壁飛閣，勢飛不墜。詞人沒有沉溺於上片濃重的滄桑之感，而是以當下之清風朗月和淋漓生氣，沖洗歷史之寒煙鈴語以及人生之虛無幻滅，不乏才人代出、各領風騷之意氣，是懷古詞中難得的境界。

21 滿江紅　　宋琬

拜方正學❶先生祠

木末亭邊，聽山鬼、啾啾❷宵哭。陽九厄，衣冠道盡，傷哉臣僕❸。七國肯因鼂錯解，先生禍比淄舒❹酷。訝當年，碧血濺蘼蕪，今無綠❺。魚服泣，君王逐❻。瓜蔓殺，門生族❼。歎詩書種❽絕，何人能續？簡牘空餘南史恨，松杉已見長陵❾禿。酹荒祠，燈火尚青熒，金甌覆❿。

【注釋】❶方正學　即方孝孺，其祠在南京雨花臺，始建於明神宗時。祠旁有木末亭，為「金陵四十八景」之一。方孝孺（西元一三五七－一四〇二年），字希直，號遜志，浙江海寧人。建文朝，官侍講學士，建議削藩。明成祖朱棣篡位，令其草詔，不從，被磔死。據說遭滅十族，死者八百七十餘人。❷啾啾　擬聲詞，鬼哭聲。杜甫〈兵車行〉：「新鬼煩冤舊鬼哭，天陰雨濕聲啾啾。」❸陽九厄三句　這裡當是指明朝初年。《禮記・王制》疏引〈律曆志〉云：「一元有四千五百六十歲，初入元一百六歲有陽九，謂早九年；次三百七十四歲，陰九，謂水九年。」衣冠道盡，路上士紳絕跡，謂被朱棣殺絕。《南史・儒林傳》：「自是中原橫潰，衣冠道盡。」傷哉臣僕，仍指朱棣的大規模殺戮。《禮記・禮運》：「仕於公曰臣，仕於家曰僕。」❹七國肯因晁錯解二句　西漢景帝時藩王割據，御史大夫晁錯建議削藩，吳、楚七國以誅晁錯為名發動叛亂。景帝殺了晁錯，七國卻並未罷兵。溫舒，即漢代酷吏王溫舒。❺訝當年三句　宋琬《安雅堂未刻稿・入蜀集下》本詞注曰：「《漢書》：『人皆三族，王溫舒五族。』先生噀血禁庭，至今地無春草。」碧血，用「萇弘化碧」典。周朝大夫萇弘，忠心耿耿，蒙冤被逐自殺，其血三年化為碧玉。蘼蕪，香草名。❻魚服泣二句　傳說建文帝朱允炆曾僧裝出逃。魚服，君王的便裝，典出漢劉向《說苑・正諫》。❼瓜蔓殺二句　指朱棣殺方孝孺時連坐十族，連不是親戚的門生都殺掉了。瓜蔓，瓜蔓抄；輾轉株連。❽詩書種　指方孝孺。《明史・方孝孺傳》：「先是，成祖發北平，姚廣孝以孝孺為託，曰：『城下之日，彼必不降，幸勿殺之。殺孝孺，天下讀書種子絕矣。』」❾簡牘空餘南史恨二句　簡牘，指史書。長陵，明成祖朱棣陵，北京十三陵之一，在天壽山主峰南麓。❿酹荒祠三句　酹，以酒灑地祭奠。金甌，盆、盂一類的金器，比喻國家疆土、政權。

【語　譯】在木末亭邊，只聽得山鬼啾啾的哭聲，在空中飄蕩。立國之初，便遭大厄，士紳之流喪盡殺絕。作亂的七國，不可能因為晁錯被殺就退散，先生夷十族的慘禍比王溫舒誅五族更慘烈。更讓人驚訝的是，當年那碧血濺過的地方，到如今仍寸草不生。　君王失位，僧服出逃；十族株連，門生殺盡。歎息像方先生這樣的大儒已滅絕，有誰還能接續詩書的薪火？只留下簡牘記錄著歷史的傷恨，松柏長在，它見證著長陵變成光禿的山峰。在荒祠中酹酒，青熒燈火之中，我傷心地歎息國家已經傾覆。

【研　析】這是一首懷古憑弔詞，作者借憑弔方孝孺，寄託了對明朝傾覆的傷痛和對清政權不道行為的譴責。開篇三句，由情見景，「木末」、「山鬼」，皆非實指，是要營構一個淒慘幽怨的氛圍。「陽九厄，衣冠道盡，傷哉臣僕」，句句用典，用語雙關。「陽九」指改元建國之初，既指方孝孺的時代，也可以理解為當下；「衣冠道盡」，同樣有雙關之意，以明初比清初，為的是還原事實，也是為了指實當，清初屠殺之慘烈亦不遜於明初。「七國」兩句是議論，以晁錯比孝孺，存其建議削藩之功和無端招來殺身之禍的冤屈，又以王溫舒這樣多行不義而自斃的酷吏作參照，劍鋒真指統治者心性的兇殘。「訝當年」三句轉而寫景，由歷史回到當前，看似閒來一筆，用意卻深遠。「至今地無春草」，觸目驚心，正與開篇「山鬼夜哭」相呼應。

過片「魚服泣，君王逐。瓜蔓殺，門生族」四句，是一對巧妙而工整的扇面對。有道之殺曰誅，無道之殺曰殺，一個「殺」字寄寓著詞人多麼深沉的控訴。「歎詩書種絕，何人能續」，用意雙關，自方孝孺死到詞人生活的時代，兩百多年過去了，詩書並未斷絕，作者這裡譴責的當是清政府的文化高壓政策。「簡牘空餘南史恨，松杉已見長陵禿。」「簡牘南史」，可能是用宋遺民鄭思肖（號所南）著《鐵函心史》的典故，也可能是指剛剛結束的南明史。「松杉」句似可作多重理解：一方面長陵松杉為新朝統治者所砍伐，詞人思之心痛；另一方面，殺方孝孺的正是長陵之主朱棣，昔日的暴君逃不過如此淒涼的下場，今天推行殘酷政策的當朝者也一樣會遭到報應；再一方面，明朝已成歷史，長陵松杉已禿，一切不可挽回，抒發了深沉的滄桑之感。結拍三句，「酹荒祠，燈火尚青熒，金甌覆」，再轉寫景，首尾呼應，振起強音。「青熒」的燈火充滿蕭森之感，彷彿聞得鬼哭之聲；「金甌覆」三字，毫不掩飾自己的立場，表達了對明亡的痛悼和懷念！

22 賀新郎

和曹實庵舍人贈柳叟敬亭❶

龔鼎孳

鶴髮開元叟❷。也來看、荊高市上，賣漿屠狗❸。萬里風霜吹短褐❹，遊戲侯門趨走。卿與我、周旋良久。綠鬢❺舊顏今改盡，歎婆娑、人似桓公柳❻。空擊碎，唾壺口❼。

江東折戟沉沙❽後。過青溪❾、笛床煙月，淚珠盈斗。老矣耐煩如許事，且坐旗亭❿呼酒。拚殘臘、銷磨紅友⓫。花壓城南韋杜曲，問球場、馬弰還能否⓬？斜日外，一回首。

【作者】龔鼎孳（西元一六一五—一六七三年），字孝升，號芝麓，安徽合肥人。明崇禎七年（西元一六三四年）進士，官兵科給事中。李自成進京時歸降，後入清任太常寺少卿，左都御史，屢躓屢起，官至禮部尚書，卒諡端毅。著有《定山堂集》，詞附集中。乾隆時諡號被廢，著作遭抽毀。龔氏為明清之際文壇耆宿之一，與錢謙益、吳偉業並稱「江左三大家」，以愛才好客著稱。龔氏早年詞不乏綺麗淒惻之音，晚年參與「秋水軒唱和」，漸變為老辣深沉。

【注　釋】❶和曹實庵舍人句　曹實庵即曹貞吉，時任內閣中書舍人。柳敬亭，見前吳偉業〈沁園春・贈柳敬亭〉詞注❶。據清人毛大瀛《戲鷗居詞話》引曹禾語，康熙九年（西元一六七〇年）柳敬亭以七十九歲高齡入京賣藝，遊走公卿之家。曹貞吉作〈沁園春・贈柳敬亭〉、〈賀新郎・再贈柳敬亭〉兩詞贈之。本詞為龔氏和作。❷開元叟　指柳敬亭。開元（西元七一三－七四一年）是唐玄宗朝年號，盛唐的標誌。據楊鐘羲《雪橋詩話餘集》卷二：「康熙初，四方鴻儒碩士咸集京師，于庚戌、辛亥為最盛。龔芝麓集同人聽柳敬亭說《隋唐遺事》。」這裡用「開元叟」指稱柳氏，既切其說書的內容，也暗示其前明遺民身份。❸荊高市上二句　荊高，即戰國時期燕國人荊軻和高漸離。荊高市即燕市，在燕京（今北京市）。賣漿屠狗，指隱於市井中的豪傑俠士。❹短褐　粗布短衣，為貧賤人所穿。❺綠鬢　指年輕時烏黑的鬢髮。❻桓公柳　桓公即東晉大司馬桓溫。《世說新語・言語》：「桓公北征，經金城，見前為琅邪時種柳皆已十圍，慨然曰：『木猶如此，人何以堪！』攀枝執條，泫然流淚。」❼空擊碎二句　《世說新語・豪爽》：「王處仲每酒後輒詠『老驥伏櫪，志在千里。烈士暮年，壯心不已』，以如意打唾壺，壺口盡缺。」王處仲即東晉大將軍王敦。❽折戟沉沙　指戰事結束。杜牧〈赤壁〉：「折戟沉沙鐵未銷，自將磨洗認前朝。」❾青溪　發源於南京鍾山西南，流入秦淮河。❿旗亭　古代用來指揮集市交易的市樓。⓫拚殘臘銷磨紅友　拚，甘願；不管不顧。殘臘，歲暮。紅友，指酒。宋羅大經《鶴林玉露・紅友》：「東坡南遷北歸，嘗與單秀才步田至其地，地主攜酒來餉，曰：『此紅友也。』坡曰：『此人知有紅友而不知有黃封，可謂快活。』」⓬花壓城南韋杜曲二句　韋杜曲，即韋曲與杜曲，為唐代長安韋、杜兩大豪族聚居之地。這裡代指南明都城南京。球場，古人玩蹴鞠、築球等遊戲的場地。馬弰，指騎射。弰，張弓使箭。

【語　譯】你好比開元盛世的鶴髮老人，來燕京尋訪隱於市井的豪傑。粗布短衣，冒著風霜，不遠萬里，遊走賣藝於貴族門庭。你和我是多年的知交，如今都鬢衰顏改。無奈胸中的鬱憤難消，只有舉手敲碎那唾壺口。

江東戰亂結束後，我重過南京的青溪，回想從前，那煙月迷離、倚床吹笛的日子，我禁不住淚流滿面。人老了，經不起太多的事，坐在旗亭下飲酒，我以紅友為伴，是為了消磨最後的時光。每當春來，滿枝繁花，低壓著城南的韋杜曲。試問，你還能在球場一展身手、持弓箭縱馬馳逐？這一切都付與，斜陽下的那一回首。

【研　析】這首酬贈詞使事用典，安排妥帖，感慨深沉，意在言外。上片撫今追昔，讚頌了柳敬亭的英雄豪情。「鶴髮開元叟」，以盛唐遺民指稱柳氏。「鶴髮」言其老，「開元」言往昔繁華，組合在一起即指對方是前代繁華的見證者。這樣看似隨意的一個比喻，在開篇實有總括全文之妙。「也來看、荊高市上，賣漿屠狗。」康熙初年，各地士子雲集京師，不乏隱於下層的豪傑之士。「萬里」兩句概括了明亡前柳敬亭的傳奇經歷。「短褐」言其身分本微賤，「風霜」代指當年明清對抗的危局，「遊戲」切其說唱之技藝，「侯門」也暗指柳敬亭曾依附的寧南侯左良玉，「趨走」說明其是幕賓而非倡優，短短十三字有極強的概括力。《世說新語・品藻》曾記載晉人殷浩的名言「我與我周旋久，寧作我」，這裡的「卿與我、周旋良久」是否也有個沒有說出的「寧作卿」呢？乾坤變色，山河易主，而敬亭未改其本色，字裡行間實有稱讚之意。接下來，桓溫的柳樹和王敦的唾壺這兩個熟典，也有特殊的意味。柳敬亭在左良玉幕中參與軍機大事，號稱「柳將軍」（清黃宗羲〈柳敬亭傳〉），其心中也有過抗清恢復之大志。詞人用桓溫、王敦兩個前代不服老的豪傑相比，可見欽佩讚許之意。

下片主要抒發而今之感傷，實寫敬亭，暗寫自己。「折戟沉沙鐵未銷，自將磨洗認前朝」（杜牧〈赤壁〉），江南的戰事雖已結束，創傷尚未平復，仇恨也未消除，眼前柳叟就是遺民的代表，詞人通過他也算是追憶前朝。「過青溪、笛床煙月，淚珠盈斗」，設想對方重過南京，往日之歡愉，化成今日之淚珠。「青溪」代指秦淮舊院，曾是才子歌女雲集的風流場所；「笛床」切柳氏藝人之身分，又似暗用唐代著名笛師李謨安史亂後流落江東的典故，呼應開篇的「開元」。「老矣」三句，轉作曠達，借酒澆愁。「殘臘」指一歲之暮，亦可指一生之暮。「紅友」之典，亦可玩味。據羅大經《鶴林玉露》記載，蘇東坡以「知有紅友而不知有黃封，可謂快活」，「黃封」是官釀之酒，就酒便喝，圖個快活，官釀反而不如私釀自在。敬亭不過一介草民，詞人已官至尚書；敬亭喝的是「紅友」，無拘無束，無牽無掛，詞人身仕兩朝，宦海沉浮，如履薄冰，既不得新朝之信任，又不得輿論之諒解，文字背後有深藏的感傷。若謂不然，不過一「借酒澆餘生」之意，詞人何必花費兩韻的篇幅？「花壓城南韋杜曲，問球場、馬弰還能否」，與其說調侃對方，不如說自傷遲暮。繁花、馬弰兩個生機勃勃的物象，給全篇添上一抹夕陽般的亮色。然而接下來又轉入低沉。「斜日外，一回首」，是對上句之問的回答，對於進入最後歲月的老人來說，已無法再期待明天，所能做的僅是回首往事而已。總的來說，本詞典故雖多，卻非泛泛敷衍，深沉的感喟在句內更在句外，實不易解。

23 桂枝香

和王介甫❶

余懷

江山依舊。怪捲地西風，忽然吹透。只有上陽白髮❷，江南紅豆❸。繁華往事空流水，最飄零、酒狂詩瘦❹。六朝花鳥，五湖❺煙月，幾人消受？

問千古英雄誰又？況❻霸業消沉，故園傾覆。四十餘年，收拾舞衫歌袖。莫愁艇子❼桓伊笛❽，正落葉烏啼時候。草堂人倦，畫屏斜倚，盈盈清晝。

【作者】余懷（西元一六一六—一六九六年），字澹心，一字無懷，號曼翁，又號曼持老人，原籍福建莆田，僑居南京。余懷一生布衣，風流倜儻，才情富豔，與杜浚、白夢鼐合稱「余杜白」。崇禎末，入范景文幕為書記，以杜牧自詡。明亡以遺民自居，晚年流寓無錫、蘇州等地。讀書萬卷，著述極多，以《板橋雜記》最為知名，詞集名《秋雪詞》、《玉琴齋詞》。

【注釋】❶王介甫　即王安石，〈桂枝香〉（登臨送目）詞是其名作。本詞是余懷〈玉琴齋詞・四十九歲感遇詞六首并序〉的第一首，作於康熙三年（西元一六六四年）。其序言稱：「余今年四十九，身既老矣，窮猶未死。追想生平，六朝如夢。每愛宋諸公詞，倚而和之，聊進一杯，正山谷所云『坐來聲噴霜竹』也。」❷上陽白髮　指被長年幽禁於深宮的宮女。唐白居易、元稹皆作有〈上陽白髮人〉樂府詩。上陽即上陽宮，是玄宗時安置失寵宮女之所。❸江南紅豆　紅豆又名相思子，常用來表達相思，參見清鈕琇《觚賸・粵觚》。又，唐范攄《雲溪友議》云安史亂後，宮廷樂師李龜年「奔迫江潭……曾於湘中採訪使筵上唱『紅豆生南國』……合座莫不望行幸而慘然。」江南紅豆，又有滄桑之感。❹酒狂詩瘦　形容自己不合於時、耽於詩酒的樣子。明張大命輯《太古正音琴經・酒狂》：「是曲阮籍所作也。籍嘆道與時違，逃于酒以樂天真。」又李白〈戲贈杜甫〉：「借問別來太瘦生，總為從前作詩苦。」❺五湖　指太湖及周邊湖泊。❻況　正；適。❼莫愁艇子　傳說莫愁是南朝一女子，《樂府詩集》卷四十八〈莫愁樂〉：「莫愁在何處？莫愁石城西。艇子打兩槳，催送莫愁來。」艇子，船夫。宋周邦彥〈西河・金陵懷古〉：「斷崖樹，猶倒倚。莫愁艇子曾繫。」❽桓伊笛　桓伊是東晉大將，《晉書》本傳稱其「性謙素，雖有大功而始終不替。善音樂，盡一時之妙，為江左第一。有蔡邕柯亭笛，常自吹之。」

【語譯】人事都非，山河依舊。詫異這捲地呼嘯的西風，竟霎時間吹透了宇宙，只留下前朝的白髮宮人，還有江南懷舊之曲。繁華往事，都隨流水逝去。何處最覺飄零？藏身於酒國而裝狂買醉，傾力於詩場而神銷身瘦。六朝花鳥，五湖煙月，這樣的賞心樂事，又有幾人能消受？　回溯千年歷史，試問誰又成了真正的英雄？今日國家已滅亡，家園也已傾覆。四十多年來，我已沒了秦樓楚館、舞袖歌聲的生活。佳人唱曲，名士吹笛。正是黃葉飄落歸鴉淒啼的時候。草堂之中人倦了，畫屏之中人斜倚，暫且度過這漫漫長日。

【研析】這是一曲真摯沉痛的哀歌，融身世之感與家國之恨為一體。開篇造語生新，「江山依舊。怪捲地西風，忽然吹透」。「怪」、「透」兩字，是句中之眼。山河未改，乾坤已變，八旗鐵騎竟如西風掃落葉一般，迅速擊潰南明軍和起義軍，以迅雷不及掩耳之勢定鼎中原。這一切來得太突然太徹底了，即使在距離甲申之變已二十年後的今天，仍讓人瞠目結舌，無法接受。被吹透的不只是這個世界，還有人們的內心。「只有上陽白髮，江南紅豆」，上陽白髮之人和江南紅豆之曲，都是往昔繁華的見證者，今日淒涼的經歷者，「白」與「紅」的對比是那樣的鮮明醒目。「繁華」兩句，筆觸由歷史轉向現實，飄零之中，能排遣心中悲涼的，惟酒與詩而已。「酒狂」、「詩瘦」既是實寫詞人的生存狀態，又是以阮籍、杜甫暗喻失路之痛和社稷之悲，一語雙關，情味醇厚。「六朝花鳥，五湖煙月，幾人消受？」從前的種種歡愉，今日的種種傷痛，兩相對照，這樣的感受又有幾人能消受？我沉湎其中，不能自拔。多情之人常常是孤獨的，他們哀樂每過於人，縱然是同樣經歷了這一場大變革的人，也未必能完全體會其心情。

過片是一句發問，寫出對千年歷史的感慨。「問千古英雄誰又？況霸業消沉，故園傾覆。」在時間面前，人類是渺小的，在歷史面前，成敗是暫時的。在改朝換代之際，誰才是真正的英雄？誰能成為真正的英雄？國破，家亡，人老，筆觸從歷史的回溯，轉到當前寫自己。「四十餘年，收拾舞衫歌袖。」我半生放浪瀟灑，終於到了盡頭。「莫愁艇子桓伊笛，正落葉烏啼時候」兩句，純以物象連接，是「收拾舞衫歌袖」的具象化。美麗的歌女，曼妙的舞姿，依然會天天上演，可是這窗外的落葉和啼烏，這世間的濃濃秋意，這心中的深深疲憊，讓人再無欣賞的心情。「草堂人倦，畫屏斜倚，盈盈清晝」三句，以景結情，頗見滄桑之感。「故園」不復存在，如今只有「草堂」依舊；「舞衫歌袖」已收拾起，凝於畫屏之上；「葉落烏啼」也已散去，融融的日光帶來些許暖意。這陽光雖暖卻是夕陽，這寧靜雖好卻指向衰老，這種百無聊賴的不作為，也許是作為遺民對新朝的最後抵抗。

24 憶秦娥

冬感❶

曹爾堪

殘霞沒，隃糜❷凍黑西風突。西風突。怪鴟❸悲嘯，一天霜月。銜杯❹

慷慨冠衝髮❺，古今人物都消歇。都消歇。陰房❻鬼火，戰場枯骨。

【作　者】曹爾堪（西元一六一七—一六七九年），字子顧，號顧庵，浙江嘉善人。順治九年（西元一六五二年）進士。授翰林院編修，升侍講學士。曾因牽累而下獄，事白出獄後罷歸田園，優遊終老。爾堪工詩詞，其詩與施閏章、宋琬等合稱「海內八家」，詞與山東曹貞吉並稱「南北二曹」。康熙初年詞壇上，「江村唱和」

（宋琬、王士祿等）、「紅橋唱和」（王士禛、宋琬、王士祿等）、「秋水軒唱和」（龔鼎孳、周在浚等）等三次重要唱和活動，曹爾堪都是主要參與者。有《南溪詞》行世。

【注釋】❶冬感　本詞當作於康熙初年詞人北遊秦晉之時。據施閏章〈曹公顧庵墓誌銘〉，順治十八年（西元一六六一年）曹爾堪受奏銷案牽累，奪官南歸還鄉。是年，其僮僕與縣衙役卒發生爭執，曹氏言語忤上官，竟遭遣戍，贖身得免。之後南北漫遊，「簪冠芒履，北抵秦晉，南涉荊楚」。❷隃糜　漢時縣名，屬右扶風，在今陝西千陽東，以產墨著稱。❸鴟　指貓頭鷹一類的鳥，古人以其叫聲為不祥之音。❹銜杯　飲酒。❺冠衝髮　「髮衝冠」的倒文。❻陰房　墓地；墓園。

【語譯】晚霞沒入夜色，隃糜古邑，寒氣襲人，西風突然而起。它在空中狂呼亂舞，驚得那鴟鴞發出淒厲的哀鳴，霜天裡布滿了清冷的月色。　我借著酒力，慷慨悲歌，一頭怒髮衝冠而上。歎古往今來，有多少英雄豪傑，消逝在歷史長河裡。他們都已化作了，墓園中的鬼火，戰場上的枯骨。

【研析】這首詞是寫冬日的戰場景象，詞人曾漫遊西北秦晉之地，目睹這片大順軍與清軍曾經交鋒的戰場，硝煙未盡，瘡痍未復，有感而發，成為是篇。上片寫景，開篇五句，形成一個整體，肅殺而恐怖。詞人運筆粗厲，寫出了夜幕降臨的動態過程：晚霞的餘暉被夜色吞沒，「墨鄉」隃糜又黑又冷，凜冽的西風在空中狂呼亂舞，貓頭鷹淒厲的怪叫，聽來讓人毛骨悚然，月亮的清輝與清冷的霜氣混合在一起，讓人不寒而慄。此情此景，折射出了詞人絕望而驚悸的內心底色。過片抒懷，下語哽慨悲咽。「銜杯慷慨冠衝髮」，有意打亂正常的語序邏輯，生成峭拔生硬之感，與鬱勃之心情相得益彰。初讀之下，「古今人物都消歇」和「浪淘盡、千古風流人物」、「風流總被雨打風吹去」等，在抒發滄桑之感的這一點上並沒有什麼不同。可是「都消歇」複沓一句，跟著「陰房鬼火，戰場枯骨」兩句，就成了「古今人物都成了墳塋中的鬼火和戰場中的枯骨」。明清之交，戰火熊熊，太多冤魂如鬼火一樣難以消弭，太多枯骨曝於戰場無人收葬，這才是「滄桑感」的實質內容。就曹爾堪來說，昨天是朝堂上的學士，今天是荒野中的庶民，「消歇」之人中或許也是包括他自己，我們也不難讀出一絲對當今統治者的怨懟之情。

25 減字木蘭花

初夏放舟郭❶外

曹爾堪

垂垂紫楝❷，四月江心頻點燕。亭館誰家？天棘❸抽條出屋斜。　輕舠❹不穩，移向伍塘❺風力緊。晴日將西，黃犢江村水一犁。

【注釋】❶郭　外城。❷紫楝　即楝樹，落葉喬木，花淡紫色。❸天棘　即天門冬，蔓生植物。❹舠　小船。❺伍塘　即伍子塘，在嘉善西南，接胥山，相傳為伍子胥所開。

【語譯】紫楝花累累垂下，人間已是四月天，輕快的燕子在江心水面掠過。那邊是誰家亭館？天棘的枝蔓已伸出屋簷。　一陣疾風拂過，小船兒搖搖晃晃，到了伍子塘，風力逐漸加大。夕陽將要落山了，小黃牛拖著一犁泥水回到江村。

【研析】這是一首風格簡曠自然的田園詞。全篇寫泛舟塘上即目所見，毫不用力，刻劃了原汁原味的田園風光，傳達了作者蕭散愉快的心情。「垂垂紫楝，四月江心頻點燕」，寫景有靜有動，靜者淡雅安靜，動者輕靈歡快，相映成趣。「亭館誰家？天棘抽條出屋斜」，天棘長得自由，詞人問得即興，有一股濃郁的田園野趣。本來天棘蔓生之時，也是春花謝盡之日，所謂「開到荼蘼花事了，絲絲天棘出莓牆」（宋王淇〈春暮遊小園〉），但詞人意不在惜取暮春，而在感受初夏。「輕舠不穩，移向伍塘風力緊」，寫風急浪大，小船顛簸不平，造句平直如散文，卻是真情實景。「晴日將西，黃犢江村水一犁」，寫「日之夕矣，牛羊下來」的農家生活，牛犁上泥水淋漓，又是四月初夏，江村池塘水滿。夕陽西下，黃牛暮歸，散淡而充實，簡單而愉悅。清代詞論家鄒祇謨在《遠志齋詞衷》中稱曹爾堪詞「酷似渭南老人」（即陸游），將他與唐代田園詩派王維、孟浩然相比，本詞可做一例證。

26 鷓鴣天

野堂即事❶

曹爾堪

蟹舍雞棲共一椽❷，千竿修竹弄晴煙。鳥聲都在征鼙❸外，兵氣猶纏大角❹邊。

書案淨，雜花妍，種魚栽藕野塘偏。木香❺吹雪人閑坐，讀罷莊生〈駢拇〉篇❻。

【注釋】❶野堂即事　詞人的居所。本詞寫的是即目所見，即興之感。❷雞棲共一椽　雞棲，雞舍。椽，放在檁上架著屋頂的木條，代指房舍。❸征鼙　軍鼓聲。❹大角　北方亮星，屬牧夫座。古人以大角配帝廷，《史記‧天官書》：「大角者，天王帝庭。」❺木香　薔薇科植物，初夏開白色花。❻駢拇篇　〈駢拇〉是《莊子》「外篇」的第一篇，其主旨在「闡揚人的行為當合於自然、順人情之常」（陳鼓應說）。駢拇，即大腳趾與第二趾相連的畸形，比喻無用之物。

【語譯】院子裡又是雞籠又是蟹舍，院門外千竿修竹擺動在輕煙中。皇上還在用兵，戰事不斷，鼓聲隆隆，不過亂鳴的鳥兒都聽不見。書案潔淨，雜花喧妍，開發出偏僻的野塘，養魚種藕。閒坐在飄揚如雪的木香花畔，讀完《莊子‧駢拇》一篇。

【研　析】這也是一首清新散淡的田園詞，與前一首〈減字木蘭花〉不同的是本詞添加了不少文人雅趣和對世事的關心。「蟹舍」兩句，一寫田家樂，一寫高士情，寫田家樂用的是粗線條的勾勒，寫高士情則用了「修竹」、「弄」、「晴煙」等雅致些的詞彙。詞人將兩種景色拼合在一處，大概是要表明自己並非要超脫世外、不食人間煙火，也不是要放棄所有精神追求，做個徹底的農夫，而是要像陶淵明一般恬退自安，躬耕自足。然而像陶詩也有「金剛怒目式」一樣，詞人也無法完全隔離世事。「鳥聲都在征鼙外，兵氣猶纏大角邊」，雖然戰鼓不聞，耳畔只有鳥鳴，可是國家大事的新聞依然會傳來，「纏」字頗有紛擾之意。也許這個世界不太平，詞人的心境也不可能徹底安寧。過片回到自身，「書案淨，雜花妍」，寫野堂的環境。「雜花」不加剪裁，有全天性、任自然之意。「種魚栽藕野塘偏」，交待野堂所處的地理位置，也呼應著上闋的「蟹舍雞棲」，「種魚栽藕」寫出了文人雅士的特殊情趣。「野塘偏」三字，也讓人聯想起陶淵明「問君何能爾，心遠地自偏」（〈飲酒十二首〉其五）、「開荒南野際，守拙歸園田」（〈歸園田居六首〉其一）的詩意。結拍兩句，刻劃出詞人風神瀟灑、怡然自樂的形象。《莊子・駢拇》以駢拇為喻，稱身體畸形雖是天生然而無用，好比仁義之行未必不是發自肺腑，然而卻非天性。不過駢拇雖然畸形無用，但畢竟是天生身體的一部分，不可為了恢復正常而加以戕害，所以也不可以仁義扭曲天性。這樣看來，大角間的兵氣，鳥聲外的征鼙，詞人是真的不願關心了。他不願作「身在江海之上，心居乎魏闕之下」（《莊子・讓王》）的名士，而要向陶淵明看齊，「俯仰終宇宙，不樂復何如」（陶淵明〈讀山海經十三首〉其一）。

27 玉樓春

燕

宋徵輿

雕梁畫棟原無數❶，不問主人隨意住。紅襟惹盡百花香，翠尾掃開三月雨。

半年別我歸何處？相見如將離恨訴。海棠枝上立多時，飛向小橋西畔去。

【作　者】宋徵輿（西元一六一八—一六六七年），字直方，又字轅文，別號佩月主人，華亭（今上海市松江區）人。明末與李雯、陳子龍倡幾社，稱「雲間三子」。清順治四年（西元一六四七年）進士，官至都察院左副都御史。徵輿是雲間詞派主要作家之一，詞追南唐北宋，力圖廓清明詞以《花間集》、《草堂詩餘》為宗的積習，格調較高。與李雯、陳子龍詞合刻為《幽蘭草》。又有《林屋詩文稿》、《海閭香詞》。

【注　釋】❶數　定數。

【語　譯】這雕梁畫棟的華屋幾度易主，只有燕子不管主人是誰隨意居住。在芬芳燦爛的百花中來回穿梭，在溫暖濕潤的細雨裡上下翻飛，明媚的春光中牠們多麼快樂。　過去的半年裡，燕子離開我到哪兒去了？這番相見，燕語呢喃，彷彿在傾訴離別之苦。牠在海棠枝上停留了許久，終於還是向小橋西畔飛去。

【研　析】這是一首詠物詞，但詞人並沒有在體物上下功夫，而是借燕起興，抒發心中的哀傷，主旨全在「雕梁畫棟原無數」一句上。

這裡其實有一個詞人與燕子「不識－相識－分別－再會－分別」的過程。作為「雕梁畫棟」的現任主人，詞人與前來居住的燕子由不相識到相識；半年前的秋天，燕子飛往遠方，與詞人相別；半年後，燕子飛了回來，與詞人相會；牠在海棠上停了很久，卻又向橋西飛去，預示著燕子最終還是要別人而去。這一過程，其實是燕子與華屋的每一任主人都會上演的故事。「千年田換八百主」，「雕梁畫棟」的主人其實是燕子，因為牠們可以隨意居住，一年一度一歸來。春天的主人其實也是燕子，因為牠們自由自在，無所留戀，也無所依傍，所以「紅襟惹盡百花香，翠尾掃開三月雨」，是那麼的快樂。身處易代之際，關於出處大節，詞人選擇了滿清統治者作為新「主人」，取得了繼續居於「雕梁畫棟」的資格；看到自由快樂的燕子，詞人會作何感想呢？

下片的構思，讓人聯想起宋代黃庭堅〈清平樂〉詞下片：「春無蹤跡誰知？除非問取黃鸝。百囀無人能解，因風飛過薔薇。」「黃鸝」雖「百囀」卻無人能理解，故而乘著春風、帶著春天飛走了；「燕子」分明是可以理解的，不然為何說「如將離恨訴」呢？可是「燕子」一樣飛走了，而且不是在秋天，也不是在春暮，在春光尚好中，就離開了詞人，「飛向小橋西畔去」了。如果說面對「黃鸝」，黃氏還有幾分思索與清高（可參見俞平伯先生《唐宋詞選釋》對黃詞的注解）；面對「燕子」，宋氏則似乎充滿了被遺棄的孤獨。

28　蝶戀花

宋徵輿

寶枕輕風秋夢薄。紅斂雙蛾❶，顛倒垂金雀❷。新樣羅衣渾❸棄卻，猶尋舊日春衫著。

偏是斷腸花❹不落。人苦傷心，鏡裡顏非昨。曾誤當初青女❺約，只今霜夜思量著。

【注釋】❶雙蛾　女子的蛾眉。❷金雀　頭飾。❸渾　全；都。❹斷腸花　秋海棠一名斷腸花。❺青女　主霜雪的神。

【語譯】秋風拂過寶枕，輕悠的夢兒容易喚醒。睡臉暈紅，雙眉微皺，頭上的金雀釵垂垂欲墜。所有新款衣裳都扔掉不管，還是想找回從前穿過的舊春衫。

秋海棠依然盛開，它讓人觸目斷腸。我傷心悲苦，鏡裡朱顏，已不是往日的模樣。當初錯過與青女的約定，今日只有在霜寒之夜中煎熬。

【研析】這是一首閨情詞，在相思愁怨的外衣下，卻隱藏著深微要眇的身世之感。「寶枕輕風秋夢薄」，造語清雅含蓄。「寶枕」見陳設之華麗，側面襯托女子之美麗。「秋夢」易醒而薄，傳達著絲絲幻滅之感。「紅斂」二句，正面描畫女子之容貌，景中含情。臉紅只因初醒，眉皺或由夢惡。讀「紅斂雙蛾」四字，讓人不能不既愛其貌，更憐其情。「顛倒垂金雀」，這一細節頗見思致。初醒懵騰之際，頭上金釵倒懸欲墜，自是常理，然而為何睡覺也不脫飾物？也許只是孤身一人，百無聊賴，小憩片刻，不期然間進入夢鄉。和「新樣羅衣」比起來，「舊日春衫」既跟不上潮流，又不合時宜，為何還要找來穿上呢？也許是新衣雖美卻無人欣賞，舊服雖老卻無限可戀吧。俗語云「衣不如新，人不如故」，此詞則翻出新解。然而「舊時天氣舊時衣，只有情懷，不似舊家時」（李清照〈南歌子〉），縱然穿回舊日春衫，還能回到春天，回到從前嗎？上片以景含情，下片以情帶景。「偏是斷腸花不落。人苦傷心，鏡裡顏非昨」三句，也是翻熟為新。若以「斷腸花」是秋海棠的別名，則暗應上文之「秋」；若以泛指令人斷腸的花亦無不可，不管何種秋花，傷心是一樣的。雖然時值秋天，可眼前之花卻沒有肅殺衰颯之氣，卻反襯著人無可奈何的老去。歇拍兩句，是極具匠心的妙筆。青女是司霜之神，眼前霜夜不正是青女當值之時嗎，不是正好踐約嗎？是做錯了什麼，錯過了什麼，還是有種種原因無法踐約了呢？詞人沒有回答，只有霜寒中的思量和煎熬。這首詞寫的不過是尋常的閨怨題材，卻能讓讀者如幽谷一樣心靈搖蕩，是因為他在其中注入了心中的那一點「難言之隱」。宋徵輿與陳子龍、李雯並稱「雲間三子」，然而滿清入關後，陳子龍在明亡之際為國捐軀，徵輿卻應了科舉，走上了仕途，官至左副都御史。回憶當年，念及知交，能無愧乎！明亡時，他不過二十七歲，沒有功名，再仕新朝，亦有可理解之處。然而，相對故友而言，終究不能免除愧疚。這首詞一掃明詞的敷衍與浮豔，注入了深美閎約、寄興深遠的新質，透露出清詞復興的消息。

29 踏莎行

宋徵輿

錦幄❶銷香，翠屏生霧，妝成漫❷倚紗窗住。一雙青雀到空庭，梅花自落無人處。

回首天涯，歸期又誤，羅衣不耐東風舞。垂楊枝上月華明，可憐獨上銀床去。

【注釋】❶幄　帳幕。❷漫　隨意；漫不經心。

【語譯】錦帳邊水沉香已經燃盡，綠屏上浮起一般朦朧的塵霧。我隨意地梳洗，靠著紗窗閒坐。空無一人的庭院裡，一雙青雀前來嬉戲，一株梅花自開自落。　回首望向天邊，那人又誤了歸期。春風舞動衣衫，我情隨風搖蕩。月兒爬上垂楊，慢慢地亮起來，可憐我只能獨自上銀床。

【研析】這首詞也是思婦念遠的常見題材，但抒情中順帶敘事，寫景中妙用比興，敘述中善用伏筆，是一篇思筆兼妙的小令。「錦幄銷香，翠屏生霧」，以動景寫靜，以麗景寫哀情。「錦幄」代指簾幕帷幔，「翠屏」即房間中的屏風，熏香燃盡，浮塵漸起，卻無心再續，無心拂拭。「妝成漫倚紗窗住」，這一句勾連著上下文，並引出下文之寫景。既然如此用心妝扮過，怎能言「漫」？既然妝飾一新，又為何不肯灑掃庭除？詞人沒有回答，轉而順著「紗窗」寫窗外之景。「一雙青雀到空庭，梅花自落無人處」，細品其字法，「到」字、「自」字為句中之眼，頗見功力。知道此庭空廢已久，女子也自然看青雀來到，因為久已不涉園中。梅花在無人之處自開自落，與其說孤芳自賞，不如說無人欣賞，恰與思婦同病相憐。不過，「青雀」多少讓人聯想到送信的青鳥，精心裝扮的行為也表明心有所待。所待為何？為下文埋下了伏筆。「回首天涯，歸期又誤」兩句，點明主旨。何為「天涯」？遠方之謂也，在那裡有她思念的遊子。何以言「回首」？原本倚窗注目空庭，現在轉而憑欄望遠。女子沒有「梳洗罷，獨倚望江樓」（溫庭筠〈望江南〉），而是著妝之後，漫不經心地倚著紗窗，看一雙青雀恩愛呢喃，看一樹梅花自開自落，看香銷盡，塵土蒙。回首時，想對方人在天涯，卻不知心在何處。也許今日是一次又一次的「歸期」，這「歸期」也照例一次又一次「又誤」。這說明遊子沒能如期歸來，一個「又」字表明了女子的失落和失望。當等待成了習慣，似乎忘記了期盼；當失望成了必然，自然也就沒有了傷感。「羅衣不耐東風舞」，起身憑欄，裙裾飄飛，不奈春風撩撥的，是衣衫更是人心。「垂楊枝上月華明，可憐獨上銀床去」，時間從日到夜，視線從室內到庭院，從庭院到「天涯」，又回到庭院，人從窗邊到欄前，又回到床上，等待已經結束，等待實無休止。「銀床」與「錦幄」首尾呼應，成為悲劇的循環，明天，明天的明天，「歸期」也不過是一場空而已。

30 踏莎行

閨怨

尤侗

獨上妝樓，青山如昨，畫眉彩筆春來閣[1]。休彈紅雨[2]濕花梢，淚珠自向心頭落。可恨東風，年年輕薄，天涯不管人飄泊。漫❸將薄幸比楊花，楊花猶解穿羅幕。

【作　者】尤侗（西元一六一八－一七〇四年），字同人，更字展成，號悔庵，又號艮齋、西堂老人，江蘇吳縣人。明末諸生。順治五年（西元一六四八年）以貢生選永平（今河北盧龍）推官，因打旗人而罷官。康熙十八年（西元一六七九年）應博學鴻詞科，授翰林院檢討，參修《明史》。居三年告歸。康熙南巡至蘇州，侗獻詩頌，獲嘉獎。有《西堂全集》、《餘集》，詞名《百末詞》。尤侗才華橫溢，文備眾體，詞曲兼擅，其小令以才氣取勝，清新雋美。

【注　釋】❶闌　通「攔」。攔置；放下。❷紅雨　被胭脂染紅的淚水。❸漫　徒；空。

【語　譯】我獨上妝樓，望中青山依舊。春天悄然來到闌前，什麼樣的畫眉彩筆都描不成。不要讓紅雨染濕了花梢，淚水已滴到了心頭上。　可恨東風一年一度輕薄，年年都來撩撥我的心事，卻吹不回那個漂泊天涯的人。不必說楊花薄幸，楊花最起碼還會穿簾越幕來相伴。

【研　析】這首詞寫閨怨，意脈連貫，言情流暢，頗見巧思，當得起「語本天然筆不休」（清譚瑩《論詞絕句》評尤侗）之稱。「獨上妝樓，青山如昨」八字，開門見山。前一句扣題，點明寂寞處境；後一句寫景，「青山」暗逗春意，成為背景，「如昨」將昨天納入，深厚其情。青山不改，寂寞依舊。「畫眉彩筆春來閣」，緊接上句而來，「畫眉」接應「妝樓」，「春天」凸顯「青山」。細味其句法，從語意上說，當是「春來畫眉彩筆閣」，簡單倒裝之後，「春來閣」三字凸顯了大好春光之中無心打扮的怨艾之情。「畫眉」不由讓人聯想起漢代張敞為妻子畫眉的美談，也許詞中女子的生活中亦曾有過這般韻事，此刻卻只會讓人更覺孤獨難耐。「休彈」二句挺秀有力，改含蓄為疏朗。梨花帶雨，因為無人憐惜，只能自怨自艾。眼中之淚尚有揮灑之處，心中之淚又該傾瀉何處？「紅雨」、「花梢」，仍然緊扣春天來寫，整個上片營造出麗景哀情的氛圍。

下片中時空進一步拓展，感情也更加濃郁。「可恨東風，年年輕薄，天涯不管人飄泊」，由日到年年，時間驟然增長，「天涯」云云也帶來心理距離的放大，哀愁與時空相應也在成倍增長。春風若是無情，為何「我」年年春心萌動？春風若是有情，為何竟吹不動「他」的遊子之心？結拍兩句，由風而寫到飄飛的楊花，也由風寫到那個不回家的人。不要說漫天亂飛、隨風順水的楊花薄幸，楊花起碼每年都十分守時地穿簾越幕而來，伴人一季；相較之下，那個年年漂泊、年年不回的人豈非更加無情？楊花無情薄幸的「惡名」竟被洗刷，全詞的感情也達到高潮。

31 行香子　春暮

尤侗

紫陌金車❶，綠浦蘭槎❷，共追尋大地芳華。三分春色，分與誰家？有一分山，一分水，一分花。

雨打簷牙，月落窗紗，恨韶光轉盼❸天涯。小庭寂寞，底事❹爭譁？是一聲鶯，一聲燕，一聲鴉。

【注釋】❶紫陌金車　紫陌，京城郊外的道路。金車，華貴的車子。❷綠浦蘭槎　浦，水邊之地。蘭槎，用木蘭製作的木筏。❸轉盼　轉眼間。❹底事　何事；為何。

【語譯】金車行進在郊外的道路上，蘭舟竹筏停泊在翠綠的水邊，一同追尋這大自然的美麗與芳華。三分春色，分到何處？一分與山，一分與水，還有一分與花。　春雨在屋簷下滴答，月光在窗紗上橫斜。悵恨這青春年華，轉瞬間已飛到了天涯。小小庭院，寂寞無人，為何這樣喧譁？原來是鶯兒亂鳴，燕子呢喃，還有歸鴉的啼鳴。

【研　析】這首詞，筆觸空靈，意致深婉，語言圓美，章法跳脫，是一首筆致活潑的詠春詞，可當之無愧地置身於清詞佳作之林。上片寫遊春之樂。「紫陌金車，綠浦蘭槎」，分寫陸和水，屬對工整，色彩鮮明。「金車蘭槎」只是虛寫，意在營造熱鬧繁華之氣氛。「共追尋大地芳華」，寫春滿人間，大地生機勃勃。接下來五句為一意群，寫春色浩蕩，將春色或景物量化，是詩詞中熟爛的技巧，膾炙人口者如唐徐凝「天下三分明月夜，二分無賴是揚州」（〈憶揚州〉），宋蘇軾「春色三分，二分塵土，一分流水」（〈水龍吟〉），化無形為有形，變無數為有數，更鮮明可感，也更生動有味。尤詞雖沒有什麼創新，但順應詞調體式的要求，將「春色」「三分」，「山」平聲、「水」上聲、「花」叶韻，巧妙鑲嵌，自然妥帖，不失為成功之作。下片寫惜時之意，與上片成對稱結構，但在取景上由大轉小，由泛轉具，由虛轉實，平整中有變化之妙。「雨打簷牙，月落窗紗」，洗脫了上片「紫陌綠浦」的明麗繁華，呈現出靜謐淡幽之境。下雨的日子不但不能駕金車、泛蘭槎，還提醒著春天的腳步漸遠，夏天的氣息漸漸清晰起來。「恨韶光轉盼天涯」，收束前兩句，抒發青春易逝之感。「小庭寂寞，底事爭譁？是一聲鶯，一聲燕，一聲鴉」，從大千世界回到小小庭院，真是快樂時全世界同你一起快樂，寂寞時只有你一個人寂寞。鳥兒的喧譁反襯著庭院的寂寞冷清。和上片的「山水花」相比，一動一靜，一聲一色，但此處的「鶯燕鴉」構思更為奇巧。鶯啼總讓人想到清晨，如「幾處早鶯爭暖樹」（白居易〈錢塘湖春行〉）；燕子總讓人想到午後，如「乳燕飛華屋。悄無人、桐陰轉午，晚涼新浴」（蘇軾〈賀新郎〉）；而烏鴉總和傍晚、斜陽聯繫在一起，如「斜陽外，寒鴉數點，流水遶孤村」（秦觀〈滿庭芳〉）。鶯啼啁啾、燕鳴呢喃、鴉聲暗啞，共同奏響了春天的交響曲，也映襯著無人庭院的寂寞冷清，在這些看似平易自然的句子背後，未始沒有詞人的匠心在內。

32 唐多令

感懷

徐燦

玉笛送清秋，紅蕉露未收❶。晚香殘、莫❷倚高樓。寒月羈人同是客，偏伴我，住幽州❸。

小院入邊愁❹，金戈滿舊遊❺。問五湖、那有扁舟❻？夢裡江聲和淚咽，何不向，故園流？

【作　者】徐燦（約西元一六一八—一六九八年），字湘蘋，又字明深、明霞，號深明，江南吳縣（今江蘇蘇州西南）人。光祿丞徐子懋女，弘文院大學士海寧陳之遴繼妻。從夫宦遊，封一品夫人。晚年皈依釋家，奉母而終。工詩，尤長於詞，多抒發故國之思、興亡之感，清人比之李清照。有《拙政園詩餘》三卷，詩集《拙政園詩集》二卷。

【注　釋】❶紅蕉露未收　意謂紅蕉上的露水到傍晚還沒有乾。紅蕉，紅色美人蕉。❷莫　通「暮」。傍晚。❸幽州　指今河北北部及遼寧一帶。❹邊愁　憂心邊亂，懷念遠人。杜甫〈秋興八首〉（其六）：「花萼夾城通御氣，芙蓉小苑入邊愁。」❺金戈滿舊遊　意謂從前遊覽過的地方全都遭遇了戰事。❻問五湖那有扁舟　意謂身不由己，無法遁身隱居。春秋末，越國大夫范蠡輔佐句踐滅吳，功成身退，泛舟五湖（太湖），不知所終。

【語　譯】悠揚的笛聲，送來了淒清的秋意。傍晚時，紅蕉上的露水依然晶瑩。暮色已深，熏香已殘，我獨倚在高樓上。寒月有情，陪伴我這個羈旅之人，作客在幽州。

我在這小院裡，憂愁不禁滿腹。南方戰事不休，過去經行遊玩的地方，已遍布戰火。想問問五湖，你那裡是否有舟楫可渡？家鄉就在那裡，卻無由歸去。在夢裡，哽咽的淚水伴著滔滔的江水，為何不向故園流去？

【研　析】這首詞寫入清後客居幽州時的懷鄉意緒，語言自然流暢，感情沉摯壓抑，頗似南渡後的易安詞。起筆寫客居，從眼前景物寫起。「玉笛送清秋，紅蕉露未收。」「玉笛」、「紅蕉」這些意象，在哀婉深沉的感情支配下，有化熟為新的效果。常言傷春悲秋，如今秋也將盡，北國的嚴冬就要到來，長笛一聲，真有無限悲涼。詞家常用層層包裹的蕉花比喻敏感多情的心靈，這裡寒露難晞的紅蕉或許正是女詞人悲愁難消之心的映射。「晚香殘、莫倚高樓」，寫晚香空燃，卻百無聊賴，只好登樓以排遣，詞意彷彿李白「暝色入高樓，有人樓上愁」。接下來寫登樓所見，而將筆墨集中到月亮身上：「寒月羈人同是客，偏伴我，住幽州。」詞人用心良苦，故意寫月亮和自己一樣從吳中來到幽州作客，一面突出明月之有情和詞人之孤寂，一面寄託了深深的思鄉之意。

過片順著鄉情往下寫：「小院入邊愁，金戈滿舊遊。」時當順治初年，八旗鐵騎正在蹂躪江南，那是詞人熟悉、留戀的故鄉。戰況不斷傳到北京，傳到詞人耳畔，也就不斷折磨著她的心靈。「問五湖、那有扁舟」，戰火遍及東南，哪兒還有可供遁世隱居的所在！這一句寫出了易代之際、亂世之中人們心頭的那一份身不由己和疲憊不堪，具體到詞人身上，還包括面對屈身降清、熱心仕進的丈夫諫阻不得的無可奈何。結拍三句，「夢裡江聲和淚咽，何不向，故園流」，最為沉痛，以淚咽與江聲的相應相和相比，把詞人對故園濃郁的思念推向頂峰。「夢也夢也，夢不到，寒水空流。」（蔣捷〈梅花引〉）醒時苦，夢時亦苦；夢中只有滾滾江水，嗚咽相伴，卻不見故園，真是一絲慰藉也不可得也。

33 永遇樂

舟中感舊❶

徐燦

無恙桃花，依然燕子，春景多別。前度劉郎❷，重來江令❸，片事何堪說。
逝水殘陽，龍歸劍杳❹，多少英雄淚血。千古恨，河山如許，豪華一瞬拋撇。
白玉樓❺前，黃金臺❻畔，夜夜只留明月。休笑垂楊，而今金盡，穠李還消
歇❼。世事流雲，人生飛絮，都付斷猿❽悲咽。西山❾在，愁容慘黛❿，如共人淒

切（ㄑㄧㄝˋ）。

【注　釋】❶舟中感舊　本詞約作於順治初年，徐燦攜子女赴京與丈夫陳之遴團聚途中，時陳已降清為官。❷前度劉郎　指中唐詩人劉禹錫。劉禹錫因參與永貞革新遭貶朗州（今湖南常德）司馬，後被召還，遊玄都觀作詩曰「玄都觀裡桃千樹，盡是劉郎去後栽」，又因「語涉譏刺」再度被貶。十二年後，詩人再遊玄都觀，又作詩曰「種桃道士歸何處，前度劉郎今又來」。❸重來江令　指南朝陳詩人江總。江總在陳官至尚書令，故稱江令。隋滅陳，江總入隋為官，後被放還江南。詞人是以劉、江二人作比，表達重回北京、生活在新朝的複雜心情。❹龍歸劍杳　據《晉書・張華傳》載，張華望豐城有劍氣，使雷煥掘地得雙劍，華佩其中之一。八王之亂爆發，華為趙王司馬倫所害，劍亦不知所蹤。雷煥去世後，其子佩劍至延平津，劍躍入水，見水中有雙龍而沒。這裡代指易代之際許多英傑人物遭害。❺白玉樓　天上的樓宇。據李商隱〈李賀小傳〉，李賀將死時，晝見緋衣人騎虯來召，云天帝建成白玉樓，請賀作記。❻黃金臺　古臺名，又名燕臺，故址在今河北易縣東南。相傳為戰國時燕昭王所築，置千金於臺上，延請天下名士。❼休笑垂楊三句　意謂誰也不能保持長盛不衰，嫩柳穠李不過一時而已。金盡，早春時楊柳的枝條呈嫩黃色。穠李，濃豔的李花。❽斷猿　悲痛斷腸的啼猿。❾西山　指北京西郊群山。❿黛　黛眉。

【語　譯】桃花依然嬌豔，燕子仍舊飛來，它已不是從前的春天。朝代已經改換，身如還京的劉郎，我是回鄉的江令，一片心事怎堪提起！看滔滔逝水，縷縷殘陽，帶走了多少亂世英傑，和他們想要力挽乾坤的努力，只可惜大勢已去，國祚已盡。山河不改，恨意難消，轉瞬間風流豪華已成往事而已。

作記白玉樓之文采，納賢黃金臺之勳業，只剩下遺址舊跡和夜夜孤懸的明月。何必笑垂楊嫩柳已老盡金枝，濃桃豔李縱烜赫一時也一樣會消歇。世事變幻如流雲，命運飄零如飛絮，只有腸斷悲咽。抬起愁眉，望向西山，山也一片愁容，與人同淒慘共悲切。

【研　析】本詞所表現出的濃烈家國情懷和時代意識，以及由此形成的悲壯激烈的風格，在徐燦以前的女性詞中是看不到的，這是徐燦對女性詞史的重大貢獻。全詞多用議論，層層遞進，用遺民的眼光縱覽了整個時代，堪稱一篇「心史」。

詞作一開篇就給人以急切沉痛之感：「無恙桃花，依然燕子，春景多別。」桃花、燕子本是春天的常見景物，可這個春天卻和以往都不相同！為什麼？因為人已經成了「前度劉郎」和「重來江令」，即故地重遊者和亡國之遺民，在新朝天子腳下，種種心緒如何能說！「桃花」、「燕子」與「劉郎」、「江令」相照應，涵容了劉禹錫〈烏衣巷〉、江總〈燕燕于飛〉等詩意。接下來「逝水」三句，正面抒情，悲壯激烈。「逝水殘陽」是懷著悲心的詞人所見的春景，與桃花、燕子的芳春景色構成鮮明的反差；「龍歸劍杳」、「英雄淚血」直截悼念前朝英傑。結拍再抒發風景不殊、山河變異之情。「千古恨，河山如許，豪華一瞬拋撇」，筆掃乾坤，大氣包舉，抒發了堆砌在所有遺民心頭的黍離麥秀之悲。

過片三句緊承上文「豪華一瞬拋撇」而來：「白玉樓」「黃金臺」，天然巧對，分指文采風流與君臣事業，是為「豪華」的內容；「夜夜只留明月」，則就「拋撇」兩字渲染，風流已成追憶，勛業已成陳跡，卻留下「淮水東邊舊時月，夜深還過女牆來」（劉禹錫〈石頭城〉）這三句以景寓論，又化實為虛，形象而生動。接下來「休笑垂楊，而今金盡，穠李還消歇」三句，似有針砭包括丈夫陳之遴在內的「貳臣」之意：金柳、豔李，春光中各占一時風光，卻終究逃不過枯萎凋零的命運；崇禎朝陳家遭過大難（西元一六三八年陳父祖苞自殺，陳之遴受到牽累），儘管順治朝陳之遴官運亨通，似乎時來運轉，官場險惡、滿漢矛盾尖銳，又焉知結局如何？後來全家流戍尚陽堡的慘禍，證實了女詞人敏銳而痛切的預言。「世事流雲，人生飛絮，都付斷猿悲咽」三句，收束前文對國事、時事、家事的傷懷，上升到命運無常、人生多苦的哲理高度，將抒情推向高潮。末尾三句是以景結情：西山還是那個夫妻兩個喜愛的「雲物朝夕殊態」（陳之遴〈拙政園詩餘序〉）的西山，卻已和人一起見證了鼎革，歷經了戰火；一個簡單的「在」字，傳達出朋友間劫餘相逢、驚喜尚在的慰藉。且山實有情，此際正「愁容慘黛」，與人相對而悲呢。

34

踏莎行

初春❶

徐燦

芳草纔芽，梨花未雨，春魂已作天涯絮。晶簾❷宛轉為誰垂？金衣❸飛上櫻桃樹。

故國茫茫，扁舟何許❹？夕陽一片江流去。碧雲猶疊舊河山，月痕❺休到深深處！

【注　釋】❶初春　據卷首陳之遴序，《拙政園詩餘》之結集當不晚於順治庚寅（西元一六五〇年），此時陳氏在新朝官運亨通，陳家繼續著另一段榮華。然而女詞人心中卻難忘故國，難消對世事無常的憂懼，難解前路茫茫的煩悶。❷晶簾　水晶簾。❸金衣　黃鶯。五代王仁裕《開元天寶遺事》卷下：「明皇每於禁苑中見黃鶯，常呼之為『金衣公子』。」❹何許　猶言何處。❺月痕　即以眉痕喻新月。宋王沂孫〈眉嫵・新月〉：「漸新痕懸柳，淡彩穿花，依約破初暝。」

【語　譯】芳草才抽嫩芽，梨花未著春雨，春情已化作飄向天涯的柳絮。輕盈透亮的水晶簾，你要為誰垂下？黃鶯早已高飛到櫻桃枝上。

故國茫茫，無處尋覓，載我歸去的輕舟又在哪裡？一片夕陽，在江面上隨波蕩漾，向東流去。舊日的河山，籠罩著層疊的碧雲，彎彎的新月不要藏到雲層深處！

【研　析】徐燦這首〈踏莎行〉作於客居京城期間，此時的陳之遴在新朝官運亨通，繼續過著另一段榮華生活；然而女詞人心中卻難忘故國，難消對世事無常的憂懼，難解前路茫茫的煩悶，在這首詞自然而深婉地表現了人逢亂世的不由自主、無可奈何與無所適從。上片寫景，寫春魂。起筆如刃，細切入心。「芳草纔芽，梨花未雨，春魂已作天涯絮。」芳草尚不及萋萋，梨花還沒經春雨，一切美麗都尚未綻放，便要隨著春天逝向天涯了。春天何以如此殘酷？要問這個時代何以如此無情。想想詞人身世，她出身名門，嫁入豪家，為才子之婦，過著榮華的生活，但招來橫禍（陳之遴及第後第二年，其父坐整飭薊遼兵備失責下獄死，自己也被斥為「永不敘用」），歷經乾坤變色後進退不能（陳之遴變節出仕，熱心仕途，徐氏欲勸不得）。如果說時代裹挾著所有人滾滾前行，那麼詞人就處在這漩渦的中心。「晶簾宛轉為誰垂，金衣飛上櫻桃樹」，飛絮也好，落花也罷，鶯歌也好，窺人也罷，黃鶯早已不再親人，人也早已灰盡春心，垂不垂簾還有什麼關係？此處作者特意用《開元天寶遺事》之典，感慨興亡之消息是十分明顯的，也為下片的故國之歎做了鋪墊。

下片抒懷，懷念故鄉。「故國茫茫，扁舟何許？夕陽一片江流去」，國在哪裡，家就在哪裡，人也就在哪裡，如今故國已經滅亡，人不知該往何處去，欲歸隱卻被捆綁著向前行。江流浩蕩不息，卻帶不走水上的殘陽，每一分每一秒，每一滴每一縷，都躲不過夕陽的染色。時代的腳步不休，然而對遺民來說時間是停滯的，心中這一片瑟瑟終究驅之不去。既然不能死，就要活下去，要活下去就得有所希望。「碧雲猶疊舊河山，月痕休到深深處」，滿目淒涼，前塵難忘，心頭的層層愁雲，疊在舊日河山之上，難道連彎新月也要漸漸沉淪、不肯露面了嗎？「開簾見新月，便即下階拜」（唐李端〈拜新月〉），新月是給人希望的，新月有再圓時，就算心頭愁雲難散，只要還有撥得雲開見月明之時，就還有生活的希望，不是嗎？

35 虞美人❶

徐燦

滿枕瀟瀟今夜雨❷，人共孤燈語。鳳凰臺❸畔亂香紅，只道尋常煙月竟匆匆。

江上蓴絲❹秋未采，莫怨朱顏改。吳山幾曲碧漫漫，還有許多風景待人看。

【注釋】❶虞美人　從詞意來看，本篇可能作於明亡之後，徐氏滯留南京，陳之遴赴京投靠清廷謀取仕進之時。詞人表達了獨處的寂寞和對丈夫的思念，暗含著家國之痛，並委婉規勸丈夫能看破利祿、共同歸隱。❷滿枕瀟瀟今夜雨　化用《詩・鄭風・風雨》「風雨瀟瀟，雞鳴膠膠。既見君子，云胡不瘳」的句子。❸鳳凰臺　古臺名，遺址在今江蘇南京。❹蓴絲　即蓴菜。《晉書・張翰傳》：「翰因見秋風起，乃思吳中菰菜、蓴羹、鱸魚膾，曰：『人生貴得適志，何能羈宦數千里以邀名爵乎？』遂命駕而歸。」

【語　譯】今夜無聊，滿枕都是雨聲瀟瀟，我與孤燈相伴相語。想鳳凰臺畔，定是落紅零亂，平時覺得再尋常不過的煙月，竟然也匆匆而逝。　不要埋怨紅顏老去，換了人間。江上蒓菜到秋天也無心去採摘。綿延的吳山，青翠漫漫，還有許多風景等我們去看。

【研　析】這首詞用曉暢的語言傳達了婉曲的情致，在綿麗的相思中含蘊了深廣的人生況味。開篇寫深夜獨坐，對燈而語。「瀟瀟今夜雨」，營構了一片淒清寂寞的氣氛，接著，「人共孤燈語」，寫出客居的孤獨和寂寞。但稍一涉情，便搖筆而去，視角也從室內轉向室外，從人事轉到自然，從寫實轉到設想。「鳳凰臺畔亂香紅」，風雨之中，花葉飄零，鳳凰臺畔已是一片狼藉。那一片「當時只道是尋常」的「煙月」和風流，算是匆匆被雨打風吹去了。那裡是舊遊之地，曾經攜手之人而今遠在天邊，曾經的美景也已摧殘；那裡也曾是故國繁華之地，如今國破家殘、身當劫餘，找也找不回從前優遊的歲月與心情。下片借景抒懷，意在懷人。「江上蓴絲秋未采。莫怨朱顏改。」春意已去，秋情還存，像張季鷹一樣早作歸計，猶未為晚。畢竟不是君王，不必背負「雕闌玉砌應猶在」的痛苦，又何必傷悲朱顏老去。悠揚的思緒順江東下，結句如喃喃自語：「還有許多風景待人看。」遙想家鄉，青翠的山巒，起伏蜿蜒，漫漫看不到邊，該有多少秀美的風景等待遊覽。詞人心馳神往，期盼丈夫能斬斷名韁利鎖，一同歸隱林下。這是一份易代之際的堅貞，一份亂世中的寧靜，一份板蕩中的堅強。美國大詩人弗羅斯特的名作〈雪夜林邊逗留〉最後一段說：「這樹林多麼可愛、幽深／但我必須履行我的諾言／睡覺前還有許多路要走呵／睡覺前還有許多路要趕。」（顧子欣譯）對比之下，同樣是深沉的人生況味，同樣是人類的一種去面對生活、經歷生活、堅守生活的最基本也最偉大的勇氣，本詞似乎顯示出東方文化中人歸於自然的和諧，和中國女性作家擅長的溫婉風致。

36 醉花間

春閨

吳綺

思時候，憶時候，時與春相湊❶。把酒祝東風，種出雙紅豆❷。鴉啼門外柳，逐漸教人瘦❸。花影暗窗紗，最怕黃昏又❹。

【作　者】吳綺（西元一六一九—一六九四年），字園次，一字豐南，號綺園，又號聽翁，別號紅豆詞人，江都（今江蘇揚州）人。順治十一年（西元一六五四年）拔貢，薦授中書舍人，升兵部主事，出知湖州。以多風力、尚風節、饒風雅，時稱「三風太守」。終以風雅好事罷歸。有求詩文者，以花木潤筆，不數月而成「種字林」。又以「把酒祝東風，種出雙紅豆」之句，得「紅豆詞人」雅號。吳綺善駢文，與陳維崧齊名。詞集有《林蕙堂詞》、《藝香詞鈔》、《蕭瑟詞》等。

【注　釋】❶相湊　相合；相聯繫。湊，合。❷紅豆　一種植物，古人常用以象徵愛情或相思。王維〈相思〉：「紅豆生南國，春來發幾枝？願君多采擷，此物最相思。」❸人瘦　指人的憔悴。李清照〈醉花陰〉：「莫道不銷魂，簾捲西風，人比黃花瘦。」❹最怕黃昏又　又，再。語出李清照〈聲聲慢〉：「梧桐更兼細雨，到黃昏，點點滴滴。這次第，怎一個、愁字了得！」

【語　譯】思念那個時候，回憶那個時候，那是一個與春天相聯繫的時候！我們舉著酒杯，對著春風，發出山盟海誓般的祝願，我們愛情的種子結出了一對甜蜜的相思豆。

聽！那烏鴉在門外柳蔭深處，發出一聲聲淒婉的哀鳴，這叫聲讓我一天天變得憔悴起來了。看！那室外的花影掩映在窗紗上，使室內變得灰暗不明，我最擔心的是一天的黃昏又要到來了。

【研　析】這是一首閨情詞，寫的是女主人公對過去美好愛情生活的回憶，生動地刻劃了女主人公當前憔悴的神態和落寞的心境。上片，寫過去美好的愛情生活，開篇卻從當前著眼，通過兩個複沓句引出這位女子對過去愛情生活的「思」和「憶」，它在表現方法上是一種逆敘的手法，「思」和「憶」是一種心理活動狀態，前者是對人而言的，後者是對時間而言的，都帶有強烈的感情色彩，在語氣上也是對一段無法忘懷情感的釋放。「時與春相湊」既是點題——「春閨」，也是對「時候」的交待，點明這是一個與春天相聯繫的時候。那麼，這個時候發生了什麼樣的故事呢？「把酒祝東風，種出雙紅豆」，是吳綺的傳世名句，並因而博得「紅豆詞人」的雅號，鈕琇《觚賸》卷七：「維揚吳園次為吳興太守，有詞云『把酒祝東風，種出雙紅豆。』梁溪顧氏女見而悅之，日久諷詠，四壁皆書二語，時因目園次為『紅豆詞人』。」「紅豆」俗稱「相思子」，鈕琇《觚賸》卷七又云：「紅豆本名相思子，其樹葉如槐，盛夏子熟，破莢而出，色勝珊瑚。粵中閨閣，多雜珠翠以飾首，經年不壞。相傳有怨婦望夫樹下，血淚染枝，旋結為子，斯名所由昉也。」吳綺這一句的精彩，在其傳神地表達了男女雙方由真情相戀到真心相思的心理過程，「把酒祝東風」刻劃了熱戀中男女對著春風發願的情景，「種出雙紅豆」則描寫了他們在分別後思念之深，他們的心中居然生出一對「相思子」來，其中「雙」字頗有深意，表明這種相思是雙方的，男女雙方的互相思念，也表現出詞人想像的豐富和構思的奇特。

下片，著重刻劃女主人公與戀人分別後憔悴的神態和落寞的神情。過片一句緊接歇拍而來，寫女主人公對戀人的思念，如果說上片是著重寫「春」，寫春思，那麼下片則著重寫「閨」，寫閨人，詞人是通過兩幅畫面來表現女主人公對戀人的思念之情的。第一幅，由鴉啼、柳樹、人瘦三個意象組成，詞人是要借之傳達一種傷感的意緒，「鴉啼」是一種淒慘的聲音，「門外柳」則是相思惜別的象徵，在古時候有折柳送別的習俗，「逐漸」表示一種時間長度，說明女主人公就是在這樣一種傷感的氛圍下逐漸憔悴起來的。其中，「瘦」字下得極佳，生動地刻劃了女主人公因思念對方而逐漸憔悴的形象。第二幅，由外形描寫轉而對內心的刻畫，由花影、窗紗、黃昏三個意象構成，這位女子一個人在室內，默默地看著外面搖曳的花影，看著它映照在光線不明的窗紗上，其心境的孤寂落寞可想而知，因此，她不由自主地發出這樣的感慨：「最怕黃昏又。」這與李清照的〈聲聲慢〉頗有異曲同工之妙，在白天尚有搖曳的花影相伴，隨著黃昏的到來便是漫漫的長夜，這位女子就是在這漫漫長夜裡思念著遠在異鄉的戀人，事實上她不知道經過了多少個這種長夜的煎熬，所以，她特別害怕黃昏的到來。「又」字是全詞的「詞眼」，把女主人公複雜的內心世界和盤托出，她朝思暮想，盼望著遊子的早日歸來，眼看著門外的柳色幾度變換，窗外的花影謝了又開，然而等來的卻總是無情的失望，她就是在這種年復一年、日復一日的盼望與失望中度過的，其內心的煎熬可想而知。總之，全詞寫春閨，緊緊圍繞「春」、「閨」二字作文章，上片寫過去，下片寫現在，通過這一前一後的對比，把一位癡情而憔悴、孤單而落寞的女子形象生動地表現出來。

37 浣溪沙 有感

吳綺

吳苑❶青苔鎖畫廊，漢宮❷垂柳映紅牆。教人愁殺是斜陽。天上無端❸催曉暮，人間何事有興亡？可憐燕子只尋常❹。

【注釋】❶吳苑　吳國的宮苑。❷漢宮　漢朝的宮殿。❸無端　無緣無故；不知道為什麼。❹可憐燕子只尋常　語出劉禹錫〈烏衣巷〉：「可憐王謝堂前燕，飛入尋常百姓家。」

【語譯】吳國宮苑的雕欄畫棟，上面覆蓋著厚厚的青苔；漢代皇城的紅牆，周圍環繞著裊裊的垂柳。最讓人發愁的是到處充滿著蕭瑟的夕陽。　不知道老天為什麼這樣的無情，它無端地催促著一天的光陰從曉到暮，人世間的事情啊為什麼要有興盛和衰亡？可憐那不知道人世變遷的燕子，一如既往地從王謝家族的高牆飛出，又再次飛入尋常百姓的柴門！

【研析】這是一首詠史詞，抒寫了作者對朝代興亡更替的感慨。上片，是詠歎歷史陳跡。開篇是一個對句，寫出了人世間的歷代興衰，「吳苑」一句是指一個朝代的衰落，在春秋時期曾經叱咤風雲的吳王夫差，很快被臥薪嘗膽的越王句踐所擊敗，他在蘇州城修建有雕欄畫棟的吳國宮苑也成了斷垣殘壁；「漢宮」一句是指一個朝代的興盛，漢代是中國歷史上著名的大帝國，國家版圖遼闊，人民生活富足，作者用「垂柳映紅牆」的意象，描繪了這個大帝國的繁榮昌盛，並且與吳國的「青苔鎖畫廊」形成鮮明的對比。這裡「鎖」「映」兩個動詞、「青苔」「紅牆」兩個名詞，都形象地再現了兩個不同國家的「盛」「衰」氣象，但在歇拍一句，作者將筆鋒一轉，以「教人愁殺是斜陽」一句結束上片，意思是說，無論是興還是衰，都不免像那天邊的夕陽一樣走向終結，「教人」表明是作者通過對這種興衰歷史的反思而發出的感慨。

下片，是抒懷，抒發作者的人世興亡之感。換頭又是一個對句，「天上」與「人間」相對，「無端」與「何事」銜接。「天上」一句寫出自然的無情，無論是人對時光有怎樣的留戀，卻無法改變它從早到晚不斷更始的命運；「人間」一句寫出了歷史的必然，「何事」一詞似乎是在對歷史發問，但也看出作者已認識到人是無法改變歷史的必然性，也就是說，作者已認識到一個朝代從興到衰是歷史發展的必然規律。「無端」與「何事」二詞，一方面表示了對自然無情的不理解，另一方面也表明了作者對人世變遷的認識已從朝代更替裡超越出來。最後一句，化用劉禹錫〈烏衣巷〉詩意，寫燕子並不知道人世的變化，依然秋去春來，從昔日的王謝家族高牆裡飛出，又飛入尋常百姓的柴門陋舍，人世的一切在歷史大千面前只不過一瞬而已。這一句語意深沉，用意深遠，其實也寄寓著吳綺對明末清初歷史興衰的深沉感慨。

38 摸魚兒

東洲桃浪❶

王夫之

剪中流、白蘋❷芳草，燕尾江分南浦。盈盈待學春花靨，人面年年如故❸。

春不住，笑浮萍輕狂，舊夢迷殘絮❹。棠橈❺無數。盡泛月蓮舒，留仙裙❻在，載取春歸去。

佳麗地，仙院迢遙煙霧，溼香飛上丹戶❼。醮壇珠斗疏燈映❽，共作一天花雨❾。君莫訴，君不見、桃根已失江南渡❿。風狂雨妒。便萬點落英，幾灣流水，不是避秦路⓫。

【作　者】王夫之（西元一六一九—一六九二年），字而農，號薑齋，湖南衡陽人。晚年隱居衡陽石船山，人稱船山先生。明崇禎十五年（西元一六四二年）舉人。明亡後，曾輾轉湖南、廣東、廣西等地，謀求恢復，依永曆帝，為行人司行人。後隱居衡陽石船山，專事著述。於天文、地理、曆法、數學均有研究，尤精於經學、史學、哲學，與顧炎武、黃宗羲並稱「清初三大家」，後人輯其著作為《船山遺書》三百二十四卷。船山詩、文、詞兼擅，詞長於比興，騷雅纏綿。詞集有《鼓棹初集》、《鼓棹二集》、《瀟湘怨詞》。

【注　釋】❶東洲桃浪　瀟湘小八景之一。順治七年（西元一六五〇年），清軍攻陷桂林，瞿式耜殉難，南明永曆政權已經岌岌可危。船山輾轉於廣西、湖南，間道歸鄉。十二年春，詞人暫棲於晉寧（今屬廣西南寧），填製了一組〈瀟湘小八景詞〉，調寄〈摸魚兒〉，本詞為第三首。❷白蘋　白色浮萍。《爾雅翼》：「苹蓱，其大者蘋……五月有花，白色，故謂之白蘋。」❸盈盈待學春花靨二句　反用唐崔護〈題都城南莊〉「人面桃花」典，以女子之美，襯桃花之夭。盈盈，代指女子。春花靨，《才調集補注》卷九李群玉〈同鄭相并歌姬小飲因以贈獻〉注引〈粧臺記〉曰：「隋文帝宮中梳九真髻，紅妝，謂之『桃花面』。」❹笑浮萍二句　傳說楊花入水，一夜化為浮萍。❺棠橈　指精緻的小舟。棠，沙棠木，宜做船。橈，槳。❻留仙裙　據伶玄《趙飛燕外傳》，飛燕風中起舞，勢將仙去，被人扯裙留住。後來宮中得寵的女子故意襞裙為皺，號曰「留仙裙」。❼佳麗地三句　佳麗地，指江南。南朝謝朓〈入朝曲〉：「江南佳麗地，金陵帝王州。」仙院，指設壇作醮的場所。丹戶，道士居所。❽醮壇珠斗疏燈映　醮壇，道士祈禱祭祀之壇。珠斗疏燈，指道教北斗七星燈儀，即以燈儀的方式祀拜北斗七星，求延年益壽。珠斗，即北斗。中國古代講求天人相應，以北斗象君，如《晉書・天文志》：「斗為人君之象，號令之主也。」道教更是將北斗徹底神格化。❾一天花雨　形容尊貴之人離世時的景象。《釋迦氏譜》：「於是世尊，……入般涅槃。于時大地震動，幽冥大明，天雨香花，散大會上。」❿桃根已失江南渡　意謂以南京為首，江南已大半被清軍占領。《隋書・

五行志》：「王獻之〈桃葉〉之詞曰：『桃葉復桃葉，渡江不用楫。但度無所苦，我自迎接汝。』晉王伐陳之始，置營桃葉山下。」又《樂府詩集》引《古今樂錄》載：「王獻之妾名桃葉，其妹曰桃根。」桃葉渡，在南京秦淮河與清溪河流處。

⓫便萬點落英三句　意謂找不到可供逃世的桃花源了，參見晉陶淵明〈桃花源記〉。

【語　譯】江水自中流分開，東洲南浦，白蘋芳草一片繁茂。有嬌女身態輕盈，學那桃花妝容，年年美麗如故。想留住春天，笑那殘絮仍沉迷於舊夢，化作輕狂的浮萍。無數隻蘭舟，夜泛月下，荷葉盡展，在風中裙裾飄揚。載著春天，盡興歸去。　江南自古佳麗地。仙院上煙霧飄渺，丹房裡香氣不散。醮壇上，疏燈上映北斗，一起幻成了天花雨。不要再傾訴，難道你沒看到桃根桃葉已經失去江南渡？雨驟風狂，縱有萬點落英，幾灣流水，再也沒有可供逃塵避世的桃花源！

【研　析】本詞詠「東洲桃浪」，以桃貫穿始終，不脫不黏，使事用典頗見選裁之功，其物象之描寫頗多湘楚風味。

上片寫瀟湘美景。「剪中流、白蘋芳草，燕尾江分南浦。」一水中分，芳草滿渚，燕尾之喻，輕巧倩麗，充滿生機。「盈盈」兩句，一反見桃花而思佳人之熟套，以「人面」之美暗點桃花之豔，女子美麗年年，桃花自然也歲歲夭夭，更有白色蘋花和翠綠的芳草相互映照，顯得絢爛多姿。如此美麗的春景，誰不想挽留，暮春的殘絮，入水為萍，尚迷於隨風飛舞的輕狂舊夢；如此多嬌的河山，誰能讓與異族闖入者，只是芳草天涯，春天已走上無歸之路。「棠橈無數」云云，虛寫而已，「泛月蓮舒，留仙裙在」，是詞人的舊夢：「製芰荷以為衣兮，集芙蓉以為裳。不吾知其亦已兮，苟余情其信芳。」（屈原〈離騷〉）這自然的春天，還有人間的春色，已被這些大大小小的船載向夢的更深、更深處，不再回來了。

下片寫歷史感慨。在這片「佳麗地」上，如今還能看到的是什麼呢？「仙院迢遙煙霧，溼香飛上丹戶。醮壇珠斗疏燈映」，煙霧之中，醮壇之上，是道士的北斗燈儀，他們在祈求上蒼開眼，降下福祉，益壽延年。這幾句詞，不免讓人聯想到清兵入關攻陷北京後，南明弘光、永曆等政權在長江以南地區的苦苦掙扎。然而，南明的未來，恢復的大業，就像煙霧一樣縹緲，燈影一樣朦朧，希望渺茫。最終，南都南京也被清兵鐵蹄踏破，「一天花雨」，意謂南明王祚的短暫，儘管有瞿式耜等忠臣極力挽救，卻也無法改變其滅亡的命運。「仙院」三句，作道家語，實未離題。桃與道頗多關聯，道教有「蟠桃益壽」、「桃木辟邪」、「碧桃仙花」的說法。同樣，「一天花雨」，雖用佛典，亦借桃花起意。以桃將道、釋兩教典故統攝起來寫明亡，博學巧思之外，真有人神共悲、天地同泣之感。「君莫訴」三句，點明一篇主旨，正是「效辛稼軒『君莫舞，君不見、玉環飛燕皆塵土』體」（〈瀟湘小八景詞序〉）。誠然，此時桂王朱由榔尚在人間，南明最後一個政權——永曆政權——尚未完全斷絕，但不過是在雲南、廣東等地掙扎，而江南的大片地區還有南都南京都早已落入敵手。用王獻之迎妾桃葉桃根的典故，恰切桃花之題，言「桃根」不言「桃葉」，當是以「根」字平聲合於格律，其深意更在於江左風流已在異族鐵蹄之下淪亡。詞作以桃花最美麗的傳說桃花源作結。「便萬點落英，幾灣流水，不是避秦路。」也是用陶淵明〈桃花源記〉之典，滿天風雨之中，東洲桃浪再美，也不能成為逃避清朝統治的「桃花源」。天下之大，故國已亡，想求藏身之所尚不難，求棲心之所就太難了。結拍點醒詞意，又深得情味不盡之妙。

39 蝶戀花

衰柳

王夫之

為問❶西風❷因底❸怨？百轉千回，苦❹要情絲❺斷。葉葉飄零都不管，回塘❻早似天涯遠。

陣陣寒鴉飛影亂，總趁斜陽，誰肯還留戀？夢裏鵝黃❼拖錦線❽，春光難借寒蟬喚。

【注釋】❶為問　試問。蘇軾〈江城子〉（天涯流落思無窮）：「為問東風餘幾許，春縱在，與誰同？」❷西風　秋風。

李白〈長干行〉：「八月西風起，想君發揚子。」❸底　底事；什麼事。晏殊〈鷓鴣天〉（陌上濛濛殘絮飛）：「年年底事不歸去，怨月愁煙長為誰？」❹苦　決意；執意。柳永〈玉蝴蝶〉（誤入平康小巷）：「苦留連。鳳衾鴛枕，忍負良天。」❺情絲　指柳條，以人的綿綿情絲比喻柳樹的絲絲柔條。❻回塘　環曲的水池。梁簡文帝〈入漵浦詩〉：「泛水入回塘，空枝度日光。」賀鑄〈踏莎行〉：「楊柳回塘，鴛鴦別浦。綠萍漲斷蓮舟路。」❼鵝黃　淡黃色，指新柳的顏色。王安石〈半山即事〉詩之三：「含風鴨綠粼粼起，弄日鵝黃裊裊垂。」❽錦線　絲線，指柳條。僧仲殊〈蓦山溪〉：「黃金線軟。」

【語　譯】秋風啊，你為什麼無端怨恨楊柳？千回百折，狂飛亂舞，執意要摧折它柔弱的枝條。你一點都不憐惜啊，看那片片柳葉隨風遠逝，離開它曾經朝夕相伴的池塘，有如夢一般是那麼的遙遠。　寒鴉在瑟瑟秋風中陣陣飛過，在夕陽落山之前匆匆離去，不再留戀為秋風摧折的衰柳。只有在夢中才能見到淡黃色的柳絲，拖著春天的游絲隨風蕩漾，不過，美妙的春光恐怕是難以憑藉秋日的寒蟬來喚回的。

【研　析】這是一首詠物詞，名為詠柳，實寓寄託，「衰柳」比喻明朝的滅亡，詠衰柳寄寓著詞人對亡明的眷戀和無力復明的哀惋。詞寫衰柳，先從秋風寫起，「為問西風因底怨？」點明季節，交待背景，深秋時節，秋風蕭瑟，萬物凋零，為後面詠衰柳作鋪墊，起端發問則是把柳擬人化。「為問」二字是對秋風的詰問，也是衰柳擬人化的自歎，更是詞人對時事的感慨：時勢已去，明朝已無力恢復。一「怨」字下得尤佳，不但把「西風」擬人化，而且也體現出詞之用字的婉曲性。「百轉千回」狀寫秋風的凜冽，也暗寓明遺民復國之志的堅忍不拔，「苦要情絲斷」狀寫環境的惡劣，也表達了詞人對亡明的深深眷戀，如吳文英〈風入松〉：「樓前綠暗分攜路，一絲柳，一寸柔情。」「葉葉飄零都不管，回塘早似天涯遠」，是緊接上二句而來，通過秋風的無情映襯出詞人對亡明的深情，「葉葉飄零」寫衰柳之情態，亦暗喻南方復明的抗清力量逐漸凋零；「回塘」是春天的象徵，為楊柳生長之所，如溫庭筠〈商山早行〉：「鳧雁滿回塘。」嚴維〈酬劉員外見寄〉：「柳塘春水漫。」「不管」寫秋風之無情，「早似」比喻亡明大勢已去，「天涯遠」寫出詞人的哀惋歎息之意。上片寫環境，寫衰柳，借柳擬人，下片則移情入景，過片三句：「陣陣寒鴉飛影亂，總趁斜陽，誰肯還留戀？」從衰柳轉寫寒鴉，楊柳曾經是烏鴉棲息之所，現在牠們都成群結隊別柳而去，「飛影亂」狀寒鴉飛離時的急迫之態，「趁斜陽」是說牠們趕在太陽落山之前離開衰柳，這裡「寒鴉」實暗喻那些在明末清初屈節仕清的江南文人，他們看到明朝大勢已去便改其初志，紛紛投向了清廷的懷抱。「誰肯還留戀」一句，包含有對這些仕清文人的譴責之意。結拍二句，以「夢」引出「鵝黃拖錦線」的春日景象，陽光明媚，萬物初生，春水回塘，一派生機勃勃的盎然氣象，一「拖」字寫出春天裡柳枝的裊娜姿態，狀物傳神，一「夢」字又表明它是那麼的虛幻，回應了上片「回塘早似天涯遠」的殘酷現實，但詞人在結句以「寒蟬喚春光」的意象來說明還有一批與自己一樣心向明室、矢志恢復的仁人志士，而在這一句「寒蟬喚」與上一句的「寒鴉飛」形成了鮮明的對照，一個在堅守，一個卻逃離，從而把詞人忠貞不渝的心志表現出來。「春光難借寒蟬喚」一句，春光不再，寒蟬難喚，亡明大勢已去，復明的力量已無法挽回明亡的頹勢，語辭沉痛，感慨深重，回應首句：「為問西風因底怨？」全詞詠柳寫景，寫衰柳寓明之無力恢復，上片狀寫西風、落葉飄零、回塘已如天涯，下片通過「寒鴉」和「寒蟬」的對比，以及「因底怨」、「苦要」、「都不管」、「飛影亂」、「總趁」、「誰肯」等語辭，都在託物寓情。

40 夢江南❶

屈大均

悲落葉，落葉落當春❷。歲歲葉飛還有葉，年年人去更無人❸。紅帶❹淚痕新。

悲落葉，葉落絕歸期❺。縱使歸來花滿樹，新枝不是舊時枝。且逐水流遲。

【作　者】屈大均（西元一六三〇—一六九七年），字翁山，初名邵龍，號非池，又曰紹隆，字介子，自號泠君、華夫、三外野人、八泉翁、髻人、九卦先生、五嶽外史，廣東番禺人。明末諸生。明亡，出家為僧，更名今種，字一靈，一字騷餘。曾北走燕、趙，與顧炎武、李因篤訂交，謀圖復國，中年返初服，改今名。有《翁山文外》、《翁山詩外》、《道援堂詞》（又名《騷屑詞》），今人歐初、王貴忱編有《屈大均全集》（人民文學出版社西元一九九六年版）。

【注　釋】❶夢江南　屈大均〈夢江南〉組詞共有六闋，這是前兩闋，選自《騷屑詞》。關於此詞的本事，目前學界主要有兩種說法：一種認為是悼亡詞，落葉象徵英年早逝的妻子王華姜，舊枝與新枝，分別象徵著亡妻與續娶妻子黎氏。還有一種認為是為傷懷故國之詞，落葉象徵已亡國的明朝，舊枝與新枝，分別象徵著南明舊主與屈大均曾寄託過復明希望的吳三桂。若通觀組詞，無論哪種解讀都顯得似是而非，只可局部適用，而難以全篇通行。其實，只因此二詞最能動人之處並不在於本事，而在於其中承載了悲天憫人、感時傷別的普世情懷。而這種情懷是作者在亂世亡國、生離死別的種種遭際中積澱而成的。❷當春　在春季。與北方樹木多在秋冬落葉不同，南方不少常青樹都在春季落葉，樹在舊葉枯落後旋即萌發新芽。❸歲歲二句　化用唐劉希夷〈白頭吟〉「年年歲歲花相似，歲歲年年人不同」詩意。❹紅帶　紅色的衣帶。古有臨別贈帶的習俗，情人間也常用帶結為同心結。因此，會引發惜別與相思之情。❺絕歸期　絕對沒有回來的日子，這裡指落下的葉子絕不可能再回到樹上。

【語　譯】可歎落葉，落下時正值春季。年復一年，葉子飛落後終究還是會有能取代他的新葉，然而人離去後就再也沒有能替代他的新人了，不斷更新只有紅色衣帶上的淚痕。

可歎落葉，落下了就絕沒有回來的日期。即便是再看見葉子回到開滿鮮花的樹上，那新生的枝葉也絕不是當年的枝葉了。姑且隨水慢慢地流去吧！

【研　析】〈夢江南〉詞的開篇三字十分關鍵，通常以能夠直揭題旨，總攬全篇者為佳，二詞所用的「悲落葉」三字就有此功效。落葉往往會引發人們對離別、生命消逝、時光流逝的感傷，因此，歷來以悲落葉為題材的作品不勝枚舉，而此二詞勝在句意不落俗套，層層遞進，環環相扣。第一首詞先點明落葉的季節在春季，這就與通常所描寫的秋冬落葉不同，頗值玩味。有學者將此理解為樹葉因病而英年早落，其實不然，屈大均所生活的嶺南，落葉規律本與北方不同，不少常青樹落葉並不是為了休養抗寒，故落得最多的季節不是水少嚴寒的秋冬，而是新陳代謝最旺盛的春季，常可見一樹枯葉間新芽的場景。因此，正可為後文的「歲歲葉飛還有葉」做鋪墊。「歲歲葉飛還有葉，年年人去更無人」最能體現出作者對落葉獨到的感悟：人情與樹理不同，樹與葉相依僅講求功用，適用便可取代，春樹的辭舊是為了迎新，故不會因舊葉枯落而蕭索，依然欣欣向榮；而人與人、事相交卻更注重情感，無論愛情、友情、家國情，每一份情感都是獨一無二，用情越深，難以替代之感就越強烈。因此，此句雖是化用劉希夷詩意，卻有出藍之妙。劉希夷原詩僅是寄託了物是人非的感慨，而此詞卻反映出人世間最能感動人的堅貞不渝、不可替代之情，因其不可替代，故彌足珍貴，而失去後也會倍感痛惜。結句「紅帶淚痕新」，「新」字可見痛惜之深，睹物思人，紅帶的豔麗如故與「更無人」的落寞相對照，更加深了分別的痛苦，以致於新啼痕間舊啼痕。

而第二首詞則變換角度，在自然界的樹理中注入了人情。對樹而言固然是「葉飛還有葉」，但對那些落去的葉而言，卻是「絕歸期」，這種不可復還的痛苦正通於人情。隨後的「縱使歸來花滿樹，新枝不是舊時枝」，新枝、舊枝之寓歷來為人稱道。細思起來，今非昔比的又何止是枝條呢？葉子也是一樣，舊葉早已「絕歸期」，那貌似歸來，重見繁華的葉子也絕非當初的葉子了。結句「且逐水流遲」頗見功力。以葉寓故人故國，流水則寓時光，既然葉落不可避免，難以追尋，故縱有萬般無奈，也只能任其隨水而去了，但心裡仍在想像、期盼它去得遲一些。上文「縱使」二句，直截已極，至此忽變為和婉舒緩，欲說還休，正符合人情感變化的規律，將沉痛之後的無奈與留戀表露無遺，故顯得餘味無窮。況周頤《蕙風詞話》卷五評道：「末五字含有無限淒婉，令人不忍尋味，卻又不容已於尋味。」就頗能道其精髓——不忍尋味，因無奈之淒苦往往更甚於激烈；不容已於尋味，因其為人情所必有。又評此組詞道：「哀感頑豔，亦復可泣可歌。」葉恭綽《廣篋中詞》卷一也謂此組詞：「一字一淚」。此二詞能哀感頑豔，正因其哀其淚非僅為一人一事而發，故能夠超越一時一地的限制引發共鳴，震撼人心。

41

紫萸香慢❶

送雁

屈大均

恨沙蓬❷，偏隨人轉，更憐霧柳難青。問征鴻南向，幾時暖返龍庭❸？正有無邊煙雪，與鮮飈❹千里，送度長城。向并門❺少待，白首牧羝人❻，正海上❼，手攜李卿❽。

秋聲，宿定還驚。愁裡月，不分明。又哀笳❾四起，衣砧❿斷續，終夜傷情。跨羊小兒⓫爭射，恁⓬能到，白蘋汀？盡長天遍排人字⓭，逆風飛去，毛羽隨處飄零，書⓮寄未成。

【注釋】❶紫萸香慢　雙調一百一十四字，宋代詞人姚云文自度腔，因詞中有「紫萸一枝傳賜」句，取以為名。❷沙蓬　一年生草本植物。多生於沙丘和沙地。紀唐夫〈驄馬曲〉：「連年出塞蹋沙蓬，豈比當時御史驄？」❸龍庭　朝廷，古時稱匈奴的王庭為龍庭。唐李白〈古風〉之六：「昔別雁門關，今戍龍庭前。」❹鮮飈　大風。南北朝謝朓〈夏始和劉潺陵詩〉：「對窗斜日過，洞幌鮮飈入。」孫光憲〈玉蝴蝶〉：「鮮飈暖，牽遊伴，飛去立殘芳。」❺并門　指并州。宋李綱〈謝賜御筵表〉：「適犬戎之犯順，騎遶并門；驅虎士以遄征，軍連代北。」❻牧羝人　指漢代蘇武牧羊的典故。《漢書・李廣蘇建傳》說，蘇武出使匈奴，單于脅迫他投降，蘇武不屈服。後來把他流放到「北海上無人處，使牧羝（公羊），羝乳乃得歸」。羝根本不會產乳，以此來斷絕他回漢的希望。蘇武在匈奴堅持了十九年，「及歸，鬚髮皆白」。❼海上　指北海，今貝加爾湖一帶。❽李卿　指漢將李陵。❾哀笳　悲涼的胡笳聲。庾信〈奉報趙王出師在道賜詩〉：「哀笳關塞曲，嘶馬別離聲。」❿衣砧　古代搗練用的器具，後指河邊洗衣、敲打衣物的石頭。李煜〈搗練子令〉：「斷續寒砧斷續風。」⓫跨羊小兒　牧羊的胡兒。《漢書・匈奴傳》：「兒能騎羊引弓射鳥鼠。」⓬恁　怎麼。⓭人字　指雁行排成人字群飛。⓮書　書信。

【語譯】可恨那飄轉的沙蓬，偏偏要隨人遷徙，更讓人傷心的是，那煙霧中的老柳不再返青。試問南飛的大雁，什麼時候才能返回北地龍庭？只見那漫無邊際的輕煙和白雪，被北方的大風吹送到千里之外，來到了長城腳下。大雁啊，當你飛經并門的時候，能否暫時駐足停留？你看：那頭髮斑白的牧羊人，正在北海邊上與李陵執手惜別！　在秋風浩蕩的日子裡，大雁在南返途中雖然暫時棲宿，卻不時會因牠而驚悸不定。這種令人傷感的歲月，但見月色迷蒙，哀笳四起，搗衣的砧聲一片，聽來讓人實在是傷心不已，徹夜難眠。更可恨有那牧羊的胡兒，競相把弓矢向雁兒射去。雁兒啊，牠又怎麼可能回到南方鋪滿白蘋的沙洲？你看，那長天盡處有雁形如人字，逆風而飛，艱難行進，只見羽毛隨風飄零，卻不能把蘇武的書信帶回南方。

【研　析】這是一首詠物詞，作於詞人寓居代州之時，當時詞人為圖謀恢復，曾北上秦晉，聯結抗清勢力，代州為雁門關所在地，是塞上大雁秋季南返的必經之地，詞人寫送雁實寄託其復明的不渝之志和對南方抗清同志的懷思之情。詞的上片寫雁，亦寫人，起筆以「恨」、「偏隨」、「更憐」寫環境的惡劣，沙蓬為北方生長的植物，駱賓王〈邊城落日〉詩：「一朝辭俎豆，萬里逐沙蓬。」古代詩文中常用以比喻人的行跡無蹤，詞人寫沙蓬偏隨人轉，是暗示自己為復明而奔走在秦晉一帶，「霧柳難青」象徵復明的願望已很難實現，一「恨」一「憐」為全篇定下了感傷的基調。然後，筆鋒一轉，切入題面：「送雁」，詞人以發問方式入題：「問征鴻南向，幾時暖返龍庭？」征鴻，指大雁，每年秋飛南方越冬，春後再返回北方，龍庭，指匈奴祭祀天神的處所，李白〈古風〉中有「昔別雁門關，今戍龍庭前」的詩句，詞人問大雁「幾時暖返龍庭」意中有託雁傳書的意味。接著三句，寫大雁冒著風雪南飛的情形，但詞人著眼點是放在歇拍上，向大雁發出籲請：「向并門少待。」為什麼呢？想託鴻雁傳書。又為誰傳書呢？「白首牧羝人」。牧羝人指漢代蘇武，這裡是詞人自喻，李卿原指李陵，這裡藉以代指詞人的朋友李因篤。李因篤，字天生，陝西富平人，入清不仕，多次北遊雁門，結交豪傑義士，欲圖恢復，康熙十八年被薦博學鴻詞，堅辭以歸。史載李陵有與蘇武詩：「攜手上河梁，遊子暮何之？」這裡「白首牧羝人，正海上，手攜李卿」，是比喻他和李因篤等抗清志士誠摯的友誼，詞人請大雁「向并門少待」大概是想讓牠為自己向南方的抗清同志傳遞音信吧。

上片落筆在託雁傳書上，下片接著這一層意思繼續運筆，著力表現大雁南飛過程中環境的惡劣，抒發其對大雁南飛的憂慮和擔心。過片，以「秋聲」為起點，由秋聲寫到秋月，秋聲的淒厲，秋月的迷濛，本來就讓人傷感不已，再加上邊地哀笳之聲和內地搗衣之聲，益發增添了背景的淒涼和情感的悲愴：「終夜傷情」，真有殷仲堪所謂「木猶如此，人何以堪」的感慨！「宿定還驚」寫大雁的驚悸，尤為傳神，王維〈欒家瀨〉詩：「跳波自相濺，白鷺驚復下。」「哀笳四起，衣砧斷續」一句，是同義反襯，一為邊塞之聲，一為江南之韻，一為表現壯士思家之情，一為傳遞新婦懷遠之思，此句寫情有極強的力度感。不過，還有比自然環境更惡劣的人為環境，在遼闊的草原上，那些牧羊的北地胡兒，競相將弓矢直指南飛的征鴻，詞人不由自主地發出這樣的擔憂之情：「恁能到，白蘋汀？」語氣沉重，感情醇厚。「跨羊小兒爭射」寫出了北方生活場景，畫面富有動感；「白蘋汀」則刻劃了南方水鄉的寧靜和安謐。結拍一句，格調由低沉轉向明朗，充滿著一派活潑生機和生命亮色。儘管環境是如此惡劣，但大雁依然不改初志，逆風而行，奮力南飛，「毛羽隨處飄零」更傳達出了一種勇往直前的悲壯感。這裡是寫大雁也是寫自己，亦物亦人，寫雁意在寄情，暗示自己就是那矢志不改向南飛去的大雁。「書寄未成」，落筆沉重，亦耐人尋味，他和李因篤等抗清志士的復國之志難以成願，儘管如此，他們卻不改初志，因而顯得更加悲壯，所以，葉恭綽先生評價說：「聲情激楚，噴薄而出。」

42 東風無力❶

南樓❷春望

沈謙

翠密紅疏，節候乍過寒食❸。燕銜簾，鶯睨樹，東風無力❹。正斜陽樓上獨憑闌，萬里春愁直❺。

情思懨懨❻，縱寫遍新詩，難寄歸鴻雙翼。玉簪恩，金鈿約❼，竟無消息。但蒙天捲地是楊花，不辨江南北。

【作　者】沈謙（西元一六二〇－一六七〇年），字去矜，號東江，浙江仁和（今屬杭州）人。明崇禎十五年（西元一六四二年），補縣學生。後家道中落，謙不談世務，也無意仕途，隱於臨平之東鄉，以行醫為生。與毛稚黃、張祖望賦詩為樂，皆為時所稱，稱「南樓三子」。又與柴紹炳、丁澎等合稱「西泠十子」。有《東江集》。詞學著作有《填詞雜說》、《詞韻略》。

【注　釋】❶東風無力　沈謙自度曲，雙調七十一字，上下各三仄韻，自注調名出自范成大〈眼兒媚〉：「溶溶洩洩，東風無力，欲皺還休。」❷南樓　在杭州。典出南朝宋劉義慶《世說新語》載庾亮與群僚登樓歌詠嬉戲。❸寒食　《荊楚歲時記》：「去冬節一百五日，即有疾風甚雨，謂之寒食，禁火三日。」❹東風無力　春風柔弱，吹來無力。李商隱〈無題〉：「相見時難別亦難，東風無力百花殘。」❺春愁直　形容春愁無邊無際。周邦彥〈蘭陵王・柳〉：「柳陰直，煙裡絲絲弄碧。」❻懨懨　困頓的樣子，比喻精神的萎靡不振。劉兼〈春晝醉眠〉詩：「處處落花春寂寂，時時中酒病懨懨。」❼玉簪恩二句　用玉簪示以恩愛，用金鈿作為盟約，以誌相愛永遠不忘。玉簪，玉質的簪子。金鈿，鑲有金花的頭飾。皆為女性的裝飾品。

【語　譯】綠葉多，紅花少，節氣剛剛過了寒食。燕子撲簾，鶯兒窺樹，春風吹來柔弱無力。我獨自登上南樓，在斜陽下憑欄遠眺，只見無盡的春愁綿延萬里。　情緒低落，精神不振，即便是寫遍新詩，也無法通過飛鴻寄達思人。用玉簪示以恩愛，用金鈿作為盟約，現在卻沒有他的一點音信。眼見得都是鋪天蓋地的楊花，也辨不清哪是江南哪是江北。

【研　析】這是一首表達思婦對遊子思念的詞。上片寫登樓遠望所見，開篇點明節令，剛剛才過了寒食節，這時綠葉逐漸多了起來，而紅花卻在一天天地減少。「乍過寒食」一句，包含著對春光將逝、紅顏易老的感慨。這一句是宏觀落筆，下一句是微觀著眼，「燕銜簾，鶯睨樹，東風無力」三句，是對眼前春景的局部描寫，前者著眼在動，後者著眼在靜，一「銜」字寫出燕子穿梭來往、撲簾歸巢的形象，一「睨」字刻劃出黃鶯從樹叢中探頭窺視的樣子，「無力」二字雖說是表達人的感受，卻真切地再現了春風柔弱無力的形象。接著，是作品中主人公的出場，為讀者描繪了這樣的一幅畫面：在斜陽將落未落的時候，一位女子登上南樓，她獨自一人憑欄遠眺。看到的景象是：春色無邊，春愁無限，就是看不到遊子的歸影，正如溫庭筠〈夢江南〉所云：「過盡千帆皆不是，斜暉脈脈水悠悠。」一「直」字，用語奇崛，譚獻《篋中詞》云：「直字最奇。」它寫出了春煙迷離，也寫出了春愁的無邊無際，它彷彿是沿著春煙向天邊無限地延伸。

下片寫女子的愁思，過片緊接「春愁直」一句而來，寫出了這位思婦百無聊賴的精神狀態。「縱寫遍新詩，難寄歸鴻雙翼」，是說哪怕寫滿詩箋也很難通過歸鴻寄達，原來是自己的思念太多太深，而歸鴻的雙翼恐難承受得了這沉甸甸的思念，這與李清照〈武陵春〉「只恐雙溪舴艋舟，載不動許多愁」可謂異曲同工。「玉簪恩，金鈿約，竟無消息」，是從對方著筆，寫這位女子拿著戀人送給她的「玉簪」和「金鈿」，要知道這「玉簪」和「金鈿」不是一般的飾物，它們可是承載著戀人山盟海誓的愛情信物，然而，舊物雖在，良人卻無任何消息。「竟無消息」，寫出了這位女子對愛情的執著，也真切地表達了因思人轉而怨人的心理活動，或許道路阻隔了遊子的歸路，或許是他已經忘記了自己，或許是他有了新歡，因而她不得不發出這無可奈何的人生感慨。結拍一句，是以情入景，寫這位女子愁怨之深，它就像是鋪天蓋地的楊花一樣，到處都是，連何處是江南何處是江北都分辨不清。這首詞在用字上頗見錘煉的工夫，「沖」、「睨」二字，尖新而有情致，「直」字則無理而妙，並能情景交融，把景色的描寫與情感的表達融為一體。

43 賀新郎 塞上❶

丁澎

苦塞霜威冽。正窮秋、金風❷萬里，寶刀吹折。古戍❸黃沙迷斷磧❹，醉臥海天空闊。況毛毳幕❺、又添明月。榆歷歷❻兮雲槭槭❼，只今宵、便老沙場客。

搔首處，鬢如結。

羊裘坐冷千山雪。射雕兒、紅翎欲墮，馬蹄初熱。斜嚲❽紫貂雙纖手，搊❾罷銀箏淒絕。彈不盡、英雄淚血。莽莽晴天方過雁，漫掀髯、又見冰花裂❿。渾河⓫水，助悲咽。

【作　者】丁澎（西元一六二二—一六八五年），字飛濤，號藥園，浙江仁和（今屬杭州）人，回族。早年與張丹、毛先舒、沈謙等並稱「西泠十子」。順治十二年（西元一六五五年）進士，官至禮部郎中。與宋琬、施閏章等人唱和京中，又號「燕臺七子」。十四年主河南鄉試，「違例」被劾，罹科場案流徙尚陽堡（今遼寧開元東）。康熙二年（西元一六六三年）還，遊食蘇州等地。有《扶荔詞》三卷。

【注　釋】❶塞上　指尚陽堡，詞人時流戍於此。❷金風　秋風。❸古戍　古老的戍堡。❹磧　沙石淺灘。❺毳幕　氈帳。毳，鳥獸的細毛。❻歷歷　分明可數。❼槭槭　通「戚戚」，憂傷。一說象聲詞。❽嚲　下垂。❾搊　彈撥。❿莽莽晴天方過雁二句　意謂已經感覺到春的氣息，大雁已經北來，河流也開始解凍。⓫渾河　即小遼河，源出遼寧清源縣龍崗山，是遼河的支流。

【語　譯】邊塞淒苦，寒霜凜冽。正是深秋季節，秋風颯颯萬里，連寶刀都要被吹折。古舊的戍所旁邊，一片黃沙彌漫在沙石地上，我醉臥在空曠遼闊的天地間。氈帳上又升起了一輪明月。榆樹歷歷，長雲戚戚，今夜我成了一位老態的沙場客。在搔首之間，鬢髮都被凍結了。

千山戴雪，銀裝素裹。我披著羊裘坐在冷風中，看射雕健兒頭上紅翎欲墜，身下的駿馬也是躍躍欲試。斜披紫貂裘的女子伸出纖纖的素手，在銀箏上彈撥著淒惻的聲音。那是一段說不盡血與淚的英雄傳說。在萬里晴空上有幾隻大雁北來，我捋捋鬍鬚，又一次看到了春凌在解凍。冬去春來，鄉關何處？只聽得渾河水與人一同嗚咽。

【研　析】這首邊塞詞寫得奇情四溢，慷慨激烈。先看上片，「苦塞霜威冽」，寫邊塞苦寒，領起全篇。「正窮秋、金風萬里，寶刀吹折」，設想奇特、氣勢十足。「金風」本是一個常見的意象，但有「寶刀吹折」這一形象的表達，彷彿能感受到金戈鐵馬一般橫掃長空的鏗鏘之聲。「古戍黃沙迷新磧，醉臥海天空闊」，造語新警挺拔。古老的戍堡與新磧的沙地，相映成趣，既寫出歷史的滄桑，也刻劃了自然氣候的嚴酷與居住環境的惡劣；在深秋時節，詞人竟在野地醉臥，還覺得「海天空闊」，這是一種何等怪異的行為！只是在這猖狂背後卻是人生的失意。「榆歷歷兮雲械械」，句法靈動，有兩處疊詞和兮字，增強了詠歎的效果；「只今宵、便老沙場客」一句，是從前人趙令畤的名句「斷送一生憔悴，只消幾個黃昏」（〈清平樂〉）化出，但語氣更加肯定，情味也更加滄桑。「搔首處，鬢如結」，寫露冷霜寒，鬢髮如結，呼應開篇。

下片跳到暮冬春初，與上片一個人寒夜徘徊不同，下片寫的是晴空下的塞外生活。「羊裘坐冷千山雪」，景致開闊，凸顯了自身的衰頹和孤獨。「射雕兒、紅翎欲墮，馬蹄初熱」，寫塞外健兒沙場馳騁的場面，「紅翎」、「馬蹄」一上一下，細節傳神。「斜彈紫貂雙纖手，搊罷銀箏淒絕」，寫北國女兒彈奏銀箏，美麗柔婉，與前文之雄健豪邁恰好剛柔相濟，各得其妙。「彈不盡、英雄淚血」一句，不落俗套，北地民風彪悍，曲子裡唱的也是有血有淚的英雄故事，不是南方才子佳人的愛情傳說。健兒的矯健反襯著詞人的衰老，銀箏的淒婉勾起詞人的遲暮之感，在華麗鮮亮的「紅翎」、「紫貂」的映照下，詞人身上的「羊裘」也散發著破敗的氣息。「莽莽晴天方過雁，漫撳鬚、又見冰花裂。」晴空萬里，征雁北來，河流解凍，春意在萌動，生意又欣然。然而，「方」、「又」二字頗顯不耐之意，似乎對春天的到來有應接不暇之感，沒有心理準備：冬去春來又一年，「我」以戴罪之身在這流放之所蹉跎歲月，不知道何時能夠回到家鄉？身外是馬蹄陣陣，銀箏聲聲，詞人心裡卻一片悲涼，渾河水在他聽來也不過「悲咽」而已。總之，這首詞章法奇特，上下片分寫深秋、暮冬，上片寫景，下片寫人，寫景肅殺悲涼，寫人慷慨昂揚，形成一種情感的反差，造成一種藝術上的奇崛之美。全詞以悲戚之情貫穿，緯之以塞外蒼涼寥廓的風光和激昂豪邁的生活，能新人耳目，攝人心魄。

44　長相思

採花

丁　澎

郎採花，妾採花，郎指階前姊妹花❶。道儂強似它。　紅薇花，白薇花，一樹開來兩樣花。勸郎莫似它。

【注　釋】❶姊妹花　同一種類型的花，在民間玫瑰與薔薇被稱作「姊妹花」，這裡是指一株薔薇上長出的紅、白兩色花朵。

【語　譯】你採花，我採花，你的手指著臺階前的薔薇花。說我的美貌要遠遠勝過它。　有紅色的花，也有白色的花，這是一株樹上開出的兩樣花。但我希望你的心兒千萬不要像它開出兩色花。

【研　析】這是一首頗具民歌風味的小令，描寫了一對年輕男女的濃情蜜意，並表達了這位女子對忠貞愛情的期待和對男子愛情能否長久的憂慮。上片，描寫這對青年男女在一起採花的溫馨場面。全詞開篇，是以少女的口氣在訴說，一個「郎」字語帶親昵的色彩，一個「妾」字表明她與這位「郎」的親密關係，他們是一對處在熱戀之中的青年男女。「採花」是對他們熱戀生活的一個片斷性描寫，但從表現手法上看也是為了起興，以引起後面男子對女子的讚美。然而，作者並沒有讓這位男子正面出場，而是借這位女子的口吻表述他們的親密關係，它是通過一個動作和一句話來表現的：「郎指階前姊妹花」是對男子動作的描寫，「道儂強似它」是對熱戀中男女所說情話的簡單敘述。一個「儂」字道出主人公為南方女子的特殊身分，並通過這位女子與薔薇花的對比，襯托出她的花容月貌，也烘托出她甜蜜的內心世界。

下片，由當前熱戀關係的敘述轉向對今後兩人關係的思考，希望這位情郎對她的愛情要忠貞不二。過片一句，作者將筆觸由寫人轉到寫花，眼前這株薔薇花，有紅色的，也有白色的，這是一株花開兩色的薔薇花，非常的漂亮，非常的豔麗，從表現手法看也是對上片「姊妹花」的照應。但是，作者沒有進一步描寫這株薔薇的美麗，而是由詠花轉而寫人，這位女子由花開兩色，想像在現實生活中男子的「花心」，不免生出對今後兩人關係的憂慮之情，並對這位情郎發出了這樣的告誡：「勸郎莫似它。」這一「勸」字，用語委婉，但態度堅定，溫婉而堅貞，刻劃出一位性格剛毅的女子形象。這一首小令在藝術表現上多用對比法，把女子與薔薇花相比，把男子的多情與女子的憂慮相比，既寫出女子的花容月貌，也道出男子的多情，更寫出了女子的憂慮，深刻地揭示出在封建社會背景下女子容易被拋棄的客觀現實。

45 荷葉杯❶

毛奇齡

五月南塘水滿，吹斷❷，鯉魚風❸。小娘❹停棹❺濯❻纖指，水底，見花紅。

【作　者】毛奇齡（西元一六二三—一七一六年），字大可，號西河，浙江蕭山人。明末諸生。明亡後讀書山中。康熙十八年（西元一六七九年）舉博學鴻詞，授翰林院檢討，參修《明史》。後乞歸。奇齡博覽群書，學問淵博，著述極多，有《西河合集》。詞集有《桂枝詞》、《毛檢討詞》等行世，另有《西河詞話》兩卷。毛氏詞工小令，有南朝樂府風味，自成一家。

【注　釋】❶荷葉杯　本詞選自《西河集》卷一三二「原調」，為詠調名之作。原題下有詞兩闋，此為第二首。❷吹斷　指風斷續不定。❸鯉魚風　鯉魚風有兩說，一為九月風、秋風，二為春夏交時之風。此同後者。❹小娘　吳越方言，小姑娘。❺棹　船槳。❻濯　洗。

【語　譯】五月天的春水已滿南塘，斷斷續續，吹來了和煦的鯉魚風。小姑娘停下船來洗她的纖纖玉指，紅白相間，好似水底盛開了一朵美麗的蓮花。

【研　析】這是一首極能展示西河小令風神的佳作。詞人剪取了一個日常生活片段，將春天的溫暖和煦編成場景邀請讀者進入，帶著江南女子的美麗可愛和生活的美好，拜訪讀者的想像和心靈。「五月南塘水滿」，點明時間地點，夏始春餘，江南水鄉，綠波蕩漾。「吹斷，鯉魚風」，暖風時斷時續，不冷不熱。「鯉魚」兩字雖是用典，卻自然而妙，在「水鄉」這個總的場景裡傳達著生活氣息和勃勃生機。接下來是人物登場。「小娘」用吳越方言，有民歌風味；「停棹濯纖指」，不是手髒了才要洗，是姑娘愛美，愛水。「水底，見花紅」兩句是點睛之筆，一寫女子之美，二寫風光之美。「花紅」之花不是別花，正是荷花，紅潤白嫩的纖纖玉手如荷花般美麗，以小見大，其人之美自不待言，留待讀者想像；「水底見花紅」，以為荷花已開，可知此時定是荷葉初展，荷香宜人之景象。從水中倒影寫美景，李賀曾有名句曰「溪女洗花染白雲」（〈綠章封事〉），寫水中花影染紅水中雲影，精麗有餘，卻不及本詞「水底，見花紅」簡簡單單五個字樸素有味。夏初五月，綠水滿塘，輕舟蓮女，皓腕凝雪，短短二十三字，讀來令人心曠神怡、心馳神往。

46 長相思

毛奇齡

長相思，在秋節❶。複斗❷垂垂怨蜻蛚❸。錦紋砧❹，素絲鑷❺。夢苦見參星❻，關❼深落榆葉。欲識夫婿寒，花階映微雪。

【注釋】❶秋節　中秋節。❷複斗　即覆斗，指覆斗帳。《釋名》：「小帳曰斗，形如覆斗也。」❸蜻蛚　蟋蟀。❹錦紋砧　錦紋指衣物的花紋，砧即搗衣石。❺素絲鑷　素絲即白色的絲，鑷是紡絲用的工具。❻參星　二十八宿之一，屬獵戶座。❼關　邊地關塞。

【語譯】深深的思念，在這中秋佳節。低垂的斗帳籠罩著蟋蟀的悲鳴。搗衣砧上蒙著錦字的紋理，鑷子上纏著潔白的素絲。做夢也苦，起看參星在天。想迢迢邊塞秋意正濃，榆葉飄落。要想知道丈夫冷不冷，看看那雕花的石階上是否有薄雪。

【研析】和上一首〈荷葉杯〉的樂府民歌風味不同，本詞展現的是怨守深閨的女子思念遠遊夫婿的感情，物象繁而不雜，感情含而不露，風格幽麗婉約，韻味悠長不盡，體現了作者深湛的小令技巧。

「長相思，在秋節」，開篇承題，點明時令。「秋節」是中秋節，天上的團圓與人間的離別皆在不言之中。「複斗垂垂怨蜻蛚」寫臥床不能成眠，低垂的斗帳給人壓抑之感，蟋蟀哀鳴之聲，側面襯托心中的鬱結愁腸。「錦紋砧，素絲鑷」，鏡頭轉向室內陳設，但只用景語不用情語，只用描寫不用敘述，物象更鮮明，表達更含蓄。月光越是皎潔，衣紋、砧鑷越是清晰可見，人越是情不能堪。「錦紋」指向「錦字」，「砧」指向「搗衣」，「素絲」常用來比喻受制的人生和易變的人情，《淮南子·說林訓》云：「楊子見逵路而哭之，為其可以南，可以北；墨子見練絲而泣之，為其可以黃，可以黑」（逵路即通向不同方向的道路，練絲即未經染色的絲），李白〈古風〉亦有「路歧有南北，素絲有變移」之句，由「素絲」難免想到女子對不圓滿婚姻生活的哀怨與擔憂。接下來詞人繼續展示高超的寫作技巧，在極其有限的篇幅內極盡變化之能事。「夢苦見參星，關深落榆葉」，短短十字，連接兩處時空，言極簡而意極豐。前一句寫不眠而起，走到門窗邊或庭院內，看夜幕上參星高懸。「夢苦」，是不能成夢，還是夢不到郎邊，還是做了噩夢？作者不肯明言，任由讀者想像。「夢苦」也照應了前文寫不成眠的「複斗」三句。參星同月亮一樣，夜分方現，東升西落。此時女子看到孤零零的參星，是否覺得與夫婿如同參、商一樣，見面無期呢？「關深落榆葉」懸想遙遠邊關，榆葉飄零，同樣一幅淒涼冷落之景象。那是夫婿所在的地方吧？他是否也如「我」一樣難耐孤寂、滿懷相思呢？「欲識夫壻寒，花階映微雪」緊接上文，極溫厚，也極含蓄。從邏輯上說，是看到落雪而想到夫婿之寒，後一句當在前；從寫法上說，將景語置後，以景結情，情愈不盡。賞花、落花之階，今有薄雪映照月光，營構出一片淒清幽渺之氛圍；不言孤獨之痛，不言相思之苦，甚至不言自己，只念對方深秋時節遠在關塞，該是如何寒冷，一片溫婉深情，幾令人神情搖搖，不知何時而淚已流下。

47 相見歡

毛奇齡

花前顧影❶粼粼❷，水中人。水面殘花片片，繞人身。　私自整，紅斜領，茜❸兒巾。卻訝❹領間巾裡，刺花❺新。

【注釋】❶顧影　照影。❷粼粼　水面清澈。❸茜　一種草名，根黃赤色，可作染料。此指絳色。❹訝　驚奇。此處意為令人心動。❺刺花　刺繡的花朵。

【語譯】在花前，對著清澈的水面顧影回盼，我就是那水中的人兒。水面上飄浮著無數的落英，這片片殘花彷彿在纏繞著人身。　對著如鏡一樣的水面，悄悄地整理了一下衣裳，紅色的斜領，絳色的圍巾。突然間，我驚奇地發現領子間圍巾裡，處處是刺繡一樣的花朵兒。

【研析】這是一首閨情詞，刻劃了一位少女對著水面顧影自憐的形象。上片著重寫人——「水中人」，「花前」點明她所在的方位，「顧影」著重描寫她的行為，也烘托出少女天然愛美的心性，「粼粼」是狀寫水面清澈，可以照鑒人影。因水之清，才會有「水中人」，這是一種視覺上造成的錯覺，也是作者要著力表現的對象。這位少女對著水面顧影自憐，從水中的倒影看，自己就是「水中人」，彷彿進入到水中的世界，那水中的倒影才是一個「真實」的自我。這裡，岸上的人兒與身後的花兒相映生輝，水中的人影和岸上的人兒相映成趣，這是一幅由人影與花兒共構的水中畫卷——「水面殘花片片，繞人身」。如果說上一句是把岸上人作為「水中人」的背景的話，那麼這一句則是把飄落在水面的「殘花」作為「水中人」的背景，這片片落花簇擁著那水中的「人兒」，「水中人」成為作者著力表現的中心。

下片著重寫人的動作，是如何整理衣裝的，過片一句還是圍繞「顧影」的動作展開，岸上的人兒對著水面的影子整理衣裝，「私自整」是對少女羞澀情態的描寫，也是對少女顧影自憐動作的刻劃，或許她會搖搖頭，或許她還會轉轉身，她是在欣賞水中的「自我」，一種天真少女的形象呼之欲出。然後，作者重點刻劃她整理衣領和圍巾的動作，讓紅色的衣領子高高地斜聳，把絳色的圍巾輕輕地繞過脖子，這一系列動作是對少女愛美心態的真實描摹和生動表現。最後一句，一個「卻」字，寫出了少女的驚喜心態，在整理衣領和圍巾的不經意間，她驚奇地發現，衣領和圍巾上竟然點綴著無數的花朵兒，這些花朵兒就好像是剛剛繡上去的一樣。「刺花新」，既寫出了人的錯覺，水面的落花好像是繡在人的衣服上一樣；又點明了水中人與岸上人的不同，岸上人的衣領上是沒有繡花的；這就意味著這位「水中人」——美麗的少女是由「水中花」與「岸上人」共構而成的。這首詞言短而意長，格調清新別致，在人物動作刻劃和人物錯覺心理的表現上都別出心裁，把一個天真、羞澀、愛美的少女形象真實地表現出來。

48　南柯子

毛奇齡

淮西❶客舍接得陳敬止❷書，有寄

驛館❸吹蘆葉❹，都亭❺舞柘枝❻。相逢風雪滿淮西，記得去年殘燭照征衣。

曲水❼東流淺，盤山❽北望迷。長安書❾遠寄來稀，又是一年秋色到天涯。

【注　釋】❶淮西　淮水上游一帶地區，在今安徽鳳陽、和縣以西，宋代曾在此設有淮南西路。❷陳敬止　作者友人，時在京城。❸驛館　驛站的旅店。❹蘆葉　蘆笳，一種新疆樂器，古稱「觱篥」，以蘆葉為管，管內有吹簧。❺都亭　城旁的驛亭。《史記索隱・司馬相如列傳》：「郭下之亭也。」❻柘枝　古代一種舞蹈，起於唐代，傳自西域。《樂史》引《樂苑》云：「羽調有〈柘枝曲〉，商調有〈屈柘枝〉，此舞因曲而為名。」❼曲水　彎曲的河水。❽盤山　盤旋的山路。❾長安書　長安，今陝西西安，為漢、唐都城，這裡代指當時的京城北京。書，信。

【語　譯】在驛館裡吹著蘆笳，在都亭中舞著柘枝。我倆相逢在風雪飄揚的淮西，還清楚地記得，去年你在殘燭下穿著征衣的模樣。

　　清淺蜿蜒的河水，向東靜靜地流去；北望連綿起伏的群山，眼前是一片迷茫。從京城遠寄而來的書信越來越少，現在又到了一年秋色鋪滿天涯的季節。

【研析】這是一首旅中懷友詞，從詞題看，是作者收到陳敬止從京城寄來的書信，勾起了他對這位朋友的懷念之情，並填詞以答之。上片，寫他們去年在淮西相逢。開篇一句，交待相逢之所在，他們相逢在「驛館」、「都亭」，作者著意描寫了他們當時相逢的場景：驛館裡吹著蘆笳，都亭中舞著柘枝。「蘆葉」是指音樂，「柘枝」是指舞蹈，這清婉的音樂與曼妙的舞姿相結合，構成了一種悲淒哀婉的氛圍，也襯托出兩位遊子在羈旅客舍中相逢的共鳴之感。「相逢」一句點明他們相逢的季節和地點，「風雪滿淮西」描繪的是一幅淮西冬日的畫卷，展現在讀者眼前的是一種非常闊大的境界。歇拍一句，「記得去年殘燭照征衣」，既點明這是一種追敘，是由眼前的書信喚起他對當時場景的回憶，又形象地勾畫出他們在客舍對燈夜話的場景，「征衣」則點明了他們的遊子身分。

下片，寫今年收到書信時的感慨。大約在淮西客舍相遇之後，陳敬止到了京城，而作者這時依然滯留在淮西，兩位惺惺相惜的朋友從此天涯相隔。過片一句，緊接歇拍而來，敘寫自己對這位朋友的懷念。對於「曲水」、「盤山」，目前有很多種解釋，大多是指特定的山或水，但此處我們認為並非有具體所指，它們分別指代作者所在淮西地區的山水和陳敬止所在京城周邊的山水。「東流淺」有喻寫時光流逝之意，朋友分別已有一年了；「北望迷」狀寫兩人相距之遙遠，也烘托出作者對朋友的懷念之情。「長安」一句，有點題的效果，進一步表現作者對朋友的深深懷念，正因為思之切才會有「書遠寄來稀」的感覺。結拍一句，是以景結情，意思是說時間過得真快，從朋友離別到現在又過去了一年，裡中飽含著一種深沉的生活感慨。「秋色到天涯」一句，極富畫面感，與「風雪滿淮西」相映成趣，描畫了一幅秋染大地綿延無際的壯麗景象，充滿著一種高揚而不悲淒的格調。這首詞言簡意長，以景託情，用辭妥帖，對仗工整，境界開闊，是一篇深得「北宋句法」的佳作妙篇。

49 蝶戀花

嚴繩孫

青瑣❶簾前人惜別，未許牽衣，較比牽衣切❷。一曲〈陽關〉❸初唱徹❹，相看本是明明月❺。

宛轉征衣金粟尺❻，心字香❼溫，纖手流蘇結。夢裡彩雲❽留不得，西風吹過黃花節❾。

【作　者】嚴繩孫（西元一六二三—一七〇二年），字蓀友，號藕漁，江蘇無錫人。康熙十八年（西元一六七九年）應博學鴻詞，以目疾賦詩一首即退場。康熙帝特擢二等，授翰林院檢討，與修《明史》。不久即告病歸，杜門不出。嚴氏與朱彝尊、姜宸英並稱「江南三布衣」，與顧貞觀、秦松齡、納蘭性德等交厚，詩文俱佳，兼擅書畫。詞集名《秋水詞》。

【注　釋】❶青瑣　雕花的窗櫺。❷未許牽衣二句　意味狠心不讓對方（妻子和孩子）牽著衣裳，然而別情更加痛切。❸陽關　即〈陽關曲〉，或稱〈陽關三疊〉。唐代有〈渭城曲〉，即王維〈送元二使安西〉詩，宋人改稱〈陽關曲〉，其唱法第一句不疊，後三句皆再唱，故稱「三疊」。陽關在今甘肅敦煌西南，古時為出塞必經之地。❹徹　一支曲子的最後一遍。❺相看本是明明月　意謂當時有明月照著兩個人。❻宛轉征衣金粟尺　意謂妻子細緻反覆地裁量製作給自己的衣服。征衣，旅人之衣。金粟尺，有米粒金鑲嵌的華貴尺子。❼心字香　心字形熏香。❽彩雲　代指所思之人。宋吳曾《能改齋漫錄》卷一六：「開封富民楊氏子館客頗豪俊，有女未笄，……密約登第結姻。……或告客已與某氏結婚者，女聞之悶絕。良久，索筆書曰：『黃葉無風自落，彩雲不雨空歸。』就歸字落筆，放手而絕。」晏幾道〈臨江仙〉：「當時明月在，曾照彩雲歸。」❾黃花節　重陽節。

【語　譯】雕花窗邊，簾幕低垂，我與你依依惜別，雖然撒開了你的手，卻比你拉著我的手更難過。一曲離歌剛唱到最後，一輪明月從東山上升起，它照著我們兩個脈脈相對的人兒。　我收到了你寄來的針腳細密的寒衣，想來一定是你用金粟尺裁剪而成，心字香上面還有你的餘溫，還有那用纖手編織而成的流蘇。夢中與你相會，但夢醒後便留你不住。可恨我滯留在異鄉，在重陽佳節，陣陣西風從黃花上吹過。

【研　析】本詞當為遊宦於外、思念妻子而作，出之以追憶的口吻，輔之以細節的描繪，染之以人生的感喟，精巧而不失自然，哀傷而有悠揚之致。上片是對離別的回憶。「青瑣」三句寫依依惜別。前一句是染，是別離之場景；後兩句是點，以細節傳情。為了不讓對方難受，兩個人都小心翼翼收斂著感情，甚至忍心保持距離，不肯讓對方牽著衣袖。然而感情如潮，愈阻愈烈，這樣做反而更讓人難受，這也是所有經歷過離別的人心頭才有的感受。「一曲〈陽關〉初唱徹，相看本是明明月」，那晚的歌聲和月色，一直清楚的留在詞人的心裡。宋人將王維的〈渭城曲〉改作〈陽關三疊〉，疊聲複句，充分發揮了「詞之言長」的優勢。雖然〈陽關〉之唱只是虛寫，未必是實景，但卻代表了詞人的真實心聲。同樣，「明月」也非泛泛著筆。與其怪罪明月「何事長向別時圓」，不如自問「何事長向圓時別」！這一場離別銘心刻骨，那一片月色也揮之不去。

下片是別離後的思念和想像，以實筆寫虛景，彷彿是迷離的鏡花水月，越是可望可親，就越是覺得可憐可悲。「宛轉」三句，設想妻子為自己裁製衣裳的情景，安排井然，精麗而溫馨：從「金粟尺」到「流蘇結」，從量尺寸到結墜飾，當是製衣之始末；「宛轉」顯其細心和柔情，「纖手」狀其嬌態和辛勤；「心字香溫」傳達時間的流逝。但這一切只是設想和夢境。「夢裡彩雲留不得，西風吹過黃花節」，作一大轉折，若冷風吹夢而醒，傷情之中滲透了人生感慨。「黃花節」是登高賞菊的重陽節，詞人卻不幸作了「遍插茱萸少一人」的那個人，西風吹來，獨在異鄉，倍感淒涼。嚴氏一生不曾汲汲於功名，明亡後更付年華於詩酒。康熙十八年被迫應清廷之徵，舉博學鴻詞科，未完卷即退，原不望中，然而康熙帝還是沒有放過這個江南大名士。皇恩浩蕩，在他人眼中是錦繡前程，但在嚴氏眼中卻是西風淒涼，在這寒冷的秋節，也許能用得上妻子寄來的寒衣，但顯然詞人更願意回到家鄉，更思念那個真正關心自己的人。

50 南鄉子

再送容若❶

嚴繩孫

歸語太匆匆❷，剛道看山落葉中。生把馬蹄都襯著，猩紅。應到重來更幾重。

今古望長空，明月山前月似弓。澆酒長城飲馬窟❸，英雄。輸與儒生罵祖龍❹。

【注　釋】❶再送容若　本詞當作於康熙二十年（西元一六八一年），時納蘭性德（容若）方扈從康熙帝自任丘、霸州等地歸來不久，即再次隨行啟程往遵化。遵化在長城沿線，為軍事重鎮，明末清初之際曾數度爆發後金軍與明軍的大戰。明月山在「遵化西南」（《記纂淵海》卷二二）。❷歸語太匆匆　意謂容若才歸來不久又要出行。《秋水詞》中本詞的上一首是〈倦尋芳・送成容若扈從北行〉，當是八月末納蘭隨康熙帝巡行任丘、霸州等地前作，故有「紅葉」、「黃花」字樣，且「扈蹕長楊」云云也說明此行不遠，而霸州即有圍場（《清聖祖仁皇帝實錄》卷六六）。❸長城飲馬窟　唐李善《文選注》卷二七云：「酈善長《水經》曰：『余至長城，其下往往有泉窟可飲馬，古詩〈飲馬長城窟行〉信不虛也。』」❹輸與儒生罵祖龍　意謂帝王霸業到頭來淪為儒生之嘲罵。輸與，猶言付與。祖龍，指秦始皇，《史記・秦始皇本紀》中記載有人預言「今年祖龍死」，蘇林曰：「祖，始也。龍，人君象。謂始皇也。」

【語　譯】歸來話舊，語太匆匆。剛剛還講到，在山中看深秋落葉，把馬蹄都映襯得猩紅。現在又要重過其地，落葉想必又添了幾重。

俯仰今古，仰望長空。明月山前，彎月如弓。在長城上澆酒，在城牆下飲馬。我要用它祭酹英雄。秦始皇建立的千秋霸業，最終掩沒在書生笑罵聲中。

【研　析】本篇中作者借「再送」之題，巧為構思，在一篇之中綰合對方前後兩次出行，又從空中為其設一弔古之酒杯而澆己之塊壘，頗有興味。

上片五句為一意群，寫容若剛回不久又要扈從出行。詞人選擇了山中落葉這一物象，一來表現容若之瀟灑不群，二來連接兩處時空，三來作為抒情之背景。「歸語」二句寫隨皇帝行圍歸來，可以講述的故事應當很多，然而容若最感興趣的，或者說詞人聽後印象最深的，是其描述行遊山中、看滿山落葉的情景。「看山落葉中」，一個簡單的倒裝句法，既為協律，也極省力地描述了落葉滿眼、幾欲覆山的壯觀景象。帝王出巡本是一件烜赫之事，扈從者也會覺得榮耀；然而納蘭「別有根芽」，只覺得「滿目荒涼誰可語」，只看見「西風吹老丹楓樹」（納蘭性德〈蝶戀花・出塞〉）。作為其好友，生性不慕榮利的嚴氏自然只記下了那一山「生把馬蹄都襯著，猩紅」的落葉。看似在寫景，其實在寫人。「應到重來更幾重」，寫對方又要出發，再遊之時，落葉不知又積了多少層了，容若的感慨也不知又該深沉多少分了。「重」字兩義而兩見，不避重複，加強了語氣，也許受到了容若「深山夕照深秋雨」（同上）的啟發。

下片假對方之手眼而弔古，頗見思致。「今古望長空，明月山前月似弓」，仰望星空，回顧古今，時空瞬間開闊起來，只是一山一月未免蕭瑟。彎月如弓的比喻，讓人聯想起戰爭；回看上片落葉的「猩紅」，也讓人聯想到血腥。「澆酒長城飲馬窟，英雄。輸與儒生罵祖龍」，設想對方在長城下澆酒憑弔，抒發「霸業等閒休」（納蘭性德〈南鄉子〉）的滄桑感：當年修築長城的秦始皇也算英雄一世，如今成為了在儒生口中被唾罵的對象。然而，只做字面解的話，這樣的情懷在懷古詞中比比皆是，不足為奇；聯繫詞人之身分與所處時代，和長城腳下遵化的歷史來看，就另有一番味道了。遵化是長城沿線的軍事重鎮，曾是明軍與後金軍激烈交鋒的戰場，崇禎二年（西元一六二九年）清太宗皇太極親率鐵騎由喜峰口破長城，合兵包圍遵化，山海關總兵趙率教入關馳援，卻中伏而亡，遵化遂陷，其後數度易主，一度成為後金進攻明朝的前沿據點。入清之後，遵化成為滿清貴族大規模圈地的地區，更重要的是順治帝的東陵也選址於此。順治是清朝入關定鼎之帝，廟號世祖，從這個意義上說，他也算是滿清皇權之「祖龍」了。詞人於清廷是持不合作態度的，被強徵應鴻博，被欽點入翰林，皆非其所願。那麼「輸與儒生罵祖龍」的歎息聲中，有多少哀痛與激憤，就可以知道了。

51 點絳唇

夜宿臨洺驛❶

陳維崧

晴髻❷離離❸，太行山❹勢如蝌蚪。稗花盈畝❺，一寸霜皮厚。　趙魏燕
韓❻，歷歷❼堪回首。悲風❽吼，臨洺驛口，黃葉中原走。

【作　者】陳維崧（西元一六二五—一六八二年），字其年，號迦陵，江蘇宜興人，以清癯多鬚稱陳鬚。祖父陳于廷，官至明左都御史贈少保銜，以抗擊魏忠賢、周延儒聞名天下。父陳貞慧，為「明末四公子」之一，清流領袖。維崧明末為諸生。入清後窮愁潦倒，旅食四方。嘗寓居如皋冒襄水繪園，頗好聲色。康熙十八年（西元一六七九年）召試鴻詞科，授檢討，與修《明史》，越四年，以疾終。維崧少負才名，詩、詞、駢文皆工，以詞名揚於時，有一千六百二十九首之多，以沉雄豪放取勝，為清初著名的陽羨派領袖。有《湖海樓全集》。

【注　釋】❶臨洺驛　古時驛站。臨洺，縣名，在今河北永年西。❷晴髻　晴天裡的山峰看起來就像女子的髮髻。❸離離　指山峰羅列分布的樣子。李賀〈長歌續短歌〉：「夜峰何離離，明月落石底。」❹太行山　在山西高原與河北平原之間。❺稗花盈畝　意謂稗花遍野，看起來像經霜的土地。❻趙魏燕韓　戰國時期的四個諸侯國，在今山西、河南、河北等地。❼歷歷　分明可辨的樣子。❽悲風　秋風。秋風淒厲，故稱悲風。

【語　譯】遠峰在蔚藍的碧空下，分明就是女子高聳的髮髻；巍峨的太行山從北往南，好像是在河中迤邐而行的蝌蚪。稗子花開，滿山遍野，看起來好像是經霜過後的草皮。　戰國時期趙、魏、燕、韓四國，曾經在這裡你爭我奪，回首歷史，過去的一切歷歷在目。只見臨洺驛口，秋風怒吼，秋後的落葉在中原大地漫天飛捲。

【研　析】這是一首即景懷古小令，大約作於作者康熙七年（西元一六六八年）底自京師南返途中。上片寫景，是從遠觀的角度寫太行山，「晴髻」是狀山之形，髻本是人之髮型，這裡用以擬山頗具傳神效果；「離離」寫山之羅列分布，繁密非常；「如蝌蚪」比喻山之走勢，好像太行山就是游動的蝌蚪，以擬物的手法把

靜態的山寫得活靈活現。接著，作者的筆鋒由寫山轉而寫地，寫華北平原，原野茫茫，鋪天蓋地，眼中都是漫天的稗花，為讀者描繪了中原大地稗花叢生的景象，「一寸霜皮厚」取喻非常恰當，以「霜皮」狀寫稗花，帶有很明顯的北方特徵。

下片懷古，作者觸景生情，思緒回到了過去，對戰國時代趙、魏、燕、韓四國的追憶，它們曾經在中原大地展開激烈的爭奪，「歷歷堪回首」是說過去的一切歷歷在目，彷彿就在眼前發生過似的。「歷歷」，是分明的意思，比喻作者對歷史追憶的清晰可見。然而，追憶了什麼樣的歷史情景？作者並沒有作進一步的展開，而是點到為止，再次把筆鋒一轉，由過去拉回到現在，描寫眼前之所見：秋風怒吼，黃葉亂飛。一「吼」一「走」，形象地表現了秋風之勁之猛，「黃葉中原走」則描寫的是在秋風浩蕩下中原大地黃葉滿天的景象，而作者對歷史的深沉感慨就暗寓在眼前這秋風怒吼、黃葉亂飛的情景裡，取得了以景結情、意餘言外的審美效果。這一首詞最大的特點是，在極短小的篇幅裡，描寫了極宏大的場面，既有巍峨的高山峻嶺，也有茫無邊際的中原大地，既有勁猛的秋風落葉，也有千年以前的歷史爭戰，完全突破了小令只寫剎那情景和瞬間感受的傳統，表現了作者非凡的想像力和高超的藝術表現力，具有氣勢恢弘之美，正如陳廷焯所說是「波瀾壯闊、氣象萬千」（《白雨齋詞話》）。

52 南鄉子 邢州❶道上作

陳維崧

秋色冷并刀❷，一派❸酸風❹捲怒濤。並馬三河年少客❺，粗豪。皂櫟林中醉射雕。

殘酒憶荊高❻，燕趙悲歌❼事未消。憶昨車聲寒易水❽，今朝。慷慨還過豫讓橋❾。

【注　釋】❶邢州　河北邢臺。❷并刀　古并州（山西北部）一帶出產的刀具，以鋒利著稱。❸一派　一片。❹酸風　辛辣刺眼之風。語出李賀〈金銅仙人辭漢歌〉：「東關酸風射眸子。」❺三河年少客　指好氣任俠之輩。三河謂河東、河內、河南，在河南省北部、山西省南部一帶。❻荊高　荊指荊軻，戰國魏人，後居燕，好讀書擊劍。被燕太子丹拜為上卿，奉命刺秦王嬴政，未遂，被殺。高指高漸離，戰國燕人，善擊筑。荊軻赴秦，賓客穿白衣冠送行於易水。漸離擊筑，荊軻和而歌曰：「風蕭蕭兮易水寒，壯士一去兮不復還。」登車而去。秦滅燕後，嬴政熏瞎漸離雙目，令擊筑。他在筑內藏鉛彈擊嬴政，未中，被殺。❼殘酒憶荊高二句　指荊高送別事。韓愈〈送董邵南序〉：「燕趙古稱多感慨悲歌之士。」❽易水　河名，在河北易縣附近。❾豫讓橋　即豫讓隱身伏擊趙襄子之地，在邢臺北，今不存。豫讓，春秋時晉國人，為大夫智伯家臣。後韓趙魏三家分晉，智伯為趙襄子所滅。豫讓乃易姓埋名，漆身吞炭，數次謀刺趙襄子，不遂，自刎而亡。

【語　譯】秋日裡寒氣襲人，猶如并刀一樣鋒利，中原大地上北風呼嘯，發出一片震天動地的怒吼。看，邢州一帶的少年遊俠，並騎著馬兒的颯爽英姿，多麼矯健豪邁！酒醉後馳騁在皂櫟林中，握弓箭射那翱翔在空中的大雕！　微帶酒後的殘醉，從他們身上，我想起了戰國時代的荊軻和高漸離，古來燕趙之士慷慨悲歌的精神，至今未消！昨天乘車經過燕王送別荊軻的易水河，今天我還將氣概豪邁的走過，當年豫讓擊殺趙襄子的木橋！

【研　析】這首詞寫作年代與〈點絳唇・夜宿臨洺驛〉相同，是作者康熙七年（西元一六六八年）底由京師南返途中所作。它通過對三河少年豪俠形象的描寫，以及對三河地區歷史人物的回顧，抒發了自己雖壯志未酬但豪性未減的氣概和抱負。題名「邢州道上作」，表明這首詞寫的是在邢州道上的所見所感，上片寫所見，本意寫三河少年的豪俠形象，先是從他們生活的環境寫起，「秋色」點明季節，一個「冷」字表明時值深秋，萬物凋零，氣象蕭瑟；「并刀」是用以狀寫人的感受的，意思是說，深秋季節寒氣襲人，就像山西生產的「并刀」一樣鋒利；「酸風」也是通過人的感受寫北風的酷烈，「怒濤」是用來形容風勢的勁與猛，顯示一種強勁的力度感，從而襯托當時環境的惡劣，也為三河少年的出場作了渲染和鋪墊。接下來，正面描寫三河少年的颯爽英姿，在惡劣的氣候下，他們並騎著馬兒，充滿著一種勇猛直前、毫不畏懼的豪氣。「並馬」一詞尤其具有畫面感，這些並馬而立的少年，彷彿就是即將出征的戰士，在出發之前的集體亮相；「粗豪」是作者對這些英俊少年發出的不由自己的讚歎，既是一種欣賞，也是一種認同。接著下來，詞人著意描寫了一個特殊的鏡頭：「皂櫟林中醉射雕」。「皂櫟林」是用典，語出杜甫〈壯遊詩〉：「呼鷹皂櫟林，逐獸雲雪岡」，是描寫三河少年呼鷹逐獸射雕場面的壯觀。一個「醉」字寫出了他們射雕時的神情，大約是在醉意朦朧中毫不經意的射下了正在翱翔的大雕，這一方面說明了他們射箭技藝的高超，另一方面也狀寫了他們英氣蓋天的豪俠形象。

下片寫所感，過片「殘酒」一詞起到轉折的作用，上承寫三河少年，下接對三河地區英雄歷史的回顧。大約是受到這些豪俠少年的感染，作者彷彿化身為「醉射雕」的英雄少年，心中也鼓蕩起一種勇武豪邁的壯慨。帶著酒後朦朧的殘醉，作者想起了這裡兩位英名遠揚的歷史人物：荊軻和高漸離。荊軻，是燕太子丹的門客，高漸離是荊軻的好友，善擊筑。當時，太子丹謀刺秦王，送荊軻至易水為其壯行，荊軻慷慨悲歌：「風蕭蕭兮易水寒，壯士一去兮不復還。」後荊刺秦王事敗被殺，高漸離為給荊報仇，也因事敗被殺。「事未消」，意思是說他們的壯舉義行，不但載入史冊，而且在民間廣為流傳，到作者生活的明末清初仍然沒有消歇。最後一句是敘寫作者的行程，昨天經過太子丹送行荊軻的易水，今天將要走過豫讓曾經擊殺趙襄子的木橋。這好像是簡單交待自己的行程路線，但落腳點還是對歷史人物豫讓的感慨，更雄辯地說明了唐代大文豪韓愈那句名言：「燕趙古稱多感慨悲歌之士」。「慷慨」一詞是寫作者自己，意思是說經過邢州，自己也不由自主地充滿了一種豪邁的氣概，表示自己也將像荊軻、高漸離、豫讓等燕趙之士一樣矢志不拔。陳維崧出生在一個對明王朝有著眷戀之情的家庭，他的老師陳子龍為復明失敗投水而死，他的父親陳貞慧在明亡後十二年不入城市，耳濡目染，陳維崧對明王朝自然也有一種特殊的感情，康熙七年（西元一六六八年）在京師期間也曾結交了不少前朝遺民，當他經過曾經出現過荊軻、高漸離、豫讓等歷史人物的燕趙之地，自然而然地會對這些英雄豪傑發出由衷的敬佩和讚歎之情。這首詞的結構安排頗有特點，先是從環境的惡劣寫起，接著寫俊爽豪邁的三河少年，再接著寫邢州一帶的歷史人物，最後落筆寫自己的豪情壯概，在歷史用典的運用上，也是不落痕跡，因其地寫其人，因其人溯其史，由歷史而現實，可謂是一篇環環相扣、層層相遞、結構謹嚴的上乘佳作。

53 醉落魄

詠鷹

陳維崧

寒山幾堵❶，風低削碎❷中原❸路。秋空一碧無今古。醉袒❹貂裘❺，略記尋呼處。

男兒身手和誰賭？老來猛氣還軒舉❻。人間多少閒狐兔❼！月黑沙黃，此際偏思汝❽。

【注釋】❶幾堵　猶言幾座。堵，量詞。❷削碎　掃平。❸中原　原野。❹袒　脫衣露肩。❺貂裘　用紫貂衣縫製的禦寒服裝。❻軒舉　高飛；飛揚。❼閒狐兔　這裡比喻鷹未受到重用。閒，閒暇。狐兔，比喻奸邪勢力。❽汝　指獵鷹。

【語譯】你看，一座座寒山聳立在遠方，有一隻獵鷹正從空中迅猛而下，捲起的旋風掃平了原野上的草木和石塊。牠在浩渺的碧空裡自由自在地翱翔著，好像是從歷史時空裡穿越而過來到了現在。我乘著酒興，敞露著胸襟，披帶著貂裘，有一股豪氣沖天而起，到如今還記得當初呼鷹尋獵的地方。

我曾是熱血男兒，身手也不同凡響，有誰能與我一試高下？雖說年來身體漸衰，但老當益壯，猛志猶存，就像雄鷹那樣在空中展翅飛翔。因為在人間也有無數讓百姓遭苦受難的狐和兔！月夜沉沉，黃沙漫捲，這個時候特別想念你啊，英勇無比的獵鷹！

【研　析】這是一首詠物詞，寫出鷹的雄鷙。詞人託物寄情，抒寫了自己的豪情壯懷，也是暗傷自己的才華未得施展。上片寫鷹，是先從鷹的活動場景寫起，「寒山幾堵」一句，點明季節，秋風蕭瑟，萬物凋零，地上群獸長得正肥，恰是狩獵的大好時節，「幾堵」狀寫出群山的氣勢。如果說第一句是「起」，接著下來的兩句就是「承」，正面描寫鷹的形象和風姿。「風低削碎中原路」一句，是近景，寫出鷹的勇猛及其氣勢；「秋空一碧無今古」，是遠景，寫鷹在空中翱翔博擊的鏡頭；這兩句也勾勒出雄鷹形象的兩個側面，在地面上的陰騭兇猛，在天空中的優雅自在。歇拍宕開一筆，由寫鷹轉而寫人，詞人回憶起自己青年時代，乘著酒興，敞著胸襟，與一幫朋友擎著獵鷹狩獵的場面，「略記尋呼處」一句把筆觸又拉回到對鷹的描寫，寫人亦寫鷹，亦物亦人，雖是對過去生活片斷的追憶，卻極其生動傳神。

下片抒情，過片緊接著「醉袒貂裘」一句而來，寫詞人的豪情壯懷，「男兒身手和誰賭」表示了一種對自身本領非凡的自信和自負，也暗示其懷才不遇的現實境遇。他出生在一個文化世家，但遭遇亂世，一生坎坷，亦不得志於時。近代詞學家陳廷焯說：「其年年近五十，尚為諸生，故學業最富，又睹易代之時，其一種潦倒名場、抑鬱不平之氣，胥於詩詞發之。」（《雲韶集》卷一六）「老來猛氣還軒舉」一句，有老驥伏櫪、壯懷不已之意，流露一種能得到當局重用的渴望之情，然而，事實上卻是：空有一身本領，卻無處施展，自然是悲憤和憾恨交織。結句「人間多少閒狐兔」一句，語帶雙關，借「狐兔」比喻人間還有許多為非作歹的「禽獸」，「此際偏思汝」是對題面的回應，也是對上片寫鷹的照應，在結構上則起到了呼應的作用。

54 虞美人

陳維崧

無聊❶笑撚❷花枝說，處處鵑啼血❸。好花須映好樓臺，休傍秦關蜀棧❹戰場開。

倚樓極目添愁緒，更對東風語：好風休簸❺戰旗紅，早送鰣魚❻如雪過江東。

【注　釋】❶無聊　無所事事的樣子。❷撚　手指搓動。❸鵑啼血　指杜宇化為杜鵑啼血事。❹秦關蜀棧　指陝西一帶的關隘。秦，春秋戰國時期的秦國屬地，即今陝西秦中一帶地區。蜀棧，四川與陝西交接地帶，山高嶺峻，兩地交通，架木為路，以棧道相連。❺簸　搖動；飄揚。❻鯽魚　一種生長在南方河流的魚，脊黑腹白，鱗下多脂肪，肉質鮮嫩。李時珍《本草綱目》：「鯽出江東。」

【語　譯】我無所事事，笑對著手撚的花枝說：「聽到了嗎？到處都是杜鵑啼血的聲音。須知道，燦爛的花兒應該去裝飾漂亮的樓臺，千萬不要對著秦關蜀棧的戰場怒放！」　我倚在高樓極目遠眺，心中增添了無端的愁緒，更有無數的話兒要對東風說：「和煦的春風啊，你不要吹動那充滿腥紅的戰旗，你應該把西邊如雪的鯽魚送來江東！」

【研　析】康熙十二年（西元一六七三年）十一月，吳三桂在西南地區起兵反清，一時間雲南、貴州、四川、廣西、湖南、福建等相繼陷落，陝西與四川交界處的秦嶺地區成為交戰雙方爭奪的焦點。這首詞詠歎的就是這場戰爭，但作者卻以「無聊」為題，實際上是想避開清初文字獄的迫害，它表達了作者對清朝統治者鎮壓反清武裝的不滿，更反映了他對和平安定生活的渴望和嚮往。上片著重表達對這場戰爭的不滿，起句「無聊」，好像是無所事事，實際上是正話反說，用的是反諷的手法，清初高壓的政治環境，讓作者無法將心中隱情直接表露；接下來，一「笑」一「撚」，看似信手拈來的閒筆，描畫的是詞人的神態和動作，卻真實地刻劃出詞人波瀾起伏的內心世界，對清王朝進行的這場戰爭表示了強烈的不滿。「花枝」是詞人傾訴的對象，也有著發端起興的作用；「處處鵑啼血」是訴說的內容，「處處」一詞，說明戰火燃燒範圍之廣，在川陝交接的秦嶺地區，到處都是杜鵑啼血的淒慘之音。接著下來一句，作者由手中的花兒，聯想到秦嶺地區的花兒，它本來應該是用來裝飾漂亮的樓臺的，現在卻在秦嶺山區對著腥紅的戰場怒放。一個「須」和一個「休」，表明了詞人對於這場戰爭的鮮明態度，「杜鵑啼血」和「花開戰場」則為讀者展現了一幅戰爭的血腥畫面。

下片著重表達他對和平安寧生活的嚮往，過片一句，是承上而來，「倚樓極目」對應上片的「笑撚花枝」，一個是寫近景，一個是寫遠景。作者眺望遠方，觸景生情，目睹這血腥的戰爭場面，他禁不住愁緒暗生，對東風發出這樣的籲請：「好風休簸戰旗紅，早送鮹魚如雪過江東。」這是把自然擬人化，東風本為無情之物，作者卻以為它應該有情。這裡又出現了一個「休」字，與上片的「休」字形成對應的關係，如果說上片是表示對現實的強烈不滿，那麼這裡則是表達對未來的美好期待，希望東風為人們送來「鮹魚」而不是搖動「戰旗」，送來的是「和平」而不是「戰爭」。這一結語既形象生動，又意餘言外，耐人尋味，也把作者對戰爭的厭惡和對和平的嚮往推到頂峰。這首小令語意淺白，用意甚深，通過上下兩片的傾訴，真實地反映了經過明末清初大動亂之後，在社會上普遍存在的一種厭戰心理。

55　賀新郎

縴夫詞

陳維崧

戰艦排江口。正天邊❶、真王❷拜印，蛟螭蟠鈕❸。徵發櫂船郎❹十萬，列郡風馳雨驟。歎閭左❺、騷然雞狗❻。里正❼前團催後保，盡纍纍、鎖繫空倉後。捽頭❽去，敢搖手？

稻花恰稱霜天秀。有丁男、臨歧訣絕，草間病婦。「此去三江❾牽百丈，雪浪排檣夜吼。背耐得、土牛鞭❿否？」「好倚後園楓樹下，向叢祠、亟倩巫澆酒。神佑我，歸田畝。」

【注釋】❶天邊　天子那邊。❷真王　指劉邦封韓信事，事載《史記·淮陰侯列傳》。❸蛟螭蟠鈕　在印鼻上雕刻著蟠結的蛟龍。蛟螭，蛟龍。鈕，印鼻。❹櫂船郎　即縴夫。❺閭左　貧民。秦時貧民多居里門左側。❻騷然雞狗　雞犬不寧。騷然，動亂不寧的樣子。❼里正前團催後保　里正，里長。唐時，百家為里，設里長一名。團，軍隊編制單位名。保，宋代戶籍編制單位。❽捽頭　揪住壯丁的頭。❾三江　指湖南的三江，湘江、澧水、沅水。❿土牛鞭　牛的鞭子。土牛，春牛，古時以泥塑之牛迎春。

【語　譯】戰艦在長江沿岸一路排開。在天子身邊，有真王拜印領兵，印上雕刻著蟠結的蛟龍。發令徵用十萬拉船的縴夫，所到之處都是風馳雨驟般的急拉壯丁。可歎那貧民窟裡已是雞犬難寧！里正從前團到後保，抓來壯丁數不勝數，都被鎖到空倉的後面。他們被揪著頭髮，樣子極其狼狽，哪裡還敢搖手？　秋天的稻禾正吐穗揚花。有一位被派丁的男子，就要告別正躺在雜草叢中的病婦。婦說：「這一去到三江，拉起百丈長的縴索，巨浪如雪拍打著戰艦，在夜間發出呼嘯的怒吼聲，你的背脊能像春牛般承受得了鞭擊？」夫說：「你最好能靠在後園的楓樹下，對著荒祠向天澆酒祭奠，乞求神靈保佑我平平安安地回到家鄉。」

【研　析】關於這首詞的寫作背景，有人認為寫的是清廷對江南抗清勢力的鎮壓，也有人認為寫的是清初對南方地區的征戰，還有人認為寫的是清兵對吳三桂叛清之亂的征討，我們認為根據詞中所寫地點、風物及其他內容看當以後者為是。這是一首敘事詞，描寫清廷平定三藩之亂時，在南方地區大肆徵調壯丁的慘烈場面，以及在戰亂環境下下層百姓的痛苦生活，表達了他們對自己朝不保夕命運的擔憂，也抒發了作者對下層百姓痛苦生活的關切之情。上片是總寫，開篇寫出戰爭的形勢，「戰艦排江口」，不僅寫出戰船之多，而且也寫出規模之大；接著是指揮這場戰爭人物的出場，「真王拜印」，表明戰爭指揮者地位之高，他是奉天子之命出征。作者還有意地突出了一個特殊的信物——「印」，這方「印」上雕刻著蟠結的蛟龍，說明這場戰爭指揮者權力之大。然後，順勢寫戰爭指揮者發出的號令，「徵發櫂船郎十萬」。這一句，不但交待了號令的內容，而且在結構上也為後面描寫大肆抓丁埋下伏筆；「十萬」狀徵丁數量之大，也暗寓著這一任務的難以開展，因此，就有後面這樣一句：「列郡風馳雨驟」。這一句，形象地描寫了號令發出後在戰爭地區所發生的威力，「列郡」狀寫範圍之廣，「風馳雨驟」形象地比喻徵發令的雷厲風行。接著下來，一個「歎」字，領起全句，表明了自己的態度和立場，即對百姓疾苦的同情和關切。「騷然雞狗」、「鎖繫空倉」、「捽頭去，敢搖手」等，都是正面描寫當時抓丁的場面，真實地刻劃了當時百姓生活的種種苦態。下片是特寫，通過一對夫婦的對話，進一步刻劃這場戰爭對百姓生活的直接影響，也真實地反映了下層百姓的悲慘境遇。

過片一句，「稻花恰稱霜天秀」是背景描寫，這一句在表現手法上有如王夫之所說「以樂景寫哀，以哀景寫樂，一倍增其哀樂」。在稻花抽穗的時候，有一位壯丁馬上就要離開重病在床的妻子。「草間病婦」一句，寫出百姓生活之苦，家有病婦卻不能照顧，而是「臨歧訣絕」要上前線，從而暗示清朝統治者是怎樣的不顧民間疾苦，發動了這場並不人道的戰爭。最後是敘述這對夫婦對話，病婦雖然臥床不起，但她的話裡卻顯示的是對丈夫的關切，它用了三個具體的鏡頭描寫縴夫的境況：「三江牽百丈」，是寫縴夫生活之苦況；「雪浪排檣夜吼」，是寫自然環境的惡劣；「背耐得、土牛鞭否」，是寫人為環境的惡劣，清兵對縴夫的揮鞭驅使。丈夫的話則表白了對命運無法主宰的無奈，只能寄望於老天的保佑，其實，他已很清楚，這一去再也沒有返回的可能！這與其說是對妻子的囑託，還不如說是對妻子的寬慰，希望她能戰勝病魔，頑強的生活下去，盼到有夫妻再次團圓的那一天。全詞以這一對夫妻對話作結，可謂是匠心獨具，既如泣如訴，又感人至深，並激起讀者對發動這場戰爭的統治者的不滿之情。總之，這首詞純用客觀的敘事手法，作者並不摻入自己的感情，在寫作手法上類似於杜甫的「三吏」、「三別」，既真實地再現了清初社會的「歷史」，也表達了作者對這場非人道戰爭的撻伐之意。

56 賀新郎

陳維崧

贈蘇崑生❶（蘇，固始人，南曲為當今第一。與說書叟柳敬亭❷同客左寧南❸幕下，梅村❹先生為賦〈楚兩生行〉。）

吳苑❺春如繡。笑野老❻、花顛酒惱❼，百無不有。淪落半生知己少，除卻吹簫屠狗❽。算此外、誰歟❾吾友？忽聽一聲〈河滿子〉❿，也非關、雨濕青衫透⓫。是鵑血⓬，凝羅袖。

武昌萬疊戈船吼。記當日、征帆一片，亂遮樊口⓭。隱隱柁樓⓮歌吹響，月下六軍⓯搔首⓰。正烏鵲、南飛時候⓱。今日華清風景換，剩淒涼、鶴髮開元叟⓲。我亦是，中年後！

【注　釋】❶蘇崑生　河南固始（今河南沈丘縣）人。明清之際著名的曲藝人，擅歌南曲。左良玉守武昌，蘇崑生投其幕下。南明覆滅後左良玉病逝於九江，蘇崑生入九華山為僧。後出山以歌求食於金陵、蘇杭間。陳維崧與蘇崑生在蘇州結下了深厚的友誼。❷柳敬亭　泰州（今屬江蘇）人。明清之際著名的說書藝人。左良玉守武昌，柳敬亭投其幕下說書。曾替左良玉出使南京，時人稱為「柳將軍」。左良玉病逝後，重操舊業。❸左寧南　名良玉，字崑山，臨清（今屬山東）人。明末著名將領，封寧南侯。❹梅村　吳偉業，字駿公，號梅村，江蘇太倉人。明末清初著名詩人，與錢謙益、龔鼎孳並稱「江左三大家」，婁東詩派開創者。其所著長詩〈楚兩生行〉，通過描寫蘇崑生、柳敬亭在左良玉軍中的經歷，道出了與南明國運緊密相連的左良玉軍的興衰史。正所謂：「將軍已沒時世換，絕調空隨流水聲。」感時傷亂的情調，悲世憂生的主旨，都與此詞略同。❺吳苑　漢代吳王劉濞所築，故址在今江蘇蘇州。也泛指蘇州園林。明亡後，蘇崑生隨武林汪然明入吳中。❻野老　鄉野老人，此處為作者謙稱。❼花顛酒惱　互文，為花酒而癡狂、煩惱。用杜甫〈江畔獨步尋花〉「江上被花惱不徹，無處告訴只顛狂。走覓南鄰愛酒伴，經旬出飲獨空床」詩意。❽吹簫屠狗　指隱於市井的賢人異士。吹簫，據《史記・范雎蔡澤列傳》記載，春秋時伍員的父兄伍奢、伍尚為楚平王所殺，伍員逃出昭關，至陵水無以糊口，遂吹簫乞食於吳市，後助吳王闔閭破楚復仇。屠狗，戰國時燕國荊軻的好友高漸離、西漢初大將樊噲都以屠狗為業。此句以蘇崑生類比吹簫屠狗之士，抒發的是彼此共有的生不逢時，懷才不遇之感。❾歟　語助詞，表疑問。❿河滿子　樂曲名，即〈何滿子〉，據白居易〈何滿子〉詩所載，此曲是唐滄州歌者何滿子在臨刑前所歌，曲調極為淒婉，「從頭便是斷腸聲」。唐張祜〈宮詞〉云：「故國三千里，深宮二十年。一聲〈何滿子〉，雙淚落君前。」故在此詞中指崑生的歌曲，有眷戀故國之意。⓫雨濕青衫透　雨，淚雨。用白居易〈琵琶行〉「同是天涯淪落人，相逢何必曾相識」、「座中泣下誰最多？江州司馬青衫濕」詩意。⓬鵑血　相傳杜鵑是蜀主杜宇亡國身死後所化，暮春日夜悲啼，淒婉欲絕，直至口中流血，落地化為杜鵑花。在此指崑生歌曲中寄託的亡國哀思。⓭武昌萬疊戈船吼三句　通過描寫當年左良玉水軍的浩大聲勢，來反映出蘇崑生的軍旅生涯。左良玉被南明朝封為寧南侯後，為權臣馬士英所忌，在弘光元年以「清君側」為名發兵討之，自漢口至蘄州列舟二百餘里。戈船，戰船。樊口，在今湖北鄂城西北。⓮柁樓　戰船上掌舵的後艙室。柁，即「舵」。⓯六軍　原指天子統領的軍隊，《周禮》規定凡制軍，王六軍，大國三軍，次國二軍，小國一軍。此處是泛指軍隊。⓰搔首　以手搔頭，若有所思的樣子。⓱正烏鵲南飛時候　用曹操〈短歌行〉「月明星稀，烏鵲南飛。繞樹三匝，何枝可依」詩意，在此用以表達在風雨飄搖的亂世中彷徨無依的境況。⓲今日華清風景換二句　用唐李洞〈繡嶺宮詞〉「繡嶺宮前鶴髮翁，猶唱開元太平曲」詩意。華清，唐代華清宮，位於陝西驪山。全盛時為唐玄宗、楊貴妃鍾愛的行宮。安史之亂後沒落。鶴髮開元叟，指曾經開元盛世，目睹盛衰之變，髮白如鶴的老翁。此處以古寓今，用堪為明國運縮影的左良玉軍，類比堪為唐國運縮影的華清宮，用同樣見證了興衰的蘇崑生類比開元叟，抒發時移世易，今非昔比的感慨。

【語　譯】吳苑的春天真如錦繡一般絢爛。可笑我這個鄉野老人終日為花癡狂，為酒煩惱，浪子百態，竟無所不有。回想半生漂泊潦倒，除了如「吹簫」、「屠狗」般流落市井的賢人異士，還有什麼人能成為我的知心好友呢？忽然聽到你唱的一曲淒婉欲絕的〈河滿子〉，不僅令那承載著天涯淪落感的淚雨濕透青衫，更令那承載著感世憂國之悲痛的杜鵑血沾滿羅袖啊！

想當年在武昌的數萬戰船聲勢浩大，一片將要遠征的風帆重重遮蔽著樊口。在舵樓中隱隱約約地傳來你那配合著鼓吹樂的悠揚歌聲。軍中將士都在月光下凝神靜聽，搔首踟躕。只因正值烏鵲南飛，彷徨無依之時啊！如今那壯盛威赫的景象已然改變，只剩下你這見證了興衰、淒涼落寞的白髮老翁；而我也早已是人到中年了。

【研　析】此詞是康熙初年陳維崧在蘇州所作，選自《迦陵詞全集》。蘇崑生既是作者的風塵知己，又是南明興衰的見證人，這種特殊的關係及經歷，使得此首贈友詞具有比同類題材更深刻的意蘊、更廣闊的背景。詞風沉雄蒼涼，妙在句意層新，而意脈暗轉，俯仰相應。看去無一句不圍繞崑生展開，卻也無一句不在自道身世，傷懷故國。

上闋主要是對作者與崑生相交相知的緣由及經歷的回顧，也是二人半生際遇的縮影。開篇二句故作輕鬆自在，更覺沉重無奈。作者遭逢亡國亂離，身為遺民之後，胸懷濟世之志，卻只能在錦繡春光中放浪形骸，故所謂「百無不有」實是除卻癡狂，一無所有。這自嘲之笑中所包含的淒苦絕不下於自傷之淚。因此，接下來便禁不住發出「淪落半生知己少」的感歎，半生疏狂潦倒，自然是少有知己——高居廟堂的仕宦不屑知己，而一般的市井小民又不能知己，因此，只有與自己同病相憐的「吹簫」、「屠狗」之輩，才能惺惺相惜，成為知心好友了。而蘇崑生即屬此類，故二人相知相惜也就是理所當然的。而衰亂的時勢是作者與崑生如此懷才不遇的根本原因，身世之憂與家國之恨可謂如影隨形，故下文道：「忽聽一聲〈河滿子〉，也非關、雨濕青衫透。是鵑血，凝羅袖。」這一聲淒婉欲絕的〈河滿子〉，既彰顯出蘇崑生曲藝名家的身分，又延續上文揭示出二人能互為知音的深層原因——不僅在於「同是天涯淪落人」的一己之悲，更在於同具憂國悲世的大情懷。

因此，下闋便由對私人交誼的敘述，轉入對蘇崑生所經歷的左良玉軍興衰史的追溯，而左軍興衰即是南明痛史的縮影。前二句極寫左軍當年盛況，然而，這宏大的軍容卻並不是為了抗擊清軍，而是為了內訌而準備的，故盛中已暗含衰亂徵象。這就難怪軍中將士會產生如南飛烏鵲般彷徨無依的心境了。而此時蘇崑生等藝人在柁樓上演奏、歌唱的樂曲，當然也會流露出慷慨與悽惶兼有的情感，並在廣大將士心中產生強烈的共鳴。「月下六軍搔首」句便傳神地刻劃出樂聲與人情互相感染，產生共鳴的情景。末二句與上文相呼應，實為因果關係，當日「烏鵲南飛」的衰亂之徵是今日「風景換」之因；而「風景換」又是「鵑血凝羅袖」之因。由回憶轉回現實，以唐史寓明史，慨歎當年的盛況已為亡國的淒涼所取代，此情此景，與杜甫〈江南逢李龜年〉所謂：「正是江南好風景，落花時節又逢君」何其相似！兩個經歷了興衰之變，亡國之痛的摯友，一個已是白髮蒼蒼，一個也是人到中年，他們將眷眷故國之思都注入這一聲〈河滿子〉中，其痛何如，何為「知己」，何以「知己」，盡在不言中了。

57 沁園春

題徐渭文〈鍾山梅花圖〉，同雲臣、南耕、京少賦❶。

陳維崧

十萬瓊枝❷，矯若銀虬❸，翩如玉鯨❹。正困不勝煙，香浮南內❺；嬌偏怯雨，影落西清❻。夾岸亭臺，接天歌板，十四樓❼中樂太平。誰爭賞？有珠璫貴戚，玉佩公卿。　如今潮打孤城，只商女❽船頭月自明。歎一夜啼烏，落花有恨；五陵石馬，流水無聲。尋去疑無，看來似夢，一幅生綃❾淚寫成。攜此卷，伴水天閒話，江海餘生❿。

【注　釋】❶題徐渭文二句　徐渭文，名元琜，又字文清，江蘇宜興人。好詩詞，善繪事，有〈鍾山梅花圖〉等。雲臣，史惟圓字，有《蝶庵詞》。南耕，曹亮武字，有《南耕詞》。京少，蔣京祁字，有《罨畫溪詞》。三人皆為宜興人。❷瓊枝　梅花。❸銀虬　指花枝如虬。虬，古代傳說中的小龍。❹玉鯨　《西京雜記》：「昆明池刻玉石為魚，每至雷雨，魚常鳴吼，鬐尾皆動。」❺南內　南宮，這裡泛指宮苑。《舊唐書・地理志》：「南內曰興慶宮。」❻西清　李善《文選注》：「西清，西廂清處。」❼十四樓　明時南京官伎所居處。朱彝尊《靜志居詩話》：「明制南北都各立教坊司，北有東西二院，南有十四樓。」❽商女　歌女。❾生綃　未經漂洗的絲織品。古時常以生綃作畫，這裡是代指畫卷。❿江海餘生　宋蘇軾〈臨江仙・夜歸臨皋〉：「小舟從此逝，江海寄餘生。」

【語　譯】十萬株梅花，遠遠望去，就像是舞姿矯健的銀虬，翩躚游動的玉鯨。它柔嫩如水，無法承受春日的輕煙，它的香氣在南內繚繞；它嬌弱的身姿，偏偏怕那春雨的摧折，它的影子在西廂的清靜處飄蕩。秦淮河兩岸，聳立著亭臺樓閣，還有上與天接的歌板聲，十四樓中傳出的是太平享樂的氛圍。有誰競相欣賞它迷人的風姿？是帶著明珠玉佩的達官貴戚和列朝公卿。　到如今這裡卻是潮打空城，只有歌女在船頭對著皎潔的明月。我感慨，一夜烏鴉的哀啼，帶著人世憾事恨的落花；還有五陵前的石馬，伴隨著無聲的流水。有意尋找卻好像沒有，看起來就像是一場夢啊，這一切都是由淚水灑落在生綃上而成的。我攜著這幅梅花畫卷，對著水天向人訴說：「小舟從此逝，江海寄餘生。」

【研　析】這是一首題畫詞，詠歎的是〈鍾山梅花圖〉，借梅花寫衰敗的南京明宮城，並抒寫了作者的故國之思，興亡之感。上片，寫鍾山梅花之盛。起端一句，「十萬瓊枝」，寫鍾山梅花之多，花事之盛；接著是兩個對句，「矯若銀虬，翩如玉鯨」，是以比喻的手法寫梅花的姿態，一「矯」一「翩」二字，把靜態的梅花描寫得活龍活現；這裡用「瓊」、「銀」、「玉」狀寫梅枝和梅姿，突出了梅花的皎潔雪白，為讀者勾勒了一幅萬枝怒放、一片銀白、氣勢恢弘的梅花畫卷。接著下來，又以一個「正」字領起兩個對句，「困不勝煙」、「嬌偏怯雨」是寫其嬌弱的姿態，「香浮南內」、「影落西清」是狀其迷人的神韻。「困」、「怯」二字，可謂用字如神，前者寫其姿，後者狀其魂；「香浮」、「影落」二詞是用典，語出林逋〈山園小梅〉：「疏影橫斜水清淺，暗香浮動月黃昏。」「南內」、「西清」二詞，是作者的著意安排，將梅花之魂之神安放在「南內」、「西清」，自然會讓人聯想起剛剛消亡的明王朝，從而順勢把筆觸從梅花轉到對明代南京的描寫：「夾岸亭臺，接天歌板，十四樓中樂太平。」這是一幅太平盛世的圖景，地點在秦淮河畔，這裡樓臺叢起，歌舞喧天，還有那十四樓中歡樂的場面。歌拍一句，「誰爭賞？」是一句反問，將筆觸再次轉換到梅花身上，引出在這裡享樂的主人：「珠璫貴戚，玉佩公卿。」他們身上的珠璫、玉佩與鍾山的梅花相對成趣，珠玉的華貴與梅花的高潔相映生輝，描摹出一幅達官貴人在鍾山賞梅的高雅圖卷。下片是抒懷，借寫南京的荒涼來表其故國之思。

換頭以「如今」二字，將時間由過去拉回到現在，由〈鍾山梅花圖〉中的南京城，切換到現實生活中的南京城。畫中的南京是歌舞喧囂，眼前的南京城卻是一派衰敗和荒涼，但作者沒有作正面的描寫，而是借用典故來曲寫之。「潮打空城」語出劉禹錫〈石頭城〉：「山圍故國周遭在，潮打空城寂寞回。淮水東邊舊時月，夜深還過女牆來。」「商女船頭」語出杜牧〈泊秦淮〉：「煙籠寒水月籠沙，夜泊秦淮近酒家。商女不知亡國恨，隔江猶唱〈後庭花〉。」這兩首詩在意境上都是寫南京城的破敗，並抒發詩人對歷史興亡的感慨，這裡引入劉禹錫、杜牧的詩境，通過「潮打孤城」、「商女」、「明月」等意象，當然是要著力表現南京城的荒涼。

接著一句，以一「歎」字領起，進一步刻劃南京城的破敗荒涼：「一夜啼烏，落花有恨；五陵石馬，流水無聲。」這兩句在句法上是隔句相對，「啼烏」是帶有不祥徵兆的意象，「石馬」是一個朝代走進歷史的標誌，「落花有恨」、「流水無聲」是以擬人化的手法，寫明朝的滅亡有如「落花」、「流水」，從而抒發了作者對明王朝滅亡的深沉感慨。接著下來，作者筆鋒再次轉換，由對眼前南京的實景描寫，轉而回到對〈鍾山梅花圖〉的敘說。眼前的這一切，並不是真實的存在，而是由徐渭文用傳神的畫筆呈現出來的。「一幅生綃淚寫成」，用意甚深，是說徐渭文這幅〈鍾山梅花圖〉，寄寓了他對明亡的眷戀，對故國的懷思，筆鋒也由畫境轉入對畫心的刻劃。結拍一句，點明畫家的遺民身分，對當朝者的拒斥態度，而是要「水天閒話」，在「江海」中度過「餘生」，並對全詞的題旨作了暗示。這首詞在結構上頗具匠心，上片寫梅花之盛，下片寫南京城的荒涼，由梅花寫起，而後寫賞花的人，再後寫南京的歷史，由歷史再次轉換到現實，場景多次切換，但始終圍繞「歷史興亡」的主題展開，把作者的興亡之感表現得淋漓盡致，正如陳廷焯所說：「情詞兼勝，骨韻都高，幾合蘇、辛、周、姜為一手。」（《白雨齋詞話》卷三）

58 好事近

陳維崧

登夏日史蘧庵先生招飲，即用先生喜余歸自吳閶過訪原韻❶。

分手柳花天❷，雪❸向晴窗飄落。轉眼葵肌❹初繡❺，又紅欹❻欄角。別來世事一番新，只吾徒❼猶昨。話到英雄失路❽，忽涼風索索❾。

【注釋】❶登夏日史蘧庵二句　史蘧庵，指史可程。可程字赤豹，號蘧庵，河南祥符人，明末忠臣史可法同祖弟。崇禎十六年（西元一六四三年）進士，改庶吉士，曾降闖、降清，為貳臣。清兵定江南後，可程未出仕，長期寓居南京、宜興，陳維崧與之交接甚密，集中唱和作品頗多。康熙中葉乃卒。吳閶，即蘇州。蘇州為春秋時吳國都會，有閶門，故稱。❷柳花

天　即暮春，楊柳飛花時節。❸雪　喻柳絮。晉時才女謝道韞詠雪，有「未若柳絮因風起」之句，此處是反用。❹葵肌　葵，蜀葵；錦葵。肌，指葵花的花瓣。❺初繡　初開。繡，比喻花開，有似人工所為。❻欹　傾斜。❼吾徒　我輩；我們。❽失路　喻懷才不遇。阮籍〈詠懷〉：「北臨太行道，失路將如何！」❾索索　風聲。

【語譯】我們分手在柳絮翻飛的春天，雪白的楊花灑落在晴日的窗臺上。轉眼之間蜀葵初開，鮮豔的花兒斜對著欄杆。　自從分別以來，人世間已換了一番天地，只是我們還是像過去一樣，沒有任何改變。對面晤談，每當說到英雄失路的時候，忽然間有一陣涼風索索而起。

【研析】據詞題交待，這一年陳維崧從蘇州歸自故里，友人史可程招其共飲，史有〈好事近〉記之，詞人亦以原韻步和。這首詞通過朋友之間別後重逢的話舊，表達了自己與故人「英雄失路」的共鳴之感。上片寫景，他們從春天分別，到這次相聚已是盛夏季節。開篇一句，點明他們分手的季節，在寫作上是一種「逆敘」的手法，即不從這次相聚寫起，而是從上次分別寫起。「雪向晴窗飄落」是一個特寫鏡頭，大約是從這次相聚的場面，聯想到上次分手的場景，眼前浮現起當時分別的情景：柳絮翻飛，灑向晴窗。它選取「柳花」為描寫對象也是別有意味的，在古代詩詞中「柳」通常是作為惜別送行的意象反覆出現。其實，這是以樂景寫哀情，朋友分別本來是非常傷感的事，但作者把它放在春光明媚、百花盛開的季節，因此取到了「以樂景寫哀情，一倍增其哀」的美感效果。接著下來，「轉眼」一詞，有時光流逝得真快的意思，並將讀者的思緒由過去拉到現在，即這次重聚的季節，眼前是一派盛夏的景象：「葵肌初繡，又紅欹欄角」。「繡」字是擬人手法，初開的蜀葵就像是經過人為繡成的一樣，人巧乎？天工乎？不言而喻。「欹」字是描摹紅花（指蜀葵，又名一丈紅）的姿態，它斜出在庭院欄杆的轉角處，這與春天「雪向晴窗飄落」的場景相映成趣，春天是一片雪白，夏天則是一片火紅。

下片抒懷，寫作者的滄桑之感。過片一句，「別來」，有承上的作用，承接「轉眼」而來，意謂時世的變遷是「轉瞬」之間的事，「世事一番新」是啟下，暗示世事變化得太快，人的變化也會來得很快。這一句，寓意非常深刻，含有對投入清人懷抱者的譴責之意，意思是說這些人在時世轉換過程中變化得太快，以致作者有一種無法回過神來的感覺。順此而下，便逼出「只吾徒猶昨」一句，表達了自己的人生態度，對新的王朝拒不合作的態度。陳維崧出生在一個尚節義重操守的家族，祖父陳于廷為東林黨人，頗重氣節，端亮有守；父親陳貞慧為明末四公子之一，入清後十年不入城市；在這樣的家庭環境薰陶下，陳維崧對明王室也有一種特殊的眷戀情結，曾在〈夏初臨〉一詞中表達了對永曆政權覆亡的傷悼之情，詞人在這首詞裡也是表現了一種不能忘懷明王室的意緒。「吾徒」，是表示一種共鳴之感。「猶昨」，像過去一樣，表示一種人生態度。最後兩句，有點題的效果，揭示話舊的內容——「英雄失路」。陳維崧幼負才華，性情超邁，然其一生經歷坎坷，先是投靠冒襄，後是投奔侯方域、龔鼎孳，康熙七年入京尋求政治上的出路，亦失意而歸，入清後多次應試又不就，自然難免有「英雄失路」之感。「涼風索索」，是以景結情，寫作者的心理感受，刻劃出談到英雄失路時的悲涼心境，也表達了詞人失意卻不甘沉淪的氣度。這首詞在藝術表達上別出心裁，上片寫亮麗之景，下片寫人生的失意，前後形成相反相成的審美效果，把作者悲苦失意的人生感受和盤托出，真實地呈現了一個失意境遇下不甘沉淪的失路英雄形象。

59 賀新郎

秋夜呈芝麓先生❶

陳維崧

擲帽悲歌發。正倚幌❷、孤秋獨眺，鳳城❸雙闕❹。一片玉河❺橋下水，宛轉玲瓏如雪。其上有、秦時明月❻。我在京華淪落久，恨吳鹽❼、只點離人髮。家何在？在天末。

憑高對景心俱折❽。關情處、燕昭樂毅❾，一時人物。白雁橫天如箭叫，叫盡古今豪傑。都只被、江山磨滅。明到無終山❿下去，拓弓弦、渴飲黃麞血⓫。〈長楊賦〉⓬，竟何益？

【注　釋】❶芝麓先生　龔芝麓，名鼎孳（西元一六一五－一六七三年），字孝升，號芝麓，安徽合肥人。明崇禎甲戌（西元一六四三年）進士，官兵科給事中。入清，官刑、兵、禮三部尚書。❷幌　幔。❸鳳城　皇帝所居之城，又稱皇城。❹雙闕　宮門前兩邊供瞭望的樓臺。❺玉河　又稱御河，源出玉泉山，經紫禁城出都城東。《大清一統志》：「順天府玉河橋在府南玉河之上。」❻秦時明月　唐王昌齡〈出塞〉：「秦時明月漢時關，萬里長征人未還。」❼吳鹽　又稱淮鹽，江南地區生產的一種優質鹽，其色潔白如雪。❽心俱折　心情極度低落。❾燕昭樂毅　燕昭，戰國時燕國的國君，他曾築黃金臺求賢，一時士人爭趨赴之。樂毅，戰國時燕國名將，曾率軍攻佔齊地七十餘城。❿無終山　亦名翁同山、陰山、盤山，在天津薊縣境內。三國時魏田疇志行卓越，隱居無終山。後人因以為隱逸之典。陶潛〈擬古〉詩之二：「辭家夙嚴駕，當往志無終。」⓫黃麞血　《南史・曹景宗傳》：「我昔在鄉里，騎快馬如龍，與年少輩數十騎，拓弓弦作霹靂聲，箭如餓鴟叫，平澤中逐麞，數肋射之，渴飲其血，饑食其胃。」⓬長楊賦　漢代揚雄作。長楊為漢代行宮名，在今陝西周至東，因宮中有楊樹數畝而得名。揚雄曾從漢成帝射獵，其時農民因帝王射獵而不得收穫，揚雄借作賦勸諫成帝不要因驅使農民搜捕禽獸而誤了農時。

【語　譯】用力甩掉帽子，唱一曲動人的悲歌。我靠著布幔，在深秋的季節裡，一個人獨自遠眺，只見皇城雙闕聳立。那一片流經金水橋的玉河水，多麼宛轉流美，看起來就像是皚皚白雪。在它的上面掛著一輪圓月，在秦漢時代已高懸在天的明月！我在京城已淪落太久，更可恨的是那數不清的吳鹽，竟不斷地點綴著離人的黑髮。家在哪兒？它在那遙遠的天邊。　登高憑欄，對著遠景，我傷心到了極點！最能引發我興味的，是燕昭王時代的名將樂毅，這是一個叱咤風雲的歷史人物。看，一行白雁在天上飛過，發出的叫聲有如出弓的疾箭，這叫聲讓我想起了自古以來曾經的英雄豪傑。但他們都為那不變的江山所磨滅。這明月還照耀著田疇隱居的無終山，我也要像南朝名將曹景宗一樣射獵：拉開長弓，在平澤中逐麞，渴時飲其血，餓時食其肉。如果只是像揚雄那樣能做做〈長楊賦〉，這又有什麼用呢？

【研析】這是一首懷鄉詞，作於康熙七年（西元一六六八年）詞人旅居京華期間。這一年五月詞人北上京城，試圖尋找政治上的出路，在京期間與吳雯、孫承澤、魏裔介、王士禛、龔鼎孳、錢芳標等往來密切，龔鼎孳待之尤厚，這首詞便作於這一年秋天的一個晚上。上片是實寫，著重描寫自己在京城的淪落。開篇一句，突兀而起，「擲帽」是一個帶悲憤情緒的動作，「悲歌」是一種抒展內心壓抑的行為，這一句為全篇奠定了一個悲慨的基調。接著下來二句，寫秋夜眺望所見，「孤秋」點明季節；「倚幌」、「獨眺」是描寫詞人遠眺時的動作，一「孤」一「獨」二字刻劃了詞人內心的孤獨寂寞，「鳳城雙闕」點明詞人所在位置——京城。而後著重描寫秋夜月下的「鳳城」，雙闕聳立，御河如雪，玉橋橫臥，明月高懸，這是一幅非常美妙的京城月下秋夜圖。然而，詞人筆鋒一轉，由橋下之水寫到天上之月，這是一輪在秦代就已高懸在天的明月。「秦時明月」典出王昌齡〈出塞〉，表達了明月長在而人生苦短的意緒，陳廷焯評曰：「插入弔古，極見精神。雄勁之氣，橫掃千軍。」（《詞則·放歌集》）這一句通過歷史的悠長與人生的短暫相對照，抒寫了詞人生不逢時、懷才不遇的人生悲慨。接著，詞人再次把筆鋒轉回到自身，描寫自己在京城遊歷期間的生活情狀：「我在京華淪落久。」這一句與開篇一句相呼應，真實地呈現詞人在京期間淪落的境況。「恨吳鹽、只點離人髮」一句，是說自己的頭髮因風塵淪落而變得花白。一個「恨」字，用得極妙，寫出了詞人激憤的內心世界，「只點離人髮」則進一步點明自己的心理感受，也回應了第一句所言「孤獨寂寞」之意。「離人」是指自己，離開家鄉到京城遊歷的詞人。歇拍一句，順勢而下，明確地點明詞人對家鄉的懷念：「家何在？在天末。」這一問一答，詞人思家懷鄉之情噴薄而出，「在天末」一句進一步落實了「離人」之義。

下片，是登臨懷古，抒發了自己懷才不遇的悲憤。「憑高對景心俱折」，在結構上承上啟下，既是對上片的總結，也是引出下片的抒懷，登高不但不能撫慰思鄉之苦，反倒引發起詞人更加傷心的意緒。為什麼這樣說呢？詞人由己及人，由現實回溯到歷史人物，想起了戰國時的燕國名將樂毅，他率軍攻下齊國城池七十餘座，這是何等的氣概！詞人不由自主地發出「一時人物」的讚歎。但是，作者筆鋒馬上一轉，由歷史回到現實，化一腔豪情為滿腹的悲淒，像樂燕這樣叱咤風雲的歷史人物，也只能消逝在白雁橫天的叫聲裡。「白雁橫天如箭叫」，寫作者之所見，把眼前之景與現實之情綰結起來，把讀者的思緒引進了那悠長久遠的歷史歲月。「叫盡古今豪傑」一句是抒懷，寫出了詞人深沉的歷史感慨；「都只被、江山磨滅」，是說江山永駐而人生苦短，儘管自己也有樂燕一樣的宏大抱負，也不可避免要消逝在歷史長河裡，一切竟是這樣的虛幻！這一句在意境上是效法蘇軾〈念奴嬌〉：「大江東去，浪淘盡、千古風流人物。」接著一句，詞人表示了歸隱之意，無終山即今天津薊縣盤山。三國魏時田疇隱居無終山，曾為曹操征服烏桓當過嚮導，但又拒絕曹操所封官爵，一直隱居山中，所以後人為了紀念田疇，把無終山改叫田盤山，意思是說田疇曾經在山中盤桓，後人以省略法稱為「盤山」。「拓弓弦、渴飲黃麞血」一句，抒寫了他人生落魄但豪興不減的情懷，是說他要像南朝時的名將曹景宗一樣射獵無終山。結拍一句，是借古論今，意謂寫詩填詞再好也無補於世。〈長楊賦〉的作者揚雄，是西漢著名文學家，才華出眾卻始終沉淪下僚，歷三朝而不得升遷，至晚年發出了「雕蟲小技，壯夫不為」的人生慨歎。陳維崧這裡是將自己比作揚雄，有揚雄一樣的才華，同樣是人生沉淪，因此，就有了這樣的反問：「〈長楊賦〉，竟何益？」這一句反問，既是對全篇的作結，也為讀者留下了進一步思考的空間。

60 唐多令

春暮半塘小泊

陳維崧

水榭❶枕官河❷，朱欄倚粉娥❸。記早春、欄畔曾過。關著綠紗窗一扇，吹鈿笛❹，是伊麼？

無語注橫波❺，裙花信手搓。悵年光、一往蹉跎。賣了杏花挑了菜❻，春縱好，已無多。

【注釋】❶水榭　建築在水邊或水上的亭閣。❷官河　運河。❸粉娥　粉黛娥眉，代指女子。❹鈿笛　裝飾精美的笛子。❺橫波　眼波。宋王觀〈卜算子〉：「水是眼波橫，山是眉峰聚。」❻挑了菜　指農曆二月初二挑菜節，舊俗當日男女皆出城遊玩。

【語　譯】一處亭閣靜臥在官河上，有佳人倚著朱欄。回想起早春時節，我也曾從這兒走過。當時半掩的綠紗窗內，有個倩影在吹玉笛，是她嗎？　她默默注視著池面水波，信手搓揉著裙上花朵。歎息春光易逝，辜負了美好的年華。剛賣完杏花，又到了挑菜節，春光縱然好，只是不太多。

【研　析】這首小詞，不必作深解，它寫的就是情愫初萌卻兩心難通的那一點悸動與失落，並引出青春易逝的傷感。上片寫遠望所見，先為她設置了一個美妙的所在——「水榭枕官河」，接著描寫遠望中這位佳人的形象——「朱欄倚粉娥」。小橋流水，亭臺樓閣，朱欄粉黛，這是一幅明麗的江南春思圖。然後，筆鋒一轉，從自己的角度看，寫自己的感受。他恍惚憶起前些日子路過這裡，曾經看見半掩的綠窗下有個吹笛的倩影。回憶中隔著紗窗的朦朧畫面，伴隨著似乎還在耳畔悠揚的笛聲，此刻正虛晃著飛向眼前的麗人。是她嗎？輕輕一問，卻不落實，心靈搖蕩，難以捉摸。下片是近觀，寫這位佳人的動作。她正默默地凝望著流水，有意無意地揉著裙子上的花朵。曾經綠窗人似花，如今翠裙花似人，嫻靜中有一絲落寞，平靜中有一些無聊。是也像那個「閑引鴛鴦香徑裏。手挼紅杏蕊」姑娘，「終日望君君不至」（馮延巳〈謁金門〉）嗎？詞人不說，留待讀者猜想，只是感歎了一聲，「悵年光、一往蹉跎」。惆悵蹉跎的是詞人，是佳人？如果是詞人的話，是感歎早春一見，暮春又見，然而兩情未通，空辜負了大好春光，還是借機徒悲老大、辜負韶華？如果是佳人，是傷感春已將逝卻不見所歡，還是感歎青春要付與流水，不得嫁與東風？似乎都有，妙就妙在雙關吧。「賣了杏花挑了菜」，是一個形象的說法，意謂春天過得真快，才賣完杏花便到了「挑菜節」。這樣，自然逼出最後一句，「春縱好，已無多」，有珍惜年華之意，在一片淡淡的感傷中結束全詞。清代詞論家沈謙說：「稼軒詞以激揚奮厲為工，至『寶釵分，桃葉渡』一曲，昵狎溫柔，魂銷意盡，才人伎倆，真不可測。」（《填詞雜說》）從這首〈唐多令〉可知，迦陵詞亦能在雄放悍霸之餘，一作清麗芊綿之曲，兼有自然明快之長，正是「不求工而自工，才大者固無所不可也」（陳廷焯《白雨齋詞話》卷三）。

61 62 南鄉子

江南雜詠（六首選二）

陳維崧

其一

戶派門攤，官催後保❶督前團❷。毀屋得緡❸上州府，歸去。獨宿牛車❹滴秋雨。

其二

雞狗騷然❺，朝驚北陌暮南阡❻。印響西風猩作記❼，如鬼❽。老券排家驗鈐尾❾。

【注　釋】❶保　即保長，負責管理一定數量的民戶。❷團　即團練，鄉間的民兵。❸緡　一千錢為一貫，亦稱一緡。這裡代指錢。❹牛車　指牛車棚。❺騷然　驚擾不安的樣子。❻朝驚北陌暮南阡　北陌、南阡，田埂南北向者稱為阡，東西向者稱為陌。這裡指整個村莊。❼猩作記　猩紅色的印記。❽如鬼　指驗印的人嚴酷無情，像鬼一樣。❾老券排家驗鈐尾　意謂挨家挨戶驗查舊契。鈐尾，蓋在文書契券末尾的印信。

【語　譯】徵稅的到了每一家門前，長官催得急啊，團兵還未走，保長又來了。拆了房子賣了地，湊起租子繳到州府。回來卻只能住在滴著秋雨的牛車棚下。

到處都是雞飛狗跳，早上劫掠了北村，晚上又來騷擾南村。在勁厲的西風中，大印蓋得啪啪響。官吏像索命鬼一樣，挨家挨戶查驗舊契，留下猩紅的印記。

【研析】中國的古典詩歌向來有反映民生疾苦的傳統，一代又一代詩人懷著民吾同胞的熱腸，關注著田園市井中的哀樂，寫下了很多富有現實主義關懷的作品。其中有一類田園詩，因為多採用短篇連章的形式，扣住一件件小事，以冷峻客觀的態度，細描寫實的筆法，反映本色真實的底層生活，富有衝擊力和感染力，如宋代范成大的〈四時田園雜興〉組詩就是其中的典範之一。不過，受「詞為豔科」、「詩莊詞媚」等傳統詞體觀念和詞史發展事實的影響，「田園詞」的發展遠不如田園詩。即使是蘇東坡這樣大拓詞疆的作手，其有名的〈浣溪沙〉組詞寫的也多是「使君元是此中人」的文人趣和「道逢醉叟臥黃昏」的田家樂。真正能與「三吏三別」、〈四時田園雜興〉等相並列的「現實主義」作品，要到清代詞人筆下才真正出現。這組〈南鄉子・江南雜咏〉是詞史上一組別開生面的名作，實踐了陳維崧敢於「拈大題目，出大意義」的理論主張，它真實地再現了清初官府騷擾百姓的生活場景，很有歷史價值和認識意義。本書所選為第三、四兩首。前一首寫催租，農民被逼得拆屋賣地，只能住在牛棚之下。「戶派門攤」言徵收面之廣，無人幸免。順治末年清廷著力打壓江南，大興奏銷案，江南縉紳在明朝因功名宦歷而得以免除的賦稅，一律要補繳，否則將革免功名或降級調用，有「探花不值一文錢」之稱。士人破產者比比皆是（本組詞第六首即寫此事），何況生活在底層的農民？「官催後保督前團」，州官、縣官，保長、團練，全部出動，前腳未走後腳已至，絕無喘息之機，而此時乃是「萬灶炊煙都不起」（〈南鄉子・江南雜咏〉第一）的大澇、大疫之年。農民只有拆屋賣地一條路，回頭就住在牛車棚底，忍受秋風秋雨。何言「獨宿」？字裡行間寫著賣兒鬻婦；這滴的也不是秋雨，是農人的淚水和老天的雨水。

後一首寫立契，悍吏擾民，不得安生。「雞狗騷然，朝驚北陌暮南阡」，從早到晚，從村南到村北，整日裡雞飛狗跳，沒一刻消停，與柳宗元〈捕蛇者說〉中描寫的沒有兩樣：「悍吏之來吾鄉，叫囂乎東西，隳突乎南北，譁然而駭者，雖雞狗不得寧焉」。「印響西風猩作記」一句，虛處傳神，猩紅的大印、震耳的響聲中，小吏的悍霸和農人的驚惶如在目前。悍吏「如鬼」，是詞人的印象，更是農人的感受。挨家挨戶排查舊券，驗明鈴尾，其精細、無情豈非正與小鬼一般？通觀兩詞，詞人不作議論，更不加褒貶，用事實說話，用細節傳情，其冷酷的刻畫正傳達了高壓統治的殘酷與農民生活的絕望。

63 金浮圖

陳維崧

夜宿翁村，時方刈稻❶，苦雨不絕，詞紀田家語。

為君訴：今年東作❷，滿目西疇❸，盡成北渚❹。雨翻盆，勢欲浮村去。香稻波飄，都做沉湘角黍❺。咽淚頻呼兒女，甕頭剩粒，為客殷勤煮。話難住。茅簷點滴，短檠❻青熒，床上無乾處。雨聲乍續啼聲斷，又被啼聲、剪了半村雨。搖手亟❼謝田翁，一曲〈淋鈴〉❽，不抵卿言苦。

【注釋】❶刈稻　收割稻子。❷東作　春耕，這裡泛指農事。❸西疇　西邊的田地，泛指田地。❹北渚　渚，水邊或水中的小塊陸地。這裡北渚代指浸泡在水中的田地，如荒野澤國。❺角黍　粽子的舊稱。❻短檠　小燈。檠，燭臺。❼亟　趕快。❽一曲淋鈴　指〈雨霖鈴〉曲，據說為唐玄宗夜雨聞鈴、悼念楊貴妃而製，見《明皇雜錄・補遺》。

【語譯】老翁對我說：「今春耕作的田地，整片的整片的，都成了魚鱉王國。暴雨傾盆的時候，那陣勢好像要把村子都飄走。眼看著香噴噴的稻浪，都成了丟到水裡的粽子。」說到這裡，他不禁哽咽了，卻還頻頻呼喚兒女，要把甕裡殘米煮了來招待我。　心頭苦，訴不盡。茅簷還在滴雨，青熒的小燈下，床上沒一片乾燥的地方。忽然一陣急雨聲，打斷了孩子的啼哭，哪想孩子飢餓的啼哭聲，又撕開了半村的雨線。我趕快搖手致謝並告辭說：「老伯啊，您的一席話，聽來比那斷腸曲〈雨霖鈴〉還要苦啊。」

【研　析】這首〈金浮圖〉寫民生疾苦，表達民本思想，有很高的價值。在章法上採用對話體，請當事人現身說法，娓娓道來，深情款款，刻劃了生活在苦難之中卻善良可親的田翁形象。

因為有小序對事件背景做了介紹，所以詞作開篇單刀直入，一個「為君訴」便引入田翁對自己說的話，格外警醒。從「今年東作」到「沉湘角黍」都是田翁的傾訴。雨勢之大，積水之深，好像要使村莊一起飄走。前時看著香氣四溢、波浪滾滾的稻子，覺得今年是個好年，沒想到暴雨不停，全都做了粽子了，這下子租賦無著，連活命都成了問題。從話語間不難聽出災情之慘和田翁之悲，這要比任何史書的記述都來得生動具體。即使如此，田翁還是想盡自己所能地招待好客人，咽下淚水，連聲呼喚兒女將殘存的糧食做上。詞人沒用任何修飾，只是據實描寫，田翁的善良樸實已躍然紙上。

詞人飯飽將息，而田翁之苦訴之不盡，過片「話難住」一句收結上文，似斷猶連，將情味延伸至下片。詞人仔細打量這茅屋，「茅簷點滴，短檠青熒，床上無乾處」，連綿的陰雨裡，燈光越發顯得青熒昏慘，看床上也是一片潮濕，真如老杜所寫的那樣：「床頭屋漏無乾處，雨腳如麻未斷絕」（〈茅屋為秋風所破歌〉）。給客人睡的床鋪尚且如此，秋風秋雨之中，田翁一家又該如何度過！想必小孩子又冷又餓，不住啼哭，雖被忽然大起來的雨聲暫時嚇住，不多時又肆無忌憚地嚎哭起來，連雨聲都被蓋住聽不到了。此情此景，真是直催肝腸。天明，殷勤的田翁勢必要留客，可詞人實在不敢也不忍再留下去了。詞以對話起，復以對話結，他拜謝告辭：「田翁啊田翁，聽您這秋雨中的一席話，比那〈雨霖鈴〉還要苦啊！」這兩句真乃警拔之語，它點明一篇意旨。「石壕村裡夫妻別，淚比長生殿上多」（袁枚〈馬嵬〉其二）啊！盛世還遠遠沒有到來，天災人禍下，在生死線上掙扎的勞動人民，他們的痛苦又有誰能體會到呢？這種可貴的民本思想，是這首詞的根本和源頭，是其品格所在，也是詞人的「識」的體現，是最值得重視的。

64　滿江紅

江村夏咏

陳維崧

丁字畦邊，見一帶、陰陰夏木❶。扶疏❷甚、釣絲斜漾，菱絲大熟。鶯暖鯽魚❸新上市，草香蠶子齊登簇❹。喜炊煙、一縷嫋江邊，燃湘竹❺。茭雞唱，溪流足。姑惡叫❻，山光綠。聽樵歌正斷，漁歌又續。泥滑婦愁微雨饁❼，村深兒趁朝涼讀。更柳塘、吹起牸牛❽風，波如縠❾。

【注釋】❶陰陰夏木　形容夏天樹木扶疏，灑下一片陰涼，典出唐王維〈積雨輞川莊作〉：「漠漠水田飛白鷺，陰陰夏木囀黃鸝。」❷扶疏　樹木枝葉茂盛，疏密有致。❸鯽魚　即鮒魚。宋陸游〈春日〉：「已過燕子穿簾後，又見鯽魚上市時。」❹登簇　蠶爬上紮好的簇器開始結繭。❺燃湘竹　燒竹做飯。唐柳宗元〈漁翁〉：「漁翁夜傍西岩宿，曉汲清湘燃楚竹。」❻茭雞唱三句　茭雞、姑惡，皆水鳥名。❼饁　指農婦給田間工作的農夫送飯。❽牸牛　母牛。❾縠　有皺紋的紗。

【語譯】丁字田邊，茂盛的樹木幻化成一片濃陰。在林木扶疏下，釣線在空中飄蕩，落在肥碩的菱角上。暖風中，在黃鶯亂啼中鯽魚新上市，在青草送香下蠶兒結繭了。江邊一縷炊煙裊裊升起，想是漁夫在燒湘竹準備午飯。　茭雞歡唱，溪水滿堤；姑惡啼鳴，山光水綠。這邊的樵歌才歇了，那邊的漁歌又起來。田地濕滑，農婦正發愁如何給正在微雨中耕作的丈夫送飯。村中兒童，正趁著早晨的涼爽讀書，聲聲朗朗。一陣好風拂過柳塘，風中夾雜著母牛的叫聲，吹得波紋如縠。

【研析】迦陵詞向以沉雄峻爽為人所稱，但並非每一首都是恣肆悍霸的風格，這闋〈滿江紅・江村夏咏〉便是一首清新明快的佳作。詞人用白描的手法，敘寫了一幅人與自然相和諧，充滿溫馨的夏日江村生活圖景。全詞沒有居於核心地位的意象，作者本人若隱若現；章法上也是信筆揮灑，點染所到之處，人與物各安其位，一片欣欣向榮的氣氛。這是一首充滿濃郁鄉土氣息的田園詞，開篇點題，寫江村夏景。丁字田邊，樹木扶疏，為人們投下一片可憩的陰涼。秦觀有詩曰：「芳菲歇去何須恨，夏木陰陰正可人」（〈三月晦日偶題〉），「扶疏甚」一句本是形容「夏木」的，卻放在「夏木」一詞之後，屬下不屬上，句法奇特，似乎有意要勾連夏木的茂盛和垂釣者的閒適。接下來是人的活動，一位垂釣者在茭絲大熟的水面上揮竿蕩漾，這是一個多麼悠閒的鏡頭，寫出農家生活的閒適。而後，由人事過渡到農事，由豐收的菱角，聯想到將上市的鮰魚和已紛紛「上山」的蠶子。以「鶯暖」和「草香」冠頭，也有天人和諧之意。〈滿江紅〉一調，數上下兩片的第三韻，也就是七字對句分量最重，寫的是農家生活與農家之樂。「喜炊煙、一縷嫋江邊，燃湘竹」，一個「喜」字寫出了作者的欣賞態度，漁翁們停船造飯了，一切都是那麼風平浪靜，一股裊裊而升的炊煙，也映襯出水鄉生活的寧靜。

上片所寫多是靜態的圖像，過片轉寫動態的聲象，章法平而不板。「茭雞唱，溪流足。姑惡叫，山光綠」，水光山色之間，禽鳥歡唱；「聽樵歌正斷，漁歌又續」，漁歌與樵歌相和，人也與鳥兒相應。漁歌何處，樵歌何來，都不重要，重要的是歌聲中的快樂。畫能畫出漁樵，卻不易表達漁樵之歌，這就體現出文字引發想像的強大力量。接著，作者將筆觸轉向村姑和書童。在綿綿春雨中，一位村姑挎著籃子走在泥滑的田路，她是給田間耕作的丈夫送飯。一個「愁」字是設想之辭，寫出村姑的內心世界。還有，在不遠的學舍裡，不時傳出村童朗朗的讀書聲……詞人純用白描，這鄉村圖景卻樸實而可人。柳塘風起，風送來母牛的叫聲，是在呼喚小牛嗎？也許詞人也聽不懂，看著這因風而皺面的綠水，且享受這難得的閒適。

65 滿江紅

秋日經信陵君祠❶

陳維崧

席帽聊蕭❷，偶經過、信陵祠下。正滿目、荒臺敗葉，東京❸客舍。九月驚風將落帽❹，半廊細雨時飄瓦❺。桕❻初紅、偏向壞墻邊，離披打❼。今古事，堪悲詫。身世恨，從牽惹。倘君而尚在，定憐余也。我詎❽不如毛薛輩❾，君寧甘與原嘗亞❿。歎侯嬴⓫、老淚苦無多，如鉛瀉⓬。

【注　釋】❶信陵君祠　故址在河南開封。信陵君，即「戰國四公子」之一的魏國公子無忌，封於信陵（河南寧陵），其竊符救趙等英雄事跡見《史記・魏公子列傳》。康熙七年（西元一六六八年），詞人進京謀仕不成，入河南學使史逸裘幕，得以遊覽中州勝跡，本詞當作於此時（馬祖熙《陳維崧年譜》）。❷席帽聊蕭　形容事業無成，一身落魄的樣子。席帽，一種用舊席編的帽子，常常用作未第舉子的象徵。聊蕭，冷落、蕭瑟。❸東京　指河南開封，戰國時為魏國首都大梁，五代、北宋時號東京。❹九月驚風將落帽　《晉書・孟嘉傳》：「九月九日，（桓）溫燕龍山，僚佐畢集……有風至，吹嘉帽墮落，嘉不之覺……溫令取還之，命孫盛作文嘲嘉，著嘉坐處……即答之，其文甚美，四坐嗟歎。」❺半廊細雨時飄瓦　典出唐李商隱〈重過聖女祠〉：「一春夢雨常飄瓦，盡日靈風不滿旗。」❻柏　指江南常見的烏柏樹，秋天葉紅如楓。❼離披打　遭風吹雨打而散亂的樣子。❽詎　豈；怎。❾毛薛輩　指《史記・魏公子列傳》記載的隱士毛公、薛公。❿原嘗亞　居於平原君趙勝、孟嘗君田文之下。⓫侯嬴　戰國時魏國隱士。據《史記・魏公子列傳》記載，侯嬴本是魏國隱士，年七十家貧，為大梁夷門監，受信陵君禮賢下士、折節交之，為其出盜虎符以圍魏救趙之謀，因老不能從行，為成其事而自殺。⓬如鉛瀉　魏明帝欲將漢武帝所鑄的捧露盤仙人從長安移往洛陽，拆盤時，仙人潸然淚下。唐李賀〈金銅仙人辭漢歌〉：「空將漢月出宮門，憶君清淚如鉛水。」

【語　譯】我戴著草帽，一副落魄潦倒的模樣，不期然經過信陵君祠。遠望所見，亭臺荒涼，枝葉枯敗，這就是東京客舍。九月的狂風吹落我的草帽，稀疏的秋雨飄向廊瓦。剛剛紅起來的烏柏樹，倒向壞牆邊，不料又被風雨摧殘散落。

以今視古，真堪驚詫。這情景觸動了我的身世之痛。我相信，如果信陵君還健在的話，一定會憐惜我。我豈不如毛公和薛公，你信陵君也不願屈居平原君和孟嘗君之下。可歎我好比老邁的侯嬴，已經不多的老淚，此刻如鉛水般流瀉而下。

【研　析】在順治十三年（西元一六五六年）陳貞慧去世後，陳維崧失去了生活上的依靠，不得不寄食四方，繼而應舉業、求功名，可惜久困場屋。「風打孤鴻浪打鷗，四十揚州，五十蘇州」（〈一剪梅・吳門客舍初度作〉），因長期窮愁落拓，南北浪遊，在胸中積聚的憤鬱不平之氣，終於在勁風冷雨的信陵君祠下噴薄而出。

上片紀行寫景，著墨不多，卻潛氣內轉，為下片抒情蓄勢。「席帽聊蕭，偶經過、信陵祠下。」詞人採用了開門見山，先點後染的手法，力圖還原這一場「偶遇」和心靈的震動。在信陵君祠前，詞人不由地停住了腳步，環顧四周，從客舍到祠堂，看到的是一片荒涼。「荒臺敗葉，東京客舍。」信陵君在後代遭受到的冷遇，可算是當時嚴酷的時代環境與詞人數奇不偶之命運的一個寫照。「九月驚風將落帽，半廊細雨時飄瓦」，化用典故與詩句十分貼切，達到景中有人的效果。應對孫盛之嘲，是魏晉人瀟灑風度的體現；詞人前一句寫驚風落帽，化用孟嘉落帽不覺而從容作文之典，一方面是對自己才華的自負，另一方面更有無人賞識的悲涼。後一句「半廊細雨時飄瓦」，化用李商隱名句，增添悲涼的同時，也有風雨迷蒙之中靈跡顯現，與古人（信陵君）神交冥漠之意。結拍三句寫烏桕長在壞牆邊，才剛有紅意，不想又被風雨所摧殘。烏桕為江南習見之樹，「日暮伯勞飛，風吹烏桕樹」（〈西洲曲〉），詞人睹物未免思鄉，思鄉則難免聯想到自己的流落異鄉，顯然有以烏桕自比之意。

「今古事，堪悲詫。身世恨，從牽惹」，四個三字句短促有力，情感如開閘的洪水，噴湧而出。正因為有「身世恨」，才會悲詫「今古事」，重點在今不在古。「倘君而尚在，定憐余也。」這幾句集中議論，皆為主謂賓齊全、語法結構正常的散句，顯示了迦陵長調以文為詞的句法特點，其利在抒情一往無前，無堅不摧。信陵君以愛才好客、禮賢下士著稱；如今懷才不售的迦陵來到信陵君祠，難以抑制的仰慕與不平之情可想而知，真是「慨當以慷，不嫌自負」（陳廷焯《白雨齋詞話》卷三）！「我詎不如毛薛輩，君寧甘與原嘗亞。」是把自己與古人對比，表現了他的自負；將信陵君與平原君、孟嘗君相比，是證明自己才華不得施展的處境。結尾三句，引侯嬴事，猶覺悽愴。侯嬴「修身潔行數十年」（《史記・魏公子列傳》），在七十歲高齡上受信陵君禮遇而一展其才，且最終士為知己者死；詞人想想自己已過中年而不遇於時，縱然數十年磨難之後淚已無多，此刻也難以抑制了。「鉛瀉」出自李賀「憶君清淚如鉛水」句，用金銅仙人辭別長安而流淚的典故，暗含傷悼故國之痛，這是詞人內心最深處的淚水。詞人的祖輩、父輩、岳家，明亡時殉難者比比皆是，陽羨一地反清情緒極為激烈，所受八旗鐵騎屠戮也極為殘酷。詞人背於父志、迫於時局而出山求仕，心靈已受到極大之煎熬，又何況久困於場屋、連個功名也博不到！其進，進不得，退，退不得，英雄失路的心情真是全在這如「鉛瀉」的淚水中了。

66 夜遊宮

秋懷四首（其四）

陳維崧

一派明雲薦❶爽，秋不住、碧空中響❷。如此江山徒莽蒼，伯符❸耶？寄奴❹耶？嗟已往。

十載羞廝養❺，孤負❻煞❼、長頭大顙❽。思與騎奴❾游上黨❿，趁秋晴，蹠蓮花，西嶽掌⓫。

【注釋】❶薦　獻。❷秋不住碧空中響　意謂空中秋聲作響。❸伯符　指孫策（西元一七五—二〇〇年），字伯符，孫堅長子，孫權長兄，三國時代吳國的奠基者之一。❹寄奴　指劉裕（西元三六三—四二二年），字德輿，小字寄奴，南朝劉宋開國君主。❺十載羞廝養　意謂寄食於他人籬下，感到慚愧與無奈。自順治十五年（西元一六五八年）至康熙四年（西元一六六五年），詞人長期寄住在如皋冒襄水繪園。冒氏於迦陵為父輩，極賞其才，嘗進聲伎以適其意。廝養，指做砍柴、燒飯等賤役的僕從。❻孤負　同「辜負」。❼煞　甚。❽長頭大顙　身長額闊，是有才華之人的異相。《後漢書・賈逵傳》：「自為兒童，常在太學，不通人間事。身長八尺二寸，諸儒為之語曰『問事不休賈長頭』。」❾騎奴　騎馬的隨從。❿上黨　今山西東南長治、晉城等地，為太行山、太岳山所環繞，地勢險峻，為戰略要地。⓫蹠蓮花二句　意謂登上華山之巔。西嶽為華山，蓮花為華山主峰之一。蹠，踏。華山北面有巨靈神掌跡。漢張衡〈西京賦〉：「綴以二華，巨靈贔屓，高掌遠蹠，以流河曲，厥跡猶存。」

【語　譯】一派明淨的雲彩，獻上了秋天的爽氣，響亮的秋聲在天地間回響。這一片江山徒然蒼茫，孫伯符呢？劉寄奴呢？這樣的英雄豪傑都作了古。　十年來我寄食於他人，真是感到羞愧和無奈。辜負了一身的才學，還有天生得到的異相。很想攜一二僕從遊覽上黨，要趁著秋天晴日，腳踏蓮花峰，手據華山掌。

【研　析】這首抒懷詞借遊覽山河之所見，抒懷古之豪情，視野開闊，用筆大氣。起筆三句，寫秋氣秋聲，明快爽朗。「一派明雲薦爽，秋不住、碧空中響。」「派」，本意為水分流，這裡取其動勢，流雲隨風，來獻爽氣，詞人則以更為高揚的意氣迎接。秋風又稱「金風」，主肅殺、衰颯；秋聲本無形，歐陽脩〈秋聲賦〉則極力摹寫其淒切。而此處詞人聽到的「響」，卻給人一種掃蕩天地的力量感。空間上的拓展，會伴隨著時間上的延伸，面對蒼茫山河，俯仰今古，自會有誰主沉浮之問。答案呢？「如此江山徒莽蒼。」是觀景後發出的感慨，感慨什麼呢？「伯符耶？寄奴耶？嗟已往。」這氣度何其豪邁，睥睨古今，不可逼視，真是阮嗣宗「時無英雄，使豎子成名」的隔代回響！此時，詞人北遊中州，腳下並非吳楚山水，特意拈出奠定坐斷東南之霸業的孫策，和開創南朝且兩度北伐中原的劉裕，當有寄慨明清異代之際南明王朝一觸即潰之恥辱之意在內。

過片承上而來，由古而今，由人而己。他雖曾長期寄人籬下，卻也有人生的無奈。儘管冒襄等人愛惜其才，賓主相酬，情誼甚恰，但是詞人對這樣的「幫閒」生活感到是一種羞辱。「十載羞廝養」，是以實映虛，寫他對自己當前現狀的不滿，認為這也與他之初心壯志相去甚遠。「孤負煞、長頭大顙」，是自下針砭，出語不可謂不沉重。也正是因為有「長頭大顙」這樣的異相，迥出時輩的才華，才會有如此的自信和悔恨。不過此刻，此一登臨，胸襟為之一開，從前的豪情壯氣又再次蘇醒過來。「思與騎奴游上黨。」上黨為戰國時代韓國之地，韓國公子張良為復滅國破家之仇，先於博浪伏擊始皇不成，後在圯橋受黃石公書，輔佐劉邦建立漢朝，有勇有謀，古今無雙。將踏上上黨這片土地，詞人對心中「偶像」忍不住再三致意，組詞第三首下片也說「齷齪誰能耐？總一笑，浮雲睚眦。獨去為傭學無賴，圯橋邊，有猿公，期我在」。相比之下，本詞的結尾更為精彩。「高掌遠蹠」（張衡〈西京賦〉）本是人類向峻偉的華山表達崇仰讚歎之情的詞句，「掌」、「蹠」二字生動傳神；迦陵古為今用，化熟為生，將主體由山換成人，「蹠蓮花，西嶽掌」，蓮花伏腳下，西嶽在掌中，「海到無邊天作岸，山登絕頂我為峰」！不能到西嶽者，可讀此詞以認西嶽之峻；不能知迦陵者，可讀此詞以識這位「前身青兕」詞人的無雙豪情。從聲情上看，上聲最為曲折，以之為韻，有助於表現鬱積之情；再選用養講蕩一部開口音，鬱而能發，正是雄渾之聲，可謂聲情並茂。

67 高陽臺

朱彝尊

吳江葉元禮❶，少日過流虹橋❷，有女子在樓上，見而慕之，竟至病死。氣方絕❸，適元禮復過其門，女之母以女臨終之言告葉，葉入哭，女目始瞑❹。友人為作傳，余記以詞。

橋影流虹，湖光映雪，翠簾不捲春深❺。一寸橫波❻，斷腸人在樓陰❼。游絲不繫羊車住❽，倩❾何人、傳語青禽❿，最難禁、倚遍雕闌，夢遍羅衾。

重來已是朝雲散⓫，悵明珠佩冷，紫玉煙沉⓬。前度桃花，依然開滿江潯⓭。鍾情怕到相思路，盼長堤、草盡紅心⓮。動愁吟、碧落黃泉⓯，兩處誰尋？

【作者】朱彝尊（西元一六二九－一七〇九年），字錫鬯，號竹垞，晚號小長蘆釣魚師，又號金風亭長，浙江秀水（今浙江嘉興）人。康熙十八年（西元一六七九年）舉科博學鴻詞，以布衣授翰林院檢討，入直南書房。三十一年罷歸，專心著述。其學識淵博，通經史，有《經義考》；詩與王士禛齊名，詞與陳維崧合稱「朱陳」。嘗輯唐、宋、金、元詞五百家為《詞綜》，開創浙西詞派，影響深遠。有《曝書亭集》。

【注釋】❶葉元禮　葉舒崇，字元禮，號宗山，吳江（今江蘇吳江縣）人，康熙丙辰進士，官至中書舍人，著有《宗山集》。王士禎《古夫于亭雜錄》讚其「神清不減衛叔寶」。葉元禮是朱彝尊的詞友，曾為朱彝尊《江湖載酒集》作序。❷流虹橋　據《蘇州府志》記載，流虹橋在吳江縣城外同里鎮，屬舊二十六都。❸氣方絕　剛剛咽氣，即剛去世。❹瞑　閉目。❺春深　春意已深，春色濃郁。❻一寸橫波　形容女子如波浪般清澈流動的嫵媚目光。宋無名氏〈減字木蘭花〉詞有「春融酒困。一寸橫波千里恨」之句。❼樓陰　樓閣的影子。❽游絲不繫羊車住　游絲，原指蟲吐的絲，也可喻如游絲般纏綿的情絲。唐雍裕之〈游絲〉詩：「游絲何所似，應最似春心。」這首詞即用此喻意。羊車，羊駕的小車，在此用衛玠的典故，指所傾慕的美男子所乘的車。據《晉書・衛玠傳》記載，衛玠「總角乘羊車入市，見者皆以為玉人，觀之者傾都」。此詞即將葉元禮比作美貌的衛玠。❾倩　請人代做某事。❿青禽　即青鳥。據班固《漢武故事》記載，青鳥是為西王母送信給漢武帝的使者，故後世稱信使為青鳥。⓫朝雲散　這裡指女子的生命與其對葉元禮的思慕都像朝雲一樣飄散了。據宋玉〈高唐賦〉稱楚懷王遊高唐時，在夢中與巫山神女歡會，神女自稱她「旦為朝雲、暮為行雨」，醒來後為神女立廟號「朝雲」。後世因以朝雲為美女或男女戀愛、歡會之典。⓬悵明珠佩冷二句　感歎多情的少女英年早逝。據干寶《搜神記》記載：吳王夫差小女名紫玉，十八歲時愛上了韓重，因父王反對而無法成婚，氣結而死。後來她的魂魄現形與韓重在墓中成夫妻之禮，臨別時將她陪葬的徑寸明珠贈與韓重。後又與父母相見，但當她的母親要擁抱她時，她卻像煙一樣消散了。後世因用為少女多情或早逝之典。此詞即是將所詠少女比作紫玉。明珠佩冷，指明珠佩在主人逝去後漸失餘溫，變得冰冷。紫玉煙沉，指紫玉的魂魄如輕煙般隱沒。⓭前度桃花二句　用唐代崔護〈題都城南莊〉典故，表達對故地重遊時，春光依舊而佳人已逝的歎惋。據唐孟棨《本事詩》記載，博陵崔護資質甚美。清明日獨遊都城南時，在一所莊園中的桃花樹下，邂逅一位嫵媚多情的少女。到了第二年清明，他因為思念那位少女而重遊故地，卻發現春光依舊而園門深鎖，不禁悵然，於是在門上題詩道：「去年今日此門中，人面桃花相映紅。人面不知何處去，桃花依舊笑春風。」過了幾天，他又來此地尋訪，卻得知那位少女看了題詩後，因為相思而去世了。⓮草盡紅心　據谷神子《博異志》記載，唐代王炎在夢中為吳王作〈西施挽歌〉，有「滿地紅心草，三層碧玉階。春風無處所，淒恨不勝懷」之句。後世因用「紅心草」為憑弔美人，寄託傷逝哀思之典。⓯碧落黃泉　碧落，布滿碧霞的天空，指神仙居所。黃泉，深入地下呈黃色的泉水，指地府。傳說人死後魂魄成仙則上碧落，為鬼則下黃泉。唐白居易〈長恨歌〉：「上窮碧落下黃泉，兩處茫茫皆不見。」

【語　譯】橋倒影在水中，似明媚的彩虹在流動，湖光瀲灩如同映照著澄淨的白雪。翠綠的簾子不曾捲起，唯恐讓這日漸濃郁的春色攪動春心啊！眼中秋波一轉，瞥見那令她銷魂的人在樓閣的影子中經過。怎奈這如游絲般纏綿的情絲也挽留不住他的車騎，只能看著他漸行漸遠。又能請誰來轉告青鳥，讓牠代為傳情？相思之苦是最難承受的——倚遍了彩繪闌干也未能再看到他，在綺羅被褥中卻總是會夢見他。

他再次到來時，她的生命已如朝雲般飄逝了。悵歎她欲贈與意中人的明珠佩已變得冰冷，魂魄也已如紫玉般化作輕煙隱沒了。上回來時見到的桃花，依舊開滿江邊。愛情專注的人最怕來到這物是人非的相思路啊，盼望長堤上的草盡成紅心。此情此景觸動了哀傷的吟興。誰能上窮青天，下入黃泉，去尋找她的魂魄，又如何能找得到呢？

【研析】此詞選自《江湖載酒集》上，是朱彝尊情詞名篇之一。譚獻《篋中詞》評道：「遺山、松雪所不能為。」陳廷焯《別調集》評道：「淒警欲絕。」此詞的本事朱彝尊在此詞小序中已有記載。在此後所作的〈流虹橋紀事送葉元禮歸吳江〉詩序中更為詳盡的敘述了女子思慕葉元禮的言語：「女子在樓上見而慕之，問其母曰：『……何人也？』母漫應之曰：『三郎也。』女積思成疾，將終。語母曰：『得三郎一見，死無恨矣！』」臨終一語，便將女子癡心表露無遺。此詞以如此感人的淒美愛情傳奇為題材，在意蘊上已占先機。在景物描寫、心境揣摩及典故運用上也各有獨到之處。

起句已勾勒出一幅明豔動人的江南懷春圖。「橋影流虹，湖光映雪」明暗相生，更覺流光溢彩。「翠簾不捲春深」一句耐人尋味，如果一直未捲簾，又如何能看到湖光橋影，如何能知道春深，如何能窺見斷腸人呢？或許可以這樣理解，這不捲只是暫時的，是女子被明媚的春色攪動春心後，因害羞和無奈而做出的舉動，但終究還是無法抗拒春色的召喚，忍不住又將簾打開了。可以說，此簾即象徵著女子的心扉，重新開啟後，秋波一轉，便看到了那個令她腸斷銷魂的意中人，於是就再難關閉了。然而天不從人願，萬縷情絲纏綿也挽留不住意中人的車騎，又苦無人能為轉達心曲。只能默默的忍受望穿秋水，夢縈魂牽的痛苦，最終竟因無法承受而香消玉殞。概言之，詞中所刻劃的女子，春心藏極深，思極苦，愛極烈，至死不渝，如此遭際，如此堅貞，又怎能不令人動容呢？

過片「重來已是朝雲散」，可謂急轉直下。如果說悲劇便是將美好的事物毀滅給人看，那麼此句便堪稱是刻劃悲劇的典範了。下文「明珠佩冷」、「紫玉煙沉」、「前度桃花」諸典故，均是為此句作注腳。而導致並見證了這一悲劇的人，偏偏也是鍾情之人。「鍾情怕到相思路」可謂至理名言，相思越深，悔恨越重。「怕到」與上文「重來」呼應，盡顯痛苦與無奈。「盼長堤、草盡紅心」是在重重哀痛後難得一見的寬心語，此生無緣，故希望草解人意，盡變紅心，也可稍慰芳魂。然而，其下意脈又轉：「動愁吟、碧落黃泉，兩處誰尋」，試想若是芳魂歸何處，尚且難尋，又何談告慰呢？合而觀之，上下闋情境安排之妙，正如鏡中之象，相反相合：上闋女子生前思慕男子，夢醒間遍尋不見，乃至於相思而亡；下闋男子鍾情女子，天地間遍尋不見，恨不能起死回生。這種跨越生死、時空的愛戀及尋覓，超乎常理之外，卻在情理之中，故能感人至深。

68 瑤花 午夢

朱彝尊

日長院宇❶，針繡慵拈❷，況倚闌無緒❸。翡帷翠幄，看盡展、忘卻東風簾戶❹。芳魂搖漾❺，漸聽不、分明鶯語。逗紅蕉❻、葉底微涼，幾點綠天❼疏雨。

畫屏❽遮遍遙山，知一縷巫雲❾，吹墮何處。愁春未醒❿，定化作、鳳子⓫尋香留住。相思人並，料此際、驚回⓬最苦。亟丁寧、池上楊花，莫便枕邊飛去⓭。

【注釋】❶日長院宇　用蔡伸〈朝中措〉「院宇日長人靜，園林綠暗紅稀」詞意。院宇，帶庭院的屋子。日長，夏天的白晝長，黑夜短。此詞中強調日長，是為午夢做鋪墊。因為晝長人就容易困倦，須午睡。❷針繡慵拈　針繡，刺繡。慵，懶散。拈，擺弄；把玩。在此形容女子困倦時嬌媚無力之狀。用李重元〈憶王孫〉「針線慵拈午夢長」詞意。❸倚闌無緒　無緒，沒有心情。用秦觀〈浣溪沙〉「日長春困下樓臺……倚闌無緒更兜鞋」詞意。❹翡帷翠幄二句　謂帷帳被吹開後展現的都是夏季景象，讓人忘記了當日被東風吹開時所展現的春光。翡帷翠幄，翠羽為飾的帷帳，也泛指翠綠色的帷帳。化用蘇軾〈送杜介歸揚州〉「再入都門萬事空，閒看清洛漾東風。當年帷幄幾人在，回首觚棱一夢中」詩意，雖有春夏之別，但表達的都是時光流逝，人事都非的感慨。❺芳魂搖漾　指美人芬芳的魂魄飄蕩入夢，也就是漸入夢鄉之意。古人認為夢是人在睡眠中魂魄離開肉體，飄往他處所致。❻紅蕉　即今所謂觀賞芭蕉。夏秋開花，苞片鮮紅明豔。❼綠天　指由重重翠綠的蕉葉所構成的天。相傳書法家懷素，種芭蕉數萬棵，以蕉葉代紙，因此將自己的居所命名為「綠天」。❽畫屏　用畫裝飾的屏風。❾巫雲　巫山神女所化的朝雲。詳見朱彝尊〈高陽臺〉（橋影流虹）注⓫。❿愁春未醒　意為儘管到了夏日，但仍未從對春景春情逝去的眷戀、哀愁中醒來。用潘汾〈醜奴兒慢〉「愁春未醒，還是清和天氣」詞意。⓫鳳子　據崔豹《古今注》記載，鳳子是一種大如蝙蝠，黑色或青斑的蛺蝶。⓬驚回　夢中驚醒。用李泳〈賀新郎〉「午夢驚回庭陰翠，蝶舞鶯吟未了」詞意。⓭亟丁寧池上楊花二句　意為再三囑咐池塘上的柳絮，切不要飛到枕邊來，以免再牽動離思，加重春愁。丁寧，即叮嚀，囑咐。楊花，指柳絮。古人因「柳」與「留」字同音，故常用為挽留行人、思念離人之典。又，北魏胡太后思念逃往南方的情人楊華，為作〈楊白花歌〉。故楊花象徵情人。

【語譯】身處於院宇中，晝長夜短人易倦，擺弄著刺繡也覺得懶懶的，更何況是毫無心情的倚靠著闌干。看著翠綠的帷帳被南風完全地吹開，呈現出一派夏日景觀，便忘掉東風吹入簾戶的光景了。芬芳的魂魄飄蕩入夢鄉，連黃鶯婉轉的啼聲也漸漸地聽不清了。重重紅蕉葉簇成的綠天上落下了稀稀疏疏的幾點雨珠，在葉底逗引出輕微的涼意。　用畫裝飾的屏風完全遮蔽了遠山，誰知道這一縷巫山神女所化的朝雲，吹落到何處。沉浸在惜春戀春的哀愁中尚未醒來，一定是變化成了名為鳳子的蛺蝶，去追尋春日的餘芳，留住春天的腳步。互相思念的兩個人在一起，料想這個時候，突然驚醒是最痛苦的。再三地叮囑池塘上的楊花，千萬別在此時就飛到枕邊去。

【研析】此詞選自《靜志居琴趣》。《靜志居琴趣》是作者的情詞經典，所述實有本事，本於作者少時與某個少女的一段纏綿悱惻、刻骨銘心的苦戀，相傳為其妻妹馮靜志所作，因此，其深摯非一時興起的浮浪情詞可比，其純粹也為寄寓家國之思的情詞所無。陳廷焯《白雨齋詞話》評道：「盡掃陳言，獨出機杼」，「生香真色，得未曾有。」並非虛譽。全詞筆致細膩傳神，少女相思情態宛然如畫，可憐可愛。

起句寥寥數語，盡顯少女的嬌憨意態。「日長」、「慵拈」、「無緒」的原因頗耐玩味，乍看是苦夏的常態，漸讀去便會發現這無一不是苦相思的表現——後文即是對個中原因的逐步揭示：「翡帷」句初透出懷春傷春的意緒，所謂「忘卻」，實為難以忘卻，且唯恐忘卻——儘管簾外春景已無跡可尋，但女子心中的春情卻未能忘，反而因相思而與日俱增，惟有向夢中尋覓春光了，故下文道：「芳魂搖漾，漸聽不、分明鶯語。逗紅蕉、葉底微涼，幾點綠天疏雨。」描繪朦朧入睡，香夢沉酣的意境，用筆何其細緻，生趣盎然，活色生香。唐代金昌緒〈春怨〉道：「打起黃鶯兒，莫教枝上啼。啼時驚妾夢，不得到遼西。」而此詞中女子的香夢卻不為鶯語、疏雨所攪，反在微涼的呵護下漸入佳境。相思之深，令人欣喜，也令人動容。

於是過片便繼續描寫夢境，畫屏重掩、巫雲無定，可知要在夢中相逢也並不容易。所幸在一番尋尋覓覓之後，終於發現了春情春意的芳蹤，於是便打定主意，要將它留住。然而，接下一句中意脈陡轉，隔開悲喜兩重天。古來寫好夢醒來之痛的作品不勝枚舉，但要寫得好卻不容易，杜甫的「一臥滄江驚歲晚，幾回青瑣照朝班」堪稱典範，而此句在意境轉承上也自見巧思：上半句「相思人並」，道出尋覓後的大團圓結局，「並」後的歡愉纏綿盡在不言中，是此詞中極樂之境；而「驚回」二字轉瞬間令詞情由極樂落入最苦——相會的歡樂越盛，夢醒的痛苦也越重。需要注意的是，此詞並不是女子自寫相思，而是作者推己及人，想像所戀女子思念自己的情態。與柳永的「想佳人、妝樓顒望，誤幾回、天際識歸舟」略同。情侶間心有靈犀，君思我的想像是以我知君、思君的實際為依託的。不僅真實可感，而且必然要有作者身分的介入，才能凸顯出彼此的相惜相知。如此詞中的「定化作」、「料此際」，便是作者的口吻，若非彼此同心，又怎能料定戀人會有如此癡情的舉動呢？而最有意味的還是結句：「亟丁寧、池上楊花，莫便枕邊飛去」，作者對戀人心意的體察之微，希望能減輕戀人痛苦的憐惜之深，都已包含在這急切鄭重的再三叮囑之中了。

69 桂殿秋

朱彝尊

思往事，渡江干❶，青蛾❷低映越山❸看。共眠一舸聽秋雨，小簟❹輕衾❺各自寒。

【注釋】❶江干　江邊。❷青蛾　女子的眉黛，這裡比喻沿江兩岸的青山。❸越山　浙江一帶的山。❹小簟　竹席。❺輕衾　薄被。

【語譯】想起了往事，一家人渡水在江邊。那青蔥的越山倒映在水中，看起來就像女子的眉黛一樣。我們同臥在一條船上，共聽著窗外淅瀝的秋雨，短席上的薄被無法抵禦秋天的寒意。

【研析】這是一首情詞，篇制雖短，意蘊卻頗為豐厚，傳神地表現了戀人之間微妙的心理世界。這首詞選自《靜志居琴趣》，冒廣生說：「世傳竹垞《風懷二百韻》，為其妻妹作，其實《靜志居琴趣》一卷，皆《風懷》注腳也。」（《小三吾亭詞話》）朱彝尊妻妹姓馮，名壽常，字靜志，比朱彝尊小七歲，當朱彝尊入贅到馮家時，她才十一歲。據姚大榮《風懷詩本事表微》所述，順治十年（西元一六五三年）嘉興一帶盜賊四起，朱彝尊隨婦翁自馮村經練浦塘遷至梅會里，這時馮壽常已經十五歲了，這首〈桂殿秋〉寫的就是他們渡江乘船到梅會里路上的情事。開篇一個「思」字，為全詞奠下了一個基調，說明這首詞寫的是對「往事」的追憶，寫什麼「往事」？在水邊乘船渡江的往事，「往事」是從時間而言的，「江干」是從地點而言的。接著下來，寫所見，「青蛾低映越山看」，這是從江上看到的情景，一方面是指沿江兩岸的青山，這一帶山勢不高，坡度平緩，倒映在江水中，看起來就像女子的眉黛一樣；另一方面也是指人，如果說第一層意思是看山，那麼第二層意思則是看人——船上的美人，她那淺淺的眉彎，與水中倒映的青山，相映成趣，讓人神思飛越。這裡

「看」的主體是作者，他為讀者描繪了這樣的一幅畫面：一隻行舟停駐在江邊，兩岸青山倒映在水中，船上有一位美人正在眺望遠山。接著，第三句寫所聽，「共眠一舸聽秋雨」，寫的是船外的情景，卻著重表達的是船內人的感受，一個「共」字用得極為傳神，把兩個相思的人都引進到作品的世界裡，他們在共同地感受著秋雨淅瀝帶來的愁思，秋雨滴在烏篷上，也是敲打在他們的心上，「共眠一舸」卻不能對面晤談，真心傾訴，真所謂「咫尺天涯」是也，這才是他們痛苦的根源所在，他人的「眠」與他倆的「聽」形成反襯的關係，把兩位戀人相煎熬的內心世界和盤托出。最後一句「小簟輕衾各自寒」寫所感，是對前一句「共眠一舸聽秋雨」的進一步深化，簟「小」衾「輕」天「寒」，表面是寫秋雨給人帶來的感受，其實是他們輾轉反側徹夜難眠神情的真實呈現。這是一首豔情詞，卻寫得含而不露，豔而不冶，誠如李符所說，「集中雖多豔曲，然皆一歸雅正，不似屯田《樂章》徒以香澤為工者」（馮金伯《詞苑萃編》卷八）。

70 賣花聲

雨花臺❶

朱彝尊

衰柳白門❷灣，潮打城還❸。小長干接大長干❹。歌板❺酒旗❻零落盡，剩有漁竿。

秋草六朝❼寒，花雨空壇。更無人處一憑欄。燕子斜陽來又去❽，如此江山。

【注釋】❶雨花臺　在江蘇南京南。相傳南朝梁武帝時，有雲光法師在這裡講經，感動上天，花落如雨，故名。❷白門　南朝宋時稱建康（今南京）城西門為白門。後以此指南京城。❸潮打城還　語出劉禹錫〈石頭城〉詩：「山圍故國周遭在，潮打空城寂寞回。」❹小長干接大長干　南京城南的兩處地名。劉逵〈吳都賦〉注：「江東謂山岡平地為干，建鄴之南山，其間平地，吏民居之，故號為干，中有大長干、小長干，皆相屬，疑是居稱干也。」❺歌板　歌唱時用來打拍子的竹板。

❻酒旗　酒簾子，又稱酒晃子，以布飾竿，懸於門首，以招徠客人。❼六朝　吳、東晉、宋、齊、梁、陳相繼定都南京，稱為六朝。❽燕子斜陽來又去　唐劉禹錫〈烏衣巷〉：「朱雀橋邊野草花，烏衣巷口夕陽斜。舊時王謝堂前燕，飛入尋常百姓家。」

【語　譯】白門外，江灣畔，衰柳一片，長江潮水撞擊著石頭城啊，捲地而回。從雨花臺上遠望南京城，只見小長干連接著大長干，這裡不再是笙歌不斷，拍板喧囂，翻飛的酒旗也零落殆盡，惟有垂釣者悠閒地擺弄著魚竿。　六朝的繁華已化為枯黃的秋草，在凜冽的秋風中傳達一種深深的寒意，曾經花落如雨的城臺已是空空如也。在這人跡罕到的地方，我憑欄遠眺，看著歸家的燕子在斜陽下飛來飛去，這就是我們今天看到的江山。

【研　析】這是一首懷古詞，它通過對南京城內六朝遺跡的詠歎，暗寓著清兵南下後這座故國都城荒涼破敗的景象，表達了作者時過境遷的人世滄桑之感。上片寫景，是遠景，寫在雨花臺上所見。開篇兩句，攝入兩個鏡頭，「衰柳」和「江潮」。先寫不遠處的白門灣，秋風蕭瑟，衰柳繞堤，一派荒涼景象；接著鏡頭轉向江潮，洶湧的江水撞擊石頭城，石頭城卻依然故我，潮水只有黯然退去，正如劉禹錫所說：「山圍故國周遭在，潮打空城寂寞回。」詞人通過兩個重要意象：枯敗的寒柳和寂寞的江潮，把讀者的思緒拉回到過去，讓他們聯想起劉禹錫的〈石頭城〉詩，為全詞鋪下了一種感傷的情感基調。接下來一句，「小長干接大長干」，是從雨花臺上鳥瞰秦淮河一帶所見，這裡曾是南京都市繁華的見證，詞人選取兩個典型的場景表現之——「歌板」不歇的妓院和「酒旗」招展的酒樓，但是，詞人呈現在讀者眼前的卻不是繁華而是聲華褪盡的場景——「零落盡」，為了進一步表現南京城的「零落盡」，詞人還選取一個典型的場景表現之——「剩有魚竿」，這裡活動的主角由妓女和酒客換成了漁父，他，正持著一尾漁竿在河邊悠閒的垂釣著，這一熱一冷的場景轉換，把南京城往昔的繁華和如今的破敗作了鮮明的對比，心情之沉重，可想而知。下闋是抒懷，過片一句，接續歌拍而來，進一步補寫南京城的破敗荒涼：「秋草六朝寒，花雨空壇。」六朝時的建康城，繁華似錦，現已化為陳跡，過往的一切如今都被秋草覆蓋著，曾經感動上天的佛教講壇也是空空如也。這裡「寒」和「空」二字用得極工，「寒」字寫出秋風蕭瑟的景象，也寫出詞人的內心感受；「空」字不但點出佛教教義——萬事成空，而且也寫出詞人對人世變遷的參悟；曾有的繁華已成過眼煙雲，心中自然會升起一種難以名狀的寒意和虛幻。接下來一句，「更無人處一憑欄」，可謂亦實亦虛，一方面實寫詞人憑欄遠眺的情景，另一方面虛寫詞人在憑欄遠眺時心中升起的滄桑之感。它在語意上還起到轉折的作用，既承上句之所見，又引出下句之抒懷：「燕子斜陽來又去，如此江山。」這一句化用劉禹錫〈烏衣巷〉詩意，點明繁華似夢，萬事成空，因此，在最後發出了這樣的感慨：如此江山！從而也有力回應了首句的起興。全詞著筆寫南京城的荒涼破敗，表面上是對六朝繁華已逝的感慨，實際上也是對明朝故國的懷思，南京曾經是明朝開國之都，在晚明時期更是聲華喧囂，但在清兵進駐後南京城卻成了一座「蕪城」，一座「歌板酒旗零落盡」、「燕子斜陽來又去」的空城，其中已包含著對清兵屠戮江南，造成南京荒涼破敗的控訴之意，但詞人卻是通過懷古的方式表現出來，顯得含蓄不露，耐人尋味。

71 解佩令

自題詞集❶

朱彝尊

十年磨劍❷，五陵結客❸，把平生、涕淚都飄盡。老去填詞，一半是、空中傳恨❹。幾曾圍、燕釵蟬鬢❺？

不師秦七❻，不師黃九❼，倚新聲❽、玉田❾差近。落拓江湖，且分付、歌筵紅粉❿。料封侯、白頭⓫無分。

【注釋】❶自題詞集　指《江湖載酒集》。❷十年磨劍　典出唐賈島〈劍客〉：「十年磨一劍，霜刃未曾試。」❸五陵結客　廣結豪俠少年。五陵，西漢時期的五座帝陵：長陵、安陵、陽陵、茂陵、平陵，為達官貴人居住之所。曹植〈結客篇〉：

「結客少年場，報怨洛北芒。」❹空中傳恨　典出惠洪《冷齋夜話》：「師嘗謂魯直曰：詩多作無害，豔歌小詞可罷之。魯直笑曰：空中語耳，非殺非偷，終不坐此墮惡道。」❺燕釵蟬鬢　指女人。❻秦七　秦觀，排行第七。❼黃九　黃庭堅，排行第九。❽倚新聲　指填詞。詞又稱曲子詞，是入樂的歌詞，填詞故稱倚聲。❾玉田　張炎。❿紅粉　女性化裝用的胭脂和白粉，這裡指歌妓。⓫白頭　老來頭髮花白，故稱。

【語譯】用了十年時間來磨劍，在五陵這個地方結交豪俠少年，把一生的坎坷都經歷了，只灑下不盡的辛酸淚。老來只能去填詞，有一半是空言傳恨，無補於世。何曾像達官貴人那樣，身旁圍繞著燕釵蟬鬢？不學秦觀，也不學黃庭堅，填詞與張炎大抵相近。我混跡在江湖，為人落拓不羈，暫時把它交付給歌妓。能料想到封侯的事到老與我無緣。

【研析】這是一首抒懷之作，詞人通過對自己身世的簡略回顧，抒發了壯志未酬的憾恨，表述了他宗法張炎的創作主張。詞題名為「自題詞集」，指的是《江湖載酒集》，這部詞集成於康熙十一年（西元一六七二年）。朱彝尊是在順治十三年（西元一六五六年）開始學為詞的，從順治十三年到康熙十一年，正是他萍飄南北、落魄侘傺的時期，他曾南至嶺南，北上雲中，先後依附曹溶、劉芳躅、龔佳育等為幕僚，《江湖載酒集》是他這一時期生活情狀的「實錄」，既有寫兒女情事的，也有寫個人羈旅愁思的，更有寫家國淪亡之感的，〈解佩令・自題詞集〉就是對他這一時期創作思想的回顧和總結。開篇一句，「十年磨劍，五陵結客」，是詞人人生歷練的形象寫照，「磨劍」鍛煉了自己的生存本領，「結客」擴大了自己的交往範圍，也為讀者塑造了一個充滿生氣的豪俠書生形象。接下來一句，「把平生涕淚都飄盡」，語意深沉，感情厚重，意味著詞人已歷經了生活的坎坷和人生的失意，曾經的豪俠少年如今成了一位滿帶傷痕的壯士。詞人本來懷有宏大的報國志向，希望以自己滿腔的報國熱情，做出那驚天動地的偉業，但理想卻被殘酷的現實擊得粉碎，這抑鬱在內心深處無法訴說的憂愁怨緒，只能從那曲寫兒女情長的小詞裡宣洩出來。大約是當時有的人對他專力為詞表示不能理解，他為自己的創作行為作出了這樣的辯解：「老去填詞，一半是、空中傳恨。幾曾圍、燕釵蟬鬢。」其實，詞人寫作這首詞時才四十出頭，他所謂「老」，並非指人之「老」，應該是指心之「老」，一種歷經人生坎坷後的心理成熟，正如他為陳緯雲《紅鹽詞》作序時所說的，他與陳維崧、陳緯雲在人生經歷上是「坎坷略相似」。「善言詞者，假閨房兒女之言，通之於〈離騷〉、〈變雅〉之義，此尤不得志於時者所宜寄情焉耳。」（〈紅鹽詞序〉）所謂「空中傳恨」，是借用黃庭堅的話來為自己辨解，說明自己的填詞也是有所託意的，在他的身邊並沒有什麼「燕釵蟬鬢」，更不像有些達官貴人那樣生活在宴嬉逸樂的環境中，他們填詞是為了「娛賓遣興」、「聊佐清歡」、「為一笑樂」。過片，接續歇拍而來，朱彝尊著重談到自己的詞學宗尚，「不師秦七，不師黃九，倚新聲、玉田差近」。關於秦觀，歷來以為其詞以婉約見長，陳霆說：「少游情意嫵媚，見於詞則穠豔纖麗，類多脂粉氣味，至今膾炙人口。」（〈燕喜詞敘〉）至於黃庭堅，自稱少時使酒玩世，喜造纖麗之句，故有法透道人「當下犁舌之獄」之說，兩宋以來人們亦多以秦七、黃九並稱，如陳師道說：「今代詞手，惟秦七、黃九耳。」（《後山詩話》）對秦觀、黃庭堅一味穠豔纖麗的作風，朱彝尊是反對的，他比較傾向張炎的清雅作風，朱彝尊為什麼有這樣的審美取向呢？這與朱彝尊的身世相關，他的曾祖朱國祚官至戶部尚書兼武英殿大學士，他對明王朝有著一種特殊的眷戀之情，在入清之後相當長的一段時間，他一直過著羈旅飄泊依人生活的日子，這與南宋詞人張炎頗多類似之處，張炎是南渡時期著名將領張浚的後裔，南宋滅亡前也有一段錦衣玉食的生活，入元後他的生活境遇發生急劇變化，他的創作也由早期的剪紅刻翠轉而多寫身世盛衰之感，正是在這個意義上朱彝尊在創作上有意思地選擇了張炎——「倚新聲、玉田差近」。接著下來一句，從創作觀念的表達轉向對身世的感慨，說自己像張炎一樣「落拓江湖」，把填好的歌詞交給了侑酒的歌妓去演唱，所謂「老去填詞，一半是、空中傳恨」是也。結句「料封侯、白頭無分」，既寫詞人情緒的頹廢，也寫出詞人的無奈，有力照應了開篇一句：「十年磨劍，五陵結客，把平生涕淚都飄盡。」特別最後兩句，紅粉歌女與白頭書生的形象形成鮮明的對照，把詞人內心的苦悶和壯志未酬的悲哀和盤托出。

72

消息

度雁門關❶

朱彝尊

千里重關❷，憑誰踏遍，雁銜蘆處❸？亂水滹沱❹，層霄冰雪，鳥道連勾注❺。畫角❻吹愁，黃沙拂面，猶有行人來去。問長途、斜陽瘦馬，又穿入，離亭樹？

猿臂將軍❼，鴉兒節度❽，說盡英雄難據。竊國真王❾，論功醉尉❿，世事都如許！有限春衣⓫，無多山店，酹酒⓬徒成虛語！垂楊老，東風不管，雨絲煙絮。

【注釋】❶雁門關　亦名西陘關，在山西代縣北部雁門山上，兩山夾峙，形勢險要，為長城關口之一。❷重關　指雁門關。❸雁銜蘆處　《代州志》：「雁門山嶺高峻，鳥飛不過。惟有一缺，雁來往向此中過，號雁門。山路多鷹。雁至此，皆相侍兩兩隨行，銜蘆一枝，鷹懼蘆，不敢捉。」❹滹沱　河名，源出山西繁縣，經雁門關東南，東流河北入海。❺勾注　山名，即雁門山，唐薛思漁《河東記》：「句注以山形勾轉，水勢注流而名，亦曰陘嶺。」❻畫角　一種出自西羌的管樂器，以竹木或皮革製成，因外加彩繪，故名。❼猿臂將軍　指西漢名將李廣。《史記・李將軍列傳》：「廣為人長，猿臂。其善射亦天性也。」❽鴉兒節度　指唐末藩鎮李克用。《五代史・唐本紀》載，李克用少驍勇，軍中號「李鴉兒」，因擊敗黃巢起義軍有功，被任命為河東節度使。❾竊國真王　《莊子・胠篋》：「彼竊鉤者誅，竊國者為諸侯。諸侯之門，而仁義存焉。」真王，《史記・淮陰侯列傳》載，韓信平齊後，請求劉邦允其為假王，曰：「不為假王以鎮之，其勢不定。」劉邦曰：「大丈夫定諸侯，即為真王耳，何以假為！」遂封韓信為齊王。這裡是借以點評李克用。❿論功醉尉　言李廣事。《史記・李將軍列傳》：「（廣）嘗夜從一騎出，從人田間飲。還至霸陵亭。霸陵尉醉，呵止廣，廣騎曰：『故李將軍。』尉曰：『今將軍尚不得夜行，何乃故也。』止廣宿亭下。」⓫有限春衣　典衣買酒，春光有限。唐杜甫〈曲江〉：「朝回日日典春衣，每日江頭盡醉歸。」⑫酹酒　古人祭奠時把酒澆在地上。

【語　譯】千里重關疊嶂，有誰能踏遍晉北的山山水水？這兒是雁含蘆枝經過的地方！滹沱河水流湍急，不時發出陣陣的轟鳴；雁門山高入雲端，上面覆蓋著千年的冰雪；唯有鳥道繚繞在這崇山峻嶺之間。請聽，從號角裡吹出的是守邊戰士的離愁；請看，從雁門入關的旅人都是黃沙拂面；哪怕是這樣還是有人為了生活而奔波勞碌。試問，為什麼在漫漫征途上，有瘦馬行走在夕陽下，又時而隱現在離亭叢林中？　曾經在這兒駐兵的猿臂將軍李廣，還有擔任過代州刺史的鴉兒節度李克用，這樣的英雄豪傑真是說不盡道不完。然而，很奇怪，居心叵測懷有竊國動機者卻成了「真王」，論功當賞者反而成了被醉尉呵斥的對象，人世間的事從來就是這樣黑白顛倒！想用春衣換酒，卻無奈春衣有限；想向路邊山店沽酒，更想不到山店也是少得可憐；這樣的話，想用酒來祭奠古來的英雄豪傑，也就只能成為一句空話罷了。千年古柳已垂垂老矣，即便有東風吹拂，也難以在煙雨迷蒙的春日裡綻放出迷人的花絮。

【研　析】這是一首登臨懷古之作，詞人通過對雁門關險要形勢的描寫，借對曾經在雁門關活動過的歷史人物的追述，抒發了自己世事滄桑、古今巨變之感。康熙三年（西元一六六四年）九月，朱彝尊北上山西，往依山西按察司副使曹溶，次年二月隨曹溶西出雁門關，這首詞便作於這次行旅途中。雁門關自古以來就是長城重要關隘之一，詞人開篇點題，從雁門關的險要形勢寫起，「千里重關」，寫長城在雁北地區綿延千里，到達代州才有了雁門山這個險要的關口。接下來一個問句：「憑誰踏遍，雁銜蘆處？」通過人跡罕到，只有雁兒銜蘆而過，進一步說明雁門關險要的山川形勢。「雁銜蘆」，語出崔豹《古今注》：「雁自河北渡江南，瘠瘦能高飛，不畏繒繳。江南沃饒，每至還河北，體肥不能高飛，恐為虞人所獲，常銜蘆長數寸，以防繒繳。」「憑誰」是一句反問，有「捨我其誰」的意思，是說我朱彝尊踏遍了人跡罕到的「雁銜蘆處」。緊接著下來，又用三個形象性的畫面，再現了雁門關的山勢險峻：「亂水滹沱，層霄冰雪，鳥道連勾注。」繞山而過的滹沱河亂水橫流，高高的雁門山聳入雲霄，山頂上還覆蓋著千年的冰雪，只有鳥道在句注山上繚繞，這裡「亂水」、「層霄」、「鳥道」都是用以狀寫雁門山形勢之高峻險要的。而後筆鋒一轉，由寫山轉而寫人，寫在雁門關的人類活動。先是從聽覺角度來寫的，「畫角」一詞點出了雁門關地理位置的特殊性，這裡是長城的重要關口之一，自古以來就是兵家必爭之地，因而也成為歷朝歷代據守的重要關口。一個「愁」字承接上句，寫出了山高難越的憂愁，也寫出戍邊戰士長年不得歸家的鄉思，從畫角裡吹出的是他們心中的鄉思之情。而後是從視覺角度來寫的，「黃沙拂面」狀寫了雁門山環境的惡劣，這裡是連接中原與塞北的重要關口，「黃沙」尤其具有北方邊地的特色，每當秋來這裡總是黃沙漫漫，經過雁門關的人通常也是黃沙拂面，一個「拂」字生動地描寫了行旅羈客被黃沙吹拂的疲倦神態。儘管環境是如此惡劣，但是「猶有行人來去」，這一句深沉的感喟傳達出多少人世奔波的辛苦。這是對行走於雁門關旅人的感慨，其實它何嘗不是對自己南北飄泊、依人生活境遇的自況？朱彝尊雖出生在鐘鳴鼎食的相門之家，但到他這一代家族完全走向衰落，他甚至不得不入贅馮氏為婿，還不得不為生計而遠遊他鄉，「南踰嶺，北出雲朔，東泛滄海，登之罘，經甌越」（李元度《國朝先正事略》），在康熙十七年中博學鴻詞科以前，朱彝尊一直過著南北飄零的羈旅生活。順此語勢而下，自然逼出這樣一問：「問長塗、斜陽瘦馬，又穿入，離亭樹？」這一「問」字，傳達了詞人殷勤關切之意，對於來往雁門關旅人的關切，「長塗」、「斜陽」、「瘦馬」三個意象，生動地狀寫了羈旅行人的生活境況，一個「又」字比較真切地表達了詞人的內心感受，在短暫歇息之後，他們又將要開始長途漫漫，斜陽瘦馬相伴的生活。如果說上片是實寫，那麼下片就是虛寫，著力抒發詞人懷古之幽思。

過片一句，以李廣、李克用為例，說明歷史上不少英雄豪傑，曾經在雁門關留下他們活動的蹤跡。漢代名將李廣曾任雁門太守，帶兵駐紮在雁門關，抵禦匈奴人對中原地區的入侵。李克用是沙陀人，唐末名將，英勇善戰，史稱他帶兵時「摧鋒陷陣出諸將之右」，軍中將士都稱他為「李鴉兒」，稱讚他行動起來像烏兒一樣風馳電掣。這裡「猿臂將軍」、「鴉兒節度」二語，不但對仗工整，而且措詞形象，把歷史人物戲劇化，引導讀者進入到一個生動鮮活的歷史場景，在詞人筆下，歷史人物不是由一個名字或一系列歷史事件串聯起來的。「說盡英雄難據」一句是由點到面，由李廣、李克用說到一切在雁門關活動的歷史人物，並通過這兩個典型的歷史人物抒發古今巨變之感，是說像李廣、李克用這樣的英雄豪傑都成了過眼雲煙。接著一句，進一步抒寫了對歷史翻雲覆雨、世事難料、變化莫測的感慨，像李克用這樣的竊國者卻成了「真王」，像李廣這樣的愛國將領反落得被醉尉羞辱的命運，詞人禁不住發出深沉的感慨：這個世界竟是這樣的黑白顛倒！接著下來一句，詞人筆觸由感慨歷史轉到對現實的陳述，「有限春衣」是說自身沒有太多典酒的春衣，「無多山店」是說雁門山也沒有太多換酒的山店，在這樣窘迫的困境下，哪怕是自己有無限的歷史感慨，想對著巍然屹立的雁門關，舉著酒杯來發思古之幽情，恐怕也只能成為一種無法兌現的空話，這裡「有限」、「無多」、「虛語」傳達了一種世事無常的虛無感，也表達了詞人路過雁門關時升起的一種內心寂寞。最後一句，是以景結情，把無限的感慨託於垂柳，是說春風都無法喚醒雁門關前的古老垂柳：「垂楊老，東風不管，雨絲煙絮。」本來「垂楊」、「東風」、「煙絮」都是比較亮麗的色調，但詞人卻以「老」、「不管」來修飾，便為眼前的雁門關抹上了一種蕭瑟之意，從而比較真實地襯托出詞人途經雁門關時的落寞心緒。這首詞在措辭上用字工穩，像「畫角吹愁，黃沙拂面」、「猿臂將軍，鴉兒節度」、「有限春衣，無多山店」，皆對仗謹嚴，意象傳神，是一首不可多得的懷古之作。

73 滿江紅

吳大帝廟❶

朱彝尊

玉座苔衣❷，拜遺像、紫髯如乍❸。想當日、周郎陸弟，一時聲價❹。乞食肯從張子布❺？舉杯但屬甘興霸❻。看尋常、談笑敵曹劉，分區夏❼。南北限，長江跨。樓櫓動，降旗詐❽。歎六朝割據，後來誰亞❾！原廟❿尚存龍虎地⓫，春秋未輟雞豚社⓬。剩山圍、衰草女牆空，寒潮打⓭。

【注　釋】❶吳大帝廟　吳大帝，即三國時吳主孫權，字仲謀，黃龍元年（西元二二九年）稱帝，死後諡大皇帝。其廟在今南京清涼寺西。❷玉座苔衣　指廟中塑像座基長滿了青苔。❸拜遺像紫髯如乍　言孫權雕像依舊栩栩如生。紫髯，史載孫權紫髯。如乍，如初。❹想當日周郎陸弟二句　周郎，指周瑜。陸弟，指陸遜。聲價，聲譽地位。這兩句意思說：周瑜、陸遜等人曾名噪一時。❺乞食肯從張子布　言孫權決斷英明。張子布，即張昭，三國時期吳國重臣。孫權言乞食事，見《三國志》裴松之注：「權既即尊位，請會百官，歸功周瑜。昭舉笏欲褒贊功德，未及言，權曰：『如張公之計，今已乞食矣。』昭大慚，伏地流汗。」❻舉杯但屬甘興霸　亦言孫權為政從善如流。甘興霸，即甘寧，三國時期吳國大將。孫權屬杯，事見《三國志・甘寧傳》：「寧謂昭曰：『國家以蕭何之任付君，君居守而憂亂，奚以希慕古人乎？』權舉酒屬寧曰：『興霸，今年行討，如此酒矣，決以付卿。卿但當勉建方略，令必克祖，則卿之功，何嫌張長史之言乎。』權遂西，果禽祖，盡獲其士眾。」屬杯，即勸酒。❼看尋常談笑敵曹劉二句　言孫權勇略過人，氣度非凡。看尋常，不以為意。區夏，華夏。❽南北限四句　指孫權用赤壁之計鼎足天下。南北限，南北隔絕。降旗詐，指赤壁大戰中吳國派黃蓋詐降曹操，得以火燒曹營事。❾歎六朝割據二句　言後來在南京建立政權的六朝帝王，沒有能和孫權比肩的。❿原廟　指原來已立廟，再立的新廟，即指所謁孫權廟。⓫龍虎地　指南京。宋王象之《輿地紀勝》：「諸葛亮謂吳大帝曰：『鍾山龍蟠，石頭虎踞，真帝王所都也。』」⓬春秋未輟雞豚社　言孫權依舊為後人所祭拜。輟，停止。雞豚社，以雞和小豬為祭品的社日祭祀，春秋都有社日。唐韓愈〈南溪始泛三首〉（其二）：「願為同社人，雞豚宴春秋。」⓭剩山圍衰草女牆空二句　言世事滄桑，英雄長逝，江山依舊。化用唐劉禹錫的〈石頭城〉詩：「山圍故國周遭在，潮打空城寂寞回。淮水東邊舊時月，夜深還過女牆來。」

【語　譯】苔蘚鋪滿寶座。我拜謁吳國大帝像，他紫色的長髯彷彿還在飄動。想當年，他的大將周瑜和陸遜，一時名滿天下。他決斷英明，哪裡會聽從張昭的建議，乞食他人，投降曹操？把敬重的酒杯向甘寧舉起，他相信甘寧討伐黃祖定能取勝。看他談笑之間，與曹、劉爭鋒，三分天下。　長江連接江南和江北，他跨越這天塹，將戰火從南燒到北；他運用詐降的奇謀，火燒曹營，破了曹操的百萬樓船。可歎後來那些盤踞江東的南朝政權，再沒能創下赤壁大戰這樣的偉業。千百年來，東吳大帝廟仍然矗立在龍盤虎踞之地，在每年春秋社日百姓從未停止過祭祀它。現在只剩下漫山的荒草和淒涼的女牆，還有那不斷沖刷著南京城的江潮。

【研析】本詞選自《江湖載酒集》，是其中懷古名篇之一。詞人借讚歎東吳大帝孫權的英明和霸業，暗寓了對明朝（尤其是南明王朝）君臣無能、亡國破廟的悲憤和惋惜。開篇點題，寫自己拜謁吳國大帝廟。「玉座苔衣，拜遺像、紫髯如乍」，寶座布滿苔蘚，狀寫歷史的久遠，「紫髯如乍」是對孫權當日威儀的想像，一個「乍」字讓人想見孫權的懾人霸氣。接下來，是想像的具體展開，也是對三國歷史的回溯，落腳點在孫權的深謀遠略和用人不疑上。「想當日、周郎陸弟，一時聲價。」孫權十九歲統領江東，周瑜三十四歲指揮赤壁之戰，陸遜二十七歲出任大都督，三人皆是年少成名。孫權慧眼識人，敢於對年紀輕輕的周瑜和陸遜委以重任，終於成就先破曹、後敗劉、定鼎江東的偉業。「乞食肯從張子布？舉杯但屬甘興霸」兩句，通過「乞食」、「舉杯」兩個動作，表現了孫權爭雄天下的勇略和用人不疑的膽識，也顯示了詞人不凡的史識和深厚的筆力。「天下英雄誰敵手？曹劉。生子當如孫仲謀」（辛棄疾〈南鄉子〉），「談笑敵曹劉，分區夏」，是化用蘇軾〈念奴嬌．赤壁懷古〉的句意，但主人公由蘇軾筆下的周瑜易為吳主孫權，全盛之時的東吳大帝，該是怎樣一種意氣風發！

過片換筆寫景，寫想像中赤壁大戰的情形。「南北限，長江跨」，長江雖然是分割南北的天塹，然而一世豪傑的孫權不會安於據險自守；「樓櫓動，降旗詐」，看那樓船開動之處，是黃蓋詐降的奇謀。「歎六朝割據，後來誰亞！」自孫權開創割據江東的「模式」，後來東晉、宋、齊、梁、陳五朝又先後定都南京，劃江而治，卻沒人能建立超越赤壁大勝的功勛。這一論斷未必符合事實，卻不妨礙詞人故意這樣寫，以突出孫權的才能與氣概。假如以「歎六朝」兩句，有暗諷南明朝君臣無能之意尚屬牽強，那麼接下來四句懷古傷今之意就十分明顯了。「原廟尚存龍虎地，春秋未輟雞豚社」，東吳大帝廟能歷經千年風雨而不倒，靠的不是地勢有多險峻，結構有多堅固，而是千百年來江東父老對東吳大帝的敬仰之心，至今祭祀不輟便是證明。然而，現在已經沒有像孫權這樣據有虎踞龍盤之地的英主了。結尾兩句，用劉禹錫〈石頭城〉詩意，寫金陵之蕭索，與開篇「玉座苔衣」相呼應：吳國的輝煌早已成為歷史，而孫權以勝利者的身分被歷史銘記；眼前的荒涼記錄著南明王朝不久前的失敗，以及帶給人們心頭久久不散的傷痛。

74 長亭怨慢　雁

朱彝尊

結多少悲秋儔侶❶，特地❷年年，北風吹度。紫塞❸門孤，金河❹月冷，恨誰訴？回汀枉渚❺，也只戀江南住。隨意落平沙❻，巧排作、參差箏柱❼。

別浦，慣驚移莫定，應怯敗荷❽疏雨。一繩雲杪❾，看字字懸鍼垂露❿。漸敧斜⓫、無力低飄，正目送、碧羅天暮。寫不了相思，又蘸涼波飛去⓬。

【注釋】❶儔侶　同伴；伴侶。曾鞏〈鴻雁〉：「鴻雁此時儔侶多，亂下沙汀恣棲宿。」❷特地　特別。宋黃庭堅〈南鄉子〉：「塞雁西來特地寒。」❸紫塞　崔豹《古今注》：「秦所築長城，土色皆紫。漢亦然，故云紫塞也。」❹金河　在今內蒙古自治區呼和浩特南。❺回汀枉渚　紆曲的水邊平地。唐李商隱〈細雨〉：「蕭洒傍回汀，依微過短亭。」枉渚，地名，在今湖南常德，這裡泛指鴻雁棲息之地。屈原〈九章・涉江〉：「朝發枉渚兮，夕宿辰陽。」❻平沙　江湖邊的灘地。蔡伸〈蘇武慢〉：「雁落平沙，煙籠寒水，古壘鳴笳聲斷。」❼巧排作參差箏柱　意謂雁行如箏柱之排列齊整。一般稱箏柱排行如雁行，名曰雁柱，或曰箏雁，朱彝尊這裡是反其意而用之。❽敗荷　枯荷。唐李商隱〈宿駱氏亭寄懷崔雍崔袞〉詩：「秋陰不散霜飛晚，留得枯荷聽雨聲。」❾一繩雲杪　編隊飛行的雁陣如天際一線。蔣捷〈喜遷鶯〉：「別浦，雲斷處，低雁一繩，攔斷家山路。」雲杪，雲端；高空。宋蘇軾〈水龍吟〉詞：「嚼徵含宮，泛商流羽，一聲雲杪。」明劉基〈水龍吟・次韻和陳均從吹簫曲〉詞：「廣莫風悲，昭華玉冷，聲沉雲杪。」❿看字字懸鍼垂露　字字，指雁行如人字。懸鍼垂露，古代書法用語，皆指字體，這裡用以比喻雁飛之隊形。⓫敧斜　傾斜，雁飛時，為減少氣流阻力而傾斜其體或隊形。⓬寫不了相思二句　語本張炎〈解連環・孤雁〉：「寫不成書，只寄得、相思一點。」蘸，寫字沾墨水曰「蘸」。又蘸涼波飛去，語本惠洪〈雁〉：「數隻飄然掠波去。」

【語　譯】不知聚結了多少伴侶，帶著對秋天的悲惘和感慨，在每年夏去秋來這個特殊的時節，在凜冽的北風吹拂下，越千山，跨萬水，向南飛去。但見紫塞荒寒，雁門孤聳，金河遠去，一輪冷月懸掛空中，對此情此景，我感慨萬端，心中的遺恨能向誰訴？縈回的沙汀，紆曲的洲渚，這才是鴻雁留戀的夢中江南。在這片寧靜的水洲，牠們可以隨心所欲地起落，遠遠看去就像是錯落有致的箏柱。然而，終究還是要離開那片水洲，牠們已經習慣了驚移不定的生活節奏，特別是那雨打枯荷的聲音更讓牠驚悸難定。你看，牠們正一隊隊結伴而飛，如一條流動的繩子在雲端飄浮著，時而像懸針，時而像垂露。漸漸地，漸漸地，雁行傾斜，無力高飛，在低空飄蕩著。舉目遠望，只見牠們慢慢地消失在藍天白雲深處。這如懸針垂露的雁行啊，卻不能用來書寫我的相思之情，牠們只能在水面上掠起一點水珠向空中飛逝而過。

【研　析】這是一首詠物詞，詠歎的對象是秋天南飛的鴻雁，全篇句句寫雁卻不著一「雁」字，多化用前人成語或典故，圍繞「雁」字，反覆盤旋，措辭用語，如奪天工，真可謂「不著一字，盡得風流」！其實，詞人寫雁也是在寫自己，抒寫自己像鴻雁一樣飄零南北，清人李元度說：「(先生) 以飢驅走四方，南逾嶺，北出雲朔，東泛滄海，登之罘，經甌越。」(《國朝先正事略》) 朱彝尊自己也在〈解佩令〉一詞中說：「十年磨劍，五陵結客，把平生涕淚都飄盡。」這首詞正是寫作在他遊歷雲中之時，上片寫群雁南翔，開篇寫雁兒成群結隊而行，「悲秋儔侶」一句，將雁群擬人化，帶上人的感傷色彩。詞人當時正依曹溶而寓居大同，屈大均、顧炎武、李良年等也曾到此遊歷，「悲秋儔侶」指的正是這些志在恢復的仁人志士。「特地年年」，是說大雁在秋天裡特地相聚，相約一起返回南國；「北風吹度」，點明地點和季節，在北風吹度的時節離開塞北，並暗示人之心情的悲愴，張繼〈馮翊西樓〉詩云：「北風吹雁聲最苦。」接著下來，「紫塞門孤，金河月冷」狀寫北地的荒塞，紫塞即今雁門關，金河即今大黑河，都在山西大同以北。一「紫」一「金」形成反襯，一「孤」一「冷」形成對應，都是為了表現北地的荒寒景象。「恨誰訴」，接上二句而來，是說明大雁有「恨」的原因，也是說明詞人知音難覓的痛楚。上三句是寫雁飛的出發點：「紫塞」，下三句是寫雁飛的目的地：

「江南」。「回汀枉渚」寫出江南的水鄉特點，「隨意落平沙」寫大雁在南方生活的自在神態，「巧排作、參差箏柱」是以物擬物，生動地描寫了雁群在水邊佇立的景象，將眼前的視覺圖景，轉化為一種無形的聽覺效果：「箏柱」通常會讓人產生音樂性聯想。下片寫群雁在江南的飄泊無定。過片「別浦」二字，宕開一筆，背景由塞北轉到江南，為後面寫雁群的「驚移莫定」作鋪墊。「慣驚移莫定」是對雁群習性的描寫，「應怯敗荷疏雨」是對雁群「驚移莫定」習性的補充說明，「敗荷」是刻劃秋後江南的蕭瑟氣象，「疏雨」則形象地傳達出秋天江南的神韻，「敗荷疏雨」四字，將視覺效果和聽覺效果結合起來，勾勒出一幅「雨滴枯荷一聲聲」的生動畫卷，「慣」、「應」二字是詞人以設身處地的心境對雁群習性和心理的形象描寫。接著下來二句，詞人視角由地上轉向天上，寫雁群在空中飛翔的姿態：「一繩雲杪」，「懸鍼垂露」，形象地描寫了雁群在空中飛翔時的組合變化，時而如「繩」，時而如「懸鍼」，時而如「垂露」，姿態優美，形象生動，寫物入神，富於動感，一個「看」字則是從作者角度刻劃出來的一幅雁群南翔的遠景圖。接著下來的一句，還是寫詞人之所見：雁群漸飛漸遠，隊形也變得有些傾斜，慢慢地消失在天雲端。結拍一句，富於深意，它從張炎〈解連環・孤雁〉一詞「寫不成書，只寄得、相思一點」化出，詞人將眼前之景化為內在之情，自己心中的無限感慨，卻不能通過這眼前的「懸鍼垂露」表現出來。「又蘸涼波飛去」一句，以景結情，將筆觸宕開，回應「恨誰訴」，讓人有無限之遐想，並暗示流離飄泊之意緒。

75 邁陂塘

題其年〈填詞圖〉❶

朱彝尊

擅詞場、飛揚跋扈❷，前身可是青兕❸？風煙一壑家陽羨❹，最好竹山鄉里❺。攜硯几，坐罨畫溪陰、裊裊珠藤翠❻。人生快意。但紫笱❼烹泉，銀箏侑酒，此外總閒事。　空中語，想出空中姝麗❽。圖來菱角❾雙鬟。《樂章》《琴趣》三千調，作者古今能幾❿？團扇底，也直得、樽前記曲呼娘子⓫。旗亭藥市⓬。聽江北江南，歌塵到處，柳下井華水⓭。

【注釋】❶其年填詞圖　陳維崧，字其年，號迦陵，江蘇宜興人，官翰林院檢討。清初著名詞人，是盛極一時的陽羨詞派領袖。著有《陳迦陵文集》、《迦陵詞》等。填詞圖，清初著名詩畫僧大汕所畫，作於康熙十七年（西元一六七八年）。圖中繪陳維崧長髯垂胸，席地而坐，一手撫髯，一手執筆，沉吟將填詞。旁坐一美人執簫，將以詞入樂。此圖在當時享有盛名，不少名家都有題詠。此詞即是其中名作之一。❷飛揚跋扈　形容意氣傲岸，個性張揚，無拘無束。《北齊書・神武帝紀》：「(侯)景專制河南十四年矣，常有飛揚跋扈志」。❸青兕　一種類似犀牛的猛獸，獨角，青色。據《宋史・辛棄疾傳》記載，僧義端曾稱辛棄疾「真相，乃青兕也，力能殺人」。陳維崧性格與詞風豪邁縱橫，頗類辛棄疾，故此詞將其譽為青兕後身。❹風煙一壑家陽羨　用杜牧〈正初奉酬歙州刺史邢群〉「一壑風煙陽羨里」詩意。陽羨，宜興古稱。據《常州府志》載，宜興，秦時稱陽羨，古跡有陽羨城。❺竹山鄉里　指陳維崧與南宋末著名詞人蔣捷是同鄉。蔣捷，宋亡後隱居竹山，故號竹山，也是陽羨人，著有《竹山詞》，詞風有師承辛棄疾處，而陳維崧詞風又受其影響。❻坐罨畫溪陰二句　罨畫，各種色彩掩映的明豔畫卷。據《吳江水考增輯》記載，東瀉溪，一名罨畫溪，一名五雲溪。在宜興縣南三十六里。裊裊珠藤翠，指柔曼飄逸，花實如貫珠的青藤。據《江南通志》記載，東瀉溪兩岸多藤花，春時照映水中，青綠可愛，故亦名罨畫溪。❼紫筍　宜興出產的一種名茶。❽空中語二句　空中語，典出《冷齋夜話》，據載，法秀禪師曾勸黃庭堅道：「詩多作，無害。豔歌小詞，可罷之。」黃庭堅答道：「空中語耳，非殺非偷，終不至坐此墮惡道。」用佛教的觀念，為填詞辯護，稱其中豔詞麗句也不過是隨緣而生的託詞，無可厚非，故後世以空中語指填詞。空，佛教語，指萬物都從因緣生，變幻無常。空中姝麗，指詞人想像中隨緣而至，蘊有寄託的美人形象。❾菱角　白居易擅音律的侍女，白居易〈詠興〉道：「菱角執笙簧。」在此指〈填詞圖〉中所繪的執簫侍女。❿樂章琴趣三千調二句　形容陳維崧詞佳作極多，古今少有。樂章琴趣，指陳維崧詞。因詞體本能配樂，故詞集有以樂章、琴趣為名的，如北宋著名詞人柳永，詞集名《樂章集》；晁補之詞集名《琴趣外篇》。據陳維崧弟宗石〈湖海樓詞序〉記載，陳維崧「中年始學為詩餘，晚歲尤好之不厭，或一日得數十首，或一韻至十餘闋，統計小令、中調、長調共得四百一十六調，共詞一千六百二十九闋……自唐、宋、元、明以來，從事倚聲者，未有如吾伯兄之富且工也」。⓫團扇底二句　雜用古代擅歌詞女子的典故，指陳維崧詞章精妙，正宜由類似的女子來演奏歌唱。團扇底，晉中書令王珉好捉白團扇，與他戀愛的婢女謝芳姿素善歌，曾與王珉合作白團扇歌。記曲呼娘子，據《樂府雜錄》記載，大曆中有才人張紅紅本是民間歌女，因擅音律歌曲而被皇帝召入宜春院後，宮中號為「記曲娘子」。⓬旗亭藥市　在此指集市。旗亭，古代用來指揮集市交易的市樓。藥市，賣藥的集市。《成都古今記》載：「正月燈市，二月花市……九月藥市。」⓭聽江北江南三句　形容陳維崧詞風靡一時，流傳極廣。江北江南，向子諲詞集分「江南新詞」與「江北舊詞」二卷。歌塵，指歌聲清越悠揚，有震撼力，能使梁上塵埃震動。相傳古代擅歌者虞公、韓娥的歌聲都能「動梁塵」。柳下井華水，北宋詞人柳永詞流傳極廣，據葉夢得《避暑錄話》載，其嘗見一西夏歸朝官云：「凡有井水飲處，即能歌柳詞。」井華水，指早晨第一次汲取的井泉水，中醫認為這是井水的精華，有凝神養顏等功效，在此喻陳維崧詞是詞中精品。

【語　譯】雄踞詞場，意氣飛揚狂傲不羈，前生是否與辛棄疾一樣是青兕轉世呢？家鄉在山光秀麗的陽羨，最妙的是這也正好是詞人蔣捷的故里呢。攜帶著硯臺與几案，坐在罨畫溪南，但見柔曼飄逸，花如貫珠的藤蔓蒼翠欲滴。人生的快意，莫過於汲取山泉來烹煮紫筍茶，或是有美人彈著銀箏來勸酒，除此之外都是無關緊要的事了。

隨緣而生，變幻無常的詞句，想像出隨緣而出，縹緲動人的佳麗。畫成了妙解音律的菱角，頭上盤著雙髻。創作了如《樂章》、《琴趣》般的佳詞逾千調，像這樣的作者從古至今能有幾人呢？正當在團扇下與美人共吟唱，也值得在酒杯前喚美人來記錄下曲譜流傳。且聽這歌詞聲傳遍旗亭、藥市，飛遍江南、江北，所到處繞梁動塵，正如當年有初汲井水的地方就有人歌柳永詞一樣。

【研　析】此詞選自《江湖載酒集》中。朱彝尊與陳維崧分別是盛極一時的浙西詞派與陽羨詞派領袖，交誼甚厚，曾在京師切磋詞學，合刊過《朱陳村詞》。二人詞風異中有同，且人生經歷與風雅意趣相通，故能互相尊重欣賞，兼容並包的卓識厚誼難能可貴。因此，此詞中畫、詞、人三位一體，知音之言，自然能神形畢肖，洞見三昧。即如陳廷焯《雲韶集》所評：「將其年一身心事繪出，不獨深得其詞之妙也……朱、陳相交最深，其詞分道揚鑣，一時瑜亮，其大旨則一也」。畫中陳維崧長髯魁梧的壯士形象，與拈鬚沉吟的神情及伴奏的美人相配合，顯得粗中有細，豪中有情。而其詞正如其人，縱橫跌宕，不受詞體所拘，驅使經史詩文意法於筆端；卻也蘊有沉鬱之思，時見纏綿之調，多有寄興之志。朱祖謀〈望江南〉題其年詞集云：「迦陵韻，哀樂過人多。跋扈頗參青兕氣，清揚恰稱紫雲歌。不管秀師訶。」正可為此詞作注，此詞妙處即在於能將此種剛柔相濟，雅俗共賞的特色傳神道出。

起句先聲奪人，勾勒出一個豪氣干雲的詞壇壯士形象。將其比作青兕與辛棄疾後身，也極為貼切。即如郭麐《靈芬館詞話》道：「迦陵詞伉爽之氣，清麗之才，自是詞壇飛將。竹垞所謂『前身定自青兕』，非妄譽也。」次句化用杜牧詩，又拈出名詞人蔣捷，來表達地靈人傑的讚譽，也是慧心獨具。蔣捷與陳維崧是同鄉，詞風又有淵源，而「風煙一壑」四字盡顯傲岸風骨與俊逸風神，正可概括諸家詞品人品，且能承上啟下。「攜硯几」以下四句便是對地靈人傑的闡發。罨畫溪的秀麗風光，孕育了紫筍甘泉的風雅物產與銀箏侑酒的聰慧佳人，其人其詞得如此江山風物之助，自然品格不凡，故而能放情山水，不受世俗拘束。所謂「此外總閒事」！既有知足常樂的曠達，也包含有世事多不能如此情景般盡如人意的慨歎，在清逸中融入滄桑重拙，可謂妙結。觀此也可知其豪曠不羈，是由清俊情境、滄桑身世所化，灑脫中有深思，並非一味粗豪。而換頭二句正是此種名士風流的寫照，最耐尋味。試看陳廷焯在《雲韶集》中評道：「因空悟色，朱、陳二公同一用意……空中幻想，非實有燕釵蟬鬢也」；但在《詞則》中卻道「竹垞自題詞集云：『一半是空中傳恨，幾曾圍、燕釵蟬鬢。』題其年詞亦云：『空中語，想出空中姝麗』。可謂推己及人，其實朱、陳未必真空也。」其實所謂「空中」本就是隨緣而至，虛實相生的。思、詞、圖中的美人綺思，無論是真是幻，是實有情事還是別有寄託，都是心聲所鑄，經歷所凝，正可從不同角度反映出其壯氣曠懷與柔情深思相輔相成的特色。《樂章》《琴趣》以下數句，都是在稱讚其詞佳作多，流傳甚廣，上能由記曲娘子傳播入宮禁，下能如新汲甘泉流行於市井，可謂雅俗共賞，詞名遠揚。用典也頗為切當，但稍嫌堆砌重複，故文氣意境略遜於上文。

76 百字令

度居庸關❶

朱彝尊

崇墉積翠，望關門一線，似懸簷溜❷。瘦馬登登愁徑滑，何況新霜時候❸。畫鼓無聲，朱旗捲盡❹，惟剩蕭蕭柳。薄寒漸甚，征袍明日添又。

誰放十萬黃巾，丸泥不閉，直入車箱口❺？十二園陵❻風雨暗，響徧哀鴻離獸❼。舊事驚心，長塗望眼，寂寞閑亭堠❽。當年鎖鑰❾，董龍真是雞狗❿。

【注釋】❶唐居庸關　康熙三年（西元一六六四年）九月，作者離京赴大同，北出居庸關時作此詞。居庸關，長城要塞，在北京昌平區西北軍都山上，相傳秦始皇北築長城時，徙居庸徒於此，故得名。地勢險要，是明朝京西四大名關之一。❷崇墉積翠三句　形容此地城牆高聳，翠峰重疊，道路險峻逼仄。居庸疊翠是北京八景之一。據《水經注》載，居庸關絕谷累石為關垣，崇墉峻壁，非輕功可舉。舉山岫層深，側道褊狹，林鄣邃險，路才容軌。簷溜，簷溝或順著簷溝下滴的水及懸掛的冰柱。韓愈〈南山詩〉：「峻塗拖長冰，直上若懸溜。」❸瘦馬登登愁徑滑二句　指馬瘦本已難行，常恐因山險路滑而跌倒，再加上剛下了霜，路更滑，就更難行了。化用桂瑮〈八禽言〉「瘦馬凌兢愁仆蹶」詩意與周邦彥〈少年遊〉「馬滑霜濃，不如休去」詞意。登登，馬蹄聲。❹畫鼓無聲二句　意為昔日壯烈的戰爭場景已不復存在。畫鼓，有彩繪裝飾的鼓，在此指戰鼓。朱旗，紅色的旗幟，在此指軍旗。❺誰放十萬黃巾三句　指崇禎十七年（西元一六四四年）李自成率軍自居庸關攻入京城，導致明朝滅亡。十萬黃巾，據《後漢書》記載，東漢中平元年張角自稱黃天，率軍反叛，軍士都戴黃巾，號稱有三十六萬。在此指李自成率領的叛軍。丸泥不閉，意為居庸關地勢險峻，本來只需用泥丸封堵便可防守拒敵，然而竟然被李自成攻破了，可見防守不力。典出《東觀漢記》，據載，隗囂的部將王元勸說他背叛漢朝，稱：「元請以一丸泥為大王東封函谷關，此萬世一時也。」直入車箱口，車箱口即陝西車箱峽，地勢險固。據《明紀》載，崇禎年間李自成軍隊曾被圍困在車箱峽，後賄賂總督陳奇瑜，詐降得出。陳奇瑜還派安撫官一路護送，命令沿途州縣供給糧餉。李自成軍隊脫困後，便殺死安撫官重舉叛旗，長驅直入。❻十二園陵　指北京昌平北天壽山上，明代成祖到熹宗十二個皇帝的陵寢。天壽山上本有明十三陵，但因崇禎帝是在李自成攻入北京後才自殺的，故未列入。❼哀鴻離獸　既是實指此處的鳥獸，又暗喻在戰亂中流離失所的百姓。據《水經注》載，居庸關曉禽暮獸，寒鳴相和。如《詩經・小雅・鴻雁》：「鴻雁于飛，哀鳴嗷嗷。」曹植〈九愁賦〉：「見失群之離獸，覿偏棲之孤禽。」都是用哀鴻離獸喻亂離之人。❽亭堠　古時瞭望敵情的亭樓。❾鎖鑰　軍事要塞，指居庸關。❿董龍真是雞狗　用董龍喻在李自成入關時，投降的居庸關官吏，斥責他們改節投敵，背信棄義，猶如雞狗。據《晉書・前秦載記》載，王墮性剛峻，痛恨董龍專權，從不與言。有人勸他，他便道：「董龍是何雞狗，而令國士與之言乎！」據《明史・莊烈帝紀》載，崇禎十七年三月，賊至大同。命總兵官唐通偕內臣杜之秩守居庸關。李自成至宣府，皆降。賊遂入關，陷昌平，犯京師。

【語　譯】高聳的城牆翠色重疊，遙望居庸關門，地勢逼仄陡峭呈一條直線，就像是懸掛在簷溝下的冰柱一般。乘著瘦馬登登前行總擔心山險路滑，更何況是在這剛下過霜的時候。彩飾的戰鼓已寂然無聲，朱紅的軍旗也已舒捲完畢，只剩下蕭蕭作響的楊柳。寒意漸漸由淺轉深了，明日又要再添一件行裝了。　是誰放任十萬黃巾軍，突破了這原本用丸泥便能防守的要塞，長驅直入車箱口？十二園陵都在風雨籠罩下變得昏暗了，到處都響起了流徙鴻雁與離群野獸的悲鳴。如此往事驚心動魄。展望漫漫長路，瞭望敵情的亭樓久已被閒置，顯得這樣寂寞。當年這要塞上的守將和董龍一樣，真是雞狗。

【研　析】此詞選自《江湖載酒集》上。此集是作者壯年時期的作品，少年詞的綺豔風華逐漸褪去，晚年得志後的從容詞風尚未形成，所流露出的是在江湖漂泊、亂離失意中所形成的磊落慷慨之氣，悲鬱頓挫之感，故剛柔疾徐相濟，頗見風骨。作者生於明清易代之際，壯年仕途坎坷，生活困窘，故在此詞中體現出弔古傷今的遺民情節，情境悲壯，頗能代表壯年詞風。即如郭麐《靈芬館詞話》評道：「激昂慷慨，迦陵為最。竹垞亦時用其體，如居庸關、李晉王墓諸作，直欲平視辛、劉，自出機杼。」概言之，上闋主要以實述的方式傷今，感懷身世，下闋主要以議論的方式弔古，傷懷故國。上下意脈互有交通，古今間轉接自然，述論間配合得宜，因此文氣暢健中含跌宕，實述真切，議論犀利，堪稱佳作。

起句以遠觀實景開篇，刻劃出居庸關天成的險峻地勢，所用比喻尤為貼切、傳神。試想崇山峻嶺本已難登，再加上關間道路逼仄陡峭，如簷溝滴下的垂直水線，就真有「一夫當關，萬夫莫開」之勢了。接著由遠及近，由觀及行，用層進法極寫行路艱難之狀。昔人形容最驚險的境況是「盲人騎瞎馬，半夜臨深池」，而詞中瘦馬登險關，愁路滑又偏遇新霜的境況也相去不遠了，再加上「登登」的擬聲描寫，更覺步步驚心，這種聲情並茂的親身經歷，使居庸關的險峻更為真實可感，而江湖漂泊的艱難境況也寓於其中。至此，居庸關雄奇險峻的地勢已充分展現，作者淒苦險惡的處境與心境也已見端倪，而下文進一步闡述此種地勢及心境間的深層關聯，揭示其間愁苦，不僅來自於關險自然難行的境遇，更來自於關險卻不能守的痛史，故譚獻《篋中詞》謂其「意深」。試看「畫鼓」句雖仍是實述，卻已暗轉入弔古了。昔日壯烈的戰場風物被如今的蕭條柳樹所取代，雖無議論，但在盛衰對比中題旨已出——柳諧音留，又寓離別，此情景象徵昔日明朝的繁華已去，留下的唯有蕭條之境與亡國之痛，故可知前結中漸甚的寒是秋寒，更是心寒。經過重重鋪墊，換頭便很自然轉入懷古與議論中。「誰放」句的質問飽含血淚與悲憤——李自成的叛軍，既攻破了本來只需泥丸便可防守的天險之關，又能順利逃出本已被困的車箱峽，長驅直入，最終導致「十二園陵」句所描述的明朝滅亡、生靈塗炭的悲慘結局，這究竟是誰之過呢？接下來的「舊事驚心」句正可回答這個問題——轉回今景描寫，而論古的意脈未斷，揭示出在明亡中難辭其咎的就是那些守關的將領，是他們的失職導致要塞上的亭堠當年形同虛設，如今空自寂寞。因此，結句才有「真是雞狗」的嚴厲斥責，直揭題旨。即如《列子》所言：「人而無義，唯食而已，是雞狗也。」這一聲訓斥，將對亡國者的痛恨淋漓道出，而又戛然而止。正是痛之深，責之切，沉痛語不嫌說盡，如此結尾雖拙直，卻足以為全詞壓陣。

77 畫屏秋色

蕪城❶秋感

彭孫遹

野照蕪城夕。送遠目❷、雲水蒼茫不極❸。瓊蕊香遙❹，青樓夢杳❺，玉鉤❻人寂。何處認隋宮❼？見衰草寒煙堆積❽。攢一片，傷心碧❾。聽柳外哀蟬，風高響滯❿，如訴興亡舊恨，聲聲無力。

今昔，可勝淒惻，莫重問錦帆⓫消息。竹西歌吹⓬，淮南笙鶴⓭，盡成陳跡。轉眼又西風，辭巢越燕還如客⓮。落葉千重蕭摵⓯。萬事總消沉⓰，惟有清江皓月，曾照昔人顏色⓱。

【作者】彭孫遹（西元一六三一—一七〇〇年），字駿孫，號羨門，又號金粟山人，浙江海鹽人。彭孫貽弟。順治十六年（西元一六五九年）進士。康熙十八年（西元一六七九年）召試博學鴻詞，擢一等第一，授編修。歷官禮部侍郎、吏部侍郎，充經筵講官，兼翰林院掌院學士，《明史》總裁。工詞章，與王士禛齊名，稱「彭王」。詞工小令，多香豔之作。有《松桂堂全集》、《金粟詞話》，詞集名《延露詞》。

【注釋】❶蕪城　古城名，舊址在今江蘇江都。南朝宋竟陵王劉誕據廣陵反，兵敗死，城色荒蕪，鮑照作〈蕪城賦〉諷之，因名蕪城。清軍南下時，揚州慘遭屠城，再一次成為「蕪城」。❷送遠目　遠眺。宋王安石〈桂枝香．金陵懷古〉：「登臨送目，正故國晚秋，天氣初肅。」❸不極　沒有盡頭。❹瓊蕊香遙　言瓊花已經香消玉殞。瓊蕊，即瓊花。世傳隋煬帝為看瓊花而至揚州。❺青樓夢杳　言豔景風流不再。唐杜牧〈遣懷〉：「十年一覺揚州夢，贏得青樓薄幸名。」❻玉鉤　即玉鉤斜，相傳為隋煬帝葬宮人處，在今江蘇江都境。❼隋宮　指隋煬帝在揚州的行宮，即江都宮。❽見衰草寒煙堆積　言行宮舊址荒蕪，無法辨識。此句化用王安石〈桂枝香．金陵懷古〉：「六朝舊事隨流水，但寒煙衰草凝綠。」❾傷心碧　唐李白〈菩薩蠻〉：「平林漠漠煙如織，寒山一帶傷心碧。」❿風高響滯　因為風太急，將蟬的聲音吹散，忽大忽小，如同滯澀了一樣。唐駱賓王〈在獄詠蟬〉：「露重飛難進，風多響易沉。」⓫錦帆　指隋煬帝遊江都之事。唐佚名《煬帝開河記》：「（隋煬帝）至大梁……時舳艫相繼，連接千里，自大梁至淮口，聯綿不絕。錦帆過處，香聞百里。」⓬竹西歌吹　指唐末杜牧過揚州題字事。杜牧〈題揚州禪智寺〉：「誰知竹西路，歌吹是揚州。」⓭淮南笙鶴　指唐末大將高駢求仙之事。《舊唐書・高駢傳》：「（駢）於府第別建道院，院有迎仙樓、延和閣，高八十尺，飾以珠璣金鈿。侍女數百，皆羽衣霓服，和聲度曲，擬之鈞天。」⑭辭巢越燕還如客　言詞人背井離鄉，來此作客。⑮落葉千重蕭摵　言落葉紛飛，極其蕭索。蕭摵，指樹葉凋敝衰敗的樣子。⑯消沉　被後人遺忘。⑰惟有清江皓月二句　言只有清澈江面上的明月，今昔不曾變。唐張若虛〈春江花月夜〉：「人生代代無窮已，江月年年只相似。」又宋晏幾道〈臨江仙〉：「當時明月在，曾照彩雲歸。」

【語　譯】一抹殘陽映照著荒涼的蕪城。登臨遠眺，雲水蒼茫，直入天際。瓊花香氣已然渺茫，青樓豔事幻成舊夢，玉鉤斜畔悄無人跡，到何處辨認隋宮遺址？只見寒煙籠罩，堆積如山，衰草攢成一片傷心的碧色。我聽到柳林外哀鳴的秋蟬，牠的叫聲都被疾風吹斷了，好像是在訴說興亡舊恨，一聲聲慘淒無力。　撫今追昔，我怎能忍受這樣的悲涼淒惻，不要再去尋覓昔日繁華的蹤跡。竹西的歌舞，淮南的笙鶴，都化為了塵封的陳跡。轉眼間西風又起，我客居異鄉，就像一隻離巢的越燕。落葉紛紛，千重萬疊，一片蕭瑟。世間萬事，總會煙消雲散，光沉響絕。只有那一輪在長江上的清冷皓月，還是一樣曾經照過古人的顏色。

【研　析】這首懷古詞圍繞著蕪城（揚州）歷史層層敘寫，著筆於舊時的繁華而反襯今天的荒涼，感情深沉，筆法厚重。儘管它用典較多，不免有堆垛之嫌，但是脈絡清晰可見，並兼真情實感，尚不至於蕪雜。開篇入題，點出時間和地點。「野照蕪城夕」，日暮揚州，一片荒蕪，營造一種淒清荒寒的氛圍，為全詞打下萬事感傷的基調。「送遠目、雲水蒼茫不極」，寫登臨之所見是全景式的描繪，雲水蒼茫，渺無邊際，讓人懷抱難開。「瓊蕊」以下五句，進入懷古之主題。隨著視線遙注天際，詞人的思緒也跨越千載，轉入對揚州歷史的回溯。「瓊蕊」三句，是「鼎足對」，句句用典，以濃筆傷悼隋煬帝，他的帝王大業已灰飛煙滅。細細尋繹，這三句有虛有實，有香有色，甚至有生有死，故層層勾勒而不嫌重拙。「衰草寒煙」，筆觸已回到現實，照應開篇「蕪城夕照」。「傷心碧」形容草色之淒清，兼寫心中之傷感。結拍四句，使用了秋蟬意象，風高難響，有心無力，傷悲至極。「一襟餘恨宮魂斷」（宋王沂孫〈齊天樂・蟬〉），此處之哀蟬不啻詞人之自況，當有家國之感在其中。過片「今昔」三句，自問自答，點明「今古不勝情」主題。雖是自我告誡「莫重問」，但此情此景，實難自抑。「竹西歌吹，淮南笙鶴」和上片「瓊蕊」、「青樓」、「玉鉤」一樣，是有關揚州的典故，不過視角已從帝王轉向了臣民，從王業轉向了盛世，但兩者的結局都是「盡成陳跡」。「轉眼又西風，辭巢越燕還如客。落葉千重蕭摵。」羡門本浙人，故以「越燕」自況；客遊揚州，故曰「辭巢」。燕子素以勤勞、戀家著稱，今言「辭巢」，是凸顯飄零之苦狀。且西風又起，木葉飄零，正不知何處能安巢，表現了一種離鄉的無奈和羈旅的艱辛。詞的末尾，以明月意象作結，與上片結尾的哀蟬相對。哀蟬有情，故尤訴「興亡舊恨」，聲聲無力；皓月無情，乃得永恆。今月曾經照古人，而古人皆已不見；今人亦將作古，後來者又何以知今？所以說「萬事總消沉」。詞作結束在一片滄桑之感中。

78 生查子

旅夜

彭孫遹

薄醉不成鄉❶，轉❷覺春寒重。鴛枕有誰同？夜夜和愁共。

夢好卻如真，事往翻如夢。起立悄❸無言，殘月生西弄❹。

【注釋】❶薄醉不成鄉　是說微醉難以進入夢鄉。薄，淺；微。鄉，夢鄉。❷轉　反過來。❸悄　靜謐的樣子。❹西弄　西邊的小巷。弄，小巷。

【語譯】只是微醉，難以進入夢鄉，反倒覺得春天的寒氣越來越重。有誰陪我一起躺在鴛枕上？惟有無邊的愁緒夜夜來相伴。

一場好夢醒來，竟然覺得像是真的一樣，往日的情事漸漸淡去，反倒像夢一樣那麼飄渺。我披衣起床，四周悄然無聲，只見一輪殘月在西弄那邊緩緩升起。

【研析】這是一首旅夜抒懷詞，抒發了一位羈旅在外的遊子對家鄉、對妻子的思念之情。上片，寫臥床懷人。開篇一句點題，寫作者羈旅他鄉，孤寂難耐，無以解憂，把酒澆愁，結果卻是「薄醉不成鄉」，沒有達到

「排憂」的預期效果，這為後面抒寫懷人之情埋下伏筆。一個人躺在床上，「轉覺春寒重」，這是作者的感覺，也點明當時的季節，一個「重」字描畫出作者孤寂的內心世界，它不但是指天寒，而且也是指心寒。何以禦寒？飲酒，但達不到如期的效果，自然會想起與自己共枕而臥的妻子。接著，順勢而下，作者提出這樣一問：「鴛枕有誰同」？這一句，表達了作者對親人慰藉的期待之意，也間接地說明了作者與妻子的恩愛之情。「鴛枕」一詞具有極強的暗示性，枕頭上的鴛鴦尚且可以成雙結對，而現實生活中的自己卻是客舍獨臥，這樣的境遇自然給作者帶來的是失望：「夜夜和愁共。」這一句是對上句之問的回答，作者身在異鄉，妻子不在身邊，陪伴他的只有無端的鄉愁，「夜夜」寫出了作者懷鄉思人之情之深。下片寫夢後幽怨。在長夜漫漫的煎熬後，終於進入夢鄉，夢中或許是家鄉的美妙山水，或許是妻子的切切私語，但這樣的美夢，卻再次被深夜逼人的寒氣所攪亂。「夢好卻如真」，是寫作者夢醒後的感受，夢裡的一切就像是真的一樣；「事往翻如夢」，是由夢醒的感受進一步昇華為對生活的感慨，過往的一切會隨著時光的流逝，慢慢淡化，心靈上曾經的傷痛也會被逐漸抹去，真實的經歷倒像是夢一樣的虛幻。這一對句，談到生活中的一個辯證法，人的感受比時光更真切，時光能化實為虛，而感受卻可化虛為實，現實生活就是這樣的真真假假，假假真真！「起立悄無言」一句，交待了作者夢後起床的動作，「悄無言」說明周圍寂靜一片，在這靜謐的夜晚卻有一個人心潮起伏，在思念著自己的家鄉和親人。「殘月生西弄」一句，是以景結情，作者佇窗而立，遙望著一輪殘月在西邊的小巷冉冉升起，也把自己對妻子、對親人的思念步步托起。

79 柳梢青

感事

彭孫遹

何事沉吟❶？小窗斜日，立遍春陰。翠袖天寒❷，青衫❸人老，一樣傷心。
十年舊事重尋，回首處，山高水深。兩點眉峰❹，半分腰帶❺，憔悴而今。

【注 釋】❶沉吟 沉思。❷翠袖天寒 唐杜甫〈佳人〉：「天寒翠袖薄，日暮倚修竹。」❸青衫 唐白居易〈琵琶行〉：「座中泣下誰最多？江州司馬青衫濕。」❹眉峰 對女子眉毛的形象描寫。《西京雜記》：「文君姣好，眉色如望遠山。」❺半分腰帶 《梁書・昭明太子傳》：「體素壯，腰帶十圍，至是減削過半。」

【語 譯】為什麼這樣沉思不語？對著小窗外的斜陽，佇立在背陰之處。在春寒時節，想起這位翠袖美人，忽然意識到自己也是垂垂老矣，與她一樣有著傷心的往事。 重新檢點十年前我們相處的點點滴滴，回首之間，處處是壁立的高山和淵深的澗水。她兩點眉峰聳起，我也是腰帶寬了半分，如今都是一副憔悴的模樣。

【研 析】這首詞題名「感事」，大約是有感於過往的一段情事而發，抒寫了自己對這位絕代佳人的思念之情。上片寫自己的思念，開篇一句是設問，刻劃了作者在「小窗斜日」裡沉思的形象，「小窗」點明地點，「斜日」點明時間，春天是一個容易讓人感情發酵的季節，「立遍春陰」表明作者站立了很久很久，也沉思了很久很久。「翠袖天寒，青衫人老」是一個工整的對句，實際上也是對開篇發問的回答，他在「沉思」著一位佳人，這是一位在春寒季節裡穿著翠袖衣衫的佳人，「青衫人老」則是作者自身的形象寫照，他因為長久地思念著這位佳人，才會有「青衫人老」的感覺。「天寒」表達了作者對這位佳人的關切之情，「人老」則形象地刻劃了作者因思念而憔悴蒼老的形象，從而說明了作者對這位佳人的「思」之深與「念」之切。「一樣傷心」，是說兩個人都是離別相思之人，都有一樣的感傷情懷，有一種同病相憐的感慨，正如當年白居易在〈琵琶行〉中所說：「座中泣下誰最多？江州司馬青衫濕。」下片寫重尋舊事，大約作者「沉思」之所，正是他們當年相處的地方，舊地重遊當然會觸景生情，引發起他對過去美好情事的追憶。「十年舊事重尋」一句，是通過時間的跨越，把當年的情事拉到了眼前，重新檢點過去在這裡發生的點點滴滴。「回首處，山高水深」，是作者重尋舊蹤跡時的感慨，時光荏苒，「十年」過去了，過去的一切就像是「山高水深」一樣，那麼遙不可及，「山高水深」是對人之心理感受的形象表達。憶往撫今，作者不由感慨萬千，懸想對方，反觀自己，都是一樣因為思念而疲憊憔悴：「兩點眉峰，半分腰帶，憔悴而今。」這一句與上片歇拍一句相呼應，「兩點眉峰」寫佳人，「半分腰帶」寫自己，「憔悴而今」是對思念雙方的共同感受的形象表達。這首詞篇幅雖短，在結構上卻幾度轉換，先是寫自己，後轉而寫對方，再回頭合寫雙方，思致幽渺，神味綿遠，體現出作者高超的表達藝術。

80 念奴嬌

家信至有感❶

吳兆騫

牧羝沙磧❷，待風鬟、喚作雨工行雨❸。不是垂虹亭❹子上，休盼綠楊煙縷。

白葦燒殘，黃榆吹落，也算相思樹。空題裂帛❺，迢迢南北無據。消受水驛

山程，燈昏被冷，夢裡偏叨絮。兒女心腸英雄淚，抵死❻偏縈離緒。錦字閨中，

瓊枝海角❼，辛苦隨窮戍。柴車冰雪，七香金犢❽何處？

【作者】吳兆騫（西元一六三一—一六八四年），字漢槎，江蘇吳江人。才名聞於遠近，與陳維崧、彭師度有「江左三鳳凰」之稱。順治十四年（西元一六五七年）舉人，但科場案發，被人誣告，複試於京。再試時「護軍二員持刀夾兩旁」（汪應奎《柳南隨筆》），戰慄不能下筆，被除名，流放寧古塔（約在今黑龍江省寧安）。身陷絕域二十餘年，康熙二十年辛酉（西元一六八一年），經顧貞觀、納蘭性德、徐乾學、明珠等人營救終被放歸。著有《秋笳集》。

【注釋】❶家信至有感　據詞意，本篇當作於順治十六年（西元一六五九年）作者到達寧古塔戍所後，接家信得知妻子葛氏將來同住之時。據張秉戌先生《顧貞觀年表》，順治十七年吳兆騫妻葛采真自吳江啟程赴寧古塔省夫，妹吳文柔陪同至京師刑部，義烈之名，震動京師。次年三月，葛氏抵寧古塔戍所。❷牧羝沙磧　用蘇武牧羊故事比況自己在塞外的苦寒生活。《漢書・李廣蘇建傳》：「匈奴以為神，乃徙武北海上無人處，使牧羝，羝乳乃得歸。」羝，公羊。❸待風鬟句　這裡是以妻子

為知己，盼其到來。用唐李朝威〈柳毅傳〉龍女故事。士子柳毅遇到一婦人「牧羊於野，風鬟雨鬢」，一問之下，得知其龍女身份和悲慘命運。又問她牧羊何用，答曰：「非羊也，雨工也。」柳毅後救其脫困。柳毅不知龍女所牧之羊為雨工，世人也不能理解詞人牧羊為蒙冤。❹垂虹亭　在江蘇吳江縣。❺裂帛　裁開的絲帛，用來寫信。這裡還是用蘇武事。《漢書・李廣蘇建傳》：「匈奴詭言武死。……使者謂單于言天子射上林中，得雁足有係帛書，言武等在某澤中。」江淹〈恨賦〉：「裂帛繫書，誓還漢恩。」❻抵死　終究；老是。❼錦字閨中二句　錦字，指妻子寄給丈夫的書信，用前秦蘇蕙織錦為回文詩圖，給被流放的丈夫竇滔的典故。瓊枝，指海上的仙樹的樹枝，食之可以長生，託名李陵〈贈蘇武詩〉有「思得瓊樹枝，以解長渴飢」之句。明楊慎〈青蛉行〉：「易求海上瓊枝樹，難得閨中錦字書。」❽七香金犢　代指華貴的車騎。唐盧照鄰〈長安古意〉：「長安大道連狹斜，青牛白馬七香車。」

【語譯】蒙冤陷身在這沙漠，盼你能像雨工行雨那樣來安慰我。這裡沒有吳江的垂虹亭，也別指望看到什麼淡煙綠楊。塞上能用來寄託寓相思的，只有燒剩的白葦和搖落的黃榆。縱然寫下相思字，然而家鄉迢迢萬里，南北相隔，又有誰知道能否寄到？　怎能忍心讓你遭受這山程水驛的跋涉之苦，我在昏燈冷被之下，又多麼希望你能前來與我相聚。夢裡也在念叨你的行程。只因為這縈繞不去的別離之愁，能賺得兒女情傷，英雄落淚。從前等候的是你的閨中錦字，它使得我的心靈在這孤獨的塞上得到無限的慰藉，現在更要依靠你在窮困的戍所辛勤陪伴。你的行程將近，可這裡只有柴車和冰雪，到哪兒能找華麗的車騎來迎接你？

【研析】這首詞以真摯的感情作基礎，使典運思，巧見匠心，言簡而意深，典雅而不澀。開篇便巧妙而貼切地用了兩個典故，以少總多地表達了豐富的內涵。「牧羝沙磧」用蘇武牧羊典，借蘇武之苦表達自身所受之苦，借蘇武之無辜遭難表達自己的蒙冤被貶；一「羝」字表現了心中對「羝乳乃得歸」的深深絕望。「風鬟」句用〈柳毅傳〉故事，以同樣是牧羊與前句粘連，一方面表達妻子定能理解自己「牧羊」之冤屈無奈，也暗含期盼愛妻能來「行雨」滋潤自己的心田，這是心底最真摯情感的表現。接下來數句，平直如家常語，要妻子做好面對異域苦寒的心理準備，也表達了自己對妻子的殷切關愛之意。「不是垂虹亭子上，休盼綠楊煙縷。白葦燒殘，黃榆吹落，也算相思樹。」特意以垂虹亭代表吳江風物，也許是曾有浪漫的往事，是屬於夫妻二人的。「白葦燒殘，黃榆吹落」，衰颯的邊地風光，和江南的「綠楊煙縷」真是對比鮮明；「也算相思樹」一句，既有對塞上苦寒的無奈，也有對妻子的思念。相思如何能讓妻子知道？縱然裂帛為書，「迢迢南北無據」，又寄向何方？再用蘇武事，與開篇首尾呼應，仍暗含含冤被屈、得不到援救的苦楚。簡短的話語中，猶聽得詞人心潮湧動。下片也是一面為對方設想，一面剖白心跡。過片「消受水驛山程，燈昏被冷，夢裡偏叨絮」承上片結尾「迢迢南北」而來，設想妻子一路舟車勞頓，詞人則在昏燈冷被中推算著她的行程，就這樣一直進入到夢鄉。「兒女心腸英雄淚，抵死偏縈離緒」，寫為別情所苦。世間兒女情長之時，英雄氣短之際，不往往都是傷感別離嗎？「錦字閨中，瓊枝海角，辛苦隨窮戍」，這三句的特色也是巧用典故，以少總多。「錦字」用蘇蕙典，自己與竇滔同樣被放，妻子則與蘇蕙同樣深情；「瓊枝」則形象地表達了妻子即將到來的家書，對身處絕境的自己是多麼的重要，一切喜悅、期盼、感動、愧疚之情盡在不言中。「柴車冰雪，七香金犢何處」一句頗有意趣。雖然戍所只有「柴車」和「冰雪」，但「我」知道迎接「你」當用「七香金犢」，真是人窮志不窮，再一次強調了詞人對妻子的珍愛之情。

81 點絳唇

春詞 和漱玉韻

王士禎

水滿春塘，柳綿又蘸❶黃金縷❷。燕兒來去，幾陣梨花雨❸。情似黃絲❹，歷亂難成緒。凝眸處，白蘋❺紅樹，不見西洲路❻。

【作者】王士禎（西元一六三四－一七一一年），字子真，一字貽上，號阮亭，又號漁洋山人，濟南新城（今桓臺）人。順治十五年（西元一六五八年）進士，官至刑部尚書，卒諡文簡。博學好古，能鑒別書、畫、鼎彝之屬，精金石篆刻，詩為一代宗匠，與朱彝尊並稱。書法高秀似晉人。早年詩作清麗澄淡，中年以後轉為蒼勁。擅長各體，尤工七絕，倡「神韻說」。士禎在揚州府推官任上，「晝了公事，夜接詞人」，主持修禊於紅橋、水繪園等，團聚了吳綺、曹爾堪、宋琬、陳維崧、王士祿、汪懋麟等一大批詞壇名流。又與鄒祗謨合力編選了大型詞選《倚聲初集》，並支持孫默匯刻《國朝名家詩餘》。隨著官位日高、聲譽日隆，於詞漸漸鄙而不為，而主盟詩壇數十年。有《帶經堂集》。詞集名《衍波詞》、《阮亭詩餘》，詞話著作有《花草蒙拾》。

【注　釋】❶蘸　指柳條上沾有星星點點的柳絮。❷黃金縷　柳枝上剛剛露出金黃色的嫩芽。❸梨花雨　柳絮經春風吹拂後飄灑在地的情景。❹黃絲　柳條；柳絲，即黃金縷。❺白蘋　一種開著白色小花的水中浮萍。南朝宋鮑照〈送別王宣城〉詩：「既逢青春獻，復值白蘋生。」唐杜甫〈麗人行〉：「楊花雪落覆白蘋，青鳥飛去銜紅巾。」❻西洲路　南朝樂府民歌中有〈西洲曲〉，被徐陵收入《玉臺新詠》，它描寫了一位南方女子對遠離情人的苦苦思念，沈德潛稱其「續續相生，連跗接萼，搖曳無窮，情味愈出」（《古詩源》卷一二）。

【語　譯】碧水漲滿春後的池塘，柳絮又一次蘸上了金黃的柳絲。燕兒在柳樹間來往穿梭，飄灑的柳絮就像是從空中落下的陣陣梨花雨。　我內心深處的情思，就像這在空中飛舞的黃金縷，淩亂得難以理出頭緒。抬頭放眼遠望，見到的只是水中的白蘋和路邊的紅樹，卻不見那個行走在西洲路上的人兒。

【研　析】這是一首閨情詞，以春天柳綿飄飛起興，表達女主人公對離她而去的情人的思念。上片是寫景，從春後的池塘寫起，一個「滿」字狀寫出春後池水漫溢的情景，也襯托出萬物生長、生氣勃勃、生機盎然的春日景象。接著又攝入了兩個特殊的審美意象來表現春天的景色，一個是柳條，一個是燕兒，這兩個審美意象卻是別有寓意的，在中國文化傳統中「柳」象徵著「留別」，「燕」表徵著「歸來」。這裡，「又」字用得很到位，春天又一次來到了人間，這為後面抒寫對情人的思念作了鋪墊。柳枝枯了又綠，燕兒去了又回，那個離我而去的心上人呢？他怎麼不能回來呢？這才是作者要表達的用意所在。作品在景物的刻畫上也是別具匠心的，潔白的柳綿與金黃的柳絲相映生輝，穿梭來往的燕兒與飛揚飄灑的柳綿相映成趣，這是一幅別有生趣、春回大地的美妙圖畫。下片，轉入抒情，寫女主人公觸景生情，愁緒暗結，她內心深處，就像這在空中飛揚的黃金縷，凌亂得實在是難以理出頭緒！「我思念的人兒啊！你現在到底在何方？」但作者並沒有進一步展開，去表現她凌亂如麻的心緒，而是蕩開一筆，著重刻畫女主人公遠望的情景，並勾畫出一幅美人遠望圖。她極目遠望，看到的只有「白蘋」和「紅樹」，然而她更想看到的卻是那個已經別她而去的情人，一個久別而不知音信的離人。「西洲」指的是離人所在之地，南朝樂府〈西洲曲〉中有「南風知我意，吹夢到西洲」的詩句。結拍一句，吸取了溫庭筠〈夢江南〉「過盡千帆皆不是」、「腸斷白蘋洲」的筆法，在藝術上有意在言外、情韻雋永之美。這首詞是追和李清照〈點絳脣〉（寂寞深閨）原韻的，原詞是感慨人生易老，青春難駐，而良人遠遊，不得不讓詞人生出千絲萬縷般的無限愁思！這首詞與原詞相比立意相同，但在表現手法上卻有異曲同工之妙，無論是意象的組織與結構的安排上都是別具情趣的。

82 蝶戀花

和漱玉詞

王士禛

涼夜沉沉❶花漏❷凍。欹枕無眠，漸聽荒雞❸動。此際閒愁郎不共，月移窗罅❹春寒重。

憶共錦衾❺無半縫。郎似桐花，妾似桐花鳳❻。往事迢迢徒入夢，銀箏斷續〈連珠弄〉❼。

【注釋】❶沉沉　深深。❷花漏　即蓮花漏，古時一種計時的工具。唐李肇《唐國史補》卷中：「初，惠遠以山中不知更漏，乃取銅葉製器，狀如蓮花，置盆水之上，底孔漏水，半之則沉。每晝夜十二沉，為行道之節，雖冬夏短長，雲陰月黑，亦無差也。」唐張喬〈寄清越上人〉詩：「遠公獨刻蓮花漏，猶向空山禮六時。」❸荒雞　三更前啼叫的雞。舊以其鳴為惡聲，主不祥。《晉書・祖逖傳》：「（祖逖）與司空劉琨俱為司州主簿，情好綢繆，共被同寢。中夜聞荒雞鳴，蹴琨覺曰：『此非惡聲也。』因起舞。」❹窗罅　窗戶上的縫隙。罅，裂縫。❺錦衾　錦被。唐溫庭筠〈更漏子〉詞：「山枕膩，錦衾寒，覺來更漏殘。」❻桐花鳳　鳥名，以暮春時棲集於桐花而得名。唐李德裕〈畫桐花鳳扇賦序〉：「成都夾岷江磯岸，多植紫桐，每至暮春，有靈禽五色，小於玄鳥，來集桐花，以飲朝露。及華落則煙飛雨散，不知所往。」❼連珠弄　曲名，河間雜弄有此曲，是一種描寫和表現男女情事的曲調。

【語　譯】夜色深沉，寒氣襲人，凍住了計時的蓮花漏。我靠在枕上，一夜無眠，漸漸地聽到有荒雞啼鳴。這樣的閒愁，皆緣他不能與我同眠，有月光從窗戶的縫隙裡移過，送進來一陣陣初春的襲人寒氣。回想起曾經同擁一床錦被，我們情投意合，沒有半點縫隙。他就是那樹上的桐花，我就是那樹上的桐花鳳。唉，過去的情事是那麼遙遠，就像是一場夢啊！銀箏上奏出的樂曲是令人愁腸寸斷的〈連珠弄〉。

【研　析】這也是一首步和李清照詞韻的作品，李清照原詞為〈蝶戀花〉：「暖雨晴風初破凍。柳眼梅腮，已覺春心動。酒意詩情誰與共？淚融殘粉花鈿重。　乍試夾衫金縷縫。山枕斜欹，枕損釵頭鳳。獨抱濃愁無好夢，夜闌猶剪燈花弄。」王士禛這首和韻之作，頗得李清照原詞之神韻，表現了女主人公在寂寞難耐的深夜裡對良人的懷思之情。上片，寫女主人公的徹夜不眠，開篇一句點明時間，夜色深沉，花漏不動，寒氣襲人，以「涼」寫夜，以「凍」寫花漏，皆著意表現夜深寒重。接著一句，轉入寫人，點明主旨，一個「漸」字點出了女主人公的長夜難眠、輾轉反側的情態，「荒雞」意象的引入更是把這種無眠的情狀表現到了極致。歇拍兩句，表達的是這位女子的心理感受，一是心有閒愁，二是春寒加重，但著眼點都是為了表現「郎不共」，是「郎不共」才會有「閒愁」，才會感覺到「春寒重」，從而烘托她內心深處的孤單和落寞。過片一句，承上而來，轉入對過往情事的回憶，著重表現他們曾經那麼的恩愛難分。「郎似桐花，妾似桐花鳳」，形象而生動地刻劃了熱戀中男女的纏綿悱惻之情，從而也成為王士禛的傳世名句，陳廷焯說：「此詞絕雅麗，一時京師盛傳，呼之為『王桐花』。」（《詞則》卷三）「往事迢迢徒入夢」，是由過去的回憶轉入到對當前現實的感慨，這位女子感覺到過去的一切都是一場夢，曾經的美好到現在也只是一種虛幻。「銀箏斷續〈連珠弄〉」一句，是以景結情，通過這位女子一個特殊的動作，表達了她對對方的失望和絕望。〈連珠曲〉，是古代樂曲名，主要是表現男女情事的，而她卻要「斷絕」〈連珠曲〉，這樣的訣絕，不正是因為認識到「往事迢迢徒入夢」嗎？不正是她內心深處悲哀的真實寫照嗎？

83 84 浣溪沙（二首）

王士禎

紅橋❶同籜庵❷、茶村❸、伯璣❹、其年❺、秋崖❻賦。

北郭❼清溪一帶流，紅橋風物眼中秋。綠楊❽城郭是揚州❾。西望雷塘❿何處是？香魂零落使人愁。澹煙芳草舊迷樓⓫。

白鳥朱荷引畫橈⓬，垂楊影裡見紅橋。欲尋往事已魂銷。遙指平山⓭山外路，斷鴻無數水迢迢⓮。新愁分付廣陵潮⓯。

【注　釋】❶紅橋　位於江蘇揚州城西北二里，平山堂附近。據王士禎〈紅橋遊記〉記載，紅橋風景秀麗迷人，他與諸友人常在此遊覽唱和。❷籜庵　袁于令，號籜庵，江蘇吳縣人。❸茶村　杜濬，號茶村，湖北黃岡人。❹伯璣　陳允衡，字伯璣，江西建昌人。❺其年　陳維崧，字其年，江蘇宜興人。❻秋崖　朱克生，字秋崖，江蘇寶應人。❼北郭　城外的北郊。郭，外城，也泛指城市。❽楊　楊柳。據唐傳奇〈開河記〉記載，隋煬帝南巡時令民間少女為龍舟拉縴，稱殿腳女。栽垂柳於汴渠兩堤上為殿腳女遮蔭。帝率先親栽一柳，並賜姓楊，故世稱楊柳。❾揚州　即江蘇歷史文化名城揚州。此詞憑弔的主角隋煬帝，一生成敗功過與揚州密切相關：即位前曾任揚州總管，平叛建功。即位後下令開鑿京杭大運河，使揚州成為南北交通的重要樞紐，繁華都市。此後多次巡幸揚州，最終因耽於聲色，荒廢朝政，而在宇文化及的叛亂中死於揚州。❿雷塘　揚州城西北。隋唐時為歌舞繁華之地。唐初將隋煬帝改葬於此。⓫澹煙芳草舊迷樓　謂雷塘附近煙草淒迷，就如同當年的迷樓一樣。用杜牧〈揚州〉「煬帝雷塘土，迷藏有舊樓」詩意。迷樓，隋煬帝所建，已毀於大火。故址位於揚州西北郊。據韓偓〈迷樓記〉記載，樓中十分華麗，千門萬戶，複道交通，能令人沉迷終日。隋煬帝曾說：「使真仙遊其中，亦當自迷也。」

故名為迷樓。上述「迷」字都妙在語意雙關，兼有迷惑與迷戀雙重含義：煙草與迷樓中境界既有如迷宮，令人難尋出路；又令人著迷，流連忘返，不願離去。⓬白鳥朱荷引畫橈　指船前的白鳥戲水、朱荷搖曳彷彿在給船槳引路。語出沈約〈休沐寄懷〉：「白鳥映青疇……荷花繞北樓。」白鳥，羽毛雪白的鳥。鶴、鷺、鷗之類。畫橈，有花紋的船槳。⓭平山　指平山堂，北宋歐陽脩所建，登堂南望，群山盡在堂下，故名。據王士禛〈紅橋遊記〉載：「遊人登平山堂，率至法海寺，捨舟而陸，徑必出紅橋下。」⓮迢迢　水流綿延至遠方。杜牧〈寄揚州韓綽判官〉：「青山隱隱水迢迢。」⓯廣陵潮　在此既泛指所見的揚州潮水，又喻古往今來的歷史與飛逝的時光。江蘇揚州古稱廣陵，古時每到八月左右便有極為壯觀的廣陵大潮，西漢枚乘〈七發〉中尚有記載，樂府民歌〈長干曲〉也道：「妾家揚子住，便弄廣陵潮。」但唐代後已漸消失。又，據《論語・子罕》記載，「子在川上曰：『逝者如斯夫，不舍晝夜！』」故後世慣以流水喻時光飛逝。

【語　譯】城外北郊一條清澈的溪水似帶子般蜿蜒流淌。紅橋清涼的風光映入眼中宛如秋色。楊柳青煙籠罩著的城郭就是著名的揚州。

向西望去，隋煬帝亡國後葬身的雷塘在哪裡呢？隋代佳麗們魂魄飄逝令人歎惋。淡煙芳草淒迷便恍若從前的迷樓。

雪白的鳥兒、朱紅的荷花導引著精美的船槳。紅橋呈現在垂楊倒影中。想要追尋往事卻早已黯然銷魂了。指向遠處平山堂那邊山巒外的道路，但見無數鴻雁遠飛，江水也延綿遠去了。便將新添的愁緒都託付給這廣陵潮吧。

【研　析】此詞選自《衍波詞》。據王士禛〈紅橋遊記〉所載，此二詞作於康熙元年（西元一六六二年）夏末，作者時任揚州推官，每逢公事閒暇，便招賓客泛舟紅橋，賦詩填詞，唱和成風。他後來在《帶經堂詩話》、《居易錄》、《香祖筆記》中提到少時的這段經歷，仍是津津樂道。這組詞正是紅橋唱和中所作，時袁于令從金陵到廣陵來拜訪作者，與諸名士泛舟紅橋，作者首賦三闋，這是前兩闋，同行諸君大都有詞唱和。

其中，第一闋是廣為傳誦的名篇，不僅作者自視為得意之作，而且在當時享有盛名，甚至為「江淮間取作畫圖」。綜觀此詞，妙處不在工巧，而在渾成：所用字詞、意向、典故均明白曉暢，並不以新巧見長；對紅橋風物也未作細緻描摹，而只約取其似「秋」的神韻，此種迷離清淨基調正有助於形成渾化的意境。當然，渾成的關鍵還是意蘊的融貫。歷來學者普遍關注到此詞的主旨是弔古傷今——通過憑弔見證隋代興亡遺跡，寄託對明代興亡的感慨；但僅有此宗旨尚不足以成就渾成。王士禎參與選編的《倚聲初集》注所錄〈浣溪沙・紅橋懷古〉詞十闋道：「當使紅橋與蘭亭並傳耳。」已闡明讓紅橋唱和追配蘭亭唱和的意圖。而〈蘭亭集序〉的思想精髓在於揭示出盛衰、哀樂、生死間相互轉換的辯證關係，是古今共通的興感之由。參看〈紅橋遊記〉自述遊紅橋之感道：「當哀樂之交乘於中，往往不能自喻其故。」即與〈蘭亭集序〉的思想一脈相承。而此詞正是依據此種意脈寫成的：先以「北郭清溪一帶流」的景象開篇，清靈秀麗，讓人心神鬆快。接句「紅橋風物眼中秋」，既是樂景的延續，卻也是哀境的萌芽——「秋」中清涼與淒冷的轉換只在一線之間，試想煬帝當年若不是貪戀這涼爽如秋的碧水青蔭，又怎會亡國身死呢？前結「綠楊城郭是揚州」，是備受稱道的名句。單看不很出彩，並無精煉字眼與生動比喻；但放入全詞中，融貫題旨的妙處便凸顯出來：即如注釋所述，此詞憑弔的主角隋煬帝，一生成敗功過與揚州密切相關；而楊柳又是揚州興衰史的縮影——原是煬帝窮奢極欲的產物，終成為煬帝走上窮途末路的誘因。故而《倚聲初集》稱賞此句「抵多少江都賦咏」，此種豐富的意蘊使其在詞中居於承上啟下的重要地位，此前尚是暗轉的意脈，在此句直揭題旨之後，就變為急轉直下了——下闋的雷塘墓地、零落香魂、迷樓遺跡，無一不是盛衰、哀樂、生死間轉換的明證。後結「澹煙芳草舊迷樓」，化用杜牧〈揚州〉詩意，而意境更為淒美。更重要的是，此種「迷」樣的境界給予人無窮的想像及思考的空間，實現了題旨的昇華——既然轉換不可避免，那麼，怎樣才能不為瞬間的視聽之娛所迷，不為永恆的無常之痛所困，就成為作者留給讀者的一個古今難解，卻都欲解的謎題了。

第二闋換一視角，意脈則與第一闋相呼應，因此較之首闋雖新意不多，卻有助於形成類似《詩經》的循環往復、一唱三歎的效果。起句即是在「清溪一帶」中泛舟所見景色，鮮妍如畫，關鍵在能以「引」字傳神：白鳥、朱荷、畫橈都為主謂結構，有色彩而無意態，故短短一句中有三個靜態的描寫，容易顯得呆板，而加一「引」字便不同，寫活了白鳥、朱荷的嬉戲、搖曳、蕩漾動態美及彼此間引導、逗弄的互動關係。此後的「垂楊」、「紅橋」諸景都與首闋呼應，令人黯然銷魂的「往事」也即是首闋提到的揚州諸景所經歷、象徵的興衰舊史。「遙指」與「西望」都是將視野放遠，遼闊的景深有助於讓思緒放開，包羅萬象，綿延古今，故而思遍舊愁，又添新愁，何為新愁呢？即是如〈紅橋遊記〉所謂：「王謝冶城之語，景晏牛山之悲，今之視昔，亦有然邪？……而紅橋之名，或反因諸子而得傳於後世。增懷古憑弔者之裴回感歎，如予今日，未可知也！」也即是如〈蘭亭集序〉中所謂「後之視今，亦猶今之視昔」之愁。孔子曾感歎川流不息猶如時光飛逝，因此將新愁託付給向遠方流逝的廣陵潮，其實即是將其交付給飛逝的時光，好讓今人以史上舊愁為鑒，先天下之憂而憂，只因今日的事物同樣是需要交予歷史來檢驗、交予後世來鑒定得失的。譚獻《篋中詞》評道首闋「名貴」，第二闋有「風人之旨」。

85 留客住 鷓鴣

曹貞吉

瘴雲❶苦！遍五溪❷、沙明水碧❸，聲聲不斷，只勸行人休去❹。行人今古如織，正復何事關卿❺？頻寄語：空祠廢驛，便征衫濕盡，馬蹄難駐。　風更雨，一髮中原，杳無望處❻。萬里炎荒，遮莫❼摧殘毛羽。記否越王春殿，宮女如花，只今惟剩汝❽。子規聲續，想江深月黑，低頭臣甫❾。

【作者】曹貞吉（西元一六三四—一六九八年），字升六，號實庵，山東安丘（今屬山東）人。康熙三年（西元一六六四年）進士，官禮部郎中。以疾辭湖廣學政，歸里。在京師，曹貞吉與宋犖、田雯、曹禾、王又旦、顏光敏、葉封、謝重輝、丁煒、汪懋麟合稱「金臺十子」。詞風雄深蒼穩，與顧貞觀、納蘭性德合稱「京華三絕」。詞集名《珂雪詞》，是唯一被收入《四庫全書》的清人詞集。

【注釋】❶瘴雲　南方山高林密，濕度較大，空氣鬱積，凝聚不散，化為煙霧，俗稱「瘴氣」。❷五溪　指貴州西部、湖南北部一帶地區。《水經注》：「武陵有五溪，謂雄溪、樠溪、無溪、西溪、辰溪，其一焉夾溪，悉蠻所居。」❸沙明水碧　錢起〈歸雁〉：「瀟湘何事等閒回？水碧沙明兩岸苔。」❹只勸行人休去　李時珍《本草綱目》謂鷓鴣：「多對啼，今俗謂其鳴曰：『行不得也，哥哥。』」❺何事關卿　常用於譏笑有些人愛管閒事。《南唐書》：「延巳有『風乍起，吹皺一池春水』之句，元宗嘗戲延巳曰：『吹皺一池春水，干卿何事？』」❻一髮中原二句　謂南方荒遠，遙望中原，青山有如一髮。蘇軾〈澄邁驛通潮閣〉：「杳杳天低鶻沒處，青山一髮是中原。」❼遮莫　儘管；盡教。李白〈少年行〉：「遮莫親姻連帝城，不如當身自簪纓。」❽記否越王春殿三句　語出李白〈越中覽古〉：「越王句踐破吳歸，義士還家盡錦衣。宮女如花春滿殿，只今惟有鷓鴣飛。」❾臣甫　指唐代大詩人杜甫。汪元量〈送琴師毛敏仲北行〉：「南人墮淚北人笑，臣甫低頭拜杜鵑。」

【語譯】瘴氣茫茫無邊，讓人不禁生苦發愁！在沙明水碧的五溪之地，到處都能聽到鷓鴣發出的呼喚聲：「行不得也，哥哥」，聲聲不斷，好像是勸說行人千萬不要離開牠。從古到今行人穿梭如織，這與你有什麼關係呢？你何必要反覆地對著他們聲聲勸說？只有空曠的舊祠和荒涼的驛站，經過這裡的行人大多征衫濕透，這樣的環境實在是難以駐足停留。

在風狂雨驟的日子裡，遙望著故鄉中原，但見青山如髮，杳杳無邊，看不到它的盡頭。在萬里之外悶熱而荒涼的五溪之地，我想你應該是被摧折了無數的羽毛。還清楚地記得，在春風吹拂的越王宮殿，那裡曾經有數不清的如花宮女，她們現在已經如花一樣殞折，惟獨有你在這荒廢的宮殿飛來飛去。聽到杜鵑聲聲不斷，我想起了在江深月黑之時仍然忠君憂國的杜甫。

【研析】《禽經》云：「隋陽，越雉，鷓鴣也……晉安曰懷南……江左曰逐影。」張華注云：「鷓鴣其鳴自呼，飛必南向，雖東南迴翔，開翅之始，必先南翥，其志懷南，不徂北也。」後代詩人寫到鷓鴣，大都取其「鳴常自呼」的「行不得也，哥哥」之義，是借鷓鴣這一富有特徵的習性以抒發作者幽怨之情。關於這首詞的詞旨，有兩種看法，錢仲聯先生認為是為弔南明桂王而作（《清詞三百首》），嚴迪昌先生認為乃是為傷悼其弟曹申吉而作（《金元明清詞精選》），我們認為後一種看法在解釋上可能更為符合詞旨。曹申吉（西元一六三五—一六八〇年)，字錫餘，號澹餘，順治十二年(西元一六五五年)成進士，康熙十年(西元一六七一年)出任貴州巡撫，二年後吳三桂叛清，申吉亦為其所俘，行跡不明，「三藩」亂平，康熙定申吉為「逆臣」，直至雍正時才撤除其「逆臣」之讞。曹貞吉作這首詞便是借對「鷓鴣」的詠歎，一吐其難以盡言的深苦情愫。上片寫鷓鴣，起筆一句寫鷓鴣生活的環境，一「苦」字是代為鷓鴣設身處地的訴說，也為全詞奠定了一個悲愴感傷的基調。接著三句，正面寫鷓鴣，主要是從其聲音的特殊性上用力著筆，一「遍」字寫出鷓鴣之聲響徹五溪的情景，「沙明水碧」形象地描寫出「五溪」一帶環境的清幽。「五溪」在今湘西、黔東北一帶，本為人跡罕到的荒涼之地，鷓鴣之聲「遍五溪」更映襯出其荒涼之感。「聲聲不斷」則進一步加重了這一荒涼的氣氛，「只勸行人休去」是對「聲聲不斷」內容的解釋和說明。緊接著是一個反詰問句，意承上一句「只勸行人休去」而來，由寫鷓鴣轉而寫行人，好像詞人從背後走上前臺，與鷓鴣直接面對面的對話：「行人今古如織，正復何事關卿？」這一問逼出歇拍三句，「空祠廢驛，便征衫濕盡，馬蹄難駐」，這三句著重描寫「行人」經過「五溪」之地的感受，是以景帶情，並有力地回應了開篇一句所言「瘴雲苦」之不虛。下片轉入抒情，「風更雨」三句，是對身處險象環生的五溪之地的弟弟——曹申吉，遠望中原情景的懸想之辭。這樣的寫作手法，曾經在杜甫〈月夜〉、柳永〈八聲甘州〉中出現過，至於「一髮中原，杳無望處」一語，則典出蘇軾〈澄邁驛通潮閣〉二首(其二)。當時蘇軾被貶海南，北歸無期，兩鬢染霜，不禁悲從中來，但詩人依然有著返回故園的強烈渴望。在詞人看來曹申吉與蘇軾一樣，雖然身陷囹圄，但不改其志，此時可能正在眺望中原，懷想家鄉的親人，繫念居在京城的國君，「杳無望處」一句更寫出其思鄉之情和北歸之思的淒苦和綿長。接下來的兩句，還是懸想之辭，不過由寫人轉到寫鷓鴣，是揣測鷓鴣處在萬里之處的炎荒之地被「摧殘毛羽」，但寫物意在寫人，人物已合而為一，寫出曹申吉處境的艱難和危苦。「遮莫」，意為盡教、儘管，大意是說：儘管被摧殘「毛羽」，但依然想念中原，不改其志，亦即不會附逆三桂，這表明詞人對其弟弟人格的正面肯定，也是對當時京城有關曹申吉降順吳三桂之謠傳的強力回擊。「記否」三句化用李白詩意，李白〈越中覽古〉一詩原是抒發古今盛衰之感，這裡是用以證明曹申吉對清王朝的忠貞戀闕之心，說的是在那「越王春殿，宮女如花」

的場景下，惟有你還在頑強地堅守著。結拍三句，筆觸由物而人，從鷓鴣聯想到杜鵑，再從曹申吉聯想到杜甫，鷓鴣的聲聲不斷與杜鵑的啼聲泣血何其相似，曹申吉的陷身逆藩與杜甫的為叛軍所俘，在忠君這一點上也是息息相通的！

86

滿庭芳　和人潼關

曹貞吉

太華垂旒❶，黃河噴雪，咸秦百二重城❷。危樓千尺，刁斗靜無聲❸。落日紅旗半捲❹，秋風急、牧馬悲鳴。閑憑弔，興亡滿眼，衰草漢諸陵❺。

泥丸封未得，漁陽鼙鼓，響入華清❻。早平安烽火❼，不到西京❽。自古王公設險❾，終難恃❿、帶礪之形⓫。何年月，鏟平斥堠⓬，如掌看春耕⓭？

【注釋】❶太華垂旒　言華山陡峭之狀。太華，即華山。垂旒，指王冠前後所飾玉石，用線穿起垂於眼前。❷咸秦百二重城　言秦地地勢險固、城防嚴峻。咸秦，即指關中地區，因秦建都咸陽，故名。百二重城，指其地地勢險要。《史記・高祖本紀》：「秦，形勝之國，帶河山之險，縣隔千里，持戟百萬，秦得百二焉。」❸刁斗靜無聲　言蒼涼肅穆。刁斗，古代軍隊所用器具，白日可做炊具，夜晚用來敲擊巡邏。❹落日紅旗半卷　化用唐王昌齡〈從軍行〉：「大漠風塵日色昏，紅旗半捲出轅門。」❺閑憑弔三句　言世事滄桑，令人感慨。漢諸陵，即漢代歷朝帝王的陵墓。傳唐李白〈憶秦娥〉：「西風殘照，漢家陵闕。」❻泥丸封未得三句　指依靠的秦地雖然險要，唐兵依然兵敗失利。泥丸封，指函谷關險要地勢。東漢班固等《東觀漢記》：「隗囂將王元說囂曰：『……請以一丸泥，為大王東封函谷關。』此萬世一時也。」漁陽鼙鼓，借指安史亂軍。唐白居易〈長恨歌〉：「漁陽鼙鼓動地來，驚破〈霓裳羽衣曲〉。」華清，即華清宮。唐玄宗和楊貴妃曾在此沐浴嬉戲。❼平安烽火　指唐代預警烽煙。舊題唐玄宗《唐六典》：「鎮戍每日初夜，放煙一炬，謂之平安火。」❽西京　即長安。

❾王公設險　指君王依山傍勢，建築城池，來保衛家國。《易・坎》：「天險不可升也，地險山川丘陵也。王公設險以守其國，險之時用大矣哉。」❿終難恃　言險要地勢終難依仗。⓫帶礪之形　指險要地勢作用之小。《史記・高祖功臣侯者年表》：「封爵之誓曰：『使河如帶，泰山若厲。』」裴駰《史記集解》：「應劭曰：『封爵之誓，國家欲使功臣傳祚無窮。帶，衣帶也。厲，砥石也。河當何時如衣帶？山當何時如厲石？言如帶砥，國乃絕耳。』」⓬斥堠　亦作「斥候」，即偵查哨所，此處借指戰爭。《書・禹貢》：「五百里侯服。」孔安國《尚書正義》：「斥候，謂檢行險阻，伺候盜賊。」孔穎達《尚書正義・禹貢》：「侯，候也，斥候而服事。」⓭如掌看春耕　言舊日戰場變成平坦的農桑良田。如掌，指平坦的良田。唐杜甫〈樂遊園歌〉：「秦川對酒平如掌。」

【語　譯】太華山高聳壁立，就像是垂吊在皇冠上的流蘇；黃河水奔騰咆哮，就像是雪花在河床上噴湧而出。秦都咸陽從來就是易守難攻的「百二重城」。潼關城樓，高約千尺，今夜聽不到刁斗的報警聲。紅旗翻捲飛舞在夕陽下，秋風陣陣，送來遠方牧馬的聲聲悲鳴。我站在潼關城頭憑弔，滿眼都是朝代興亡的舊事，但見一片片衰草掩蓋了漢帝諸陵。　這泥丸天險無法扼守關中，唐朝便在安祿山叛軍的進攻下失去了潼關，笙歌燕舞的華清宮響起了漁陽鼙鼓。報道平安的烽火已經到不了長安城。自古以來王侯在這裡憑險設關，終究還是沒有保住這帶礪河山。何時才能鏟除這據兵把關的哨所，讓這舊日的戰場變成平坦如掌的農桑良田？

【研　析】潼關位於陝西潼關縣北，北臨黃河，南踞山腰。《水經注》載：「河在關內南流潼激關山，因謂之潼關。」潼關位居晉、陝、豫三省要衝，扼長安至洛陽驛道的要衝，是進出三秦之鎖鑰，漢末以來成為東入中原和西出關中、西域的必經之地及關防要隘，歷來為兵家必爭之地，素有「畿內首險」、「四鎮咽喉」、「百二重關」之譽。這首詞通過對潼關地理形勢及歷史的描寫，揭示了險要地勢難以依仗憑藉的歷史規律，表達了作者消弭戰爭、祈盼和平幸福、生活安定的思想和願望。上片寫景，開篇三句，點明潼關所在方位，西有華山，北為黃河，南依秦嶺，「太華垂旒，黃河噴雪」，是兩個對句，前者狀山之高峻，後者寫水之兇猛，「垂」、「噴」二字，是為自然山水傳神寫照，前者繪出山之「靜」，後者寫出水之「動」，「咸秦百二重城」是說潼關所在位置的重要，以關中二萬人足抵山東諸侯百萬之眾，大有「一夫擋關，萬夫莫開」之勢。接著下來，由總體描寫轉向局部刻劃，具體描寫在潼關城之所見：「危樓千尺」、「刁斗無聲」、「紅旗半捲」、「牧馬悲鳴」，這幾個意象都是與戰爭聯繫在一起的，也進一步說明自古以來這裡就是重兵據守的重要關口。「閑憑弔」三句，由所見轉入所感，一個「閑」字形象地呈現了作者的心態，在戰爭的硝煙消散之後再來憑弔潼關古跡，眼中所見的不是戰爭時期的斑斑印跡，而是「歷史的興亡」。一個「滿」字頗具表現力，彷彿作者穿越歷史時空，目睹歷史上各路英雄在潼關爭雄的場面，「衰草漢諸陵」一句是對「興亡滿眼」的一個具體說明，連象徵著強盛的漢帝諸陵也為一片望不到邊的衰草所覆蓋，這又飽含著多少深沉的歷史感慨！下片抒懷，說明天險難以憑藉，人民希望過上幸福安定的生活。換頭一句，是接續上片由對秦、漢歷史的感慨，轉入寫唐代的安史之亂，當時安祿山叛軍就是在攻下潼關後，進入關中地區的，並以「漁陽鼙鼓，響入華清」二句，形象地說明天險難以憑依的歷史事實。「早平安烽火，不到西京」是說安祿山叛軍攻勢兇猛，迅速攻取了潼關，連報警的烽火都來不及傳入長安，這就更雄辯地說明「以一泥丸而封關」之說的虛妄不可信。「自古王公設險」二句，是對上述歷史敘述的總結和歸納，從秦朝的「百二重城」，到漢代的「衰草諸陵」，再到唐代的「漁陽鼙鼓，響入華清」，都印證了這樣一個鐵定的歷史規律：「終難恃、帶礪之形」。裴駰《史記集解》：「帶，衣帶也。厲，砥石也。河當何時如衣帶？山當何時如厲石？言如帶砥，國乃絕耳。」最後一句，是從上句結論的一個引申，也是作者表達出來的一個美好願望。「斥堠」是軍事設施，「春耕」是農事活動，一個代表戰爭，一個代表和平，作者是希望解除前者而加強後者，希望人民能過上安定幸福的生活，而不要為戰爭所困。如果是這樣的話，潼關這樣的天險，即使沒有也無妨。「何年月」是一個設問句，表明這只是作者的一個願望，其實在現實生活又怎麼可能實現呢？

87 暗香

綠萼梅❶

李良年

春纔幾日，早數枝開遍，笑他紅白。仙徑曾逢，萼綠華❷來記相識。修竹天寒翠倚❸，翻認了、暗侵苔色❹。縱一片、月底難尋❺，微暈怎消得？　脈脈，清露濕。便靜掩簾衣❻，夜香難隔。吳根舊宅❼，籬角無言❽照溪側。只有樓邊易墜❾，又何處、短亭風笛❿？歸路杳，但夢繞、銅坑斷碧⓫。

【作　者】李良年（西元一六三五—一六九四年），原名法遠，小字阿京，後改今名，字武曾，一字符曾，號秋錦，浙江秀水縣人。少有雋才，與兄斯年、弟符齊名，稱「三李」；又與朱彝尊並稱「朱、李」。往來南北，遊蹤遍天下。有《秋錦山房集》。

【注　釋】❶綠萼梅　據南宋范成大《范村梅譜・綠萼梅》記載，「凡梅花綠蒂皆絳紫色，惟此純綠，枝梗亦青，特為清高，好事者比之九疑仙人萼綠華。京師艮嶽有萼綠華堂，其下專植此本，人間亦不多有，為時所貴重。吳下又有一種，萼亦微綠，四邊猶淺絳，亦自難得」。❷萼綠華　傳說中的仙女。南朝陶弘景《真誥・運象篇》稱其「年可二十上下，青衣，顏色絕整。以升平三年十一月十日夜降羊權……與權尸解藥」。❸修竹天寒翠倚　形容一片寒涼中綠梅柔婉綽約、卓爾不群的樣子。化用杜甫〈佳人〉「天寒翠袖薄，日暮倚修竹」之句。❹苔色　梅枝呈苔色者較名貴。❺月底難尋　典出姜夔〈疏影〉：「想佩環、月夜歸來，化作此花幽獨。」❻簾衣　即簾幕。❼吳根舊宅　此處指家鄉秀水。吳根即吳地。詞人宅畔曾植梅花，其〈舍南梅花盛開念客遊日久悵然有詩〉曰：「江海夢還家，此樹常繞側。」❽籬角無言　同樣化用姜夔〈疏影〉「籬角黃昏，無言自倚修竹」。❾樓邊易墜　用綠珠故事比喻花落。據《晉書・石崇傳》記載，綠珠為石崇寵姬，為豪家所奪，墜樓自殺。杜牧〈金谷園〉：「日暮東風怨啼鳥，落花猶似墜樓人。」❿短亭風笛　笛曲中有〈梅花落〉。⓫銅坑斷碧　這裡代指作者故鄉吳地。銅坑，山名，在江蘇吳縣光福之西南，為梅花名勝之地。斷碧，指青山。

【語　譯】春天才來了幾天，已有數枝開遍，笑他凡花紅紅白白。漫步在竹林幽徑，逢著一枝盈盈而立的綠萼梅，一時間好似巧遇超逸絕塵的萼綠華仙子。她倚靠著修長的翠竹，一襲綠衣，卻被誤認為是染上了苔色。

縱然藏身在月色之下，難尋她的倩影，可那一抹嬌媚的紅暈如何消得？　她在夜色中含情脈脈，清澈的露水沾濕了她的綠衣裳。即便輕輕放下風簾，也擋不住她入夜方濃的香氣。在家鄉吳中的老宅畔，有我種下的梅花在籬邊默默照水。懷著高潔的品性，她有如綠珠在樓邊墜落。在什麼地方能聽到短亭中風笛響起呢？歸路漫漫，歸夢綿綿，我的夢阻斷在銅坑山的梅嶺。

【研析】李良年《秋錦山房集》卷一一、一二收詞，以〈疏影・黃梅〉、〈暗香・綠萼梅〉、〈簇水・玉蝶梅〉、〈催雪・紅梅〉等幾首詠梅詞冠首。其中〈暗香・綠萼梅〉一闋詠物取神，風標清峻，人梅合一，為上佳之作。上片狀梅之形，開篇三句，將凡花一筆抹倒，先聲奪人。「春纔幾日，早數枝開遍，笑他紅白。」凡花縱然紅白似錦，卻只覺俗豔喧鬧。此中只有綠萼梅矯然獨立，不同流俗。「仙徑曾逢，萼綠華來記相識」，花叢中瞥見綠萼，如仙境中偶遇萼綠華，一襲青衣，仙骨泠泠。仙子與梅花已合二而一，開啟下文一系列擬人化描寫。「修竹天寒翠倚，翻認了、暗侵苔色」，化用杜詩「天寒翠袖薄，日暮倚修竹」句意，寫綠萼梅寒倚修竹，冷清之中自守幽嫻，它一身碧色，卻被人認作苔枝，以為奇貨。「我」之堪賞，在骨在神不在貌，可惜俗世中難覓知音；詞人能明此梅花心事，緣於自己數奇不偶不用於時的身世之感。「縱一片、月底難尋，微暈怎消得？」擬人手法，反用姜詞「月夜歸來，化作此花幽獨」詞意，寫花如佳人：「你」雖然幽獨地立於月下，不聲不響，可那一抹輕輕的紅暈，如何掩蓋得了？愛賞之意，溢於言外。從章法上看，姜詞「月夜歸來」前有「籬角黃昏」之句，本詞「天寒翠倚」之句暗藏「日暮」之辭，脈絡明暗不同，但時間線都是完整的。

下片借梅花抒情。人與梅花相對，兩情一般脈脈，夜寒宵寂，清露如淚，縱然簾垂幕閉，怎掩得骨中香徹？「靜掩簾衣，夜香難隔」，狀寫梅花之清幽品格，它默默無聞卻清香襲人，這也是詞人內在心性的真實寫照。作者把花當人來寫，除了平仄上的考慮，也因為「簾衣」比「簾幕」更帶溫情。接著，筆觸由賞梅轉而寫憶梅，在故鄉，在自己的「吳根舊宅」，亦有綠萼梅在「籬角無言照溪側」。舊宅、籬角、溪側，故鄉的一切，包括心中的「愛人」，她是那麼讓自己魂牽夢繫。「只有樓邊易墜，又何處、短亭風笛」，用綠珠之典，暗合梅之「綠」，也繼續表現梅之「潔」，而「短亭風笛」則寓有離別之意，「短亭」，離亭也；「風笛」，送別之曲也。詞人為改變命運，曾經離鄉遠行，漂泊了大半生後，命運並沒有改變多少。在梅花中身屬綠萼，固然是自開自落，我在塵世中是否也注定難覓知音呢？「郴江幸自遶郴山，為誰流下瀟湘去。」（秦觀〈踏莎行〉）「歸路杳，但夢繞、銅坑斷碧」，歸路茫茫，幸有歸夢，一夜便到故鄉，故鄉也是梅花之鄉啊。

88

踏莎行　金陵❶

李良年

兩岸洲平，三山❷翠俯，江豚吹雪❸東流去。故陵殘闕❹總荒煙，斜陽鴉背分吳楚❺。　青雀❻鈿釭❼，朱樓❽畫鼓，冥冥❾一片楊花❿路。遊人休弔六朝春，百年中有傷心處。

【注釋】❶金陵　南京的別稱。春秋時南京鍾山稱金陵山，故稱金陵。曾是三國東吳、東晉、宋、齊、梁、陳六朝古都，著名的金粉繁華之地，因此成為歷代文人墨客寄興抒懷，感慨古今的勝地。❷三山　即護國山，位於南京西南，因有三座山峰而得名。典出李白〈登金陵鳳凰臺〉：「三山半落青天外。」❸江豚吹雪　形容江豚游動時鼓起的波浪如翻滾的白雪。用許渾〈金陵懷古〉「江豚吹浪夜還風」詩意。江豚，一種哺乳動物，形狀像豬又像魚，無鰭，黑色，常見於長江流域。❹故陵殘闕　指前代留下的皇陵只剩下殘垣斷壁。闕，陵墓前的牌樓，在此指代陵墓中的建築。❺斜陽鴉背分吳楚　形容烏鴉在夕陽下飛過時，鴉背劃出的一道線投影到地上，彷彿正好能分開吳、楚地界。謝翱〈寄朱仁中〉：「戍鴉分落日。」❻青雀　即青雀舫，因船首畫有青雀而得名。在此泛指華麗的遊船。❼鈿釭　用金銀珠寶等鑲嵌的燈具。❽朱樓　華美的樓閣。❾冥冥　昏暗幽深。❿楊花　即柳絮。據唐傳奇〈開河記〉記載，隋煬帝南巡時令民間少女為龍舟拉縴，稱殿腳女。栽垂柳於汴梁兩堤上為殿腳女遮蔭。帝率先親栽一柳，並賜姓楊，故世稱楊柳。

【語　譯】兩岸的芳洲一片平坦，三山的翠色俯視江面，江豚吹起如雪的波濤向東流去。前代陵墓的殘垣斷壁一直籠罩在荒野的煙霧中，夕陽下飛過的烏鴉背便分開了吳楚故地。　青雀舫裝飾著華燈，華麗的樓閣傳來鼓樂，縈繞著一片楊花密布的幽深道路。遊人不要再來此憑弔那久已消逝的六朝春光了，像這樣的傷心地在近百年中同樣存在。

【研　析】此詞選自《秋錦山房詞》。生於明清易代之際的中原士人，承受著異族統治的屈辱與亂離之苦，故普遍存在著傷懷故國的遺民情結；而遊歷金陵的文人墨客，面對這見證過六朝興衰的金粉繁華之地，則往往會產生世事變化莫測，繁華易逝的感慨；因此，身歷明清易代的作者面對著見證過歷代興衰的金陵，歷史與現實、追思與身歷便在一時間重合了，而此詞最大的特色，便是敏銳地把握到並如實地反映出，這種在時空的多重轉換下，成倍疊加的無常之憂與亡國之痛。

上闋的情境安排與楊慎〈臨江仙〉上闋：「滾滾長江東逝水，浪花淘盡英雄。是非成敗轉頭空，青山依舊在，幾度夕陽紅」頗為相似。開篇二句氣象開闊，俯仰萬里正有助於思接千載：平坦處遠近一目了然，俯仰間高下一覽無餘，中有一道雪浪翻滾奔流東去，「子在川上曰：『逝者如斯夫，不舍晝夜！』」令人追想起在歷史長河中飛逝的繁華。故下句便很自然的用描述六朝繁華消逝的景物來承接了——斜陽荒煙中故陵殘闕的意境，繼承了李白〈憶秦娥〉「西風殘照，漢家陵闕」的悲壯氣象與高遠風神，而「斜陽鴉背分吳楚」則能自出新意，成佳境——鴉背何其小，偶然飛過竟能分吳楚，可見金陵故國之多，更可見昔日諸國為劃定地界爭得你死我活，最終也不過歸於一片殘荒，無人能識。通過偶然捕捉到的眼前景象，營造出宏纖、古今、難易間的鮮明對比，寄寓著凝重的無常、滄桑之感，便能形成強烈衝擊力，發人深省。

下闋「青雀」開始變化時空，追想昔日盛況。「冥冥一片楊花路」句則是溝通古今。楊花因當年隋煬帝窮奢極欲的南巡而得名，如今依然冥冥如故，而在這冥冥之中，又釀造了幾代的興衰呢？結句水到渠成，點明題旨，堪稱文眼。「休弔」並不意味著將六朝排除在憑弔對象之外，只是在用決絕說法，點明此詞憑弔重點並非通常的六朝遠史，而是百年內明清更迭的近史，只因近史比遠史更有切膚之痛，更值得反思。即如陳廷焯《白雨齋詞話》評道「勝國之感，妙於淡處描寫，情味最永」。然而，前文的重重鋪墊，都說明古今歷史是相通的，山川風物是古今共有，時光流逝是由古及今，青雀朱樓代表的是諸朝盛時風物，冥冥楊花見證的也是歷代興衰，即如杜牧〈阿房宮賦〉所言：「秦人不暇自哀，而後人哀之；後人哀之而不鑑之，亦使後人而復哀後人也。」因此，此詞的難能可貴之處，正在於其感懷的視野實是籠罩古今的，由六朝推及明清，目的都是要為當時之鑒。

89 釣船笛

效朱希真❶漁父詞

李符

曾去釣江湖，腥浪黏天無際❷。淺岸平沙自好，算無如鄉里。

從今只住鴨兒邊❸，遠或泛苕水❹。三十六陂秋到，宿萬荷花裡❺。

【作者】李符（西元一六三九－一六八九年），原名符遠，字分虎，一字耕客，號桃鄉，浙江嘉興人。少與兄斯年、良年齊名，人稱「三李」。一生未官，客遊四方。受知於曹溶，又與朱彝尊相往來，其詞初學北宋，後轉而學南宋，陳廷焯《白雨齋詞話》云：「二李詞絕相類，大約皆規模南宋，羽翼竹垞者。」有《耒邊詞》。

【注釋】❶朱希真　即朱敦儒，字希真，兩宋間著名詞人，「洛中八俊」中的「詞俊」，詞集名《樵歌》。著有〈好事近・漁父詞〉六首，清逸俊朗，為世所稱。❷曾去釣江湖二句　形容江湖險惡，惡浪滔天難行。用周必大〈漁父四時歌〉「白浪粘天雲覆地，津人斷渡征人唄」詩意。❸從今只住鴨兒邊　李符家鄉在浙江嘉興北的秀水，民俗愛養鴨兒。即如《鴛鴦湖棹歌》道「水上家家養鴨兒」，《樂府・阿子歌》注道：「嘉興人養鴨兒作此歌。」作者在〈摸魚兒〉詞中也有「賦歸須記。在養鴨河邊，賣魚橋外，商略結鄰事」之句。❹苕水　又名苕溪。在浙江省北部。水岸多蘆葦，秋季蘆花如雪飛，當地稱蘆花為「苕」，故名。❺三十六陂秋到二句　化用姜夔詠荷詞〈念奴嬌〉「三十六陂人未到，水佩風裳無數」與〈惜紅衣〉「問甚時同賦，三十六陂秋色」詞意。三十六陂，在江蘇揚州，也泛指池塘、湖泊眾多的地方，在此指故鄉的湖、塘。

【語　譯】曾經去江湖上釣魚，怎料腥臊濁浪滔天蔽日，無邊無際。能遇到淺水的岸邊、平闊的沙灘自然是好，但算來還是比不上在故鄉裡。　從今只住在鴨兒旁邊，或划遠一點到苕水去。當秋天來到了這三十六陂，便在這無數荷花裡歇宿了。

【研　析】此詞選自《耒邊詞》卷二，原是共有十一首的組詞，這是第十首。效法朱敦儒名篇而能結合身世，自出新意，暢快淋漓，令人心曠神怡，故歷來頗受稱賞。如陳廷焯《雲韶集》評道：「清虛高雅，張志和之亞也。」「真高真雅，真不食人間煙火者。」《白雨齋詞話》評道：「別有感喟，於朱希真五篇外，自樹一幟。」謝章鋌《賭棋山莊詞話》也道：「言近旨遠，非徒賦〈漁家傲〉者。」

上闋在層層折進的對比中，將舊日漂泊江湖的艱險與如今安居故鄉的閒適生動道出。廣闊江湖，固然有令漁父嚮往的豐富魚產，但滔天巨浪令人生畏，且風雲變化莫測，偶爾的平穩也潛伏著變天的危機，令人如驚弓之鳥，一刻不敢放鬆，故有「算無如鄉里」的一聲慨歎，說盡世間遊子的心聲，即如陳廷焯《詞則》評道：「回頭是岸，熱中人讀之，冷水澆背。」作者半生輾轉四方，身歷明清易代之際風雲變幻的艱難時世，才能發此肺腑之言。其所作的〈百字令・初度日自贈〉正可為此詞作注腳。所謂：「督亢昆明游歷歷，更走東齊西楚……春場盤馬，朔篷曾射驕兔。　誰料露枕風鞭，舊顏憔悴，容易傷遲暮。涉獵文詞終小技，一任硯塵書蠹……頗載扁舟去。五湖三泖，翠竿長釣煙浦。」可見江湖上的所有是一時的春風得意與長年的風雨相逼，不如歸去啊！

於是，下闋便自然作出了常居故鄉的決定。所描繪的故鄉生活，親切可愛、俊爽宜人，正是「無如鄉里」的明證。其中，用嘉興常見的鴨兒指代故鄉，頗有意趣；歇宿於萬荷花間的意境，也慣令古今士人嚮往心醉。

參看作者在此前作的〈摸魚兒・寄二覲〉詞，有助於更深入的瞭解此詞的意境。所謂：「幾年來、月泉吟社，約遊都在鄉里……江南好，留住春船行李，西風旋又吹袂。雁沉蘆響搖秋雪，舊國應凋寒翠。愁夢裡，也只戀、漁灘掃葉炊菰米。賦歸須記。在養鴨河邊，賣魚橋外，商略結鄰事。」與此詞互相發明，可知故鄉之樂能緩解卻不能完全消解江湖之憂，進取與歸隱、憂國與戀家間的矛盾，總是令亂世士人共同糾結而又無可奈何。

90 夜行船

鬱孤臺❶

顧貞觀

為問鬱然❷孤峙者，有誰來、雪天月夜❸？五嶺❹南橫，七閩❺東距，終古江山如畫。

百感茫茫交集也，憺忘歸❻、夕陽西掛。爾許❼雄心，無端客淚，一十八灘❽流下。

【作　者】顧貞觀（西元一六三七—一七一四年），字華峰，號梁汾，江蘇無錫人，明末東林領袖顧憲成曾孫。康熙初入京師，以詩受知於大學士魏裔介，應京兆試，官內閣中書、掌國史館典籍。康熙十年（西元一六七一年），受魏氏去位之累，辭官歸里。十五年復入京，依納蘭性德，成至交，共輯《今詞初集》。納蘭卒，還里築「積書巖」，詩書自娛。有《彈指詞》兩卷。顧貞觀填詞主獨抒性靈，不肯步趨古人，深情真氣，充盈其中，自然暢達而饒餘韻，自成一家。

【注　釋】❶鬱孤臺　在今江西贛州西北，「鬱然孤峙」，登其上可總攬一郡風光。唐代郡守李勉登臨北望，改臺名為「望闕」。宋代郡守曾慥增創為二臺，南為「鬱孤」，北為「望闕」。本詞可能作於康熙十一年（西元一六七二年）至十五年間，時作者因受魏裔介牽累，被迫去職，漫遊湖廣（《江西通志》）。❷鬱然　草木幽森茂密的樣子。❸雪天月夜　典出宋劉克莊〈賀新郎・寄題聶侍郎鬱孤臺〉：「倒傾贛江供硯滴，判斷雪天月夜。」❹五嶺　指大庾嶺、騎田嶺等五座橫亘於湘贛粵桂四省交界處的山嶺。❺七閩　古時閩人居住在福建及浙江南部，分為七族，故稱七閩。❻憺忘歸　憺，憂愁不安。《楚辭・山鬼》：「留靈修兮憺忘歸，歲既晏兮孰華予。」❼爾許　猶言許多、那麼多。❽一十八灘　贛江十八處險灘。包括贛縣的白澗、天柱等九灘，萬安縣的昆侖、惶恐等九灘。

【語　譯】試問這幽森孤矗的鬱孤臺，雪天月夜可曾有誰來登臨？五嶺橫亘於南，七閩雄踞於東，古往今來，永遠不變的是這如畫的江山。　千萬種感慨，無端地交集在胸中，夕陽在西下，我卻忘記歸去。多少雄心壯志，多少沒來由的客子淚，隨著這十八灘江水流下。

【研　析】這首〈夜行船・鬱孤臺〉，直承陳子昂〈登幽州臺歌〉，有一種感慨深沉、雄渾蒼茫的境界，是詞人在開拓詞境上的貢獻。上片五句，渾然一體，登上巍然高峙的鬱孤臺，南望是連綿高聳的五嶺山峰，東眺是廣袤無垠的七閩大地，七百里贛江風光盡收眼底。空間的瞬間放大帶來了時間的迅速拉長，巨大的孤獨感也隨之籠罩著詞人，他不禁要問鬱孤臺，「有誰來」？其實，在唐有李勉，在宋有辛棄疾、劉克莊，這些前人登臨的事跡，還有他們留下的作品，想必詞人早已爛熟於心。然而，此時此刻，面對永恆的天地，不變的江山，悠長到近乎無限的時空，自然會使詞人的歷史滄桑之感更深更濃，「終古江山如畫」便是這一感受的形象表達。上片寫所見，下片寫所感，「百感茫茫交集也」，是以散文句法入詞來直抒胸臆，這千萬種感慨彙集起來讓詞人無從說起。如果按照〈登幽州臺歌〉的寫法，到這一句似可結束了，不過，「詩之境闊，詞之言長」，詞比詩往往要多情一些，詞人也覺得餘情未盡。他找到了夕陽，這是一個特殊的情感寄託物，是它給予作者一點憑藉甚至一絲溫暖，讓他流連不已，「憺忘歸」。從這個角度看，「憺忘歸、夕陽西掛」一句，也是為後面抒情作鋪墊。「爾許雄心，無端客淚，一十八灘流下」，是從「問君能有幾多愁，恰似一江春水向東流」的名句翻出新意。鬱孤臺本就有「望闕」之名，現在旁邊就是望闕臺。詞人方及壯年而因牽累而去官，身在望闕之臺，怎能打消所有雄心壯志！「鬱孤臺下清江水，中間多少行人淚」（辛棄疾〈菩薩蠻〉），江水東去之處便是江南，江南便是故鄉啊！迫於時局，他出仕新朝，這已有違家門高風亮節，朝廷黨爭更讓他有臨履之憂，辭官再起又免不了一番干謁屈膝，故鄉雖好卻遠在千里，戰事頻仍而前路不平……這一番心事如何不百感交集？如何不如十八灘般，處處回旋在在急湍？正是「蒼茫的景色與沉重的心語相激撞、相融合」，釀成了這首「疏朗而厚實」、「寥廓而凝重」（嚴迪昌《清詞史》）的好詞。

91 92 金縷曲（二首）

顧貞觀

寄吳漢槎寧古塔，以詞代書，時丙辰冬寓京師千佛寺，冰雪中作❶。

其一

季子❷平安否？便歸來、平生萬事，那堪回首。行路悠悠誰慰藉，母老家貧子幼。記不起、從前杯酒。魑魅擇人❸應見慣，總輸他、覆雨翻雲手。冰與雪，周旋久。

淚痕莫滴牛衣透❹。數天涯、依然骨肉，幾家能夠？比似紅顏多命薄，更不如今還有？只絕塞、苦寒難受。廿載包胥承一諾，盼烏頭馬角終相救❺。置此札，兄懷袖。

其二

我亦飄零久。十年來、深恩負盡，死生師友❻。宿昔齊名非忝竊，只看杜陵窮瘦。曾不減、夜郎僝僽❼。薄命長辭知己別❽，問人生、到此淒涼否？千萬恨，為兄剖。兄生辛未我丁丑❾。共些時、冰霜摧折，早衰蒲柳❿。詞賦從今須少作，留取心魂相守。但願得、河清⓫人壽。歸日急翻行戍稿，把空名料理傳身後。言不盡，觀頓首。

【注釋】❶寄吳漢槎寧古塔四句　這兩首詞作於康熙十五年丙辰（西元一六七六年）冬。康熙二十年辛酉（西元一六八一年），經顧貞觀、納蘭性德、徐乾學、明珠等人營救，流放寧古塔的吳兆騫終被放歸。詞人為了營救摯友，不惜屈身懇求明珠、性德父子。二人這一段生死交誼和這兩首〈金縷曲〉都成了千古佳話。詞以「季子平安否」開頭，以「觀頓首」結尾，格式儼然同書信，故合而論之。❷季子　常用來指稱小兒子。吳兆騫有兩兄吳兆寬、吳兆宮，故稱其為季子。又春秋時吳國公子季札，稱「延陵季子」。此處以「季子」稱呼兆騫，是美稱。❸魑魅擇人　魑魅，傳說中的妖魔，代指陷害吳兆騫的仇家。擇人，猶捉人。《韓非子・難勢》：「毋為虎傅翼，將飛入邑，擇人而食之。」杜甫〈天末懷李白〉：「文章憎命達，魑魅喜人過。」❹淚痕莫滴牛衣透　意謂不要悲觀絕望。牛衣，用麻編織給牛保暖的覆衣。《漢書・趙尹韓張兩王傳》：「王章，字仲卿……初，章為諸生，學長安，獨與妻居。章疾病，無被，臥牛衣中，與妻決，涕泣。其妻呵怒之曰：『仲卿！京師尊貴，在朝廷人誰踰仲卿者。今疾病困戹，不自激卬，乃反涕泣，何鄙也！』」❺廿載包胥承一諾二句　謂營救朋友出絕境的承諾絕不會變，即使看起來不可能也不會放棄希望。從順治十四年（西元一六五七年）「科場案」發、十六年吳兆騫遣戍寧古塔，到寫作這首詞的西元一六七六年，已近二十年。包胥，春秋楚國大夫申包胥。據《史記・伍子胥列傳》，伍子胥逃亡時對申包胥說一定要滅亡楚國，包胥則說自己一定要保存楚國。後來伍子胥帶兵攻到楚國都城郢，申包胥在秦國朝廷痛哭七晝夜，終於感動秦哀公發兵救楚。烏頭馬角，指烏鴉白頭、馬長出犄角，本代指不可能發生的事。《史記・刺客列傳》司馬貞《索隱》云：「丹求歸，秦王曰：『烏頭白，馬生角，乃許耳。』丹乃仰天歎，烏頭即白，馬亦生角。」❻十年來三句　意謂十年來，知交、恩師、朋友的恩情都沒有報答。十年，當是從康熙五年（西元一六六六年）詞人成舉人算起。❼宿昔齊名非忝竊三句　意謂從前二人無愧齊名，如今詞人正像杜甫一樣因懷念李白而窮愁消瘦，憂憤也不減其流放夜郎。杜甫〈長沙送李十一銜〉：「李杜齊名真忝竊，朔雲寒菊倍離憂。」僝僽，苦惱。安史亂中，李白曾因依附永王李璘，後被流放夜郎，遇赦而還。❽薄命長辭知己別　「薄命長辭」謂妻子去世，顧貞觀之妻亡於康熙十六年（西元一六七七年）之前。「知己別」謂與吳兆騫相別。❾兄生辛未我丁丑　吳兆騫生於辛未（西元一六三一年），顧貞觀生於丁丑（西元一六三七年）。❿早衰蒲柳　蒲、柳質性柔弱且又樹葉早落，比喻衰弱的體質。《世說新語・言語》：「顧悅與簡文同年而髮早白。簡文曰：『卿何以先白？』對曰：『蒲柳之姿，望秋而落；松柏之質，經霜彌茂。』」⓫河清　黃河變清，常用來比喻清平盛世，寄寓了作者對吳氏沉冤得雪的願望。《左傳・襄公八年》：「俟河之清，人壽幾何？」

【語　譯】其一：漢槎，你一切可好？即使你歸來了，想想平生萬事，也會不忍回首。征途漫漫，看貧家上下，老的老、小的小，找不到可安慰的人。從前的文期酒會，也想不起來了。應當見慣宵小之徒的醜惡嘴臉，他們翻雲覆雨，他們把種種誣告陷害的手段用盡了。只是你在塞外冰雪之中苦熬太久了。　你的眼淚也不要滴透了寒衣，眼下生活雖苦，但請千萬不要悲觀絕望。雖然淪落天涯，依然能一家人骨肉相依，有幾家能像你這樣幸運？想想那些死於非命的人，咱們這不是還活著嗎？難以忍受的，只是這絕塞的困苦與嚴寒。二十年前的承諾我絕不會忘記，無論有多麼困難，我都一定會出手相救。這封信就是憑證，請你保存好。

其二：我也已漂泊很久。十年來，知交、老師、朋友，多少恩情都已辜負了。與你齊名並非浪得虛名，看我這般窮愁消瘦，痛苦實不減你的流放。髮妻離我而去，知己也遠在絕塞，人生到了這般田地，也算是淒涼了吧？數不清的怨和憤，多想對兄一一傾訴。　你生在辛未，我生在丁丑。一直以來體質柔弱，就像那易折的蒲柳，備受冰雪的摧殘，已顯未老先衰之態。從今天起，還是少嘔些心血在詞賦上吧，為的是以後能相守。但願能盼到世界清平，你能順利歸來，俱享天年。歸來時整理一下在北地的詩文，把這空名放在了身後。不及盡言，貞觀拜上。

【研　析】納蘭性德〈喜吳漢槎歸自關外次座主徐先生韻〉有句云：「不信歸來真半百，虎頭每語淚潺湲。」念及兆騫遣戍之事，詞人每每要淚流滿面。這種至真至深的友情，是這兩闋「以詞代書」的〈金縷曲〉得以成為千古絕作的關鍵。顧氏選擇「以書信為詞」，並非刻意變體，而是只有這種形式才最適合傾瀉胸中一腔熱忱、生死交誼。「後來效此體者極多，然平鋪直敘，率覺嚼蠟」（謝章鋌《賭棋山莊詞話》卷七），原因就在於不到如此深情之處。

第一首主要設想對方處境，百般安慰，字字從肺腑流出，絕無客套之語。「季子平安否」，同一般書信的開頭。「季子」之稱巧妙，切合對方身分，暗含「延陵季子」之典，親切之中不失敬重。「便歸來、平生萬事，那堪回首」三句，直入心靈，非知己者不能道也。換做一般人來寫歸來之情景，難逃寫天倫詩酒之樂的窠臼，而顧氏直言「那堪」，是能體會對方無邊苦楚的深情之語。「行路悠悠誰慰藉，母老家貧子幼」，一人遣戍，全家隨行，無人慰藉不說，家庭的重擔還一刻不能卸下！「記不起、從前杯酒」，哀極痛極，出之平易之語，讀來驚心動魄。十幾年困苦至極的生活，想必已將美好的記憶也抹去了吧！「魑魅擇人應見慣，總輸他、覆雨翻雲手」，感慨君子終歸鬥不過小人，出語隱晦，當有所避忌。「冰與雪，周旋久」，都是江南人，身在京城寒冬冰雪之中的詞人，太能理解好友在東北苦寒之地的煎熬了。上片代對方傾訴哀苦，下片則多方開解。「淚痕莫滴牛衣透」，用漢代王章典，肯定兆騫的才華，鼓勵他莫要悲觀絕望。「數天涯」四句，是苦中作樂之語。相比身邊那些家破人亡妻離子散的家庭而言，如今雖遠在邊地，卻可全家相依為命，也是值得欣慰之處。「只絕塞、苦寒難受」，重複上闋結尾「冰與雪」之語，詞人知道邊地苦寒是最難忍受之處。「廿載包胥承一諾，盼烏頭馬角終相救」，選擇了兩個感情色彩濃厚的典故，表達必定要救朋友出絕境的心願。詞人知道，「努力加餐、涼風天末之詞，皆虛語耳」（〈與吳漢槎書〉），客套之話，不如不講！從前，他還能說「為漢槎作生還之計，固是古今一幸事，但不敢必耳」（同前），現在無論如何也要硬著頭皮頂上。否則要朋友有何用？寫詞寄書又有何用？「置此札，兄懷袖」，口說無憑，立此存照。好一個重情重義的顧華峰！

第二首遵從寫信的套路，從對方轉到自己。「我亦飄零久」五字，感慨太深沉。「十年來、深恩負盡，死生師友」，十年前高中舉人，名滿京師，十年後身無一官，寄人籬下，詞人心中的哀痛同樣不堪。儘管負盡師友，貞觀最看重的，還是不能救兆騫脫離苦海。所以，他接著說「宿昔齊名非忝竊，只看杜陵窮瘦。曾不減、夜郎僝僽」，才名相齊，痛苦亦相差不遠。「薄命長辭知己別，問人生、到此淒涼否」，「薄命」寫妻子去世，隱隱照應上一首的「依然骨肉」，「知己別」仍落到吳氏身上；以問句出之，是匠心之所在，因為詞人既想讓對方明白自己的心事，也想暫時舒緩對方心中的憤憤不平，又考慮到在需要寬慰鼓勵的人面前不宜大倒苦水，真是用心良苦。「千萬恨，為兄剖」，呼應開頭「我亦飄零久」，實際上是就此打住，因為此時此地不可能一一剖白。下片總寫二人，稍稍展望未來。「兄生辛未我丁丑」，家常語，引出下文。「共些時、冰霜摧折，早衰蒲柳」，此「冰霜」當為雙關語，指自然之寒冷與人世之凄涼。「詞賦從今須少作，留取心魂相守」，又是一句非深篤於性情不能道之語。士子以文章立身，以才名行世；兆騫更是「放廢以來，萬緣都廢，惟雕蟲一道，猶尚纏綿」（吳兆騫〈與計甫草書〉），詞人怎會不知，何況還欲為吳氏編詩文集，刊行於世。然而，作為曾經同執詩社牛耳的知交，詞人知道創作非嘔心瀝血不可，然而窮塞之中，才名何用，不如珍惜性命！「但願得、河清人壽」，冤案得雪，平安歸來，終養天年，這是最樸素也最切實的願望。「歸日急翻行戍稿，把空名料理傳身後」，「空」字精警。「使我有身後名，不如即時一杯酒」（《世說新語・任誕》載張翰語），才名帶來了什麼？命運麼，不必說了；朋友麼，「曩年知契，幾徧三吳，嵇阮之交，亦頗不乏。及遭患難，轉徙窮途，乃初無一悰欵之人，周我涸轍」（吳兆騫〈與計甫草書〉）。一個「空」字將上面所有的痛苦（包括詞人自己的）都概括了。「言不盡，觀頓首」，仍以書信格式結束全篇。

顧貞觀出身名門，其祖東林領袖顧憲成、其父顧樞明亡後皆殉節；他有悖家門風節而出仕，在辭官後再入京師，這種種行為，除了「為奏銷所累」的原因外，「為漢槎作生還之計」（〈與吳漢槎書〉）也是一個重要原因。又據吳兆騫〈戊午二月十一日寄顧舍人書〉云：「前者婚約為李姨所阻，深用悵歎。承復有幼女之約，極荷雅意。果得生還，則我女兄之子婦也。」可知吳氏遠戍北地之時，顧貞觀屢有締結姻盟之倡議，可見其一片不以榮辱貴賤易心的深情厚意。

93 青玉案

顧貞觀

天然一幀荊關❶畫，誰打稿、斜陽下？歷歷❷水殘山剩❸也，亂鴉千點，落鴻孤咽❹，中有漁樵話❺。

登臨我亦悲秋者❻，向蔓草、平原淚盈把。自古有情終不化❼，青娥塚上❽，東風野火，燒出鴛鴦瓦❾。

【注　釋】❶荊關　指五代時期的畫家荊浩和關仝師徒。兩人均以山水畫技精湛著稱於世，故並稱「荊關」。宋梅堯臣〈觀邵不疑學士所藏名書古畫〉詩：「山水樹石硬，荊關藝能至。」❷歷歷　言事物清晰可見、分明可數。❸水殘山剩　言國家淪喪山河破碎之狀。唐杜甫〈陪鄭廣文遊何將軍山林〉詩：「剩水滄江破，殘山碣石開。」❹孤咽　獨自哀鳴嗚咽。❺中有漁樵話　言歷遍滄桑而產生的歸隱之心。明楊慎〈臨江仙〉：「白髮漁樵江渚上，慣看秋月春風。一壺濁酒喜相逢，古今多少事，都付笑談中。」❻登臨我亦悲秋者　隱括戰國宋玉〈九辯〉：「悲哉！秋之為氣也。蕭瑟兮，草木搖落而變衰。憭慄兮，若在遠行，登山臨水兮，送將歸。」❼自古有情終不化　言癡情於其中的人不會改變其心意。❽青娥冢上　言詞人對故國忠心不改。青娥塚，指昭君墓。唐杜甫〈詠懷古迹〉之三：「一去紫臺連朔漠，獨留青冢向黃昏。」仇兆鰲注：「〈歸州圖經〉：邊地多白草，昭君冢獨青。」❾東風野火二句　亦言對故國的怨苦之情終不化。鴛鴦瓦，一俯一仰成對的瓦。唐溫庭筠〈懊惱曲〉：「野土千年怨不平，至今燒作鴛鴦瓦。」

【語　譯】這是一幅由荊浩、關仝繪出的天然圖畫，還有誰能在斜陽下描摹出這樣壯麗的畫卷？這是一派清晰可見的殘山剩水，有成千上百的亂鴉點綴其間，一隻落伍的孤雁在空中獨自哀鳴嗚咽，還有兩位漁人和樵夫在談說天下興亡事。　登山臨水，我和宋玉一樣都是悲秋者！對著這無邊的衰草和空曠的原野，我淚水盈盈。自古以來癡情者總改不了他天生的性情，請看，那昭君墓上草色青青，多少次春風吹拂和野火淬礪，終於燒出了這不同尋常的鴛鴦瓦。

【研　析】這是一首即景抒懷詞，大約作於順治末康熙初，其時正是江南地區戰爭頻仍、烽火不斷的年代，它表達了作者的歷史興亡之感以及對亡明的懷念和對明亡的悲慨。上片寫登臨所見，開篇二句，突兀而起，發出「江山如畫」的讚美之辭，緊接著是一個設問句：「誰打稿、斜陽下？」從兩個方面來描畫眼前所見山水，一是把它比作是五代畫家荊浩、關仝的大手筆，二是設想有一位大畫家站在夕陽下繪就了這幅天然圖畫。然而，作者並沒有就勢描繪眼前的壯麗之景，而是先揚後抑，將筆鋒一轉，著力表現它的蒼涼破敗景象。「歷歷水殘山剩也」，是總說，是總體的勾勒，為後面的描寫作鋪墊；「亂鴉千點」三句是具體的描畫，以「亂鴉」、「落鴻」、「漁樵」三個意象，從「物象」與「人事」兩個方面印證所見為殘山剩水，「漁樵話」有一種冷眼看世變的意味，別具匠心地表現了改朝換代後的時勢變遷。下片是抒發感慨，表現了江山雖在而人事已改的歷史興亡之感。換頭一句，接續歇拍「漁樵話」而來，由眼前之景轉入表現內心之情，「登臨我亦悲秋者」一句，語帶悲慨，感情深重，其中不知負載了多少人生感慨！然而，作者對歷史變遷的傷感，不僅沉積在內心深處，而且也表露於外在形貌，「向蔓草、平原淚盈把」，就是情感形之於外的具體表現。顧貞觀為什麼對明朝的滅亡有這樣的感慨？這是因為他的高祖顧憲成為著名的東林黨人，他的祖輩在明末曾經出仕為官，他的父輩在清初或則為國捐軀，或則隱居不仕，這樣的家庭環境使得顧貞觀對亡明有一種特殊的感情。「自古有情終不化」一句，似乎是泛泛而說，其實正是他內在心志的真實流露：我就是這樣一個改不了自己天生性情的「癡情者」！「青娥塚上」三句，是對「自古有情終不化」一句的形象說明。「鴛鴦瓦」語出溫庭筠〈懊惱曲〉：「悠悠楚水流如馬，恨紫愁紅滿平野。野土千年怨不平，至今燒作鴛鴦瓦。」這裡以墳頭野草不死、野土不散的形象，表達了作者凝結在心「終不化」的悲苦之情。正如杜詔〈彈指詞序〉所說，顧貞觀的創作特色是「極情之至」，這首〈青玉案〉便是《彈指詞》即景抒情的典範之作，看到眼前江山的蒼涼，想起明末清初的世事滄桑，情不自禁地「淚盈把」，並表白自己的「情不化」，孫爾準《論詞絕句》有語讚曰：「東風野火鴛鴦瓦，才是平生第一篇。」

94 如夢令[1]

納蘭性德

萬帳穹廬❷人醉，星影搖搖欲墜。歸夢隔狼河❸，又被河聲攪碎。還睡，還睡，解道❹醒來無味。

【作　者】納蘭性德（西元一六五五－一六八五年），初名成德，避太子諱改性德，字容若，號楞伽山人。滿洲正黃旗人，大學士明珠之子，母愛新覺羅氏。康熙十五年（西元一六七六年）進士，選授三等侍衛，後晉為一等。出入扈從，應對稱旨，極得康熙隆遇。康熙十八年，天下才士應鴻博至京師，性德與朱彝尊、姜宸英、嚴繩孫、梁佩蘭等人遊。與顧貞觀尤善，二人於詞同主「性靈」，編《今詞初集》。納蘭詞情深語摯，尤其悼亡之什血淚交迸，感人至深。有《通志堂集》，詞集有《側帽詞》、《飲水詞》。

【注　釋】❶如夢令　這首詞當作於康熙二十一年（西元一六八二年）三至四月扈從東巡時。❷穹廬　氈帳。❸狼河　即白狼河，又名大淩河，發源於遼寧淩源縣努魯兒虎山，在錦縣入遼東灣。❹解道　知道；懂得。

【語　譯】我醉臥在萬帳點綴的天地之間，仰看天上星影迷離搖搖欲墜。歸鄉的夢被隔斷在白狼河岸，惱人的是它又被水聲攪碎。還是睡一會兒吧，還是睡一會兒吧，人們都知道醒著比夢裡更沒滋味。

【研　析】這首詞純用白描，平易自然，頗饒韻味。首二句寫景，曾被王國維評為「千古壯觀」（《人間詞話》）。「萬帳穹廬」見人馬繁多，氈帳無數；「星影搖搖欲墜」見野曠天低，晴夜萬里。在闊大的背景下，映襯出人的渺小和孤獨，「人醉」是為了排遣孤獨和鄉思，「歸」字交待了人醉的原因，也正因為有人醉才會有「歸夢」。不料，事與願違，這「歸夢」卻又被狼河滔滔之水聲「攪碎」了。「誰道破愁須仗酒，酒醒後，心翻碎」（《秋水・聽雨》），借酒澆愁本自無用，真是心碎莫怪河聲碎。愈是無理之問，愈現心中無可奈何。「還睡，還睡，解道醒來無味」，還是回去睡吧，醒著又有什麼意思呢？「人間無味」（《金縷曲・亡婦忌日有感》），詞人是早就知道了的。自我勸慰的外衣之下，是詞人深深的傷心。這首小詞純任性情為之，從肺腑流出，不假雕飾，意味深長，有幾分五代北宋的風神。

95 臺城路

塞外七夕❶

納蘭性德

白狼河❷北秋偏早，星橋❸又迎河鼓❹。清漏頻移，微雲欲濕，正是金風玉露❺。兩眉愁聚。待歸踏榆花，那時才訴❻。只恐重逢，明明❼相視更無語。

人間別離無數。向瓜果筵❽前，碧天凝佇❾。連理千花，相思一葉❿，畢竟隨風何處。羈栖⓫良苦，算未抵空房，冷香⓬啼曙⓭。今夜天孫⓮，笑人愁似許。

【注釋】❶七夕　農曆七月初七，為中國傳統節日之一，俗稱七夕節，也稱「乞巧節」、「七橋節」、「女兒節」。相傳，在每年的這天晚上，天上織女與牛郎要在鵲橋相會。織女美麗聰明，心靈手巧，凡間的婦女便在這一天晚上向她乞求智慧和巧藝，也少不了向她求賜美滿姻緣，所以七月初七也被稱為乞巧節。此詞作於在塞外度七夕之時，從貫穿其始終的脈脈溫情來看，當作於妻子盧氏去世之前。❷白狼河　又名大淩河，發源於遼寧淩源縣努魯兒虎山，在錦縣入遼東灣。這裡泛指邊地之河。❸星橋　鵲橋。❹河鼓　牽牛星。❺清漏頻移三句　化用唐李商隱〈辛未七夕〉「由來碧落銀河畔，可要金風玉露時。清漏漸移相望久，微雲未接過來遲」句意。又宋秦觀〈鵲橋仙〉：「金風玉露一相逢，便勝卻、人間無數。」清漏，清水漏壺，壺中漏箭不斷移動，指示時間。金風玉露，秋風白露。❻兩眉愁聚三句　化用唐曹唐〈織女懷牽牛〉：「欲將心向仙郎說，借問榆花早晚秋。」❼明明　清楚地看著。❽瓜果筵　《淵鑒類函》引《荊楚歲時記》：「七夕，婦人結彩縷、穿七孔針，或以金銀鍮石為針，陳瓜果於庭中以乞巧。」❾凝佇　佇立凝望。❿連理千花二句　謂夫妻感情像千花盛開的連理樹，離別相思又像風中的一枚樹葉，暗用唐明皇、楊貴妃事及唐代紅葉題詩事。⓫羈棲　作客寄居。⓬冷香　香已燃盡。⓭啼曙　閨中之人啼哭至天亮。⓮天孫　織女星。

【語譯】白狼河畔，北方的秋天比南方來得更早，今晚牛郎又一次來到鵲橋邊。漏水滴答，時光前移，連天上的雲朵都染濕了，現在正是秋風白露的季節。催促著這千金一刻。眉峰間堆疊的離恨，直到踏上歸途才肯說出來。只怕是再次相逢，那時候我們雙目相對，有了千言萬語也說不出。　其實人間每天都會有離別無數。乞巧的女兒，在庭院裡虔誠地擺下瓜果，站著向碧天遙祝。連理千花般的恩愛，水流一葉似的相思，都化作了隨風的往事，不知飄向何處。客遊確實很苦，卻怎比得上你空房獨守的寂寞，只能伴著殘冷的熏香，啼哭到天明。今夜的織女星啊，千萬不要笑話我們是這樣的哀怨。

【研　析】這首詞以牛郎織女星為框架，以人間的相思離合為表現內容，上片寫兩星之相聚，下片寫人間之別離，清麗婉約，化用前人之詩句，自然混成，當得上「逼真北宋慢詞」（清譚獻《篋中詞》）之評。起筆入題，點明時間、地點、事件。「白狼河北秋偏早，星橋又迎河鼓。」詞人說「偏早」說「又迎」，似乎七夕的到來有點令他措手不及，因為他多麼希望此時是在家中與愛人相伴。接下來直到上片結束，都是想像天上牽牛、織女相會的情景。「清漏」三句寫景，溫婉流麗，渲染著浪漫的氛圍。然而清漏頻滴，白露漸生，千金之宵正在流逝，這引出下文對離別的感傷和對相會的珍惜。「兩眉愁聚」以下寫牛女相會的具體情景，作者採用了倒敘結構：六至八句寫分別，九、十句寫相逢；且六至八句內也構成倒裝，「兩眉愁聚」的別情才是「那時才訴」的內容。難得的相會，相逢的喜悅，待訴的衷腸……千言萬語都不知從何說起，更不忍去想那即將來臨的分別和又一年的相隔。牛郎、織女相會只是傳說，「才訴」也好，「無語」也罷，都是詞人的想像，是將人間的情感寄託在仙人身上，而這種寄託恰恰體現了詞人自己的感情歸屬，「明明相視更無語」正可當作詞人夫妻久別重逢之情景來看。下片由天上神仙相會轉到人間夫妻別離。先用粗筆泛寫人間不團圓，再用工筆刻劃人間獨守空房的女子。「人間別離無數」，好似閒來一筆，卻有承上啟下之功效，也為後面抒寫離情作鋪墊。「向瓜果筵前，碧天凝佇」，是對女子在七夕節乞巧活動的形象描寫。「瓜果筵」寫乞巧，「碧天凝佇」寫看天上雙星，既溫馨而又落寞。「連理」三句，筆法空靈飄逸，寫從前兒女恩愛如千花盛開，如今夫妻相思如一葉飄零，用鮮明的對比手法寫出愛情的美麗，也表現了人間夫妻的離別之苦。「畢竟隨風何處」，寫命運的不由自主，往昔的幸福成為不逝的記憶，不知現在的相思能否隨風飄到遠在天涯的那個人身邊？「羈棲良苦，算未抵空房，冷香啼曙。」詞人畢竟是多情的，自己羈旅行役雖然辛苦，但更讓他揪心牽掛的是「小膽怯空房」的妻子（〈青衫濕遍〉）。結拍一句，呼應開頭，回到牛女雙星，「今夜天孫，笑人愁似許。」這又是一個對比，以天上神仙相會，比照自己的夫妻別離，他們的相會一年只有一次，自己的別離可能很短暫，但離別哪有什麼長與短、遠與近呢？這一句也把詞人對妻子相思別離的情感推向高潮。

96

浣溪沙

納蘭性德

誰念西風獨自涼？蕭蕭黃葉閉疏窗❶。沉思往事立殘陽。被酒❷莫驚春睡重，賭書消得潑茶香❸。當時只道是尋常。

【注　釋】❶疏窗　雕花的窗戶。❷被酒　醉酒。宋程垓〈愁倚闌〉：「昨夜酒多春睡重，莫驚他。」❸賭書消得潑茶香　賭書，潑茶，宋李清照〈金石錄後序〉：「夫婦……屏居鄉里十年……余性偶強記，每飯罷，坐歸來堂烹茶，指堆積書史，言某事在某書、某卷、第幾葉、第幾行，以中否角勝負，為飲茶先後。中即舉杯大笑，至茶傾覆懷中，反不得飲而起。甘心老是鄉矣。」消得，消受；經受。

【語　譯】誰會顧念我獨立在秋風中的淒涼感受？蕭條的敗葉封住了雕花的門窗。我站在夕陽下沉思過往的情事。

她在酒醉後春睡沉沉，我實在不忍心去驚動；我們以賭書潑茶為遊戲，滿室飄溢著書香和茶香。在當時只覺得這些很平常。

【研　析】這首〈浣溪沙〉用平易自然的語言，表達動人心魂的情感，說出人人心中有、人人嘴上無的那一句話，這是納蘭小令的魅力所在。詞人以反問起筆，抒寫自己的寂寞苦悶。反問「誰念」，其實是無人念；縱然有人能噓寒問暖，也無法替代心中認定的那一個人。且「獨自涼」的難堪主要不在「涼」而在「獨」，內心的孤寂放大了秋風的寒冷。二、三句寫景，蕭蕭黃葉堆窗，西風橫掃，一片淒涼。然而，自然無情而人有情，詞人進入了對往事的追憶。「沉思往事立殘陽」，這「往事」就是〈沁園春〉詞中所說的，「記繡榻閒時，並吹紅雨；雕欄曲處，同倚斜陽」。過片承上而來，描繪曾經的幸福生活。「被酒莫驚春睡重，賭書消得潑茶香」，略有倒裝，用典妥帖。醉酒酣睡不忍喚醒，「重」的不僅僅是酒勁和睏意，更是夫婦間的情意；賭書競茶潑倒懷中，「香」的不僅僅是書墨清茗，更是生活的溫馨。這裡不僅僅是愛情的甜蜜，更是「一生一代一雙人」〈畫堂春〉那種琴瑟和鳴、互為知己的幸福滿足。平心而論，前五句雖佳，尚不足以構成傳世之作，這首詞好就好在最後一句，「當時只道是尋常」。前五句都在為這一句蓄勢，這一句則將全詞帶向了一個新的高度。從意蘊上說，它寫出了人生的悲劇。「當時領略，而今斷送，總負多情」〈青衫濕・悼亡〉。其實，縱使時光能夠倒流，讓人重新回到過去，也依然會重複從前的選擇和態度。痛苦的，不是反省時發現從前有多麼愚蠢，而是無論現在認識多麼深刻，都不能再回頭了。幸福只能回憶，再不能重複；傷痕只能被掩蓋，再不能復原。命運之所以是命運，就在於其無可改變；悲劇之所以是悲劇，就在於其無可逆轉。從章法上說，它呼應前文，和一至三句、四、五兩句構成「今—昔—今」的時空轉換，而且是站在當下總結過去，句子內部還有一個小小的時空距離，造成了巨大的張力，真有驚心動魄之感。

97 浣溪沙

納蘭性德

古北口❶

楊柳千條送馬蹄，北來征雁舊南飛。客中誰與換春衣？

終古❷閒情歸落照❸，一春幽夢逐遊絲❹。信回剛道❺別多時。

【注釋】❶古北口　長城隘口之一，軍事要地，在北京市密雲東北。❷終古　自古以來。❸落照　落日。❹遊絲　空中的蛛絲。❺剛道　只說。

【語譯】仲春時節向邊關進發，只有千條楊柳送我前行。我認得這北歸的大雁，是曾經目送牠南飛的那一隻。身在客鄉，誰為我更換春衣？　自古以來，夕陽總是引起行人的閒愁，春日裡的幽夢是那麼的綿渺，它就像空中遊絲一樣飄飄蕩蕩。我接到你閨中的回信，卻只輕輕地說了一句離別已久。

【研析】這是一首懷鄉詞，寫對家中妻子的思念。上片先寫景，後寫人，從側面烘托，下片似不經意而頗耐玩味。「楊柳千條」，已是春深時節，爛漫的春光已過大半，而詞人此刻孤身客遊，無心賞春；無人同行也就罷了，竟連個折柳送別的人都沒有，只有長長柳條，一路相送。此情此景，怎能不叫人心生孤寂呢！「北來征雁舊南飛」，「北來」說明詞人在北，「舊南飛」說明曾見其南飛。大雁南去北來已是一年，字裡行間透露出詞人客遊之久之倦、思歸之深之切。上闋末句「客中誰與換春衣」，轉而寫人，以小見大。性德出身華貴之家，不可能不備春衣；他思念的不是春衣，而是為他置換春衣之人，他的妻子，他的愛人。以上三句從側面著筆寫客遊思家之情，不落窠臼。過片兩句，換筆泛寫閒愁，對仗工穩，句法別致。「終古閒情歸落照」，「閒情」在前，為賓為流，「落照」在後，為主為源，一「歸」字讓引人閒愁的「落照」化實為虛，暗含著「落照」作為自然的永恆與無情，與「閒情」作為人事的無奈與不休。「遊絲」和柳絮一樣，是春天的標誌之一，「逐」字寫出了「幽夢」如遊絲一般纖柔如縷，也照應了上片的「楊柳千條」。結拍「信回剛道別多時」是此篇之警句。詞人從對面著筆，隱去自己曾經寫信，而借回信者之口點明離別已久，「詩從對面飛來」（浦起龍《讀杜心解》），思念之情倍增。從章法上看，「信回剛道別多時」屬於敘事，表述了一個「我」寄信，對方回信，「我」閱讀回信的完整過程，人、事、情皆包在其中而不點破，留下巨大的空白，引人遐思。本詞忽而寫景，忽而敘事，忽而宏觀，忽而微觀，章法靈動，句與句間充滿張力，不斷挑戰讀者的心理預期，形成極佳的審美效果。

98 浣溪沙

納蘭性德

身向雲山那畔行，北風吹斷馬嘶聲。深秋遠塞若為情❶。

一抹晚煙荒戍壘❷，半竿斜日舊關城。古今幽恨幾時平！

【注釋】❶若為情　何以為情，猶言情何以堪。❷戍壘　防衛工事。

【語譯】我拖著疲憊的身軀，向著雲山的那一邊前行，呼嘯的北風打斷了馬兒的嘶鳴。深秋時節，跋涉在這荒涼的邊塞，讓我何以為情。

一抹孤魂樣的晚煙，點綴著荒棄的營壘，只有半竿的斜日低垂著，掛在廢舊的城關上。這其中鬱結了多少怨憤，真不知何時能平息消退！

【研析】這是一首羈旅行役詞，含蓄蘊藉，韻味深長。上片寫羈旅勞苦，語言平易而饒鍛煉。「身向雲山那畔行」，說「身」而不說「人」，暗含了實不欲行而身不由己的心理。「雲山」已經遠在天邊，「雲山那畔」更是遙不可及，望著那遙遙難及的終點，身心之疲憊更不言自明。「北風吹斷馬嘶聲」，言「吹斷」而不言「不聞」，是說呼嘯的北風硬生生中斷了馬兒的嘶鳴，連馬都如此畏風，人自不待言矣。第三句「深秋遠塞若為情」，點明時間地點，情不能堪，點到即止，未見勞苦字樣，而羈旅行役之苦已令讀者感同身受。過片兩句，換筆寫景，似不著力，而對仗工穩。「晚煙」略有些人間煙火氣，卻只是「一抹」；「斜日」帶來些暖意，卻僅能「半竿」；這些點綴從側面襯托了「荒戍壘」和「舊關城」的荒涼清冷。「戍壘」、「關城」顯示著這裡是戰略要衝，曾經金戈鐵馬，最終成王敗寇，難免勾起「讀書人一聲長歎」（張可久〈賣花聲・懷古〉），這就是「古今幽恨」的根源。可是，詞人胸中的「幽恨」又有哪些具體內容呢？性德本出海西女真，明萬曆四十七年（西元一六一九年），其曾祖、海西女真葉赫部貝勒金臺什敗於清太祖努爾哈赤，被賜死，葉赫遂亡。所以詞人心中的「幽恨」，也難免有勝主敗奴、祖輩曾身死族滅的滄桑感在內。總的來說，此詞勝在從側面烘托，落筆時又留下大量空白，詞句看似平易而耐咀嚼，深得小令含蓄不盡之妙。

99 蝶戀花

納蘭性德

辛苦最憐天上月，一昔如環，昔昔都成玦❶。若似月輪終皎潔，不辭冰雪為卿熱❷。

無那❸塵緣容易絕，燕子依然，軟踏簾鉤說。唱罷秋墳❹愁未歇，春叢認取雙棲蝶。

【注　釋】❶一昔如環二句　昔，同「夕」。環，中心有孔的圓形玉璧。玦，有缺口的玉環。《荀子・大略》：「絕人以玦，反絕以環。」❷不辭冰雪為卿熱　意謂不避寒冷的冰雪，只為你的病熱。卿，「你」的愛稱。《世說新語》：「荀奉倩與婦至篤，冬月婦病熱，乃出中庭自取冷，還以身熨之。婦亡，奉倩後少時亦卒。」❸無那　無奈。❹唱罷秋墳　意謂九泉之下的亡靈唱罷哀歌。唐李賀〈秋來〉：「秋墳鬼唱鮑家詩，恨血千年土中碧。」

【語　譯】最惹人憐惜的是天上那辛苦的月亮，只有一夜能圓滿如玉環，其餘晚上都只是一樣殘缺的玉玦。如果能讓月輪天天圓滿皎潔，我願意不避寒冷的冰雪，為你拋灑滿腔熱血。　無奈在人世的緣分太容易斷絕，去年的燕子依然回到了舊巢，輕軟地站在簾鉤上呢喃絮語。在九泉之下，唱罷悲歌，心中的痛苦還是得不到解脫。且待來年春天再來這裡認一認，花叢中那對雙飛雙棲的蝴蝶。

【研　析】這是一首情詞，表達了詞人對妻子的一往深情，希望能為妻子的復生獻出自己的一生。開篇三句，借月起興，深情凝問，舊喻翻新。從朔到望，二十九夜的殘缺只換得一夜的圓滿，月亮不也有漫長而辛苦的等待嗎？「月如無恨月長圓」，為了團圓，辛苦如此，它心中是否也有割捨不下的一份深情呢？「環」、「玦」

之喻，還妙在分別諧音「還」、「絕」。因為詞人的亡妻曾經短暫入夢，並留下「銜恨願為天上月，年年猶得向郎圓」的句子（見〈沁園春〉（瞬息浮生）詞序）。可惜只是一夕「歸還」，夕夕傷別，讓人情何以堪。四、五兩句由月及人：「昔昔成玦」的「辛苦」畢竟能盼來「一昔如環」的圓滿，我們的婚姻生活，如果也能熬到「終皎潔」的一天，也就是白頭偕老的那一天，我還有什麼不能為你去做的呢？「不辭冰雪為卿熱」，是用典，詞人表明自己也要像荀奉倩癡於愛情那樣，願意冒著嚴冬站在中庭冰冷自己以換取對方的生命，從而傾訴了對亡妻的深深懷念和沉重的哀傷。下片回到現實，寫對亡妻的深深思念。「無那塵緣容易絕」，由揚轉抑，鏗鏘有力。月亮雖然辛苦，卻總有圓滿的日子，詞人和亡妻卻已是天人永隔，再無相見的可能。「燕子依然，軟踏簾鉤說」，是借寫景來抒情，描寫燕子的呢喃以寄託對亡妻的傷悼。一個「說」字，將燕子擬人化，好像是他聽懂了燕語似的。但燕子說了些什麼呢？詞人沒有明言，也不願明言，給讀者留下了想像的空間。且在燕子軟語商量、輕快翻飛的「樂景」襯托下，詞人的「哀情」更顯悲戚。結拍兩句將心事滑向絕望，將抒情推向高潮。「唱罷秋墳愁未歇」，懸想之辭，在九泉之下的亡妻，也應如「我」一樣悲怨難抑；「春叢認取雙棲蝶」，是以景結情，詞人期待著能與妻子化蝶雙飛，永不分離。這當然是根本不可能實現的「癡想」，然而對一個傷心至恍惚絕望至無聊的人來說，又顯得那麼合理而真實，只是淡淡寫來，卻也驚心動魄。縱觀全詞，情景夾寫，哀樂並發，筆端搖曳變換，抒情含而不露，句句是濃情厚意，卻毫無滯澀之感，深得小令含蓄蘊藉、情味深遠之妙。

100 長相思

納蘭性德

山一程，水一程。身向榆關❶那畔行，夜深千帳燈。　風一更，雪一更。聒❷碎鄉心夢不成，故園無此聲。

【注釋】❶榆關　山海關。❷聒　嘈雜擾人。

【語譯】越過一座座山，渡過一條條河，拖著疲憊的身體，向著山海關的那邊跋涉。帳篷裡點亮的燈火，在夜色中無法數得清，我好似置身在一片星海。　刮了一夜的風，下了一夜的雪，那風雪之聲聒碎了我的懷鄉夢。在我的家鄉，從來沒有這樣的風雪聲。

【研析】這首詞寫作者疲於王事，倦於羈旅，希望早日回到家鄉的美好願望。「山一程，水一程」，明白如話，以複沓的手法，表達了征途的辛苦無聊，以及心中愁怨的堆積和糾結。「身向榆關那畔行」，和「身向雲山那畔行」（〈浣溪沙〉）句法相同，也是言「身」而不言人，「榆關」已遠而猶言「那畔」，暗含著遙遙征途看不到終點的身心疲憊之感。「夜深千帳燈」，是被王國維稱之為「千古壯觀」的名句，在天地之間有千萬頂帳篷燈火同放，那是一種何等壯觀的景象，人置其間又是一種何等震撼的感受！過片採用了與開篇相似的寫作手法，不過是同中求變，由空間描寫轉換到時間表現。長夜不休的風雪破壞了詞人的好夢，而夢，是他眼下唯一能夠接近家鄉的途徑。「聒」字用得巧妙，狀寫夾雜著雪花的寒風在空中呼嘯的場景，也傳達了詞人心中的煩躁和因思念家鄉的長夜不眠。在這種情況下，那片在家的安詳寧靜就更值得懷念了。「故園無此聲」，像是詞人的喃喃自語，但更是對故園的不盡思念，身在榆關，心在故園。這首詞可與〈如夢令〉（萬帳穹廬人醉）、〈菩薩蠻〉（問君何事輕離別）等詞共讀，在藝術上有白描入神、真情動人、語平味深的特點。

101　生查子

納蘭性德

東風不解愁，偷展湘裙❶衩❷。獨夜背紗籠❸，影著纖腰畫。　爇❹盡水沉❺煙，露滴鴛鴦瓦❻。花骨冷宜香，小立櫻桃下。

【注　釋】❶湘裙　指竹綠色的裙子。❷衩　衣裙下旁開口處。❸紗籠　有紗罩的燈籠。❹爇　燒。❺水沉　水沉香。❻鴛鴦瓦　一俯一仰成對的瓦。

【語　譯】東風不理解愁人的心事，偷偷吹開了綠色的裙裾，吹開了少女的美麗。孤獨的夜裡，背對著昏黃的燭火紗籠，燈光畫出她纖細玲瓏的腰身。　寒夜將曉，水沉香已經燃盡，鴛鴦瓦上清露滴滴。寒冷處傳來襲人的花香，她一個人站在妖豔的櫻桃樹下。

【研　析】這是一首閨情詞，作者用精微流麗的筆觸，刻劃了一個懷春少女的形象。「東風不解愁，偷展湘裙衩」，起筆極顯巧思。東風本是無情之物，詞人卻寫它有情，它欽慕少女的美麗，蕩開了她的裙衩；然而，東風之有情正顯人間之無情，雖如此美麗卻無人欣賞，這當是「愁」之所在吧。「獨夜背紗籠，影著纖腰畫」兩句，寫空房獨守，背對著燈光，纖細的腰身映襯出苗條的影子，連自己都禁不住要欣賞一番，為什麼卻無人來憐惜她呢？納蘭〈和元微之雜憶詩〉（其三）云「憶得紗櫥和影睡，暫回身處妒分明」，意蘊與此句相近，但較之詩句，詞句更加含蓄微妙，纖麗精巧。過片「爇盡水沉煙，露滴鴛鴦瓦」兩句，將鏡頭拉遠，寫長夜難眠，沉香燃盡，瓦上結出的露水漸漸滴下，渲染出一種淒清的氛圍。七、八句「花骨冷宜香，小立櫻桃下」寫沉沉深夜，這位女子來到櫻桃樹下，在清寒的環境裡，她嗅到了花枝的香氣，也顯示出其敏銳的心靈和不俗的品位。納蘭本有「不是人間富貴花」（〈采桑子・塞上咏雪花〉）的氣質，納蘭詞〈采桑子〉（桃花羞作無情死），也有「一片幽情冷處濃」的品格，這位能欣賞花枝冷香的女子，似有幾分詞人的影子。總之，全詞無一筆正面描寫，多從側面烘托，卻筆筆見人，字字傳神。

102

菩薩蠻❶

納蘭性德

問君何事輕離別？一年能幾團圓月！楊柳乍❷如絲，故園春盡時。　春歸歸不得，兩槳❸松花❹隔。舊事逐寒潮，啼鵑❺恨未消。

【注釋】❶菩薩蠻 此詞在蔣景祁編的《瑤華集》中，有副題「大烏剌」，所以一般認為作於康熙二十一年（西元一六八二年）扈從康熙東巡時。烏剌，也稱烏拉、兀喇，即吉林烏拉，今稱吉林。大烏剌約在吉林市永吉縣烏拉鄉一帶，小烏剌約在吉林市松花江畔一帶。清初張縉彥〈寧古塔山水記〉：「有大烏喇者，每逢陰雨，多聞鬼哭。若鐵冶造作，則中夜狂沸鐵馬，金戈之聲，如萬騎奔騰，蓋舊系滅國古戰場也。」❷乍 剛；初。溫庭筠〈菩薩蠻〉：「楊柳又如絲，驛橋春雨時。」❸兩槳 代指船。❹松花 松花江。❺啼鵑 杜鵑，又名子規。《華陽國志‧蜀志》謂當七國時，蜀杜宇稱帝，號望帝。後失位，隱於西山。宋葛立方《韻語陽秋》引《成都記》曰：「後望帝死，其魂化為鳥，名曰杜鵑。」《禽經》說杜鵑「夜啼達旦，血漬草木」。

【語譯】問你為什麼這麼輕離別？一年中能看到幾回團圓月！北地苦寒，眼前楊柳才如細絲，想想家園應該是春盡的時候。

春已歸去，我卻難回，滔滔的松花江水隔斷了歸途。往事如寒潮一樣湧上心頭，忘不了這裡曾經的滅族亡家之恨。

【研析】這首小令自然真摯，婉轉含蓄，狹窄的文本空間裡充滿靈動變化之美。上片以問句發端，「問君何事輕離別？」這裡的「君」，其實就是詞人自己，自己為何如此輕易地被扔到無盡的征途上。其實，答案很簡單，他身為皇家侍衛，扈從出巡，職責所在。這種別人眼中的榮光，卻是詞人心中的無奈，自問的背後是深沉的自怨自悔，無理之問的背後是其倦意深沉。三四句「楊柳乍如絲，故園春盡時」，寫景，將目前所見與家鄉風景並置一起來寫：前一句是實寫眼前，東北尚寒，楊柳未密；後一句是想像家鄉，春天應該已經走到盡頭了。還沒等人惜春，春天已經過去了，多少春色的惋惜，多少春情的落寞，都包含在這一句低回的感喟之中，可見詞人是多麼癡愛故園的景致。這短短十字，連接了兩處時空，一實一虛，一具一泛，一抑一揚，章法靈動，嫻麗淒婉。

過片承上而來，「春歸歸不得」，眼前蓬勃的春意並不能引起詞人的興趣，他的心早已飛回到故園，在那裡有自己的家鄉，有自己的愛人。可是，不等人的春天已經歸去，詞人卻仍被松花江水阻斷歸舟。滔滔江水隔開了詞人與故園及所思之人的聯繫，「兩槳」很形象地表現了他們被松花江分隔兩地的情景。「舊事逐寒潮，啼鵑恨未消」，由松花江水聯想到他的祖先，這滾滾東逝的江水曾經哺育了自己的祖先，也曾經見證了自己家族的悲慘毀滅，歷歷往事如寒冷的潮水拍打江岸一樣，周而復始、無休無止地衝擊著詞人的心靈。然而這種啼鵑之恨，是永遠沒有機會發洩的。整個下片環環相扣，筆勢連貫而語含吞咽，含蓄不盡。

103 金縷曲

贈梁汾❶

納蘭性德

德❷也狂生❸耳。偶然間、緇塵❹京國❺，烏衣門第❻。有酒惟澆趙州土❼，誰會成生❽此意？不信道、竟成知己。青眼❾高歌俱未老❿，向尊⓫前、拭盡英雄淚⓬。君不見，月如水。

共君此夜須沉醉。且由他、蛾眉謠諑⓭，古今同忌。身世悠悠何足問，冷笑置之而已。尋思起、從頭翻悔。一日心期千劫在⓮，後身緣⓯、恐結他生⓰裡。然諾重⓱，君⓲須記。

【注釋】❶金縷曲贈梁汾　〈金縷曲〉即〈賀新郎〉，梁汾即清初詞人顧貞觀。顧貞觀，字華峰，號梁汾，江蘇無錫人。據顧貞觀〈金縷曲・容若見贈次原韻〉附注，康熙十五年他應納蘭性德（字容若）之父明珠的邀請，出任其家庭教師，不久性德與梁汾即成知己。為表示自己的知己之感，納蘭性德填寫了這首〈金縷曲〉，表達了對沉居下層的漢族文人（主要指顧貞觀）的同情。據徐釚《詞苑叢談》卷五載，此詞一出，都下競為傳寫，納蘭性德與顧貞觀的深摯交誼亦成為詞壇佳話。

❷德　納蘭性德自稱。❸狂生　不拘小節的人。《史記・酈生陸賈列傳》：「騎士歸，酈生見謂之曰：……若見沛公，謂曰，

臣里中有酈生，年六十餘，長八尺，人皆謂之狂生，生自謂我非狂生。」❹緇塵　比喻世俗的汙垢。緇，黑色。陸機〈為顧彥先贈婦〉：「京洛多風塵，素衣化為緇。」❺京國　京城。❻烏衣門第　是指東晉王導、謝安等貴族住在南京烏衣巷，納蘭性德之父明珠為康熙時的權相，故云。烏衣，原指烏衣巷，地址在今南京東南。三國吳時曾於此置烏衣營，以兵士服烏衣而得名。❼有酒惟澆趙州土　語出李賀〈浩歌〉：「買絲繡作平原君，有酒唯澆趙州土。」平原君趙勝，為趙國公子，喜結納賓客，作者引用李賀詩句表示自己欽慕平原君的為人。❽成生　納蘭性德自稱，納蘭性德原名成德，後因避諱而改稱性德。❾青眼　眼睛正視，眼珠在中間，表示對人的尊重。《晉書・阮籍傳》：「籍又能為青白眼，見禮俗之士，以白眼對之。」嵇康「齎酒挾琴造焉，籍大悅，乃見青眼」。❿俱未老　當時作者二十二歲，顧貞觀四十歲。⓫尊　同「樽」。酒杯。⓬拭盡英雄淚　拭，抹；擦。辛棄疾〈水龍吟・登建康賞心亭〉：「倩何人喚取，紅巾翠袖，搵英雄淚？」⓭蛾眉謠諑　語出屈原〈離騷〉：「眾女嫉余之蛾眉兮，謠諑謂余以善淫。」蛾眉，長而細的眉毛，代指美人，這裡喻指有才華的文人。⓮一日心期千劫在　一日以心相許，便會千劫不變。劫，佛經言天地從形成到毀滅為一劫。⓯後身緣　來世的因緣。⓰他生　來世；下輩子。⓱然諾重　許下的諾言，就一定要兌現。然諾，許諾。⓲君　你，這裡指顧貞觀。

【語　譯】我也是一位狂放不羈的人啊。只是偶然之間，混跡在塵雜汙穢的京城，生活在一個權相門閥家庭。其實，我也有平原君那樣尊賢禮士的豪邁氣度，但又有誰會理解我的這番心意？沒料到，你我情意相合，成為千古知己。我們青眼相對，把酒高歌，都是壯心不老的年輕人。對著尊前美酒，擦去那英雄般委屈的淚水。你沒看到，有天上如水的月光為我們作證。

今夜我要和你喝得酩酊大醉。讓那些卑鄙的小人去肆意的中傷吧，自古以來有才能的人總要遭到妒忌。我的身世一言難盡，無須問個明白所以，只須冷笑置之罷了。如果真要尋思起來，也只會從頭後悔。你我一旦以心相許，便歷經千劫也不會有絲毫改變。前生後世，我們都有緣分，哪怕是他生也會結為生死知己。我是一個重守信諾的人，你一定要牢牢記住。

【研　析】這是一首贈友詞。詞題贈梁汾，起句卻從自己說起，先講自己的性情——「狂生」，次講自己的出身——烏衣門第，再接著談自己的抱負——「有酒惟澆趙州土」，這都是為後面抒發知己之感作鋪墊。其中，「有酒惟澆趙州土，誰會成生此意？」是點睛之句，既抒寫自己的襟抱，也表示自己的不被人理解。「不信道」一句，與前一句「誰會成生此意」，一縱一收，一開一闔，跌宕有致，不但用語確切，而且用意極深，表達了一種人生難得一知己的感喟。「青眼高歌俱未老」三句，由寫自己轉到寫朋友，既是對兩人超越世俗友誼的定位，也是對顧貞觀坎坷命運的關切。顧貞觀的曾祖顧憲成為明末東林黨領袖，顧氏家族也是無錫的名門望族，他本人也頗具才華，少年時代就是名聞江南的才子，順治末年遊歷京師，甚得龔鼎孳和魏介裔的賞識，但在求仕之途上一直鬱鬱不得志，詞人故有「向尊前、拭盡英雄淚」之語。換頭「沉醉」接上闋「向尊前」而來，並由此勸慰朋友：讓那些無恥小人去肆意地中傷吧，我們只須冷眼觀之罷了！這是對朋友的寬慰，也是對當時社會上存在的各種醜惡現象的批評和蔑視。接著，詞人將筆鋒再轉回寫自己，向朋友傾吐心聲：不管外在世界如何，我們之間的友誼將千劫不變。結句「然諾重，君須記」，鏗鏘有力，擲地有聲，讀來感人至深。這一首贈友詞，重在寫知己之感，意脈多次轉換，寫自己是表達被世俗所不理解，寫朋友是為其才高遭妒而抱不平。全詞用語不深而用情真，句句帶有感情的力量，表露心跡情真意切，寬慰朋友語含同情，抨擊社會字帶譏刺，體現了納蘭性德填詞重情的特點。

104

沁園春

納蘭性德

試望陰山❶，黯然銷魂❷，無言徘徊。見青峰幾簇，去天纔尺❸；黃沙一片，匝地❹無埃。碎葉城❺荒，拂雲堆❻遠，雕❼外寒煙慘不開❽。踟躕❾久，忽冰崖轉石，萬壑❿驚雷。窮邊⓫自足⓬秋懷⓭，又何必、平生多恨哉！只淒涼絕塞，蛾眉遺冢⓮；銷沉腐草，駿骨⓯空臺⓰。北轉河流，南橫斗柄⓱，略點微霜鬢早衰。君不信，向西風回首，百事堪哀。

【注釋】❶陰山　今河套以北、大漠以南諸山的統稱。南朝梁江淹〈恨賦〉：「試望平原，蔓草縈骨，拱木斂魂。」❷黯然銷魂　典出江淹〈別賦〉：「黯然銷魂者，唯別而已矣。」❸去天才尺　典出唐李白〈蜀道難〉：「連峰去天不盈尺，枯松倒挂倚絕壁。」❹匝地　遍地。❺碎葉城　唐代西部邊防重鎮，故址在今吉爾吉斯托克馬克城附近。❻拂雲堆　在今內蒙古五原，唐代曾築中受降城及拂雲堆神祠。❼雕　一種猛禽。唐許棠〈塞外書事〉：「殘日沉鵰外，驚蓬到馬前。」❽慘不開　淒涼悲慘，鬱結不散。唐吳融〈彭門用兵後經汴路三首〉（其二）：「霜凋綠野愁無際，燒接黃雲慘不開。」❾踟躕　左右走動。❿壑　深溝；窪地。李白〈蜀道難〉：「飛湍瀑流爭喧豗，砯厓轉石萬壑雷。」⓫窮邊　荒涼的邊地。⓬自足　沛然而生。⓭秋懷　愁懷。⓮蛾眉遺冢　這裡指青冢，王昭君之墓。⓯駿骨　千里馬之骨。《戰國策・燕策》載郭隗以市馬為喻，稱有人為了買到千里馬，用五百金買已死千里馬之首，以此來堅定燕昭王重金求賢的決心。⓰空臺　相傳燕昭王築黃金臺，置千金於臺上，延請天下名士，故址在今河北易縣東南。⓱北轉河流二句　河流，指天河。斗柄，又稱斗杓，包括北斗七星中的玉衡、開陽、瑤光三星。斗柄南橫時，指向西方，時為秋天。天河北轉同理。《鶡冠子・環流》：「斗柄西指，天下皆秋。」

【語譯】試著望向陰山吧，你心情淒黯，只能沉默地踱著步子。看叢山高聳，離天不過一尺；黃沙遍地，不見一點塵埃。前代的碎葉城和拂雲堆早已荒廢難尋，天邊的大雕身後，一片淒涼的寒煙彌漫不散。徘徊了不知道多久，忽然聽見冰封的懸崖上，墜下大石，如雷霆大作，萬壑轟鳴。

身在這荒涼的邊地，憂愁自會油然而生，又何須是個天生多愁善感的人啊！想到和親到塞外的王昭君，只留下荒涼的青冢；古時燕昭王求賢的高臺，也埋沒在衰草之中。秋節已至，銀河北轉，北斗南橫，鬢腳已早早添上白髮。你若不信，試在西風裡回首往事，肯定讓人愁緒百端。

【研　析】這首詞是《飲水詞》中少見的豪放之作，全用賦法，下筆粗重，格調蒼涼，境界闊大。「試望陰山」仿江淹〈恨賦〉開篇，「黯然銷魂」直接用〈別賦〉首句，暗示下文將用賦法展開；「無言徘徊」四字為全篇定下沉鬱的基調。從格律上看，「然」、「言」作平不協，形成七字連平；但從聲情上看，平聲字的堆積增加了低抑深沉的效果。接下來，鋪排所見之景。「青峰幾簇，去天纔尺；黃沙一片，匝地無埃」，用誇張的手法描摹山峰的高峻和沙漠的無際。「碎葉城荒，拂雲堆遠」，借前代地名虛指邊塞之地，在時間和空間上都拉開了距離，形成了詞句間的張力，構建了一個蒼涼巨大的場景。在這裡，曾經的鐵馬金戈、豐功偉業都已被時間帶走，一切歷史留下的痕跡也被自然的風沙吞噬了。這個場景裡有什麼呢？「雕外寒煙慘不開」，一隻大雕和牠背後鬱結不動的寒煙，二相映襯，勾勒出一個闊大蒼涼的自然畫面。歇拍三句，「踟躕久，忽冰崖轉石，萬壑驚雷」，從視覺轉向聽覺，由靜景轉為動景，寫崖谷間出人意料的巨響。和前文的山峰沙漠、孤雕寒煙相呼應，這種巨響帶來的不是春雷般的生機勃勃，是人在粗獷莽野的自然面前，感受的那種渺小、迷茫乃至恐懼。過片承上啟下，「窮邊自足秋懷，又何必、平生多恨哉」，邊地觸目淒涼，已經牢愁滿腹，為什麼還要那麼敏感，充滿那麼多的遺憾呢？江淹在〈恨賦〉中自言「僕本恨人，心驚不已」，詞人在這裡以反詰的方式出之，感情頗為激切。接下來，「淒涼」四句，用昭君出塞和燕昭王求賢兩個典故，選取了二人生命中最具標誌性的事象——青冢和金臺，突出其淒涼與荒廢，以景傳情，有一種滄桑之感。這四句也是一個扇面對，「蛾眉」代指美女，「駿骨」代指良才，以「蛾眉」對「駿骨」，自然巧妙，極見功力。「北轉河流，南橫斗柄，略點微霜鬢早衰」三句，回到自身，表達時不我待之感。性德雖年少成名，進士及第，才華橫溢，卻因為自己的特殊出身，不得不出任一個負責守衛戒備、扈從保駕的宮廷侍衛，沒有充分施展才華的機會。這也是為什麼作者面對邊塞絕地，回顧前人功業事跡時，全無少年人應有的凌雲壯志，只有滄桑傷感的主要原因。結拍「君不信，向西風回首，百事堪哀」，照應開篇，總結全文。「回首」的是人生，是一幕幕往事，是一段段歷史。結論是什麼呢？「百事堪哀」。這裡已經不需要多餘的解釋了，詞人用非常直白的語言表達了自己沉重的心情，從而抒發了深沉悲涼的歷史感慨。

105

青衫濕遍

悼亡❶

納蘭性德

青衫濕遍❷，憑伊慰我，忍便相忘？半月前頭扶病，剪刀聲、猶在銀釭❸。憶生來、小膽怯空房❹。到而今、獨伴梨花影，冷冥冥、盡意淒涼❺。願指魂兮識路，教尋夢也回廊。　咫尺玉鉤斜❻路，一般消受，蔓草斜陽。判❼把長眠滴醒，和清淚、攪入椒漿❽。怕幽泉❾、還為我神傷。道書生、薄命宜將息❿，再休耽、怨粉愁香⓫。料得重圓⓬密誓，難禁寸裂柔腸。

【注　釋】❶悼亡　指悼念自己亡妻。本詞作於康熙十六年（西元一六七七年）妻子盧氏初逝之時。此調為作者自度曲，雙片一百二十二字。❷青衫濕遍　典出唐白居易〈琵琶行〉：「座中泣下誰最多？江州司馬青衫濕。」❸銀釭　銀燈。化用宋史達祖〈壽樓春〉「裁春衫尋芳。記金刀素手，同在晴窗」句意。❹小膽怯空房　意謂生來膽小害怕獨處空房之中。唐常理〈古別離〉：「小膽空房怯，長眉滿鏡愁。」❺盡意淒涼　淒涼之極，難以忍受。❻玉鉤斜　在今揚州，相傳為隋葬宮女處。❼判　不顧。❽椒漿　以椒浸製的酒漿，多用於祭奠。❾幽泉　黃泉。❿將息　保重；休息。⓫怨粉愁香　指男女之情。宋王沂孫〈金盞子〉詞：「厭厭地、終日為伊，香愁粉怨。」⓬重圓　即夫妻破鏡重圓，這裡當是指來生再偕為夫妻。

【語　譯】當我的淚水濕透衣衫，都是你殷殷將我勸慰，我又如何能忘懷這一點？你半月前忍著病苦裁剪衣衫，那聲音至今還在銀燈邊回響。記得你生來膽小，害怕獨守空房。到現在只有梨花影伴著你，讓你一個人在冷冥中受盡淒涼。我願為你的魂魄指點歸來路，教你尋著夢境找到昔日的回廊。　雖然你我陰陽相隔，你就在那不遠的歸葬之地，和我一起看著蔓草殘陽。也不顧是否會把你驚醒，我無法控制的淚水滴滴墜入椒漿。擔心你在九泉之下，還為我神傷。叮囑我這薄命書生，身體不好，應該多多休息，不要再耽溺於兒女情長。就算有結緣來生的祕密誓言，也難忍眼下這寸寸撕裂的愁腸。

【研　析】本詞作於亡妻初逝之時，感情之真摯，語調之淒婉，感人至深，是詞人撕心裂肺的哀號。「青衫濕遍，憑伊慰我，忍便相忘？」開篇宣明悼亡主題，愛妻初逝，停棺未葬，音容宛在，每每想起從前的相濡以沫，怎能不教人淚下沾襟！「半月前頭扶病，剪刀聲、猶在銀釭」，作者睹物思人，憶亡妻之溫柔體貼，從這細微之處可見其夫妻感情之深。「憶生來」三句，是寫夫婦之間的體貼相知，也暗含有作者的歉疚之意。梨花雪色，花影漆黑，亡妻停棺於此，更顯素潔，也更顯陰森。「剪刀聲」、「梨花影」幾句情景兼到，迷離縹緲，有虛實相間之美。「願指魂兮識路，教尋夢也回廊」，兩句互文見意，對妻子淒涼處境的懸想和對她的深深思念，使得詞人多麼希望她能回來，哪怕是魂歸或者入夢也好，非情深者不能有此癡語也。起調總領，四、五、六句寫昔日之情景，七、八句寫當下之情景，結拍寫想像之情景，時空交錯，章法靈活。對自創詞調之體制的嫻熟運用，顯示出納蘭高超的填詞造詣。

下片抒情更加濃烈，句句雙關自己和對方。「咫尺玉鉤斜路，一般消受，蔓草斜陽」，想像歸葬之地，近在咫尺，廬內廬外一樣領略著這衰草斜陽之景。接下來寫靈堂祭奠，「判把長眠滴醒，和清淚、攪入椒漿」，詞人淚雨如注，灑入酒漿之中，也顧不得這點點滴滴之聲會不會將亡妻驚醒。這真是癡極之語。亡者當然不能復生，但詞人要表現的是夫婦間的深情：想你對我一直是那麼體貼疼惜，現在卻為什麼聽不到我的淚水落下的聲音呢？「判」字表現了作者的矛盾心理，因為死未嘗不是一種解脫，黃泉雖然天人永隔，但也可以是「一片埋愁地」（〈金縷曲・亡婦忌日有感〉），何必再讓妻子留在人間，消受種種苦痛。詞人留戀著亡妻的關懷，卻願意她能在九泉之下得到安寧，所以他「怕幽泉、還為我神傷」。「神傷」什麼呢？「道書生、薄命宜將息，再休耽、怨粉愁香。」這其實是作者的自白，也是對自己的告誡：本就是一個薄命書生，現在也失去了唯一的紅顏知己，從今往後，清心寡欲，保重將息，放下兒女情長吧！然而作者，起碼在眼下，根本無法解脫，忘不了和對方結緣他生的盟誓，也禁不住現在柔腸寸裂的痛苦。

106 金縷曲

亡婦忌日有感❶

納蘭性德

此恨何時已？滴空階、寒更雨歇，葬花天氣。三載悠悠魂夢杳，是夢久應醒矣。料也覺、人間無味。不及夜臺❷塵土隔，冷清清、一片埋愁地。釵鈿約❸，竟❹拋棄。

重泉❺若有雙魚❻寄。好知他、年來苦樂，與誰相倚？我自終宵成轉側，忍聽湘弦重理❼？待結個、他生知己。還怕兩人俱薄命，再緣慳❽、剩月零風❾裡。清淚盡，紙灰❿起。

【注　釋】❶亡婦忌日有感　據清葉舒崇〈納臘室盧氏墓誌銘〉，盧氏卒於康熙十六年（西元一六七七年）五月三十日，年二十一。詞中云「三載悠悠魂夢杳」，是當作於康熙十九年（西元一六八〇年）五月三十日。❷夜臺　墳墓。❸釵鈿約　指男女間愛情的盟誓，出自唐玄宗、楊貴妃的故事。白居易〈長恨歌〉：「釵留一股合一扇，釵擘黃金合分鈿。但教心似金鈿堅，天上人間會相見。」❹竟　終。❺重泉　黃泉；九泉。❻雙魚　指書信。❼湘弦重理　當有妻死再娶即續弦的意思在內。湘弦，代指琴瑟。傳說舜妃死於湘水，成為湘靈，所鼓之瑟稱為「湘弦」。❽緣慳　缺少緣分。慳，吝嗇；缺憾。❾剩月零風　淒涼之月，蕭瑟之風。❿紙灰　紙錢燒剩的灰。

【語　譯】這份恨什麼時候才能完結？寒夜雨歇，臺階上點點滴滴，正是春花凋零的天氣。三年裡，魂牽夢縈；如果是夢，也早該醒了。想來你也是覺得在人間活得無味吧，不如黃泉之下，冷冷清清，可以掩埋愁與恨。拋下曾經的盟誓，你竟然離我而去。

如果寄信能到黃泉，真想知道這些年來的辛苦歡樂，你是與誰相伴走過？我輾轉反側，徹夜難眠，哪裡還忍心重彈琴和瑟？真盼望能和你再續前緣，在來生再結為知己。又怕我們兩個薄命的人兒，又一次緣分不夠，只有剩下悽惶的月色和淒涼的風雨。眼淚都流盡了，只見燒盡的紙灰被風兒吹起。

【研析】 這是納蘭詞的代表作之一，它純以血淚結撰而成，在對亡妻的深沉悼念中，蘊含著巨大的人生悲戚，感人至深，堪稱絕作。上片寫現在。起調直抒胸臆，定下沉鬱的基調。「此恨何時已？」這沉重的悲傷，已經折磨詞人三年了，且遠遠看不到終點。「滴空階、寒更雨歇，葬花天氣。」寒夜裡驟雨方歇，簷滴不斷，一聲聲敲打在空蕩蕩的臺階上，彷彿是愛妻初逝的巨大悲痛之後，那種綿綿不盡的哀傷，營造了一種淒涼悲寂的氛圍。接下來，都是詞人自肺腑流出的獨白，並融入了他對人生的深深絕望，沒有激烈的呼號，只有飽含著深情的血和淚。「三載悠悠魂夢杳，是夢久應醒矣」，自從亡妻撒手人寰，竟魂也不歸，夢也不見，「願指魂兮識路，教尋夢也回廊」（〈青衫濕遍〉），難道妻子的魂夢竟忘記了回家的路？「是夢久應醒矣」，這是人在無法承受巨大傷痛之時，才會說出的極癡極真之語，因為人總是怕歡樂時夢會醒來，而希望悲傷時夢早點醒。「料也覺、人間無味」，人間無味，所以她早早去了；我也有同感，卻仍然在承受著煎熬。「人間無味」四個字，蘊含了多少人世的悲和苦。「不及夜臺塵土隔，冷清清、一片埋愁地。」因為生不如死，所以，人間還不及陰間。最後，不免發出了這樣的怨懟之辭：「釵鈿約，竟拋棄。」這一怨懟又包含了多麼深摯的愛！下片寫未來。「重泉若有雙魚寄」，是一種懸想之辭，是說假如書信真能達到九泉之下，從而引出後面對未來的設想。「好知他、年來苦樂，與誰相倚？」這一問飽含了多少的妻子真誠的關懷，而在這背後又體現出自己在人間深深的孤獨和寂寞。亡妻在時，賭書潑茶，琴瑟和鳴；亡妻逝矣，輾轉反側，孤單伶俜。妻已逝，情未已，「惟願結來生」（〈眼兒媚〉）。「我自終宵成轉側，忍聽湘弦重理」，是懷念亡妻的形象表達。「待結個、他生知己」，是對亡妻懷念的鄭重許諾。雖然知道不可能，但是他卻相信有之，這是發自肺腑的癡情之語，也是超越現實的至真之語。然後，詞人回到現實，認識到這樣想法的不現實，因此，就有了這樣的直白之言：「還怕兩人俱薄命，再緣慳、剩月零風裡。」這是一種對人生既有現實的恐懼，縱有來生又會如何？恐怕還是像現在一樣生活「剩月零風裡」。雖然「此恨不關風與月」（宋歐陽脩〈玉樓春〉），然而對多情如詞人卻是「不成風月轉摧殘」（〈浣溪沙〉）。結拍以景結情，寫對亡妻的奠祭，為她燃幾疊紙錢，並一灑傷心的淚水：「清淚盡，紙灰起。」然而，情哀已毀，連淚水都沒有了，不過愁思卻是不會枯絕的，那飄起的紙灰就是詞人一種特殊的心靈寄託。

107

採桑子

塞上詠雪花❶

納蘭性德

非關癖愛❷輕模樣❸，冷處偏佳。別有根芽❹，不是人間富貴花❺。

謝娘❻別後誰能惜？漂泊天涯。寒月悲笳❼，萬里西風瀚海❽沙。

【注　釋】❶塞上詠雪花　性德自康熙十七年（西元一六七八年）起任康熙帝侍衛，此後多次扈從巡邊，此詞當作於康熙十七年或二十一年隨駕至北地之時。塞上，指塞外一帶。❷癖愛　癡愛；偏愛。❸輕模樣　指雪花輕巧悠揚的樣子。宋趙彥端〈清平樂〉：「悠悠漾漾。做盡輕模樣。」❹別有根芽　指雪花本性特殊，與別花不同。❺富貴花　象徵富貴的花，如牡丹。宋周敦頤〈愛蓮說〉：「牡丹，花之富貴者也。」❻謝娘　此處指東晉才女謝道韞。《世說新語・言語》中載謝安見雪花飛舞，問子姪輩何物可比，有人答「撒鹽空中差可擬」。謝道韞答「未若柳絮因風起」，令謝安非常高興。❼悲笳　悲涼的笳聲。笳，古管樂器名，漢時流行於塞北、西域一帶，清代形制有三孔，木製，兩邊彎曲。❽瀚海　沙漠，這裡泛指塞外。

【語　譯】不是癡情地偏愛雪花輕巧悠揚的模樣，我特別喜歡在冰天的寒夜裡欣賞它。雪花別有一種本色，它不是人間的富貴花。

謝道韞之後，誰能賞愛它？它只好漂泊在天涯，在寒冷的月光下，在悲涼的笳聲中，一陣西風捲起了萬里飛沙。

【研析】這首詠物詞篇幅雖短，含情卻深，名為詠物，實為言志，寫來不粘不脫，又平易曉暢，真摯自然，允稱集中佳作。詞的上片一氣呵成，明白宣告作者不同於世俗之人，對雪花的喜愛不在於其輕巧紛揚的外表，而在於其本性，一種與世俗難合，遠離富貴榮華、在寒冷淒清中綻放的本性。這正是雪花不同於凡間之花的「根芽」。過片「謝娘別後誰能惜？漂泊天涯」兩句在章法上承上啟下：上片雪花在顯，詞人在隱，過渡到下片詞人在顯，雪花反成背景。作者用謝道韞詠雪典的主旨，當不在讚賞道韞以風飄柳絮喻雪花如何傳神，而是表達失去紅顏知己後的孤寂，別去「謝娘」、失去知音的不僅僅是雪花，更是作者自己。容若的愛妻盧氏頗有文才，琴瑟諧鳴，卻不幸結髮三年就棄詞人而去。詞人寫下了數十首悼亡詞，並常用謝氏指代亡妻，如〈眼兒媚〉（林下閨房世罕儔）、〈山花子〉（林下荒苔道韞家）等。「漂泊天涯」既是情語也是景語，從前六句的抒情，過渡到末二句的寫景。「寒月悲笳，萬里西風瀚海沙」，從視覺、聽覺、觸覺多個角度，上下遠近全方位地營造了一個清幽冷寂、蒼涼遼闊的境界。這是雪花的世界，與上片「冷處」相呼應；也是詞人身處之現實世界，是眼中實景，更是心情外化之境。讀者彷彿隨作者一起抬起頭來，從審視手中一朵雪花到仰觀漫天飛雪，愴然神傷，久久不能自已。天地間的蒼茫寂寥，更襯托出詞人遺世獨立的超邁與寂寞——容若正可算是滾滾紅塵、炎炎盛世中，「別有根芽」的一朵雪花。

108 蝶戀花　出塞

納蘭性德

今古河山無定據❶。畫角❷聲中，牧馬頻來去。滿目荒涼誰可語？西風吹老丹楓樹。

從前幽怨應無數。鐵馬金戈，青塚❸黃昏路。一往情深深幾許❹？深山夕照深秋雨。

【注 釋】❶無定據 沒有長久不變的占據。❷畫角 外表加以彩繪的角，古樂器，出於西北游牧民族，聲音哀厲高亢，多用於軍中以警昏曉、振士氣。❸青塚 漢王昭君墓。❹一往情深深幾許 套用五代馮延巳〈鵲踏枝〉「庭院深深深幾許」詞句。

【語 譯】古往今來，沒人能永遠占據山河大地。畫角聲中，牧馬被趕著來了又去。誰可訴說這滿目的荒涼？楓樹又被西風吹紅了顏色。

從前應有無數幽愁怨恨，有鐵馬金戈的廝殺，也有青冢黃昏的淒涼。一往深情能深到幾分？好像深山中昏黃衰颯的斜陽，深秋時淅瀝冰冷的雨。

【研 析】這是一首蒼涼深慨的邊塞懷古詞。「今古河山無定據」，起調宏壯，寫王霸之業不會長久，江山每每更易其主。從本詞的標題「出塞」來看，令詞人觸景傷情的可能就是數十年間東北一帶部族爭鬥、明亡清興的往事，而未必是久遠的歷史。「畫角聲中，牧馬頻來去」，是上一句的具體展開，天空中畫角響過多少次，大地上牧馬來去多少回，正是「河山無定據」的體現。作者這裡選擇「牧馬」一詞，不同於「戰馬」、「駿馬」、「瘦馬」等，是指代邊地部族的生活蕃息，牧馬的來去是廣大人民動盪生活的體現，實有「興，百姓苦。亡，百姓苦」（張養浩〈山坡羊・潼關懷古〉）的深慨，也為引出下文的「荒涼」畫面作鋪墊。四、五兩句寫所見之景，滿眼興亡，滿眼荒涼，或許作者聯想到自己本出的海西女真一支，正為清太祖努爾哈赤的建州女真所滅的隱痛吧。「西風吹老丹楓樹」，天若有情，天亦老，樹而能老，也是有情之故；樹而有情，是詞人移情的結果。

下片仍從上片前三句引申而來，「從前幽怨應無數」更深一層，深入到那些捲入歷史興亡之人的內心，去感受他們的「幽怨」。「鐵馬金戈，青塚黃昏路」，是多少復意，一方面言從前橫戈立馬、喋血沙場的戰士，終究只落得黃昏下的一座座墳塋而已，正所謂「多少英雄只廢丘」（〈南鄉子〉）；另一方面，以青塚代指昭君，以昭君代指千千萬萬因為戰亂而獻出幸福、卻只收穫「幽怨」的女性，金戈鐵馬的背面正是「獨留青塚向黃昏」（杜甫〈詠懷古跡其三〉）的淒涼。結拍再回到自身，轉寫胸中之情，卻不明說，點到即止。「一往情深深幾許？深山夕照深秋雨」，短短兩句用四個深字，從馮延巳「庭院深深深幾許」化出，而語氣更重。「深山夕照」是深窈的，斑駁的，雖仍光亮卻沒有多少溫度，雖然溫柔卻是將近黃昏；「深秋雨」呢，是冰冷的，衰颯的，雖然是濕潤的卻沒有多少生機，雖然不是急驟的卻淅瀝不止。以這樣兩種物象作比，詞人是怎樣一種淒涼、落寞乃至絕望的「深情」就可想而知了。納蘭的這一創造雖不能說超越了前人，但從「深」字逗出深情，從身邊取景，自然而巧妙，平易而深沉，正是納蘭小令藝術的妙處所在。

109 南鄉子

納蘭性德

何處淬❶吳鉤❷？一片城荒枕碧流。曾是當年龍戰地❸，颼颼。塞草霜風滿地秋。

霸業等閒❹休，躍馬橫戈總白頭。莫把韶華❺輕換了，封侯。多少英雄只廢丘❻。

【注釋】❶淬　把燒紅了的鑄件往水或其他液體裡一浸立刻取出來。❷吳鉤　利劍。《吳越春秋》載吳王闔閭命國中作金鉤，有人殺掉自己的兩個兒子，以血塗之，鑄成二鉤，獻給吳王。❸龍戰地　戰場。《易・坤》：「龍戰于野，其血玄黃。」謂陰陽二氣交戰，後代指群雄爭霸。❹等閒　尋常。❺韶華　美好年華。❻廢丘　這裡指荒廢的墳塋。

【語譯】哪裡是熱血淬刃吳鉤的地方？一片荒城依偎著碧綠的河流。冷颼颼的秋風刮過滿地的枯草，這裡原是群雄逐鹿的戰場。

王霸之業容易走到盡頭，橫戈躍馬再英武也要白頭。不要為了封侯輕易把青春年華當代價，多少英雄現在只是一座座荒涼的墳墓。

【研析】這首邊塞詞寫來大氣包舉，豪邁蒼勁，表達了詞人對滄桑巨變的歷史感慨。上片寫所見，寫舊戰場的荒涼。「何處淬吳鈎」，用闔閭鑄劍的典故，代指寒鋒與血跡交映的戰爭場面，但這只是詞人的想像，當年群雄爭霸的劍影刀光俱已不見，只剩下一片枯草在寒風中搖曳，只剩下一座荒城與一條碧水靜靜地依偎。「吳鈎」為小為近，「荒城碧流」為大為遠，兩相對照，構成了一個宏闊的歷史場景，把讀者的思緒由眼前拉回到過去的「曾是當年龍戰地」。接下來，繼續展開滄桑巨變的主題，接著「吳鈎」續寫歷史，但換成了俯瞰整個戰場的宏大視角。「龍戰」用《易經》語，充滿陽剛之氣，又暗寓命運的宿感。「颼颼。塞草霜風滿地秋」是倒裝句法，「颼颼」本是「霜風」之聲，但詞人將它前置，帶讀者回到當年驚心動魄的戰場，一起聽箭矢穿梭、旌旗招展、寒風冽冽。「塞草霜風滿地秋」，接著「荒城碧流」寫當下，但視角從空中落下、推遠，隨著荒草、秋風向沒有盡頭的遠方延伸，餘韻悠長。上片兩個語意群，意蘊大致相同，落筆卻迥然不同，極見巧思。下片具體抒發興亡之感。詞人用絕大手筆，將對比鮮明的意象捏合在一起，如「躍馬橫戈總白頭」、「多少英雄只廢丘」等，形成巨大的落差和強烈的感染力。猶可玩味的，是「莫把韶華輕換了，封侯」一句，委婉地表達了壯志難酬、無可奈何之感，在上兩句之間起到調節語氣的作用，也使下片不至全是感慨而流於叫囂。詞人巧妙利用了詞調體制，讓「封侯」兩個字單獨一句，在意義上相對自完自足，使得「封侯」這個封建時代讀書人的極致理想，不能不散發著巨大的吸引力。「韶華」一詞與「封侯」形成對應關係，是「封侯」的追求造成了「韶華」的流失，透露出詞人看破紅塵的灑脫之感。所以，原句中深藏的期望、無奈乃至憤慨，才是本詞意味深長之處，也是詞人真性情的體現。他對好友說：「身後名不如生前一杯酒，此言大是。弟是以甚慕魏公子之飲醇酒、近婦人也。」（《納蘭性德手簡．至嚴繩孫第二簡》）然而，在這種故作超脫的背後又有多少辛酸與不甘，詞人是否因為自己身為權臣之子、才行卓絕且又多交漢族學士文人，而像魏公子信陵君一樣每遭猜忌呢？我們只能通過反覆涵詠其詞，以求通詞人之詞心於百一了。

110 柳梢青

即事❶

秦松齡

小艇橫斜，故園輕別❷，未是天涯。秋雨殘燈，秋心❸殘酒，秋色殘花。

博山❹香裊窗紗，夢斷也、西陵路賒❺。天外歸雲，水邊去鳥，煙地浮家❻。

【作　者】秦松齡（西元一六三七—一七一四年），字留仙，一字漢石，號對巖，江南無錫人。順治十二年進士，授國史館檢，後充日講起居注官，歷左贊善，以諭德終。有《微雲詞》一卷。

【注　釋】❶即事　意為面對當前事物有感而發，常用作詩詞題目。❷輕別　輕易的離別。在此形容只是暫時的離別，故心情不需太沉重，是自我安慰之語。❸秋心　形容如秋季般淒清孤寂的心情，秋心合起來恰成愁字。❹博山　即博山香爐，形如海上三仙山之一的博山，故名。據呂大臨《考古圖》記載，博山香爐像海中博山，下有盤貯湯使潤氣蒸香，以像海之回環。❺夢斷也西陵路賒　指故鄉路遠，故夢魂未及行到便已醒。用宋晁說之「人間聚散何須問，夢斷西陵更送秋」詩意。夢斷，夢醒。西陵，浙江蕭山市西興鎮的古稱，在此借指江南故鄉，作者是江蘇無錫人。賒，遙遠。❻浮家　形容以船為家，漂泊江湖。王銍〈古漁父詞〉：「浮家泛宅老煙波。」

【語　譯】小船初發正橫斜，輕易地告別了故鄉，只因並非是要遠別至天涯。將熄的燈映照著迷蒙的秋雨，將盡的酒澆著心中的秋愁，將謝的花成就了淒清的秋色。　博山爐的香煙繚繞窗紗，夢魂的歸程被中斷了、只因故鄉的路太遙遠。天外經行的雲，水邊飛去的鳥，煙波中漂泊的家。

【研　析】此詞選自《微雲集詩餘》。作者在順治年間曾因逋糧案削籍，從軍荊襄，此詞約作於此時。特色在微妙地表達出離鄉後，在自我安慰與難以釋懷間徘徊的矛盾心理。開篇二句描述將別故園的情景，似乎並不沉重——自稱只是暫時的離別，所到之處也非遠在天涯，故很輕易便離開了。但結合後文，便發現這種故作輕鬆的自我安慰功效十分有限，此後的每一句都彷彿在特意與前二句唱反調，越往後離愁別恨就越沉重。正所謂境由心生，次句列舉的三個情境：昏燈遇雨更難明，剩酒逢愁斷難澆，餘花經秋全無色，總歸於一個「殘」字，一看便是鬱結不暢，飄零慘淡的離愁所化，故可知此別實非輕。

置身於這一片昏冥中，很自然會進入迷離夢境，故換頭描述的便是夢後情境，夢魂飛上西陵路，可知是還鄉夢，非重別難有此夢；卻又因路遙而中斷了，可知還鄉之路實非近——無論距離如何，若不能歸，便與天涯無異了！結句又換一境，由沉昏頓變為開朗——夢醒登前途，望去水闊天空，卻盡是漂泊無定的行雲、飛鳥，而自身也是同病相憐，不得不以船為家。可想見此時心境必定不能與實境俱開朗，反而會因要清醒地面對離別的現實，而更覺無助和沉重。總之，結句的三組意象，頗有興味，將遊子如滄海一粟般飄渺無依，身不由己的哀痛融入其中，景淡而情深，不言愁而愁自顯。

111　浣溪沙

西城憶舊❶

曹　寅

曲曲蠶池❷數里香，玉梭織手度流黃❸。天孫❹無暇管淒涼。　一自昭陽新納錦，邊衣常碎九秋霜❺。夕陽冷落出高牆。

【作　者】曹寅（西元一六五八——一七一二年），字子清，號荔軒，又號楝亭，原籍豐潤，為滿州正白旗包衣。初為御前侍衛，後以郎中出為江寧織造，累官至通政使。善騎射，工詩詞，亦能曲，有《楝亭詩鈔》、《楝亭詞鈔》及《續琵琶記》等。

【注　釋】❶西城憶舊　北京西城懷古。❷蠶池　故址在今北京西城區。作者自注：蠶池，明時宮人納錦之所，今有故基雲機廟。據《明宮史》載，櫺星迤西街南，贓罰別庫之門也。門之東迤南曰蠶池。❸玉梭織手度流黃　形容蠶池織女用纖纖素手弄梭織錦的意態。用〈古詩十九首〉「纖纖擢素手，札札弄機杼」詩意。玉梭，如玉的梭子，是對織機上梭子的美稱。度，形容絲源源不斷地度過織機織成絹。流黃，黃色的絲，指絹。《樂府詩集・相逢行》：「中婦織流黃。」❹天孫　即織女星。《史記・天官書》：「織女，天女孫也。」織女是傳說中心靈手巧，擅長織布的仙女，與牛郎間淒美的愛情傳說眾所周知。

❺一自昭陽新納錦二句　形容明代君王耽於享樂，後宮錦衣玉食，虛耗國庫，無心邊防，致使邊關多戰亂，將士深秋仍須淩寒苦戰，衣難禦寒。昭陽，漢代宮殿名，漢成帝寵妃趙飛燕姊妹曾居於此。在此泛指後宮。暗用白居易〈繚綾〉「昭陽舞人恩正深，春衣一對直千金。汗沾粉汙不再著，曳土蹋泥無惜心」詩意。王昌齡〈春宮曲〉描述漢武帝皇后衛子夫新受寵的情景，有「平陽歌舞新承寵，簾外春寒賜錦袍」之句。邊衣，指戍邊將士的征衣。九秋，指九月深秋。李白〈出自薊北門行〉：「征衣卷天霜。」

【語　譯】彎彎曲曲的蠶池香飄數里，當年織女們用纖纖素手擺弄著如玉的梭子，源源不斷地織出絲絹。天上的織女並沒有空閒來理會她們淒涼的處境。　自從昭陽殿裡接受了新織成的錦緞，戍邊將士的征衣就常常要擊碎九秋的嚴霜。如今但見夕陽從冷清的高牆上映照出來。

【研　析】此詞選自《楝亭詩文鈔・詞鈔別集》，本是共三首的組詞，這是第三首。作者經過北京西城見到了明代宮人納錦的蠶池，便寫下了這首懷古詞。全詞篇幅雖短，卻一句一意，層層轉深，在煉字、興象上也頗可圈點，堪稱感人佳作。

起二句緊扣憶舊主題，追想蠶池昔日風貌，乍看去乃是一派旖旎風光，但第三句卻道「天孫無暇管淒涼」，頓將此前的溫馨畫面打破，引導人們去品味這旖旎後的苦況。試看白居易〈繚綾〉詩道：「絲細繰多女手疼，扎扎千聲不盈尺。」可見織機上絲絹的絢麗芳香、綿綿不絕原是用織手的辛苦所換。再看〈古詩十九首〉中描述織女道：「迢迢牽牛星，皎皎河漢女。纖纖擢素手，札札弄機杼。終日不成章，泣涕零如雨。河漢清且淺，相去復幾許。盈盈一水間，脈脈不得語。」其中第二、三句的情境轉接，便與此詞頗為相似。觀此，也可知蠶池高牆中織女的淒涼，不僅因辛勞，更因難得自由，故此句感慨天孫受困於天規，難與牛郎相守，自顧自傷且不暇，更無暇去照管這些受困宮中，難得自由的織女，便將人間天上織女的淒苦無奈表露無遺了。

下闋起句更通過鮮明的對比，將淒涼的範圍擴大，程度加深。一面是溫馨綺靡的後宮，錦繡頻添；一面是蒼涼嚴峻的邊關，衣碎嚴霜，而「一自」、「常碎」數字，更凸顯出二者間的因果關係——君主令天下士女飽受雪上加霜的困苦，以供自身享受錦上添花的逸樂，其無道固然令人髮指，而其亡國也足令後世引以為戒。「夕陽冷落出高牆」的結句便由懷古轉回現實，繪出了明代君主無道的結局便是國運如夕陽西下，最終一切繁華消盡，空餘淒清。在寫景中已透出了以史為鑒，微婉諷諫的意味，與劉禹錫〈石頭城〉：「山圍故國周遭在，潮打空城寂寞回。淮水東邊舊時月，夜深還過女牆來」意境相通。作者曾任蘇州織造與江寧織造，如此深明納錦的甘苦，自當有助於政事。

112

蝶戀花 春思

高士奇

落盡楊花❶飄盡絮。報道春歸，不見春歸路。欲問春歸何處去，數聲窗外流鶯語❷。

殘夢驚回天未曙。暗惜韶華❸，半是風塵❹誤。怨綠啼紅❺誰可訴，柔腸一寸愁千縷。

【作者】高士奇（西元一六四三—一七〇二年），字澹人，號竹窗，一號江村，浙江錢塘人。初以監生充書寫序班，後入直南書房，屢官至詹事府少詹事。所為詩各體皆備，有《清吟堂全集》七十三卷，詞集有《蔬香詞》一卷、《竹窗詞》一卷。

【注釋】❶楊花　即柳絮，寓意參見〈蘭陵王〉（水聲咽）注❸。❷欲問春歸何處去二句　指詢問春天的去向，希望能留住它。窗外黃鸝婉轉的啼聲似乎在回答，但作者卻聽不懂鳥語，故最終還是無法留住春。用張泌〈春晚謠〉「淩亂楊花撲繡簾，晚窗時有流鶯語」與黃庭堅〈清平樂〉「春歸何處？寂寞無行路。若有人知春去處。喚取歸來同住。春無蹤跡誰知。除非問取黃鸝。百囀無人能解，因風飛過薔薇」詞意。❸韶華　可兼指春光、青春年華與美好的事物。❹風塵　既可實指風與塵，又可喻艱辛歷程與艱難時勢。❺怨綠啼紅　擬人的寫法，形容因春光流逝而哀傷悲啼的各色花木。語出曾協〈點絳唇〉：「怨綠啼紅，總道春歸去」。

【語　譯】柳絮全都飄落了。這情景分明報告春天已經回去了，但我卻看不見春天歸去的道路。想要詢問春天回到哪裡去，回應我的只有窗外黃鶯幾聲婉轉的啼叫。　從零亂的夢中驚醒時天還沒有亮。暗暗地惋惜著這青春，半是被風塵耽誤了。滿眼是哀怨的綠色與悲啼的紅色，誰才是可以傾訴的對象，每一寸柔腸都纏繞著千縷愁緒。

【研　析】此詞選自《蔬香詞》，是作者二十九歲前的作品。詞中描述春末惜春傷別的情境，情思回環，婉轉流麗，沿襲前人句意處雖嫌過多，但在意脈安排上頗具匠心。起句言楊花飛盡報春去，故次句尋春，然而春歸路難尋，故下句問春，然而流鶯語難懂，至此便知在現實世界中尋春留春已無可能了。於是下闋轉為夢春，然而春夢容易斷，於是下句惜春，然而卻不知何處可訴，於是便只能以百結愁腸收束全篇了，每一寸柔腸都纏繞著千縷愁，可見春愁之多，也可見留春之難，愛春之切。其中，「暗惜韶華，半是風塵誤」句頗能自出機杼，「韶華」、「風塵」均有多重意蘊，檢點古今傷春情思，確有多半是因此而起的啊！

113 好事近

浙水❶道中

龔翔麟

極目總悲秋，衰草似黏天末❷。多少無情煙樹❸，送年年行客。

亂山高下沒斜陽，夜景更清絕。幾點寒鴉風裡，趁一梳涼月❹。

【作　者】龔翔麟（西元一六五八—一七三三年），字天石，號蘅圃，浙江仁和人。康熙二十年副貢生，授兵部主事，累官至陝西道監察御史。與曹溶、朱彝尊為忘年交，為詩出入三唐，填詞則在史達祖、張炎之間，為「浙西六家」之一。有《紅藕山莊詞》三卷。

【注釋】❶沂水　又稱沂河。源出山東沂源縣魯山，經沂水、臨沂等縣至江蘇省入新沂河，抵燕尾港入黃海。❷極目二句　謂旅途中舉目見枯草連天，一望無際的淒清景象，更添悲秋傷別之情。古詩詞中多有此情境。如陸游〈秋晚思梁益舊遊〉：「滄波極目江鄉恨，衰草連天塞路愁。」沈端節〈虞美人〉：「暮雲衰草連天遠。不記離人怨。」極目，舉目盡力遠望。衰草，枯草。天末，天盡頭。❸無情煙樹　指柳樹，柳絮飄蕩如煙，故稱煙樹；年年見證離別，柳絮又飄泊無定，讓離人見到更傷情，故被認為是無情。如薛濤〈柳絮〉：「他家本是無情物，一任南飛又北飛。」范成大〈橫塘〉：「年年送客橫塘路，細雨垂楊繫畫船。」周邦彥〈蘭陵王〉：「隋堤上、曾見幾番，拂水飄緜送行色。」❹幾點寒鴉風裡二句　化用李白〈三五七言〉「秋風清，秋月明。落葉聚還散，寒鴉棲復驚。相思相見知何日，此時此夜難為情」與楊萬里〈晚步〉「一梳寒月印青天」詩意。

【語譯】極目遠眺都是令人悲傷的秋色啊，枯草無邊彷彿一直綿延到天盡頭。有多少飛絮如煙的無情柳樹，年年將行客送上征途。　高低不齊的零亂山峰漸隱沒入夕陽餘暉中，夜晚的秋景更是淒清到了極點啊！只見幾點寒鴉在秋風裡，追逐著一彎清涼的明月。

【研析】此詞選自《紅藕山莊詞》卷一，作者是浙西詞派的代表詞人之一。李符〈紅藕山莊詞序〉道：「（朱彝尊）客通潞時，蘅圃與之朝夕，悉取諸編而精研之，故為倚聲最早，無纖毫俗尚得以入其筆端……《紅藕山莊詞》二卷，大半削稿羈旅，而鄉國之思居多焉。讀蘅圃之詞者，亦可以見其意志之所存矣！」觀此詞，即屬於削稿羈旅，而寄託鄉國之思的作品，在詞風上也頗合於浙派清空騷雅的宗旨。

起句「極目總悲秋」，直揭題旨，籠罩全篇，對離人而言，秋季黃昏的淒清景致自然會倍添離愁，正所謂：「古道西風瘦馬。夕陽西下，斷腸人在天涯」（馬致遠〈天淨沙・秋思〉）。以下俱是極目所見的悲秋情境。「衰草似黏天末」句描述枯草綿延無際，可見道路遙遠，故離愁也是無邊無際。「黏」字傳神寫出草與愁纏綿難斷之狀。即如方千里〈玉樓春〉所言：「恨從別後恨無窮，愁到濃時惟一味……馬蹄清曉草黏天，庭院黃昏花滿地」。「多少」句中的煙樹，與衰草一樣是象徵愁緒的淒迷意象，怨其年年送客太無情，只因行客有太多情愁剪不斷。象由心生，下闋的「亂山」同樣是糾結愁思的象徵，其隱沒入斜陽中，換上極清明的夜景，但並沒有真正的消失，只是暫時被夜色所掩蓋了，即如作者心中被壓抑的愁思。末句細寫極「清絕」之景——幾點寒鴉迎著清冷的秋風，追逐著一彎涼月，真可謂觸目生寒。愁思漸久，心境往往會由激怨轉為抑鬱，由熾熱轉為清冷，故以如此清冷空明的夜景作結，雖不再言愁而愁更深。

114 踏莎行

王時翔

嫩嫩煙絲，輕輕風絮，絳旗斜颭❶秋千處。花枝照得畫樓空，薄情燕子和人去。

冷落闌干，淒清院宇，夕陽西下明殘雨。一雙紅豆寄相思，遠帆點點春江路。

【作者】王時翔（西元一六七五—一七四四年），字抱翼，號小山，江蘇鎮洋（今江蘇太倉）人。博學能文，與同鄉顧陳垿齊名。雍正六年（西元一七二八年）以諸生薦授福建晉江知縣。乾隆元年，擢成都知府。時翔為政持大體，待民寬厚，斷獄精敏。著有《小山全集》二十卷，包括《香濤集》、《初禪綺語》等詞集。其時詞壇多祖浙派朱彝尊之説宗南宋，王時翔與同里諸王結小山詞社宗北宋，學溫、李、晏、秦，其詞多寫閨怨豔情，情致婉約幽微。

【注釋】❶颭　被風吹動的樣子。宋歐陽脩〈浣溪沙〉：「絳旗風颭出花梢。」

【語譯】春煙嬌嫩，柳絮輕柔，絳紅的酒旗斜插著招展在秋千上。明媚的花枝映照著空空的畫樓，薄情的燕子已和伊人一起離去。　欄杆冷落，庭院淒清，黃昏殘雨在夕陽的映照下明亮閃爍。我想將這兩顆紅豆寄給相思的人，但見遠方有點點船帆行進在春江路上。

【研析】這是一首閨怨詞，明麗蘊藉之處不減歐、秦。起調「嫩嫩煙絲，輕輕風絮」兩句，寫晚春景色細緻而纖弱，飽含情意，營造了一種幽微淡雅的氛圍，主人公的內心就如同這嬌弱輕柔的風絮一樣傷感。「絳旗斜颭秋千處」，寫秋千院落裡寂寞冷清之景。「花枝照得畫樓空，薄情燕子和人去」，由寫景轉而觸及心事，花枝空在反襯出畫樓的空蕩，一向念舊的燕子竟然也那麼薄情，和「那人」一樣離去了，寫法新奇警動。整個畫面中，沒有對人的正面描寫，但哀婉的心緒已無處不在。過片繼續用淡筆寫景。「冷落闌干，淒清院宇」兩句，互文見意，寫環境的冷寂，也是接續上片「燕子和人去」而來。大約是剛剛下過一場春雨，庭院的樹枝上還掛著水珠，「夕陽西下明殘雨」一句，是對這一情景的形象描寫。宋代晏幾道曾有「才過斜陽，又是黃昏雨」(〈蝶戀花〉)的名句，但這一句卻別饒情趣，它以斜陽作底色，描寫殘雨的明豔閃爍，這是一幅別出心裁的畫面，但這一切在傷感的人看來又是那麼的無情。這看似無奇的一句話，背後實藏有誠摯的心聲。歇拍兩句蕩開，「一雙紅豆寄相思，遠帆點點春江路」，將一點情思交付給搖曳不盡的江水。「一雙紅豆」與「遠帆點點」構成「一」與「多」的對比，強化了情思的珍重與傷感。遠帆點點，哪些正行在歸途？歸帆之下，又可有心底的那個人？

115 浣溪沙❶

王時翔

彩扇輕遮畫燭紅，捲簾微步玉丁東❷。眼波低翦篆絲❸風。

梅額❹有香人淡淡，梨雲❺無夢月朧朧❻。暗驚雕刻費春工。

【注釋】❶浣溪沙　王時翔〈初禪綺語〉三十首，以作「綺語」來印證思想境界的「灑灑落落、根塵明淨」(清李光墺〈初禪綺語跋〉)，來助其禪修。本詞是第一首。單純將其作為一首閨怨詞來讀也是可以的，並且無礙藝術的欣賞。❷丁東　即叮咚，指玉佩等飾物發出的聲音。❸篆絲　香煙上騰，形如篆字。❹梅額　化梅花妝的額頭。據《太平御覽》卷九七〇引《宋書》，南朝宋武帝女壽陽公主人日（正月初七）臥於含章殿簷下，梅花落額，成五出之花，拂之不去。自後有梅花妝，後人多效之。❺梨雲　即梨花雲，比喻難以言說的夢。唐王建〈夢看梨花雲歌〉：「薄薄落落霧不分，夢中喚作梨花雲。」❻朧朧　月光欲明的樣子。晉潘岳〈悼亡詩〉（其二）：「歲寒無與同，朗月何朧朧。」

【語　譯】精美的團扇遮住了畫燭的紅光，捲簾美人緩步走下來，環佩搖曳發出叮咚的聲響。微風嫋嫋吹香成篆，在美人的眼波旁搖蕩。　額上梅妝散發著香氣，這位美人看起來是這麼淡雅，如夢的梨雲籠罩著月朦朧的月光。我暗自驚歎這美麗的春光費盡天工。

【研　析】本詞用精細如絲、迷離如夢的筆觸，刻劃了一位懷著淡淡愁怨的佳人。上片是對麗人儀態和居處環境的描寫，三句句式相同，渾然一體。「彩扇輕遮」、「捲簾微步」、「眼波低剪」寫人，從上到下，從動作到神態，選取了三個角度，用「輕」、「微」、「低」等含蓄柔婉的詞語，表現了麗人含蓄矜持的儀態。「畫燭紅」、「玉丁東」、「篆絲風」寫環境，亦選取了色、聲、嗅三個角度，全方位地營造了富麗卻冷清的氛圍。畫燭的紅光微暖而旖旎，環佩之聲清脆而空曠，篆香裊裊溫柔而寂寞。如此之佳人，如此之居所，不愧「綺」字之稱，卻透露出一絲冷清孤寂之意。下片專寫人，「梅額有香人淡淡，梨雲無夢月朧朧」，設語清雅含蓄，意境清幽朦朧。「梅額有香」，是寫花香，也是寫美人香，亦花亦美人也。「人淡淡」，是寫美人的衣裝簡淡，也是寫她行為舉止的散淡，還有她心情的哀傷恬淡，這一切都顯得縹緲莫測卻又風神十足。「梨雲無夢月朧朧」，下字自然而精巧。「梨雲」一詞意蘊豐厚，為雲為夢，取晏殊「梨花院落溶溶月」、賀鑄「朦朧淡月雲來去」詞意，是一種淡淡的閒愁，也是一種朦朧的夢境。「暗驚雕刻費春工」一句精警，身邊這微風、香氣、明月，種種景色皆是春天費盡心機雕刻而成。然而，這位女主人公為何要暗暗心驚呢？是心驚春光將老、時光易逝？還是心驚自己的容華舉止和春景一樣，經過了精心「雕飾」卻無人珍惜？或者是心驚自己沉湎於哀愁之中，面對如此春色竟全然不知欣賞？本句是全詞惟一一句吐露心事之語，也是點到即止，一切不盡之意皆見於言外。陳廷焯評曰：「小山詞，風流蘊藉，初讀似平淡，讀之既久，乃覺意味深長」（《雲韶集》卷一八），此詞可為之證。

116 眼兒媚

厲鶚

一寸橫波惹春留，何止最宜秋！妝殘粉薄，矜嚴消盡，只有溫柔。　當時底事❶匆匆去？悔不載扁舟❷。分明記得，吹花❸小徑，聽雨高樓。

【作者】厲鶚（西元一六九二—一七五二年），字太鴻，號樊榭，浙江錢塘（今杭州）人。康熙五十九年（西元一七二〇年）舉人。此後十年皆未登第。乾隆元年（西元一七三六年）應博學鴻詞科未果，設館收徒以養母，坐揚州鹽商馬曰琯、馬曰璐兄弟「小玲瓏山館」近三十年。有《樊榭山房集》、《宋詩紀事》、《絕妙好詞箋》等著作。厲鶚為詩壇宗宋一派代表人物，又為浙西詞派中堅，影響極大。其詞以「幽雋」著稱，「其騷情雅意，曲折幽深，聲調高清，豐神搖曳」（《續修四庫全書提要・秋林琴雅》）。

【注釋】❶底事　何事；為什麼。❷載扁舟　意謂攜歸，共同生活。傳說春秋時期范蠡功成身退，與西施一起泛舟五湖。❸吹花　即吹葉，代指吹奏簫管等樂器。唐李商隱〈柳枝五首序〉：「柳枝，洛中里娘也。……生十七年，塗妝綰髻，未嘗竟，已復起去，吹葉嚼蕊，調絲擫管，作天風海濤之曲，幽憶怨斷之音。」

【語譯】一雙美目惹得春天都留住了腳步，何止是只用「秋波」來形容它最相宜！她淡妝薄粉，拋棄了所有矜持與嚴肅，只留下一片動人的溫柔。

當時究竟為什麼匆匆離去？後悔沒有和你一起泛舟五湖。永遠都清楚地記得，那條曾經吹簫的小徑，還有那座共同聽雨的高樓。

【研析】這可能是一首贈給歌妓的詞，但任何不懷成見的讀者都可以感受到其中那份真摯的感情。上片集中表現女子之美。詞人選取了一個常見的角度，「眉眼」，卻別出新意。一般說來，人們多用「春山」、「秋水」來形容女子眉目之美，但「一寸橫波惹春留，何止最宜秋」兩句將本體、喻體分出主賓，將喻體寫活，花樣翻新：原來是春色禁不住她的誘惑，在她的面前停下了腳步，秋波所有的美也不過是與她的眼眸相稱罷了。接著，詞人的筆觸從寫眉轉而寫人，「妝殘粉薄，矜嚴消盡，只有溫柔」。「妝殘粉薄」是形象她的面容，「矜嚴」、「溫柔」則是狀寫她的姿態，在詞人眼中，透過她的「妝殘粉薄」，才體味到她在自己面前，已擺脫了她往日的矜持，顯露了她的本色——「溫柔」，他們已卸下了外在的面具，而復原到人的本性——最真實的男女感情。下片從此刻的對方轉到當時的自己，從溫柔旖旎轉到惘然悔恨。「當時底事匆匆去，悔不載扁舟」，「匆匆」兩字暗含著無數的急切、無奈、不捨與離別，對深情之人而言，最容易記住的，不是當時發生了什麼，而是當時心中的感受，一個「悔」字傳達了詞人對當日未能攜手挽留的深情悔恨。能讓人後悔當年的錯誤決定，這份感情之真之深自不待言。接下來，詞人沒有順寫當下的感傷，而是再轉一筆寫回憶中之景象。「分明記得，吹花小徑，聽雨高樓」，在讀者再次呈現了他們當日相聚的溫馨場面——「小徑吹笛」、「高樓聽雨」，過去的一幕幕往事反覆呈現，在回憶中越來越清晰，當然，在這回憶中也包含當下的傷感。本詞雖然是一首豔情詞，但寫得豔而不治，無論是對女子之美的欣賞，還是對過去感情的珍重，都有一股真情清氣流轉其間。

117 百字令

丁酉清明❶

厲鶚

春光老去，恨年年心事，春能拘管。永日❷空園雙燕語，折盡柳條長短。白眼看天，青袍似草❸，最覺當歌懶。愔愔❹門巷，落花早又吹滿。

凝想煙月當時，餳簫❺舊市，慣逐嬉春伴。一自笑桃人去後❻，幾葉碧雲深淺。亂擲榆錢，細垂桐乳❼，尚惹游絲❽轉。望中何處？那堪天遠山遠。

【注　釋】❶丁酉清明　康熙五十六年丁酉（西元一七一七年）清明，時作者坐館杭州汪氏聽雨樓。❷永日　整天。❸青袍似草　化用〈古詩〉「青袍似春草，長條從風舒。」句意，這裡的「青袍」也包含「青衫」之意，即指學子所穿之服。唐李商隱〈春日寄懷〉：「青袍似草年年定，白髮如絲日日新。」❹愔愔　幽深寂靜。宋周邦彥〈瑞龍吟〉：「愔愔坊陌人家，定巢燕子，歸來舊處。」❺餳簫　賣糖人所吹的簫。《詩・周頌・有瞽》：「簫管備舉。」鄭玄箋：「簫，編小竹管，如今賣餳者所吹。」❻一自笑桃人去後　意謂意中人離去之後，只留下悵惘的回憶。唐崔護〈題都城南莊〉：「人面不知何處去，桃花依舊笑春風。」❼桐乳　桐子，狀如乳形。❽游絲　空中的蛛絲。

【語　譯】春天已經過去，可恨年年的心事，都被春天管束著。空寂的花園裡整日只有雙燕的呢喃，長長短短的柳條也都被折盡了。用白眼望著青天，身上穿著春草般的青衫，也懶得去聽樓外的歌聲！冷落蕭然的門庭院落，落花早已被吹得滿地皆是。　細想當年的煙月生活，在舊市上聽賣糖老人的吹簫聲，和伙伴兒一起春遊嬉戲。自從伊人去後，只有幾縷深淺的雲彩相依伴。榆錢在空中漫天飛舞，乳形的桐子低垂長吊著，撩撥起旅人的相思之情，如游絲般千回百轉。遠遠望去，所思之人在何方？我不堪忍受這看不到盡頭的天和山。

【研　析】這是一首傷春詞，作者借春起興，以春緯文，抒發了胸中幽幽不盡的落寞與傷感。起調三句總領，「春光老去，恨年年心事，春能拘管」，春光易逝，年華易衰，種種哀樂都與春天相關。「永日空園雙燕語，折盡柳條長短」，景中含情，暗含傷感。因人跡罕至而「永日空園」，成了「雙燕」呢喃嬉戲的樂園；燕子的歡樂，反襯了詞人的煩悶寂寞。「折盡柳條長短」，透露了一點煩悶的因由。折柳本為送別，眼前這被折得長長短短的柳條，記錄著多少場離別、多少重心事呢？「白眼」三句，由寫景轉而寫人，「白眼看天」，是因為自己的落落寡合，和阮籍用青白眼看人相比，更多一層冷峻和孤寂。「青袍似草」，語涉雙關，意蘊豐厚，既有如〈古詩〉「青袍似春草，長條從風舒。朝登津梁上，褰裳望所思」的懷人之意，又有如李商隱〈春日寄懷〉「青袍似草年年定，白髮如絲日日新」功名未立、傷悲老大之情。「最覺當歌懶」，寫無心遊樂，百無聊賴。結拍兩句，「愔愔門巷，落花早又吹滿」，又歸到暮春景象，滿地落花無人掃，表達了一種幽冷孤寂的情懷。伊人已去，春光又老，滿地落紅再也無人過問了。詞人是這一切的見證者，卻只用淡淡筆觸，將重重心事輕輕包裹，讀來情味幽微而悠遠。過片轉筆寫從前情事，「凝想煙月當時」，是承上啟下的轉折句，接著是回憶的內容：「錫簫舊市，慣逐嬉春伴。」用熱鬧的筆調，寫昔日的繁華與快樂。「錫簫」二字典雅，分別調動了讀者的味覺和聽覺；「逐」、「嬉」云云，寫往日的歡樂，頗具動態，生氣勃勃。接下來，「一自笑桃人去後，幾葉碧雲深淺」兩句，語氣一轉，從往昔的追歡又轉到而今的悵惘。「笑桃」用桃花人面的典故，接續傷春的脈絡；因深深淺淺的「碧雲」，聯想到層層疊疊的「桃葉」，用字生動。「亂擲榆錢，細垂桐乳，尚惹游絲轉」三句，是歎息年華老去，榆錢滿地，桐子纍纍，都是夏天才有的景象，但尚有游絲牽情惹恨，表明春光已老人未老。詞人並不甘於人生的沉淪，這積鬱多時的感情終於在篇章之末有所噴發：「望中何處？那堪天遠山遠」。「堪」、「天」、「山」，同為平聲且疊韻，「遠」字兩見而不避，音節的單調重複顯示著胸中不可遏抑的激情、不肯泯熄的追求。總之，整首詞清而不枯，幽而不寒，典而不澀，章法井然，筆法空靈，有春天的傷感，也有春天的生氣。

118 百字令

厲鶚

月夜過七里灘❶，光景奇絕。歌此調，幾令眾山皆響。

秋光今夜，向桐江，為寫當年高躅❷。風露皆非人世有，自坐船頭吹竹。萬籟生山，一星在水，鶴夢疑重續❸。拏音❹遙去，西巖漁父初宿❺。心憶汐社❻沉埋，清狂不見，使我形容獨。寂寂冷螢三四點，穿過前灣茅屋。林淨藏煙，峰危限月，帆影搖空綠。隨風飄蕩，白雲還臥深谷。

【注　釋】❶七里灘　富春江流經桐廬段稱桐江，上游為七里灘，又稱七里瀧、七里瀨，夾岸連山，水流如箭，有「富春江小三峽」之稱。江邊有嚴子陵釣臺，是東漢隱士嚴光隱居處。宋末遺民謝翺曾於此慟哭文天祥，還曾與一些遺民朋遊結成汐社。❷高躅　意謂隱居高臥。躅，駐足。❸鶴夢疑重續　可參讀宋蘇軾〈後赤壁賦〉：「時夜將半，四顧寂寥。適有孤鶴，橫江東來……夢一道士，羽衣翩仙，過臨皋之下，揖予而言曰：『赤壁之遊樂乎？』……道士顧笑，予亦驚悟。開戶視之，不見其處。」此處或隱括其意。❹挐音　槳聲。挐，即橈，船槳。《莊子．漁夫》寫孔子與漁父交談後，「待水波定，不聞挐音而後敢乘。」❺西巖漁父初宿　典出唐柳宗元〈漁翁〉：「漁翁夜傍西巖宿，曉汲清湘燃楚竹。」此處的「西巖」和上文的「挐音」都暗指環境和人的高潔。❻汐社　宋遺民謝翺創立的文社名。方鳳〈謝君翺行狀〉：「(謝翺)後避地浙水東，留永嘉、括蒼四年，往來鄞越復五年，大率不務為一世人所好，而獨求故老與同志，以證其所得。會友之所名汐社，期晚而信，蓋取諸潮汐。」

【語　譯】今夜秋光清絕，我來到桐江，要追步當年隱士留下的蹤跡。這一片清風白露，不是人間所能有，我獨自坐在船頭吹簫。群山之間萬籟齊鳴，一顆孤星在水面閃爍，彷彿是〈後赤壁賦〉描寫的夢鶴境界。槳聲由近而遠，夜歸的漁翁想必是剛剛歇宿。

想起汐社已成為歷史，前代清狂的文人騷客已經不見了，我形我貌更加孤獨。三四點冷清的螢火，飛過了前灣的茅屋。清淨的樹林掩藏著煙霧，高聳的山峰矗立在月前，帆影在墨綠的江水裡搖動。白雲隨風飄蕩，深谷才是它的歸宿。

【研　析】這是一首「為情造文」的好詞，作者用一片幽邃清淡的景致，表現「隱逸」的主題和高蹈孤潔的性情，餘韻不盡。「秋光今夜，向桐江，為寫當年高躅」，開篇三句點明時令、景色，同時說明此行為追步高士而來，此詞為追慕高逸而寫，起筆便有高格。「風露皆非人世有」泛寫七里灘夜景，風露滿天，彷彿另一片天地，沒有明詠嚴子陵故事，但傳達了隱士超逸之情；「自坐船頭吹竹」寫作者的身心都融入了這片夜色中，情懷與古人相通，特別是「吹竹」的鏡頭寫出了超逸高蹈的襟懷。「萬籟」三句具體寫夜景：山生萬籟，彷彿是對詞人的回應和啟示；一星在水，可見環境之清幽冷寂。詞人陶醉了，也恍惚了。這不正是東坡在〈後赤壁賦〉中描繪的「劃然長嘯，草木震動，山鳴谷應，風起水湧」而又「四顧寂寥」的境界嗎？是不是也行將有化鶴道人進入「我」的夢境呢？「鶴夢疑重續」一句鏈接了名篇〈後赤壁賦〉，極大地拓展了文本容量，渲染了縹緲迷離的氛圍，也照應了前文的「非人世」。「拏音遙去，西巖漁父初宿」，用典不著痕跡。黑夜之中只聞槳聲不見人形，「西巖」云云是詞人想像之語，如此神秘莫測的環境中，可能還有如當年嚴光一樣的高士存在吧。下片繼續隱逸情懷的表達。「心憶汐社沉埋，清狂不見，使我形容獨」，由七里灘而想起謝翱和他的汐社。不管是衰世還是盛世，不管身分如何，「清狂」的人永遠是孤獨的，何況是「孤瘦枯寒，於世事絕不諳，又下急不能隨人曲折，率意而行」（全祖望〈厲樊榭墓碣銘〉）的厲鶚呢？才寫到自己，又宕開一筆，轉而寫景：「寂寂冷螢三四點，穿過前灣茅屋。」夜色中三四點螢火慢慢飛動，沒有一點聲音，這份幽冷是詞人情感的外化。「穿」字似平實巧，茅屋是人家，然而螢火能從茅屋間穿過，可見其無一點人間煙火氣。「林淨」三句從近處的「冷螢」轉到遠處的山林，又轉到水中的帆影，由動到靜再到動，章法變化不滯。在這裡煙是深藏的、含蓄的，月是安靜的、退讓的，這兩個本就屬於陰柔婉約的意象，在詞人筆下又多了一層寂寞幽靜的色彩。無心的螢火，靜謐的煙月，搖蕩的帆影，空靈的綠波，沁入肌骨的無邊夜色，縈繞心頭的隱逸高情，這一切組合成了一種近乎宗教式的難以言說的神祕體驗。故而全詞以一句「悟道」式的語言結尾。「隨風飄蕩，白雲還臥深谷」，嚴光找到了七里灘，猶如白雲找到了它的深谷；隨風飄蕩，何如就此歸去！樊榭此時年及而立，初舉進士不第，已然有摒去世務機心之意。據全祖望〈厲樊榭墓碣銘〉，厲鶚落第後，本有依附時任禮部侍郎的湯右曾的機會，但他沒等被湯氏訪到就已經離京而去了。想來樊榭心中自有一片適合自己這朵「白雲」的「深谷」吧！

119

憶舊遊

厲鶚

辛丑九月既望，風日清霽，喚艇自西堰橋，沿秦亭、法華，灣洄以達於河渚。時秋蘆作花，遠近縞目。回望諸峰，蒼然如出晴雪之上。庵以「秋雪」名，不虛也。乃假僧榻，偃仰終日，唯聞棹聲掠波往來，使人絕去世俗營競所在。向晚宿西溪田舍，以長短句紀之[1]。

溯溪流雲去，樹約風來，山剪秋眉。一片尋秋意，是涼花載雪，人在蘆碕❷。楚天舊愁多少，飄作鬢邊絲。正浦溆❸蒼茫，閑隨野色，行到禪扉。

忘機❹。悄無語，坐雁底焚香，蛩外弦詩❺。又送蕭蕭響，盡平沙霜信，吹上僧衣。憑高一聲彈指❻，天地入斜暉。已隔斷塵喧，門前弄月漁艇歸。

【注釋】❶辛丑九月既望十七句　康熙六十年辛丑（西元一七二一年）九月十六日，詞人遊歷杭州西溪山水，填製了這首紀遊詞。西堰橋在杭州西北，詞人從這裡出發，經秦亭、法華諸山，到西溪之東河渚秋雪庵，「庵在水中，四面皆蘆，深秋花時，彌望如雪，故名」（《樊榭山房集》卷三〈秋雪庵〉詩題注）。❷碕　曲岸。❸浦溆　水邊。❹忘機　拋棄機巧營鬥之心。❺弦詩　將詩譜曲來吟唱。❻彈指　佛教儀，以一手拇指和食指摩擦或彈撥，有虔敬、歡喜之意。秋雪庵建有彈指樓。

【語譯】白雲追隨著溪水一路流去，綠樹邀來了山風，遠山就像修剪的黛眉。帶著一片尋秋的意興，我站在蘆灣邊上，看到那厚如積雪的花海。多少世間憂愁都化作了鬢邊飄飛的銀絲。岸上蒼茫一片，我在荒野裡隨意漫步，來到秋雪庵門前。

摒除所有機心。不作塵俗語，焚香在大雁影裡，誦詩在蟋蟀聲中。蕭蕭霜音拂過平沙，泠泠寒意吹上僧衣。在高樓上彈指一聲，天地都浸入到夕陽餘暉裡。塵世的喧囂已經洗盡，我在庵前玩賞月光然後駕舟歸去。

【研析】這是一首紀遊詞，描寫了詞人遊西溪山水時的所見所感。上片，紀遊。開篇三句，點明行蹤，溯溪而上，有溪流相伴，境界清幽。「樹約風來，山剪秋眉」，是「溯溪流雲」之所見。說「流雲」不說「雲流」，是與「溯溪」構成並列結構，表現偕雲泛舟的瀟灑放曠。「樹約風來」，狀樹、風含情瀟灑之意態；「山剪秋眉」，寫山峰俊美雅潔如佳人。「約」、「剪」二字將自然擬人化，使得靜態的景物一時活動起來。「一片」三句，寫遊賞蘆花。「一片尋秋意」與「人在蘆碕」彷彿是自問自答，如此高爽素潔的境界正是詞人要尋找的

「秋意」。「涼花載雪」，「涼」寫感覺，「載」寫視覺，皆為傳神之筆，它如雪般潔白，亦如雪般寒冷，蘆花在詞人心中有了一種高潔的品格。「楚天舊愁多少，飄作鬢邊絲」，無限哀愁只凝成鬢邊幾縷銀絲，這銀絲是白髮還是蘆花？詞人只是略略點染，便搖曳而去。置「鬢絲」於「楚天」下，衰颯少，曠達多。「正浦溆蒼茫，閑隨野色，行到禪扉」，「閑」字突出無心，「隨」字表現適意，行程已到秋雪庵，詞人的心也已接近了禪關。「浦溆」讓人聯想起屈原〈九章・涉江〉「入溆浦余儃佪兮」，下字典雅，不肯落俗。上片寫人外景，下片寫景中人。過片「忘機」承上文而來，又可作下文心情的總括。「悄無語，坐雁底焚香，蛩外弦詩」，寫詞人在禪房靜坐。「悄無語」並非沉默枯坐，只是不語塵俗之言也；白天在雁影裡焚香禪坐，夜晚在蛩聲邊誦詩弦歌。「歸雁」與「鳴蛩」，是多麼典型性的秋景！詞人卻陶然自適，怡然自得；「雁歸」與「蛩鳴」，又是多麼標誌性的秋愁！在此刻，詞人的心境，已輕輕化開，全然不覺。「又送蕭蕭響，盡平沙霜信，吹上僧衣」，把聽覺、視覺、觸覺融匯在一起，寫秋意之深，寫禪境之靜，一領僧衣已足以安頓身心。「憑高一聲彈指，天地入斜暉」，筆力縱健，筆意高遠。詞人登高憑眺，做彈指之勢，心靈在彈指間頓悟，充滿對自然、對世界的虔誠、敬畏、欣喜、安詳，亦見得天地一色，與我為一。「已隔斷塵喧，門前弄月漁艇歸」，詞人心靈已入禪境，忘疲忘倦，消愁消憂，終於在非常恬適的心境中駛漁艇，就月色，乘興而歸。此詞精煉清雅，豐神搖曳，意趣高遠，空靈俊逸。陳廷焯評樊榭詞「窈然而深，悠然而遠，能令動者靜，躁者安」（《雲韶集》卷一八），移作此詞專評也是十分恰當的。

120 齊天樂

吳山望隔江霽雪

厲鶚

瘦筇❶如喚登臨去，江平雪晴風小。溼粉樓臺，釅寒❷城闕，不見春紅吹到。微茫越嶠❸。但半沍❹雲根，半銷沙草。為問鷗邊，而今可有晉時棹❺？清愁幾番自遣，故人稀笑語，相憶多少？寂寂寥寥，朝朝暮暮，吟得梅花俱惱。將花插帽。向第一峰❻頭，倚空長嘯。忽展斜陽，玉龍❼天際繞。

【注釋】❶筇 竹，這裡指竹杖。❷釅寒 猶言嚴寒。❸越嶠 浙江一帶尖峭的高山。❹沍 寒凝；凍結。❺晉時棹 指晉人王徽之雪夜訪戴逵的故事。《世說新語・任誕》：「王子猷居山陰。夜大雪，眠覺，開室命酌酒……忽憶戴安道，時戴在剡。即便夜乘小船就之，經宿方至，造門不前而返。人問其故。王曰：『吾本乘興而行，興盡而返，何必見戴。』」❻第一峰 金海陵王完顏亮〈南征至維揚望江左〉：「提兵百萬西湖上，立馬吳山第一峰。」❼玉龍 指連綿的雪峰。

【語譯】枯瘦的竹杖就像伙伴一樣，呼喚我一起去登臨。江面上波瀾不興，大地雪後放晴，風兒變小了。江邊的亭閣樓臺，有如抹上了一層濕粉，濃濃的寒意籠罩著城闕，看不出一點春花開放的跡象。遠處的高山峻嶺緲茫難辨，上面一半和雲腳凍結在一起，下面一半銷匿在沙草裡。試問水邊的鷗鳥，如今誰還有雪夜訪戴的雅興？

多少次獨自排遣愁思，故人音訊稀少，笑語難聞，相憶之情如何？從早到晚，一個人獨自吟哦，連路邊的梅花都看膩了。我要將梅花插在帽簷上，對著高聳入雲的第一峰，仰天長嘯。忽然有一道斜陽，連綿的雪峰如玉龍在天際盤繞。

【研析】這首詞寫雪霽之景，出語精巧靈動，意興峭拔不俗。開篇兩句，總領全篇，寫遊賞緣起及所見之全景。「瘦筇如喚登臨去，江平雪晴風小。」不說自己想要遊賞，而說竹杖呼喚，一個「喚」將竹杖擬人化，它彷彿成了一個有情有義之物。「溼粉」三句，寫登高所見之景，「粉」而又「溼」，「寒」而能「濃」，用通感的手法表現了天冷雪重寒氣彌漫的景象。「微茫越嶠。但半沍雲根，半銷沙草」，承上寫天地一色、遠山難辨。採「嶠」字除為趁韻外，還有以山之高峻襯雪之冰寒的效果。「半沍雲根」一句新奇，大雪連天蔽地，竟將山峰與雲腳凍在一處，愈發顯得酷寒凝重。「為問鷗邊，而今可有晉時棹」，是一個設問句，由山及水，由景及情，在這般嚴寒之下，還能有雪夜訪戴式的高情雅意嗎？愁悶之中，亦有希冀，這一點心情留待下片鋪衍。

過片承上啟下，「清愁幾番自遣，故人稀笑語，相憶多少」，是說縱有訪友的心情，又能去訪誰呢？敏感的心最容易悲觀，此刻「我」在思念、在回憶，「我」所思念回憶的人是否有和「我」一樣的心事呢？雪景的迷濛沉重烘托了心情的寂寥愁悶。「寂寂寥寥，朝朝暮暮，吟得梅花俱惱」，寫自遣清愁，不過是從早到晚的吟哦，連堪稱詩人良伴的梅花，都受不了這種沉悶頹唐的做派！這句寫梅花俱惱，恰與開篇的竹杖呼喚相映成趣。「將花插帽。向第一峰頭，倚空長嘯」，心境急轉，從開篇到此處的沉悶只當蓄勢，詞人不願再自尋煩惱下去，而是表現了瀟灑狂狷的一面。「忽展斜陽，玉龍天際繞」，天人相應，心胸一旦開闊，所見立時不同。「展」字動態十足，彷彿以斜陽為彩練；以「玉龍」比喻連綿起伏的雪峰，集晶瑩之色、盤旋之狀、陽剛之氣、矯健之勢於一體，掃盡頹勢，振起全篇！

121 玉漏遲

厲鶚

永康❶病中，夜雨感懷。

薄遊成小倦，驚風夢雨，意長箋短。病與秋爭，葉葉碧梧聲顫。溼鼓山城暗數，更穿入、溪雲千片。燈暈剪，似曾認我，茂陵心眼❷。少年不負吟邊❸，幾熨帛光陰❹，試香池館❺。歡境消磨，盡付砌蟲❻微歎。客子關情藥裹❼，覓何地、煙林疏散。懷正遠，胥濤❽曉喧楓岸。

【注釋】❶永康 即浙江永康。此詞作於康熙六十年（西元一七二一年），詞人時寄居在老師張梁友官署中（朱文藻《厲樊榭先生年譜》）。❷茂陵心眼 茂陵為漢武帝陵，司馬相如曾居於此，此處代指司馬相如。心眼，猶言心情、心事。可參讀《史記・司馬相如列傳》：「相如既病免，家居茂陵。天子曰：『司馬相如病甚，可往從悉取其書。若不然，後失之矣。』使所忠往……其遺札書言封禪事，奏所忠。忠奏其書，天子異之。」❸少年不負吟邊 意謂揮灑青春才華於吟詩作賦。❹熨

帛光陰　指時光飛逝如同熨過光滑的絲帛。❺試香池館　代指歡聚的生活。試香，燃香。池館，池苑館舍。❻砌蟲　臺階下的蟲，如蟋蟀。❼藥裹　藥囊。❽胥濤　即錢塘江潮。宋魯應龍《閑窗括異志》：「伍子胥逃楚仕吳，吳王賜以屬鏤之劍自殺，浮其屍于江，遂為濤神，謂之胥濤。」

【語　譯】閒遊漫逛已有絲絲倦意，夜來風雨中心驚夢迷，短短紙箋難寫深深情味。病痛與秋意爭相折磨我，梧葉重重傳來聲聲顫抖。暗數山城沉悶濕重的鼓聲，聽它漸漸轉入千片溪雲高處。剪去燈暈，它彷彿都知道我落寞的心情，就像武帝看出了相如病倦的心事。

我把美好的青春都付與了詩文，歲月如梭，好似熨斗掠過絲帛，記得幾回池館相聚的遊宴生涯。歡樂已消散，此時的心情就像那秋蟲，只在階下微微的哀歎。客中兼病中，時時整理藥囊，如何再覓蕭散煙林的興致。想想家鄉是那麼的遙遠，拂曉的江潮正拍打著楓岸。

【研　析】這是一首抒情詞，表達了客遊懷鄉，客中淒苦，但不甘沉淪的意緒。開篇交待寫作緣起，「薄游成小倦」，詞人遊歷略顯倦怠，客中又兼病中。「驚風夢雨，意長箋短」，可看作是對全詞內容和風格的概括：讓詞人心驚夢迷的淒風冷雨貫穿全篇，幽眇含蓄的氛圍中情味深長。「病與秋爭，葉葉碧梧聲顫」，從側面落筆寫病苦，以秋雨摧殘桐葉比照自己受病痛的折磨，形象而逼真，一個「爭」字表現出病與秋的威力，堪稱警策之語。「溼鼓山城暗數，更穿入、溪雲千片」，以「溼」形容鼓聲，是一種通感的寫作手法，在這沉悶濕重漸渺漸茫的鼓聲背後，是詞人孤寂無聊的心情。「穿入溪雲」暗含了作者對自身處境的失望，和對瀟灑生活的嚮往，也為下文「覓何地、煙林疏散」埋下伏筆。結拍「燈暈剪，似曾認我，茂陵心眼」回到近景，也指向內心。「燈暈剪」三字緊湊，省略了剪燈的動作過程，突出了燈暈因之而起的變化，其脈脈含情之狀歷歷在目；言燈暈而不言燈、燈花、燈蟲，當是為了營造迷離淒黯的氛圍。「茂陵心眼」以用典傳情，厲鶚以落第之身，客遊房師張梁友之幕，而遭「索米」（即干謁求官）之譏（見〈將返武林留別張梁友先生〉詩），當有高才不遇、猜意鵷雛之歎。「茂陵心眼」是作者深層心理的吐露，由於鏈接了另一個文本〈史記．司馬相如列傳〉，涵義更加豐厚而晦澀，耐人尋味。過片三句追憶往昔，「少年不負吟邊，幾熨帛光陰，試香池館」，充滿對自身才華的自負和對往日快樂的留戀。「熨帛」與「試香」，以具體而綺麗的詞句，形容時光飛逝和宴飲遊樂。「歡境消磨，盡付砌蟲微歎」轉向當下，此時相伴相憐的只有「哀音似訴」（姜夔〈齊天樂〉）的秋蟲。詞人是多情而敏感的，最覺「消磨」的不是從前和當下，而是兩者之對比後造成的心理落差。「客子關情藥裏，覓何地、煙林疏散」，客中又病的淒涼處境中，更能體會從前閒散優遊的快樂，照應上片的「溪雲千片」。這是樊榭胸中「白雲還臥深谷」（〈百字令〉）的情結。結拍放飛思緒，「懷正遠，胥濤曉喧楓岸」，錢塘江邊，那是自己的家鄉。「曉」字暗示了時間的推移，詞人已孤寂整晚；以「胥濤」代指錢塘江潮，傳達了一種如同伍子胥鬱勃難抑的情感；「楓岸」在詞的結尾添上了一筆亮色，衰颯而不衰頹。整首詞在結尾展現出一種精神力量，振起全篇，「詞境雖幽冷清寒，但詞心並不死寂」（嚴迪昌《清詞史》）。

122 八歸

厲鶚

隱几山樓賦夕陽

初翻雁背❶，旋催鴉翼❶，高樹半掛微暈❷。銷凝最是登樓意❸，常對亂波紅蘸，遠山青襯。不管長亭歌欲斷，漸照去、鞭痕將隱❹。想故苑、燕麥離離❺，滿地弄金粉❻。

何況春遊乍歇，花愁❼多少，只惱黃昏偏近。冷和帆落，慘連笳起，更帶孤煙斜引❽。誤雕欄倚遍❾，霽色明朝也應準❿。無言處、望中容易，下卻西牆，相思人老盡⓫。

【注釋】❶初翻雁背二句　形容時光飛逝，轉眼間日已西沉。初翻雁背，化用周邦彥〈玉樓春〉「雁背夕陽紅欲暮」詞意。旋催鴉翼，傳說太陽中有三足烏，故金烏常用為太陽的代稱。鴉翼即用這一傳說，將太陽的東升西落想像成金烏飛動，而能催促金烏快飛的則是天時，即主宰萬物運行的自然時序。❷微暈　淡而朦朧的光圈。在此處指夕陽的光輝逐漸暗淡，變得淡而朦朧。❸銷凝最是登樓意　登樓遠眺，觸景傷情，故興起憂國懷歸，時不我待之意。銷凝，凝神銷魂。登樓意，即王粲〈登樓賦〉所謂「登茲樓以四望兮，聊暇日以銷憂……情眷眷而懷歸兮，孰憂思之可任……惟日月之逾邁兮，俟河清其未極」。❹不管長亭歌欲斷二句　形容日暮長亭中欲留、難留、終遠去的淒涼離別場景。長亭，古代道路每隔五里設短亭，十里設長亭，常為送別之處，後因以長亭為遠行、送別、思歸之典。如唐李白〈菩薩蠻〉：「何處是歸程，長亭更短亭」；宋柳永〈雨霖鈴〉：「對長亭晚……多情自古傷離別」都與此詞用意略同。歌欲斷，指送別歌淒婉欲絕，古人送別時常歌〈陽關〉等曲以示惜別、挽留之意。鞭痕將隱，指隨著離人漸行漸遠，策馬的鞭影也逐漸隱去。李清照〈鳳凰臺上憶吹簫〉「這回去也，千萬遍〈陽關〉，也則難留」與此詞用意略同。❺離離　繁茂的樣子。在此形容蕪麥茂盛。❻金粉　指夕照中麥穗落下的金黃色花粉。❼花愁　指因春花所引起惜花、懷春、傷春等種種愁緒。如龔鼎孳詩云：「春寒春暖無情緒，多少花愁伴子規」。❽冷和帆落三句　三個分句分別化用高觀國〈燭影搖紅〉「別浦潮平，遠村帆落烟江冷」、杜甫〈後出塞〉「悲笳數聲動，壯士慘不驕」、王維〈輞川閑居贈裴秀才迪〉「渡頭餘落日，墟里上孤煙」詩意，各種淒清的離別意向疊加，越發襯托出作者孤寂的心境。笳，胡笳。孤煙，遠處孤單的炊煙。❾誤雕欄倚遍　指終日倚欄眺望故人是否歸來，因盼歸心切而多次將路人誤認做歸來的故人。用柳永〈八聲甘州〉「想佳人、妝樓凝望，誤幾回、天際識歸舟」詞意。❿霽色明朝也應準　霽色，既指放晴的天色，又指由怨怒轉為和樂的神色。在此句中語意雙關，意為期盼上天准許明天能一改往日抑鬱，有好境遇，好心情。⓫無言處望中容易三句　用反襯的手法：時光飛逝，夕陽無牽無掛，故來去容易，千載如新；而人多情多思，故倍增相思，相思催人老。化用韓偓〈夕陽〉：「花前灑淚臨寒食，醉裏回頭問夕陽。不管相思人老盡，朝朝容易下西牆」詩意。

【語　譯】夕陽攜著紅輝剛剛翻過雁背，時光馬上又催促著金烏的翅膀向西飛落。高樹上半掛著逐漸暗淡的餘暉。最令人銷魂是如王粲所賦的登樓意啊，常對著夕陽紅浸染的紛亂波濤，草木青襯托的遙遠群山。不管長亭的送別曲多麼的淒婉欲絕，離人在殘照下仍然漸行漸遠，策馬的鞭影也逐漸隱去。遙想故苑正是蕪麥茂盛的時節，滿地都裝飾著麥穗上落下的金黃花粉。　何況春遊剛歇下，被花攪起的愁緒不知有多少呢，只恨黃昏偏偏在這時到來了。清冷伴著征帆落下，淒涼和著胡笳泛起，更連著遠處孤獨的炊煙飄搖升空。遍倚雕欄眺望，幾回將路人誤認做歸來的故人，上天若能體諒人情，便應准許明天能有不同於往日淒苦的好境遇、好心情。時光逝無聲，遙望夕陽無牽無掛的落下西窗，而人卻都在相思相念中老去了。

【研　析】此詞選自《樊榭山房集》卷九詞甲，作於康熙六十一年壬寅（西元一七二二年）初夏，作者時年三十一歲。這是一首詠物詞，通過對夕陽的描寫，寄寓作者對人生離別的感悟。厲鶚是浙西詞派的中堅，既秉承了浙派清雅的填詞宗旨，又以冷豔、幽深、精緻的詞風自成一格。此種詞風所形成的境界稍嫌狹窄，欠渾成；但用於表現特定的題材、情感時，卻自有其獨至之妙。如此詞所詠的夕陽，本就具有冷豔淒清的特點，故由厲鶚來表現，正能發揮所長，得心應手。詞中情景轉換得宜，相輔相成，意脈轉接精彩之處不少。即如譚獻《篋中詞》評道：「無垂不縮。」陳廷焯《雲韶集》評道：「淋漓淒切，情詞兼有。淒絕。四面烘襯，逼出夕陽時淒慘景色來。」

具體而言，起句已彰顯出作者細緻傳神的寫景功力，「初翻」、「旋催」、「半掛」一系列的動詞，生動地呈現出夕陽西下的歷程及速度。接下「銷凝最是登樓意」一句，很自然的由景入情，「登樓意」三字便將一篇〈登樓賦〉的意蘊囊括其中，省去多少筆墨，又能籠罩下文種種登樓所見情景。接下「不管長亭歌欲斷，漸照去、鞭痕將隱」、「春遊乍歇，花愁多少，只惱黃昏偏近」、「誤雕欄倚遍，霽色明朝也應准」數句，從句中意脈轉接中細膩地反映出別時欲留偏難留，別後多愁更添愁、難見仍盼見的心情。此詞在技法上可圈點之處也不少，可用作學詞範例。堪稱妙對的，如「初翻雁背，旋催鴉翼」、「亂波紅蘸，遠山青襯」、「冷和帆落，慘連笳起」。別具匠心的，如將「初翻」、「旋催」、「紅蘸」、「青襯」、「和」、「落」、「連」、「起」等契合情境的動詞、色彩用入對句中，又擅於化用前人詩詞境界，故顯得工穩而不板滯，富有活力及內涵。除上述幾句外，刻劃傳神的，尚有如「微暈」、「將隱」、「弄金粉」、「孤煙斜引」等，夕陽及其映照下風物的神采如畫。擅用典故的，尚有如結句化用韓偓〈夕陽〉「花前灑淚臨寒食，醉裡回頭問夕陽。不管相思人老盡，朝朝容易下西牆」詩意，而能接續上文意脈，故自然如己出，用作關鍵的結句，能起到綰合全篇，深化題旨的作用。

123

念奴嬌

金陵秋思

王　策

江山如畫，被西風旅雁，做成蕭索。人與門前雙樹柳，一樣悲傷搖落❶。舊院花寒，故宮苔破，今古傷心各。浮生是夢，可憐此夢偏惡。　看取西去斜陽，也如客意，不肯多耽擱。料得芙蓉三徑❷裡，紅到去年籬腳。瘦削腰圍，嶔崎骨相❸，厭殺青衫縛。文章底用❹？我將歸事耕鑿。

【作　者】王策（生卒年不詳），字漢舒，號香雪，江蘇太倉人，王時翔之姪。諸生，享年不永，著有《香雪詞抄》二卷。其詞「短調長篇兼美，不主一體而兼能眾長」（嚴迪昌《清詞史》），在太倉諸王中成就最高。

【注　釋】❶人與門前雙樹柳二句　意謂人和柳樹都已長大而衰老。《晉書・桓溫傳》：「溫自江陵北伐，行經金城，見少為琅邪時所種柳皆已十圍，慨然曰：『木猶如此，人何以堪！』攀枝執條，泫然流涕。」❷三徑　指隱者的家園。《三輔決錄》卷一：「蔣詡歸鄉里，荊棘塞門，舍中有三徑，不出，惟求仲、羊仲從之游。」❸嶔崎骨相　奇特的形體相貌。骨相，人的形體相貌，相術認為與人的命運相關。嶔崎，品格特異。❹底用　猶言何用。

【語　譯】這美麗如畫的江山，被颯颯西風和隻隻旅雁，做成了一片蕭索世界。人與門前兩棵枯敗的柳樹一樣，悲傷地感歎著流年易逝。舊時庭院裡寒花一片，昔日宮殿上蒼苔點點，古往今來都有傷心事。浮生就是一場夢，可憐這場夢太難過。　看那西下的夕陽，如人在他鄉作客一樣，也不願意多停留一下。我想家裡的荷花，應該已經開到三徑，紅滿到了去年籬笆腳下。這一副瘦削的腰身，奇特的形貌，被一身青衫束縛著，真是討厭極了。文章有什麼用？我要回去種田了。

【研　析】這是一首羈旅抒懷詞，詞人漂泊金陵，觸景生情，表達了對家鄉的懷念和對自己流落在外的傷感。上片寫景。開篇三句，承「秋思」之題，造句奇倔。「江山如畫，被西風旅雁，做成蕭索。」「西風旅雁」本無情，但在人眼中帶了感情的色彩，引發起詞人對牠們把眼前江山「做成蕭索」的無端怨緒。「人與門前雙樹柳，一樣悲傷搖落」，繼續寫世界的蕭瑟，柳樹在秋風之中搖落，人在羈旅之中也倍感蕭索。接下來，「舊院」三句，蕩開一筆，寫滄桑之感，充滿怨懟之情。以「寒」狀舊院之花，以「破」寫故宮之苔，都是描寫詞人在南京城之所見，「舊院」、「故宮」的意象有較強的歷史滄桑感；「各」字堪稱險韻，用字生澀，有警人心目的效果。然後，詞人筆鋒一轉，弔古過渡到寫自己：「浮生皆夢，可憐此夢偏惡。」「此夢」猶言「此生」，人生一世竟如噩夢一場；當然「我」可以看破、放下，只是這痛苦實在銘心刻骨！下片抒懷，過片為一大頓挫，沒有恣意發抒傷痛，而是換筆寫景，表達其歸隱田園的想法。「看取西去斜陽，也如客意，不肯多耽擱」，以斜陽為載體，寫其思歸的心情，「不肯多耽擱」尤顯其思歸之切。接著是懸想田園之美，充滿著美好的願景。「料得芙蓉三徑裡，紅到去年籬腳。」這一句造語平易，卻色彩鮮明，把自己的家園描繪成一個美好的世界，這裡紅色的荷花與綠色的籬笆相映成趣，恰好與眼前所見「寒花」「破苔」形成鮮明的對比，為後面表達歸隱的思想作了鋪墊。「瘦削」三句，為全篇最激烈之語。青衫為學子所服之衫，代表著功名仕進之心，也代表著眼下潦倒不堪的人生苦況。明明才華橫溢，卻偏偏不遇於世，只好認定自己命裡無分；被名韁利鎖捆住了手腳，不得不過著有家不能歸、有景不能賞、有樂不能享的生活，實在可惡！「文章底用？我將歸事耕鑿」，總結前文，直抒胸臆，表達了才學無用、情願歸耕的憤激之情。全篇遣詞造句直白潑辣，多次選擇「各」、「腳」、「鑿」等難押之韻來輔助抒情，出憤激以戲謔，聲情並茂，是一首膾炙人口的好詞。

124　琵琶仙

秋日遊金陵黃氏廢園❶

王　策

秋士❷心情，況遇著、客裡西風落葉。惆悵側帽❸行來，隔溪景淒絕。沒半點、空香似夢，只幾簇、野花誰折。莎❹雨寒幽，石煙荒淡，鶯蝶飛歇。試問取、舊日繁華，有餅媼漿翁❺尚能說。道是廿年彈指❻，竟風光全別。真不信、尋常亭榭，也例逐、滄桑棋劫❼。何怪宋苑陳宮❽，荒蛄弔月❾！

【注釋】❶金陵黃氏廢園　不詳，可能指明末清初著名學者、藏書家黃居中、黃虞稷父子舊居。黃家築千頃堂藏書萬卷，所編《千頃堂書目》也是清代最重要的目錄學著作之一。因無後嗣，千頃堂藏書竟隨即星散四方。❷秋士　傷悲時光流逝、老大不遇之人。《淮南子・繆稱訓》：「春女思，秋士悲，而知物化矣。」❸側帽　歪戴帽子，常用作風流瀟灑的象徵。《北史・獨孤信傳》：「信在秦州，嘗因獵日暮馳馬入城，其帽微側。詰旦而吏人有戴帽者，咸慕信而側帽焉。」❹莎　草名，即莎草、青莎。❺餅媼漿翁　賣餅的老婦，販漿的老翁。❻彈指　佛教語，喻極短暫的時間。❼棋劫　本是圍棋術語，比喻各種勢力之間的爭鬥與取代。❽宋苑陳宮　指南朝宮苑。❾荒蛄弔月　唐李賀〈宮娃歌〉：「啼蛄弔月鉤欄下，屈膝銅鋪鎖阿甄。」蛄，即螻蛄。

【語譯】我潦倒落魄，心中已滿是秋意，何況在他鄉面對著西風落葉。滿懷著惆悵，斜戴著帽子故作瀟灑走來，溪水那邊是一片淒涼景色。沒有半點朦朧似夢的香氣，只有幾簇野花怒放也無人憐惜。青莎在寒雨中幽立，荒煙在亂石間繚繞，野鶯蝴蝶已無力翩飛。

試著尋訪昔日的繁華，賣餅販漿的老人尚能為我述說。短短二十年，彈指一揮間，今日與舊時風光全別。真不敢相信尋常人家的亭榭，也一樣捲入滄海桑田的棋劫。也不必奇怪曾經的六朝宮苑，到如今只有悲傷的秋蟲在寒月下憑弔！

【研析】這首〈琵琶仙〉感慨人世滄桑，悲涼沉痛，淒冷肅殺，有一種人生幻滅之感。開篇二句，單刀直入，暴露悲戚之心境：「秋士心情，況遇著、客裡西風落葉。」「客裡西風落葉」，是三個引人傷感的詞彙，它們並排而出給人以觸目驚心之感。「惆悵側帽行來，隔溪景淒絕」，「側帽行來」，是紀行，也是故作瀟灑狂放，是為了煞住前面的秋愁；他帶著特定心境的出遊，所見之景則皆心中之景，溪水對岸的風景一片淒絕。「沒半點、空香似夢，只幾簇、野花誰折。」這是兩個三四句式，判定性的副詞在前，強調了荒廢之景和淒涼之情。從前的繁華鬧熱竟沒有半點留下，在詞人看來眼前的幾簇野花只是聊作點綴而已。接著「莎雨」三句，集中寫景，營造了一種幽冷荒涼的氛圍。尤其「鶯蝶飛歇」一句堪稱警策，詩家每用飛舞的鶯燕蝴蝶來反襯庭院之荒寂無人，此處連牠們都已不再飛舞，荒涼之中又有肅殺之感。上片寫蒼涼，下片寫興廢。「試問取、舊日繁華，有餅媼漿翁尚能說」，用閱歷人世滄桑的「餅媼漿翁」來訴說往事，把昔日的繁華與今日的衰落勾連起來。「道是廿年彈指，竟風光全別。」「廿年彈指」，有感慨年華易逝的意味，但「風光全別」才是詞人要表達的內容。結片兩韻是一個邏輯整體，「真不信、尋常亭榭，也例逐、滄桑棋劫。何怪宋苑陳宮，荒蛄弔月」，陳廷焯評論稱「結四語尤妙。他手每每倒說，意味轉薄」（《白雨齋詞話》卷四），其實倒過來說，意味也未必就會轉薄，比如上一首〈念奴嬌〉詞中就有「舊院花寒，故宮苔破，今古傷心各。浮生皆夢，可憐此夢偏惡」的句子，先「人事有代謝，往來成古今」再「江山留勝迹，我輩復登臨」，同樣感慨深沉，只不過不及由「尋常亭榭」到「宋苑陳宮」這樣由今及古、由小到大顯得精警有思致。這首詞採用聲韻拗怒化、邏輯加強化的辦法，強化了情感的表達。如「隔」、「沒半點」、「只幾簇」、「試問取」、「道是」、「竟」、「不信」、「也例逐」等位置，全部選取仄聲且多去聲、入聲，判定性副詞也多帶有否定性，各自領起句子後彼此間還形成遞進等邏輯關係，情感怨懟激烈。上片寫景作蓄勢狀，下片抒情則一氣貫下，有追魂攝魄之力量。

125

浪淘沙

平沙落雁❶

鄭燮

秋水漾平沙，天末澄霞，雁行棲定又喧譁。怕見洲邊燈火焰，怕近蘆花。

是處❷網羅賒❸，何苦天涯？勸伊❹早早北還家。江上風光留不得，請問飛鴉。

【作　者】鄭燮（西元一六九三—一七六五年），字克柔，號板橋道人，江蘇興化人。乾隆元年（西元一七三六年）中進士前，曾以賣畫維生達十年之久。先後任山東范縣、濰縣縣令。乾隆十八年（西元一七五三年），因為請求賑災忤上官而落職，又開始賣畫生涯。板橋詩詞書畫皆精，為「揚州八怪」之一。有《鄭板橋全集》，含詞一卷七十餘首。

【注　釋】❶平沙落雁　瀟湘八景之一。這首詞是鄭燮〈浪淘沙・和洪覺範瀟湘八景〉組詞中的第六首，作於雍正二年（西元一七二四年）作者為求生計而出遊至湖北、湖南之時，借題發揮，所寫未必是眼前實景（據王同書《鄭燮評傳附錄・鄭燮年表》）。洪覺範即宋代詩僧惠洪。「瀟湘八景」包括「瀟湘夜雨」、「山市晴嵐」、「漁村夕照」等。❷是處　到處。❸賒　多。❹伊　你，指雁。

【語　譯】秋水搖漾著沙岸，明淨的晚霞停留在遠天，雁隊才歇宿忽而又驚動亂鳴。想是怕見沙洲邊的燈火，怕靠近蘆花。

到處都設有羅網，何苦還流浪天涯？勸你早早向北飛回自己的家鄉吧。江上風光再好，可是也不能在此停留。如若不信，可以問問那些留守的飛鴉。

【研　析】這是一首很容易理解又很不容易理解的詞。容易理解的是詞句的表面意義，詞人不過是同情大雁的處境勸牠們早早北返，寄託了自己思家念歸之情；不容易理解的是字裡行間疲憊無聊的人生失意之感。開篇兩句承題，描繪的是一幅平沙落雁的美景圖。「秋水漾平沙，天末澄霞。」「漾」、「澄」兩字動靜結合，營構的是一種明麗祥和的氛圍。「雁行棲定又喧譁」一句點題，這裡的「雁行」不是在安靜地依偎或者輕快地回翔，而是充滿了驚恐和不安。「怕見洲邊燈火焰，怕近蘆花」，「燈火」指示著人的存在，而「蘆花」叢本應是很好的棲息場所，但雁知人亦知，「蘆花」反而成了最危險的地方。過片承上而急轉直下：到處都有想捕雁的人，到處都布著網羅、陷阱，有「燈火」處如此，「蘆花」中亦然。「何苦天涯」，是問雁，也是自問，何苦流浪於此呢！這裡雖然有「山市晴嵐」、「平沙落雁」的美麗風光，但從離開家的那一刻起，人就是在漂泊了。「勸伊早早北還家。江上風光留不得，請問飛鴉」，詞人的癡語讀來真是可愛又心酸。秋天大雁必然要南來的，又怎麼可能現在北去？烏鴉是留鳥，會長期棲居一地，牠們是最明白家的可貴的，現在就在回家的路上吧？大雁是不會走的也不想走，詞人想走卻不能走；詞人和烏鴉一樣戀家，此刻卻不能像烏鴉一樣歸去。讀到這裡才明白，作者寫的根本不是「平沙落雁」，是「詠雁」，詠的也不是雁，而是自己，整首詞一氣貫下，表達的是天涯漂泊、思家念歸的感情。此時的板橋，正處在人生最失意、最艱難的時期，年過而立，僅有個秀才的功名；典賣盡家中藏書以奠葬剛去世不久的父親，幼子又夭折；為躲債，也為謀出路，他拋妻棄女，遠遊湖廣、四川……真是「幾年落拓向江海，謀事十事九事殆」（《板橋詩鈔・七歌》），所以他會替雁擔憂，會勸南來的大雁北返，因為天涯漂泊他已經吃盡了苦頭，看透了這個「青天萬古終無情」（同上）的人世。

126 沁園春　恨

鄭燮

花亦無知，月亦無聊，酒亦無靈。把夭桃❶斫斷❷，煞他風景；鸚哥煮熟，佐我杯羹。焚硯燒書，椎❸琴裂畫，毀盡文章抹盡名。滎陽鄭，有慕歌家世，乞食風情❹。

單寒骨相❺難更，笑席帽❻青衫❼太瘦生❽。看蓬門❾秋草，年年破巷；疏窗細雨，夜夜孤燈。難道天公，還鉗❿恨口，不許長吁一兩聲？癲狂甚，取烏絲⓫百幅，細寫淒清。

【注釋】❶天桃　豔麗的桃花。❷斫斷　砍斷。❸椎　即槌。❹滎陽鄭三句　唐白行簡傳奇《李娃傳》寫滎陽鄭生本世家子，迷戀妓女李娃，遭鴇母陷害，一度靠賣唱維生。後得李娃悔過相救，取得功名。滎陽鄭，本是鄭姓一大宗，這裡作者是自我調侃。❺單寒骨相　指命中注定窮困潦倒。單寒，貧賤寒微。骨相，人的形體相貌，相術認為與人的命運相關。❻席帽　一種用舊席編的帽子，唐宋時未第舉子常戴。❼青衫　古時學子或低級官員所穿之服。❽太瘦生　猶言太瘦的樣子。生，語助詞。李白〈戲贈杜甫〉：「借問別來太瘦生，總為從前作詩苦。」❾蓬門　代指簡陋寒酸、地位低下的人家。❿鉗　限制；約束。⓫烏絲　即烏絲欄，一種黑格的箋紙。

【語譯】花有何知，月有何趣，酒又有何妙？把美麗的桃花砍斷，煞他風景；把巧嘴的鸚哥煮熟，下酒吃掉。硯臺焚了書燒了，把琴砸了畫撕了，文章都毀掉，名聲都抹倒。出身滎陽的鄭氏，要飯是氣質，唱曲是家風。

　可笑我貧窮潦倒的骨相是難以改變了，一身席帽青衫，瘦骨伶仃。長年棲身破巷，蓬門長滿秋草；夜夜孤燈相伴，細雨敲打破窗。難道老天還要我閉口不言心中恨，不許我長吁短歎一兩聲？癲狂到底，取百幅好紙，細寫心中的淒惻與清冷。

【研析】這是板橋最膾炙人口的詞作，它顛覆了讀者對古典詩詞的通常印象，開闢了詞境的新天地。此時的板橋尚未中舉，作為一個生活在文網高張的社會中、掙扎於進退失據的命運的底層知識分子，作者用淋漓恣肆的健筆，抹倒一切，噴洩了胸中的怨憤和淒涼。上片對所謂的文人生活作了一次摧枯拉朽的掃蕩，憤激中見陰鬱，詼諧中有淒涼。「花亦無知，月亦無聊，酒亦無靈」，沒有任何難解的詞句，只用一組重複排比，加強了抒情的力度，把花、月、酒這些自然的寵兒、文人的良伴、詩詞的常客，一一抹倒，這反常舉動的背後是內心的極度痛苦。「把天桃斫斷，煞他風景；鸚哥煮熟，佐我杯羹。」是進一步的行動，他要進行徹底的破壞，把桃樹砍了，把鸚鵡煮了，生活的品位放棄了，還要藝術的追求、立言的不朽幹什麼？接著是，焚硯燒書，椎琴裂畫，「毀盡文章抹盡名」。文房的四寶，「經國之大業，不朽之盛事」，這些文人生活的主要內容也被詞人一一抹掉了。讀書人的生活已經不存在了，那麼該如何生存？「滎陽鄭，有慕歌家世，乞食風情。」過去不是看重宗族血脈、社會階層嗎？詞人自貶身價，自稱祖上也賣過唱。傳統文人不是不食嗟來之食嗎？

詞人宣稱我就喜歡以乞討為生。「天地間第一等人，只有農夫，而士為四民之末！」（〈范縣署中寄舍弟墨第四書〉）文人看重什麼，詞人就摧毀什麼；文化凝聚了什麼，詞人就「解構」什麼。傳統觀念、禮法制度、修身齊家、風流儒雅，所有這一切在詞人眼中都一錢不值，而且應該唾棄。為什麼？詞人數十年的艱辛備嘗，數十年的辛苦磨煉，詩、書、畫俱臻絕詣，但生活又給了「我」什麼？單刀直入式的抒情，雷霆萬鈞的氣勢，衝擊著每一個讀者的心靈。沒有人會真的怪罪板橋的「煞風景」，也沒人會相信板橋真的肯焚琴煮鶴，反而每一個讀者都可以借板橋之口一抒胸中憤懣！下片轉而「解構」自己。「單寒骨相難更，笑席帽青衫太瘦生」，在這個以貌取人的社會，「我」這副寒微倒霉的長相、瘦骨伶仃的身材自然注定一輩子不會走運了。住的環境如何？人際交往如何？「看蓬門秋草，年年破巷；疏窗細雨，夜夜孤燈」，果然貧窮困頓，破屋陋巷，無人往來，淒冷孤寂。如果說上片的憤激是誇張，那麼下片的淒涼則是寫實，是詞人「貌寢陋，人咸易之。又好大言，自負太過，漫罵無擇。諸先輩皆側目，戒勿與往來」（〈板橋自敘〉）之真實經歷的情境化。「難道天公，還鉗恨口，不許長吁一兩聲」，情感復又振起，詞人的兀傲不妥協真是令人敬佩又驚喜。板橋生活的年代，是清朝滿族統治者大興文字獄的年代。明明有濟世安民的抱負，明明有橫絕一世的才華，卻仍然窮困潦倒；竟然還有密不透風的文網來扼殺文人的自由和性靈。天子要鉗人口，小民自然反抗不得，可是難道連長歎一聲都不行嗎？詞人明白宣告自己的不屈服，「癲狂甚，取烏絲百幅，細寫淒清」，魅時的文章不妨「毀盡」，諛眾的浮名正好「抹盡」，既然已經癲狂至極，那就盡情抒寫心中的淒苦與清高吧！

127 青玉案

宦況❶

鄭燮

十年蓋破黃綢被❷，盡歷遍、官滋味。雨過槐廳❸天似水。正宜潑茗❹，正宜開釀，又是文書累。

坐曹❺一片吆呼碎，衙子❻催人妝傀儡❼。束吏❽平情⑨然也未？酒闌燭跋⑩，漏⑪寒風起，多少雄心退！

【注　釋】❶宦況　當官的境況。從乾隆七年（西元一七四二年）到乾隆十八年（西元一七五三年），是鄭板橋十二年的宦海生涯。板橋歷任山東范縣、濰縣知縣，為官清明，頗有善政，最後因上書請賑災而忤上官，遭誣告罷官。這首詞當作於濰縣縣令任上，距離仕途的終點已經不遠。❷黃紬被　這裡指在縣令任上。《山堂肆考．彥博題鼓》：「宋文潞公（按，即文彥博）為榆次令，嘗題縣樓鼓曰：『置向樵樓一任撾，撾多撾少不知他。如今幸有黃紬被，努出頭來早放衙。』」《蘇東坡詩注》：『世傳宋太祖謂一縣令曰：「切勿於黃紬被裏放衙。」』鄭氏云「蓋破黃紬被」，看似懶於公事，其實有無為而治、與民休息的意味。❸槐廳　指縣衙。宋江少虞《新雕皇朝類苑．槐廳》：「學士院第三廳。學士閣子當前有一巨槐，素號槐廳。」❹潑茗　即指飲茶。古人煎茶，常先用沸水蕩滌茶具及茶葉。❺坐曹　官吏在衙門辦公。❻衙子　在衙門裡當差的人。❼磈儡　即傀儡，木偶。❽束吏　約束屬吏。❾平情　公允。❿燭跋　蠟燭燃到尾部。⓫漏　即漏壺，古時用來計時。

【語　譯】當了十年縣令，嘗盡了做官的酸甜苦辣。縣衙前剛下過雨，碧天如洗明淨可人。此時正宜煎茶，正好飲酒，卻又要為各種文書所累。

升堂辦公，衙役吆喝聲一片，我成了一個被趕著走的木偶。約束屬吏，公允不私，做得到底如何？酒將喝完，燭要燃盡，更漏漸深，寒風驟起，多少雄心壯志都已消退！

【研　析】詞人半生辛苦，只有七品烏紗帽，辛勞十年落得遭陷免官，多少雄心灰盡，多少身不由己，多少憤懣難平，都借這首小詞傾訴而出又傾訴不盡。開篇「十年蓋破黃紬被，盡歷遍、官滋味」二句點題，語極放縱，意極沉鬱，一典三用，以少總多。本來「黃紬被」就常作為縣令的標誌，「十年蓋破黃紬被」，是已做了十年縣令，十年不遷，鬱悶可知。從典故源頭來看，縣官而蒙「黃紬被」，是疏於政事的表現；十年功夫，黃紬被已經被板橋「蓋破」，他顯然早已對一縣之長沒了興趣。此外，這裡多少也透露了一點鄭氏為官樂於撫民、清明無為的作風。因為在靠天吃飯的古代農業社會，長官疏於政事對百姓來說未必就一定是壞事，詞人也樂得「落落漠漠何所營，蕭蕭淡淡自為情」（〈范縣呈姚太守〉）。接下來具體敘述，「雨過槐廳天似水。正宜潑茗，正宜開釀，又是文書累」，官務的繁瑣無聊與作者的文人雅致之間的矛盾，是詞人「官滋味」的一大方面。槐廳本是宋代學士院第三廳，縣衙當然比不了學士院，但此處大詞小用，正是要與後文喝茶飲酒的雅事相配合。雨過亭廊，碧天如洗，空氣一新，如此良辰美景正宜賞心樂事。「潑茗」、「開釀」兩詞生動活潑，茶薰茶道茶趣，酒香酒令酒神，皆在其中。可惜，就像宋人潘大臨被催租聲攪得「滿城風雨近重陽」沒了下句一樣，詞人一切興致都被又送來的「文書」破壞了，如同作者在詩中所說，「宰官枉負詩情性，不得林巒指顧間」(〈惱濰縣〉)。下片寫為官滋味的另一大方面，是作者親民恤民的作風與冷漠暴虐的官場大環境間的矛盾。「坐曹」兩句生動而形象地刻劃了縣衙的混亂和衙吏的冷酷。被「吆喝」的肯定是百姓，不管原告、被告，平頭百姓到了公堂自然低人一等；想與民為善的鄭縣令被逼著當了傀儡，但他不做搜刮民膏民脂之事，而是體察民情，約束屬吏，無為而治。然而，「束吏平情」的作風對百姓效果又如何呢？「縣官編丁著圖甲，悍吏入村捉鵝鴨。縣官養老賜帛肉，悍吏沿村括稻穀」(鄭燮〈悍吏〉)，面對如此暴虐的官吏隊伍，詞人感到有心無力。自己的政治前景如何？老百姓的口碑並不管用，詞人幹了十年還是一介縣令，最後還因為上報災情、請賑災民而惹惱上級，斷送了前程。「酒闌燭跋，漏寒風起，多少雄心退」，酒已盡，燭已微，寒漏聲聲，冷風陣陣，已是無比淒涼的氛圍，更淒涼的是詞人的內心。他不但有濟世安民的抱負，而且有民胞物與的胸懷，「衙齋臥聽蕭蕭竹，疑是民間疾苦聲。些小吾曹州縣吏，一枝一葉總關情。」(〈濰縣署中畫竹呈年伯包大中丞括〉)然而想做好官卻與自己前程有礙，想做好官卻未必真做得到百姓頭上，這是鄭板橋的悲劇，更是當時社會的悲劇、體制的悲劇。這是板橋的一枝淋漓健筆為我們描繪的「乾隆盛世」的社會真相。

128

滿江紅

史承謙

才說春來，轉眼又、送春歸去。算幾日、淡紅香白，鬥他眉嫵。祓禊❶洛濱❷遊已散，湔裙❸洧水❹人何處？料卿卿❺、應向瑣窗❻眠，吹香絮。

知多

少，閑情緒。都付與，新詞句。嘆朱顏非舊，韶華空度。更不推辭花下酒，最難消受黃昏雨。悶懨懨❼、和夢聽鶯聲，空無語。

【作者】史承謙（約西元一七〇七—一七五六年），字位存，號蘭浦，荊溪（今江蘇宜興）人。以諸生遊幕，落魄終老。承謙出身陽羨詞人群，曾祖叔父為史惟圓，外曾祖父為徐喈鳳，有深厚的家學淵源，才華橫溢，尤工於詞，被譽為陽羨詞群的第四代領軍人物，與弟史承豫並稱「宜興二史」。著有《小眠齋詞》四卷。其詞多抒寫寒士不遇之淒涼，出語自然而情韻深厚，不事雕琢而風格挺秀，於雍、乾詞壇獨樹一幟。

【注釋】❶祓禊　古代習俗，在水邊洗濯沐浴，以除災去異，多在農曆三月初三上巳日舉行。❷洛濱　洛水之濱，即今河南洛河。❸湔裙　古代習俗，於上巳日用河水沾濕衣裙，以祓除不祥。❹洧水　即今河南雙洎河。洛水、洧水都曾是舉行文化活動的重要地區，這裡只是虛指春遊之地。❺卿卿　男女間稱呼對方的暱稱。《世說新語》：「王安豐婦，常卿安豐。安豐曰：『婦人卿婿，於禮為不敬，後勿復爾。』婦曰：『親卿愛卿，是以卿卿；我不卿卿，誰當卿卿？』遂恆聽之。」❻瑣窗　有花格紋理的窗戶。❼懨懨　無精打采的樣子。

【語譯】才說春天來了，轉眼又要送它歸去。淡紅粉白的花兒，和她的眉黛爭奇鬥豔，細算來也沒幾天。湔裙祓禊的儀式已經結束，春遊的人現在何處？我想此刻，你應該是斜臥在窗戶下，吹逗著空中的飛絮。不知有多少閒情意緒，都結成了篇篇新詞。我感歎朱顏老去，年華虛度。不用推脫在花下飲酒，最難消受的是這紛紛的暮雨。愁悶到百無聊賴，伴夢聽鶯聲亂啼，我默然無語。

【研析】這是一首愛情詞，以惜春為框架，以懷人為主線，結構自然天成，風格輕靈婉約。開篇二句，語簡意豐，「才說春來，轉眼又、送春歸去」，把賞春、惜春、傷春諸般情懷皆包裹其中，為後面的美人出場作鋪墊。「算幾日、淡紅香白，鬥他眉嫵」，既寫春光爛漫，又寫伊人美麗；和春花鬥美的是她的眉妝，這一切均是出自詞人的想像。「祓禊洛濱遊已散，湔裙洧水人何處」兩句寫春去人遠，引出對伊人的懷念。在古代，上巳日是男女交遊的重要日子，洛水、洧水都是古時「相親」的絕佳場所，《詩經・鄭風・溱洧》就有「洧之外，洵訏且樂。維士與女，伊其相謔，贈之以勺藥」的記載。也許兩人本有在水邊相會的美好記憶，不過此刻卻只能兩地相思了。歇拍二句，「料卿卿、應向瑣窗眠，吹香絮」，是對「人何處」的回答，「瑣窗眠」寫出了她的百無聊賴，「吹香絮」以傳神的細節摹狀其天真可愛，表現了詞人心思之細和感情之深。上片從「我」出發，想像「她」的一舉一動，在詞人筆下，「她」是鮮活的、真實的、溫暖的：春來賞花，她如花美貌無人憐惜；出而踏春，但曾經攜手之處，卻不見那時之人；歸來尋夢，懸想其百無聊賴，看著飛絮帶春歸去。在結構上，層層遞進，脈絡井然。

下片轉到自身。「知多少，閑情緒。都付與，新詞句」，仍用含蓄的筆法，引導讀者在詞中尋味，詞人的多少閒情都被寫進了新詞句。「嘆朱顏非舊，韶華空度」，慨嘆時光易逝。「更不推辭花下酒，最難消受黃昏雨」一聯很有名，勝在好似脫口而出，不假雕飾。結拍「悶懨懨、和夢聽鶯聲，空無語」二句，寫自己半夢半醒之間，聽著鶯聲鳥鳴，怔怔地出神，恰與上片結尾寫「她」窗下吹絮相呼應，真是兩個癡情兒！綜觀全詞，春天是賓，伊人是主，懷人之情滲透在每一句之中，絕無懈筆、贅筆，看似尋常，實則渾然一體，如一杯清茗，香久不絕。

129

一萼紅

桃花夫人廟❶

史承謙

楚江邊，舊苔痕玉座，靈跡自何年？香冷虛壇，塵生寶靨❷，千秋難釋煩冤。指芳叢、飄殘清淚，為一生、顏色誤嬋娟。恩怨前期，興亡閑夢，回首淒然。

似此傷心能幾？嘆詩人一例，輕薄流傳。雨颯雲昏，無言有恨，憑闌罷鼓神弦❸。更休題、章臺❹何處，伴湘波、花木暗啼鵑❺。惆悵明璫❻翠羽❼，斷礎❽荒煙。

【注釋】❶桃花夫人廟　在今湖北黃陂，桃花夫人即息夫人。據《左傳》等書記載，息夫人原出媯氏，為春秋時息國國君夫人，又稱息媯。後被楚文王擄去，為了保存息侯性命，從楚王。以其貌美如桃花，又稱桃花夫人。息夫人在楚宮三年，生二子，卻不開口說話。歷代題詠息夫人故事的名作很多，如唐王維〈息夫人〉：「莫以今時寵，能忘舊日恩。看花滿眼淚，不共楚王言。」唐杜牧〈題桃花夫人廟〉：「細腰宮裡露桃新，脈脈無言幾度春。至竟息亡緣底事，可憐金谷墜樓人。」清鄧漢儀〈題息夫人廟〉：「楚宮慵掃黛眉新，只自無言對暮春。千古艱難唯一死，傷心豈獨息夫人。」❷寶靨　靨，臉頰上的酒窩。這裡的「寶靨」和前文的「玉座」、「靈跡」、「虛壇」都是就桃花夫人廟內的陳設和塑像而言。❸神弦　即神弦歌，江南民間祭神用的樂曲。❹章臺　即章華臺，楚離宮名，故址在今湖北潛江市龍灣古華容城內。此處代指楚宮。❺啼鵑　見前納蘭性德〈菩薩蠻〉（問君何事輕離別）詞注❺。❻璫　耳飾。❼翠羽　頭上的羽毛裝飾。❽礎　柱下石。

【語譯】屹立在楚江之畔。玉座上覆蓋著舊苔痕，哪一年還有靈光閃現？神壇上的香案早已灰冷，豔麗的臉頰蒙上了積塵，千年之後，仍難以冰釋她的愁思冤情。看芬芳的花叢中，還有當日落下的斑斑殘淚，她一生總被紅顏誤。從前的期許與後來的恩怨，從前的閒愁與後來的興亡，再回首也只是淒然。　似我這樣的傷心者有幾人？嘆惜那大詩人杜牧的一詩定論，從此她以輕薄在世上流傳。浮雲昏暗，秋雨蕭瑟，憑欄遠眺，弦鼓奏罷。縱然有千愁萬恨也無言。不要再提楚宮的繁華舊事，還好有洞庭煙波和花叢啼鵑相伴。讓我生出無限惆悵的是，昔日的明璫翠羽，還有眼前這斷礎荒煙。

【研析】這首懷古詞是史承謙最為膾炙人口的作品之一，在對息夫人悲劇命運一掬同情之淚的同時，也暗含了作者深沉的人生感喟。開篇「楚江邊」三句寫景，將靜止的「苔痕玉座」，放在「楚江」也即長江這樣宏闊的背景下，個體（包括息夫人也包括作者自己）的渺小與孤獨便突顯出來了。玉座上鋪滿「苔痕」，表明一個時間長度，綴一「舊」字則再加一倍，顯示這座桃花夫人廟實在是冷清太久了。接下來「香冷」三句，寫在廟內所見所感。祭祀的陳設還在，但早已香火斷絕，久未修繕。神縱欲與人通，也無人可以訴說，也許她正等待詞人到來，為她一表千年難釋的煩冤。「指芳叢、飄殘清淚，為一生、顏色誤嬋娟」，詞人彷彿真的能與神像交流了，看到息夫人在為他指點芳叢中的淚跡，並告訴他自己一生都為容顏所誤。怎麼還會有「至竟息亡緣底事」這樣紅顏禍水式的不公之論呢？美麗的容顏遮蔽了歷史，也遮蔽了息夫人內心的痛苦和命運的悲劇。「恩怨前期，興亡閑夢，回首淒然」三句，揭示了人在命運面前不能自主的真正主題。為自己為他人許下的「前期」，如何竟變成後來的恩恩怨怨？在沉重巨大的興亡面前，「閑夢」又如何能再提起？想到這裡，詞人發出了「回首淒然」的感慨，淒然的是息夫人，也是詞人自己。過片情感再度振起，照應懷古的主題。「似此傷心能幾？嘆詩人一例，輕薄流傳」，既見筆力，更見識力。「傷心」句是表示自己對息夫人的同情，「詩人」句則表示對杜牧誤解的不能認同。面對杜牧這樣感嘆息夫人不能學綠珠以身殉的「輕薄」評語，詞人感慨息夫人也只能「無言有恨」以對。「雨颯雲昏」一句，以景染情，既是寫息夫人和作者當下所處的環境，也暗示命運對二人的壓迫，對前者而言是後世之人的不理解與譏誚，對後者而言則是高才不遇和書劍飄零的孤獨淒愴。但各懷心事的祭祀者，各秉才性的憑弔者，又有幾人能理解息夫人之傷心？茫茫人海又有幾人能體會詞人的遭際與痛苦？「更休題、章臺何處，伴湘波、花木暗啼鵑」，從反面的角度說，不要再提那傷心的往事，還是讓洞庭煙波和花叢鵑啼與她相伴，也就是說只有湘波和啼鵑才能和息夫人休戚與共，只有詞人才能理解息夫人深沉的故國之恨。末尾再以今昔對比作結，昔日的「明璫翠羽」，眼下的「斷礎荒煙」，一虛一實，一明一暗，一生一死，可堪惆悵的已是整個人間。這首詞的主題是感慨命運的無情。在世時沒有人理解，去世後依然被人誤解，理解也好，誤解也罷，千年之後，差堪慰藉的，恐怕只有那飄渺無依卻又不絕如縷的一絲同情。情感雖然淒惻怨訴，但詞人並沒有斤斤於細小物象的描摹，而是將時空感包裹到每一句之中，顯得挺拔有骨力。

130

望江南

賀雙卿

春不見，尋過野橋西。染夢淡紅欺粉蝶，鎖愁濃綠騙黃鸝。幽恨莫重提。

人不見，相見是還非？拜月❶有香空惹袖，惜花無淚可沾衣。山遠夕陽低。

【作　者】賀雙卿（西元一七一五年—？），字秋碧，江蘇金壇人。農家女。因舅父在私塾教書，雙卿潛聽默誦，遂識文字。十八歲嫁農家周氏子。夫家人性格暴虐，以羸弱之軀勞瘁而死。雙卿才貌雙絕，能詩詞，以葉為紙，以粉為筆，多自傷遭遇不幸，淒婉天然。所作多散佚，賴同里史震林《西青散記》錄其詩二十四首、詞十四首，並其生平，流傳於世。

【注　釋】❶拜月　古時女子常登樓或於中庭焚香拜月並許願。

【語　譯】看不見春天的蹤跡，我一直尋找到野橋西邊。沾染上淡紅色彩的夢幻，欺哄著那採花釀粉的蝴蝶。鎖住愁思的濃綠也蒙住了黃鸝鳥。從前幽恨，莫再提起。

看不見人的影子，即使再見了還是那個人嗎？拜月時空留幽香在襟袖，惜花時無淚沾濕衣衫。只見在那遠山處夕陽漸漸西沉。

【研　析】這是一首詠春詞，不用典，不炫學，純任天才與性情，是一首感人至深讀來泣下的傑作。上片是春的哀歌。春來了，詞人卻找不到。她一直找到「野橋西」畔，她看到了「淡紅」「粉蝶」、「濃綠」「黃鸝」，但她還是說「春不見」。因為在她心裡已經沒了春天，在她眼裡，淡淡的紅花沾染著夢的迷幻，濃濃的綠樹緊鎖著深深的哀愁，被這些「愁紅慘綠」所逗引的粉蝶黃鸝都是可憐的。內心深處的那些「幽恨」，卻只希望誰都莫再提起。整個上闋都籠罩在一片幻滅之中。詞人構思之精巧，詞句之流麗，感情之淒婉，令人驚歎。

下片承上而來，由傷春而懷人。「人不見，相見是還非」，以複沓開篇，寫物非人亦非，即使相見也不是原來的那個人了。人生難能如初見，何況相見對如今的「我」來說，也已分不清是對還是錯。「拜月有香空惹袖，惜花無淚可沾衣」，「拜月」寄託著美滿團圓的夢想，卻只有餘香在袖；「惜花」表現著自己的美麗與多情，卻已無淚可流。詞人選擇了這兩個極能代表女子形象與情感特徵的動作——「拜月」「惜花」，以少總多，概括自己從希望到絕望、從多情到無情的悲劇人生。末句以景結情，「山遠夕陽低」，一天已走到盡頭，詞人的心靈也開始走向灰冷，又一個漫漫長夜開始了。全詞沒有典故，沒有學問，沒有寄託，甚至沒有故事，用最樸質的語言寫出了一個舊時代小女子動人的感傷。顧頡剛先生為賀雙卿詞所下之評語是「極真率，極悲哀」（轉引自張壽林〈雪壓軒集跋〉）。

131 惜黃花慢

孤雁

賀雙卿

碧盡遙天，但暮霞散綺❶，碎翦紅鮮❷。聽時愁近，望時怕遠；孤鴻一個，去向誰邊？素霜已冷蘆花渚❸，更休倩❹、鷗鷺相憐。暗自眠，鳳凰縱好，寧是姻緣？　淒涼勸你無言，趁一沙半水，且度流年。稻粱初盡，網羅正苦；夢魂易警，幾處寒煙。斷腸可似嬋娟❺意？寸心裡，多少纏綿。夜未闌❻，倦飛誤宿平田。

【注釋】❶散綺　形容晚霞像散開的豔麗綺羅。謝朓〈晚登三山還望京邑〉：「餘霞散成綺，澄江靜如練。」❷紅鮮　色紅而鮮豔。張祜〈江南雜題〉詩：「碧瘦三稜草，紅鮮百葉桃。」❸渚　水邊。❹倩　請；讓。❺嬋娟　美好的女子，這裡是詞人自稱。❻闌　盡。

【語　譯】遠望藍天，碧空如洗，散落的晚霞有如碎剪的紅錦。孤雁一聲淒戾的哀鳴，聽來有如愁緒漸近，放眼望處又怕牠飛得太遠。這隻在空中孤飛的雁兒啊，你究竟要向何方飛去？霜花如雪，寒氣襲人，你孤零地棲息在蘆花鋪地的水邊沙洲，料想你不會去求得沙鷗和鷺鷥的同情和憐憫。還有那高貴的鳳凰，縱然是很好的伙伴，你也會覺得自己與牠無緣！　雖說是處境淒涼，形影相弔，勸你也不要有所怨言，還是趁著這一沙半水，聊且度過這似水流年。成熟的稻粱剛剛收起，還是要注意農家布下的羅網，哪怕是在睡夢之中也應保持警覺的姿態。請看，不遠處正有幾縷炊煙從農舍上方冉冉升起。看你那斷腸落魄的神情，是否正是我煢煢孑立形象的真實寫照？其實，在我的心中，不知包含著多少對你的纏綿情思。夜幕還沒有完全降臨，這隻倦飛的孤雁，誤宿在羅網森嚴的平田。

【研　析】這是一首詠物詞，表面是對孤雁淒涼處境的悲憫，其實是賀雙卿對自己不幸身世的哀歎。據《西青散記》載：賀雙卿出生在丹陽的一個農戶人家，她天生聰慧，極富才思，好為詩詞，深得史震林、段玉函等男性文人的推許。然紅顏薄命，不幸為其父許給綃山一位周姓村夫，屢遭其婆其夫其姑的凌辱。「雙卿夙有瘧疾，體弱性柔，能忍事，即甚悶，色常怡然。一日，雙卿春穀喘，抱杵而立，夫疑其惰，推之仆臼傍，杵壓於腰，有聲，忍痛起，復春。炊粥半而瘧作，火烈粥溢，雙卿急，沃之以水，姑大詬，掣其耳環曰：『出！』耳裂環脫，血流及肩，乃掩之而泣，姑舉勺擬之曰：『哭！』乃拭血畢炊。夫以其溢也，禁不與午餐，雙卿乃含笑春穀於旁。……於是抒臼俯地而歎曰：『天乎！願雙卿一身代天下絕世佳人受無量苦，千秋萬世後為佳人者，無如我雙卿為也。』」這首詞對孤雁的哀憐及關切，正是自己苦難生活和不幸身世的真實寫照。

上片寫雁之「孤」，先從背景寫起，「碧盡遙天」點明季節是在秋後，秋高氣爽，一片湛藍，這時正是鴻雁南飛的時候。接著，一個「但」字將詞意一轉，著力描畫傍晚時分的暮天景象，散落的晚霞就像是被剪碎了的紅錦緞，「紅鮮」與「碧盡」在色彩上形成鮮明的對應關係，也是為全詞鋪下了一個感傷的情感基調。在勾勒了暮秋的圖景後，作者的筆觸轉到了對孤雁的描寫上，然而她寫孤雁卻不從正面刻劃，而是從自己作為觀望者的角度去寫：「聽」字是從聽覺上寫雁，「望」字是從視覺上寫雁，「愁近」、「怕遠」在語義上構成對應的關係，都是表達人在聽雁聲觀雁飛時的內心感受，細膩地勾畫出作者的心理變化，也側面地寫出了雁兒叫聲的淒愴和遠飛時的孤零。接著下來，才正面直接寫孤雁，並以叮嚀關切的口氣去寫：「孤鴻一個，去向誰邊？」這一問也把她對雁兒的關切之情不經意地烘托出來，作者對雁兒的詢問實際上包含有同病相憐、惺惺相惜之感。接下來一句，「素霜已冷蘆花渚」是對上一句提問的正面回答，是說孤雁棲息在嚴霜覆地、蘆花浩蕩的水邊沙洲上。「更休倩、鷗鷺相憐」一句，是從孤雁的立場說話，是孤雁內心世界的真實表白：我不需要他者的同情，亦不樂於像鷗鷺那樣群棲，我已習慣了蜷縮在水邊「暗自眠」。如果說這一句是把孤雁與鷗鷺相比，那麼下一句則是把高貴的鳳凰和孤獨的雁兒相比，進一步突出孤雁獨特的生活習性和執拗自持的性格：「鳳凰縱好，寧是姻緣？」一個反問，語氣婉曲，態度堅定，似乎是對他人的發問，卻是孤雁執著性格的真實呈現。這又何嘗不是賀雙卿自身性格的真實表達？雖然是出身在農家，卻有著一種對詩詞的天然熱愛，儘管在生活中不為其父其夫所容，在生活中有著不為人所理解的孤獨和寂寞，但她仍然不改對文學的執著和熱情。只是她也知道自己身分卑微，正所謂「鳳凰縱好，寧是姻緣？」只能痛苦地接受著「暗自眠」這一孤單落寞的客觀現實。

下片抒情，表現作者對孤雁的關切之情。過片一句，是設身處地為孤雁著想，更像是朋友之間的促膝交流，它在表現方法上則是將孤雁擬人化，在結構意脈上則起著承上啟下的作用，「淒涼」是接續上片，「勸你無言」是啟動下片，一個「勸」字是整個下片的「詞眼」，引出了一系列「勸」的內容。「趁一沙半水，且度流年」一句，是勸慰孤雁要耐得住孤獨寂寞，「一沙半水」是從空間角度而言，「且度流年」是從時間角度而言。「稻粱初盡，網羅正苦；夢魂易警，幾處寒煙」四句，則是勸慰孤雁要保持對生活處境的警覺，因為牠所處的環境實在是危機重重，稍有不慎，便入羅網。這四句在用字上堪稱寫照傳神，「稻粱」與「網羅」相對，「初盡」與「正苦」相應，「夢魂」與「寒煙」則帶有虛幻之色彩，並在虛實對應中寫出現實生活的殘酷無情。如果說上面幾句是「勸」的話，那麼接著下來的兩句便是「慰」了，在意思表達上則映照了過片所說的

「勸你無言」，意在告慰孤雁，所幸還有我這樣孤苦伶仃的弱女子，對你充滿著綿綿不盡的哀思，因為在人世間也有像你一樣命運悲苦的人。「寸心裡，多少纏綿」一句，把作者的惺惺相惜之意和盤托出，讓讀者好像感受到有一顆哀婉的心在紙上行間跳動著。結拍一句，是寫人也是寫雁，寫雁還是充滿告慰之情，在你倦飛投宿的時候很可能會誤入危機四伏的「平田」，寫人則是對自己身世的感慨，我就像你一樣是誤落在人世間的「孤雁」！

132

鳳凰臺上憶吹簫　贈鄰女韓西❶

賀雙卿

寸寸微雲，絲絲殘照，有無明滅難消。正斷魂魂斷，閃閃搖搖。望望山山水水，人去去、隱隱迢迢。從今後，酸酸楚楚，只似今宵。　青遙❷，問天不應，看小小雙卿，裊裊❸無聊。更見誰誰見，誰痛花嬌？誰望歡歡喜喜，偷素粉、寫寫描描❹？誰還管，生生世世，夜夜朝朝？

【注釋】❶韓西　雙卿鄰家女，生平不詳。據史震林《西青散記》卷三記載：「鄰女韓西，新嫁而歸。性頗慧，見雙卿獨春汲，恆助之。瘧時坐于床，為雙卿泣。……是時將返夫家，父母餞之，召雙卿，瘧，弗能往。韓西亦弗食，乃分其所食，自裹之，遺雙卿。雙卿泣，為〈摸魚兒〉詞……以淡墨細書蘆葉。又以竹葉題〈鳳凰臺上憶吹簫〉詞。」❷青遙　指天色青蒼高遠。❸裊裊　纖弱柔美的樣子。❹偷素粉寫寫描描　謂用粉在草葉上作詩填詞，為韓西寫《心經》等。《西青散記》卷三：「雙卿寫詩詞，以葉不以紙，以粉不以墨。葉易敗，粉無膠易脫，不欲存手迹也」、「鄰女韓西……不識字，然愛雙卿書，乞雙卿寫《心經》，且教之誦。」

【語譯】一寸寸微雲，一絲絲餘暉，它若有若無，忽明忽滅，一時難消。斷魂之人魂又斷，我恍恍惚惚，迷離搖晃。遠望重重山水，只見你漸行漸遠，隱約而去。從今後，每一天的心酸苦楚，都似今天。對著青蒼高遠的天空，我忍不住要質問，卻得不到任何回應。我這小小雙卿，柔弱無依，生活了無生趣。還能見誰，誰還來見？誰來憐惜我如花的嬌美？誰來看我歡歡喜喜，偷用素粉在草葉上寫寫畫畫？還有誰會管我這生生、世世、日日、夜夜的痛苦？

【研析】這首詞是送友人韓西的，表達的是離伴失侶後無人理解的痛苦。起筆「寸寸微雲，絲絲殘照，有無明滅難消」三句，寫薄暮之中人的悲抑慘惻，堪稱化工之筆。碎裂成一寸一寸的，不只是雲彩，彷彿也是詞人的肝腸；稀薄到一絲一絲的，不只是殘陽，更彷彿是詞人的呼吸。暮色漸漸升騰，微雲殘照忽明忽滅，似乎掙扎著不願消散，作者悲怨之情溢於言表。「正斷魂魂斷，閃閃搖搖」，芳魂已殘，今而又斷，隨著惟一能夠帶來人間溫暖的摯友的一去難返，正苦於瘧症的雙卿感到自己的生命如同風燭，閃閃爍爍，搖搖欲滅。接下來點明離別。「望望山山水水，人去去、隱隱迢迢」，化用杜牧〈寄揚州韓綽判官〉「青山隱隱水迢迢」句，寫與友人山水重隔，後會難期。「從今後，酸酸楚楚，只似今宵」，詞人已經預見到從今往後再無人慰藉的痛苦。

下片承上而下，將「酸酸楚楚」盡情宣洩。過片仍借景起興，「青遙」兩字突兀而來，凸顯了天空的蒼碧高遠。然而，「問天」的結果是「不應」，像雙卿這樣的弱女子只有失望而已。接下來直到結拍，詞人用三個句群分三層傾訴了自己在人間的哀苦，句句都與離別的主題相連。首先是美麗無人憐惜。「更見誰誰見，誰痛花嬌」，受限於出身、環境，女詞人根本沒有基本的社交生活，甚至沒有溫暖的家庭生活，她不能去「見誰」，也沒有「誰」來見她，她花一樣的美麗與病苦根本得不到應有的關愛。其次是才華無人欣賞。「誰望歡歡喜喜，偷素粉、寫寫描描」，在雙卿生活的清代，雖然已經進入到女詩人輩出的時代，但她偏偏出身在貧苦農家，所許之人是粗魯的丈夫，所侍奉之人也是無情之姑婆；也有隔著禮教大防、懷著複雜心情偶然至此的獵奇文人，能讓她放下戒心，能欣賞她的才華的，竟只是一個不識字的女伴韓西而已！第三層是人生痛苦無人分擔。「誰還管，生生世世，夜夜朝朝」，今生今世，生生世世，夜夜朝朝，人生之痛苦本無處不在。只要痛苦有人傾訴，有人分擔，痛得值得，就依然能苦中作樂。一個人只有當痛苦得沒有了目標，沒有了倚靠，看不到盡頭和解脫，才會真正被壓垮。聽著如此悽愴的呼喊，怎能叫人不同情女詞人的悲劇命運！三個遞進的問句，突破了詞體長調傳統的寫法，從體貌到才華再到命運，給出了一個擁有最耀眼的才華，卻生活在最底層、最受壓抑的女性最撕心裂肺的呼喊，是古往今來所有身罹悲劇命運的女性，借雙卿之口之筆作一聲哭！同時也是人間美好的事物被無情摧殘之悲劇的表達，所引起的共鳴會長久地回響下去。《西青散記》卷三記載雙卿在遭受婆婆責打後說：「天乎！願雙卿一身，代天下絕世佳人受無量苦，千秋萬世後為佳人者，無如我雙卿為也。」真是有此等襟懷，才能寫出此等作品。清人黃燮清《國朝詞綜續編》卷二二評論雙卿時說：「雙卿詞如小兒女，噥噥絮絮，訴說家常。見見聞聞，思思想想，曲曲寫來，頭頭是道……豈非天籟！豈非奇才！」這段話既是對雙卿詞的總評，也可挪來作本詞的專評。

本詞向來以運用多達二十四對的疊字，臻於渾然天成境界而為人所稱道，與宋李清照〈聲聲慢〉「尋尋覓覓，冷冷清清，淒淒慘慘戚戚」的十四疊字連用並稱雙絕。和普通詞語比起來，疊字在感情表達上更單純更濃摯，更回環往復、柔婉綿延，音節上也更流利上口。但疊字也很不容易用好，大量運用更容易傷於雕琢做作。雙卿憑藉自身之天才和純真之性情，「藻思綺語，觸緒紛來」（《西青散記》卷三載雙卿語），完成了這樣一首巧奪天工的作品，不能不令人驚歎。

133

明月生南浦❶ 過春山

河橋泛舟同吳竹嶼❷賦

宿雨收春芳事盡，綠漲溪橋，花落無人境。幾點萍香鷗夢穩，柳綿吹盡春波冷。

溪上人家斜照影，招手魚竿，煙外浮孤艇。回首桃源❸仙路迥❹，一聲欸乃❺川光暝。

【作　者】過春山（約西元一七二三—一七七五年間），字葆中，號湘雲，江蘇吳縣人。諸生。家居市井，性好隱逸，與吳泰來、沙維杓等人友善。有《湘雲遺稿》四卷。

【注　釋】❶明月生南浦　〈蝶戀花〉調之別名。❷吳竹嶼　即吳泰來（西元一七二二—一七八八年），字企晉，號竹嶼，江蘇長洲人。乾隆二十五年（西元一七六〇年）進士。「吳中七子」之一。有《曇花閣琴趣》二卷。❸桃源　指世外仙境，出自晉陶淵明〈桃花源記〉。❹迥　遠。❺一聲欸乃　唐柳宗元〈漁翁〉：「煙銷日出不見人，欸乃一聲山水綠。」欸乃，行船搖櫓聲。

【語　譯】一夜淅瀝的春雨，拾起了春天的芬芳，宣告花事結束。溪橋下，綠水新漲，花落隨水，無人知曉。幾點浮萍飄起淡淡香氣，不動的沙鷗已經酣然入睡，初春的柳絮被風兒吹盡了，寂寞的春水又添了幾分清冷。

斜陽將溪水人家投影到水面上。垂釣的人手持魚竿在空中蕩漾，在煙水朦朧的湖面上有一隻孤獨的小艇。回首處，通向桃花源的仙路慢慢遠去。搖著船櫓欸乃一聲，水光漸漸黯淡。

【研　析】這是一首紀遊詞，記載詞人泛舟河橋之所見，摹繪了春水無邊春意闌珊的江南景象。起手三句，寫暮春景色。「宿雨收春芳事盡，綠漲溪橋，花落無人境。」這「宿雨」收起了「芳事」，春天要結束了，「綠漲」在溪橋兩端，「花落」在無人之境，這是一幅幽靜美麗的江南暮春圖。「收」字是擬人化，是有情語，寫出了春意漸逝；「漲」是寫春水漲橋，「落」是寫春花凋謝。「無人境」並非真無人，詞人與吳竹嶼正泛舟至此；見宿雨之後，綠水新漲，卻不知落花如何？無論是親眼所見，還是想像之辭，惜春之意都已包含其中。史梅溪也有傳世名句，「臨斷岸、新綠生時，是落紅、帶愁流處」（〈綺羅香・春雨〉），將兩者相比較，湘雲詞之長處在其幽清。「幾點萍香鷗夢穩，柳綿吹盡春波冷」，寫詞人之所見。柳綿者，楊花也，楊花入水化為浮萍；現在春意已收，柳綿吹盡，而冷冷春波中只有幾點香萍，是其餘皆隨流水去矣。時值暮春，芳菲已盡，夏木蔭蔭可人；而「春波冷」三字一下，頓覺幽情盈心。說「鷗夢穩」，其實是說「人情閒」，舟泛而過，鷗鷺不驚，環境之清幽，人意之清雅可知。

「溪上人家斜照影，招手魚竿，煙外浮孤艇。」由寫景轉而寫人，寫人的活動，畫面中人逐漸多了起來，更說明此地並非「寂寂冷螢三四點，穿過前灣茅屋」（厲鶚〈百字令〉）的無人之境，只不過魚竿孤艇，適意而已。而且手把釣竿而招手致意，可是心中雖已無魚，眼中卻嫌有人？「回首桃源仙路迥，一聲欸乃川光暝」，寫掉舟返回。「桃源」仙境是對泛舟所見之景的概括，紅塵之外，令人嚮往，「回首」有流連不捨之意。船櫓「一聲欸乃」，已在歸程；「川光暝」，日暮時分，水光漸暗，呼應上片「綠漲」，暗接「宿雨」之夜。一聲櫓響，彷彿從陶醉中驚醒，起視「川光」已暝，此時心與境會，一切難言，亦不必言矣。

吳泰來評湘雲詞曰「雪藕冰桃，沁人醉夢」（陳廷焯《白雨齋詞話》卷四引），可移作此詞專評。其香幽韻冷，雅潔無滓之處，讀之覺多少紅塵醉夢一時皆消。

134 賀新郎 廿八歲初度日感懷時客青州二首（其一）❶

蔣士銓

仰屋❷和誰語？計年華、人生不過，數十寒暑。轉憶四齡初識字，指點真勞慈母。授經傳❸、咿唔❹辛苦。母意孳孳❺兒欲臥，剪寒燈、掩泣心酸楚。教跽❻聽，麗譙鼓❼。

十齡騎馬隨吾父。歷中原、東西南北，乾坤如許。天下河山看大半，弱冠幡然❽歸去。風折我、中庭椿樹❾。血漬麻衣❿初脫了，舊青衫、又染京華土⓫。敗翎折⓬，墮齊魯。

【作　者】蔣士銓（西元一七二五－一七八四年），字心餘，一字定甫，號苕生，又號清容居士，江西鉛山人。乾隆二十二年（西元一七五七年）進士，改庶吉士，授翰林院編修。為官八年歸，主持蕺山、崇文、安定等書院。蔣士銓才高學富，文備眾體，尤其詩、曲並絕，與袁枚、趙翼合稱「乾隆三大家」。著有《忠雅堂集》、《藏園九種曲》等。集中《銅弦詞》兩卷，遠紹蘇、辛，近追陳維崧，真力充沛，雄傑豪放。

【注　釋】❶廿八歲初度日句　本詞作於乾隆十七年（西元一七五二年）十月二十八日，這一天是詞人二十八歲的生日。是年又一次會試落第後，詞人出京南下，經山東青州，探訪老師金德瑛，並留在山東學使幕中。❷仰屋　看著天花板。❸經傳　儒家典籍經與傳的統稱，傳是解釋經的文字。❹咿唔　象聲詞，讀書的聲音，代指讀書。❺孶孶　勤勉的樣子。❻跽　上身挺直跪著。❼麗譙鼓　麗譙，高樓。古時常在高樓上置鼓和鐘，鳴擊以報時。❽幡然　同「翻然」。迅速而徹底。❾風折我中庭椿樹　意謂父親去世。椿是長壽的象徵，古時以趨庭指接受父親訓導，椿庭遂成為父親的代稱。❿麻衣　喪服。⓫舊青衫又染京華土　這裡指北遊京師，參加進士考試。晉陸機〈為顧彥先贈婦〉：「京洛多風塵，素衣化為緇。」⓬敗翎折　這裡指科考落第。翎，鳥身上的長羽。

【語　譯】仰望屋頂，向誰傾訴？細算時光，人生也不過短短數十年。記得四歲那年，我才學會識字，有勞慈母親自指點。她傳經授傳，咿咿唔唔，何其辛苦。兒子想睡覺了，母親還孜孜不倦。她剪掉寒夜的燈花，掩面哭泣，內心不知有多少酸楚。讓我繼續直身正坐，聆聽譙樓傳來的鼓聲。　十歲那年，我跟隨父親，騎馬遠遊。經過中原，奔向四方，感受歷歷乾坤。就這樣，將天下河山看了大半，成年之前卻翻然歸去。萬萬沒想到老天卻奪走了我的父親。才脫掉浸著血淚的喪服，我又要穿上昔日的青衫，踏上京華的征塵。誰知道今又敗戟，我像一隻折翼的鳥兒，跌落在齊魯大地上。

【研　析】這是一首抒懷詞，傾訴了詞人對父母的懷念與感恩，以及自己無以回報的愧疚與對社會不平的悲憤。詞人以感慨起筆，直抒胸臆。「仰屋和誰語？計年華、人生不過，數十寒暑。」身在異鄉，無名無分，所以無人可語；人生不過數十寒暑，詞人已年近而立，功名未立，回首往事，傷感油然而生。從「轉憶四齡」直到「中庭椿樹」，橫跨上下兩片，詞人深情地回憶了父母對自己的殷勤教訓。在上片寫慈母授書。「轉憶」

三句，寫母親親自教讀經傳，指點句讀。接下來四句，選取了兩個生活片段，以細節動人。母親肯定是孜孜不厭，小孩子卻難免疲倦厭煩。母親心疼幼子，不忍苛責，又不能放任不管，只有剪掉燈花，背燈哭泣。當遠處高樓的鼓聲傳來時，母親則令孩子直身靜聽，感受時間如梭，時不我待。蔣士銓母名鍾令嘉，「明慧仁恕，嫻禮則，曉書史」（清袁枚〈蔣太安人墓誌銘〉），著有《柴車倦遊集》二卷。據詞人《清容居士行年錄》七歲下記載：「母督課較嚴。當士銓病作時，母以唐詩黏四壁，擎兒繞行，教之誦詩，以紓疾苦。既愈，或怠于諷詠，母則背燈泣，至夜分不至。」詞人將真實的細節寫進詞裡，無法不動人肺腑。

在上片寫母親帶兒子讀萬卷書，在下片則寫父親帶兒子行萬里路；上片用微距、細筆寫披覽書史，下片用廣角、大筆寫跨涉江湖。蔣父名蔣堅，任俠樂遊，慷慨好義，對士銓「儒生而抱康濟之志，文苑而兼任俠之風」（李祖陶《忠雅堂集文錄引》）性格的形成有著直接的影響。「十齡」三句，寫歷浩蕩乾坤，才能養浩然之氣，筆勢甚壯。「天下河山看大半，弱冠幡然歸去」，開闊眼界和胸襟之後，毅然返鄉，加冠，娶妻，踏上事業上的征途。風發意氣，洋溢在字裡行間。然而就在詞人年方二十四歲、第一次舉進士失敗的時候，父親去世了。「風折我、中庭椿樹」一句雖然是用典不是實寫，但此時喪父真就好比幼苗失去蔭庇的大樹一樣，只有從此直面生活的淒風苦雨。現在讀來，這幾個字彷彿還帶有那時詞人耳畔的晴天霹靂之聲。「血漬麻衣初脫了，舊青衫、又染京華土」兩句尤為淒苦，「血漬麻衣」見詞人哀毀之狀，然不容喘息就已須再攻舉業。然而收拾舊時書劍、再赴京城的結果，依然是碰壁。「敗翎折，墮齊魯」，寫自己科場失利，一「改」一「墮」生動傳神地表現了詞人人生的失意。從語意表達的連續性看，詞作到這裡似乎沒寫完，但恰和開篇呼應，因為如果要接著寫，便又是「仰屋和誰語」了。

蔣士銓

135　蘇幕遮

大明湖❶泛月

畫船遊，明月路。古歷亭❷虛，面面朱闌護❸，百頃明湖三萬戶。如此良宵，一點漁燈度。棹❹開時，香過處。說道周遭，荷葉青無數。卻被蘆花全隔住，泛遍湖灣，不見些兒露。

【注釋】❶大明湖　在今濟南東北，由多處泉水匯成。❷歷亭　即歷下亭，在大明湖中，南鄰歷山（千佛山）。本詞作於乾隆十八年（西元一七五三年）秋，作者在山東濟南金德瑛學使幕中。❸古歷亭虛二句　意謂歷亭四面只有欄杆，並不封閉，軒敞明亮。蔣士銓〈晚遊歷下亭〉：「層軒虛敞納湖色，展拓空明入平野。」闌，同『欄』。❹棹　船槳。

【語譯】畫船湖上遊，為我鋪開明月路。古老的歷亭空虛軒敞，四面都為圍欄所護。寬闊的大明湖邊，安居著千家萬戶。這樣美好的夜晚，有一盞漁火伴我慢度。

船槳輕輕搖擺，不斷有陣陣清香傳來。它告訴我附近應有無數青翠的荷葉。不料都被蘆花隔住了。遊遍了灣灣叉叉，一片兒也不見露面。

【研析】這是一首紀遊詞，寫夜遊大明湖之所見，不用典故，不事雕琢，句如口出，意趣盎然。上片總寫泛湖。開篇「畫船遊，明月路」兩句破題，簡淨爽快。寫詞人秋夜泛舟大明湖，有明月為其指路。「古歷亭虛，面面朱闌護」，寫乘船繞歷亭而行。月光下朱欄鮮亮，四面空虛軒敞，靜謐而不乏色彩，令人心曠神怡。「百頃明湖三萬戶」，詞人遠眺全湖，只見清波廣闊，千家萬戶擁湖而居，人與自然無比諧和。詞人自己呢？雖沒有生長於此的緣分，此刻卻也飽覽美景。「如此良宵，一點漁燈度」，寫一盞漁燈，點綴夜色，靜靜而來，緩緩而去。是夜漁者嗎？卻聽不見打漁的聲音。其實不必猜，也不必語，如此夜色，無言已經足夠。「漁燈」的動襯托著「良宵」的靜，「度」字又從容不迫，動中兼靜，動靜互襯而混涵，只有怡然自得，沒有蕭瑟之感，讓人想起宋人徐師川「小舟撐出柳陰來」的名句。下片寫尋荷。「四面荷花三面柳，一城山色半城湖」（清劉金門題大明湖聯），遊大明湖不賞荷花，是虛了此行。「棹開時，香過處」，一路相伴的不止是月色，還有荷香。「說道周遭，荷葉青無數」，是撐船的人說嗎？還是醉人的清香在詞人的耳畔低語呢？縱然已是深秋，荷花已經凋謝，但一片無垠的荷葉同樣也是誘人的美景。「清無數」的荷葉雖然只是虛寫，卻逗引著讀者隨作者一起急切去尋覓。「卻被蘆花全隔住，泛遍湖灣，不見些兒露」，明明一片荷葉都沒看到，又哪來的被「隔住」呢？只能說大明湖的荷花太有名，說話的人太肯定，清香又太誘人，水路又太曲折，才讓詞人覺得荷花一定就在不遠處，被密密的蘆花藏著不肯露面！辛棄疾有一首〈小重山〉寫泛舟西湖云「十里水晶宮，有時騎馬去，笑兒童。殷勤卻謝打頭風，船兒住，且醉浪花中。」蔣詞步陽羨詞派一路，遠紹蘇辛，這首詞的靈動疏朗確有幾分稼軒的風神。

136 水調歌頭

舟次感成❶

蔣士銓

偶為共命鳥❷，都是可憐蟲。淚與秋河❸相似，點點注天東。十載樓中新婦，九載天涯夫婿❹，首已似飛蓬❺。年光愁病裡，心緒別離中。詠春蠶，疑夏雁，泣秋蛩❻。幾見珠圍翠繞，含笑坐東風？聞道十分消瘦，為我兩番磨折❼，辛苦念梁鴻❽。誰知千里夜，各對一燈紅！

【注釋】❶舟次感成　據邵海清、李夢生《忠雅堂集校箋》，此詞作於「乾隆十九年十月南歸途中」，為想念妻子而作。是年（西元一七五四年）四月作者第三次會試落第，後考授內閣中書舍人。十月，乞假買舟返鄉，取道姑蘇。途中譜《空谷香》傳奇（參見蔣士銓《清容居士行年錄》）。舟次，即舟行途中。❷共命鳥　意同雙生樹、並蒂蓮等，象徵相依相守的夫妻。《翻譯名義集・雜寶藏經》：「雪山有鳥，名為共命，一身二頭，識神各異，同共報命。」❸秋河　秋天的銀河。❹十載樓中新婦二句　謂成婚十年多分居兩地，相聚時間極短，丈夫漂泊在外地，妻子還像新娘一樣，沒過過幾天婚姻生活。❺飛蓬　飄飛的蓬草。《詩經・衛風・伯兮》：「自伯之東，首如飛蓬。豈無膏沐，誰適為容。」❻蛩　蟋蟀。❼兩番磨折　意謂兩次挫折。與後文「梁鴻」對照的話，此處當指前兩次會試下第。因為第三次雖然也未中，但又考授中書舍人，總算步入仕途。❽梁鴻　字伯鸞，東漢扶風平陵人，博學多才，志行高潔。妻子孟光貌醜，然而梁鴻敬重其德行，舉案齊眉，相敬如賓。後夫妻雙雙歸隱霸陵山中。

【語　譯】我們都是可憐的人兒，偶然之間有了夫妻緣。流過的眼淚，好像天上向東流去的銀河，星星點點。結婚十年，我九年漂泊在外，讓你做了十年的新娘。哪還有心思打扮自己，你任頭髮散亂如飛蓬。一年到頭過的是愁病的日子，還有思念不休的別離情緒。　吟詠春蠶，猜測夏雁，又聽秋天蟋蟀的悲鳴。幾曾有過珠圍翠繞、滿座春風的優裕生活？聽說你現在十分消瘦，同情我科途上的兩番挫折，眼巴巴地望著我，能像梁鴻一樣攜家歸隱。此時此刻我們相隔千里，正各自對著一盞孤燈把對方思念。

【研　析】這是一首離別相思詞，詞人漂泊在外，念及家中的妻子，十年來的酸甜苦辣湧上心頭，寫下了這首不用藻采、真摯流暢的名篇。「偶為共命鳥，都是可憐蟲」，開篇兩句總寫，情真意切。「共命鳥」用佛典，佛家常講萬事萬物都要憑藉因緣和合而成，一個「偶」字正是此意，不是看破與放下，而是幸運與珍惜。「都是可憐蟲」則在詼諧中放下了才子的身段、丈夫的架子。從後文來看，詞人深知妻子的可憐正緣於自己的可憐，一句「都是可憐蟲」包含太多內疚與憐惜。接著下來是感情的暢敘。「淚與秋河相似，點點注天東」一句，將淚與銀河作比，大膽新警。詞人遠望銀河中的點點繁星，想到妻子的顆顆珠淚；又由銀河的自西向東，想到妻子向著遠在江東的自己。淚水與銀河，將極不相稱的兩個物體捏合成極警動的比喻。接下來詞人用寫實的筆法，寫妻子的「可憐」處境，尤其「十載」兩句頗為震撼。從乾隆十年冬成婚，到創作此詞的乾隆十九年，詞人忙於舉業十年，四處奔波，無暇顧及家中「留守」的妻子。妻子美好的青春已經全都交給了「愁」與「病」，多情的詞人沒辦法不感喟，沒理由不傷心。

下片將視角轉到對方的心理。過片「詠春蠶，疑夏雁，泣秋蛩」三個短句，用三個季節的典型物象，表達了年復一年的相思。「詠春蠶」當指吟詠「春蠶到死絲方盡」的名句；「疑夏雁」當是盼望鴻雁能帶來書信而錯認夏天的飛鳥；《詩經・豳風・七月》有「十月蟋蟀，入我床下。穹窒熏鼠，塞向墐戶。嗟我婦子，曰為改歲」的句子，然而只聽到蟋蟀，卻看不到那個應該在身邊的良人。三個短句生動表現了對方心思的細膩和感情的悲傷。「幾見珠圍翠繞，含笑坐東風」是詞人的深沉感喟。哪個男人不想自己的家人過上優越的生活呢？可憐「嫁與詩人竟何益，才名分不到糟糠」（民國丁傳靖），詩人有的只是才學，卻往往換不來實際利益。那麼名利都可以不要，只要兩個人能相依相守，粗衣蔬食也可以幸福。然而詞人還放不下心中的夢想和事業，連累妻子也「聞道十分消瘦，為我兩番磨折，辛苦念梁鴻」，這不能不說是詞人的真誠反思。用梁鴻、孟光的典故，也包含著對夫妻感情的珍惜和對妻子賢德的稱頌，以及自己心底那個歸來的夢。末尾「誰知千里夜，各對一燈紅」，收束全篇，以相思作結。一點紅燈，氣氛溫馨而不哀傷。雖然相隔千里，卻有一樣的夜，一樣的燈，一樣的心。就算別人不知，兩顆心當能相知；就算不能相知，「我們」也有一樣的未來，不遠的相會。

137 淒涼犯

蘆花

趙文哲

滄江望遠，微波外、芙蓉落盡秋片。野橋古渡，輕筠❶裊裊，露華❷零亂。西風乍捲，便鷗鷺、飛來不見。似當時、楊花滿眼，人別灞陵❸岸。

幾度思持贈，回首天涯，白雲空剪❹。夕陽自顛，嘆絲絲、鬢邊難辨❺。獨立蒼茫❻，問何事、頻吹塞管❼。正淒涼，冷月宿處起斷雁❽。

【作者】趙文哲（西元一七二五—一七七三年），字升之，一字損之，號璞函，又號璞庵，上海人。乾隆二一十七年（西元一七六二年）南巡召試，賜舉人，授內閣中書。乾隆三十六年（西元一七七一年），入溫福幕征大小金川，升戶部主事。三十八年兵敗木果木，殉難。特贈光祿寺少卿。文哲詩詞皆工，與王鳴盛、王昶、錢大昕、吳泰來、黃文連、曹仁虎合稱「吳中七子」。詩寫西南邊地風光，瑰麗斑斕，詞則圓美清遠。有《媕雅堂詞》四卷。

【注　釋】❶筠　竹子。❷露華　露水。❸灞陵　灞，指灞水，水上有灞橋，是出入長安之要津，漢人常於此地送別。這裡代指北京。東漢王粲〈七哀詩〉：「南登霸陵岸，回首望長安。」❹幾度思持贈三句　化用南朝梁陶弘景〈詔問山中何所有賦詩以答〉：「山中何所有，嶺上多白雲。只可自怡悅，不堪持寄君。」又，宋張炎〈甘州〉：「載取白雲歸去，問誰留楚佩，弄影中洲。折蘆花贈遠，零落一身秋。」❺嘆絲絲鬢邊難辨　化用清厲鶚〈憶舊游〉：「楚天舊愁多少，飄作鬢邊絲。」❻獨立蒼茫　典出唐杜甫〈樂遊園歌〉：「此身飲罷無歸處，獨立蒼茫自詠詩。」❼塞管　塞外胡樂器。以蘆為首，竹為管，聲悲切。❽斷雁　孤雁。南唐馮延巳〈鵲踏枝〉：「回首西南看晚月，孤雁來時，塞管聲嗚咽。」

【語　譯】遠望江水蒼茫，微波蕩漾，秋後的芙蓉花凋殘。野橋邊，古渡頭，青竹隨風搖曳，露珠零亂紛灑。西風忽然捲起大片蘆花，縱使有鷗鷺飛來，也會隱沒在茫茫的花叢裡。那年春天我們在京師分別，好像也是楊花滿眼亂飛的季節。

多少次想寄回思念，只是人遠在天涯，空剪下白雲片片。夕陽下，蘆花顫，一絲絲飛到鬢邊，與白髮混同難辨。我獨立在蒼茫天地間，為什麼不斷地吹奏塞管？正覺淒涼，冷月驚起了露宿的孤雁。

【研　析】這是一首詠物詞，是對秋後蘆花的詠歎，它取神而不遺貌，對蘆花之白、蘆絮之飛、月下蘆花之淒涼，各設情境，各自憂傷，打成渾茫一片。

詞人開篇並沒有從蘆花寫起，而是借江上芙蓉落盡、露華零亂兩個場景來渲染淒涼的氛圍。「江南戍客心，門外芙蓉老。」（溫庭筠〈邊笳曲〉）江邊一望，芙蓉葉落，秋木盡凋，大有「菡萏香銷翠葉殘，西風愁起綠波間」（南唐李璟〈攤破浣溪沙〉）的遲暮之感。「野橋古渡，輕筠裊裊」，一邊是歲月的悠久，一邊是青春的美麗，白露如霜中翠竹搖曳，境界一片淒迷。「西風乍捲」，在語意上有轉折點題的效果，在章法上是由遠而近，由寫秋景轉入寫蘆花。「便鷗鷺、飛來不見」，表面上寫蘆蕩浩渺，鷗鷺飛沒其中難覓蹤跡，內心深處卻藏著鷗鷺不來親人的孤獨感，這樣寫蘆花之「白」方不為虛寫。「似當時、楊花滿眼，人別灞陵岸。」是用典，古詩云「楊柳青青著地垂，楊花漫漫攪天飛。柳條折盡花飛盡，借問行人歸不歸」，此時蘆花吹起，恰似當年灞橋送別的暮春景象，楊花滿眼，別情滿懷；今日行吟江畔，蒹葭蒼蒼，白露為霜，所懷之人，天各一方。這樣寫蘆花之「飛」，才不浮泛，而自有柔情四溢。

過片反用陶弘景〈詔問山中何所有賦詩以答〉詩意：雖有白雲相伴，卻因思念友人、懷戀故土而無自得之樂，欲剪取白雲以寄，卻因身在天涯路遠而不能。又正面借用張炎〈甘州〉詞意：眼前只有一片蘆花，自己也和蘆花一樣，「零落一身秋」，若要寄就寄蘆花吧。這兩句用典不晦澀，下筆很輕靈，情蘊很豐厚。「夕陽自顫」二句，亦蘆花亦人：寫蘆花在夕陽下顫動，猶言人之遲暮之感；寫蘆絮絲絲，飛到鬢邊，是為了突出斑白兩鬢。厲樊榭說「楚天舊愁多少，飄作鬢邊絲」（〈憶舊游〉）是大而化小的灑脫語；此處「嘆絲絲、鬢邊難辨」卻是將一己之愁情，灑下漫天之蘆絮的愁苦語。「獨立蒼茫」，言自己之孤獨，前不見古人，後不見來者；孤獨之中，偏偏又聞「塞管」。「正淒涼，冷月宿處起斷雁。」可謂餘音繞梁，餘味不盡，它把愁緒的長度進一步放大，加深了這種情緒表現的濃度。孤雁已經流離失所，此時又從蘆花中驚醒。詞作到此戛然而止，而淒涼的雁鳴彷彿就在耳畔，久久不散。

138 清平樂

江昉

新陰❶滿徑❷，月底花篩影。寂寞心情憑自領，小院無人春靜。

海棠開到三分，憐他伴我溫存。始解華胥是夢❸，曉風吹破行雲❹。

【作　者】江昉（西元一七二七—一七九三年），字旭東，號橙里，又號硯農，江都（今江蘇揚州）人，安徽歙縣籍。候選知府。其兄江春經營江南鹽業，曾供乾隆南巡。家有紫玲瓏館，豪爽好客。其詞學南宋姜、張，有《集山中白雲詞》、《練溪漁唱》，又與吳烺、程名世等合輯《學宋齋詞韻》。

【注　釋】❶新陰　新月投下的月光。❷徑　小路。❸華胥是夢　《列子・黃帝》記載了黃帝夢遊華胥國的故事，後遂以華胥為夢的別稱。❹曉風吹破行雲　宋玉〈高唐賦〉載巫山之女對楚懷王說：「妾在巫山之陽，高丘之阻。旦為朝雲，暮為行雨。朝朝暮暮，陽臺之下。」

【語　譯】新月的光輝灑滿小路，花兒在月底下搖曳，輕輕篩動著斑駁的花影。冷清寂寞的心緒，只有我自己能感受到。庭院無人映襯著春夜的寧靜。　海棠花剛開到三分，帶一片溫存伴我入夢。待曉風吹散了行雲，才敢確定這一切竟是夢中情境。

【研　析】這一首詞是寫春夜之景，表達了作者孤寂冷寞的情懷。上片寫景，開篇一句，「新陰滿徑」，不用「月」而用「陰」，滿滿一片柔和與朦朧灑向小園中的一切景物。「月底花篩影」，扶疏的花木篩下斑駁的月影，彷彿能看到空中銀輝灑下的動態過程，境界有似張先的「雲破月來花弄影」。此時情景全然是靜謐而寂寞的，這寂寞似乎也並不期待別人來懂，別人也不能懂，全憑「自領」。「知我者謂我心憂，不知我者謂我何求」，既如此，又何必將寂寞說出呢？因此，詞人走進寂靜的小院，感受著春夜寧靜的美。

下片由泛寫轉到具體，並借景抒情。過片一句，描寫春天的一個典型物象：海棠，這開到三分的花兒成為全詞的核心意象。唐人鄭谷詠海棠曰：「穠麗最宜新著雨，嬌嬈全在欲開時。」（〈海棠〉）含苞已放、猶未全開的海棠，如同初出閣的佳人，已有三分豔麗，尚有二分嬌羞，已有大方之致，還餘嬌弱之情，可能的風雨尚未來臨，更好的美麗還在前方，給人多少希望，多少憐愛，多少遐想。懷著這樣的心情，主人公入夢了，醒來時已經拂曉。「始解華胥是夢」，看似平淡甚至囉嗦的一句話，卻像口語一樣真實：夢，只是夢而已。多少失落與無奈，盡在不言之中。所夢究竟如何？詞人不做明言。「曉風行雲」，暗用高唐神女「旦為朝雲，暮為行雨」的典故，也許這是一場「了無痕」的春夢吧。整首詞沒有什麼大驚人之處，通篇平平淡淡，淡淡的句子，淡淡地吟出，最是有情有味。

139 清平樂

江　昉

曲闌閑憑，心事還重省。花裡嫩鶯啼不定，攪亂夕陽紅影。誰家翠管❶吹愁？一庭煙草如秋。欲去登樓望遠，暮雲遮斷芳洲❷。

【注　釋】❶翠管　玉笛。❷芳洲　水中芳草叢生的小洲。

【語　譯】閒倚著曲欄杆，又想起過往的心事。雛鶯兒在花叢裡啼叫不停，連落日紅霞也被牠攪得零雜一片。是誰家的玉笛吹出愁怨的曲子？庭院裡霧色朦朧，充滿一片秋天的寒意。我想登樓望遠以解愁，層疊的暮雲已經遮住了天邊的芳洲。

【研　析】這首小詞傳達的是一種愁悶的心緒，雖然沒有明言所愁何事，但那種無可奈何又無法自抑的煩惱充滿全篇，愁情與暮景，渾然一體，下字尤其妥帖老到。開篇寫作者的一個動作，「閑憑闌干」，但卻透露了內心深處的情緒：「心事還重省。」沒有「閑」字，這「還重省」的味道也會大減。「閑」字表示倚欄純是偶然，然而心中愁悶實在太重，任何一個不經意的動作都會將其引動，一次又一次地在心中播放。愁人觀景，難免「物皆著我之色彩」：於是花底嬌鶯顯得那麼吵鬧不定，連傍晚的紅霞都被牠們攪亂了。無理之責，正源於胸中無解之愁，詞人將其形象化為撩亂的鶯啼、閃爍的夕陽。正為亂鶯而煩，耳畔笛聲又來「助興」。李白〈春夜洛城聞笛〉詩云「誰家玉笛暗飛聲，散入春風滿洛城。此夜曲中聞〈折柳〉，何人不起故園情」，「誰家翠管吹愁」正用其意，暗示自己是因為思念故鄉而觸目以成愁的。嬌鶯沒有「幾處早鶯爭暖樹」的春天味道，本該「草色入簾青」的庭草也是一派秋意。「心中沒有春天」，故眼中所見，盡是蒼涼，盡是蕭颯。就是在這樣的心境下，詞人登樓遠眺，極目所見，「暮雲遮斷芳洲」。從無意憑欄，到有意登樓，結果自然會有不同。一個「欲」字說明詞人還沒有上樓，卻滿腹愁思，寫出了他的頹喪神情。雖然「遠望可以當歸」，可是「暮雲遮斷芳洲」，故鄉猶在雲邊天外呢！全篇即景抒情，情景交融，一貫如注，筆不斷，意相連，不言愁而愁自見，不曰歸而歸自念，深得含蓄蘊藉之致。

140

百字令

夜渡揚子江❶泊舟金山❷下

江立

孤雲海樹❸，趁回潮拍岸，尚懸蒼暝❹。三兩點鷗沙外月，同載煙波千頃。山勢北來，水聲東去，一葉江心冷。醉餘夢裡，而今翻被驚醒。一夜換卻西風，也應回首，步屧❺交枝❻徑。憶著舊時歌舞地，花影倒窺天鏡。濯足❼吹簫，吳頭楚尾❽，未了清遊興。世塵空擾，闌干來此閑憑。

【作　者】江立（西元一七三二—一七八〇年），初名炎，字聖言，號玉屏，又號雲溪，原籍安徽歙縣，寓江蘇揚州。監生。從厲鶚遊，長於繪畫，兼工詩詞，與江昉合稱「二江」。曾攜一妾卜居西湖數年，囊盡始歸。有《小齊雲山館詩鈔》、《夜船吹笛詞》。

【注　釋】❶揚子江　長江下游從揚州到入海口一段的別稱。❷金山　在今鎮江西北，原本是長江中的一座島嶼，到二十世紀初已與江岸連成一片。金山風景秀麗，名勝古跡很多。❸海樹　猶言江樹。長江自鎮江往東，江面漸闊，古時與海水相接。❹蒼暝　即蒼冥、蒼穹。❺步屧　穿著木鞋走路。❻交枝　連理枝。❼濯足　洗腳。左思〈詠史〉（其五）：「振衣千仞崗，濯足萬里流。」❽吳頭楚尾　指戰國時代吳、楚兩國交界處，即今天江西北部、安徽南部地區，這裡是指鎮江。

【語　譯】遠眺孤雲海樹，聽潮水拍打著江岸，好似懸在天空一樣。千頃煙波之上，飄浮著三兩隻鷗鳥和月亮。山勢從北壓來，江水向東流去，一葉扁舟夜泛在寒江上，把我從醉夢之中驚醒。一夜之間換了西風，它勾起我對往事的追憶。穿著木屐我曾信步在連理花下。想舊時歌舞昇平的日子，看湖中倒映的花影，好比是倒過來的窺天鏡。在這吳頭楚尾之地，就水濯足，臨風吹簫，我有說不盡的清遊雅興。暫且閒倚闌干，這塵世中的煩擾太多太多。

【研　析】這是一首寫景詞，是一首集張炎《山中白雲詞》詞句而成的集句詞，以清勁健朗的筆調寫夜泊金山的所見所感。上片寫泊舟金山。開篇便用朗健大筆，掃描全景，天、水、地，一片空曠蒼茫。「孤雲海樹，趁回潮拍岸，尚懸蒼暝。」在茫茫夜色之中，詞人向岸上望去，孤雲、海樹彷彿懸在天空之上。接著筆鋒一轉，描寫一個特殊的鏡頭：「三兩點鷗沙外月，同載煙波千頃。」江水洶湧，鷗鳥掠過，明月低掛，彷彿浮在跌宕起伏的波濤上。「山勢北來，水聲東去，一葉江心冷。」高山壁立，望之欲傾，江水滔滔，不盡東去，詞人的一葉孤舟顯得是那麼的渺小。「醉餘夢裡，而今翻被驚醒。」筆鋒轉到寫人，寫人從夢中驚醒，「醉」和「夢」是人生虛幻感的兩種表達。整個上片，在章法上是個大倒裝結構，邏輯上應是「驚醒」之後，才看到如此攝人心魄的山水。雲、樹於天，鷗、月於水，人、舟於山、水，都構成了極小與極大的對比，充滿了一種力度感與壓抑感。他只用前人成句略作搭配，就能寫出如此意境，可見詞人對《山中白雲詞》之熟諳與自身筆力之老到。

下片轉入憶往言情。「一夜換卻西風，也應回首，步屧交枝徑」，詞人的心事隨著西風東去，回到曾經與伊人雙宿雙飛、優遊歲月的地方。穿著木屐，踏著青石板路，信步在連理花開的路旁，這是多麼溫馨愜意的場景！「憶著舊時歌舞地，花影倒窺天鏡」，是否指的就是住在西湖邊的那段時光呢？水中花影，以天為鏡，水之清，花之媚，天之朗，構成了一幅天然美麗的圖畫。「濯足吹簫，吳頭楚尾，未了清遊興」，回到當下，逸興不滅。王昶說「揚州鹽賈所聚，類皆鮮衣美食，彈絲擊筑為樂」，而江氏「獨好讀書」（〈江聖言墓表〉），「濯足吹簫」一類的清懷逸致當正是斯人之寫照。「世塵空擾，闌干來此閑憑」，是倒裝結構，而且與上片結尾「翻被驚醒」呼應，往昔之情，如今之興，都是憑欄的「結果」。這兩句頗有浙派詞的清雅氣味，這「世塵空擾」、「闌干閑憑」便是其清雅的表現。總的說來，集句詞難免受拘束，有銜接不緊、搭配不甚當之處，但賞其格調、意境即可。玉屏詞遠紹姜、張，近學厲鶚，儼然是浙派嫡傳，杭世駿讚作「竹垞無肖子，而樊榭有替人」（《道古堂全集・江玉屏詞序》）。

141 長亭怨

吳翌鳳

壬辰春，旅寓鹿城，況味寥落，有懷舊遊。沈蕢漁自都門以詩來，云：「倚遍闌干冷不禁，洛川舊夢苦縈心。海棠莫便風吹卻，留待銀缸照夜深。」三千里外亦同此感也❶。

經幾度、畫簷疏雨，柳下人家，燕巢先冷。潤絕琴絲❷，落紅庭院晚風勁。春盡，旅懷疇❸省？知消減、看花心性。夢破黃昏，又聽到、斷鐘零磬❹。

問吟魂、何自❺猶戀，舊時芳景？銀屏夢醒，誰扶上、江南煙艇❻。想當初、羅襪侵階❼，有幾處、霧深花暝❽。到人去庭空，一片露華涼浸❾。

【作　者】吳翌鳳（西元一七四二—一八一九年），字伊仲，號枚庵，吳縣（今江蘇蘇州）人。諸生。早年坐館陶家東齋，寢饋書史盡二十年。中年因家貧漫遊湖湘，遊幕武昌、長沙。嘉慶元年（西元一七九六年）掌湖南瀏陽南臺書院，十八年始歸故里。翌鳳博雅工詩詞，精書畫篆刻金石，又為著名藏書家。著述有《與稽齋叢稿》、《梅村詩集箋注》等，還編選有《宋金元詩選》、《國朝文徵》、《國朝詞選》。詞集兩卷名《曼香詞》，見《與稽齋叢稿》。

【注　釋】❶壬辰春十一句　乾隆三十七年壬辰（西元一七七二年），詞人旅寓鹿城，朋友沈起鳳自北京有詩來，詞人填了這首詞作為回應。鹿城，在今江蘇蘇州西南洞庭西山，相傳春秋時吳王在此養鹿。沈起鳳（西元一七四一—一八〇二年），字桐威，號蕡漁，別號紅心詞客，江蘇長洲（今屬蘇州）人。乾隆三十三年（西元一七六八年）舉人，官祁門、全椒訓導。起鳳詞曲兼擅，著有傳奇數種，詞集名《紅心詞》。❷潤絕琴絲　指琴弦被雨絲濕潤後變得沉重不響。宋周邦彥〈大酺・春雨〉：「潤逼琴絲，寒侵枕障，蟲網吹黏簾竹。」❸疇　誰。❹磬　古代一種打擊樂器，用玉、石、金屬等製成，多用於佛寺中。❺何自　為何。❻誰扶上江南煙艇　暗用古代莫愁女故事。《舊唐書・音樂志》：「石城有女子名莫愁，善歌謠。〈石城樂〉和中復有『莫愁』聲，故歌云：『莫愁在何處，莫愁石城西。艇子打兩槳，催送莫愁來。』」石城即郢州（約今湖北鍾祥）。❼羅襪侵階　著襪踩在臺階上。宋史達祖〈萬年歡・春思〉：「多少驚心舊事，第一是侵階羅襪。」❽霧深花暝　暝，幽晦；昏暗。南唐李煜〈菩薩蠻〉：「花明月暗籠輕霧，今宵好向郎邊去，剗襪步香階。手提金縷鞋。」❾露華涼浸　露華，閃著光的露珠。宋秦觀〈臨江仙〉：「月高風定露華清。微波澄不動，冷浸一天星。」

【語　譯】經歷過多少次，屋簷下春雨淅瀝，那柳樹下人家的燕巢，已先有涼意。琴絲悶濕難響，在落花庭院裡，晚來風聲更急。客子心事有誰問？漸漸少了看花的心緒。一簾幽夢醒在黃昏時分，又聽到零落的鐘聲和磬聲。

　　春天已到了盡頭。為何這詩人之魂，還要留戀從前的美好時光？銀屏之下，夢醒時分，誰能像莫愁女一樣被扶上小艇，駛向煙水江南。暗想當初，剗襪行走在香階之上，能有幾回在霧深花暗之中相逢？直到人去庭空，才知道這世界彌漫著淒涼的寒露。

【研　析】這首〈長亭怨〉不僅僅成功傳達了旅寓於外、思歸懷友的孤寂無聊，而且在下片上升到歡樂一時、悲傷一世的人生高度。它如此真切細微地屬於詞人自己，又如此深沉雋永地屬於每一位讀者。上片是對客居環境的描繪與淒冷氛圍的營造，「經幾度、畫簷疏雨，柳下人家，燕巢先冷」，這柳下人家，經過幾番風雨後，已變得冷冷清清，連燕子都不再留戀這舊巢。這裡的關鍵詞是一個「冷」字。風雨的淒冷，於物先到燕巢，於人先到客子，旅寓在外的詞人，不免有了「沉味寥落」的感受。「夜中不能寐，起坐彈鳴琴」（魏阮籍〈詠懷〉）；在細雨濛濛中，客子想彈琴以排憂，但琴絲卻濕重不響，滿院的落紅和凜凜的晚風，就更加深了他落寞的情緒。身冷，心冷，旅懷誰省？這落紅、晚風、旅懷，讓詞人也沒了看花的興味，「知消滅」句傳達了詞人心中的極度傷感與落寞。「夢破黃昏」，是寫人，也是表情，在這黃昏時分，詞人竟無法入夢，就算如此，可也是夢不成啦，一陣陣「斷鐘零磬」隔著風雨傳來，啟迪了詞人對人生意義的思考和求索。

下片，抒寫幽懷。「春盡」，是決絕語，也是清醒語，寫出春的絕情，這是以我觀物使皆著我之色彩也。「問吟魂、何自猶戀，舊時芳景」，一個「問」字，是從清醒轉向反思的追詢，「吟魂」是對詩人敏感心靈的摹狀，「舊時芳景」是對往日情事的總括和呈現，並導引出了後面對往日情事的具體描繪。從「銀屏夢醒」到「露華涼浸」，詞人退居幕後，通過莫愁女來寫自己的洛川舊夢，寫自己過去的歡樂生活。他曾經扶著她登上輕舟，她羅襪步輕塵，行走在露滴的花階上，穿梭在霧深花暝叢中，這是一個多麼朦朧的夢幻境界。在這銀屏後面，在這夢幻後面，是一顆不能放棄美夢的心，正如沈起鳳來詩所說的「洛川舊夢苦縈心」。結拍一句，「到人去庭空，一片露華涼浸」，把讀者的思緒拉回到現實生活，說明這一切都只是一場夢，從而也傳達了一種人生如夢的虛幻感，把詞人的落寂失意推向高潮。這裡「銀屏夢醒」、「江南煙艇」、「羅襪侵階」、「霧深花暝」、「人去庭空」、「露華涼浸」等一系列整齊的四字意象，堆疊了多重時空，鏈接了大量文本，且以意貫穿，毫不滯澀，讀來有駢文之美，讓人歎為觀止，也體現了吳翌鳳的高超詞藝。

142 桂枝香

吳翌鳳

壬辰秋，蒙泉有湘中之遊，彝槎歌此調送之，邀予同作❶。

蘋❷風吹晚，送兩槳寒潮，去程同遠。多少江南舊恨，客懷難遣。楚天歸夢沉沉闊❸，瑣窗❹寒、靜隨宵掩。微霜影裡，香銷燭燼，乍聞新雁。

念自昔、

紅亭翠館。悵十載盟鷗❺，便教飛散。數遍亂山荒驛，甚時重見？鄉關此後多風雪，怕黃昏、畫角❻吹怨。相思空記，寒梅一樹，和香同翦。

【注釋】❶壬辰秋四句　乾隆三十七年壬辰（西元一七七二年），施源（號蒙泉）遊湘中，林蕃鍾（號蠡槎）約詞人同賦〈桂枝香〉詞送之。此時詞人約居於鄉里。施源，字實君，吳縣人，乾隆三十九年（西元一七七四年）舉人，官知縣，有《愛靜詞》；林蕃鍾（西元一七四六－一七八四年），字毓奇，吳縣人，乾隆三十三年（西元一七六八年）舉人，官教諭，有《蘭葉詞》。❷蘋　見王夫之〈摸魚兒〉（剪中流）注❷。❸楚天歸夢沉沉闊　化用宋柳永〈雨霖鈴〉：「念去去、千里煙波，暮靄沉沉楚天闊。」❹瑣窗　有花格紋理的窗戶。❺盟鷗　與鷗鷺結盟，比喻歸隱不涉世俗。❻畫角　見納蘭性德〈蝶戀花〉（今古河山無定據）注❷。

【語譯】白蘋送來晚風，小舟隨著寒潮，一起駛向遠方。在江南的日子裡，還有多少人生憾恨？一旦踏上客途，愁懷便難以驅遣。楚天遼闊，歸夢沉沉，我在中宵時分起來，將寒窗輕輕掩。薄霜映著人影，在香消燭燼之際，突然聽得一聲新雁歸來的長鳴。　想念過去，在紅亭翠館飲酒賦詩。十年之間我們優遊相伴，如今卻要一朝分散。此去歷歷亂山荒驛，不知何時才能重見？從今後故園風雪漫漫，最怕在黃昏時代，聽到畫角吹出的愁怨。我們空有共同的相思和回憶，這時只有一樹梅花在風雪中怒放。

【研析】這是一首送別詞，詞人以代對方思念的筆法，努力設想蒙泉在湘中的所見所感，因情而有文，為情而造文，以一己之赤心，感他人之肺腑，終於成就了這篇優秀的詞作。上片入題明快，「蘋風吹晚」，點明送別在水濱，時間是傍晚，一片深情就在送來徐徐晚風的蘋花之中。「送兩槳寒潮，去程同遠」是經過錘煉的妙句，不說送人而說送潮，而且寒潮與人同程同去，同到遠方，正是為對方設想一路的寒冷淒涼。從「多少江南舊恨」起，詞人的神思已經飛到了湘山楚水之間，設想蒙泉行吟其中的情景，其中回憶往事的話也不妨看作雙方都有的感情。「江南舊恨」云云，也許有懷才不售、老大無成的傷感在內，摯友間也不必明言。「楚天歸夢沉沉闊」，楚天遼闊，歸夢沉沉，思鄉之情充溢於天地。接下來筆鋒一轉，由外到內，由虛到實。「瑣窗寒、靜隨宵掩」，一個悄悄掩上窗戶的動作，將不屬於自己的世界關在窗外，將濃濃的鄉情留給自己。「微霜影裡，香銷燭燼，乍聞新雁」，連續出現的許多物象在詞人的安排下各司其職。薄霜照影，似乎藏著一個「月」字；「香銷燭燼」，點明了無眠；「乍聞新雁」，真的是百無聊賴，何如歸去了。這幽清冷寂的氛圍，雖出自想像，其背後卻有一顆對朋友真摯關切之心在跳動。

過片轉而憶往，仍是一筆兩寫。從「念自昔」到「甚時重見」這幾句散筆舒緩流暢，與上片結尾鏗鏘有力的三個四字句相映成趣。面對乾、嘉時代文網高張的局面，對這群功名心已漸漸淡薄的讀書人來說，只能退求立言、而且立言也只有縱情於詩畫學術。「十載盟鷗」，十年間過著非常淡泊的生活，這是一種人生感慨，也是一種未老便忘機的自訴，這既是他們的夢想所寄，也是他們的生活所託。「亂山荒驛」之間所念的，不光是親友，也是這種詩酒優遊、老於林泉的生活。由於寫法上雙關自己，詞人也愈見投入，感情也愈發深厚。「鄉關此後多風雪，怕黃昏、畫角吹怨」，已難以句分語析。江南，湘中，何處無風雪？何處不懷人？好比古詩「前日風雪中，故人從此去」，一片溫婉之中，分不出賓主、彼此。送別之意，到此已足，末尾三句以回憶的方式寄寓對明天歸來的期盼，在風雪之中一樹梅花旁逸斜出，在結篇處為全詞添上一抹亮色，可謂神來之筆。情調便如梅枝般挺立，情味也得以如梅香般悠遠。

143 玉樓春

吳翌鳳

空園數日無芳信❶，惻惻❷殘寒猶未定。柳邊絲雨燕歸遲，花外小樓簾影靜。

憑欄漸覺春光暝❸，悵望碧天帆去盡❹。滿堤芳草不成歸❺，斜日畫橋煙水冷ㄌㄥˇ。

【注釋】❶芳信　即書信。宋史達祖〈雙雙燕・詠燕〉：「應自棲香正穩，便忘了、天涯芳信。」❷惻惻　淒然、悲痛的樣子。❸暝　幽晦；昏暗。❹悵望碧天帆去盡　化用唐李白〈黃鶴樓送孟浩然之廣陵〉：「孤帆遠影碧山盡，唯見長江天際流。」❺滿堤芳草不成歸　意謂又一年芳草蔥綠，自己卻不能歸家。漢淮南小山〈招隱士〉：「王孫遊兮不歸，芳草生兮萋萋。」

【語譯】空空的庭園中，已經多日沒有遠方的音訊，只是料峭的春寒依然不散。柳邊微雨朦朧，燕子姍姍來遲。花外簾影悄悄，小樓寂寞深靜。　倚著欄杆，春光漸深漸晦，悵望著歸帆消失在碧天盡頭。芳草長滿了長堤，我卻不能歸去。夕陽下斜暉脈脈，寒煙籠罩著流水小橋。

【研析】這闋〈玉樓春〉勝在一句一景，疏朗明快，其情思如溪水，雖蜿蜒曲折而毫不滯澀，疏朗之中又不乏細膩的情愫，構思精巧，頗耐尋味。

「空園數日無芳信」，起句十分精巧。「芳信」來自遠方，來自自己懷念的人，與「空園」有什麼關係？只因為芳信不來，心事重重，無心遊園，因「人寂」而「園空」；也因為惻惻春寒，怯於遊園，由「園空」而倍覺「人寂」。「柳邊絲雨燕歸遲，花外小樓簾影靜」，是一個對句，進一步表現「園靜」「樓空」。絲絲細雨，垂垂楊柳，燕子留戀南方，遲遲不肯北返，小樓上簾幕低垂，永日無人。前人說「人歸落雁後，思發在花前」（隋薛道衡〈人日思歸〉），現在燕子還在「我」亦在，「我」卻沒有燕子的留戀之意；春花已發「我」未發，花外樓中卻不是「我」的家。詞人的客子之情已在不言之中，「芳信」只是他思家的一個話頭罷了。

過片承上而來，「憑欄漸覺春光暝」，因「小樓」而「憑欄」，「春光暝」也是對上文春景的綰結。一個「暝」字寫出了詞人細膩而敏銳的感覺，春天正如天將暮一樣漸漸深沉，漸漸陰晦，漸漸消散。「悵望碧天帆去盡」，因「憑欄」而遙望，一艘又一艘歸帆消失在天盡頭，終於看不到了，詞人的惆悵卻不會消失。「故鄉遙，何日去？家住吳門，久作長安旅」（宋周邦彥〈蘇幕遮〉），把「長安」改成「湖湘」，正是詞人心情的寫照。萋萋芳草，年年隨春天綠到天涯。誰也逃不開春天，逃不開芳草，逃不開對故鄉濃濃的思念。眼前天色向晚，日已西斜，小橋流水籠起寒煙，是一片幽冷的色調。結拍，以景結情，「斜日畫橋煙水冷」，這「冷」字，照應著上片的「殘寒」，是寫環境，也是寫心境，同時也呼應著「空園」、「簾影」，是將詞人心中感受外化，以一個「冷」收束全篇，做到了言有盡而意無窮。

144 木蘭花慢

太湖縱眺

洪亮吉

眼中何所有？三萬頃❶、太湖寬。縱虎蛟❷縱橫，龍魚❸出沒，也把綸竿❹。

龍威丈人❺何在？約空中、同憑玉闌干。薄醉正愁消渴，洞庭山橘❻都酸。

更殘，黑霧杳漫漫，激電閃流丸❼。有上界神仙，乘風來往，問我平安。思量要

栽黃竹❽，只平鋪海水幾時乾？歸路欲尋鐵甕❾，望中陡落銀盤❿。

【作　者】洪亮吉（西元一七四六－一八〇九年），字稚存，一字君直，號北江，又號對岩、更生居士，江蘇陽湖（今江蘇常州）人。與黃景仁為莫逆之交，曾同入安徽學使朱筠幕。乾隆五十五年（西元一七九〇年）一甲第二名進士，授翰林院編修，督學貴州。後入實錄館修《高宗實錄》。性耿直，上書言事，抨擊時政得罪，下獄幾死，後遣戍新疆伊犁，蒙赦還。歸鄉閉門著述，主揚州梅花書院等。洪亮吉是乾嘉學派代表人物之一，長於經學、史學、地理，工駢文，其詩使氣好奇，詞亦奇絕。著有《更生齋詩集》、《更生齋詩餘》、《北江詩話》等。

【注　釋】❶三萬頃　漢袁康《越絕書》：「太湖周三萬六千頃。」❷虎蛟　神話中的魚名，《山海經・南山經》稱其「魚身而蛇尾，其音如鴛鴦」。❸龍魚　神話中的動物名。《山海經・海外西經》：「龍魚陵居在其北，狀如狸，一曰鰕。」❹綸竿　釣竿。綸，釣絲。❺龍威丈人　據道教傳說，吳王闔閭使龍威丈人入洞庭山穴，窮探幽暝，得素書。吳王齋戒受之，不解其意，問孔子。孔子說是皇帝、帝嚳等授大禹之《靈寶經》。❻洞庭山橘　即洞庭柑，產於太湖中東、西洞庭山，因以得名，是有名的果品。❼激電閃流丸　條條閃電，滾滾雷聲。流丸，滾動的彈丸，此處形容雷聲。❽栽黃竹　語本李商隱〈華山題王母祠〉：「好為麻姑到東海，勸栽黃竹莫栽桑。」麻姑曾見證東海三為桑田，見吳錫麒〈臺城路・富春道中〉注❻。黃竹，地名，「栽黃竹」是形象的說法。《穆天子傳》卷五：「天子乃休。日中大寒，北風雨雪，有凍人。天子作詩三章以哀民。」其詩曰：「我徂黃竹」云云。❾鐵甕　即鐵甕城，鎮江子城，見萬壽祺〈蝶戀花〉(荊楚東來增古戍)注❸。❿銀盤　指太湖湖面。

【語　譯】眼前這一片壯觀是什麼？是三萬頃太湖汪洋。手把釣竿，哪管虎蛟出沒，龍魚來往。龍威丈人你在哪兒？我們相約到空中，憑玉欄遠望。酒到微醉時正想解渴，無奈洞庭柑雖多卻酸。　天色將曉，黑霧彌漫，看不到邊，條條閃電劈下，雷聲陣陣滾動。上界神仙，乘風御雷來往天地之間，與我寒暄。我想在東海種上黃竹，問這浩瀚的海水幾時能乾？鐵甕城是我回去的方向，遠望中忽然失足落向湖面。

【研　析】本詞以「太湖縱眺」為題，從空中俯瞰的角度觀察太湖，作者展開豐富的想像，刻劃了自己與眾仙對話，顯示了詞人豪氣干雲的胸襟和氣魄。「眼中何所有，三萬頃、太湖寬」，以自問自答開篇，三萬頃太湖一眼看盡，如此浩瀚的水面，底下必有怪獸蛟龍。那又如何？「縱虎蛟縱橫，龍魚出沒，也把綸竿」，不管風吹浪打，穩坐釣魚臺。「龍威丈人何在？約空中、同憑玉闌干」，既然龍威老人曾經深入太湖洞庭山穴探祕，不如叫來同坐，在天空中一起憑欄暢飲，說說當年在水底洞中所見。此處龍威是賓，詞人是主；因寫太湖而請龍威出場，想來他應該覺得榮幸才是！微醉後拿什麼來解酒？洞庭山雖有漫山的柑橘，怎奈味道太酸。看來這塵世中的俗物很難滿足詞人的要求。

上片雄壯，下片則更奇絕。「更殘」，竟已是後半夜了，詞人在天上睡著了？還是龍威老人走了？「更殘」

兩字帶來的時間跨度，斷開了與上片結尾的聯繫，同時贏得了一種跳躍性的、故事性的驚悚感，恰與詞人要描寫的神怪世界相適應。「黑霧杳漫漫，激電閃流丸」，在空中被烏雲包圍，激電閃爍，驚雷轟鳴。從醉夢之中驚醒，看到這幅景象，即使是仙人也會吃驚吧。「有上界神仙，乘風來往，問我平安」，果然有神仙乘風下降，來與「我」寒暄。「我」又會怎麼樣呢？我要對仙人說，想在東海種滿黃竹，卻不知道連著這無邊海水的太湖幾時能乾？這裡的「黃竹」不是竹，也不是仙境的代稱，而是詞人的抱負。昔穆天子因哀民寒凍而作黃竹之歌，李商隱「勸栽黃竹莫栽桑」詩句也是如此用意：種黃竹還能動憫民之念，種桑田誰知道什麼時候會再變成滄海？神奇的想像背後，藏有至深的悲慨。不過詞人並沒有消沉，反以詼諧幽默的口吻結束全詞。明人都穆《遊名山記・北固山》寫鎮江金、焦二山曰：「嘗記把酒倚闌，雲影墮江，金、焦兩山，東西對峙，如青螺列銀盤中，最為奇觀。」還在凌空飛舞的詞人錯將東、西洞庭山認作金、焦兩山，將太湖認作長江江面，「歸路欲尋鐵甕，望中陡落銀盤」，隨風而降，馬上就要落在湖中了！洪北江也許稱不上是「詞中太白」，但這首〈木蘭花慢〉卻如李太白詩一樣，可以在虛構的精神世界裡恣意揮灑，呼風喚雨、召仙引鬼、上天入地，頗有「興酣落筆搖五嶽，詩成笑傲凌滄洲」（李白〈江上吟〉）的氣概！

145 唐多令

洪亮吉

真氣❶本無前，豪情忽欲顛。一百番、沉醉酣眠。亂摘九天星與斗，權當作、酒家錢。

寥廓❷約頑仙❸，踏紅雲❹種田。待秋成❺、歲月三千。擬釣六鰲❻滄海去，雖不飽，且烹鮮。

【注釋】❶真氣　人的精神元氣。❷寥廓　指天空。❸頑仙　指不受拘管的散仙。❹紅雲　與神仙相伴的祥雲。❺秋成秋收。❻釣六鰲 據《列子・湯問》記載，渤海之東有五座大山，互不相連，隨波上下，天帝命十五隻巨鰲舉首而戴之，五山遂峙而不動。後龍伯國的巨人一釣而得六鰲，兩山遂傾，流於北極，沉於大海。

【語 譯】精神一往無前，我豪情萬丈，忽然想放縱片刻。來它一百次狂飲、爛醉、酣眠。胡亂摘幾顆天上星斗，權且算作換酒錢。 約來散仙遊天際，腳踩紅雲，播種仙田。等到收穫的季節，合人間歲月是三千年。打算去滄海間釣起巨鰲，雖然不能充飢，姑且嘗嘗牠鮮美的滋味。

【研 析】洪北江性格耿直使氣，詞亦私淑迦陵（陳維崧），奇崛豪放，本詞堪稱代表之作。詞人直接化身為神仙，而且是一位玩「天」不恭、放浪形骸的狂仙，他想做的事，只怕連真正的神仙也想不到，做不出。

「真氣本無前，豪情忽欲顛」，精神不受任何形式的束縛，豪興勃發甚至到了癲狂的地步，開頭兩句先聲奪人，一個不把任何天條、俗規放在眼裡的狂仙形象躍然紙上。豪情勃發，怎可無酒？只是這狂仙喝酒的方式已不是豪飲，而是狂飲，狂飲之後狂醉、狂眠。「一百番」只是約數，不過是說逢酒必狂而已。既已狂癲，何妨齊天！「亂摘九天星與斗，權當作、酒家錢」，滿天亮晶晶的星斗好似碎銀，當不當得了酒錢？天上星宿皆是神仙，卻要被這位同行抵押換酒了！

上片寫醉，下片寫遊。「寥廓約頑仙，踏紅雲種田」，天高地闊，約上同樣狂蕩不羈的散仙們，踏著紅雲，四海遨遊。幹什麼呢？種田！神仙會種什麼？詞人沒有說，也許是玉樹，也許是蟠桃，只知道「待秋成、歲月三千」，三千年才得成熟。「七十烟巒笠澤圖，三千歲月勾吳史」（清吳偉業〈秋日錫山謁家伯成明府臨別酬贈〉），三千年人世間該有多少興亡輪轉，對神仙來說，卻只是看看果子熟不熟而已，真是瀟灑到讓人只有驚歎。那麼等待秋收的日子怎麼打發呢？「擬釣六鰲滄海去，雖不飽，且烹鮮」，詞人要像龍伯國的巨人那樣，跨山越嶺，釣駝著海上仙山的巨鰲。如此驚天動地之舉，竟說得那麼輕描淡寫，還要將巨鰲煮了來吃，而且根本吃不飽，只能嘗嘗鮮！「治大國若烹小鮮」（《老子》六〇章），「小鮮」是小魚，以煮巨鰲為「烹鮮」，這是何等不可一世的胸襟與抱負！全詞篇幅雖小，卻大筆淋漓，壯采飛揚，爽快豪邁不可一世。在這裡，想像和語言的自由遠遠超過了現實所能包含的容量。無論現實中多麼壓抑、拘束，在文學中都可以自由翱翔。

146 金縷曲

洪亮吉

僮得前詞，泣不忍去，復成此闋❶。

暗裡驚聞泣。一聲聲、無端惹我，青衫又濕。多病經旬誰得似，欲共候蟲❷秋蟄。爾似燕、舊巢還入。典盡衣裘頻擁絮，更同扶、瘦影當風立。渾不怕，霜華襲。

八年侍我肩差及。笑囊空、新詩屢付，傭錢未給。費爾一杯村落酒，為我解除狂習。說月好、今宵初十。樓上三更雲氣淨，看星辰如豆天如笠。吟正遠，催歸急。

【注　釋】❶僮得前詞三句　本詞是兩首連章〈金縷曲〉詞的第二首。據前一首詞中有「無家我共僧居寺」句，可知本詞約作於乾隆三十五年（西元一七七〇年）秋，北江應鄉試不售，此前曾寓居鹿苑庵（林逸《清洪北江先生亮吉年譜》）。又據前一首詞序，這一年詞人應舉下第，跟隨了他八年的書童窺園因體弱多病，前來辭行。詞人心中傷感，沽酒填〈金縷曲〉以送。窺園讀詞後，「泣不忍去」，於是詞人又填了第二首。❷候蟲　指蟬、蟋蟀等隨季節而生或鳴叫的昆蟲。

【語　譯】黑暗中忽然聽到你在哭泣，一聲聲不禁惹得我陪你流淚，直到打濕了衣裳。半個多月來我疾病不斷，就像個可憐的候蟲蟄伏在深秋處，而你像那回到舊巢的燕子，不忍捨我而去。衣服袍子都已經典當完了，只好裹著棉絮，我們互相攙扶著彼此瘦弱的身軀，站立在風中，不怕那寒霜的侵襲。

侍候了我八年，現在長得與我肩相齊。可笑我囊中羞澀，每每把新詩交給你，卻付不起你的傭錢。還有勞你為我討上一杯村酒，安慰我張狂的脾氣，對我說今天是初十，月色很美。三更時分，我們登上小樓，一起看萬里無雲，高天如一頂巨大的斗笠，星星好比一粒粒小豆。我忍不住吟詠起來，你又不得不催我回去。

【研析】本詞（還包括連章前一首）全用第一人稱，有真實的場景（包括時間、地點），真實的人物（且不止一個），真實的情節（包括對話、動作）以及情節的發展，甚至還包括事件的細節。北江用真摯的情感、樸實的語言，刻劃了多情重義的書童形象，留下了一段詞史佳話。

「暗裡驚聞泣」，起筆五字，樸實無華，卻字字凝淚。本以為寬園已經走了，北江昏坐於暗室，忽而聽到一陣哭聲，不禁又驚又喜。「一聲聲、無端惹我，青衫又濕」，詞人本已眼淚「流駛」（〈金縷曲〉其一），此刻看到寬園歸來，主僕自然忍不住抱頭痛哭。看著對方比自己還羸弱的病軀，詞人禁不住滿腔關切，「多病經旬誰得似，欲共候蟲秋蟄」，天將寒，蟲將蟄，人也日日消沉。這樣艱難，寬園還肯留下，真如念舊巢的燕子，年年如故。「典盡衣裘頻擁絮，更同扶瘦影當風立。渾不怕，霜華襲」，哪裡還有什麼主與僕，兩人只如一人，相互扶持，休戚相共，飢寒雖迫，情誼卻深。

下片開頭幾句回顧了兩人八年相依為命的生活，溫情絮絮，如說家常。「八年侍我肩差及」，剛跟我時還是個小孩子，現在長得和我差不多高了，長大了；而我呢，「笑囊空、新詩屢付，傭錢未給」，囊中常空，篋中常滿，每每有新作交給你，把你熏陶的「但論才、爾便成佳士」（同前），可佣錢卻給不起。「我」哪還有資格以主人自居呢，一個耽於詩文的狂士罷了。還要「費爾一杯村落酒，為我解除狂習」，村酒苦澀，卻是現實，仙釀甘美，只是虛幻，「我」每每發出狂吟，難為你時時規勸！接下來「說月好、今宵初十」也許是轉述寬園的話：既然回來了，生活就還要繼續；既然要繼續生活，讀書人怎好辜負這月色。口腹之累、稻粱之謀，那些不快暫且丟到一邊，既然手邊有酒，頭頂有月，正不妨登樓，趁「樓上三更雲氣淨，看星辰如豆天如笠」。天如斗笠，星辰好比一個個豆大透光的窟窿眼，真是形象又詼諧的比喻。苦中作樂，讓人破涕為笑，詞人本是耿直爽朗的性格。只是才忘煩惱，又發「狂習」，北江對月長吟，滔滔不絕，寬園又忍不住要催他歇息了。詞作在一片溫情中結束。

147

臺城路

富春道中❶

吳錫麒

江流不管閑鷗夢，匆匆似隨帆轉。鬢短籠煙，衫青❷浣雪❸，禁得天涯人慣❹。絲風乍捲。聽萬竹陰中，畫眉低囀❺。鎮日❻狂歌，早催斜照墮天半。

回頭山遠水遠。只依依霽月❼，無限情戀。短笛能橫，長魚欲舞，相對蓬壺❽清淺。空明一片，想深谷高眠，白雲都懶❾。釣火何來，隔灘流數點。

【作　者】吳錫麒（西元一七四六－一八一八年），字聖徵，號穀人，浙江錢塘（今屬杭州）人。乾隆四十年（西元一七七五年）進士，授編修，官國子監祭酒。嘉慶初辭歸，先後主持揚州安定、樂儀書院。著有《有正味齋集》，詞集名《有正味齋詞》，包括《佇月樓琴言》、《二影亭寫生譜》、《鐵鈸餘音》、《江上尋煙語》、《紅橋唱和》等五種。錫麒兼擅駢文、戲曲，詞為浙派後勁，不專宗白石、玉田，頗饒生活氣息。

【注　釋】❶富春道中　乾隆三十四年己丑（西元一七六九年），詞人有嚴州之遊，溯富春江而上，途經富陽、桐廬，遊七里瀧、高峰山、子陵釣臺，一時詩作結集為《嚴江集》。富春即今浙江富陽一帶，這裡指富春江。富春江是錢塘江桐廬至聞家堰段的別稱，流經桐廬、富陽，有著名的七里瀧峽谷，參見厲鶚〈百字令〉詞注❶。❷衫青　指青衫，古時學子或低級官員所穿之服。❸浣雪　指船邊浪花飛濺。❹禁得天涯人慣　倒裝句，即「天涯人慣禁得」或「天涯人禁得慣」。禁得，耐得；受得。❺囀　鳥宛轉的鳴叫聲。❻鎮日　整天。❼霽月　雨晴後的月色。霽，雨雪後天晴。❽蓬壺　即傳說中的海上仙山蓬萊。❾想深谷高眠二句　形容此地清雅閒適，連谷中高臥的白雲都一派慵懶。化用厲鶚〈百字令〉：「隨風飄蕩，白雲還臥深谷。」

【語　譯】人總夢想如鷗鳥般清閒散淡，江水卻追隨著風帆匆匆流下。蒼煙籠罩著短鬢，浪花淘洗著青衫，我已經習慣了天涯漂泊的生活。忽然一陣旋風吹，聽到在萬竿竹林深處，有畫眉宛轉鳴唱。狂歌了一天，要催這太陽早早落向西山。　回頭看，一路山水已遠逝。只有多情的明月，依戀不捨地照著我。短笛橫吹，巨魚聽了欲舞，暫時忘卻了紅塵俗世。水天一片空明澄澈，想在深谷中高臥，看白雲懶散不定的飄蕩。幾點漁火不知從何而來，隔著溪灘向前流去。

【研析】這首詞寫的是富春江上從日到夜的景色，和身心都得到放鬆後的瀟灑風神。和同派前輩厲樊榭的《百字令》（秋光今夜）詞相比，吳氏此詞在意象和詞句上顯然有向前輩學習的痕跡，不過沒有模仿樊榭清寂超脫的口吻，而是止於閒適與瀟灑，更多些人情味道。

「江流不管閒鷗夢，匆匆似隨帆轉」，起筆兩句，便讓水、風、帆都以動態呈現，和樊榭詞「秋光今夜，向桐江，為寫當年高躅」這樣「屏氣凝神」式的起調完全不同。迅疾的江流上，「鷗夢」難「閑」，難得「高躅」，「青衫」「短鬢」，依然年少，他此時只為那繚繞的輕煙、如雪的浪花而愉快，為暫時擺脫塵俗而欣悅。「絲風乍捲。聽萬竹陰中，畫眉低囀」，由視覺轉向觸覺、聽覺。雖然「萬竹陰」也有幾分幽森，但「畫眉低囀」畢竟還是悅耳的鳥音，與樊榭詞「萬籟生山」的物化境界也是截然兩種。至於「鎮日狂歌」與「自坐船頭吹竹」（厲詞），那簡直更是完全兩種心情，甚至兩種性格了。

過片承上寫日暮月出，「山遠水遠」是「依依霽月」的背景。山水遠去，隱入暮色，於是一路隨船的明月便顯得多情而溫暖。「短笛能橫，長魚欲舞，相對蓬壺清淺。空明一片」，笛弄魚舞，彷彿身在仙山，水、月、天一片空明，一切世俗紅塵都已洗盡。如此自在適意，「深谷高眠，白雲都懶」，深谷中的白雲也要懶洋洋不願飄蕩了。深谷白雲的意象，吳錫麒可能是從樊榭詞裡學來。兩詞都是虛寫，樊榭詞曰「隨風飄蕩，白雲還臥深谷」，是一種遺世獨立的尋覓；錫麒詞曰「想深谷高眠，白雲都懶」，則有一種隨遇而安的閒適。兩者相較，顯然後者還帶些煙火氣。也難怪厲詞中照亮黑夜的是「寂寂冷螢三四點」，是悄夜的獨行者；吳詞則是「釣火何來，隔灘流數點」，是風露的夜歸人了。

148

少年遊

吳錫麒

江南三月聽鶯天❶，買酒莫論錢。晚筍餘花，綠陰青子❷，春老夕陽前。

欲尋舊夢前溪去，過了柳三眠❸。桑徑人稀，吳蠶❹才動，寒倚一梯煙。

【注釋】❶江南三月聽鶯天　化用南朝梁丘遲〈與陳伯之書〉：「暮春三月，江南草長，雜花生樹，群鶯亂飛。」❷青子　指果樹剛長出來的幼小的果實。❸柳三眠　即柳樹。相傳漢苑中有柳，狀如人形，一日三起三倒。❹吳蠶　吳地盛養蠶，因稱良蠶為吳蠶。唐李白〈寄東魯二稚子〉：「吳地桑葉綠，吳蠶已三眠。」

【語譯】江南的三月天，是聽鶯歌的三月天，且買酒痛飲，不要談價錢。晚筍上掛著殘花，綠枝上已經結滿青實，春天好比這西下的夕陽就要過完了。　想追懷一番往事，再一次遊覽前溪，又見到了三眠老柳。吳蠶正破繭待出，小徑上採桑的人已不多。在寧靜的鄉村，我倚在林邊，看寒煙繚繞如梯。

【研析】這是一首江南春景圖，類似丘遲〈與陳伯之書〉所描寫的境界：「暮春三月，江南草長，雜花生樹，群鶯亂飛。」上片寫景，三月的江南，誘惑著每一個人，一個「聽鶯天」，似乎把人從冬天裡喚醒。詞人高呼著「買酒莫論錢」，踏青遊春，豈可沒有酒的陪伴！一般的人喝點酒，都會感慨萬千，更何況是多情善感的詞人。看著眼前的「晚筍餘花，綠陰青子」，想到大好的春光就要逝去，詞人不免要大發感慨：「春老夕陽前。」這「春老」與「夕陽」，都是時光老去的象徵，從這一聲感歎裡也可看出詞人的一絲惆悵。不但是自然景色，也是世事人情，真是「天若有情天也老」啊。下片紀遊，春將老，便尋春；人將老，便尋夢。「欲尋舊夢前溪去」，詞人載酒而行，到舊遊之地尋找往日心情。「過了柳三眠」，「三眠」即是用典，又是湊韻，但詞人看似隨意的一筆，讀來好像不是經過了一株大柳樹，而是路過一個叫「柳三眠」的飽經世間冷暖、懶看春去秋來的老漢，頓覺情趣盎然。柳三眠，已三眠，薄暮時分，農人已歸來。「桑徑人稀，吳蠶才動，寒倚一梯煙」，採桑人早已歸去，為蠢蠢欲動的吳蠶準備好食物，林邊一縷寒煙——也許是農家的炊煙——繚繞如梯。這是一幅美妙的鄉村春景圖，一個「梯」字生動地表現了農戶人家的鄉土氣息。這一切顯得是那麼的充實、積極而自然，詞人用白描的手法、疏朗的筆調寫出了一個輕狂、慵懶又新鮮的春天。

149

菩薩蠻

吳錫麒

白雲流出空山夢，前溪十里樵風❶送。一路草鞋痕，笛聲吹到門。磯❷頭生晚雨，漁夫划船去。新水約❸萍開，桃花入夢來。

【注釋】❶樵風 陪送砍柴人的好風。《後漢書·鄭弘傳》李賢注引南朝宋孔靈符《會稽記》：「射的山南有白鶴山，此鶴為仙人取箭。漢太尉鄭弘嘗采薪，得一遺箭。頃有人覓，弘還之。問何所欲。弘識其神人也，曰：『常患若邪溪載薪為難，願旦南風，暮北風。』後果然。」❷磯 水邊突出的岩石或石灘。❸約 環繞；纏束。

【語譯】白雲，帶著山的夢，從空山中流出。漫步十里前溪，有好風來相送。一路留下草鞋的痕跡，吹著笛子到達家門口。　傍晚的石磯頭飄著絲絲小雨，漁夫划船悠然歸去。水面浮著新萍，被船從中劃開一道水路，桃花逐著流水，進入了夢幻的世界。

【研析】這首詞好比一幅寫意〈漁樵暮歸圖〉，滿紙煙霞，生意流轉。半幅樵夫，半幅漁人，畫面不相連屬，意脈卻相通。上片寫樵夫，從虛到實。誰說空山無人？山本身便是有靈之身。它將夢想告訴隨風飄蕩的白雲，讓每一個看到雲的人都能感受到山的情意。白雲、空山、溪流，是一個如畫的背景，然後通過「樵風」帶著人物出場。樵夫載薪歸來，山靈殷勤吹起樵風相送。一路走來，留下草鞋的印跡，還留下牧童吹奏的笛聲，由這笛聲可感知樵夫怡然之情和牧童閒適之樂。若說白雲是山之夢，笛聲豈非是山之聲？下片寫漁人，從實到虛。詞人的視角由寫山轉而寫水，過片「磯頭生晚雨」一句，也是為漁夫的出場勾畫背景。暮雨瀟瀟，漁夫尋岸停泊，新水載新萍。這時，船之所到處，春水蕩漾，綠萍為之開路。一個「約」字寫出萍與水之相依相繫，便覺這水也是有情之物。結拍「桃花入夢來」是虛處傳神的妙筆。這夢當是漁夫之夢，「桃花流水鱖魚肥」，靠水吃水，這本就是水於人最本真、最深厚的情意。不過山既有夢，水豈可無夢？「臨斷岸、新綠生時，是落紅、帶愁流處」（宋史達祖〈綺羅香・詠春雨〉），片片桃花於水，豈非如朵朵白雲於山一樣是水之夢？又或者桃花是山對水的情意，「者是春山魂一片，招入孤舟」（清左輔〈浪淘沙〉）？這首詞與其說寫漁樵，不如說寫山水；與其說寫山水，不如說寫天地間有情之自然——這生氣盎然自然給了人無限的歡悅，讓生活在其中的漁父和樵夫怡然自得。

150

雙調江城子

舟夜

趙懷玉

龐山湖❶上水連空，惜孤蹤，守孤篷。野渡無人❷，漁火一星紅。刻意求眠仍不穩，吹夢斷，五更風。

十年潦倒任天公，路重重，事匆匆。彈指❸春情，多寄雨聲中。只有金尊❹長醉倒，消不盡，氣如虹。

【作　者】趙懷玉（西元一七四七—一八二三年），字億孫，號味辛，又號映川，江蘇武進（今江蘇常州）人。乾隆四十五年（西元一七八〇年）舉人，授任內閣中書。官山東青州海防同知，署登州、兗州知府，丁憂歸。晚年主通州文正書院、陝西關中書院及湖州愛山書院。懷玉工古文、詩詞，與孫星衍、洪亮吉、黃景仁齊名稱「孫、洪、黃、趙」。有《亦有生齋集》，詞集名《荃提室詞》。陳乃乾輯入《清名家詞》，名《秋籟吟》。

【注 釋】❶龐山湖 湖名，在江蘇吳江松陵鎮以東三公里處。❷野渡無人 野渡，野外的渡口。唐韋應物〈滁州西澗〉：「春潮帶雨晚來急，野渡無人舟自橫。」❸彈指 佛教語，喻極短暫的時間。❹金尊 即金樽，酒器。

【語 譯】龐山湖上，水天相連，我一個形單影隻，獨守著破舊的烏篷船。這是一個荒野渡口，沒有人煙，只有一星漁火，閃著紅光。我試圖就枕安眠，卻怎麼也睡不著啊，一陣風來吹斷了我的五更夢。十年來我潦倒不堪，只能聽任天公的安排。人生的路險阻重重，世間的事忙忙碌碌。對春逝的傷感，都託付風雨聲中。別看我酒席邊常常醉倒，如虹的豪氣依然充沛在胸中。

【研 析】這首〈雙調江城子〉，是一首抒懷詞，清俊之中頗有感慨，鋒芒欲露而顯得沉著。嚴迪昌先生認為趙懷玉詞，「奇崛不如洪亮吉，郁勃遜於黃景仁，唯以清俊見勝」（《清詞史》），是評頗中肯。上片寫景，就「舟夜」兩字敷衍開來。開篇三句，「龐山湖上水連空，惜孤蹤，守孤篷」，是杜甫「江湖滿地一漁翁」（〈秋興八首〉其七）式的表現寫法，在極大與極小的對比中，突出個體生命的渺小孤獨，個體精神的倔強不息。「惜」是愛惜，「守」是堅守，在水天一片裡，看似不由自主，實則並非隨波逐流。詞人在與孤獨對抗。自然環境是寂寥的，社會環境也是蕭條的。「野渡無人，漁火一星紅」，渡口無人，遠遠的有一盞漁燈。荒野中的渡口，時間又是夜裡，沒有人是很自然的。詞人刻意強調了這一點，我們似乎能讀出某種精神的緊張。下文也是如此。「刻意求眠仍不穩，吹夢斷，五更風」，正常情況下應是有意無意間自然入睡，「刻意求眠」本就睡不安穩。但是沒有辦法，無可奈何，此際只有眠鄉一途，無餘計可施。下片抒懷，由夜泊轉寫人生感慨。「十年潦倒任天公」，是一句有意思的牢騷話。「任天公」，就是交給老天來安排，好像是一種無所謂的態度；當然，如果是真的無所謂，他就不會感覺如此潦倒了。「任天公」，是十年潦倒後的人生喟歎，它讓詞人感慨的是這天該有多麼不公！不過「潦倒任天公」還有第二層意思，那就是天縱不公，「我」卻不與天鬥，亦不隨天流，再孤獨我也自「惜」自「守」。真是狂者進取，狷者有所不為也。「路重重，事匆匆」，是對十年人生奔波之苦的簡略概括。孤獨可以自守，孤獨卻不得閒就難以忍受了。「彈指春情，多寄雨聲中」，一個「彈指」把十年的人生辛酸都輕輕地抹去了。這春情，是詩意的，也是傷感的，它引發起人對春光流逝的歎息，但生活還是要繼續重複下去。一想到現實的生活，這傷感也越來越濃了。「只有金尊長醉倒，消不盡，氣如虹」，借了三分酒力，胸膽開張，激情噴薄而出，奏響了豪邁之音。這長虹般的浩然之氣，可以是寂寥的龐山湖最美的風景。

151

減蘭

夜泊采石❶

黃景仁

一肩行李，依舊租船來詠史。四顧無人，君憶元暉❷我憶君。江山如此，博得青蓮心肯死❸。懷古悠然，雁叫蘆花水拍天。

【作　者】黃景仁（西元一七四九—一七八三年），字漢鏞，一字仲則，號鹿菲子，江蘇武進（今屬江蘇常州）人。北宋詩人黃庭堅後裔。四歲而孤，從母讀書。十六歲應郡試第一，補生員。其後屢應鄉試不第，為幕客輾轉南北。乾隆四十一年（西元一七七六年）高宗東巡召試，列二等，充四庫全書館謄錄。後客陝西，依畢沅，受其資助，捐縣丞，入京候選。後為避債走山西，病卒於解州。有《兩當軒集》，詞集名《竹眠詞》。黃仲則一生偃蹇，困頓異常，淒苦倍於人。其詩以天縱之才寫「盛世」寒士心態，橫絕一世，號乾隆六十年第一人，與孫星衍、洪亮吉等人合稱「毗陵七子」；詞亦淒苦哀愴，恣肆醒豁。

【注　釋】❶夜泊采石　采石，即采石磯，一名牛渚山，在今安徽馬鞍山市西南長江東岸，峭壁千尋，風景秀麗，歷史悠久，尤以李白於此登臨賦詩而著名。減蘭，〈減字木蘭花〉的省稱。據許雋超《黃仲則年譜新編》，乾隆三十六年（西元一七七一年）詞人客太平府知府沈業富幕，又入安徽學使朱筠幕時，至三十八年辭去，「從遊三年，盡觀江上諸山水」（《兩當軒集・自敘》）。本詞當作於這一時期。❷君憶元暉　「君」指李白，元暉即南朝詩人謝脁，李白有〈金陵城西樓月下吟〉詩曰

「解道澄江淨如練，令人長憶謝玄暉」。李白和謝朓的墓都在當塗青山。❸青蓮心肯死　青蓮指李白（號青蓮居士）。「心肯死」是反問語，猶言「心不肯死」。臨終的前一年（西元七六一年），李白還請纓入大將李光弼幕，欲為平定安史亂軍出一份力，因病不成行，寄於當塗縣令李陽冰處，次年即病卒。傳說李白是醉酒後赴江捉月而溺。

【語譯】一肩能擔起全部家當，也要租船來覽勝懷古。夜泊采石，四顧無人，你在這裡懷念風流的小謝，而我卻想起了你。

對當塗雄偉的江山，你壯心不已，豪興不減。悠然懷古，聽雁叫蘆花，江水拍天。

【研析】這首小詞名為「夜泊采石」，其實是「夜弔李白」，寫得率真而清狂，充滿著生氣活力。「一肩行李」，是寫自己的落拓，肩膀挑著簡陋的行李，詞人並非是來當塗漫遊，而是鄉試落第後，入幕為賓，謀求生路。即便如此，他的詩人氣質不變，特地租船夜遊名勝采石磯，要發思古之幽情。「依舊租船來詠史」。「依舊」語氣表達堅定，也道出了詩人人格上的自尊與自傲。儘管詩人身分卑微，但詩卻給了他在現實中沒有的尊嚴，在詩國之中誰都可以平交古人，笑傲王侯。他夜泊磯下，四顧無人，冷冷清清，找不到同道者，一如詞人在現實生活中的落落寡合。但他並不寂寞，大詩人李白、謝朓還包括賈島的墓冢就在此，他此行本就是特地前來憑弔大詩仙的，「君憶元暉我憶君」，簡單而親切，有千載之下、惟我三人的氣概。「江山如此」，是站在采石磯發出的感慨，也是對千古風流人物的感慨，在結構上起承上啟下的作用。「博得青蓮心肯死」一句，是全詞的重心所在，也是詞人「憶君」的具體內容。在當塗的李白，雖然人生已走入暮年，但面對動盪的時局，他有壯心不已的情懷，面對秀美的江山，他依然有醉捉江月的逸興。「嗚呼！有才如君不免死，我固知君死非死」（〈太白墓〉）。李白是「一生低首惟宣城」（謝朓號謝宣城）（〈太白墓〉），仲則是否「一生低首惟太白」呢？現在追隨著偶像的足跡，體會著他的精神，「懷古悠然」，詞人非但不覺得寂寞冷清，反而覺得適意，乃至振奮，結拍「雁叫蘆花水拍天」，以景結情，這是一幅壯麗的采石磯觀景圖，也是詞逸興遄風的豪邁氣概所使然。在乾隆三十七年（西元一七七二年）三月初十日這一天，安徽學使朱筠攜幕友於采石太白樓置酒高會，仲則「年最少，著白袷，頎而長，風貌玉立，朗吟夕陽中，俯仰如鶴，神致超曠」，座主朱筠稱他為

「神仙中人」（清左輔〈黃縣丞景仁狀〉），他的〈笥河先生偕宴太白樓醉中作歌〉，一時被競相傳寫，仲則以非常李白的方式完成了對詩仙的禮敬。

152 醜奴兒慢　春日❶

黃景仁

日日登樓，一換一番春色。者❷似捲如流春日，誰道遲遲❸。一片野風吹草，草背白煙飛。頹牆左側，小桃放了，沒個人知。

徘徊花下，分明認得，三五年時❹。是何人，挑將竹淚❺，黏上空枝？請試低頭，影兒憔悴浸春池。此間深處，是伊歸路，莫學相思。

【注釋】❶春日　據許雋超《黃仲則年譜新編》，乾隆三十年乙酉（西元一七六五年），仲則補武進縣學生員，讀書宜興氿里姑母家，與婢女情好，創作了〈綺懷〉等愛情詩詞。後此女適人，仲則傷感不已。本詞亦暗寫這段情事，約作於二十歲時。❷者　代詞，這。❸誰道遲遲　意謂誰說春天是舒緩閒適的。典出《詩・豳風・七月》：「春日遲遲，采蘩祁祁。」毛傳：「遲遲，舒緩也。」❹三五年時　十五歲左右。黃景仁〈綺懷〉（其一五）：「三五年時三五月，可憐杯酒不曾消。」❺竹淚　傳說舜出巡南方，死於蒼梧。二妃娥皇、女英哭之，淚灑於湘江之竹上，後來成為有斑痕的湘妃竹。

【語譯】日日登樓，一天更換一番風景。這似捲如雲般流逝的春色，怎當得起「遲遲」二字。一陣風來吹起蔓蔓荒草，草背上拂過一股慘白的寒煙。在廢牆左側有小桃開了，卻無人來欣賞。

我徘徊在小桃樹下，想起十五六歲時的往事，一件件歷歷在目。是誰將斑斑竹淚，黏上那花朵零落的空枝？如果低頭近看，她憔悴的身影，浸透了春日的池塘。這是一個幽深的所在，是她的歸路，不要學人家相思。

【研　析】這首詞以詠「春日」為題，追憶早年戀情，寫出如泣如訴的哀痛，幾乎無法卒讀，更不忍去叩問這顆悲苦的靈魂。上片寫春景。「日日登樓」，起調無比沉重。若不是胸中鬱結難解，又何必日日登樓排遣。然而登樓所見是什麼呢？「似捲如流」、「一換一番」的春色，萬物生意欣然，光景日日變化，詞人被懷舊的情懷折磨得情難以堪。他所看到的，不是千紅萬紫，而是野風吹草；不是「春風吹又生」，而是草被風吹倒，背上升起一股股寒煙。「頹牆左側，小桃放了，沒個人知」，一樣口語化的詞句，沒有任何障礙地向所有的讀者吐露著悽愴心魂。野草荒風，斷壁頹垣，本就不是繁華之地，一株小桃開在這裡，自然少有人知。詞人傷心的，不是沒個人至，沒個人知，而是那個人不至，那個人不知。今天「我」獨自來看小桃，她在哪裡？寫到這裡，結束上片之寫景，引發下片之言情，恰到好處。下片寫憶舊。「徘徊花下，分明認得，三五年時。」寫詞人閒尋舊蹤跡，想起了十五歲時的往事，那是一個情竇初開的年紀，在這裡，他與她播下了愛情的美好種子。「三五年時」，這段往事，這株小桃樹，在日日光景常新的春天，在似捲如流的歲月，一切一切的記憶都停留在那一年的春天，並牢牢紮根在詞人的心裡，讓他日日登樓而無法忘懷。「是何人，挑將竹淚，黏上空枝」，花瓣零落，斑淚空枝，也許是大多數夭夭如桃花般初戀的結局？故事剛開頭便煞了尾。然而故事只是仲則一個人的故事，感情卻是所有人的感情，情意已出，則故事便不必再講。「請試低頭」，是一個祈使句，似乎在提醒讀者注意，詞人的心緒似乎回到現實生活中。「影兒憔悴浸春池」，一個「浸」字寫出了影子的沉重，人已如木石。何人之影？是桃，是「我」，還是伊，一個波光中變化莫測的影子。「此間深處，是伊歸路」，這「伊」是桃，是春，還是那個人？想來「此間」應該就是「春池」，「伊」便是「小桃」，桃花終將逐水；若「伊」竟是那個人，則這池已令人悚然。「莫學相思」，好比「多謝後世人，戒之慎勿忘」（〈古詩為焦仲卿妻作〉）、「慎勿將身輕許人」（白居易〈井底引銀瓶〉）一類的規箴之論，只是這些詩句背後的故事無一不是悲劇。詞讀至此，只有掩卷長歎而已。

153

摸魚子

歸鴉

黃景仁

倚柴門❶、晚天無際，昏鴉❷歸影如織。分明小幅倪迂❸畫，點上米家顛墨❹。看不得，帶一片斜陽、萬古傷心色。暮寒蕭淅❺，似捲得風來，還兼雨過，催送小樓黑。

曾相識，誰傍朱門貴宅❻？上林❼誰更棲息？幾叢枯木驚霜重，我是歸飛倦翮❽。飛暫歇，卻好趁❾、漁船小坐秋帆側。舊巢應憶，笑畫角❿聲中，暝煙⓫堆裡，多少未歸客！

【注　釋】❶柴門　舊時用以比喻貧苦人家。王維〈輞川閑居贈裴秀才迪〉：「倚杖柴門外，臨風聽暮蟬。」❷昏鴉　黃昏時的歸鴉。❸倪迂　元代著名畫家倪瓚。❹米家顛墨　指宋代畫家米芾的山水畫，他發明以墨點構圖的方法，所繪山水稱為「米點雲山」。❺蕭淅　指秋風的蕭瑟和秋雨的淅瀝。❻朱門貴宅　紅色的大門，高貴的宅第，舊時借指富貴人家。❼上林　即上林苑，在今陝西長安西，為漢代帝王遊獵之所。❽倦翮　倦飛的鳥兒。翮，鳥的翅膀。❾好趁　趕著好時機。❿畫角　古代樂器，以竹木或皮革等製成，因表面有彩繪，故稱。陳子昂〈和陸明府贈將軍重出塞〉：「晚風吹畫角，春色耀飛旌。」⓫暝煙　傍晚的煙靄。戴叔倫〈過龍灣五王閣訪友人不遇〉詩：「野橋秋水落，江閣暝煙微。」

【語　譯】我背靠柴門，對著無邊無際的暮天，遠看歸鴉飛影紛紛如織。這分明就是一幅由倪瓚繪出的山水畫，再敷上米家山水的點墨筆法。實在是禁不起不看，歸鴉帶著一片斜陽而去，勾起了我傷心感喟的萬古幽情，更何況是在秋天的傍晚，一派西風蕭瑟、秋雨淅瀝的暮寒景象。好像秋風都是由它席捲而來，還帶著一陣陣秋雨掠過，把秋天的陰森和黑暗催送到小紅樓。

這歸鴉似曾相識，到底是誰曾經棲息在富貴人家？

又是誰曾經駐足過漢家的上林宮苑？在幾簇枯木林中，在秋霜漫地的季節裡，也會棲息著像我一樣的「倦翮」。飛累了，暫時地停下來，剛好棲落在江邊的小舟上，這模樣就像是小坐在秋帆上的「倦客」。想必是牠正在想念曾經棲息的舊巢，對著畫角的悲鳴，沉沉的暮靄，牠無言而笑：自古到今真不知有多少這樣未歸的倦客！

【研　析】這是一首詠鴉之作，由歸鴉而及於遊子，抒寫的是遊子倦客的飄零之感。詞題原為「歸鴉，同蓉裳、少雲作」，蓉裳為清代中葉詞人楊芳燦，芳燦字香叔，號蓉裳，江蘇金匱人，工詩詞，有《芙蓉山館集》。少雲為清代中葉詩人余翮翀，翮翀字少雲，安徽懷寧人，工詩詞，與黃景仁、汪中並稱，有《息六齋遺稿》。這首詞作於乾隆四十六年（西元一七八一年）初冬，當時黃仲則正寓居京都法源寺，與余少雲、楊蓉裳過從甚密，詩詞唱和活動亦頗為頻繁。

上片詠歸鴉，起首三句，寫作者之所見，從作者的視角寫歸鴉，為遠景圖，「柴門」寫作者身世的清貧，一介苦寒知識分子的形象躍然紙上，「晚天」、「昏鴉」點明時間，「如織」狀物如神，是以物擬物，寫出寒鴉群飛急歸的情態。接著二句，進一步作比擬，寫作者之所感，眼前所見就像是由倪瓚、米芾共同繪就的一幅水墨山水！而倪瓚、米芾是兩位以抒寫胸襟、表現「逸氣」為藝術追求的繪畫大師，作者以眼前所見為倪瓚、米芾筆下山水，也是意在說明對追求「逸氣」審美境界的推崇。其實，作者引入「倪迂」、「米顛」，並非簡單地比附眼前所見，而是現身說法，自己也像倪瓚、米芾一樣的「迂」和「顛」。接著下來三句，還是抒寫作者之所感，「看不得」一句，語氣尤為深沉，引發出後面對夕陽遲暮的感喟，作者這時想到的是超越了個人憂樂的萬古傷心之幽情，是歲月徒增而功名無成的悲感？還是對「夕陽無限好，只是近黃昏」的美好事物即將消逝的感傷？「萬古傷心色」一句，意蘊豐厚，餘韻無窮，耐人尋味！「暮寒蕭淅」一句，將作者的思緒由亘古拉到當前，不但呈現當前的場景（「暮」），而且摹狀出人的感受（「寒」），並生動地刻劃出作者視覺（「暮寒」）和聽覺（「蕭淅」）的雙重感受。歇拍三句，進一步描寫「暮寒蕭淅」的情景，有「風來」，有「雨過」，還有「小樓黑」，在景色的描寫中著意渲染出一種淒婉感傷的色調。

下片抒懷，過片先寫人對鳥的獨白，「曾相識」一句，飽蘸著深沉的歷史滄桑感，本是眼前所見，卻被作者拉長了它的時間維度，並引出後面的兩句發問：「誰傍朱門貴宅？上林誰更棲息？」其中，「上林」、「朱門貴宅」尤為值得注意，表徵著一種高貴的門庭和生活環境，作者是要借此導出後面對落拓者處境的描寫：「幾叢枯木驚霜重」。雖然有的鳥兒曾棲息高貴的皇家苑囿和朱門大宅，但還有更多的鳥兒卻是棲息在「幾叢枯木驚霜重」的惡劣環境中。「我是歸飛倦翮」一句，由寫鳥轉而寫人，是把人的感受物化，好像自己就是那隻在空中倦飛的歸鳥，在生活中經歷了重重坎坷，體驗到社會底層的無限辛酸！據洪亮吉《行狀》知，黃仲則少負才華，十六歲時為郡試第一，但後來多次參加江寧鄉試，次次落榜，無奈之下，為養家糊口，遊幕南北，依人為生，嘗盡人世艱辛，「我是歸飛倦翮」一句，正是其發自肺腑的心聲。接著兩句，「飛暫歇」是緊承上句「倦翮」而來，「漁船小坐秋帆側」，是對「暫歇」的形象化描述，也傳達出倦鳥暫歇的詩意化色彩。「舊巢應憶」，是對歸鴉的揣度之辭，也是表達作者對家鄉親人的思念之情，他為了養家糊口不得不離開家鄉，長年四處飄泊，當漁船小坐的閒適時，自然會想念起在家鄉的親人。結拍三句，是從自己的飄零聯想到天下的未歸客，作品的思想境界亦因之而提升起來，表現出詩人博大而寬廣的胸襟，大有杜詩「大庇天下寒士俱歡顏」的境界。

154 買陂塘

登白紵山❶

黃景仁

冷清清、荒臺敗瓦，日斜來弔宣武。如雲賓從當年事，對面青山歌舞❷。飛蓋❸舉，下擁著、蝟鬚石眼❹人如虎。南州❺雄據，笑作賊匆匆❻，更何情緒，來顧曲中誤❼。

休相笑，尚解登山作賦❽，此兒還有佳處❾。一時裙屐❿原瀟灑，誰料轉頭黃土。江月苦，把一片歌聲、悄悄沉將去。雄心認取，聽漠漠蒼林，非絲非竹⓫，打起佛樓鼓。

【注　釋】❶登白紵山　乾隆三十七年（西元一七七二年），仲則在安徽學使朱筠幕中，本詞當作於此時。白紵山位於安徽馬鞍山市當塗城東南兩公里處，為姑溪河和青山河匯合之處。桓溫墓，就在不遠處的青山東北。桓溫（西元三一二－三七三年），字符子，譙國龍亢（今屬安徽懷遠）人，東晉傑出軍事家、權臣，譙國桓氏代表人物。《晉書》稱其「挺雄豪之逸氣，韞文武之奇才」，戰功累累，威名赫赫。獨攬朝政，欲行篡位之事，終因畏懼王、謝等高門大族的力量未敢輕動，病重而死。其子桓玄後篡晉自立，追號桓溫為宣武皇帝。買陂塘，〈摸魚子〉調的別稱之一。❷如雲賓從當年事二句　桓溫駐節姑孰時，常與佐僚攜女樂登山宴會歌舞，好為〈白紵歌〉。❸飛蓋　高高的車篷。❹蝟鬚石眼　《晉書‧桓溫傳》：「溫豪爽有風概，姿貌甚偉，面有七星。少與沛國劉惔善，惔嘗稱之曰：『溫眼如紫石稜，鬚作蝟毛磔，孫仲謀、晉宣王之流亞也。』」❺南州　今安徽當塗一帶。南州是桓氏彝、聞、玄幾代人經營發家之地，桓彝曾任宣城太守，桓溫封南郡公。❻作賊匆匆　意謂桓溫有篡晉自立之意，但遲遲不敢動作，臨終前諷朝廷加己九錫，謝安等人按住錫文不發，溫病重而死。❼來顧曲中誤　意謂桓溫能知音律、喜歌舞。顧曲中誤，形容人精於音律。《三國志‧吳書‧周瑜傳》：「瑜少，精意於音樂。雖三爵之後，其闕誤，瑜必知之。知之，必顧。故時人謠曰：『曲有誤，周郎顧。』」❽尚解登山作賦　意謂桓溫通文學，懂得登高而賦的風雅。《漢志》：「登高能賦可以為大夫」。《世說新語》劉孝標注引〈孟嘉別傳〉就記載了桓溫舉龍山高會，孟嘉落帽，溫命孫盛作文嘲之的故事。❾此兒還有佳處　此兒指桓溫。《晉書‧桓溫傳》：「桓溫……生未朞而太原溫嶠見之，曰：『此兒有奇骨，可試使啼。』及聞其聲，曰：『真英物也！』」❿裙屐　六朝時名士常服裙屐，這裡代指那些風流名士。⓫非絲非竹　絲，弦樂或弦樂器。竹，管樂或管樂器。《世說新語》劉孝標注引〈孟嘉別傳〉：「（桓溫）又問：『聽伎，絲不如竹，竹不如肉，何也？』答曰：『漸近自然。』」

【語　譯】眼前是一片冷清清的荒臺敗瓦，我在日暮時分來這裡憑弔桓宣武。想當年，這兒賓客如雲，對面青山上載歌載舞。在高高豎立的華蓋下，坐著一位鬚如刺蝟、眼若紫稜的人中虎。也曾雄踞南州，只可笑他試圖篡權自立，這樣的做法太匆匆。他何曾有心情像周瑜那樣，去辨識〈白紵歌〉的錯誤。

千萬不要嘲笑，他也能風流儒雅登高而賦，有他的可取之處。穿裙踏屐，何其瀟灑。不想這一切，已化作一抔黃土。江月作證也心苦，將當年的歌聲，默默沉入波濤裡。留待後人想念他雄心壯志，只聽得在漠漠蒼林深處，沒了往日的聲歌而是佛樓的鼓聲。

【研　析】這是一首詠史詞，讚頌了桓溫多面的性格與才能，體察其壯志難酬的壓抑，並滲入了詞人自己的身世之感，是一首上佳之作。

「冷清清、荒臺敗瓦，日斜來弔宣武」，以寫景開篇，描寫此時此地的荒涼，突出滄桑之意。「如雲賓從當年事，對面青山歌舞」，這是先抑後揚的手法，極力表現當年桓溫幕府的繁華場面，但這身前的烜赫與身後的冷清，給讀者帶來了一種多麼大的心理反差和感覺。歷史上桓溫幕下賢才畢集，謝安、謝玄、郗超、王珣、顧愷之、袁宏、習鑿齒、車胤……都是一時之英傑。接著是，人物的正式出場，在高高的華蓋下坐著一位「蝟鬚石眼」的如虎之人。然後，作者提到，他也曾有過雄踞南方四州的偉績，甚至還有篡權竊國的雄心抱負，「匆匆」二字已飽含有對桓溫「作賊」的批評之意。「更何情緒」？這一問，問出了桓溫表面風流倜儻，心中卻是想著竊國篡權，因此，他就不會有周瑜那樣的真風流。過片，接歌拍而來，「休相笑」，意在糾正前人的誤解！他對桓宣武的態度由貶轉褒，對這位雄才大略又文采風流的歷史人物，給予了充分的肯定，並表達了其欽佩與惋惜之意。在〈桓溫墓〉一詩中，他也寫過「虎視中原氣未伸，一生功罪總難論」的句子。「此兒還有佳處」、「尚解登山作賦」，化用經史成句，運散筆，發議論，有幾分辛稼軒的風采。「一時裙屐原瀟灑，誰料轉頭黃土」，「裙屐」對「黃土」，用鮮明的物象帶出豐厚的滄桑之意。接著「江月苦」二句回到題面，回到白紵山。大江東去，浪淘盡桓溫一生經營。和「作賊」對照，「雄心」才是詞人內心深處對桓溫的真實評價。這正是對以桓溫為「賊」的「主流價值觀」的背離。「聽漠漠蒼林，非絲非竹，打起佛樓鼓」，以景作結，呼應開篇。「非絲非竹」讓人聯想起桓溫與孟嘉那段著名的對話，桓溫「絲不如竹，竹不如肉」之說堪稱知樂，孟嘉「漸近自然」之答更是精妙。若論天籟，不假外物、不受束縛的人聲才是天籟。「淚盡金城空感逝，歌殘白紵定傷神」（〈桓溫墓〉），佛鼓誠然讓人息心使人忘機，可這不是開創帝王之業的桓溫之所需要。問世間側耳向佛鼓者，幾人不是為勢所迫為時所逼？這是那個「盛世」時代帶給黃仲則的壓抑、無奈和屈服，也是他骨子裡所無法忍受的東西，也許這種情緒和反抗，才是本詞的真正主旨所在。

155 南浦

夜尋琵琶亭❶

左輔

潯陽江❷上，恰三更、霜月共潮生。斷岸高低向我，漁火一星星。何處離聲刮起？撥琵琶、千載剩空亭。是江湖倦客，飄零商婦，於此蕩精靈❸。且自移船相近，繞回闌、百折覓愁魂。我是無家張儉❹，萬里走江城。一例❺蒼茫弔古，向荻花❻楓葉又傷心。只琵琶響斷，魚龍寂寞❼不曾醒。

【作者】左輔（西元一七五一—一八三三年），字仲甫，一字蘅友，號杏莊，陽湖（今屬江蘇常州）人。乾隆五十八年（西元一七九三年）進士。歷任南陵、巢縣、霍丘、合肥等地知縣，雖然有循吏之聲，能得民心，卻於嘉慶間兩被革職，數年間流離奔走，十二年始以署合肥縣補懷寧縣知縣復職。十三年（西元一八〇八年）始任直隸州知州。道光三年，以湖南巡撫致仕。有《念宛齋集》。

【注釋】❶夜尋琵琶亭　嘉慶七年（西元一八〇二年）至十一年，作者第二次被革掉知縣之職，流離奔走了數年。本詞當作於這一時期。琵琶亭，在江西九江市西長江邊，因唐代詩人白居易謫江州司馬、為商婦作〈琵琶行〉事而建。❷潯陽江流經潯陽（今江西九江市）北的一段長江，古稱潯陽江。❸精靈 魂魄。❹張儉 字元節，東漢山陽高平人。因彈劾中常侍侯覽縱家人暴虐百姓，與侯結仇。張儉出逃，「困迫遁走，望門投止，莫不重其名行，破家相容」（《後漢書・張儉傳》）。❺一例 同例；一樣。❻荻花 荻，水邊植物，葉長似蘆葦，秋天開淡紫色花。❼魚龍寂寞 《說文解字》釋「龍」曰：「鱗蟲之長，……春分而登天，秋分而潛淵。」杜甫〈秋興八首〉（其四）：「魚龍寂寞秋江冷，故國平居有所思。」

【語 譯】潯陽江上，正值三更時分，寒夜的明月伴隨著奔湧的潮水升起了。高低不平的斷岸向我移來，星星閃爍的漁火在飄動。從何處傳來了洋溢著離愁的琵琶聲？當年商女在江上撥動著琵琶，千年之後，卻只剩一座空空的琵琶亭。應是漂泊江湖的倦客，和身世飄零的商婦的精魂在此遊蕩。 姑且搖船靠近，繞著回闌，百折千回地尋覓那愁魂。我就像那找不到棲身之所的張儉，輾轉萬里來到這寂寞的江城。同樣是來到這煙水蒼茫之處弔古，空對著楓葉、荻花傷神；只是昔日的琵琶聲已經斷絕，水底寂寞深藏的魚龍也不曾覺醒。

【研 析】這是一首弔古傷今的作品，詞人在人生失意之際，來到白居易曾經到過的琵琶亭，在逝者如斯的長江上尋找歷史的同情。起筆點明季節、地點、時間，「潯陽江上，恰三更、霜月共潮生」。秋月，潮水，「恰」在三更時分升起，是有意陪伴詞人，還是要他飽嘗這淒清冷漠的氣氛。接著視角轉向舟中，寫詞人在舟中之所見：「斷岸高低向我，漁火一星星。」這斷岸層層疊疊，上下高低不平，星星漁火迎面而來，裝點著寂黑的夜色。江楓漁火，對愁難眠。「何處離聲刮起，撥琵琶、千載剩空亭」，暗用〈琵琶行〉「忽聞水上琵琶聲」句意，寫白居易當年之事。往事成雲煙，千年之下，眼前空有琵琶亭；可胸中離情不散，耳畔彷彿也聽到「離聲」，隨風而來的琵琶聲。聲音何來？「是江湖倦客，飄零商婦，於此蕩精靈」，既寫古人，也寫今人，既寫歷史，也寫現在。江州司馬已是古人，潯陽琵琶已是往事，可江湖上倦客、商女年年飄零，這亭雖空，該接納過多少疲倦傷心的靈魂？下片由水上舟中轉到岸上亭中。「且自移船相近，繞回闌、百折覓愁魂」，再用白詩「移船相近邀相見」句意，只是詞人無人陪伴，更沒法「添酒回燈重開宴」，只能繞亭欄來回踱步。回環往復，百轉千回，是詞人的腳步，也是其心中的委曲。「愁魂」與「精靈」相呼應，是千年前白居易與商女的愁思，也是穿越千年、直到今夜的愁思。「我是無家張儉，萬里走江城」，亦同白詩「我從去年辭帝京，謫居臥病潯陽城」章法，寫自己為官清正有聲如同張儉，漂泊流離亦如張儉。然而張儉望門投宿，每戶人家都冒著被牽累的風險慷慨接納；而「我」卻找不到可避風雨的屋簷，免官後流離失所，萬里間關。「一例蒼茫弔古，向荻花楓葉又傷心」，這個「一例」其實統攝全句，意謂在這荻花楓葉飄飛的秋季，他和古人一樣傷心。然而與古人不同的是，「琵琶響斷，魚龍寂寞不曾醒」，恍惚中琵琶聲忽然停止，四周歸於死寂，這「死寂」是指嘉慶、道光時期死氣沉沉的政局。魚龍深藏水底，再難驚醒，天地已轉入深秋，世界似乎已是一片暮氣沉沉。當年白居易夜聞商女彈琵琶，「如聽仙樂耳暫明」，而今「我」卻連這一點慰藉都得不到，這表明詞人對他生活的時代失去了信心，已經進入到完全絕望的境地。

156 浪淘沙❶

曹溪驛❷

左輔

折桃花一枝，數日零落，裹花片投之涪江，歌此送之。

水軟櫓聲柔，草綠芳洲，碧桃幾樹隱紅樓。者是❸春山魂一片，招入孤舟。

鄉夢不曾休，惹甚閒愁？忠州❹過了又涪州❺。擲與巴江❻流到海，切莫回頭！

【注釋】❶浪淘沙　這首詞約作於詞人罷官之時。左輔子左晨曾官川中鹽運司經歷，詞人入川或與之有關。❷曹溪驛　明代置，在今重慶市萬縣南武陵鎮。涪江，即涪陵江，為烏江下游，在涪陵入長江。❸者是　這是。❹忠州　即今重慶市忠縣一帶。❺涪州　即重慶市涪陵區一帶。涪陵在忠縣西邊上游。❻巴江　指長江川東一段。

【語　譯】江水柔軟，槳聲輕悠，青草綠遍了小芳洲。幾樹碧桃深處，藏著一座紅色的小樓。這原是春山裡的一片花魂，卻被我招引進了這孤獨的小舟。　思鄉夢已不斷，還招惹什麼閒愁呢？前路漫漫，過了忠州，又到涪州。把零落的花瓣投入洶湧的巴江，就讓它們隨波流入大海吧，千萬不要再回頭啊！

【研　析】在這首詞裡，鄉愁是底色，「閑愁」是主題，具體說來是桃花與詞人的一場邂逅。開篇三句，「水軟櫓聲柔，草綠芳洲，碧桃幾樹隱紅樓」，描繪出一幅色彩明亮，柔美婉麗的畫面。視線從水，到水中小洲，再到岸上，轉換十分自然；語言也輕鬆淺易，毫不費力。試將「水軟櫓聲柔」與唐詩「櫓慢生輕浪」（錢珝〈江行〉）比較，可知前者倩巧溫柔，是詞家當行本色語。「者是春山魂一片，招入孤舟」，寫的就是小序中提到的「折桃花一枝」，不過詞人構思很費琢磨。為何說桃花是「春山魂」呢？碧桃叢中，隱隱有紅色小樓，也許桃花就是樓主人所栽，也許紅樓是為桃花而築。詞人看到了桃花的色彩，感到了桃花的生意，實際上也就是聽到了紅樓主人的聲音，也就是山的聲音。桃花點亮了空山，也點亮了詞人的心眼。他覺得桃花是山的一種表達，是山的靈魂，而這靈魂似乎在等待。所以他以邀請的姿態，將「山魂」「招」進了自己的小舟。

接下來幾天，桃花很快零落了，詞人開始後悔自己的莽撞。「鄉夢不曾休，惹甚閑愁」，「閑愁」指的就是自己賞花、折花、留花並且看落花的遭遇。鄉愁還不知何時能了，幹嘛還要惹上一段惜花傷春的愁緒呢？桃花數日以來，跟著自己「忠州過了又涪州」，漂泊還未止，花已經零落不堪了。縱然桃花是空山之魂，可這精魂就該跟著自己漂泊嗎？記得龔定盦有〈減蘭〉詞，寫偶然翻出來十年前藏的一包海棠花瓣，「十年千里。風痕雨點斕斑裡」；倘詞人留著桃花不放，其遭遇也會和龔自珍的海棠花一樣，在塵世中受風吹雨打、滿身傷痕。詞人後悔了，後悔在桃花最爛漫的時刻，將她從空山中帶進自己艱難的生活。這後悔背後是對這個世界深深的疲憊與失望。「擲與巴江流到海，切莫回頭。」讓桃花，「質本潔來還潔去」，隨著長江水，東流到海，莫再留戀，莫再回頭！其實，詞人也是想像送走桃花那樣，撥轉船頭，離開忠州、涪州，穿過巴峽、巫峽，回到自己的家鄉。這末尾兩句，與秦觀〈踏莎行〉「郴江幸自繞郴山，為誰流下瀟湘去」的名句相比，雖然一個寫願「流」一個寫不願「流」，卻都是表達此生的遺恨無窮。

157　清平樂

楊芳燦

鏡奩眉嫵❶，湖水清如許。蘭葉輕風❷槐葉雨❸，好個秋光無主❹。　興闌❺欲泛歸橈，隔溪漁子相招。一帶藕華❻深處，夕陽人影紅橋。

【作　者】楊芳燦（西元一七五三—一八一五年），字香叔，號蓉裳，江蘇金匱（今屬江蘇無錫）人。著名戲曲家楊潮觀之姪。乾隆四十二年（西元一七七七年）拔貢，授甘肅扶羌縣知縣。因鎮壓回民謀反有功，擢知靈州。入貲為戶部員外郎，善駢體文，馳名京師，與修《會典》。丁母憂歸。家貧無以自給，先入秦主講關中書院，後入川與修《四川通志》，卒於蜀。有《芙蓉山館全集》。其詞不偏嗜一家一派，論者謂兼得夢窗（吳文英）、竹山（蔣捷）之長。

【注　釋】❶鏡奩眉嫵　寫湖水中山的倒影。鏡奩，本指婦女化妝用的鏡子等物品，這裡比喻湖水。眉嫵，嫵媚的眉毛，比喻湖邊山色。❷蘭葉輕風　典出李白〈鸚鵡洲〉：「煙開蘭葉香風暖，岸夾桃花錦浪生。」❸槐葉雨　典出唐鄭巢〈陳氏園林〉：「蟬鳴槐葉雨，魚散芰荷風。」❹秋光無主　猶言秋光爛漫。❺興闌　興殘；興盡。❻藕華　荷花。

【語　譯】好像是對鏡梳妝，如黛青山這樣的嫵媚，這湖水清澈無比。蘭葉上香風陣陣，槐樹間雨聲叮咚，好一片爛漫秋色。

我遊興已盡想要泛舟歸去，溪水那邊有漁人向我頻頻招手。在那一片荷花深處，夕陽映照的紅橋上閃爍著人影。

【研　析】自從宋玉在〈九辯〉中感歎「悲哉！秋之為氣也」，悲秋就成為中國古典文學的一大傳統。也有劉禹錫這樣的詩場豪客偏愛秋的清爽：「試上高樓清入骨，豈如春色嗾人狂？」（〈秋詞二首〉其二）在楊蓉裳詞筆之下的秋色，既不同於〈九辯〉之衰颯，也不同於〈秋詞〉之清曠。它也有暖意但不喧鬧，有清涼卻不寒冷。試讀其詞，「鏡奩眉嫵，湖水清如許」，湖水如鏡，山色如眉，湖水清而山色媚，這兩個和女性有關的暗喻，把湖光山色寫得如此溫柔旖旎。秋風能像春風一樣送來蘭葉的香氣，春雨卻不能像秋雨一樣洗出槐葉的清涼。「蘭葉輕風槐葉雨」，將「煙開蘭葉香風暖」、「蟬鳴槐葉雨」等唐詩名句嫁接在了一起，別出心裁地寫出了秋天的溫柔與爽朗。上片鋪開，下片收束，將無邊秋色聚焦於夕陽下的一回首。「興闌欲泛歸橈，隔溪漁子相招」，當詞人興盡而返，卻聽到漁人相招，回首處那人正立在藕花深處，夕陽將他的影子拉長，鋪在橋上。潔白的藕花，翠綠的荷葉，紅豔的夕陽，構成了一幅明豔的畫面。雖然「夕陽無限好，只是近黃昏」，但那一抹夕陽紅還是總能讓人感到溫暖。再加上藕花未凋，人倚斜橋，而且那個人還在熱情地呼喚著自己。這溫馨的一刻令詞人陶醉了。秋天雖是一年之將暮，但秋天可以很充實；日暮雖然是一天的結束，但日暮時分也可以無比幸福。

158 木蘭花慢

楊芳燦

指雷塘❶舊路，煙影外，雨絲飄。記昔日佳遊，囊琴❷載酒，岸曲停橈❸。

迷離碧蕪城郭❹，問錦帆❺、何處蕩春潮？寒食❻玉鉤斜❼畔，落花飛過紅橋❽。

魂銷。蘭信❾渡江遙，商女❿學吹簫。怕後夜香衾⓫，二分月色⓬，孤照無

憀⓭。相思雪晴東閣，折苔枝、閒惹翠禽嘲⓮。便擬清歡更續，莫教華鬢先凋。

【注釋】❶雷塘　原名雷陂，在今江蘇揚州東北。隋時曾築大小雷宮。唐代曾將隋煬帝遷葬於此。❷囊琴　裝琴入袋。

❸橈　小船。❹碧蕪城郭　碧蕪，綠色的原野。郭，外城。又，蕪城，即廣陵（揚州）城。故址在今江蘇江都境。❺錦帆　錦製的船帆，代指裝飾華麗的大船。唐顏師古《大業拾遺記》：「大業十二年，煬帝將幸江都，……至汴，帝御龍舟，蕭妃乘鳳舸，錦帆彩纜，窮極侈靡。」❻寒食　即寒食節，在清明前一日或二日。❼玉鉤斜　相傳為隋煬帝葬宮人處，在今江蘇江都境。❽紅橋　橋名，別名虹橋，在江蘇揚州北門外。吳綺〈揚州鼓吹詞序〉：「紅橋在城西北二里……而荷香柳色，雕楹曲檻，鱗次環繞，綿亘十餘里，春夏之交繁弦急管，金勒畫船，掩映出沒其間，誠一郡之麗觀也。」❾蘭信　這裡指閨中人的書信、佳音。❿商女　商人婦。⓫衾　被子。⓬二分月色　典出唐徐凝〈憶揚州〉：「天下三分明月夜，二分無賴是揚州。」⓭無憀　空閒而煩悶的心情。⓮折苔枝鬧惹翠禽嘲　苔枝，指苔色枝條的梅花。翠禽，翠鳥。嘲，同「啁」。鳥叫聲。宋姜夔〈疏影〉：「苔枝綴玉，有翠禽小小，枝上同宿。」

【語　譯】向著雷塘那條舊路望去，煙霧朦朧，雨絲飄舞。記得往日賞心樂事，背著琴，帶著酒，在江邊曲岸停船高會。一片碧綠迷離的芳草籠罩著揚州城，試問那些曾經破浪春水的龍舟現在何處？在寒食節那天玉鉤斜一片清冷，只有落花隨風飛過往日繁華的紅橋。　不由得目眩神搖。雖然只有一江之隔，但閨中的芳信竟這麼難到，寂寞的商婦學起了吹簫。害怕那麼可愛的月色，卻要照著後半夜錦被中的孤獨無聊。懷念與你一起的日子，雪止天晴，東閣折梅，閒來無事逗引枝上的翠鳥叫。打算讓這清歡再延續下去，莫要讓花白的鬢髮早早凋謝。

【研　析】寫這首詞的時候，詞人身在揚州，時節正是煙花三月，心中卻別是一番冷漠淒清。濃濃的相思沉滯胸中，眼中所見無非落寞景象，心中所想盡是家的溫暖。詞人告訴我們：人生有限，歲月不待，且掙脫名韁利鎖，追尋有味清歡。

上片寫揚州景色，抒發孤寂之感。詞人以自己的遊蹤（包括回憶）為明線，以隋煬帝故事為暗線，這樣詞作的敘說就有了一個久遠沉重的歷史背景，引入了懷古的蒼茫與惆悵。「指雷塘舊路，煙影外，雨絲飄」，從一開始明暗兩條線就交織在一起。「雷塘舊路」是詞人的舊路，還是歷史的前轍？從雷陂，到雷宮，再到雷塘，這兩字就是「興衰」的代名詞。接下來分寫個人與歷史，「昔日佳遊，囊琴載酒，岸曲停橈」是詞人的小船和清歡，用白描和肯定的語氣，為的是鮮明疏朗的表達效果；「迷離碧蕪城郭，問錦帆、何處蕩春潮」是煬帝的龍舟與烜赫，用的是點染和疑問的語氣，求的是歷史滄桑之意。其實兩處是相互配合：一個人的琴酒逍遙，可以推知煬帝當年錦帆彩纜的無邊意氣；如今無處尋覓的龍舟春水，其實也提示著詞人的佳遊只是回憶而已。於此可見筆法之搖曳。「寒食」兩句以眼前之景結拍，構思類似開篇。「宮中佳麗三千人，半作玉鉤斜上土。」（明張紳〈送友賦得玉鉤斜〉）以「玉鉤斜」這樣一個煬帝葬宮女的特殊地點，鏈接了金紙迷醉的宮闈、風流倜儻的天子、紅顏薄命的宮女、昏黃冷清的月色（「玉鉤斜」字面上可指新月）、一朝消逝的繁華……一系列時空與文本，其情味無法不深厚。以此例推。紅橋也是揚州名勝地，王士禛、孔尚任等清代著名文人多次舉行紅橋修禊、紅橋唱和，並有《紅橋唱和集》傳世。不管歷史是長是短，都已經成為往事。此時煙雨之中，只有落花飛過。對此情此景，詞人怎能不魂銷？這一句「魂銷」，是對上片的收束，也是為下片埋伏筆。接著，集中筆墨寫自己，但思緒並沒有封閉在當下，反而是「前思後想」，似意識流般跳蕩。「蘭信渡江遙，商女學吹簫。」詞人家在無錫，身在揚州，兩地隔江相望，故有「蘭信渡江」之語。商女非歌女，乃是商人之婦。商婦「學吹簫」是在遣悶，在詞人大概勾起了對妻子「重功名而輕別離」的慚愧了。「怕後夜香衾，二分月色，孤照無憀」，以樂景寫哀情，害怕在這月光如水的春夜，自己將是徹夜難眠、孤寂無聊。這情思繼續飛動，「相思」三句，既是回憶也是嚮往，既是自己也是對方：東閣雪霽，攜手折梅，逗得翠鳥嘲哳，這歷歷在目的溫馨場面何時能續？人生有限情無限，今朝有酒今朝歡，「便擬清歡更續，莫教華鬢先凋」，一聲感歎，是勸告自己，也是勸告世人了。對這揚州，連隋煬帝都只是一個匆匆過客，「我」又為何苦苦在此追懷？

159

摸魚兒

雨後江上晚眺

凌廷堪

暮天空、乍收涼雨，隔江飛過清冷。煙鬟❶綽約❷山容潔，掃得兩蛾幽靚❸。無限景，縱倩取、鏤冰琢雪❹應難詠。斜陽未暝，見別浦❺殘荷，回汀❻折蓼❼，都作淡紅影。

江光遠，蹙❽起靴紋萬頃❾，微風恰好初定。盈盈十五吳娃❿小，笑與碧波相映。嬌妒性，有意要、驚他沙上鴛鴦醒。青裙半整，便急打蘭橈⓫，空明聲碎，搖過采菱艇。

【作　者】凌廷堪（西元一七五五－一八〇九年），字次仲，安徽歙縣人。乾隆五十五年（西元一七九〇年）進士。授寧國府（今安徽宣城）學教授。凌氏為乾嘉學術代表人物之一，貫通群經，精於三禮。於詞解音律，深於詞樂之學，著有《燕樂考源》。詞集名《梅邊吹笛譜》。

【注　釋】❶煙鬟　指婦女美麗的鬟髮。❷綽約　柔婉美好的樣子。《莊子・逍遙遊》：「肌膚若冰雪，綽約若處子。」❸靚　美麗；豔麗。❹鏤冰琢雪　雕刻冰雪，比喻徒勞無功。《鹽鐵論・殊路第二十一》：「故內無其質而外學其文，雖有賢師良友，若畫脂鏤冰，費日損功。」❺浦　河流入江海之處稱浦。❻汀　水邊平地；小洲。❼蓼　一年水生草本植物，葉披針形，開白色或淺紅色小花。❽蹙　皺；收縮。❾靴紋萬頃　指水波像靴子的紋理一樣。蘇軾〈遊金山寺〉：「微風萬頃靴文細，斷霞半空魚尾赤。」❿吳娃　吳地少女。⓫蘭橈　船槳的美稱。

【語　譯】暮天日晚，寒雨乍收，風流雲散。從大江對岸飛來一片清涼。煙嵐如美人綽約的髮髻，掃得如眉山色秀潔美麗。無限美景，縱然是雕刻冰雪一樣全力描繪，也難以形容。夕陽尚有餘輝，小洲上殘留的晚荷，芳汀裡摧折的蓼花，都投下了一片淡淡的紅影。

江面上波光粼粼，向遠方閃爍，江水皺起萬頃靴紋。恰好風兒停了。十五六歲的江南少女，搖著船兒過來了，碧波與笑臉交相輝映。她們有著嬌癡的天性，嫉妒那沙灘上雙棲的鴛鴦，故意要將牠們弄醒。稍稍整理好青裙，就急急地搖動著雙槳，空中才響起擊碎流水的聲音，採菱舟就蕩過來了。

【研　析】這是一首寫景詞，經過詞人生花妙筆的勾畫，展現在讀者面前的是一幅美麗的「雨後江上晚眺圖」。開篇一句，從空中著力，為下文寫景拉開了空間距離。「暮天空、乍收涼雨，隔江飛過清冷。」暮雨忽停，微風送爽，天地間一片空明，這是一個無比愜意的江上背景。詞人隔江遠望，但見雨後的青山，煙嵐如髻，山容如黛。「煙鬟綽約山容潔，掃得兩蛾幽靚。」這是兩個比喻句，這樣的比喻，雖是詩詞中的熟套，但詞人以「掃得」二字將山嶺寫活，寫她們借清風涼雨梳妝打扮，待雲散雨收之時便妝飾一新，便又是翻出新意了。「無限景」，看不完，說不盡；「縱倩取、鏤冰琢雪應難詠」，就算像雕刻冰雪一樣費盡千番心力，也是徒勞，只能「悠然心會，妙處難與君說」（宋張孝祥〈念奴嬌・過洞庭〉）。這裡有對自然美景的讚歎，更有情境契合的超然感受。「斜陽未瞑，見別浦殘荷，回汀折蓼，都作淡紅影」，「殘荷」、「折蓼」本已是秋天的衰敗之物，然而在夕陽映照下，不僅「荷殘」而不凄，「蓼折」而不衰，反而弄影綽約，更見風韻。以我觀物，物皆著我之色彩，作者悠閒恬淡的心境可見一斑。

上片泛寫江邊景色，下片則抓住了一個「採菱少女戲鴛鴦」的特寫鏡頭，從細節角度，把江景寫得更加清新活潑。過片「江光遠，蹙起靴紋萬頃」兩句，是承上，仍然是江風吹起粼粼微波的遠景，也將讀者的視線拉回到江面。「微風恰好初定」，將時間放慢，鎖定畫面，開啟下文，為人物出場作鋪墊。「盈盈十五吳娃小，笑與碧波相映。」這幾位十五六歲的江南少女，她們盈盈的笑靨，還有玲瓏的聲音，和蕩漾的碧波相映生輝，構成了一幅絕妙的江上美人圖。「嬌妒性，有意要、驚他沙上鴛鴦醒」，這一鏡頭尤其具有濃厚的生活氣息，這些女孩子嬌癡頑皮，看到鴛鴦兩兩依偎，故意要過去吵醒並驚嚇牠們。於是不顧「青裙半整」，使勁兒搖槳，將悠閒安眠的鴛鴦「撞」過來。本來微風已定，澄波不動，天水之際一片空明寧靜，這下子被船槳拍得水花四濺，嘩啦啦作響。江面上頓時熱鬧起來，充滿了生機。就在這高潮處，全詞戛然而止，倩影猶在目前，水聲還在耳畔，餘韻久久不歇。這首詞通篇都在寫景，句句不離「晚眺」之景：山色、江水、採菱少女，好像沒有抒情，其實心情都在其中，悠閒、恬淡、輕鬆、清新。

160　八聲甘州　滕王閣❶

凌廷堪

瞰空江、傑閣❷與雲平，秋風送微波。想圖中雙蝶❸，霞邊孤鶩❹，古意良多。指點西山❺山色，依舊翠於螺❻。苔蘚殘碑蝕，誰與摩挲？

健筆昌黎作記，附三王名後，此語非阿❼。笑兒曹輕薄，何苦廢江河❽。掛高帆、乘槎❾萬里，尚未知、風信❿竟如何？憑欄望，擊珊瑚玦⓫，釃酒⓬長歌。

【注釋】❶滕王閣　在今江西南昌贛江濱，唐高祖之子滕王李元嬰任洪州都督時（西元六五三年）始建。後閻伯嶼為洪州牧，宴群僚於閣上，詩人王勃省父過此，留下「千古一序」〈秋日登洪府滕王閣餞別序〉。自此之後，王緒曾作〈滕王閣賦〉，王仲舒又作〈滕王閣記〉，傳為「三王記滕閣」的佳話。後大文學家韓愈又作〈新修滕王閣記〉。❷傑閣　高閣，這裡指滕王閣。❸圖中雙蝶　指滕王李元嬰善畫蝴蝶。❹霞邊孤鶩　王勃〈秋日登洪府滕王閣餞別序〉：「落霞與孤鶩齊飛，秋水共長天一色。」❺西山　山名，在江西新建西。站在滕王閣上，可覽西山。❻螺　黛螺。一種青黑色的顏料。❼健筆昌黎作記三句　意謂韓昌黎（韓愈）的〈新修滕王閣記〉，健筆淋漓，在歷來描寫滕王閣的詩文中堪稱傑作，確實有資格名列王勃等人之後。韓愈〈新修滕王閣記〉：「竊喜載名其上，詞列三王之次，有榮耀焉。」阿，阿諛；奉承。❽笑兒曹輕薄二句　意謂無知的妄人何苦徒勞地訾議古人。唐杜甫〈戲為六絕句〉之二：「王楊盧駱當時體，輕薄為文哂未休。爾曹身與名俱滅，不廢江河萬古流。」❾槎　木筏。❿風信　隨著季節變化應時吹來的風。⓫珊瑚玦　《杜陽雜編》：「開成初，宮中有黃色蛇，夜則自寶庫中出，游於階陛間，光朗照灼，不可擒捕。宮人擲珊瑚玦以擊之，遂並玦亡去。」玦，半環形有缺口的佩玉。⓬釃酒　濾酒；斟酒。

【語　譯】俯瞰著蒼茫大江，滕王閣高聳入雲端，秋風在江面掀起波瀾。想起滕王畫蝴蝶的丹青妙筆，王勃賦落霞的八斗高才，古來有關滕王閣的典故確實不少。遠望西山依然蒼翠如螺。記載歷史的殘碑已被苔蘚侵蝕了，還會有誰帶著懷古的心情來摩挲？　昔日韓昌黎以如椽大筆作〈新修滕王閣記〉，自矜可以附名三王驥尾，這話並不是阿諛奉承。笑那些輕薄小子，何等不自量力，攻擊這些如萬古不竭江河一樣的偉人佳作。想掛起高帆，直下萬里，還不知風信如何？憑欄遠眺，把酒臨風，敲打著珊瑚玦，對著蒼天引吭高歌。

【研　析】這是一首登臨懷古詞，在滕王閣上，詞人浮想聯翩，想到發生在這裡的歷史往事，並抒發了「江山代有才人出，各領風騷數百年」（清趙翼《論詩》）的豪情壯慨。開篇三句，集中描寫滕王閣的高聳險峻。「瞰空江、傑閣與雲平，秋風送微波。」因為距離江面很高，故而憑高鳥「瞰」，覺得江「空」；聳立在雲中，更覺得秋風送爽。高聳的滕王閣見證了久遠的歷史，從建閣之人滕王李元嬰和他的蛺蝶圖，到狀閣之人才子王勃和他的〈滕王閣序〉，古貌斑斕，讓人忍不住抒發思古之幽情。下文分寫自然與人世。「指點西山山色，依舊翠於螺」，山色依舊蒼翠，從古到今沒有什麼變化。用「指點」而不用「望」、「眺」等詞彙，自有一種豪情洋溢其間。然而「舞榭歌臺，風流總被，雨打風吹去」（辛棄疾〈永遇樂・京口北固亭懷古〉），自然永恆不變，人世卻逃不開時間的消磨。「苔蘚殘碑蝕，誰與摩挲」，滕王閣歷史上屢毀屢建達數十次，前人留下的碑刻早已殘破，苔封蘚蝕，還有誰來細細摩挲文字背後的盛事與風流？從滕閣形勢之壯，到歷史之古老，從自然之不變，到人世的變遷，上片的敘寫有一個先揚後抑的過程。過片三句為議論，認為韓愈〈新修滕王閣記〉中「載名其上，詞列三王之次，有榮耀焉」的說法並非自吹自擂。王緒〈滕王閣賦〉、王仲舒〈滕王閣記〉，尤其王勃的〈滕王閣序〉，都是光耀千古的作品；昌黎在還沒有到閣一遊、飽覽壯觀的情況下說出甘居人後的話，不失為磊落之言。「笑兒曹輕薄，何苦廢江河」，看似由括寫「三王一韓」轉到專論王勃，其實還是以王勃序為代表，表達追慕古賢之意，並批評了自身無才學卻菲薄古人的愚蠢行為。接下來才是全詞的高潮。「掛高帆、乘槎萬里，尚未知、風信竟如何」，眼前的江山勝景，心中的不朽文章，令人壯懷激蕩，真想直下萬里，乘風破浪，一展豪情。「世傳子安年十三，清風一席助江帆」，傳說王勃的船在馬當遇阻，卻有風神為了讓他趕得上滕王閣的盛會、做得了〈滕王閣序〉這篇「千古一序」而送他一席清風，成就了這段豔羨無數文人的千古佳話。詞人很自信自己的才華，若有機緣，一定也要展示與天下人。碑銘總會殘破，或者滕王閣也會蕩然無存，甚至山川有一天也會變成陵陸，但建造在從滕王的蛺蝶圖，到王勃的序文，一直到這首〈八聲甘州〉詞之上的「文化滕王閣」永遠不會消失。「憑欄望，擊珊瑚玦，釃酒長歌」，結拍照應開篇，回到閣上，不同於開篇的是詞人此刻已滿心豪情：且投珊瑚玦以退龍蛇，且釃酒而長歌！

161

水調歌頭

西臺❶弔謝翱❷

丁子復

手執竹如意❸，晞髮❹向滄州❺。釣竿寂寞千古❻，雲物自悠悠。忽而歌聲變徵❼，湧起一江寒瀨，驚醒老羊裘❽。山鬼❾作人語，淒斷暮猿愁。　西臺淚，柴市血❿，恨同流。望中關水天黑，魂去不禁秋⓫。剩有倚天長劍，分付平生知己，未便死前休⓬。酹⓭我一尊酒，孤月照山頭⓮。

【作者】丁子復（生卒年不詳），字見堂，號小鶴，有室名「片石居」，浙江嘉興人。乾隆貢生。工詩、古文辭。著有《見堂詩文鈔》四卷。

【注釋】❶西臺　在今浙江桐廬南富春山，東漢嚴子陵釣臺所在地，也是謝翱哭祭文天祥處。❷謝翱　字皋羽，號宋累，又號晞髮子，長溪人。南宋愛國詩人。德佑二年，元兵攻陷臨安，文天祥改任樞密使，傳檄各州、郡，舉兵勤王。謝翱招募鄉兵數百人投靠，任諮議參軍。在文天祥兵敗後輾轉各地，過著隱逸生活，與南宋遺民結月泉吟社，以詩明志。著有《晞髮集》、〈登西臺慟哭記〉等。元貞元年卒於杭州，友人遵遺囑將他葬於釣臺南。❸手執竹如意　據謝翱〈登西臺慟哭記〉載，至元二十七年（西元一二九〇年），謝翱登嚴子陵釣臺，設文天祥牌位於荒亭隅，哭拜再三，以竹如意擊石，作楚歌招魂，詞曰：「魂朝往兮何極，暮來歸兮關水黑，化為朱鳥兮有咮焉食。」歌罷竹石俱碎。❹晞髮　曬乾頭髮。常用以寓仙人逸士超逸脫俗的行為。《楚辭・少司命》：「與女沐兮咸池，晞女髮兮陽之阿。」謝翱號晞髮子。❺滄洲　位於渤海沿岸，常用以指代隱士居住的水濱。在此兼用陸游〈訴衷情〉「胡未滅，鬢先秋。淚空流。此生誰料，心在天山，身老滄洲」詞意，表達謝翱驅除元兵的志向未成，卻被迫隱居的痛苦。❻釣竿寂寞千古　用崔顥〈黃鶴樓〉「黃鶴一去不復返，白雲千載空悠悠」詩意，突顯物是人非的滄桑之感。釣竿寂寞，釣竿長期無人用，意味著曾在西臺垂釣的嚴子陵已去世了。❼變徵　五音中徵音的變聲，聲調悲壯。《史記・刺客列傳》：「荊軻和而歌，為變徵之聲，士皆垂淚涕泣。」在此指謝翱所作的招魂歌詞。❽湧起一江寒瀨二句　形容招魂悲歌驚動了嚴子陵的魂魄。瀨，水勢湍急處。嚴子陵垂釣處有「嚴陵瀨」。老羊裘，指代嚴子陵，相傳他垂釣時披羊裘。❾山鬼　山中精靈。《楚辭・九歌》中有〈山鬼〉篇。❿柴市血　文天祥慷慨就義於大都（今北京市）南郊柴市口。⓫望中關水天黑二句　用杜甫〈夢李白〉：「魂來楓林青，魂返關塞黑」詩意。⓬剩有倚天長劍三句　勉勵同志秉承先賢遺志，不死此身不罷休。倚天長劍，象徵正氣與壯志，語出宋玉〈大言賦〉：「長劍耿介，倚天之外。」形容劍客正氣豪情與天齊。⓭酹　將酒倒在地上，表示祭奠。⓮孤月照山頭　用蘇軾「山頭孤月耿猶在，石上寒波曉更喧。至人舊隱白雲合，神物已化遺蹤蜿」詩意。

【語譯】謝翱手裡握著竹如意，到滄州去曬乾頭髮。江邊嚴子陵的釣臺已寂寞千年，只有白雲風物依舊自在悠閒。忽聽歌聲轉為悲壯的變徵調，翻湧起一江寒冷的激流，把那披著老羊裘的嚴子陵也驚醒了。山鬼用人的語言傾訴著，與夜晚山猿的悲啼相應和，淒婉欲絕讓人倍增愁。　西臺上遺民的淚水，柴市口義士的鮮血，共同流淌著亡國的遺恨。遠望關山水天一片漆黑，魂魄歸去恐難禁受住這肅殺淒清的秋意。還剩有倚天長劍，將它託付給平生的知己，只要還活著就千萬別放棄。請飲下我這一杯祭酒吧，孤獨的明月映照在山頭。

【研析】此詞選自《全清詞鈔》第十二卷，原載《見堂集・附詞》。這是一首憑弔歷代先賢的詞，其感人之處在題旨「西臺弔謝翱」。西臺本是東漢高士嚴子陵的垂釣之處，也因此而聞名。後世謝翱在此憑弔文天祥、嚴子陵，丁子復又在此憑弔謝翱、文天祥、嚴子陵，這種古今相續的敬悼及感慨，反映的是異代同聲，惺惺相惜的永恆情感，而這一題旨又是通過時空的轉換與意境的變化實現的。此詞雖名為弔謝翱，但感懷的對象，實涉及歷代與西臺相關的人事，也因此才能跳出個案的限制，揭示上述題旨。詞中憑弔的先賢主要有兩種身分，一是寄情山水的隱逸高士，以嚴子陵為代表；二是背負著亡國悲憤，滿腔正氣的義士，以文天祥為代表；而主角謝翱衛國壯志難酬，被迫隱居山林，兩種身分兼而有之，逸趣難掩壯懷，而激情終歸於平靜。因此，此詞在意境上，融會了清雅脫俗的逸氣、陰森迷幻的鬼氣、肅殺悲壯的怨憤氣、與鼓舞奮發的豪氣、正氣，在得宜的布局及轉化中揭示出題旨：

起句便已刻劃出謝翱兼具的對比鮮明的雙重身分，及相應的複雜心境：既是手執竹如意慷慨悲歌乃至於竹石俱碎的激憤義士，卻又是徜徉在滄州間沐髮待自乾的悠閒隱士。這與屈原的〈離騷〉、〈九歌〉，陸游的「心在天山，身老滄洲」，可謂古今同慨，故接下來的「釣竿寂寞」句，營造的便是思接千古的清超悠遠意境，能令今人在沉靜中撫今追昔。此後的「忽而」句，霎時由極悠閒急轉為悲壯激烈，而此種驚心動魄消散後，又化為「山鬼」句的淒婉幽怨。這種情感的變化也正是文、謝等先賢以荊軻般視死如歸的壯懷力圖挽救國家危亡，最終卻不幸以亡國淒慘告終的寫照。

換頭對這段慘痛歷史的描述由暗喻轉為明論，更覺直截沉痛。到「望中」句淒清已極，忽陡轉直上為「剩有」句的豪邁——謀事在人，成事在天，成敗難以論英雄，而千古必然存知己，「倚天長劍」作為正氣壯懷的象徵，將其託付與知己，並堅信只要此身不死便當傳承，也可想見即便身死，也同樣會有能再接再厲的知己。這樣便將絕望變為希望，足以振起全篇。結句妙在沉鬱中含清空，猶如演奏完千回百轉的樂章後，變得萬籟俱寂，留給人無限的想像空間。

阮郎歸

畫蝴蝶

惲　敬

輕鬢薄翼不禁風，教花扶著儂❶。一枝又逐月痕空，都來幾日中。　曾有伴，去無蹤，闌前種豆紅❷。蜜官❸隊裡且從容，問心同不同❹？

【作　者】惲敬（西元一七五七—一八一七年），字子居，號簡堂，陽湖（今江蘇常州）人。乾隆四十八年（西元一七八三年）舉人。歷任浙江富陽、江西新喻知縣。嘉慶十七年（西元一八一二年），擢南昌府同知，署吳城縣同知。在任以廉潔、執法嚴、善治獄著名。因受人誣告，被彈劾罷官。為文推崇孔孟之道，兼取子史雜家，與張惠言共創陽湖派。工詩詞，有《蒹塘詞》一卷。另著有《大雲山房文稿》等。

【注　釋】❶儂　你，指蝴蝶。❷種豆紅　欄杆前種的紅豆顏色紅了，成熟了。❸蜜官　蜜蜂。宋陶穀《清異錄・花賊》：「溫庭筠嘗得一句云『蜜官金翼使』，遍示知識，無人可屬。久之，自聯其下曰：『花賊玉腰奴。』予以謂道盡蜂蝶。」❹問心同不同　梁簡文帝〈詠蛺蝶〉：「寄與相知者，同心終莫違。」

【語　譯】你輕鬢薄翼，是這樣的弱不禁風，且讓花枝扶住你。月滿月缺，花開又花落，沒過幾日。　曾經戲嬉的伴侶，如今去影無蹤。闌干前種下的紅豆已成熟，透出一片相思意。姑且從容穿梭在蜜蜂群中，但問牠們與我心同還是不同？

【研　析】惲敬用〈阮郎歸〉詞牌詠蝴蝶，一連寫了六首。這六首小令全是略貌寫神，所詠的不是蝴蝶外形，而是蝴蝶內在的精神世界。陳廷焯《白雨齋詞話》卷四謂此六詞：「情深意遠，不襲溫、韋、姜、史之貌，而與之化矣。」

「輕鬢薄翼不禁風，教花扶著儂」。身體嬌小的蝴蝶，單薄的身軀抵抗不住風的摧殘。牠靠著花枝，扶住自己，給自己依靠。可滿月有成月痕的那天，繁華終究會落成空枝。「一枝又逐月痕空，都來幾日中。」月缺花落，都在這幾日裡發生。蝴蝶悵然若失，看著空枝，禁不住歎息。一個「又」字道出了反覆的失望和淒涼。一個「空」字，看似寫枝頭繁花凋殘，實則表現了賴以依靠的希望落空了，也再次突出了「不禁風」的感傷。作者以蝶自喻，寫出自己宦海沉浮，仕途的坎坷不平。朝為座上賓，暮為放逐客，正是「一枝又逐月痕空，都來幾日中。」的官場寫照。

「曾有伴，去無蹤。」舉目四望，哪裡還有從前志同道合的伴侶蹤跡。「闌前種豆紅」，昔日種下的相思豆，已經成熟。「此物最相思」（唐王維〈相思〉），對「去無蹤」的伴侶，就用紅豆寄相思吧。對於當下，「蜜官隊裡且從容」，雖然無奈，但也讓讀者感覺到一種灑脫和超然，這是作者在苦悶時的一種心理調適，也是清者自清，濁者自濁的一種從容。「且從容」三字，很有力量，表現了一種任爾東南西北風，我自巋然不動的淡定，一種面對紛繁世事，遊刃有餘的處世方略。「問心同不同」，乃全詞意旨所在，五字簡潔有味，寄慨良深。大自然的萬紫千紅中，蝴蝶與蜜蜂雖然同在花叢中穿梭飛舞，但心思各異，追求不同。蜜蜂為索取花蜜，而蝴蝶則專傳花粉。作者用這兩種小動物來比喻社會的貪吏和清官，實在妙極；以此來表現自己為官正直清廉的志向和追求，也十分得體。

世間萬物，各有形態，各具性情，其中自有與人相通處。作者選取了與自己性情相通的蝴蝶，詠蝴蝶，實則詠自己，達到了「物我一境」的藝術效果。通篇白描，句句清新，讓人玩味不已。

163 浣溪沙　　惲敬

黃鐘宮，亦入中呂宮。白門春望，和張平伯❶。

桃樹遮門❷柳拂堤，春光多在石城❸西。胭脂井❹畔曉鶯啼。　不見美人〈青玉案〉❺，空聞游女〈白銅鞮〉❻。畫輪❼歸去草萋萋。

【注　釋】❶黃鐘宮四句　這是一首和詞，張平伯不詳何人。〈黃鐘宮〉〈大呂宮〉，均曲調名稱。白門，即南朝宋的都城建康（今南京）之西門，後用以代指金陵。春望，農曆三月十五日。❷門　即南朝宋的都城建康（今南京）之西門。❸石城　石頭城的簡稱，故址在今南京西石頭山後。石頭城內許多優美景觀、名勝古跡，如水西門、莫愁湖、臺城等，多集中在城西。❹胭脂井　即景陽井，舊址在今南京玄武湖畔。據說隋滅陳時，陳後主與后妃均藏身於此。相傳井欄有石脈，以帛試之，作胭脂痕，故名胭脂井。❺青玉案　青玉所製短腳盤子叫青玉案，也指名貴的食用器具，後成為詞調。東漢張衡〈四愁詩〉：「美人贈我錦繡段，何以報之青玉案。」❻白銅鞮　歌曲名，南朝梁武帝蕭衍創。鞮，皮製的鞋子。銅鞮，實際上指騎兵。蕭衍在襄陽起兵篡齊時，襄陽流傳著「襄陽白銅鞮，反縛揚州兒」的童謠。即位後，蕭衍作〈白銅鞮曲〉三首。❼畫輪　裝飾華麗的車子。

【語　譯】桃樹鮮豔爛漫，遮住了城西門，楊柳飄拂在長堤上，春日的風光多半都彙聚在石城西。試聽那胭脂井畔黃鶯婉轉啼。　已看不見唱著〈青玉案〉的佳人了，只聽到遊女唱著〈白銅鞮〉這種俗曲。遊春的車馬都已歸去，只剩下一片芳草萋萋。

【研　析】這首〈浣溪沙〉詞是作者唱和友人張平伯之作，抒寫了石頭城西春遊引起的今昔盛衰之感。

起筆寫景，「桃樹遮門柳拂堤」，桃紅柳綠，紅花「遮」門，綠柳「拂」堤，一「遮」一「拂」兩個動詞，極形象極傳神地描繪出盛春的一片燦爛春光。「春光多在石城西」，在滿目春光中聚焦城西景物，點明行蹤。「胭脂井畔曉鶯啼」，胭脂井，位於南京玄武湖畔，是陳後主帶著兩個寵妃張麗華、孔貴妃躲藏隋兵之處，也是其荒淫愚蠢的見證。不過千餘年過去，早已物是人非，明媚春光之中，嬌鶯亂啼，胭脂井裡，只剩下歷史的深沉回音。上片只有三句，門堤外桃李，胭脂井嬌鶯，都是詞人所見春景，然而章法上卻有安排：桃李喧譁繁茂，置於首句，讓讀者一腳便「陷」進春光之中；井畔鶯啼，提起古今話頭，置於尾句，為的是拓出下片懷古的空間；「多在石城西」一句，暗藏腳步，置於三句之中，求的是流動之勢。

平心而論，惲氏這首〈浣溪沙〉，其餘地方雖然工整，但不足以讓作品傳世，「殺手鐧」還在美人遊女這一聯；而這一聯工整就工整在「青玉案」對「白銅鞮」。字面上看，顏色青對白，材料玉對銅，物品案對鞮；

詞語上看，〈青玉案〉是詞調，〈白銅鞮〉是樂府，這一對可說字字銖兩相稱，不差分毫。深一層看，〈四愁詩〉向來被認為是香草美人、比興寄託的典範，「依屈原以美人為君子，以珍寶為仁義，以水深雪雰為小人。思以道術相報，貽於時君」（《文選》五臣注）；而梁武〈白銅鞮〉三首前兩首寫相思，第三首「龍馬紫金鞍，翠毦白玉羈。照耀雙闕下，知是襄陽兒」則顯然是功業的炫耀了。所以，此處「不見美人〈青玉案〉，空聞游女〈白銅鞮〉」所抒發的主要還是「萬里長城今猶在，不見當年秦始皇」的滄桑感：征服者蕭衍將〈白銅鞮〉曲帶到了江南，至今播於遊女之口，而其人其跡早已灰飛煙滅；這其中也許還夾雜著詞人感時傷今之情，自己空有才幹，卻阻滯於百里之官，還遭人誣告而罷，尋不見能贈我「青玉案」的「美人」。所以末句「畫輪歸去草萋萋」寫歸去之景，與開篇首尾呼應，但調子明顯低沉了下去，喧妍的桃李換成了萋迷的芳草，輕健的腳步也只剩下落寞的背影。

164 木蘭花慢

楊花

張惠言

儘飄零盡了，何人解、當花看❶？正風避重簾，雨回深幕，雲護輕幡❷。尋他一春伴侶，只斷紅❸、相識夕陽間。未忍無聲委地，將低重又飛還❹。疏狂情性算淒涼，耐得到春闌❺。便月地和梅，花天伴雪，合稱清寒。收將十分春恨，做一天、愁影繞雲山。看取青青池畔，淚痕點點凝斑❻。

【作者】張惠言（西元一七六一—一八〇二年），原名一鳴，字皋文，號鳴柯，江蘇武進（今常州）人。嘉慶四年（西元一七九九年）進士，改庶吉士，授翰林院編修。深於今文經學，尤擅虞氏《易》；古文則與惲敬一起開創陽湖文派。嘉慶二年，與弟張琦合編《詞選》，援引儒家詩教入詞學，倡意內言外、比興寄託之說，被尊為常州詞派之開山祖師。有《茗柯詞》。

【注　釋】❶儘飄零盡了二句　語本蘇軾〈水龍吟〉：「似花還似非花，也無人惜從教墜。」儘，任憑。❷輕幡　即護花幡。據《博物志》載，唐代崔玄微曾在花苑中遇眾花神，花神因懼惡風相襲，乞求崔於二月初一在花苑中立一朱幡，上面繪以日月五星圖案，以抵禦風雨。❸斷紅　殘紅；落花。❹未忍無聲委地二句　語本章質夫〈水龍吟〉：「垂垂欲下，依前被風扶起。」蘇軾〈水龍吟〉：「尋郎去處，又還被、鶯呼起。」❺春闌　春盡，指暮春時節。❻淚痕點點凝斑　語本蘇軾〈水龍吟〉：「不是楊花，點點是離人淚。」

【語　譯】任憑風吹雨打，楊花飄灑零落，又有誰會把它當花來看？你看，風兒躲在那重重圍簾裡，雨兒能回旋在深深的帳幕底下，還有雲兒護衛著輕揚的旗幟。可是楊花要尋找春天的伴侶，卻只有那飄零在地在夕陽之下惺惺相惜的落紅。但是楊花卻不甘於自己的無聲墜地，在將落未落的低垂之際又重新飛回到空中。它天生有著一種疏放清狂、不甘於世俗羈絆的性情，哪怕是為人拋棄，無限淒涼，也會經受得起春意闌珊無聲墮地的命運。這樣的品性，與月光映照下的梅花、還有漫天飛舞的雪花，一起被人們並稱有高潔性格的「清寒」三友。收納起無限的春恨，化做為滿天的愁影，纏繞在暮春的雲山之間。請看，那青草叢生的池塘水畔，有楊花在池中幻化為無數飄浮的碎萍，這正是由離人點點淚痕凝聚而成。

【研　析】這是一首詠物詞，所詠者為楊花。楊花俗稱柳絮，在每年四月暮春時節，楊柳吐絮，漫天飛舞，恰似繁花在空中飄灑，構成了一幅格外壯觀的春日麗景。然而，在古代詩人筆下，楊花墜地卻是春光將逝的先兆，是美好時光即將消逝的表徵，因此，蘇軾〈水龍吟〉有「細看來，不是楊花，點點是離人淚」之語，張惠言這首詠楊花的〈木蘭花慢〉著重抒寫的是自己作為一介「寒士」的「遊轉無定、託身無著」的人生感慨（嚴迪昌《清詞史》）。

上片著重寫楊花之寂寞，開篇從楊花是花還是非花說起，蘇軾〈水龍吟〉有云「似花還似非花，也無人惜從教墜」，在他人眼中楊花並不是植物學意義的花兒，故張惠言開篇指出「何人解、當花看」，言下之意他是把楊花當作花兒，「儘飄零盡了」一句則在不經意中流露出一種對楊花不被世俗看重的憾恨。接著三句，以「正」字領起三個對仗排比句，其中動詞「避」、「回」、「護」之臨寫風、雨、雲，形容詞「重」、「深」、「輕」之狀摹「簾」、「幕」、「幡」，皆極見出詞人用字錘煉之工力，並在立意上將楊花與風、雨、雲相比擬，「風」能避重簾，「雨」可回深幕，「雲」為輕幡所護，而楊花呢？從而逼出下一句：「尋他一春伴侶，只斷紅、相識夕陽間。」前一句寫楊花對知音的尋覓，把楊花擬人化，後一句進一步寫楊花求索的結果：是斷紅，是夕陽，這不僅寫出其寂寞，而且也寫出其悲涼，楊花、斷紅、夕陽共同構成了一個凋零意象系列，在結構上也起到了由承接而為轉折的審美效果。歇拍二句，其格調又由低沉轉入高昂，「未忍」寫出楊花的不甘沉淪，不甘寂寞，「又飛還」則傳達出楊花在將墜未墜之際，重新飛升的悲壯感，進而引導出下片對楊花之內在品格的描寫和展露。

下片接著歇拍而來，進一步表現楊花的清寒品格，「疏狂情性算淒涼」是言其性情，「耐得到春闌」則重在表其堅忍不拔的操守，正如鄭板橋所云「千磨萬擊還堅勁，任爾東西南北風」（〈竹石〉）是也。「便月地和梅，花天伴雪，合稱清寒」，是狀寫楊花的清寒形象，將楊花與月下梅、花中雪相比擬，也是意在借「梅」和「雪」來烘托楊花，在外觀上有梅之潔和雪之白，在品格上有梅之清和雪之寒。接下來二句，在結構上具有意義收縮的效果，是化虛為實，是對以上楊花清寒形象的統合和總結，說它要將對春光逝去的惆悵，化作一天的愁影繚繞在雲山霧景之中。而結拍二句，寫楊花已逝，但花魂仍在，它已由月下的梅影和漫天的飛雪轉化為池中的浮萍。「青青池畔」是對浮萍所處環境的描寫，顯示出一種特有的生命亮色，「淚痕點點凝斑」則是把浮萍的意義作進一步延伸，原來它是由離人的愁思轉化而來，正如蘇軾〈水龍吟〉所說「細看來，不是楊花，點點是離人淚」，從而回應首句所云「儘飄零盡了，何人解、當花看」。

165 醜奴兒慢

見榴花作

張惠言

柳綿吹盡❶，樓外舊愁如夢❷。又鎮日門隨雨閉，簾借煙籠。卻怕憑欄，相思無字問殘紅❸。新陰綠處，幾時輕逗，芳意千重❹。玉勒❺俊遊，從他幽獨❻，不到山中。況滿地、浮英浪蕊，還做春容。只有斜陽，年年識得換熏風❼。春餘心事，憑將杜宇，深訴花工❽。

【注釋】❶柳綿吹盡　指春盡夏臨。柳綿，柳絮。用蔡伸〈風流子〉「風暖晝長，柳綿吹盡，淡煙微雨，梅子初黃」詞意。❷樓外舊愁如夢　形容春日情愁恍如夢境，難忘卻難留。化用榴花洞典故，據《輿地紀勝》記載，榴花洞在閩縣東山，唐永泰中有個名叫藍超的樵夫，追逐白鹿來到此處，發現洞中別具天地，有雞犬人家，洞中人稱先世為避秦亂藏入其中，臨別時贈與他榴花一枝，出來後恍若夢中。❸相思無字問殘紅　指受煙雨所阻，彼此相思卻未有書信送達。化用陸游「無字寄相思」詩意與歐陽脩「淚眼問花花不語，亂紅飛過秋千去」詞意。❹新陰綠處三句　化用蘇軾〈賀新郎〉「石榴半吐紅巾蹙。待浮花浪蕊都盡，伴君幽獨。穠豔一枝細看取，芳意千重似束」詞意，勾勒出榴花在眾春芳零落後，獨以豔質深情，與幽人相伴相惜的意態。輕逗，悄悄地露出，指榴花在人不經意間已悄悄的綻放。❺玉勒　原指玉飾的馬銜，此處指代馬。❻幽獨　沉靜獨守，形容不從流俗的高潔意態。❼熏風　夏季裡暖和的南風或東南風。❽春餘心事三句　意為希望杜鵑將花朵唯恐被風摧殘的心事傾訴給花工，以求庇護。春餘，春末夏初。深訴，推心置腹的傾訴。花工，花匠，在此泛指護花人。用崔玄徽立幡護榴花的典故。據唐代《博異記》等書記載，唐天寶年間有處士崔玄徽者夜遇幾位美人，其中一個名叫石醋醋的緋衣少女對他說：「各位女伴常被惡風所撓，所以想請您每歲旦將一個朱幡立在苑中，以免除風患」。崔玄徽依言立幡，在東風來時，苑中繁花果然絲毫無損。這才知道眾美人都是花神，而石醋醋是石榴花神。王沂孫〈慶清朝・榴花〉「朱幡護取，如今應誤花工」已用此典。

【語　譯】柳絮都被風吹盡了，眺望樓外，不禁感歎昔日的情愁難留難忘，恍如夢境。又加上整天煙雨連綿，鎖窗閉戶。憑欄遠眺，卻唯恐彼此相思書信未能送達，詢問無情飛落的殘花也不過空惹惆悵而已。新綠蔭中，不知何時榴花已悄悄透出重重芳意。　駕著駿馬瀟灑出遊，伴隨著他默然獨守，不必再到山中去尋清靜之地了。更何況滿地飄蕩紛攪的落花，還展現出春天的容貌。只有夕陽見證了時光流逝，年年此刻都提醒人們記得春風已經換作夏風了。在這春歸夏臨之際，希望能憑藉杜鵑淒婉的啼聲，代花朵將這唯恐被風摧殘的心事，傾訴給能惜花護花之人。

【研　析】此詞選自《茗柯詞》，同題詞有二闋，這是第一闋。描述的是作者看見綻放的榴花後，意識到春盡夏臨，從而引發對春景春情的留戀，又將榴花視為春花的化身，寄託憐惜之意。其中應是暗含著其對一位相識於春季的美人的相思之情。此詞在用典上頗見功力，化用了不少有關榴花的典事及詩詞，而能與詞境相融合，暗用多，明用少，故即便不知原典也並不影響閱讀，若瞭解原典則能更為深入精準的把握其意蘊。詞中意脈較為錯綜，必須通觀全詞才能理清。

起句「柳綿吹盡」點明時為春夏之交。「樓外舊愁如夢」活用榴花洞典故，點明題旨——一切感懷都因榴花與舊愁而起。榴花洞的典故本指出洞後，看見洞中人所贈的榴花，覺得洞內情景恍如夢境；而此詞見證主人公情事的並非初開的榴花，而是零落將盡的春花，但因此時榴花已取代了春花的明豔，故能作為春花的替身，觸動作者對春情的感懷，產生恍如夢境之感——美夢是難以挽留、重溫的，但也因此而更令人難忘難捨。相思不能相見，當然就希望能通音信。然而偏偏天公不作美，整天陰雨連綿，「卻怕憑欄，相思無字問殘紅」，將逆境中害怕無音信，又仍不禁期盼音信的微妙心態傳神寫出，而「問殘紅」則類似急病亂投醫，結果自然是徒增惆悵。前結意脈一轉，寫到在綠陰中榴花透出的千重芳意，這無疑是給清冷孤寂的心境送來了一縷溫暖。

作者對這僅有的慰藉十分珍視，將其與剩餘的春光一併視作所眷戀春情的化身，於是過片便承繼上文，直接描述人與殘餘春花及新綻榴花相伴相守的情景，就如重回春時一般。然而，接下又一轉，夕陽西下，客觀而無情的提醒人注意到時光流逝，春光已換作夏景，春夢終須醒來。儘管如此，卻也並未完全絕望，因為夏日尚有榴花寄託相思，但又惟恐榴花也會如春花般在風中凋零，故結句道「春餘心事，憑將杜宇，深訴花工」，化用杜宇啼血及立幡護花的典故，希望憑藉杜鵑淒婉欲絕的啼聲，喚起惜花人的同情，讓群芳得到庇護。因與美人相會在春季，故珍惜春光春花，因榴花與春花相似，故也備加珍視，如此愛屋及烏、多愁善感，可見一往情深。

166 相見歡

張惠言

年年負卻花期❶，過春時。只合❷安排愁緒送春歸。

梅花雪，梨花月❸，總相思。自是春來不覺去偏知。

【注釋】❶年年負卻花期　指每年春季正值百花盛開之期，卻總是因故未能賞花踏青，享受春光，辜負了花季的盛情。負卻，辜負。用楊簡〈傷春〉「年年不帶看花眼，不是愁中即病中」詩意。❷只合　只得；只該。❸梅花雪二句　形容梅花與雪、梨花與月交相輝映，所形成的明淨芬芳境界。此境極純美，故常入詩詞。如歐陽脩〈蝶戀花〉「寂寞起來褰繡幌，月明正在梨花上」、呂本中〈踏莎行〉「雪似梅花，梅花似雪。似和不似都奇絕」等等。

【語譯】每年都辜負了百花爭豔的盛情，讓春光白白地流逝了。只得準備好哀愁惋惜的情緒來送春歸去。

梅花戴雪，梨花映月，總是惹人相思。人原本就是這樣，春天來的時候不曾察覺，到了離去的時候卻偏偏能意識到。

【研析】此詞選自《茗柯詞》，同題詞有四闋，這是第一闋，輕靈中有深味。譚獻《篋中詞》評道：「信手拈來。」是就其行文自然流暢的特色而言的，若綜合意境，則其真正的妙處在舉重若輕。試看其中最受稱賞的名句「自是春來不覺去偏知」，乃全詞神光所聚。春天來臨時，人們常會覺得理所當然，時日尚多，故往往更關注於眼下的繁忙、愁病等，而無暇體察、細品春光，以致於辜負花季；但當她離去時，眾美零落，年內不能再見，便會促使人們意識到春天的存在及可貴，產生強烈的惋惜不捨之情。

其實，不只是春天，一切美好珍貴的情景莫不如此，往往在失去後才懂得珍惜，故此詞雖圍繞春展開，卻未嘗不是別有寄託，所思所感當不限於春。從「總是」、「偏知」的懊惱中，可知其信手拈來，實為長年經歷、感悟的厚積薄發。即所謂人人心中所有，人人筆下所無者，故能令讀者心有戚戚，玩味不已。若無此句的厚重來壓陣，則此前數句的抒情寫景，縱然暢達清麗，也都是前人道過千百遍的，如此信手拈來等同於拾人牙慧，定難逃浮泛率易之譏。而加上此句，則此前的種種鋪墊便顯得順理成章，水到渠成了：「年年負卻花期，過春時」，是「春來不覺」的寫照；「只合安排愁緒送春歸」，是「去偏知」的無奈；「梅花雪，梨花月，總相思」是在春去後流露出的對春來情景的眷戀。因此，此句可謂是畫龍點睛，得此而境界全出。

167 168 水調歌頭（兩闋）

張惠言

春日賦示楊生子掞❶

其一

東風無一事，裝出萬重花。閒來閱遍花影，惟有月鉤斜❷。我有江南鐵笛，要倚一枝香雪，吹澈玉城霞❸。清影渺難即，飛絮滿天涯。飄然去，吾與汝，泛雲槎❹。東皇一笑相語❺，芳意❻在誰家？難道春花開落，更是春風來去，便了卻韶華❼？花外春來路，芳草不曾遮❽。

其五

長鑱白木柄❾，劚破一庭寒❿。三枝兩枝生綠，位置⓫小窗前。要使花顏四面⓬，和著草心千朵⓭，向我十分妍。何必蘭與菊？生意總欣然⓮。曉來風，夜來雨，晚來煙。是他釀就春色，又斷送流年⓯。便欲誅茅江上⓰，只恐空林衰草，憔悴不堪憐。歌罷且更酌⓱，與子繞花間。

【注釋】❶楊生子掞　據《張惠言暨常州派詞傳》載，楊紹文，字子掞，號雲在，山陰（今浙江紹興）人，官鎮洋縣丞。張惠言是楊子掞的父執輩，這組詞寫於楊紹文少時隨其父楊夢符僑居常州期間。❷閒來閱遍花影二句　用張先〈天仙子〉「雲破月來花弄影」詞境。❸我有江南鐵笛三句　形容人與月影花光用笛聲交流，明淨的心與境彼此融合無間。用羅倫〈題梅〉：「南枝漏洩東君信，點破江南一片春。鐵笛一聲山月冷，半空飛下縞衣人」詩意。鐵笛，鐵製的笛子，聲裂金石，通常為隱逸高士所吹，如葛長庚〈水調歌頭〉道：「被謫下人間。笑騎白鶴，醉吹鐵笛落星灣」。香雪，指如雪般潔白的芬芳花朵。玉城霞，玉砌城中的煙霞，在此既可指天宮中雲霞，又可喻充滿明淨芬芳花朵的城市。鄔仁卿〈沁園春・招隱看梅〉：「怕角聲吹徹，片片飛霞。」❹泛雲槎　用八月浮槎上天的典故，表達超逸塵俗的願望。據晉張華《博物志》載，天上銀河與海相通，有個居住在海渚的人，年年八月都看到有浮槎來往於海天之間，於是乘槎由海上至天河，並遇到了織女、牽牛。槎，竹木筏。❺東皇一笑相語　描述作者與春神的交流是在會心一笑中開始的，暗示彼此看待春去春來的看法實是心有靈犀。東皇，司春之神。《尚書緯》：「春為東皇，又為青帝。」❻芳意　芬芳的春意。❼韶華　美好的時光，常指春光或青春年華，在此兼有二義。❽花外春來路二句　指芳草不會遮蔽春天再回來的道路，故不必為了春光暫時的別去而太過憂傷。反用辛棄疾〈摸魚兒〉「春且住，見說道、天涯芳草無歸路」詞意。❾長鑱白木柄　語出杜甫〈乾元中寓居同谷縣作歌〉：「長鑱長鑱白木柄，我生托子以為命。」長鑱，古踏田、掘土農具。❿斸破一庭寒　指用長鑱種花木，花木帶來的春暖衝破滿庭寒意。斸，挖掘；鋤地。⓫位置　處於；安置。⓬花顏四面　指四處綻放的美貌春花。花顏，花的美好容顏。⓭草心千朵　指生機勃勃的無數莖春草。草心，草莖，指代草。孟郊〈遊子吟〉：「誰言寸草心，報得三春暉。」⓮何必蘭與菊二句　形容但求心淨無塵，則不必拘泥於特定的高雅品種，一切花木都有可觀。蘭與菊，是素來公認象徵著高潔品質的君子之花。⓯流年　如流水般逝去的光陰、年華。⓰便欲誅茅江上　意為本來想學宋玉、庾信那樣在江上定居。誅茅，伐剪茅草為屋。庾信〈哀江南賦〉：「彼凌江而建國，始播遷於吾祖……誅茅宋玉之宅，穿徑臨江之府。」後用「江上誅茅」或「誅茅」指定居，即如宋之問〈宋公宅送寧諫議〉：「宋公爰創宅，庾氏更誅茅。」⓱酹　斟酒。

【語　譯】其一：東風閒來無事，便布置點綴出萬重繁花。閒來觀賞遍了翩翩花影的，惟有那一鉤斜映的彎月。我有來自江南的鐵笛，正要倚靠著一枝潔白如雪的芳花，讓笛聲響徹玉砌城中的煙霞。清朗的花月影難以接近，紛飛的柳絮布滿天涯。　我與你乘著通天河的雲槎飄然而去吧。與東皇相逢一笑道：芬芳的春意究竟在誰家呢？難道只在春花開落，春風來去間，美好的時光便結束了嗎？花外春天歸來的道路，芳草可是從未遮住的。

其五：白木柄的長鑱，掘破了滿庭苑的寒意。三兩枝新綠萌發了，珍重地安置在小窗前。要讓四處綻放的美貌春花，映襯著無數莖生機勃勃的春草，對著我展現出十分的鮮妍。何必一定要蘭花和菊花呢？一切花木都是生意盎然，總是欣欣向榮。　清晨來的風，夜間來的雨，晚上來的煙。是他們釀就了春色，又送走了春光。便打算要到江上去建茅屋定居，只恐怕四周都是些葉落盡的樹林、已衰敗的草地，憔悴得沒有什麼禁得憐愛的景物了。高歌後暫且再斟一杯酒，與你在花間徘徊吧。

【研　析】這是張惠言在春日贈與後輩楊子掞的組詞，共五闋，這是第一、第五闋，選自《茗柯詞》。這組詞是張惠言詞中的名篇，圍繞春日的主題展開，意脈相應而意蘊層新。張惠言是常州詞派的奠基人，論詞主張：「以道賢人君子幽約怨悱不能自言之情，低徊要眇以喻其致。蓋《詩》之比、興、變風之義，騷人之歌則近之矣。」這組詞就很好的實踐了這一主張，通過對春日日常的情、景、事細緻生動的描述，寄託著芳菲悱惻，清逸要眇的情懷，以及對春光、對生命獨特的體悟。因此，在歷來評論中備受稱道。如《白雨齋詞話》評道：「既沉鬱，又疏快，最是高境……熱腸鬱思，若斷仍連，全自〈風〉〈騷〉變出」。就頗能得其神髓。疏快與沉鬱兩種意格有衝突處，是較難並行的：疏快表現為疏朗酣暢，優點是易於達到王國維稱賞的「不隔」之境，但通常會顯得清輕浮滑，缺乏深厚的意蘊。而沉鬱表現為沉著厚重，優點是意境有深度，有層次，但容易有艱深晦澀的弊病。惟有功力深厚的作者，才能令二者相反相成，融貫互補，達到舉重若輕，不隔而深厚的境界，此組詞即是典範。試看此二詞，遣詞命意疏朗暢快，一氣呵成，較少雕琢的字句，意脈也以順承、漸轉為主，少有他詞中常用來出奇制勝的時空情景間陡轉突換的方式。

首闋起句用擬人手法描述東風在不經意間便裝點出無限春光，便已奠定了全詞自然疏快的基調。此後數句依次是觀春、迎春、惜春、逐春、問春、悟春。可謂循序漸進，自然而然。但卻並未因此而顯得浮泛，落入俗套。如「閒來」句描寫月鉤斜輝閱遍花影，一字一意，細緻傳神，光影動靜相生。「惟有」二字蘊有深意，只因春花的清影本就是因斜月的清輝而生的，故只有清輝才能閱遍、閱透，而在花月之外，還有一個潛在閱遍者，那就是心中有清境的作者。下文均與此句呼應，道出對花月清境的情有獨鍾，心靈相通。「我有」句妙在剛柔相濟，令鐵笛的柔情與芳花的傲骨相得益彰。「清影」與「飄然」句，描述佳境難求而追尋不已，是典型的〈風〉〈騷〉之旨，常見於歷代作品中，而此詞較之前人，對求索的描述少了一份艱難憂愁，多了一份樂觀超然。最妙的還是「東皇」以下三句，堪稱疏快與沉鬱融合無間：作者與春神東皇的問答始於會心一笑，因此整個氛圍是知己相逢後的自然輕鬆；而問答的內容則包含沉鬱的意蘊。春光易逝的話題本就蘊藏著重大的人生哲理——人生中美好的時光、事物往往都是短暫難留的。前人論及此大都表現出沉重與惋惜，即如辛棄疾的送春名篇〈摸魚兒〉中「春且住，見說道、天涯芳草迷歸路」云云，便道出了千古傷春人的心聲，而此詞的「難道」句卻對此提出質疑，最終得出了異於前人的答案：「花外春來路，芳草不曾遮」——春去春還來，花謝花還開，只要尋春愛春之心長在，又有什麼能遮得住春光呢？即如蘇軾〈前赤壁賦〉所說：「蓋將自其變者而觀之，則天地曾不能以一瞬；自其不變者而觀之，則物與我皆無盡也。」而這種對春光、對生命獨有的體悟及見地所展現出的樂觀態度、開闊胸襟與執著信念，也是全詞最值得體味及稱道的精神境界。

再看第五闋，意脈與首闋呼應，都沿著迎春、惜春、悟春的線索發展。但並不重複，自有創意。通常寫春情春景多以嬌柔豔婉為基調，而此詞上闋所描繪的情景卻是以清健風骨取勝的，即如李佳《左庵詞話》評第五闋「清空宛委，最堪諷詠」，道出其中清柔之美；陳廷焯《詞則》評第五闋「一片神行，兼老坡、幼安之長」，則道出其中俊健之美。而這種剛柔相濟的特點也是其疏快而能沉鬱的原因之一。起句便已先聲奪人，長鑱劚破一庭寒的力度，也即是當春花木蓬勃生命力的體現。此後數句清麗卻不柔弱，生趣活力愈加旺盛，只因所描寫的都是作者與花木間積極的互動：「三枝兩枝生綠」是花木主動展現美麗，「位置」與「要使」句是作者主動呼喚、迎接花木的盛情。「何必」句論述的賞花哲學頗具創見，花不過是人心境的投影，人以什麼樣的心境賞花，花便以什麼樣的意態動人。蘭菊也是因得古代君子鍾情，才被賦予了高潔的寓意，換言之，只要人心境高潔，又何必非要蘭菊呢？即使面對尋常春花，也能從中體會出明淨無邪，衝破嚴寒的春意趣。換頭基調漸變，由主動轉為被動，相應的情感也由輕快轉為沉著，晨昏變換的時光，風雨煙交織的氣象，對花木而言，是活力的源泉，卻也是摧殘的動因。人生也是如此，所謂「謀事在人，成事在天」，主動的努力也常會因缺乏機遇而失敗，故而「誅茅江上」的隱居生活便成為許多生不逢時士人的選擇，而作者在思考後，認為機遇與美景對任何人都是平等的，積極努力不能留住美好的春光，「誅茅江上」又何嘗不是如此呢？因此，最終放棄隱居打算，決定珍惜眼前春，邀楊子捩在花間放歌暢飲，享受春光。

上述兩闋詞合觀，可看出作者對象徵著美好事物的春情春景的感悟：她是東風代表的天道自然與長鑱代表的人力共同創造的，人力無法完全控制她的來去，故應有的態度是擁有時善加珍重，失去後也不必絕望，而應堅信她必能在天時地利人和之時再度歸來。

169

水龍吟

夜聞海濤聲❶

張惠言

夢魂快趁天風，琅然飛上三山頂❷。何人喚起，魚龍❸叫破，一泓杯影❹。玉府清虛，瓊樓寂歷，高寒誰省❺？倩浮槎❻萬里，尋儂歸路，波聲壯、侵山枕❼。

便有成連❽佳趣，理瑤絲、寫他清冷。夜長無奈，愁深夢淺，不堪重聽❾。料得明朝，山頭應見，雪昏雲醒。待扶桑浮洗❿，沖融⓫立馬，看風帆穩。

【注釋】❶夜聞海濤聲　此詞作於嘉慶五年（西元一八〇〇年），時作者在遼東。❷夢魂快趁天風二句　意為希望夢魂乘風飛上仙山。用戴叔倫〈夏日登鶴巖偶成〉「天風吹我上層岡，露灑長松六月涼」詩意。天風，即風，風行天空，蔡邕〈飲馬長城窟行〉：「枯桑知天風，海水知天寒。」琅然，形容聲音清朗。三山，傳說中海上有神人居住的三座仙山——蓬萊、方丈、瀛洲。❸魚龍　魚與龍，泛指各種水族。據《水經注》記載，魚龍以秋日為夜，秋分以後，蟄寢於淵。❹一泓杯影　指夢中在高空望去，小如杯中水的大海。用李賀〈夢天〉「遙望齊州九點煙，一泓海水杯中瀉」詩意。❺玉府清虛三句　形容月宮清靜，樓閣寂寞，高處不勝寒。用蘇軾〈水調歌頭〉「我欲乘風歸去，又恐瓊樓玉宇，高處不勝寒」詞意。玉府清虛，月宮玉潔冰清，虛靜高寒，故又稱為清虛府。譚用之〈江邊秋夕〉：「七色花虬一聲鶴，幾時乘興上清虛。」寂歷，寂靜清冷。❻浮槎　用浮槎上天的典故，參見張惠言〈水調歌頭〉（東風無一事）注❹。❼山枕　枕頭。古代枕頭多用木、瓷等製作，兩端突，中間凹，形狀如山，故稱。顧敻〈酒泉子〉：「淚侵山枕濕。」❽成連　春秋時著名琴師，俞伯牙的師父。據《樂府解題》記載，俞伯牙學琴於成連先生，因未有能移情的佳境，故雖精神專注，仍是三年不成。於是成連將他帶到蓬萊山，近望無人，但聞海水洞滑崩澌之聲，山林寂寞，群鳥悲號，伯牙愴然而歎曰：「先生將移我情！」便援琴而歌，從此琴藝大進，妙絕天下。❾夜長無奈三句　惆悵醒來後夢中一切奇境化為烏有。即如李白〈夢遊天姥吟留別〉道：「忽魂悸以魄動，悅驚起而長嗟。惟覺時之枕席，失向來之煙霞。」愁深夢淺，形容因憂愁太深而思慮過重，難以熟睡，故夢淺易醒。❿待扶桑淨洗　意為等待日出。傳說日出前要先到東方扶桑樹下的湯谷洗浴，然後拂扶桑樹杪而升，照耀四方。⓫沖融　沖和；恬適。

【語　譯】夢魂快趁著疾行天際的風，琅然一聲飛上三山頂吧。是誰喚起了蟄伏的魚龍，令牠們的鳴聲衝破了那望去如一汪杯中水，光影浮動的大海。月中的清虛府，瓊樓玉宇寂靜清冷，誰能體會它高處不勝寒？請溝通海天的浮槎不遠萬里來為我找尋歸去的道路，波濤聲宏壯，漸漸逼近枕畔。　便產生了成連先生那樣的高情雅趣，彈奏著瑤琴的絲弦，記錄下他的清冷。長夜漫漫怎奈愁思深重，故夢淺易醒，不能夠再重聽一次了。料想明日，在山頭應該看見那昏暗如睡的雪與翻飛如醒的雲。且待太陽在扶桑樹下洗淨後升起時，再從容駐馬，眺望船帆御風穩行吧。

【研　析】此詞選自《茗柯詞》，是一首描述夢遊仙境的奇幻經歷及夢醒後情境的詞，其中趁風躍海、魚龍叫波、乘興度曲的意境與〈水龍吟〉的詞牌正是契合無間。常言道「夢由心生」，遊仙夢雖奇幻，反映的卻也是現實的情感。人們在現實中種種理想未能實現，種種束縛未能擺脫，便會幻化投射為仙境傳說或遊仙夢，而仙境所融匯的無拘無束、超凡脫俗、高寒難耐、妙境奇景迭出，險象幻影環生的情境，其實也是現實中登高臨海，尋幽探奇或身居高位感受的翻版。因此，類似的題材及思想在古詩詞中頗為常見。屈原〈離騷〉已開其先，此後名篇還有如李白的〈夢遊天姥吟留別〉、李賀的〈夢天〉、蘇軾的〈水調歌頭〉（明月幾時有）等等，雖然夢境各異，充滿了浪漫主義的色彩，而旨趣卻相通，最終仍是回到對現實人生的體悟。

此詞也不例外，詞中借鑑了前代仙境傳說及仙遊名篇的情境，這些情境應是作者平常便已十分嚮往或感同身受的，故能融會於心，在雄壯遼遠的風濤聲激發下，便自然入夢了。其值得稱道的地方主要有：一、境界推陳出新，最妙的是起句破空而出，較之前輩詩中「天風吹我上層岡」、「一夜飛度鏡湖月」等意境，別有出藍之妙；「快趁」、「琅然」二語營造出迅猛的聲勢與清逸的風姿，令夢魂借助風濤衝破塵俗，進入仙境的快意躍然紙上。二、豪中有細，快中見穩。此詞總體風格清壯頓挫，但並未脫離張惠言「幽約」「要眇」的詞體觀，情境大都清逸而不落粗豪。如「愁深夢淺」、「雪昏雲醒」等字句，便堪稱從追琢中出自然的典範。三、結句豁然開朗，自成境界。詞中夢境，最初是快意暢情，「玉府清虛」句後轉為孤寂思歸，至「便有成連佳趣」句後又體悟到了幽獨移情的佳趣，可謂善於變化，故夢醒後自然也是百感交集，「夜長」、「料得」二句交織著離別的失落與解脫的慶幸，令人不禁感慨：愁與樂究竟是現實還是夢境中更多一些呢？至結句突然呈現出一派迷霧盡掃，海闊天空的景象，頓令人鬱結的心情為之一振，朝陽清輝中從容穩健的景象，也正象徵著作者在思慮後豁然開朗的心境——既然夢醒都是喜憂參半，非人力所能定，又何必再愁怨逃避，又何不坦然應對呢？起句描繪的偶然入夢的超脫，固然令人神往，但難保快意不會消散。而結句呈現出的現實中的超然，以開朗樂觀的胸襟氣度為依託，才是真實可靠的，才能令人得到真正的安心，這也是此詞最值得稱道的境界所在。

170

水調歌頭

望湖樓❶

郭麐

其上天如水，其下水如天。天容水色淥淨❷，樓閣鏡中懸。面面玲瓏窗戶，更著疏疏簾子，湖影淡於煙。白雨忽吹散，涼到白鷗邊。酌寒泉，薦❸秋菊，問坡仙。問君何事，一去七百有餘年？又問瓊樓玉宇，能否羽衣吹笛，乘醉賦長篇❹？一笑我狂矣，且放總宜船❺。

【作者】郭麐（西元一七六七—一八三一年），字祥伯，號頻伽居士，晚號復翁，江蘇吳江人。懷才不遇，久困場屋，客遊於江淮間，以坐館授徒為業。少有神童之稱。曾從姚鼐學古文辭。工詩詞，詩以白描抒性靈，為乾、嘉之際性靈派重要詩人。其詞主要表現性情，筆調輕靈流轉而又委曲傳神，力圖糾偏浙派末流淺薄之弊，號稱浙派殿軍。晚歲僑居嘉善以終。有《靈芬館集》，包括《靈芬館詞》、《靈芬館詞話》。

【注釋】❶望湖樓　在杭州西湖昭慶寺前，一名先德樓，又名看經樓，五代十國時吳越王錢俶所建，為西湖名勝。北宋熙寧五年（西元一〇七二年），三十七歲的蘇軾正任杭州通判，六月二十七日這天，他登此樓飲酒賞景，大醉而去，留下〈六月二十七日望湖樓醉書五絕〉。其中最膾炙人口的一首是：「黑雲翻墨未遮山，白雨跳珠亂入船。卷地風來忽吹散，望湖樓下水如天。」蘇軾的遊歷，成為後世文人津津樂道的掌故。此詞便關涉蘇軾之遊，其中的「一去七百有餘年」，就是大致從蘇詩算起，蘇詩即為此詞的藍本。❷滌淨　澄澈乾淨。❸薦　進獻。❹又問瓊樓玉宇三句　用蘇軾〈水調歌頭〉「我欲乘風歸去，又恐瓊樓玉宇，高處不勝寒」句意。❺總宜船　船名。清朱彝尊《曝書亭集》卷六〇〈說舟示戴生瑛〉：「又有總宜船，取東坡居士『淡妝濃抹總相宜』之句名焉。」

【語譯】望湖樓下水如天，望湖樓上天如水。天光水色澄鮮，樓閣的倒影懸掛在如鏡的湖水間。一面面玲瓏剔透的窗戶，掛著一張張疏朗的簾子，湖中的倒影比煙霧更清淡迷離。一陣白亮的雨珠忽然被吹散了，激起的清涼飛到了白鷗身邊。

飲下清涼的泉水，獻上秋日的菊花，來慰問坡仙的英靈。試問您為何一去就是七百多年？再問天上的瓊樓玉宇裡，能否穿仙衣、吹長笛，趁著醉意賦寫長篇？卻笑我狂性又發了，且將那「總宜」船放入湖間。

【研析】這是一幅樓上望湖圖，寫從望湖樓上所見西湖之景。上片寫景，開篇一韻，兩個五字句，「其上天如水，其下水如天。」單獨抽出其中一句，平平無奇；兩句放在一起，相互輝映，真有水天相連一色之感。「天容水色滌淨，樓閣鏡中懸」，水天澄淨，水面如鏡，鏡中似是真樓一般。「面面玲瓏窗戶，更著疏疏簾子，湖影淡於煙」，寫水中湖樓，窗戶玲瓏，簾幕疏朗，比湖上之煙還多幾分淡雅。「白雨忽吹散，涼到白鷗邊」，連雨珠都是清亮如珠的，吹散了湖上的煙氣，也打散了湖中的倒影，一陣爽氣充滿水天之間。雨點和白鷗也給整個上片的澄淨增添了動感。下片寫人，採用的是今與古對話的方式。「酌寒泉，薦秋菊，問坡仙。」美酒加蟹螯當然豪爽，不過當此澄明之景，自不如寒泉加黃花更清雅。詞人對東坡連發兩問：「問君何事，一去七百有餘年？又問瓊樓玉宇，能否羽衣吹笛，乘醉賦長篇？」這兩問顯然都是扣住東坡的名篇〈水調歌頭〉〈明月幾時有〉而問的：你說「高處不勝寒。起舞弄清影，何似在人間」，為何你卻一去不復還？你既已成仙，那麼「瓊樓玉宇」之中，「能否羽衣吹笛，乘醉賦長篇」，還能寫出那些讓人陶醉的詩篇嗎？其實東坡自己就是答案。瓊樓玉宇，何似人間；仙人可以羽衣吹笛，凡人亦有秋菊寒泉；在湖樓醉書，看水如天的時候，不就是神仙的境界嗎？但能心與境化，自在適意，不就找到人生所有問題的答案了嗎？這就是詞人在湖樓追步坡仙體會到的境界。「一笑我狂矣，且放總宜船。」這一笑是會心的一笑，這狂不過是俗人眼中的狂。便狂又如何？「且放總宜船」，總宜，無施不可，無施不宜，這船名起得真是好，用在這裡也真是恰如其分。

171

賣花聲

郭　麐

秋水淡盈盈，秋雨初晴，月華洗出太分明。照見舊時人立處，曲曲圍屏❶。

風露浩無聲❷，衣薄涼生，與誰人說此時情？簾幕幾重窗幾扇，說也零星。

【注釋】❶圍屏　可以折疊的屏風。❷風露浩無聲　意謂秋夜靜朗，長天皓月，一片澄明。典出元楊載〈景陽宮望月〉：「大地山河微有影，九天風露浩無聲。」

【語譯】秋水淡蕩澄明，秋雨後初晴。月光如洗，分外澄明，照到伊人曾經立過的地方，如今只剩下曲折的屏風。

風露浩渺無聲，衣衫單薄，涼意頓生，卻能向誰人傾訴此時的心情呢？尚不知簾幕深幾重，綺窗隔幾扇，縱是能訴說，那記憶和話語也是零碎不堪了。

【研析】這是一首秋夜孤獨無聊，相思懷人的詞作。開頭三句，點明時序，攬景於眼前。「秋水淡盈盈，秋雨初晴，月華洗出太分明。」秋雨初晴，明月升起，點明時值秋夜。月華即月光。後蜀歐陽炯〈三字令〉：「月分明，花淡薄，惹相思。」秋夜相思懷人的主題亦呼之而出。「照見舊時人立處」，只此一句，便使時光倒流，把讀者帶回到曾經的溫馨境界中。「曲曲圍屏」，屏風的「曲」，也是心事的「曲」。情緒轉為惆悵，曾經相依相守，對訴衷腸，而今形單影隻，主人公怎能不撫今思昔，感慨這「曲曲圍屏」的物是人非。「照見舊時人立處，曲曲圍屏」，本為實景，但在主人公的記憶和想像中，實景幻化出虛景，自然營造出一種迷離恍惚的氛圍。作者用淡淡的筆觸，靜靜地烘托那深厚真摯的愛情，那刻骨銘心的思念。下片，「風露浩無聲，衣薄涼生。」如果說「風露」讓主人公感覺到「衣薄涼生」的身涼，那麼「與誰人說此時情」就是心涼。日日夜夜的思念，無盡的離恨，都會讓人感覺心涼。「此時情」，有對愛情的追憶，也有對人生的悲歎。孤獨、失意、淒涼、思念等等，一切的情懷都因為「簾幕幾重窗幾扇」的阻隔而無人可說。即使有人可以說，也是「說也零星」，情何以堪？美好的年華與甜蜜的回憶，都隨著光陰而消散了，再也不能重現了。因此而感覺「別是一番滋味在心頭」，所以是「說也零星」。這裡有「而今識盡愁滋味，欲說還休」（辛棄疾〈醜奴兒·書博山道中壁〉）的複雜感受，有「幽恨莫重提」（清賀雙卿〈望江南〉）的黯然銷魂，還有縱使相逢也無言的淒惻悲苦。人生的悲歡離合，不加絲毫雕飾，全憑自己感受，從「說也零星」中流出。其中的孤獨淒涼，無奈感傷，沒有深刻生命體驗的人，也許很難體會。

這首詞還有一個比較突出的特點，就是靜，從頭到尾都是一片寂靜。主人公內心的曲折波瀾，就在這一片靜寂中，自然地、緩緩地流淌出來。以平白的文字，寄託作者辛酸悲涼的情懷，詞句清新流利，情感曲折淡遠。

172 壺中天

孫爾準

斷霞銷影，蕩孤舟明月，水隨天遠❶。澹到秋光無著處，落盡排空箏雁❷。最惜匹練澄江，謫仙仙去，清景無人管❼。狂態當時誰識得？月裡素娥曾見。鐵鳳❽翻空，銅駝換劫❾，幾度冰輪❿滿？船頭露坐，葦香吹雪⓫飛遍。

散髮抽簪❸，洞簫橫玉❹，吹徹關山怨❺。不知塵世，紅樓❻幾處高宴？

【作者】孫爾準（西元一七七〇—一八三二年），字平叔，一字萊甫，江蘇金匱（今無錫）人。嘉慶十年進士，選庶吉士，授翰林院編修，歷官至閩浙總督。工詩，長於詞，有《泰雲堂集》，詞集《雕雲詞》、《荔香樂府》、《海棠巢樂府拈題》。

【注釋】❶斷霞銷影三句　營造出秋日暮明淨、開朗、孤寂的意境。化用周紫芝〈定風波令〉「斷霞銷盡，新月又嬋娟」、白居易〈將之饒州江浦夜泊〉「明月滿深浦，愁人臥孤舟」與辛棄疾〈水龍吟〉「水隨天去秋無際」的意象。❷箏雁　本指箏柱排列如雁隊，在此指真實的雁。❸散髮抽簪　原指棄官歸隱，古人戴朝冠，須用白玉簪將冠與髮相連，故稱棄官歸退為散髮抽簪；但作者此時尚未中進士入仕途，故在此是用以形容當時如隱士般放浪形骸，不受俗務所拘的情狀。鍾會〈遺榮賦〉：「散髮抽簪，永縱一壑」。❹洞簫橫玉　洞簫，管樂器，古無蜜蠟封底的簫稱洞簫，通常以紫竹製成，音色淒清婉轉。因吹時如橫著的玉管，故稱橫玉。周密〈長亭怨慢〉：「閑簫橫玉盡吟趣。」❺關山怨　漢樂府橫吹曲有名〈關山月〉者，主要抒發邊關將士的亂離思鄉之情。王昌齡〈從軍行〉：「黃昏獨上海風秋。更吹羌笛〈關山月〉，無那金閨萬里愁。」張憲〈鐵笛道人遺觱篥〉：「塞鴻不管關山怨，鬧却吹螺小比邱。」❻紅樓　華美的樓房，通常指富貴人家的樓房或青樓歌館。❼最惜匹練澄江三句　用李白詩的典故，感歎能共賞清景的知音難尋。唐著名詩人李白號「謫仙」，十分稱賞謝朓「餘霞散成綺，澄江靜如練」的詩境，曾賦〈金陵城西樓月下吟〉詩道：「解道澄江淨如練，令人長憶謝玄暉」。清景無人管，無人照管，即無人懂得愛賞珍惜之意。即如蒲道源〈題陳教授山水卷〉道：「清景怕無人管領，畫家先為著詩仙。」❽鐵鳳　古代屋脊中的一種鐵製裝飾物，形如鳳凰，下有轉樞，可隨風轉動如鳳凰飛舞。❾銅駝換劫　指時世變遷，朝代更迭。典出《晉書》，據載，索靖有先見之明，在惠帝即位後，預見到天下將亂，故指洛陽宮門銅駝歎道：「會見汝在荊棘中耳。」銅駝，古代宮門外的銅鑄駱駝。⑩冰輪　指明月。王初〈銀河〉：「涓涓清月濕冰輪。」⑪雪　指蘆花紛飛如雪花。

【語　譯】片片晚霞的光影消散了，孤舟蕩入明月澄光中，隨著江水向遙遠的天際流去。搖蕩到秋日風光中卻沒有能歸依的地方，而那些淩空飛行如箏柱的雁隊都已降落了。抽去玉簪，散開髮髻，如碧玉般橫斜的洞簫吹起的〈關山怨〉四處回蕩。不知此時在塵世間，有幾處華麗的樓閣正舉行著盛大的宴會呢？　最可惜的是在這宛如一匹絲絹般皎潔澄明的秋江上，昔日的謫仙人李白已登仙而去，這清麗的風景便無人照管了。當時那疏狂的姿態還有誰能認得呢？那月裡的嫦娥是曾經見過的。鐵鳳在空中翻轉飛舞，銅駝見證了時世變遷，不知期間明月幾回圓？披風帶露地坐在船頭，芬芳的蘆花如雪花，處處飛遍。

【研　析】此詞選自《雕雲詞》，作於嘉慶六年（西元一八〇一年）秋，作者時年三十二歲。詞中描述秋月夜泛舟江湖的情境，清虛空明中兼有壯美之境、沉著之思，與蘇軾〈前赤壁賦〉頗有相通之處。起句化用前人意象如己出。霞落月升，水天相接，孤舟蕩漾其間，加強了霞、月、水、天間的光影變化，景深隨著舟行推進，呈現出一派遼遠、孤寂、空明的秋境。次句承接「孤」字而來，在這無際秋光中，孤舟不知何去何從，而空中雁隊都已尋到歸宿降落了，相形之下，就更覺迷茫孤獨了。即如〈前赤壁賦〉所云：「縱一葦之所如，凌萬頃之茫然。浩浩乎如馮虛御風，而不知其所止；飄飄乎如遺世獨立，羽化而登仙。」獨遊於蒼茫之際，自然會催生出放浪形骸、遺世獨立之心，於是便有了「散髮抽簪」二句。〈前赤壁賦〉中，有客人吹出了「如怨如慕，如泣如訴」的洞簫聲，只因感歎清景永駐而人事易改，昔日繁華、名流都轉瞬即逝，自身更是微不足道，正所謂：「寄蜉蝣於天地，渺滄海之一粟。哀吾生之須臾，羨長江之無窮」。而此詞所感與「客」同中有異——洞簫吹徹關山怨，洋溢著惜別意，所惜既是空間之別，暫時告別喧囂塵世，獨立蒼茫，然而塵世的羈絆卻是剪不斷，理還亂，故而生怨；又是時間之別，昔日李白等名士已仙去不返了。與「客」不同的是，此詞重點感歎的不僅是人生苦短，更是知音難尋：只恐謫仙仙去，便難尋到能愛惜照管這無邊清景的知音了。

復思百年之後，自己也必將難留，到時能愛賞此景，追念自身的更有何人呢？故有「狂態當時誰識得」之問，當年李白的疏狂難尋知音，今日自身的狂態又可有人識呢？人事難料，讓作者不禁感歎能鑑證這一切的唯有明月。「鐵鳳翻空」句的寓意雖沿自前人，但在意象安排上輕重虛實相成，頗見功力：「鐵」、「銅」本是質重實物，而「翻空」、「換劫」卻顯得如此的輕鬆易改，虛幻無常，從中能感受到時空的力量及速度，再融入明月數換圓缺的空靈境界中，滄桑感與穿透力就更能深入人心。結句由想像回到現實，船頭獨坐，在風露葦雪紛飛的蒼茫空闊境界中，千頭萬緒都歸於平靜，澄心凝慮，正是頓悟之境。與〈前赤壁賦〉「惟江上之清風，與山間之明月……是造物者之無盡藏也，而吾與子之所共適……相與枕藉乎舟中，不知東方之既白」的結尾有異曲同工之妙。

173～176 漁父詞（四首）

陳文述

其一

打槳湖邊問酒家，青山澹冶❶隔明霞。風過處，縠紋斜，蓑衣吹滿碧桃花❷。

其二

雨後蜻蜓散夕陽❸，晚來水碧似清湘❹。明鏡裡，月華涼，荷花世界❺柳絲鄉。

其三

楓葉蕭蕭幾點秋，蘆碕❻曲曲漾清流。隨處好，艤扁舟❼，水葓花❽下一雙鷗。

其四

澗曲橋低路幾重？漁莊隱約暮煙中。攜瘦鶴❾，送飛鴻，萬梅花下一孤篷❿。

【作　者】陳文述（西元一七七一—一八四三年），初名文傑，字譜香，又字雋甫、雲伯，後改名文述，別號元龍、退庵、碧城外史等，錢塘（今浙江杭州）人。嘉慶時舉人，官昭文、全椒等地知縣。文述為阮元入室弟子，知遇之恩頗重。又仿隨園女弟子之例，大收「碧城女弟子」，名噪一時。有《碧城仙館詩鈔》、《頤道堂集》等。

【注　釋】❶澹冶　恬淡清麗。❷風過處三句　用張志和〈漁父歌〉「桃花流水鱖魚肥。青箬笠，綠蓑衣，斜風細雨不須歸」詞意。縠紋，指湖上如縐紗般的漣漪。縠，縐紗。蓑衣，用草或棕編成的雨衣，漁父常用。❸雨後蜻蜓散夕陽　與下文「荷花世界柳絲鄉」呼應，化用楊萬里〈小池〉「小荷才露尖尖角，早有蜻蜓立上頭」詩境。❹清湘　指清澈的湖南湘江。柳宗元〈漁翁〉：「漁翁夜傍西巖宿，曉汲清湘燃楚竹。」❺荷花世界　用楊萬里〈曉出淨慈送林子方〉「畢竟西湖六月中，風光不與四時同。接天蓮葉無窮碧，映日荷花別樣紅」意境。❻蘆碕　生長著蘆葦的曲岸。❼艤扁舟　繫舟靠岸。❽水葓花　皇甫松〈天仙子〉：「晴野鷺鷥飛一隻，水葓花發秋江碧。」葓，水草名，秋季開花。❾攜瘦鶴　用王元〈贈廖融〉「伴行惟瘦鶴，尋步入深雲」詩意。❿篷　船篷，張蓋在船上用於遮蔭的設備，在此指代漁船。

【語　譯】蕩槳過湖邊詢問何處有酒家，恬淡清麗的青山隔著明媚的朝霞。微風拂過的地方，泛起了縐紗般的漣漪，直吹得蓑衣上落滿了碧桃花。

雨後蜻蜓散落在夕陽中，晚來湖水碧綠得宛如清澈的湘江。明鏡般的水面，映照著清涼的月光，好一個荷花的世界，柳絲的故鄉。

楓葉蕭蕭透出幾點秋意，蘆葦岸曲曲折折地蕩漾著清澈的流水。隨便哪處都好，暫且繫舟靠岸吧，一雙鷗鷺正在那水蘋花下嬉戲呢。

經過了彎曲的澗流、低矮的小橋，究竟行了多少段路呢？透過傍晚的煙靄隱隱約約地看到漁莊了。攜來清瘦的白鶴，送去南飛的鴻雁，在萬樹梅花下守著一葉孤獨的漁舟。

【研　析】此詞選自《全清詞鈔》第十五卷，原載《紫鸞笙譜》。〈漁父詞〉又名〈漁歌子〉。歷代文士面對現實的種種壓迫，很自然的會嚮往清逸優遊，無拘無束的生活，故大都具有不同程度的隱逸情懷。而漁父乘風破浪，穿梭於水色山光間的生活也因此被賦予了自在逍遙的彩色。自唐代張志和的「西塞山邊白鷺飛」等一組同調名篇傳世後，同類作品便層出不窮，所用的意象及表達的情感也大體相通。陳文述的這組詞共四闋，依次反映出春夏秋冬四季的漁父生活意境。沿用了同類作品的常用意象，卻也能自出新意。

總體風格清新明快，自然圓轉，宛如一幅幅秀美生動的圖畫。而且能情境相生。試看詞中的漁父，所歷的一切都顯得自然而然，毫無刻意強求的成分：無論春夏秋冬，晝夜黃昏，風雨陰晴，都乘舟穿梭於江湖間，酒家是隨到隨尋，繫舟是隨處都好，行舟也是不計路程，隨遇而安。相看相伴的盡是當季的桃花、荷花、楓葉、梅花等清雅的植物與雙鷗、瘦鶴、飛鴻等靈秀的生物。正是此種清高逍遙、順其自然的生活態度，才能領會到如此秀美的四季風光。

其中秀句不少，如「青山澹冶隔明霞」取景為明淨霞光籠罩下的淡雅青山，本已是佳境，一個「隔」字更顯出霞光與山色間層次分明，卻又澄明通透的視覺效果——如在目前，又彷彿遠在天邊，令人心曠神怡。又如「荷花世界柳絲鄉」，無一詞不是尋常語，組合起來卻呈現出深遠迷人的佳境，又給人以無窮的想像空間。雖不曾用一個動詞，卻動感十足，讓人彷彿看到了無邊無際的荷花與柳枝在搖曳、招展，彼此應和的場景，再加上明月、鏡湖的映照，更幻化出無數光影，這樣動人的世界故鄉，是荷與柳的，是漁父的，也是無數讀者所嚮往的。

177 酹江月 石湖❶

改琦

玉虹橫臥❷，放湖山、閑了春風詞筆❸。花影吹笙❹無覓處，何況梅邊吹笛❺。鶴澗❻煙消，馬塍❼雨黯，棖❽觸今猶昔。舊家亭館❾，舊時魚鳥相識❿。還念譜出新聲，蛾眉愁絕，醉把闌干拍⓫。萬頃清光流皓月，飛下一雙鸂鶒⓬。西望群峰，飄然引去⓭，淼淼⓮澄波白。人間天上，不知今夕何夕⓯？

【作　者】改琦（西元一七七三—一八二八年），字伯韞，號香白，又號七薌，別號玉壺山人、玉壺外史等，回族，華亭（今上海市松江區）人。著名畫家，「嘉、道後畫人物，琦稱最工」，「花草蘭竹小品，迥出塵表」（《清史稿》）。能詩詞，有《玉壺山房詞選》。其山水記遊詞，特有文人畫意境。

【注　釋】❶石湖　在江蘇蘇州西南，介於吳縣、吳江之間，風景優美。南宋詩人范成大晚年在此隱居，號石湖居士。姜夔終生不仕，以清客身分居范成大石湖別墅，應主人之請而譜新聲，寫下著名的自度曲〈暗香〉、〈疏影〉。酹江月，〈念奴嬌〉調之別名。❷玉虹橫臥　玉虹，指橋。范成大〈滿江紅〉：「月色波光看不定，玉虹橫臥金鱗舞。」❸閑了春風詞筆　意謂生疏了生花妙筆。姜夔〈暗香〉：「何遜而今漸老，都忘卻、春風詞筆」。❹花影吹笙　典出范成大〈醉落魄〉：「花久影吹笙，滿地淡黃月。」❺梅邊吹笛　典出姜夔〈暗香〉：「舊時月色，算幾番照我，梅邊吹笛。」❻鶴澗　地在蘇州虎丘，清遠道士養鶴而得名。❼馬塍　地名，在浙江餘杭西。宋代以產花著名。傳說姜夔卒後葬於此，范成大挽詩有「所幸小紅方嫁了，不然啼損馬塍花。」❽棖　用東西觸動。❾舊家亭館　典出姜夔〈玉梅令〉：「春寒鎖，舊家亭館。」❿魚鳥相識　指舊相識的魚鳥。姜夔〈慶宮春〉：「呼我盟鷗，翩翩欲下，背人還過木末。」⓫還念譜出新聲三句　隱括姜夔〈暗香〉

序：「辛亥之冬，予載雪詣石湖。止既月，授簡索句，且徵新聲，作此兩曲，石湖把玩不已，使工妓隸習之，音節諧婉，乃名之曰〈暗香〉、〈疏影〉。」⑫鸂鶒　亦作「鸂鶒」，水鳥名，形大於鴛鴦，而多紫色，好並游，俗稱紫鴛鴦。⑬飄然引去　意謂幡然隱退。姜夔〈慶宮春〉：「垂虹西望，飄然引去，此興平生難遏。」⑭森森　形容水勢浩大。南朝梁沈約〈法王寺碑〉：「炎炎烈火，森森洪波。」⑮人間天上二句　意謂此時的人間如在仙境，已經忘記了歲月和時間。張孝祥〈念奴嬌・過洞庭〉：「扣舷獨嘯，不知今夕何夕。」

【語　譯】長橋橫臥宛若玉虹，自放在這湖光山色之中，清才妙筆閒置久矣。花影裡吹奏笙歌的情景已無處尋覓，更何況是梅花邊吹起的玉笛。鶴澗的仙霧已經消散，馬塍的細雨依舊淒涼，時時觸動人們的今昔之感。亭館如舊，從前的魚鳥也都還認識。　遙想新曲〈暗香〉、〈疏影〉初譜之時，悲傷的曲調愁損了歌女的蛾眉，聽得人醉中拍遍欄杆。皎潔的月光如萬頃清波般蕩漾，飛下了一對紫鴛。西望遙遠的群山，飄然歸隱而去，浩蕩的波濤是這樣的皎潔。此時的人間，好似天上，誰還記得今天屬於哪一年哪一月？

【研　析】通觀全詞，先抑後揚，由古而今，虛實相間，合石湖之美景、前賢之風流、詞人之意氣三者為一，格超韻遠，讀後齒頰留香。其中襲用了不少姜白石、范石湖詞的成句，讀來有一種迷離的效果。開篇三句，總寫石湖景色美麗。「玉虹橫臥，放湖山、閑了春風詞筆。」「玉虹」之喻讀來目眩，「橫臥」之擬覺來親昵，兩者結合，欲拒還迎，頗有迷離惝恍之感。「春風詞筆」，用白石名句引出下文追懷白石之意；且「春風」又與「花影」、「梅邊」在時令與寫景上一脈相承，章法上一石二鳥。和「梅邊吹笛」相比，「花影吹笙」雖風雅卻還是鬧熱了一些，韻致不夠清遠；詞人有意將兩種姿態相比，似是言白石風神絕世，連石湖亦不能及。然而斯人已去，花底笙、梅邊笛皆不能復聞，遂連昔日經行之地，都彷彿被抽走了幾分靈氣，「鶴澗煙消，馬塍雨黯」，一片淒迷，惹人惆悵。鶴澗、馬塍，地名對裡夾著動物對，又都與白石有關，可稱工巧。舊家亭館還在，舊時與斯人結盟的魚鳥還在否？魚鳥自然不會比人更長久，此時只剩下穿越歲月的無言木石。上片已將悼念之意寫開，過片三句遂就「石湖」之題，拈出一事，著重敘寫。從全詞章法看，上片是染，過片是點。詞人選擇了白石在石湖譜〈暗香〉、〈疏影〉這件千古風流之事。「蛾眉愁絕，醉把闌干拍」，能叫唱曲之人愁絕，能讓聽曲之人盡興，新曲之動人可知，曲作者之風流可想。想當年石湖因喜愛這兩支曲子，欣賞白石的才華，慷慨成人之美，將家伎小紅相贈，白石一介布衣才子，至此風流已極。面對石湖，追念古人，不免神思飛揚。皓月如流，灑下萬頃清輝，一對紫鴛自天而過；群山環抱，清波淼淼，與月相輝映。此時此刻，真彷彿置身仙境，豈止有出塵之思，乃更生憑虛御風之想。「人間天上，不知今夕何夕」，用張于湖「扣舷獨嘯，不知今夕何夕」（〈念奴嬌·過洞庭〉）成句，張詞曰「素月分輝，明河共影，表裡俱澄澈」，此處境界亦似之。

178 買陂塘 贖裘

鄧廷楨

悔殘春、爐邊買醉❶，豪情脫與將去。雲煙過眼尋常事，怎奈天寒歲暮。寒且住，待積取叉頭❷，還爾綈袍故❸。喜餘又怒，悵子母頻權❹，皮毛細相，抖擻已微蛀。

銅斗熨，皺似春波無數，酒痕襟上猶汙❺。歸來未負三年約，死死生生漫訴❻。凝睇❼處，歎毛幕氈廬、久把文姬誤❽。花風幾度❾，怕白袷新翻，青蚨欲化，重賦贈行句❿。

【作　者】鄧廷楨（西元一七七五—一八四六年），字維周，號嶰筠，晚號妙吉祥室老人、剛木老人，江蘇江寧（今南京）人。嘉慶六年（西元一八〇一年）進士，選庶吉士，授編修，官至雲貴、閩浙總督。與林則徐協力查禁鴉片，擊退英艦挑釁。後調閩浙，與林則徐同遣戍伊犁。釋還，任陝西巡撫。工書法，擅詩文，精音韻之學。與林則徐同聲相應，有《林鄧唱和詞》。有《雙硯齋詞鈔》、《雙硯齋筆記》附詞話。

【注　釋】❶悔殘春爐邊買醉二句　表示後悔當初為逞一時之豪，將裘衣典當了去換酒。用李白〈將進酒〉「五花馬，千金裘，呼兒將出換美酒，與爾同銷萬古愁」詩意。❷叉頭　叉頭錢，指平日節省積累下來的錢。典出蘇軾〈答秦太虛〉，據載，蘇軾為省錢，規定每日用錢不得過百五十，每到月朔便取四千五百錢，斷為三十塊，掛屋梁上，平日用畫叉挑取一塊，即藏去叉。❸綈袍故　指欠下的舊情。用須賈贈綈袍的典故，據《史記・范雎蔡澤列傳》記載，戰國時范雎被魏大夫須賈誣陷私通齊國，致使他受到魏相百般折辱，裝死才得以逃往秦國。被拜為秦相後改名「張祿」。故意穿著破衣去見出使秦國的須賈，須賈不知他已貴為秦相，出於對故人的一點同情和愧疚，贈給他一件綈袍，范雎表明身分後表示願意看在這份綈袍情義上饒他不死。❹子母頻權　指典當行利滾利的借貸方式。子母，本、息分別稱為母錢、子錢，因本能生息，如母能生子。頻權，頻頻變化，指高利貸，利滾利。❺汙　弄髒；玷汙。❻歸來未負三年約二句　用擬人的筆法描述與裘衣的對話，聲稱沒有辜負與裘衣（其實是與當鋪）典當三年即贖回的約定，彼此傾訴別來出生入死的境遇。❼凝睇　凝視；注目。❽歎毳幕氈廬二句　指裘衣自別後在當鋪缺乏護養，被耽誤了。毳幕氈廬，指文姬在匈奴時所居的氈帳，在此喻當鋪。文姬，蔡琰，字文姬，文學家蔡邕的女兒，著名才女。東漢末動亂中被擄到了南匈奴，嫁匈奴左賢王，飽嘗背井離鄉之苦，十二年後為曹操重金贖回。在此喻裘衣。❾花風幾度　幾回風來去，花開落，比喻時光流逝。❿怕白袷新翻三句　指害怕來年春天要製新夾衣時又缺錢，不能不再次將裘衣拿去典當。白袷，白色夾衣。青蚨，傳說中的一種母子連心的蟲。相傳用母、子青蚨的血分別塗在錢上，每次去買東西，或先用母錢，或先用子錢，用掉的錢都會受到剩餘錢的召喚再飛回來，如此循環往復，用之不竭，故後世以青蚨指代錢。在此喻家貧，不得不在換季時，典當過季衣來換當季衣。

【語　譯】真後悔春末到酒爐邊買醉，豪爽地脫下裘衣讓人拿去典當了。本來這件尋常的事情已如過眼雲煙，但到了天氣嚴寒的歲末卻不知怎麼辦才好了。寒冷暫且停歇一下，好等我積累夠了叉頭錢，贖回綈袍來還欠你的這份舊情。歡喜之餘又感到懊惱，惆悵在利滾利後，那贖金比本金高出許多，而且抖開細看，裘衣的皮毛已被蟲蛀了好些了。

用銅熨斗來熨燙，發現這裘衣已像春江般皺起了無數波紋，衣襟上也被酒漬沾汙了。畢竟沒有辜負三年內便將你贖回來的舊約，詳細地傾訴著這分別後出生入死的種種經歷。定睛細看，不禁感歎那當鋪便如匈奴的毳帳氈房，已把你這文姬耽誤很久了。幾度風花交替。只怕到了白夾衣需要翻新的時候，我的青蚨錢就要變化飛去了，到時又要重新為你這裘衣賦贈別送行的詞句了。

【研　析】此詞選自《雙硯齋詞鈔》上卷，作者用〈買陂塘〉調寫了一組記錄日常生活小品〈補窗、呵筆、炙硯、醃菜等〉，別有情味的詞，此是其一，用幽默的口吻講述了贖裘的前因後果及期間情景，讀來妙趣橫生，興味盎然，故譚獻《篋中詞》評道：「姿態橫生。」而宋翔鳳〈雙硯齋詞鈔序〉稱作者具有「潔清自守，居處飲食，一如寒素。胸次坦白，耆欲尤鮮」的廉吏風範，在此也可見一斑。

此詞乍看去將裘衣當作久別舊友，情誼綿綿地傾訴衷腸，但細看便會發現這不過是故布疑陣。實際上，裘衣的作用大致有二：一是作為尋常財物，寄託著主人性情上豪義輕財與生計上為財所困的矛盾。試看當初為了買醉而當衣，便可見豪放不羈個性；後來確實是後悔了，但實在不是因裘衣本身——這不過是雲煙過眼尋常事，而是由於形勢所迫——冬天變冷了才不得不想起它來。再看所用的綈袍典故，反映的本就不是什麼深摯友情，充其量不過是偶然產生的同情贖罪感而已。更具幽默感的是，贖回裘衣後，眷戀纏綿之言猶在耳，轉身便開始考慮冬去春來後，便要再將這失去利用價值的裘衣拿去典當了。如此看來，這當初的後悔也不過是應景之情，未來的贈行句也不過是循例之言。這種態度，對友人當然是涼薄勢利，但對財物卻是難得的豁達。讓人在啞然失笑之際，回想往日又何嘗沒有這拆東牆、補西牆的無奈之時，同病相憐之感便油然而生了。二是作為作者命運的投影，詞中對裘衣的憐惜也有真摯的部分，與其說是歎惜裘衣，不如說是歎惜身世。別來裘衣布滿了新舊不一的酒漬、微蛀、折皺，可謂飽經滄桑，可想見它窮困潦倒卻又豪氣難改的主人也必定是同病相憐；故重見後的「死死生生漫訴」，當是互為聽眾，語裘實是自語，歎裘實是自歎——「毳幕氈廬，久把文姬誤」的一聲長歎，用才女困於邊塞來形容裘衣困於當鋪，固然是不倫不類，異常滑稽，但用來形容豪士困於貧寒，則是恰如其分，令人動容。

詞中對贖裘中，心理情感變化的描述也頗為真實生動，最妙的是「喜餘又怒」一句，傳神繪出贖回舊物後的心理——最初感受到的是失而復得的欣喜，但隨之而來的卻又是對利息貴、保管差的怨怒，喜怒之間，情態可掬。總之，此詞借贖裘瑣事寫活了寒士的窘境及心聲：財物對他們而言，並不是追求，只要維持基本生活即可，但現實中往往連這點需求也難滿足。「安得廣廈千萬間，大庇天下寒士俱歡顏！」可謂古今同慨，而作者對此的態度是與其自怨自艾，不如順其自然，偶爾自勸自嘲一下，也算苦中作樂，也正是這份豁達、幽默與坦然成就了此詞的獨至之妙。

179

水龍吟

雪中登大觀亭❶

鄧廷楨

關河凍合梨雲❷，衝寒猶試連錢❸騎。思量舊夢，黃梅聽雨❹，危闌倦倚❺。披氅❻重來，不分明處，可憐煙水。算夔巫❼萬里，金焦兩點❽，誰說與、蒼茫意？

卻憶蛟臺往事，耀弓刀、舳艫天際❾。而今剩了，低迷漁艇，模黏雁字❿。我輩登臨⓫，殘山送暝，遠江延醉。折梅花去也，城西炬火，照瓊瑤碎⓬。

【注釋】❶大觀亭　遺址位於安慶市大觀亭街。素稱「皖省第一名勝之區」，為「宜城八景」之一。四山回旋，長江接天，臨亭遠眺，氣象萬千，故有「大觀」之名。咸豐年間為兵亂所毀。❷梨雲　梨花，在此指如梨花般的雪花。岑參〈白雪歌送武判官歸京〉：「忽如一夜春風來，千樹萬樹梨花開。」❸連錢　連錢驄，一種毛色如銅錢相連的馬。紀唐夫〈驄馬曲〉：「連錢出塞蹋沙蓬，豈比當時御史驄。」❹黃梅聽雨　黃梅雨指長江中下游等地區，六七月間持續的陰雨天氣，此時正值江南黃梅成熟，故稱。趙師秀〈約客〉：「黃梅時節家家雨。」❺危闌倦倚　下文均是倚高欄遠眺所見情景，與「誰說與、蒼茫意」呼應，化用柳永〈鳳棲梧〉「草色煙光殘照裏。無言誰會凭闌意」詞意，蒼茫意指憑欄遠眺蒼茫景致時，所產生的種種迷茫難言的憂思意緒。❻披氅　披著裘衣。氅，一種像鶴的水鳥羽毛，可製大衣。用王恭雪中披氅典故。據《世說新語》載，孟昶在微雪中窺見王恭乘高輿，被鶴氅裘的風姿，驚歎為「神仙中人！」❼夔巫　四川的夔州與巫山巫峽。❽金焦兩點　江蘇鎮江的金山和焦山，兩山對峙，故稱「兩點」。❾卻憶蛟臺往事二句　回憶起當年漢武帝在樅陽射蛟之事。蛟臺，在安徽樅陽城內。據《漢書・武帝紀》載，元封五年冬，漢武帝行南巡狩至於盛唐山（在今安慶），在潯陽浮江親自在江中射獲蛟龍，「舳艫千里，薄樅陽而出，作〈盛唐樅陽之歌〉。」舳艫，指首尾相接的船隊。舳為船尾，艫為船頭。⑩雁字　雁隊在空中常排成形如一字或人字的隊列，故稱。⑪我輩登臨　用孟浩然〈與諸子登峴山〉「人事有代謝，往來成古今。江山留勝迹，我輩復登臨」詩意，表達今非昔比的感慨。⑫折梅花去也三句　化用陸凱〈贈范曄詩〉「折梅逢驛使，寄與隴頭人。江南無所有，聊贈一枝春」與陸游〈嘉川鋪得檄遂行中夜次小柏〉「驛近先看炬火迎」詩意，指折下梅花交給持火炬踏雪迎接自己的驛使，以寄託心意。瓊瑤，美玉。在此指如美玉般的雪花。白居易〈西樓喜雪命宴〉：「萬室甃瓊瑤。」

【語譯】關河都被梨花般的雪凍住了，仍然嘗試著駕馭連錢驄衝破嚴寒。懷想起如夢的往事，傾聽著黃梅細雨，困倦地倚靠在高欄上。披著鶴氅重遊故地，那惹人憐愛的煙水縈繞處一片朦朧，看不分明。估摸著當有綿延萬里的夔州、巫峽，兩相對峙金山、焦山，究竟要向誰去傾訴這蒼茫的意緒呢？　卻又回憶起漢武帝射蛟臺的往事，當年無數弓刀閃耀著寒光，浩蕩的船隊綿延至天際。到如今只剩下了淒迷的漁艇，模糊的雁隊。我輩復登臨，只見荒蕪的山送來了昏暗的暮色，遠處的江延續著醉人的風光。且折梅花歸去吧，遙望見城西驛使迎接我的火炬，火光映照著雪花便如同片片碎玉一般。

【研析】此詞選自《雙硯齋詞鈔》上卷，當作於道光十一年（西元一八三一年）左右，時作者任安徽巡撫。登臨遠眺，會讓人的視野、胸襟變得開闊，能夠神遊萬里，思接千載。因此，歷代以此為題材的作品及名篇不勝枚舉，如曹操的〈觀滄海〉、王安石的〈桂枝香〉（登臨送目）、辛棄疾的〈水龍吟〉（楚天千里清秋）等等，此詞即是其一。全詞意境雄渾蒼涼，充滿了對壯美山河與昔日盛況的眷念，以及對今不如昔的感慨。特色在實景、想像、回憶交織，情境也隨之變化無窮。

上闋數句依次由起句飛騎衝寒的豪邁、到思量舊夢的深婉、再到嚴冬故地重臨的悲涼，總歸為前結的「蒼茫」二字，此二字承前啟後，此前的夔巫、金焦是神遊萬里，此後的「卻憶」二句是思接千載，在今昔對比中，情境由雄壯陡轉為失落。精彩且耐人尋味處如起句描述飛騎衝破嚴寒，直上高亭覽大觀的情景，豪情洋溢，極具動感與衝擊力。又如「我輩登臨」句，「殘山送暝，遠江延醉」八字，描寫日暮登臨的遼遠蒼茫情景尤為傳神，且言外境味無窮——雖是落日殘山剩水，壯美與淒美尤足以令人心醉神搖，盛時的風光又當是何等的震撼呢？結句也妙。梅花香自苦寒來，折梅聊贈一枝春。梅花集高潔、美麗、磨煉、希望的寓意於一身，故「折梅花去也」的舉動對上述種種意境而言，既是總結，又是表態。與獨立蒼茫之際所見的殷勤相迎的驛使、照徹冰雪的炬火融為一體，正是作者的心境在經歷了古今遠近交映，百感交集的蒼茫後，漸趨於堅定澄明的象徵。

180 高陽臺

鄧廷楨

鴉度冥冥，花飛片片，春城何處輕煙❶。膏膩銅盤，枉猜繡榻閒眠❷。九微夜爇星星火❸，誤瑤窗、多少華年。更那堪、一道銀潢，長貸天錢❹。星槎❺恰到牽牛渚❻，歎十三樓❼上，暝色淒然。望斷紅牆，青鸞消息誰邊❽？珊瑚網結千絲密，乍收來、萬斛珠圓❾。指滄波、細雨歸帆，明月空舷❿。

【注釋】❶鴉度冥冥三句　既描繪出當時鴉片流行，紙醉金迷、烏煙瘴氣的場景，又在三分句中分別嵌鴉片煙三字。化用韓翃〈寒食〉「春城無處不飛花……輕烟散入五侯家」詩意。❷膏膩銅盤二句　典出蒲松齡《聊齋志異・細侯》，其中描寫戀人歡會有「膏膩銅盤夜未央，床頭小語麝蘭香」之句，在此用以嘲諷時人躺在煙榻上用煙具盛煙膏吸食鴉片的情景。❸九微夜爇星星火　形容鴉片煙泡四處點燃的情景，與下文「長貸天錢」、「星槎」、「紅牆」句都是用七夕的典故，表示諷刺。據張華《博物志》載，九微燈是漢武帝在七夕會見西王母時所設，故何遜〈七夕〉有「月映九微火，風吹百合香」之句。爇，點燃。❹更那堪一道銀潢二句　形容國家不堪鴉片流毒，致使國帑耗盡。用牛郎貸天錢典故。據《荊楚歲時記》載，牽牛為娶織女，借天帝錢二萬下禮，久不還，被驅在營室中。銀潢，銀河。❺星槎　用八月浮槎上天的典故。參見張惠言〈水調歌頭〉（東風無一事）注❹。❻牽牛渚　以喻鴉片聚集地。❼十三樓　指當時廣東的十三洋行。廣東是外貿大商埠，每有鴉片等洋貨運到，都由十三洋行承攬經銷。❽望斷紅牆二句　指四處尋訪稽查鴉片蹤跡。紅牆，指銀河所象徵的鴉片聚集地的保護傘。典出李商隱〈代應〉：「本來銀漢是紅牆，隔得盧家白玉堂。誰與王昌報消息，盡知三十六鴛鴦。」青鸞，即青鳥。據《山海經》載，青鳥為西王母信使，故後多用以指代信使。❾珊瑚網結千絲密二句　形容已布下天羅地網，來稽查收繳鴉片。珊瑚網，原意是指用鐵網下水採集珊瑚，在此喻收繳鴉片。萬斛，形容數量極多，古以五斗為一斛。珠圓，指形似泥丸的鴉片煙。❿指滄波細雨歸帆二句　形容運送鴉片的船隻在查繳嚴禁下，一無所獲，落荒而逃。歸帆，歸航的船隻，在此指唯恐被稽查而逃歸海外的運鴉片船。蘇泂詩：「細雨歸帆暮。」空舷，空寂的船，在此指運送鴉片被收繳一空的船。白居易〈琵琶行〉：「去來江口守空船，繞船月明江水寒」。帆、舷，用船帆和船舷指代船隻。

【語譯】烏鴉在昏暗的天空中飛行，伴著落花片片飛舞，春城中哪有一處不飄蕩著輕煙。煙膏粘膩著銅製煙具，枉教人誤認作是閒來無事在繡榻上酣眠。那九微燈夜夜都燃著星星點點的火焰，耽誤了精緻窗戶中的多少時光。哪裡能再禁受住那一道銀河畔的牽牛，長年向天庭欠貸銀錢。　乘著仙槎恰好來到牽牛星居住的小洲，感歎這十三洋行上，一片沉昏的暮色透著淒涼。在如同紅牆般隔斷牽牛消息的銀河邊望眼欲穿，不知青鳥將消息傳送給了誰呢？網羅珊瑚的鐵網千絲百結，十分嚴密，剛剛收羅來許多斛鴉片煙頭如珍珠般圓潤。指點向碧波滄浪間，試看那些細雨中歸航的船帆、明月下空寂的船舷吧。

【研析】此詞選自《雙硯齋詞鈔》下卷，當作於道光十九年（西元一八三九年），時鄧廷楨任兩廣總督，與奉朝旨由江督調粵治鴉片的林則徐志同道合，共同查禁、收繳鴉片，整頓海防，故寫下了這首以禁煙為主題的詞，林則徐也有和韻詞，這兩首體現出一代名臣風骨的詞俱盛傳於世。此詞不僅是禁煙實錄，堪稱詞史，而且有興味、能深思，故單就詞而論，也屬佳作。最有特色的是在如此重大的題材中，竟始終貫穿著黑色幽默，確實獨具個性，頗有「談笑間、檣櫓灰飛煙滅」的儒將風範，也形成了別具一格的藝術感染力——幽默諷刺的力量有時比疾言厲色更能震撼人心，發人深省。參看注釋可知，詞中所用指代鴉片販運、吸食者的醜態或罪行的典故，原本都是美好風雅的，於是便形成了一種反諷的效果。

上闋傳神的勾勒出一幅幅鴉片流毒，致使社會以穢為美，以病為樂的場景，在諷刺中蘊含的是無限擔憂與沉痛。如詞中使用頻率最高的牛郎系列傳說中的意象，本是淒美纏綿的，與惡毒鴉片毫不相關，但在被作者拈出後，細想來竟也不覺牽強。試想吸鴉片者沉迷其中，不正是為鴉片飄飄欲仙的虛幻快意所迷惑嗎？當他們吞雲吐霧時，在鴉片毒性的作用下，又何嘗不自以為是平步青雲，超凡登仙的牛郎呢？將煙霧繚繞的煙館想像為能通天的銀河，將煙榻想像為與織女逍遙纏綿的繡榻，將煙燈想像為迎仙的九微燈，將鴉片泥丸視為無價靈珠。為了留住這份虛幻的快樂，更不惜虛度年華，耗盡積蓄，乃至於典當借貸，家破人亡。長此以往，則外有虛耗錢財的鴉片，內有疲病窮困的國民，最終國庫也必定會不堪重負。

鴉片如此的禍國殃民，故下闋自然轉入對查繳鴉片情景的描述，其中反諷便起到了大快人心的效果。十三洋行上的暝色淒然，象徵著其已到了大勢已去，日薄西山之時。在此形容販賣鴉片的外國商人與十三洋行，仗著如紅牆般的銀河保護，盤踞在牽牛渚，連王母的信使青鸞也難送出消息。殊不知官府已布下了天羅地網，成功收繳大量鴉片。結句描述鴉片販在嚴打下，或落入法網、或落荒而逃的場面，尤其令人忍俊不禁：「細雨歸帆」是何等平和溫馨的場面，與倉皇逃歸的販煙船相映成趣；而「明月空舷」，將船隻被查繳一空的煙販比作白居易〈琵琶行〉所描繪的「去來江口守空船，繞船月明江水寒」的怨婦，更可謂是極盡嘲諷之能事。而作者成功打擊鴉片販運，為民除害的快意豪情也盡寓其中。

181

月華清

鄧廷楨

中秋月夜，偕少穆、滋圃登沙角炮臺絕頂晾樓。西風泠然，玉輪湧上，海天一色，極其大觀，輒成此解❶。

島列千螺，舟橫萬鵠❷，碧天朗照無際。不到珠瀛❸，那識玉盤❹如此？劃秋濤、長劍催寒；倚峭壁、短簫吹醉。前事，似元規嘯詠，那時情思❺。卻料通明殿❻裡，怕下界雲迷，蜃樓❼成市。訴與瑤閶❽，今夕月華煙細。泛深杯、待喝蟾停❾；鳴畫角、恐驚蛟睡❿。秋霽⓫，記三人對影，不曾千里⓬。

【注釋】❶中秋月夜七句　此詞作於道光十九年（西元一八三九年）中秋，鄧廷楨時任兩廣總督，會同欽差林則徐、廣東水師提督關天培登上沙角炮臺絕頂晾樓巡視海防，遂作此詞，林則徐也有唱和詞傳世。少穆，林則徐的字。滋圃，關天培，字仲因，號滋圃，諡忠節，山陽縣（今江蘇淮安）人，晚清著名愛國將領。任廣東水師提督期間，全力支持整頓海防與虎門禁煙。沙角炮臺，在虎門海口外，地勢險要，為虎門的第一道防線。❷島列千螺二句　形容島嶼與戰船數量極多。螺，形容島嶼形似螺髻。陸游〈初夏郊行〉：「破雲山踴千螺翠。」鷁，水鳥名，古代習慣在船頭畫鷁鳥，故也用以指代船隻。❸珠瀛　即大海，因海內有珍珠，故稱。❹玉盤　指圓月。語出李白〈古月行〉：「小時不識月，呼作白玉盤。」❺似元規嘯詠二句　東晉庾亮，字元規。據《世說新語》記載，庾亮曾登上武昌南樓，與部屬一同悠閒賞月，吟詠戲謔。此詞用以形容與僚屬賞月的歡愉情景。❻通明殿　傳說中玉帝的宮殿。❼蜃樓　即海市蜃樓。濱海地區出現的山川樓閣幻景，古人認為是蜃吐氣而形成的，故稱。❽瑤閶　傳說中的天門。❾泛深杯待喝蟾停　指趁著醉意命令月亮停下共飲。用李賀〈秦王飲酒〉「酒酣喝月使倒行」詩意。蟾，指代月亮，傳說月宮中有蟾蜍。❿鳴畫角恐驚蛟睡　指恐怕號角聲驚醒了秋季酣睡的蛟龍。參看張惠言〈水龍吟〉（夢魂快趁天風）注❸。畫角，古管樂器，聲音悲壯高亢，因表面飾有彩繪，故稱。多用於軍中示警。⓫霽　雨後放晴。⓬記三人對影二句　反用李白〈月下獨酌〉「花間一壺酒，獨酌無相親。舉杯邀明月，對影成三人」與古詩詞中常見佳句「明月人千里」的意境。表示如今無須對影、邀月便已能實現同道三人共飲醉，值此人月同圓之際，更不必為分隔千里而發愁，幸何如之。

【語譯】上千的島嶼如螺髻般排列，逾萬艘戰船橫陳，明朗的月光照徹碧藍無際的天空。若不是來到這蘊藏著珍珠的大海，哪裡能見識到如此迷人的白玉盤呢？劃過秋濤，長劍閃耀著寒光；倚靠峭壁，短簫吹得人欲醉。追思往事，今日的情景與當年庾亮同僚屬們，在南樓上歌嘯賞月的情景何其相似。　卻料想玉帝在通明殿裡，恐怕下界雲霧迷茫，幻化的蜃樓構成海市。故而傳令天門，今夜定要使月光明亮，煙霧稀少。斟酒滿杯，且待我喝命居住著蟾蜍的月亮停步；吹響畫角，只恐怕驚動了秋水中蛟龍的酣夢。秋日放晴，記下三人形影相對的情景，並不曾有分隔千里之怨。

【研 析】此詞選自《雙硯齋詞鈔》下卷，創作背景參見注釋。其中最值得稱道之處是中秋時景與時情、時勢契合無間，故能別有寄託，自成意境，不落俗套。結合時勢，禁煙已頗見成效，廣東水師又在同年七月擊退了入侵的英軍，且據林則徐《己亥日記》記載，當天午後，他與鄧廷楨「同舟赴沙角，在關提軍（關天培）舟中查點日來兵勇各船冊籍，計前後排列兵船、火船共八十餘隻」。因此，全詞洋溢著澄清天下的浩然正氣與風發意氣，貫穿著志同道合的真摯友情。

起句氣勢恢宏，意境足以籠罩全篇。「島列千螺，舟橫萬鷁」展現出當地的險要地勢及水師的雄壯氣象——作者下午剛清點完兵勇船隻冊籍，此時又得覽實景，快意豪情自然溢於言表。而這一切都因「碧天朗照無際」的月光才得以呈現，可見明月不僅是中秋的主角，也是作者澄清天下之志的象徵。此後的「不到」句則是時勢造英雄的寫照。換頭二句揭示出澄清天下的具體內涵：想像通明殿中的玉帝不願人間被雲霧蜃樓所迷，以致於惑亂聖目，難防門戶，故特命天門守將用明亮的月光驅散煙霧，這種想像表明作者熱切希望象徵君王與天意的玉帝能夠「通明」，明察下情，而自願承擔天門守將的重任，為天下蒼生掃清擾亂邊境、蒙蔽聖聽的外敵與奸臣。也惟有此情此境，才能出此妙想奇思。

詞中與壯志相輔相成的是同行三人的友情。「劃秋濤」以下三句與「泛深杯」句，都是對三人今昔交誼的敘述，交織著同仇敵愾的豪邁與肝膽相照的愜意。末二句則是對壯志、友情的總結。「秋霽」象徵著經歷種種風雨險阻後，初步呈現出的晴朗清明景象。而結句則巧妙化古詩中的哀境為樂境，表現出共同經歷風雨的三人始終形影不離，同舟共濟，竟能在此良宵兼得到古今難求的人月兩圓，情志兩全。其中的領字「記」蘊含著多重意蘊，既是追記往事，又是記錄實景，更是銘記於心。

令人感歎的是，後來的現實與作者的期待幾乎完全相反。三年後的中秋，因朝廷昏庸而被謫戍伊犁的作者仍銘記著這段往事，寫下了無比沉痛的〈伊江中秋〉詩：「今年絕域看冰輪，往事追思一愴神。天半悲風波萬里，杯中明月影三人。英雄竟汙遊魂血，枯朽空餘後死身。獨念高陽舊徒侶，單車正逐玉關塵。」當年同行的關天培已犧牲，林則徐也被貶謫，撫今追昔，痛何如之！惟有澄清天下的心胸與肝膽相照的友誼，始終未變，直至今日，仍是感人至深。

182 金縷曲

小赤壁石裂❶事

姚椿

誰鑿仙家穴？是當年、飛來靈鷲❷，玲瓏透徹。一自仙翁拏舟出，江上風清使節❸。問何似、故鄉奇絕❹。大塊浮生泡漚耳❺，算古來、只有當頭月。曾照見，幾豪傑？

畫圖指點吾能說。忽驚傳、飆輪❻夜半，石崩山裂。天上豐隆❼香車❽懶，鞭起寒冬飛轍。有玉斧、橫空影掣❾。造物久知豪縱在❿，巧無心、隨意成凹凸。重載酒，賦寥泬⓫。

【作　者】姚椿（西元一七七七—一八五三年），字子壽，一字春木，自稱蹇道人、樗寮病叟、東畬老民，江蘇婁縣（今上海市松江區）人。少隨父宦遊西南，周覽山川，究心實學。屢試鄉試不售，絕意仕進。道光元年（西元一八二一年），與彭兆蓀同舉孝廉方正，二人皆辭謝不就。曾從學於姚鼐。先後主講開封夷山、荊南龍山、和松江景賢書院，以實學勉勵諸生，樹人頗多。著有《通藝閣詩錄》、《晚學齋文集》。又輯《國朝文錄》八十二卷。詞集名《灑雪詞》。

【注　釋】❶小赤壁石裂　小赤壁有多處，這裡指的是江蘇婁縣小橫山的小赤壁。據《江南通志》卷一二記載，婁縣小橫山

「在橫雲東，中限一水，嶐然而興，由絕頂至東北，皆峰巒隱起，壁立數仞，色盡赭，人呼為小赤壁。盡壁，斬然一罅如虎邱試劍石狀，前有石可踞而坐，下瞰小澗，亦九峰奇絕處也。」❷飛來靈鷲　指飛來峰，在浙江杭州靈隱寺前，又名靈鷲峰。《咸淳臨安志・飛來峰》引宋晏殊《輿地志》云：「晉咸和元年，西天僧慧理登茲山，歎曰：『此是中天竺國靈鷲山之小嶺，不知何年飛來。佛在世日，多為仙靈所隱，今此亦復爾邪？』因掛錫造靈隱寺，號其峰曰飛來。」❸一自仙翁拏舟出二句　意謂自從蘇東坡泛舟赤壁，寫下前、後〈赤壁賦〉，黃州赤壁就成為江上清風的使者、代名詞。仙翁，指坡仙蘇軾。拏，同「拿」。這裡指駕舟。江上風清，蘇軾〈赤壁賦〉：「惟江上之清風，與山間之明月，耳得之而為聲，目遇之而成色，取之無禁，用之不竭。」❹問何似故鄉奇絕　謂黃州赤壁不及婁縣小赤壁風景奇絕。何似，如何比得上。❺大塊浮生泡漚耳　大塊，指自然，《莊子・大宗師》：「夫大塊載我以形，勞我以生，佚我以老，息我以死。」浮生，《莊子・刻意》：「其生若浮，其死若休。」泡漚，浮在水上的泡沫，比喻動盪易逝、不由自主的人生。《維摩詰經》：「如智者見水中月……如水聚沫，如水上泡……菩薩觀眾生為若此。」❻飆輪　御風而行的神車。❼豐隆　亦作豐霳，神話中的雲神。❽香車　用香木做的車。泛指華美的車或轎。❾掣　閃過。❿造物久知豪縱在　化用蘇軾〈同正輔表兄游白水山〉：「偉哉造物真豪縱，攫土摶殺為此弄。」⓫寥泬　即泬寥，空曠清朗。《楚辭・九辯》：「泬寥兮天高而氣清。」

【語　譯】這是誰開鑿的仙人洞穴？像當年破空飛來的靈鷲山一樣，玲瓏剔透。自從坡仙泛舟黃州赤壁後，便成為江上清風的使節。其實那裡怎比得上我故鄉的赤壁奇麗非常！自然與人生都不過如夢幻泡影，算起來自古未變的只有頭上的明月，不知曾照見過多少豪傑？　對著畫圖，這裡的江山我瞭若指掌。半夜忽驚聞山崩石裂之聲，彷彿是天上的神車飛馳而過。天上雲神豐隆的香木車太懶惰了，所以要揚鞭催促，教冬天的車輪加速前進。又似有一柄玉斧橫空劈下，掠過一道神光。早知道造物主是豪放不羈的，故用巧手隨意做成了凹凸不平的模樣。我要重新載著酒來，吟誦這片清朗空明。

【研　析】在這首〈金縷曲〉中，詞人似乎有心要為家鄉婁縣的小赤壁揚名，故而用雄放的語言，極力摹寫小赤壁的奇絕。起調便聲明小赤壁之勝景非同凡響，「誰鑿仙家穴？」一個「鑿」字，充滿了粗糙的質感，而起端發問之句也是為了形成一個懸念，以引發讀者對小赤壁的關注。接下來兩句，是對小赤壁勝景的總括。「是當年飛來靈鷲，玲瓏透徹」，飛來峰的傳說身分，讓人歎為觀止的形態，都很適合襯托小赤壁「仙家」身分。接著筆鋒一轉，以坡仙和他的黃州赤壁來側面烘托。自「大塊浮生」到上片結束，竟以東坡〈赤壁賦〉意思作引，大發曠達之論：「大塊浮生泡漚耳」，將《莊子》中的典故拼接在一起，說人生如夢幻泡影；「算古來、只有當頭月。曾照見，幾豪傑」，天上的月亮，從古到今永恆不滅，而月亮曾經照見的豪傑已經不見了，「今人不見古時月，今月曾經照古人」（李白〈把酒問月〉）。這番議論並沒有太多的新意，也許詞人是要仿效東坡，以自己的體悟說明身邊風景的靈性。

下片集中筆墨描寫小赤壁山石開裂之事。「畫圖指點吾能說」，詞人對家鄉山水是熟悉而自豪的。對著畫圖，他可以一一指點何處曾合，何處又裂。自「忽驚傳」到「橫空影掣」，是詞人用比喻的手法為讀者「還原」小赤壁石裂的壯觀景象：先是以轟隆的車輪比擬山石開裂的巨響，並發奇想是駕著神車的雲神偷懶不願多遊走世界，故而揮鞭猛抽冬季的車輪，讓它早點來到；接著又想可能是天上的巨斧將山體劈開，而雷光火石之間，凡人只能看到巨斧的影子。這兩處比喻可稱氣勢磅礡，意象恢宏。「造物久知豪縱在，巧無心、隨意成凹凸。」造物主有造物者的道理，一番鬼斧神工，無心而巧，造就了奇絕的風景。此情此景，但可「重載酒，賦寥泬」：於景，寥泬是水從大洞穴中奔湧而出，照應開篇「仙人鑿穴」之說；於情，寥泬又有清朗空闊之意，載酒高吟，山高水闊，又與上片「浮生泡漚」之說相應。詞作到此為止，已可稱神完氣足。

183 渡江雲 楊花

周濟

春風真解事❶，等閒吹遍，無數短長亭❷。一星星是恨，直送春歸，替了落花聲❸。憑闌極目，蕩春波、萬種春情。應笑人、春糧幾許，便要數征程❹。

冥冥❺。車輪落日，散綺餘霞❻，漸都迷幻景。問收向、紅窗畫篋❼，可算飄零？相逢只有浮萍好❽，奈蓬萊、東指弱水盈盈❾。休更惜、秋風吹老蒓羹❿。

【作　者】周濟（西元一七八一－一八三九年），字保緒，一字介存，號未齋，又號止庵、介存居士，江蘇荊溪（今江蘇宜興）人。清嘉慶十年（西元一八〇五年）進士，官淮安府學教授。後辭官歸隱，專心著述。周濟少負經世之志，究心兵法，能騎射，與包世臣、李兆洛相砥礪。周濟為常州詞派中堅，推尊南宋詞，不獨尊溫庭筠，亦不專主中正和平之音；強調「詞亦有史」，重表現社會盛衰、時代心態；又以「非寄託不入，專寄託不出」修正張惠言等穿鑿比附之病。所著詞籍有《味雋齋詞》、《詞辨》、《介存齋論詞雜著》、《宋四家詞選》等。

【注　釋】❶解事　通曉事理。❷短長亭　古道路每五里設短亭，十里設長亭。常為送別處，後因以短長亭為遠行、送別、思歸之典。❸一星星是恨三句　指楊花代替落花，送春天最後一程。化用蘇軾〈水龍吟〉「細看來，不是楊花點點，是離人淚」詞意與楊巨源〈楊花落〉「東園桃李芳已歇，獨有楊花嬌暮春」詩意。一星星，一點點，指楊花，楊花即柳絮。❹應笑人春糧幾許二句　指楊花應當會笑人們出行艱難，辛辛苦苦也準備不了多少糧食，走不了多少路程，不像自己能夠御風而行，輕易便可遍布天涯。春糧，為春日出行而準備的糧食。《莊子・逍遙遊》：「適百里者宿舂糧，適千里者三月聚糧。」❺冥冥　幽暗深遠貌，常用以喻世界、人生中一些不可捉摸的微妙變化。如常言道，冥冥之中自有天意。❻散綺餘霞　形容晚霞餘輝散落在水天之際，宛如碎錦般絢爛。用謝朓〈晚登三山還望京邑〉「餘霞散成綺，澄江靜如練」詩意。❼畫篋　精緻裝飾的梳妝盒。❽相逢只有浮萍好　意為楊花與其後身浮萍同命相憐。古人因楊花與浮萍同具飄零命運，故相傳楊花入水經宿化為浮萍。❾奈蓬萊句　形容欲去尋訪仙人，可惜蓬萊仙山險遠難及。用蘇軾〈金山妙高臺〉「我欲乘飛車，東訪赤松子。蓬萊不可到，弱水三萬里」詩意。蓬萊，傳說中有神人居住的海上仙山。弱水，原指淺水，因其水弱不能載舟，故後來泛指險遠的水流。❿秋風吹老蒓羹　用張翰思歸典故。據劉義慶《世說新語》載，張季鷹（張翰）任齊王東掾時，見秋風起，便想起家鄉吳中的菰菜羹、鱸魚膾，於是道：「人生貴得適意爾，何能羈宦數千里以要名爵？」便棄官還鄉了。後因以秋風蒓鱸喻思鄉歸隱。

【語　譯】春風真是通曉事理啊，輕易就將楊花吹遍了無數的長亭短亭。一點點的楊花都是離恨，徑直送春天回去，取代了落花的聲音。倚靠著闌干極目遠眺，楊花點點飄入春波，蕩漾出萬種春日的風情。應當會取笑人們，也不知春行的糧食才備了多少，便要計算行程了。　冥冥之中。如車輪般駛落天際的夕陽，鋪散成絢爛彩錦的晚霞餘輝，漸漸地都在這虛幻的景象中迷失了。試問楊花被收集到紅窗下精雕細畫的梳妝匣中，可還算不算是飄零呢？只有那同病相憐的浮萍是最好的相逢對象啊，怎奈要尋訪蓬萊仙山，卻指向東方那清澈弱水縈繞的險遠之處。更不要去憐惜那已被秋風吹老的家鄉蓴菜所作的羹湯了。

【研　析】此詞選自譚獻選編的《篋中詞》。即如韓愈所說：「浮雲柳絮無根蒂，天地闊遠隨飛揚」。楊花為漂泊無根之物，故歷來詠楊花的詩詞往往會融入漂泊無依的身世之感，帶上哀怨惋惜的色彩；但也不乏另闢蹊徑者，稱羨它的無拘無束，或鄙薄它的輕浮放浪。周濟是常州派詞論的重要奠基者，秉承並發展了常派重「寄託」的論詞主張，此詞即是以楊花寄託對漂泊人生的獨特體驗及感悟。至於風格特色，譚獻評道：「怨斷之中，豪宕不減。」微婉情思用豪宕之筆寫出，達到剛柔相濟，滌蕩文氣的效果，確實是特色之一；但此詞中情感並不限於怨斷，其獨至之妙正在於筆下楊花有怨斷，也有快樂、疑惑、開朗，融會了豐富的情感及生命體驗。

起句俊爽有味，吳融〈楊花〉道：「百花長恨風吹落，唯有楊花獨愛風」。齊己〈楊花〉道：「根本屬風流……因風更自由。」周濟所見略同，故開篇便代楊花立言，大讚春風通情達理，將它迅速吹遍了各個路段，言辭間充滿了快意。那麼，為何下句又道「一星星是恨」呢？只因此恨非楊花之恨，而是離人之恨，楊花接替落花成為最後的送春使者，當然也一併接替了為離人承載春情春恨的任務。依此類推，楊花也會被其他不同境遇的人賦予不一樣的情思，故蕩入風波的乃是豐富多彩的萬種春情。接下的「應笑人」句又回到了楊花的立場，道出了楊花的乘風飛翔之樂與人的艱難出行之苦。此句暗用了《莊子・逍遙遊》的文意，寓意也相通：根據〈逍遙遊〉論述的「行」的哲學，靠準備糧食而行者，不如御風而行者迅速，然而，御風而行者也並不能達到完全自由，因為其來去仍然是有所憑藉的，快慢與方向都要由風來決定。楊花也正是如此，故下闋轉而論述楊花的哀怨與迷茫。

換頭「冥冥」二字十分精準的揭示出決定楊花命運，觸發種種情感的根源，乃是在冥冥中主宰萬物運行的自然界。「車輪」句即是自然界包羅萬象，變幻莫測的寫照。楊花置身其中便不得不為自己的命運考慮及擔憂：是否要為人珍藏於畫篋中呢？如果這樣便能結束飄零，安穩度日嗎？從「相逢只有浮萍好」的結論可見這並不是楊花的選擇。那麼，不如就繼續這漂泊命運，到所嚮往的蓬萊仙島去吧。無奈蓬萊居於險遠的弱水中，要到達必將困難重重。那麼如何是好呢？〈逍遙遊〉指出要達到絕對的自由，唯一的方法就是順應自然。這也是楊花最終的選擇。結句表示楊花已接受了自然賦予的漂泊生涯，不再為無法安居故鄉而歎惋了。這種不畏險遠，隨遇而安的人生是楊花的選擇，也是作者的選擇，也正是此詞獨到的精神境界所在。

184

蝶戀花

周濟

柳絮年年三月暮，斷送鶯花❶，十里湖邊路。萬轉千回無落處，隨儂只恁低低去❷。滿眼頹垣❸欹病樹，縱有餘英，不直封姨妒❹。煙裡黃沙遮不住，河流日夜東南注❺。

【注釋】❶斷送鶯花　指柳絮見證著時光的流逝，在春末飛舞就如同消磨春光，葬送春景一般。斷送，消磨；葬送。鶯花，鶯啼花開，泛指春景，語出丘遲〈與陳伯之書〉：「暮春三月，江南草長，雜花生樹，群鶯亂飛。」❷隨儂只恁低低去　指柳絮就這樣的隨我離去了。儂，我，古時吳越方言中也泛指一般人。在此詞中可能指作者本人，也可能是泛指所見的離人，如古樂府〈吳聲歌曲・夏歌〉：「赫赫盛陽月，無儂不握扇。」一只恁，就這樣。❸頹垣　傾塌的牆壁。❹縱有餘英二句　形容落花殘敗不堪，已沒有值得人妒忌的美貌了。封姨，風神。在此用封十八姨與眾花神聚會的典故，認為風神摧花是出於妒忌。據唐代《博異記》等書記載，在群芳會上，各花神唯恐被風摧殘，曲意逢迎風神封十八姨，而十八姨舉止輕佻，故意用酒汙染了石榴花神衣裳。❺煙裡黃沙遮不住二句　用河水流逝寓時光飛逝，因河水與時光的流逝都是無法阻擋的。典出《論語・子罕》：「子在川上曰：『逝者如斯夫，不舍晝夜！』」

【語　譯】柳絮年年三月暮都在十里湖邊的道路上飛舞，送走了鶯啼花開的無邊春景。它千回百轉都沒有找到能落下的地方，只得就這樣隨人輕輕地飄逝了。　滿眼都是傾塌的牆斜倚著生病的樹，縱使有殘餘的落花，也不值得風神妒忌了。黃沙激起的煙霧遮擋不住，河流終究是日夜不停的向東南傾注而去。

【研　析】此詞選自譚獻選編的《篋中詞》，是一首傷春惜別詞，對人生的感慨也寓於其中。這本是古今同慨的常見選題，創意不多，但表情達意及詞境塑造上仍不乏可圈點，能動人之處。古人因「柳」與「留」字同音，「絲」、「絮」與「思」、「緒」同音，而且柳絲招展如同牽絆、挽留行人，柳絮飄逝如同春光飛逝、離人遠去，故賦予它惜別相思的寓意，離別時也有折柳贈別的習俗，以示挽留之意。因此，此詞上闋即用上述寓意，感歎柳絮年年在十里湖邊路上送去春光，又伴隨離人遠去。「萬轉千回」句纏綿低回，盡顯離別的哀怨和無奈。明寫柳絮隨行人，實歎離人如柳絮——不管在臨別時怎樣萬轉千回，流連不捨，也難以停留，終須遠去。

下闋則描述愁人見哀景倍添哀愁。頹垣倚病樹，餘英褪芳華，盡是一片衰弱瀕危的景象。「不直封姨妒」句甚是淒婉，既是感歎殘花不再有昔日能使風神妒忌的芳華，也是在哀求風神，既然殘花已如此衰弱，不值一妒，就請不要再來摧殘令其飄零了。這種懇求是多麼的沉痛可憐，但結合現實，卻又顯得那樣的無力。末句一改此前婉轉幽約的筆調，轉以浩渺雄健的重筆作結，便是不以柔情私意為轉移的沉重現實的寫照。這種結法本身也頗見功力，能形成審美上的衝擊、精神上的昇華。幾千年前的孔子就已注意到時光飛逝與川流不息的共性，正如「煙裡黃沙遮不住，河流日夜東南注」，柳絮的纏綿與餘英的哀求也挽留不住春去的腳步，避免不了飄零的命運。人生又何嘗不是如此呢？各種可珍惜的美好事物，如時光、生命、情感、機遇等等，都可能面臨無力挽留，必將失去之時啊！

185　蝶戀花

周濟

絡緯啼秋啼不已❶，一種秋聲，萬種秋心❷裡。殘月似嫌人未起，斜光直透羅幃底。　喚起閒庭看露洗，薄翠疏紅，畢竟能餘幾？記得春花真似綺❸，誰將片片隨流水？

【注　釋】❶絡緯啼秋啼不已　形容因絡緯在秋季悲鳴而引發悲秋之感。這類意象詩詞中十分常見，即如陸龜蒙〈子夜四時歌・秋歌〉：「愁聽絡緯唱，似與羈魂語。」李白〈長相思〉：「絡緯秋啼金井闌……卷帷望月空長歎，美人如花隔雲端。」絡緯，蟲名，即莎雞，類似蟋蟀。俗稱絡絲娘、紡織娘。常在夏秋夜間振羽作聲。❷秋心　悲秋的心意。用拆字法，秋心兩字恰合成「愁」字。典出吳文英〈唐多令〉：「何處合成愁。離人心上秋。」❸綺　有絢爛花紋的絲織品。

【語　譯】紡織娘在秋天悲啼個不停。這一種秋的聲音，落到心中便形成了萬種秋愁。殘月彷彿在埋怨人尚未起身。斜斜的清光直從羅帳底透了進來。　喚起人到寂靜的庭院去看夜露洗過諸般景致。單薄的綠葉與稀疏的紅花，究竟還能剩下多少啊？記得春季時這裡的花朵真如錦繡一般的絢爛啊，是誰讓它們一片片都隨水流逝了呢？

【研　析】此詞選自譚獻選編的《篋中詞》。歷代傷春悲秋的題材常見，只因其中所寓的生命體驗常有——對繁盛喜愛越強烈，對衰落的恐懼和悲哀也越強烈。再加上時光流逝所帶來人生苦短的感傷，傷悲就更為深重了。此詞即是典型的傷春悲秋之作。起句意象雖陳舊，但接下來對此種秋聲與秋愁的體悟卻別有新意：巧妙的運用了吳文英開創的拆字法，道出同是這一種悲怨的秋聲，落在不同際遇的人心中便產生了不同種類的秋愁——可以是傷離別、憂衰老、悲不遇、歎漂泊，不一而足。與作者在〈渡江雲・楊花〉所述的一種楊花，「萬種春情」寓意相通。這種超越了一人一事，具有普適性的深層體悟，更能引發各類讀者的共鳴，感動人心。以下數句，則是愁心與愁境相生，作者帶著愁心看去，一切都帶著淒涼：月已是殘月，還偏偏不惜用「直透羅幃底」的決絕方式硬將愁人喚起，去蕭條的庭中看殘花殘葉。但換一個角度想，殘月的微光能有多亮呢？如果不是作者為愁所困，難以安眠，又怎會被這微光所困擾呢？因此，喚起作者的其實是他心中的愁，到庭中去觀看殘月殘花，也不過是要借這些同病相憐的景物排遣憂愁而已，這與今人在悲傷時卻偏偏要去看悲劇宣洩，倒有幾分相似。那麼，作者有的又是何種愁心呢？從結句看，作者的悲秋實連著傷春，他心心念念眷戀著的是那曾經絢爛如錦繡，風華絕世的春花，也可能是春花所象徵的青春年華，或在春花間曾有過的美好難忘的春情。而秋日的蕭條更觸發了他對春光飛逝的惆悵。而這種未言明，無確指的哀愁，也給讀者留下了更多想像和共鳴的空間。

186 木蘭花慢

武林❶歸舟中作

董士錫

看斜陽一縷，剛送得、片帆歸❷。正岸繞孤城，波回野渡，月暗閒堤。依稀是誰相憶？但輕魂如夢逐煙飛❸。贏得雙雙淚眼，從教涴盡羅衣❹。江南幾日又天涯，誰與寄相思？悵夜夜霜花❺，空林開遍，也只儂知。安排十分秋色，便芳菲總是別離時❻。惟有醉將醽醁，任他柔櫓輕移❼。

【作　者】董士錫（西元一七八二—一八三一年），字晉卿，一字損甫，江蘇武進人。副貢生。家貧，客遊公卿間。南河總督黎世序知其才，聘修《續行水金鑒》。士錫少從其舅氏張惠言遊，承其指授，工於詞，亦善詩賦，古文尤精妙，兼深《虞氏易》，又通壬遁之學。著有《齊物論齋集》。

【注　釋】❶武林　浙江杭州。❷看斜陽一縷二句　傍晚是歸航的時候，斜陽歸帆是文學作品中常見的意象。如王安石〈桂枝香〉「歸帆去棹殘陽裏」；張孝祥〈虞美人〉「江南幾樹夕陽紅。點點歸帆吹盡晚來風」等。❸依稀是誰相憶二句　意為魂魄被戀人的思念所牽動，像入夢般飄離身體。古人認為夢是人在睡中魂魄離開肉體，飄往他處所致。溫庭筠〈西江貽釣叟騫生〉：「事隨雲去身難到，夢逐烟銷水自流。」❹贏得雙雙淚眼二句　形容臨別時依依不捨淚沾衣的情景。在古詩詞中也頗為常見，如韓愈〈贈別元十八〉「臨別且何言，有淚不可拭」；柳永〈雨霖鈴〉「執手相看淚眼，竟無語凝噎」等。浼，沾染；玷汙。❺霜花　寒霜凝結成的花。據沈括《夢溪筆談》記載，天聖中，青州冬濃霜花，瓦屋皆成百霜花，大者如牡丹、芍藥，細者如海棠、萱草，皆有枝葉，氣象若生。❻安排十分秋色二句　意為秋色淒清可憐，但即便是芳菲依舊也不能擺脫即將要離別飄零的痛苦。化用柳氏〈楊柳枝・答韓翃〉「楊柳枝，芳菲節，可恨年年贈離別。一葉隨風忽報秋，縱使君來豈堪折」詞意。❼惟有醉將醽醁二句　化用張耒「亭亭畫舸繫春潭，直待行人酒半酣。不管煙波與風雨，載將離恨過江南」詩意。醽醁，古代的一種綠色的美酒。即如李時珍《本草綱目・酒》道：「紅曰醍，綠曰醽，白曰醝。」柔櫓，指輕柔地搖櫓。櫓，比槳長大的划船工具。

【語　譯】看那一縷夕陽剛剛送得一片船帆歸航。正值江岸縈繞著孤寂的城池，江波回蕩在郊野的渡口，月色暗淡了寧靜的江堤。隱約中是誰在思念我呢？但覺得輕飄飄的魂魄像進入夢境般追逐煙霧飛去。只落得雙雙淚眼，流下的眼淚將綺羅衣裳都浸透了。　在江南停留幾日又要天各一方了，又有誰能代為寄送相思之情呢？惆悵那霜花夜夜都開滿空寂的樹林，卻也只有我才知道。天為人安排了十分的秋色，其實即便有無數芬芳也總是到了別離的時候了。唯有持著醽醁美酒圖一醉，任憑那舟櫓輕輕地搖蕩前行了。

【研　析】此詞選自《齊物論齋詞》，是董士錫早年詞作。描述與戀人匆匆相見又分別，相見時難別亦難的情景。從詞題看，此詞作於作者歸途中，故後文與戀人的相見又再度離別，情景都應是想像而非實景。可想見作者必是對戀人思念極深，飽受離別之苦，才會在剛到江南，未相見前，便開始擔心「江南幾日又天涯」，故做出這種種想像。全詞數換時空不換意，籠罩在一片來去匆匆，纏綿悱惻，黯然銷魂的離愁別緒中。總體而言，此詞沿用前人離別的情境較多，不過大都為暗用、化用，而且行文圓轉清秀，用筆細膩，所以雖稍嫌陳熟，卻不覺晦澀，而且有真情真景貫穿，仍不乏動人之處。如起句的「剛」字與換頭的「又」字，傳神的寫出在不同境遇中心理時間的差異，歸時總嫌晚，似乎行了許久才剛到；而去時卻嫌快，似乎剛過不久又要分別了。又如「依稀」句，這方才相憶，對方便立能感應，且夢魂即時飛來追尋。可見彼此間相思深摯，心有靈犀。再如「悵夜夜」及「安排」二句，所述情景也細膩感人：夜夜霜花開遍空林，本是人人可見的，卻為何道「也只儂知」呢？因為這份淒美清寒，正宛如相思之情，交織著甜蜜、哀怨與淒涼。因此，也只有夜夜相思的「儂」才能領悟，才堪稱真正的知音人。「安排」句化用柳氏〈楊柳枝・答韓翃〉詞意，而能變換角度，自出新意。原詞是在春日離別，感歎芳菲當春卻留不住離人的腳步，若入秋凋零必定更為淒涼不堪；而此詞則轉為述秋日離別，天為離人「安排十分秋色」，更是倍添淒涼，即便是有尚未凋零，芳菲依舊的花木，也總是到了這注定要零落的季節，難逃離別的命運了。結句反映的興象與情致也與此略同，但較之張耒原詞，對舟櫓少了一份埋怨，多了一份隨意——我心自為戀人相思，外境如何則並無關礙了。這樣的化用，便能在一定程度上跳出前人情境的限制，展現出作者別有一番滋味的相思情懷了。

187 蘭陵王 江行

董士錫

水聲咽，中夜蘭橈❶暗發。殘春在、催暖送晴，九十韶光去偏急❷。垂楊手漫折，難結❸，輕帆一葉。離亭❹遠、歸路漸迷，千里滄波楚天闊❺。

餘寒乍消歇，剩霧鎖花魂❻，風砭詩骨❼，茫茫江草連雲濕。悵綠樹鶯老，碧欄蜂瘦，空留檣燕似訴別，向人共愁絕❽。
重疊，浪堆雪❾。坐縹緲浮槎，煙外飛越，
銜山一寸眉彎月❿。照枉渚疑鏡⓫，亂峰如髮。扁舟獨自，記舊夢，忍細說？

【注　釋】❶蘭橈　小舟的美稱，猶言蘭舟。橈，船槳。❷九十韶光去偏急　感歎春光飛逝。此種感歎包含著深層的人生體驗，故古來多有。如杜荀鶴〈出關投孫侍御〉：「每歲春光九十日，一生年少幾多時。」九十韶光，參見文廷式〈蝶戀花〉（九十韶光如夢裡）❶。❸垂楊手漫折二句　用垂楊被折斷來送別後就難以再綰結上去，比喻故人離去後就難以重聚，而相思的意緒也隨之而去，難以續結。古人因「柳」、「絮」、「絲」與「留」、「緒」、「思」字同音，覺得柳絲招展像挽留行人，柳絮飛去又如行人離去。故有折柳送別的習俗，楊柳也常用為挽留行人、思念離人的典故。❹離亭　古代建於離城稍遠的道旁供人歇息的亭子。常為送別之地。❺千里滄波楚天闊　用柳永〈雨霖鈴〉「念去去、千里煙波，暮靄沈沈楚天闊」詞意。楚天，古楚國屬地上的天空，也泛指南方的天空。❻霧鎖花魂　重霧籠罩著花的魂魄，也喻所思念的人。用白居易〈花非花〉「花非花，霧非霧……來如春夢幾多時，去似朝雲無覓處」詩意。花魂，花的魂魄，擬人的說法。蔣捷〈瑞鶴仙〉：「花魂未歇。」❼風砭詩骨　寒風刺入詩人的瘦骨。詩骨，原指詩的風骨，如孟郊〈戲贈無本〉道：「詩骨聳東野。」在此為作者自稱其長期因思念賦詩而形銷骨立的身體。❽悵綠樹鶯老四句　分別化用汪元量「柳陰夾道鶯成市，花影壓闌蜂鬧衙」與杜甫「檣燕語留人」詩意，用鶯、蜂、檣燕憔悴惜別的情境來比擬人的心境，故言「共愁絕」。檣燕，棲息在帆船桅杆上的燕子。❾浪堆雪　指浪花如雪。用蘇軾〈念奴嬌〉「驚濤拍岸，捲起千堆雪」詞意。❿銜山一寸眉彎月　用蘇軾「清風弄水月銜山」詩意。⓫照枉渚疑鏡　用劉禹錫〈望洞庭〉「湖光秋月兩相和，潭面無風鏡未磨。遙望洞庭山水翠，白銀盤裡一青螺」詩意。枉渚，彎曲的小洲。

【語　譯】水聲嗚咽，我半夜乘著蘭舟悄悄出發了。凋殘的春色還在，催來暖意送去晴朗，九十日的春光偏偏去得這樣急。垂楊被離人隨手折下送別後，就難以再綰結回去了。一葉輕帆乘風去，離亭漸遠了。回去的道路也漸迷失了，千里碧波與楚天相接多麼開闊。　殘留的寒意剛剛消散，只剩下重霧鎖著花朵的芳魂，寒風刺入詩人的瘦骨。江上連著雲天的茫茫煙草都濕潤了。惆悵那綠樹上的黃鶯已老了，碧闌間的蜂兒都瘦了，空留下棲息在梔杆上的燕子好像在傾訴著離別之情，都對著人一同陷入極度的憂愁中了。重重疊疊，浪花翻滾如雪堆積。乘坐在縹緲遠去的浮槎上，向蒼煙外飛渡。銜在遠山間的是一寸如蛾眉般彎彎的月亮，照耀著彎曲的小洲疑似明鏡，映照著紛亂的山峰宛如髮髻。扁舟獨自前行，還記得從前的夢啊，但怎麼忍心細說呢？

【研　析】此詞選自《齊物論齋詞》，是董士錫詞風成熟後的佳作。沈曾植《菌閣瑣談》評董士錫詞道：「應徽按柱，斂氣循聲，興象風神，悉舉騷雅……玉田所謂清空騷雅者，亦至晉卿而後盡其能事……白石有名句可標，晉卿無名句可標。」可謂推崇備至。就此詞來看，確實具有「斂氣循聲」、「悉舉騷雅」的特點，但稱其以「無名句可標」的渾化之妙見長，則不盡然。總體而言，此詞妙在用筆細緻沉穩，開合得當，頗有以精心鍾煉見長的騷雅名句，但也因布置刻劃過細，故若論文氣的暢健渾成則不及周邦彥的同調名篇〈蘭陵王・柳〉。

開合得當表現在情境動靜、遠近、細闊、疏密間的轉承上：起二句點明江行。「殘春」句疏快，「催」、「送」、「偏急」幾個字便寫活了春光流逝的速度，春去急也象徵著人去急。至「垂楊手漫折，難結」二句則由景及人，變為綿密，從而使隨春光飛逝的蘭橈與難捨難留的纏綿情思間形成鮮明的對比，離愁也就不言而喻了。以下「輕帆」、「離亭」二句，重回疏快開朗，表達出去而難免愁，愁而終須去的無奈。「離亭」句將漸行漸遠的視野變換描述得尤為逼真，如在目前，從中可見作者別後仍是一直注目著分別處的，直至漸遠漸迷漸無蹤，只剩下廣闊無垠的天水，別時人物再難追尋，而眷戀與無奈都洋溢在這注目之中，真摯感人。

換頭一頓，前結餘留的無窮哀怨似乎與餘寒一同暫時消歇了。接著又一轉，接連四句都在告訴人們其實離愁不但沒有停止，反而更深重，乃至於刻骨銷魂。其中，前三句充分展現出作者在刻劃情景，鍾煉語詞上的功力。「剩霧鎖花魂，風砭詩骨」句最為精彩，堪稱名句——「鎖」、「砭」的沉重、尖銳、殘酷與「花魂」、「詩骨」的淡薄、瘦弱、芬芳、清雅相對照，包含著無限的惋惜幽怨，將離別對美好情事的摧殘刻劃得入木三分。「茫茫」與「悵絲樹」二句融情入景，描述由遠及近的種種愁景，繼而以「向人共愁絕」的重句收束，點明主旨。

再換頭「重疊，浪堆雪」二句延續厚重風格，「重疊」的是浪也是愁，故能承上啟下。此後「坐縹緲」二句又換一境，轉為超逸曠遠，但仍難以超脫離愁，枉渚鏡所照見的如髮亂峰便是百結愁腸的象徵。末以孤寂情境作結，雖道是不忍細說往事，恐增離愁，但此詞前前後後實已將離情別境說得無比細緻了，不細說尚且如此，再細說又當有愁多少呢？這就有待讀者去細細品味了。

188 思佳客

周之琦

帕上新題間舊題❶，苦無佳句比紅兒❷。生憐桃萼初開日，那信楊花有定時？

人悄悄，晝遲遲❸，殷勤好夢託蛛絲❹。繡幃金鴨薰香坐，說與春寒總未知❺。

【作者】周之琦（西元一七八二—一八六二年），字稚圭，號耕樵，一號退庵，河南祥符（今開封）人。嘉慶十三年（西元一八〇八年）中進士，累官至廣西巡撫。工於詞，取徑較寬，不被浙、常兩派牢籠。有《心日齋詞》。又輯有《心日齋十六家詞選》，上自溫庭筠，下迄張翥，無蘇、辛派人士，可知其宗旨仍在婉雅一路。

【注釋】❶帕上新題間舊題　形容手帕上題詞之多，以至於新舊間雜難分。間，間雜；夾雜。❷比紅兒　據《唐摭言》記載，鄜州籍中有歌妓紅兒善歌。羅虬為作絕句百首，號《比紅兒詩》。在此比字雙關，既指《比紅兒詩》名，又指比得上羅虬詩的佳句。❸晝遲遲　陽光明媚、溫暖的樣子。❹殷勤好夢託蛛絲　用辛棄疾〈摸魚兒〉「算只有殷勤，畫簷蛛網，盡日惹飛絮」詞意。因「絲」、「絮」與「思」、「緒」同音，故蜘蛛網的千絲百結，正如同思念愛人的千頭萬緒一樣，相對會有同病相憐之感，因此將好夢託付給它。但蜘蛛絲是易碎易斷的，這就暗示著好夢也是易醒的、不現實的。❺繡幃金鴨薰香座二句　形容在繡幃薰香的暖和環境中無憂無慮，完全不知春寒的苦況。金鴨，指用金屬鑄成的鴨形香爐。語出王維〈洛陽女兒行〉：「洛陽女兒對門居……畫閣朱樓盡相望……狂夫富貴在青春……戲罷曾無理曲時，妝成只是薰香坐……誰憐越女顏如玉，貧賤江頭自浣紗。」

【語譯】手帕上的新題詞疊著舊題詞，只恨沒有佳句能媲美當年羅虬所題的《比紅兒詩》。在那可憐愛的桃花花蕾剛剛綻放的日子，哪裡相信她也會如楊花般注定有飄泊無依的時候呢？　人聲寂靜，陽光明媚，殷勤的好夢只能託付給蛛絲。在錦繡羅幃中的金鴨香爐邊薰香靜坐，完全不知旁人所說的春日寒冷為何物。

【研析】此詞選自《金梁夢月詞》上卷。這組〈思佳客〉詞共四闋，這是第二闋。目前學者普遍當成癡情男子思念歌妓的詞來解讀，且認為末句在相思中包含對歌妓已忘懷前情或是水性楊花的擔憂。這種解讀忽略了此詞本是組詞之一，故不能不考慮到組詞情境的連貫性，主題的統一性。綜觀此組詞都是表達歌妓自傷身世、思念戀人情境的，正與〈思佳客〉的調名契合無間。詞體本就適宜表達細美幽約情境，故歷來常見男作者用女子身分填詞，委婉達情的。因此，這組詞可能是作者代歌妓立言，也可能是借用歌妓的身分寄託身世之感。譚獻《篋中詞》評道：「唐人佳境，寄託遙深。珠玉、六一之遺音。」就是將其當作別有寄託的詞來解讀。創作心理難以詳考，姑且就詞論詞。全詞情思纏綿，將複雜心態曲折道出，意脈層新，堪稱佳作。

起句描述勾起相思的題贈繁多，可見相戀日久，繼以「苦無佳句〈比紅兒〉」的感歎，表面上是惆悵沒有佳句，其實是惆悵沒有紅兒福氣，能得到一往情深的戀人。〈思佳客〉第三句慣用對仗，而「生憐」句用流水對的方式，精闢的概括出歌妓淒苦的命運：青春時固然是風華絕代備受憐愛，卻注定要如楊花般衰老飄零，難求歸宿。最可歎的是在紙醉金迷的盛時難以理解飄零之悲，而到了衰時再回憶盛時風光卻會倍添淒涼。換頭兼換境，淒怨暫消歇，轉入人靜日暖的閒適氛圍。於是很自然進入好夢中，只可惜這夢只能託付給蛛絲，終難逃短暫易斷的命運。

末句最難有定解，也最耐尋味。在此略述一家之見。這組詞的意境與王維〈洛陽女兒行〉頗有相通之處：〈洛陽女兒行〉中描述少婦在朱門秀戶中有丈夫憐愛，熏香安坐，全不知愁的意象，即是此結句的翻版。而感歎貴賤女子命運懸殊的主題與此組詞也頗相似，即如此組詞第三闋道：「歡場那更問朱樓。」即是自傷貧賤，命運難比朱樓富家。又如此組詞第四闋道：「絲腰枉自翻新曲，藍尾誰能惜好春。金剪歇，玉爐熏，懶將纖手試寒溫。人間無著相思處，剩檢羅衣看淚痕。」「枉自翻新曲」卻無人惜與〈洛陽女兒行〉中富家婦「戲罷曾無理曲時」卻得人憐，恰成鮮明對比。而同樣是熏香，相思無心試寒溫的淒涼與〈洛陽女兒行〉中富家婦「妝成只是薰香坐」的無憂無慮，也恰成鮮明對比。因此，可以推測此詞結句中所描述的薰香安坐不知寒情景，也正是女主人公所羨慕的朱樓閨秀安逸生活的情景，也正是她在好夢中夢到的相思得償、終身有靠的情景，其中包含著她對幸福的期待，以及對現實中連片刻好夢也難得的淒苦與不平。

189

三姝媚

周之琦

海淀集賢院，有水石花柳之勝。余歲或數十信宿。戊寅春暮，獨遊池畔，寓物賦情，弁陽翁所謂「薄酒孤吟」者也❶。

交枝紅在眼，蕩簾波香深，鏡瀾❷痕淺。費盡春工❸，占勝遊❹惟許，等閒鶯燕。步屧廊❺回，盈退粉❻、蛛絲偷罥。小影竛竮❼，冷到梨雲，便成秋苑❽。

容易題襟❾催散，又酒逐花迷，夢將天遠❿。繫馬垂楊，但翠眉還識，舊時人面⓫。暗數韶華，空笑我、櫻桃三見⓬。剩有盈盈胡蝶，西窗弄晚。

【注釋】❶海淀集賢院七句　集賢院，據《嘯亭雜錄》記載：「京師西北隅近海淀，有勺園，為明末米萬鍾所造，結構幽雅，今改集賢院，為六曹卿貳寓直之所。」戊寅，嘉慶二十三年（西元一八一八年）。弁陽翁，即宋代詞人周密，字公謹，號草窗，又號弁陽老人。薄酒孤吟，周密〈拜星月慢〉中詞句，抒寫羈旅孤寂。全詞主要描述離別時的春景春愁。❷鏡瀾　鏡中的波瀾，指映入鏡中的景物。❸春工　春天造化萬物之工。張碧〈遊春引〉：「萬匯俱含造化恩，見我春工無私理。」❹勝遊　歡暢的遊覽。❺屧廊　即響屧廊，又名鳴屧廊。春秋時吳王所築，遺址在今江蘇蘇州靈巖山。據范成大《吳郡志》記載，吳王令西施等後宮美人著木屧行經廊上，清脆悅耳的屧聲便會在空廊中回響，因此而得名。❻盈退粉　形容響屧廊上原來的粉飾已脫離退色，散落在廊上。❼竛竮　孤單的樣子。陸游〈夜坐〉：「虛堂夜無寐，顧影嘆竛竮。」❽冷到梨雲二句　指當梨花也因感到寒意而飄零時，院子就變得如秋天般蕭索了。周密〈水龍吟〉：「想鴛鴦、正結梨雲好夢，西風冷、還驚起。」❾題襟　抒寫懷抱。唐代段成式、溫庭筠、崔皎、余知古等將在襄陽唱和的詩筆箋題，收錄為《漢上題襟集》，後因以指酬唱抒懷。❿又酒逐花迷二句　指詞人在醉夢中追逐春去花飛的腳步，沉迷其中，不能自拔。用柳永〈兩同心〉「憶當時、酒戀花迷，役損詞客」與周密〈拜星月慢〉「清宵夢、遠逐飛花亂」詞意。⓫繫馬垂楊三句　用人面桃花的典故。參見朱彝尊〈高陽臺〉（橋影流虹）注⓫。翠眉，烏黑美麗的眉毛，指代美人。⓬暗數韶華二句　感歎時光飛逝，春光易老，轉眼已三年。韶華，春光。櫻桃三見，櫻桃結果是暮春的標誌，即如劉克莊〈出城〉道「出城忽見櫻桃熟，始信無花可買歸」，故三次看見櫻桃熟即是過了三個春天了。

【語　譯】交錯枝條上的紅豔映入眼簾，芳香深深地飄入如波浪般拂動的簾幕中，倩影淺淺地映照在如波瀾般澄明的鏡子裡。費盡春天造化萬物之工，卻只允許尋常的鶯燕在此暢遊。在響屧廊徘徊，只見四處布滿了脫落的粉飾、蜘蛛在偷偷地纏繞著絲網。身影嬌小而孤獨，寒意侵凌到梨花，此處就變成如秋日般蕭索的庭苑了。

抒寫離情彷彿更容易催促分離，又趁著醉意追逐、沉迷於飛花中，夢魂也被它們帶到了遙遠的天際。將馬繫在垂楊上，還能認識當日在花叢中見過的美人面呢。私下裡計算著春光，空笑我已經三次看見櫻桃熟了。只剩有輕盈的胡蝶，在西窗前舞弄著晚春的風光。

【研　析】此詞選自《金梁夢月詞》下卷。從序言中可知集賢院是作者常住常遊之所，在詞集中也有不少作品都是描述遊院情景的，可見作者對此中景致確實是十分喜愛，頗多感悟的。而此詞的意境正是在熟悉、喜愛與感觸的交織中形成的。全詞意格與序言中提及的周密〈拜星月慢〉頗為相似，都是密麗深婉，在情境上也有相通之處。

起句躍然而出，直接從院中最奪目的紅豔寫起，可想見那枝條交錯的無數紅花在一瞬間便逼近身前，躍入眼簾，是何等的明豔生動，令人心醉。隨後才將目光逐漸推開，以細膩的筆觸描繪各處景致，如數家珍。「蕩簾波香深，鏡瀾痕淺」句極盡精工之能事——由起句花色及芳香，再及意態，更用一「蕩」字將境界推遠，令春色入簾入鏡，互相映照，直蕩得院中都滿。此後卻逐漸融入了清冷的意緒。「費盡春工」句稱滿院中能暢遊的唯有無心無思的尋常鶯燕，其實便是在感歎獨遊無良伴。「步屧廊」句感歎院中建築衰敗冷清，無復昔日盛況。「小影玲瓏」句直言形單影隻，而春色也即將凋零了。其中梨花的淡雅清冷與起句中花朵的濃豔熱烈恰成鮮明對比，透露出春光暗中流逝，心境漸轉淒清。

下闋由景入情。抒寫對春情春景的眷戀與春光流逝的憂傷。「容易」句感歎抒寫胸中離情的題詞留不住春去的腳步，反倒成了春去的預兆，彷彿在催促著繁華飄散。「又酒逐」二句表示春光雖去，癡心不改，仍癡迷的在醉夢中追逐落花，在殘春中追憶舊情。「暗數韶華」句見微知著，頗有韻味，在「櫻桃三見」中，便已涵蓋了作者對集賢院的迷戀，對春光流逝的眷戀及對年華虛度的感傷。末句以景作結，將視野又收束回極細小的蝴蝶中，正可與首句呼應對照。一切繁華將盡，最終只剩下這在春暮、日暮仍戀戀不去，舞弄著殘存風光的蝴蝶。這蝴蝶與獨自尋春的作者是何其的相似啊，種種意緒便盡在不言中了。

190 好事近 紙鳶❶

周之琦

片羽又青雲❷，搖颺半天春色❸。莫羨兒童牽引，怕東風無力❹。

微茫纖綆❺繫虛空，遠影定誰識？偏是綠楊煙外，有流鶯窺得❻。

【注　釋】❶紙鳶　即風箏，因它是紙製的，又往往做成鳶鳥的形狀，故有此稱。❷片羽又青雲　形容紙鳶如鳶鳥一般，振羽入青雲。劉禹錫〈飛鳶操〉：「鳶飛杳杳青雲裏……旗尾飄揚勢漸高。」在此青雲也暗喻謀求高位的青雲路，相傳呂洞賓有〈紙鳶〉詩：「因風相激在雲端，擾擾兒童仰面看。莫為絲多便高放，也防風緊卻難收。」用意與此詞略同。❸搖颺半天春色　意謂風箏在春日的天空中搖蕩。❹怕東風無力　指怕東風風力減弱，無力承載紙鳶。用顧逢〈紙鳶〉「只是憑風力，飛騰自不知。轉來高處去，肯顧此身危。雲外搖雙翼，空中寄一絲。每愁吹斷後，欲覓意何之」詩意。李商隱〈無題〉：「東風無力百花殘。」❺纖緶　指繫紙鳶的細線。❻偏是綠楊煙外二句　指風箏線偏被綠楊上的流鶯窺見了。語出邵雍〈初夏閑吟〉：「綠楊深處囀流鶯。」流鶯，即黃鶯。流，指黃鶯啼聲流暢婉轉。

【語　譯】憑藉一片羽翼又飛上青雲了，在春光明媚的半空中搖蕩飄揚。不要羨慕有兒童牽引，只恐怕東風無力承載。

纖細的風箏線繫著蒼茫的天空，這遙遠的身影究竟有誰能識呢？偏偏是在翠綠的柳煙中，有啼聲婉轉的黃鶯窺見了。

【研　析】這首詠物詞選自《金梁夢月詞》下卷，詠紙鳶（即風箏）而別有寄託。丁紹儀《聽秋聲館詞話》評道：「寄興尤婉。」風箏雖能高飛入雲，卻是任人操控之物，這種貌似高貴自由實則被動的命運，與人事頗多契合點，故歷代詠風箏的詩詞不少，有悲歎、有憐憫、有嘲諷，寄託的寓意大致有以下幾種：一是平步青雲的風光，而青雲歷來是仕途高位的象徵，卻也暗含著高處不勝寒，天威莫測的危機。二是受人操控的無奈。三是失去依靠或遭遇狂風暴雨等不測後，墮落、飄零的危險。此詞也大體沿用上述寓意，但略加變化後，便別出新意。寄託著對人生種種依靠與束縛，尤其是一些不易察覺的操控與危機的擔憂。

起句採用同類詞慣用的手法，欲抑先揚，極寫風箏平步青雲，盡享春色的風光場面。下句便轉入正題，勸人們不要羨慕風箏有人扶持，它的飛翔除了要靠看得見的兒童操控外，還要靠看不見的東風來支持，遇到風力減弱時便要墮落。下闋進一步指出，風箏還有一個比來去可感的東風更不易察覺，而又至關重要的依靠——線索，這纖細的風箏線置身於浩渺的天空中，實在是微不足道，故往往被忽視了。也因此給人造成了風箏不需依靠任何事物，便能自由在空中翱翔的假象，但易忽視不代表不存在，這細微的命脈終究沒能逃過流鶩的窺探。那麼，窺得後又怎麼樣呢？詞中雖未明言，但一個「偏」字中已暗藏著擔憂與無奈——被操控的事物，命脈的識破者越多，當然也就越危險，隨時都可以進行加害或威脅。總之，風箏需要依靠的東西太多了，表面的風光、隱蔽的行事，都無法改變這不能自主的事實。任何一個靠山出現問題，就難逃厄運。而這種因人成事，不能自主的悲劇命運，又何止是風箏才有呢？

191 青衫濕遍

周之琦

道光己丑夏五，余有騎省之戚，偶效納蘭容若詞為此。雖非宋賢遺譜，音節有可述者❶。

瑤簪墮❷也，誰知此恨，只在今生❸？怕說香心易折，又爭堪、燼落殘燈❹。憶兼旬、病枕慣瞢騰❺。看宵來、一樣懨懨❻睡，尚猜他、夢去還醒。淚急翻嫌錯莫❼，魂消直恐分明。

回首並禽棲處❽，書帷鏡檻，憐我憐卿❾。暫別常憂道遠，況淒然、泉路深扃❿？有銀箋、愁寫瘞花銘⓫。漫商量、身在情長在⓬，縱無身、那便忘情？最苦梅霖夜怨，虛窗遞入秋聲⓭。

【注釋】❶道光己丑夏五五句　此詞作於道光九年己丑（西元一八二九年），作者時年四十八歲，在廣西布政使任上。夏五，農曆五月。騎省之戚，指喪妻之痛，用潘岳悼亡典故，晉代潘岳官散騎侍郎，屬尚書省，故云騎省。潘岳與妻子伉儷情深，在妻子亡故後作有著名的〈悼亡詩〉。納蘭容若，納蘭性德，字容若，號楞伽山人，清代著名詞人，作有不少深摯感人的悼亡詞。〈青衫濕遍〉是納蘭性德自創的詞牌，原詞也以悼亡為內容。❷瑤簪墮　妻子頭上的玉簪墮地摔碎象徵著她去世。❸誰知此恨二句　哀歎竟然要在今生經歷亡妻之痛。用元稹悼亡詩〈遣悲懷〉「誠知此恨人人有，貧賤夫妻百事哀」、「同穴窅冥何所望，他生緣會更難期」詩意。❹怕說香心易折二句　用花香心摧折、燈殘灰落盡，喻妻子亡故。用李商隱〈燕臺・冬〉「芳根中斷香心死」與元稹〈空屋題〉「燈爐落殘灰……魂車昨夜回」詩意。❺瞢騰　形容病中迷迷糊糊，神志不清。❻懨懨　精神萎頓、氣息微弱的樣子。❼嫌錯莫　化用陸游〈釵頭鳳〉「歡情薄……錯錯錯……山盟雖在，錦書難託。莫莫莫」詞意，表達在極度悲痛中，懷疑妻子去世的噩耗是錯傳，又希望此悲劇莫要發生的心情。❽回首並禽棲處　指回憶起當初與妻子如鴛鴦般雙宿雙飛的情景。並禽，雙棲的禽鳥，常指鴛鴦。❾憐我憐卿　指夫妻間互相憐愛。據劉義慶《世說新語》記載，王安豐的妻子常不拘禮法的昵稱他為「卿」，理由是「親卿愛卿，是以卿卿，我不卿卿，誰當卿卿」，後遂以卿為夫妻間的昵稱。馮小青詩中有「卿須憐我我憐卿」之句。❿泉路深扃　形容黃泉路深鎖不通，魂去難追尋。扃，從外面鎖門的門閂，又指關閉，鎖門。⓫瘞花銘　祭葬落花時所作的墓誌銘，在此用葬花喻葬妻。語出吳文英〈風入松〉：「聽風聽雨過清明。愁草瘞花銘。」瘞，埋葬祭奠。⓬身在情長在　化用李商隱〈暮秋獨遊曲江〉「荷葉生時春恨生，荷葉枯時秋恨成。深知身在情長在，悵望江頭江水聲」詩意。⓭最苦梅霖夜怨二句　指夜晚連綿不斷的梅雨聲，如淒清蕭索的秋聲一般，會激起作者連綿不斷的幽怨哀思。梅霖，久下不停的梅雨。虛窗，空明的窗戶，用以象徵妻子去世後空寂的居室與心境。

【語　譯】玉簪墮地摔碎了，誰知道這種遺憾，偏要在今生承受呢？害怕說花朵的芳心容易摧折，又怎能禁受這燈殘灰落盡的現實。回憶這二十天來，她總是因病痛而迷迷糊糊地躺在枕上。當我看見她夜來仍像往常一樣昏睡時，尚且猜測她只是睡去了，不久還會醒來。淚水翻滾急下只疑這噩耗是誤傳，希望它莫要存在，直恐清楚地聽到她的芳魂確已消逝。

回望當年夫妻如鴛鴦般雙宿雙飛的地方，書齋中，鏡臺前，都留下了相親相愛的回憶。往日因出行而暫時分別都常常擔憂路途太遠，更何況如今她淒慘地走上了門徑深鎖的黃泉路呢？在雪白的信箋上用滿懷悲愁寫下了祭葬落花的墓誌銘。隨意地商量道身還在世時，愛情固然是長存不改，縱使身已不在世間，又怎會就忘卻舊情了呢？最痛苦的是梅雨連綿的夜晚所興起的愁怨，空明的窗戶不停地傳入如秋天般淒清蕭索的聲音。

【研　析】此詞選自《懷夢詞》。作者嘉慶八年癸亥（西元一八〇三年）在長沙郡署與妻子沈氏成婚，夫妻相伴二十七年，一往情深，因此妻子的亡故令他悲痛欲絕，哀思歷久彌深。《懷夢詞》即是專門輯錄悼亡詞的詞集，開篇第一闋的便是此詞，作於喪妻後不久，字字血淚字字真，感人至深。

起句直揭題旨，「瑤簪墮也」！一聲沉重的感歎中承載著多少悲痛與不捨，全篇一切悲苦都因此而起。「誰知此恨，只在今生？」從未料到會與摯愛的妻子訣別，只因情深故不忍作此種殘酷的預料，也正因未曾料才會倍覺痛苦。其中，最深摯感人的是一些用質樸直截的方式道出心理活動句子，儘管這些心理並不奇特，都是世之常事，人之常情，但若無至深至真之情卻必定不能把握。如描述初得知妻子去世時情景的「憶兼旬」以下三句。久病之人，昏睡已成習慣，故去世也不能立刻知曉，這本是常有的情況，但對於親友而言，卻是如此的殘酷——要習慣看到往日相親相伴之人變得終日昏昏，必已是經歷了漫長的憂痛，但畢竟還有希望。而前一刻還等待著醒來共語，期待著病癒重歡，這一刻卻得知他早已長眠，這突如其來的沉重打擊，必會將持續已久的哀痛推向極致。而「淚急翻嫌錯莫，魂消直恐分明」便是在悲痛欲絕之際常有的急痛、驚疑、恐懼交織的心境：明知已無法挽回，卻仍感難以接受，情願選擇用自欺與逃避的方式來求得片刻安慰。然而，事實畢竟是事實，最終仍是不能不接受的，於是，在故地重遊，痛定思痛之際，便有了「暫別常憂道遠」句，情深的愛侶一刻也不願分離，故即便是實際行程不太遠的短暫分別，也仍會覺得太遠，太久，充滿了擔心與思念。而世間最為遙遠，一去必不歸的便是黃泉路，故此句一個「況」字所提出的疑問，所包含的沉痛，讓人不願細思，不忍卒讀。總之，以上數句，無文飾，無技法，無典故，無奇思——面對至親至愛的人去世，必定是人同此心，心同此情，也因此最能震撼人心。

192 憶舊遊

過蘆區

顧翰

趁潮荒淺瀨❶，雪換涼漪❷，來賃江船。自掛孤帆去，聽浪花堆裡，打槳聲飄圓。一路叢蘆蕭瑟，秋夢渺無邊。有幾縷魚雲，幾絲鷗雨，閣❸住遙天。

零舊詞賦，悵殢❹醉閒吟，孤負華年。莫話淒涼意，似病蟬無力，猶唱離筵。贏得鬢邊衰綠❺，歸染六橋❻煙。只同我銷魂，後湖官柳疏可憐。

【作　者】顧翰（西元一七八二—一八六〇年），字兼塘，江蘇無錫人。嘉慶十五年（西元一八一〇年）舉人。官安徽涇縣知縣。其詞清逸、雄放兼具，丁紹儀以為「能兼竹垞（朱彝尊）、迦陵（陳維崧）二家之長」（《聽秋聲館詞話》卷六）。有《拜石山房詩文集》。

【注　釋】❶潮荒淺瀨　意謂潮水漫過了小河。荒，掩蓋。瀨，水流沙上。❷雪換涼漪　意謂曾經的淡淡涼波已經換成了雪浪飛濤。漪，波紋。❸閣　同「擱」，擺；放。❹殢　迷戀；沉溺於。❺衰綠　衰，衰弱；衰老。綠，指黑髮。❻六橋　浙江省杭州西湖外湖蘇堤上有六橋。此處當是泛指。

【語　譯】趁著潮水漲上來淹沒淺灘，碧波粼粼換成了雪浪飛捲，我租來一條小船，獨自掛帆而去，聽浪花裡，木槳搖動的圓潤聲。一路上蘆葦蕭瑟，秋意渺茫無邊。天高地遠，幾片魚鱗樣雲彩，幾絲沙鷗外雨點。

我半生漂泊，只留下酬唱時無聊詞賦，還有醉酒時的閒吟，真是辜負了美好的青春年華。不要再說什麼淒涼意緒，我就像病蟬一樣軟弱無力，還在酒宴上唱著送別曲。待到髮鬢斑白時，便回到煙水六橋上。與我一樣銷魂的惟有那扶疏可愛的後湖官柳。

【研　析】這是一首寫景抒懷詞，在章法採用上片寫景、下片言情的傳統路數。開篇三句，寫秋水時至，淺水荒瀨變得豐盈起來，正好買舟出行。「趁潮荒淺瀨，雪換涼漪，來賃江船。」「荒」、「換」，新異挺拔，富於動感；「雪」、「涼」，清涼爽快，沁人心脾。接下來寫舟行所見。「自掛孤帆去，聽浪花堆裡，打槳聲圓」，以視覺之「帆」，聽覺之「聲」，勾勒舟行水上、浪花四起、槳聲搖動的畫面。水深好行船，雖然孤帆遠行，但槳聲清脆，浪花飛濺，亦不覺其孤獨，並有乘風破浪的快感。「一路叢蘆蕭瑟，秋夢渺無邊」，點題寫蘆花。將一片蕭瑟秋意，打散在天地之間；且「秋夢」未必頹唐，「試上高樓清入骨，豈如春色嗾人狂？」（劉禹錫〈秋詞二首〉其二）結片三句，寫景猶為開闊疏朗。「有幾縷魚雲，幾絲鷗雨，閣住遙天。」這「魚雲」可以是魚鱗狀的雲，也可以是水底和魚一起游動的雲的倒影，甚至可以是像魚一樣在天空游動的雲；這「鷗雨」，可以是下在鷗鳥邊的雨，也可以是像鷗鳥一樣忽來忽去、忽東忽西的雨點。地遠天遙，「魚雲」、「鷗雨」都是點綴；雲、雨愈動，愈顯得天地寧靜蒼遠。

過片轉而抒情，回憶往事，調子轉入低沉。「飄零舊詞賦，悵殢醉閒吟，孤負華年。」才華滿腹，卻華年飄零，只好借行吟飲酒以排憂，並空留下一些抒寫飄零之感的詞賦。接著寫離筵上的心情和感受，不必去寫什麼表達淒涼情緒的作品。「莫話淒涼意，似病蟬無力，猶唱離筵。」「莫話」一詞，深刻地傳達了此刻詞人內心極度的傷感，認為再寫這些「舊詞賦」，就像是病蟬無力低唱一樣，比喻形象貼切。「贏得鬢絲衰綠，歸染六橋煙。」繼續寫自己的衰老，但從人生歸宿的角度展開，自己空負才華卻是功未成名未就，只落得「兩鬢白斑，歸老林泉」的結局。「誰能書閣下，白首《太玄經》」（李白〈俠客行〉），綠髮縱然不能再生，風景卻可以在心中常駐，這也是詞人魂牽夢縈之所在。談到六橋煙水，詞人在末尾留下旖旎的一筆：「只同我銷魂，後湖官柳疏可憐。」這是以景結情，可憐即可愛，無邊秋意中官柳扶疏可愛，一副銷魂模樣，此時詞人的心情由低沉轉入歡悅，有後湖的官柳相伴也是人生的一大幸事。「娟娟涼露欲為霜，萬縷千條拂玉塘」、「秋色向人猶旖旎，春閨曾與致纏綿。」（王士禛〈秋柳〉四首之二、之四）蕪塘詞風，能於竹垞、樊榭一路濟之以迦陵，故而寫景清疏有動勢，言情低徊有氣力。

193 高陽臺

和嶰筠前輩韻❶

林則徐

玉粟❷收餘，金絲❸種後，蕃航❹別有蠻煙❺。雙管橫陳❻，何人對擁無眠？

不知呼吸成滋味，愛挑燈、夜永如年❼。最堪憐，是一丸泥❽，捐萬緡錢❾。

春雷歘破零丁穴，笑蜃樓氣盡，無復灰燃⑩。沙角臺高，亂帆收向天邊⑪。浮槎漫許陪霓節⑫，看澄波、似鏡長圓。更應傳，絕島重洋，取次回舷⑬。

【作者】林則徐（西元一七八五—一八五〇年），字元撫，號少穆，福建侯官（今屬福州）人。嘉慶十六年（西元一八一一年）進士。歷任江蘇巡撫、兩廣總督、湖廣總督、陝甘總督和雲貴總督，兩次受命為欽差大臣。卒諡文忠。因其主張嚴禁鴉片、抵抗西方的侵略，氣節備受後人讚許、敬仰。林則徐以愛國名臣而儒雅能文，詩詞並工。有《雲左山房詩鈔》，詞附集中。

【注釋】❶和嶰筠前輩韻　道光十九年（西元一八三九年）三月至六月，林則徐作為欽差大臣，在廣州虎門施行銷煙，取得禁煙運動的重大實績。本詞即作於禁煙初勝之時。嶰筠前輩，指時任兩廣總督的鄧廷楨，他比林則徐早數科成進士，故林稱其「前輩」。❷玉粟　作者自注：「罌粟，一名蒼玉粟。」❸金絲　作者自注：「呂宋煙草曰金絲醺。」❹蕃航　英國船艦。❺蠻煙　特指鴉片，與一般煙草區別。❻雙管橫陳　謂兩人兩杆鴉片槍，對著抽煙。❼不知呼吸成滋味二句　意謂不知不覺地吸上了癮，整夜燃著煙槍。化用李商隱〈安定城樓〉「不知腐鼠成滋味」句式。夜永，夜長。❽丸泥　鴉片煙頭似泥丸。❾捐萬緡錢　破費萬貫錢。緡，本義為穿錢的繩子，此指成串的錢。❿春雷歘破零丁穴三句　指擊敗英艦事。歘，突然。零丁穴，即零丁洋，在今廣東珠江口外。鴉片戰爭前，英國的鴉片販子，曾用躉船和快艇強占零丁洋面，進行鴉片走私。蜃樓，原指因光線折射出現在海面上的幻景，這裡借指英國侵略者的船艦。無復灰燃，謂燒盡鴉片。⓫沙角臺高二句　沙角炮臺。亂帆，敵人的船艦。收向天邊，逃向遠方。⓬浮槎漫許陪霓節　謂與鄧嶰筠前輩聯手禁煙。槎，原指竹筏、木筏，也可指船。時林則徐以欽差大臣來廣東禁煙，故言浮槎。霓節，古代使臣及封疆大吏所執符節，這裡借指鄧廷楨。⓭更應傳三句　謂那些漂洋過海而來的英船盡早撥轉船頭，不許再來中國。取次，次第。

【語譯】種完罌粟，收穫金絲，英吉利人販來了更烈的鴉片。那握著煙槍，相對橫臥，徹夜不眠的都是些什麼人呢？每每因吸食成癮而熬油費燈，度夜如年。最可憐可氣的是，一丸煙膏，要花費萬貫錢。　炮聲如同春雷，突然打破了英夷在零丁洋上的巢穴，可笑敵人的艦船如海市蜃樓般消散，燒掉的鴉片如死灰不能復燃。沙角邊炮臺高高矗立，敵人的艦船亂紛紛地逃向遠方。有幸作為使臣來海上助您完成這項偉業，看海面清波澄澈如明鏡。更要傳語英夷，趕快逐個撥轉船頭，回到他們的海島重洋去吧。

【研　析】這是一首有名的「詞史」之作。民族英雄林則徐以樸實穩健的語言，比較全面地敘寫了鴉片煙對國人的毒害，也提到由自己開展的這場禁煙運動，充滿了深重的民族危亡的責任感，表現了中國士大夫應有的尊嚴與氣度。

上片，重在陳述鴉片之害，心情顯得沉重而痛心。「玉粟」三句，昭示了英人所販的鴉片不同於一般煙草，包藏著狼子野心。「雙管橫陳，何人對擁無眠」，抽鴉片者視煙槍為伴侶，日夜不去手，何其陶醉。「不知呼吸成滋味，愛挑燈、夜永如年。」一呼一吸之間，竟讓人神魂顛倒、無法自拔、夜以繼日，真是觸目驚心。結片「最堪憐，是一丸泥，捐萬緡錢」三句，集中表達了詞人作為朝廷大臣的憂慮。「萬緡錢」是數口之家的生路，賦稅是朝廷的命根。小小一丸泥，竟能變貿易順差為逆差，竟能讓中國無可充餉之銀，無可禦敵之兵，怎能不叫人驚怖、擔憂？整個上闋先寫鴉片之來源，次寫鴉片之吸食，再寫鴉片之毒害，彷彿一篇奏章，沉穩凝重，跳躍著詞人拳拳愛國之心。

下片變凝重為疏朗，抒發禁煙初勝的快意豪邁。過片「春雷欻破零丁穴」，震起如雷：這炮聲似滾滾春雷，肅清洋面，帶給人們以希望。英夷兵艦一時退散，再也別想死灰復燃。「沙角臺高，亂帆收向天邊」，登上炮臺遠望，大海一望無邊，敵人正倉皇敗退。千年詞史，數不清多少場登臨，當數這一次最痛快。「浮槎漫許陪霓節，看澄波、似鏡長圓。」文忠把自己欽差之行比作浮槎到海，將銷禁鴉片、肅清海氛的重大行動比作蕩舟碧波，「談笑間、檣虜灰飛煙滅」，氣度何等雍容閒雅！結拍三句，更似對侵略者義正詞嚴的宣告：「更應傳，絕島重洋，取次回舷！」非但「鴉片一日未絕，本大臣一日不回」（林則徐語），你們這些逃竄的英人盡快轉告所有試圖進行不法貿易的洋商，即日起便可撥轉船頭，不許再來！和鄧詞原唱相比，林詞更為樸質疏朗，凝重處更莊嚴，豪放處更激越。

194 湘月

龔自珍

壬申夏，泛舟西湖，述懷有賦，時予別杭州蓋十年矣❶。

天風吹我，墮湖山一角，果然清麗❷。曾是東華生小客❸，回首蒼茫無際。屠狗功名，雕龍文卷，豈是平生意❹？鄉親蘇小❺，定應笑我非計❻。

才見一抹斜陽，半堤香草，頓惹清愁起。羅襪音塵何處覓？渺渺予懷孤寄❼。怨去吹簫，狂來說劍，兩樣消魂味❽。兩般春夢，櫓聲蕩入雲水❾。

【作　者】龔自珍（西元一七九二—一八四一年），字璱人，更名易簡，字伯定，又更名鞏祚，號定庵，又號羽琌山民，浙江仁和（今杭州）人。道光九年（西元一八二九年）進士，官不過各司主事，十九年辭歸，作《己亥雜詩》三百餘首。二十一年秋，暴卒於丹陽雲陽書院。幼從外祖父段玉裁學《說文》，後致力於《公羊》學，主改革，思想先進。詩文為晚清大家，倡「尊情」之說，開一代風氣；詞名為詩名掩，亦鬱勃激蕩，淒豔靈動，自成一家。

【注　釋】❶壬申夏四句　此詞作於嘉慶十七年（西元一八一二年）夏，與新婚妻子段美貞同回杭州故鄉，泛舟西湖之時。據龔守正《季思手定年譜》記載，作者於嘉慶八年（西元一八〇三年）別杭州赴京城，至作此詞時正好十年。❷天風吹我三句　既指此次扁舟乘風重遊杭州，又指上天令自己有幸生在清麗的杭州。用戴叔倫〈夏日登鶴岩偶成〉「天風吹我上層岡」詩意。天風，即行空的風，參見張惠言〈水龍吟〉（夢魂快趁天風）注❷。❸曾是東華生小客　意為小時候曾客居京城。東華，東華門是紫禁城東門，在此用以指代京城。龔自珍《己亥雜詩》道：「東華飛辯少年時。」❹屠狗功名三句　意為平生志向並不在於輕賤的功名、纖巧的文辭。化用錢肅潤〈千秋歲〉「功名屠狗易，詞賦雕蟲賤」詞意。屠狗功名，據《史記・樊酈滕灌列傳》載，舞陽侯樊噲曾以屠狗為業，後憑勇力助劉邦取得天下而封侯。在此代指輕賤的功名、粗蠻的武功。雕龍文卷，據《史記・孟子荀卿列傳》與劉向《別錄》記載，戰國時齊人騶衍雄辯滔滔。此後的騶奭以騶衍之術為文，精巧誇飾如雕鏤龍文，故稱為「雕龍奭」。在此用以指代誇飾或纖巧的文辭。❺鄉親蘇小　作者是杭州人，又不拘於傳統身分尊卑的限制，故稱錢塘名妓蘇小小為鄉親。用韓翃〈送王少府歸杭州〉「錢塘蘇小是鄉親」詩意。蘇小，即錢塘名妓蘇小小，西湖旁存有蘇小墓。清代袁枚在《隨園詩話》中記載，他曾用「錢塘蘇小是鄉親」刻過一枚私印，因此而受到某尚書的指責，認為與歌妓相提並論是一種輕浮不自重的行為。他卻不以為然的回敬道：「在今天看來您是一品大員，而蘇小小不過是個卑賤的歌妓，當然是身分懸殊，但恐怕百年之後，後人只知有蘇小小而不知有您啊！」❻非計　失策。❼羅襪音塵何處覓二句　指自己清逸脫俗、芬芳高潔的情懷惟有尋香草美人才能寄託。化用曹植〈洛神賦〉「凌波微步，羅襪生塵」與蘇軾〈前赤壁賦〉「渺渺兮予懷，望美人兮天一方」文意。渺渺，幽遠；浩渺。孤寄，獨特、唯一的寄託，即情有獨鍾之意。❽怨去吹簫三句　意為以簫排遣憂怨，用劍放縱疏狂，都能令人心神震盪。歷來文章中頗多將「簫」與「怨」、「劍」與「狂」、「簫」與「劍」等意象對舉的，如蘇軾〈前赤壁賦〉稱洞簫聲「如怨如慕」，張詠〈贈劉吉〉道「狂來拔劍舞」，曹溶〈建溪舟中即事〉道「悶深惟說劍，交冷莫吹簫」，陳維崧〈念奴嬌〉道「說劍談天，吹簫刻燭」等。消魂，形容因極度的悲愁、歡樂、恐懼而心神震撼。❾兩般春夢二句　化用潘閬〈酒泉子〉「長憶西湖……別來閑整釣魚竿。思入水雲寒」詞意。石耆翁〈蝶戀花〉道：「夢入水雲間縹緲，一樓明月千山曉。」意境也略同。春夢，春天的夢，喻美好、朦朧的事物，在此指上述的「兩樣消魂味」。

【語　譯】天風將我吹墮到杭州的湖山一角，果然是清麗非凡。小時候就曾經客居京城，回想起來卻是一片無邊無際的迷茫。屠狗出身的輕賤功名，雕刻龍紋般的纖巧文卷，哪裡是平生的志向所在呢？鄉親蘇小小必定要笑我失策了。　才看見一抹斜陽，半堤香草，頓時惹起淒清的愁緒。要到哪裡去尋找那羅襪生塵的洛神呢？我浩渺幽約的情懷獨鍾於此。哀怨起時便去吹簫，狂放興時便來說劍，兩樣都是足以消魂的滋味。這兩種如春夢般的滋味，都伴隨著槳聲蕩入雲水中去了。

【研　析】此詞選自《懷人館詞選》，創作背景參見注釋。作者正當年少，新婚燕爾，又置身於秀麗的西湖風光中，自然是意氣風發，故全詞精神俊逸，風骨挺拔，朝氣蓬勃。雖是少年詞作，卻能與不少功力老道詞相抗衡，成為傳世名篇。主要優勢有二：

其一是充分發揮少作專長，洋溢著少年人所獨有的青春意氣，故不必以精工技法，老練文辭、滄桑意緒爭勝。如起句破空而出，結句飄然而去，都顯得超凡脫俗，無拘無束。「天風吹墮」的意象大氣中有巧思，與實景、身世都契合無間。「果然」二字絕妙，表明此種佳境捨我其誰，幸運在意料之中，流露出對自己命運及才能的自信與自豪。而結句中的「兩般春夢」象徵著一簫一劍的平生志向，伴隨槳聲蕩入蒼茫雲水中，頗有「海闊憑魚躍，天空任鳥飛」的意境。

其二是體現出獨具特色的人生觀。既有正統儒家提倡的積極仕進、濟世安民的觀念，又加入了許多徘徊在正統與邪斜邊緣的觀念，表現為恃才傲物，風流倜儻，放蕩不羈，崇尚任俠，也並不諱言聲色。故在世人眼中，既是儒人，又是狂生、浪子，評價也毀譽參半。謝章鋌《賭棋山莊詞話》評他「恃才跅弛，狂名甚著，氣倍人前，言語震四壁」，可見其個性風采。這種獨特而複雜的人生觀反映到文學中，便形成了獨樹一幟的風格與魅力，在這首早年詞作中已初見端倪。所謂：「屠狗功名，雕龍文卷，豈是平生意。」憑藉武功成就霸業，精研文辭成就功名，本是常人傾羨的志向，但作者卻志不在此。那麼，其志向究竟如何呢？「才見」以下三句便是說明。作者在道光三年（西元一八二三年）所作的〈漫感〉詩道：「絕域從軍計惘然，東南幽恨滿詞箋。一簫一劍平生意，負盡狂名十五年。」就直接將「一簫一劍」作為其詞境與平生意的概括，故在此少作中已出現的「怨去吹簫，狂來說劍」非常值得重視。即如注釋所述，歷代文學中常有將簫與怨、劍與狂、簫與劍等意象對舉的現象，可見其間具有某種天然的契合點。而作者在文學中頻繁使用，便使其具有了更為豐富與恆定的內涵，成為其理想境界的象徵。劍氣凌厲，簫聲悠遠，劍與簫一剛一柔，一張揚狂傲、一深婉沉鬱，分別是俠骨與柔腸的代表，卻都是正氣高情的象徵。結合上述諸句觀之，作者的平生意不屑於單以蠻力取得的武功，或單以精巧爭勝的文名，而要求剛柔相濟，文質彬彬。此種平生意既契合於歷代儒士所追求的高潔不群，孤寄於香草美人的〈風〉〈騷〉之旨；又不受僵化禮法與世俗觀念束縛——豪俠的狂狷，歌妓的卑賤，通常儒士都輕視、諱言，而作者卻敢於公開崇尚，引為同道，確實是難能可貴的。

195

金縷曲

癸酉秋出都述懷有賦❶

龔自珍

我又南行矣❷！笑今年、鸞飄鳳泊❸，情懷何似？縱使文章驚海內，紙上蒼生而已❹。似春水、干卿何事❺？暮雨忽來鴻雁杳，莽關山、一派秋聲裡❻。催客去，去如水❼。

華年心緒從頭理。也何聊、看潮走馬，廣陵吳市❽。願得黃金三百萬，交盡美人名士。更結盡、燕邯俠子❾。來歲長安春事早，勸杏花、斷莫相思死❿。木葉怨，罷論起⓫。

【注　釋】❶癸酉秋出都句　此詞作於嘉慶十八年癸酉（西元一八一三年）秋。作者時年二十二歲，同年四月赴京師應順天府鄉試，未售，離京南歸。❷我又南行矣　嘉慶十七年（西元一八一二年）春，作者的父親簡放徽州知府，離京南下，作者隨行，故在此稱「又」。❸鸞飄鳳泊　鸞鳳素有夫妻、賢才的寓意。如常用鸞鳳和鳴指夫妻和睦；屈原〈涉江〉則用「鸞鳥鳳皇，日以遠兮」喻賢才遠離朝廷；而楊萬里詩「獨遺無邪四個字，鸞飄鳳泊蟠銀鉤」又用鸞飄鳳泊指好字好文章。故在此鸞飄鳳泊既指夫妻分別——作者在前一年與妻子段美貞成婚，七月妻子病逝；也指懷才不遇，淪落江湖——就此次落第而言。❹縱使文章驚海內二句　自嘲即便文才蓋世也難以為世所用。文章驚海內，語出杜甫〈有客〉：「豈有文章驚海內，漫勞車馬駐江干。」紙上蒼生，猶言紙上談兵，若實用必定誤人。語出明代楊慎《李光弼中洋之戰》：「儒者紙上之語，使之當國，豈不誤蒼生乎？」在此用作自謙語，有反諷的意味。❺似春水干卿何事句　語出《南唐書》，據載，南唐中主李璟看到馮延巳〈謁金門〉詞中「風乍起，吹皺一池春水」的佳句，戲言道：「吹皺一池春水，干卿何事？」❻暮雨忽來鴻雁杳二句　抒寫天涯漂泊的落寞之感。鴻雁杳，用鴻雁杳無蹤跡，喻親人全無音信。用鴻雁傳書典故。據《漢書・蘇武傳》記載，常惠為救蘇武，教漢使節對單于說：「天子在上林中射獵時，發現大雁腳上繫有帛書，書上寫明蘇武等此時正在匈奴某澤中」。莽關山一派秋聲裡，語出陸游〈晨出〉：「關山開曉色，草木度秋聲。」莽，蒼茫無際。秋聲，秋天草木凋零的淒清蕭索之聲。❼催客去二句　形容在秋聲催促下，時光如水飛逝，客身隨水漂泊。宋代白玉蟾〈悲秋辭〉：「人生歲月去如水。」❽也何聊看潮走馬二句　指也可姑且在南方過著豪奢顯貴，廣交人才的生活。「看潮走馬，廣陵吳市」，江蘇揚州古稱廣陵，古時八月左右有壯觀的大潮。吳市，指吳都的街市，在今江蘇蘇州。此句用五代吳越王錢鏐的典故。錢鏐是杭州人，出身寒微，有豪俠氣，後建國封王，能禮賢下士。據《新五代史》記載，錢鏐窮奢極貴，為重現昔日廣陵潮大觀，鑿石填江，大興土木。又據《新五代史・吳越世家》記載，錢鏐平生好玉帶名馬，曾作〈還鄉歌〉道：「三節還鄉兮掛錦衣，父老遠來相追隨。牛斗無孛人無欺，吳越一王駟馬歸。」❾願得黃金三百萬三句　承接上文點明願傾心竭財結交同道之意。揚州為歷代文士歌姬薈萃之所，其中不乏博學多才而沉落下流者，堪為作者同道知音。以黃金交美人、名士、俠客的豪義之舉古來多有。如燕昭王就曾築黃金臺廣招天下賢士，故劉過〈懷古〉道：「高高黃金臺，燕趙爭趨風。後來得荊卿，恩禮盡鞠躬」。王褒〈高句麗〉道：「燕趙佳人自多……不惜黃金散盡。」燕邯，即燕趙兩地，趙國都城為邯鄲。古多俠士、美人。❿來歲長安春事早二句　指明年春會試時，希望京城的杏花不要因看不到他到杏園遊宴，而相思至死，因為他自信在不久的將來定會登第來遊。來歲，明年，嘉慶十九年為會試之年。長安，唐代都城，後多用以指京城。春事，既指杏花花事，又指明春二月的會試。作者當年鄉試未中，故沒有資格參加第二年的會試。杏花，唐代新科進士會到杏園遊宴，稱為探花，故後世用為進士及第之典。⓫木葉怨二句　作者自注：「店壁上有「一騎南飛」四字，為〈滿江紅〉起句，成如幹首。名之曰：「木葉詞」。一時和者甚眾，故及之。」原題的「一騎南飛」當是如作者一樣落第的人離京前所作的，故唱和的也應多是同病相憐的人。名為「木葉詞」當是指落第之人如木葉下落飄零。故此句詞當是指自己胸懷大志，對前途早有安排，故不要再提起落第的怨憤了。

【語　譯】我又要南行了！可笑今年鸞鳳飄泊，究竟是怎樣的心境？文章縱使能令海內驚豔，也不過是紙上談兵，誤盡蒼生而已。便如春水波動一般，又關你什麼事呢？日暮忽然下起雨來，天上的鴻雁便杳無蹤跡了，蒼茫無際的山河沉浸在一派淒清的秋聲裡。催促著我這行客如流水般的遠去。　從頭梳理青春意緒。也何妨暫且到廣陵、吳市去看潮、走馬。願得到黃金三百萬，結交盡美人名士。更要結交盡燕趙豪俠子。明年春天京城的會試殿試都很早，勸杏花千萬不要因相思而死呀。那些悲歎木葉的怨詞，再不要提起了。

【研　析】此詞選自《懷人館詞選》，創作背景參見注釋。全詞特色在真氣貫注，起伏跌宕。豪曠中含依鬱，複雜的思想情感變化也寓於其中。故譚獻《復堂日記》評道：「綿麗飛揚，意欲合周、辛而一之，奇作也。」

起句一聲歎息，直揭題旨。此南行是仕途受挫的落第之行，也是結束漂泊的返鄉之行，複雜情感也隨之而起。「笑今年」句承上啟下，既可視為起句意蘊的注腳，又是後文所要回答的問題。後文的回答意境跌宕，「縱使」句豪邁質重，頗有點驚世駭俗的味道，雖是落第後的意氣之言，卻暗含著對文才的自負，與對早日擺脫文山試海，進入濟世安民實踐的期待。到「似春水」句，則變為淡然，是自我安慰之語，也帶有自嘲的意味。「暮雨」句境界推開，遼闊淒清——上文種種言語都帶有掩飾的成分，「笑問」的灑脫中實有悲憤與不甘，「紙上蒼生」評價的自謙中實有不平，「干卿何事」的淡然中也暗含著無奈；而至此句則意氣都化為柔腸，流露出悲不遇，懷鄉親的真情。「催客」句轉言人事，語意直質而情感複雜，正可與起句呼應。

換頭道「華年心緒從頭理」，此後梳理出來的意境果然是不愧為「華年心緒」——意氣飛揚，英氣逼人。頗有賀鑄〈六州歌頭〉「少年俠氣，交結五都雄」的意境。作者的個性特色（可參見〈湘月〉〈天風吹我〉研析）也躍然紙上：以濟蒼生為己任，但行事不拘一格，上至王公親貴，下至三教九流，都開誠接納，從中尋求知己同道。即如繆荃蓀評道：「交遊最雜，宗室、貴人、名士、緇流、傖僧、博徒，無不往來。出門則日夜不歸，到寓則賓朋滿座。星伯先生目之為『無事忙』。」即如此詞中描述的看潮走馬，廣陵吳市的豪奢生活；不吝巨資，不計身分結交同道的豪義之舉；安慰杏花的柔情與自信；不再悲歎的灑脫與奮起；剛柔相濟，非儒家溫柔敦厚的禮法觀念所能限，也非世俗的功利觀念所能拘，將上闋種種抑鬱不平一掃而空，共同構成了作者獨特的精神境界。

196

鵲踏枝

過人家廢園作❶

龔自珍

漠漠春蕪蕪不住❷，藤刺牽衣，礙卻行人路❸。偏是無情偏解舞，濛濛撲面皆飛絮❹。
繡院深沉❺誰是主？一朵孤花，牆角明❻如許。莫怨無人來折取，
花開不合❼陽春❽暮。

【注　釋】❶過人家廢園作　按集中編排順序，此詞當作於嘉慶十九年（西元一八一四年）春。原缺一「主」字。據丁紹儀《國朝詞綜補》、譚獻《篋中詞》補。❷漠漠春蕪蕪不住　形容春草密布，蒼茫無際。漠漠，密布、迷蒙、廣闊的樣子。春蕪，叢生的春草。蕪，叢生的雜草。❸藤刺牽衣二句　用杜甫〈將赴成都草堂途中有作，先寄嚴鄭公〉「故園猶得見殘春……橘刺藤梢咫尺迷」詩意。礙卻，阻礙。❹偏是無情偏解舞二句　形容無情的柳絮偏偏要在離人面前飛舞，亂人心緒。飛絮，飛落的柳絮。柳絮因漂泊無定，動人離思，故無情之說古已有之，如薛濤〈柳絮〉道「他家本是無情物，一餉南飛又北飛」；吳潛〈賀新郎〉道「最無情、飄零柳絮，攪人離緒」。❺繡院深沉　形容庭院因楊柳、煙草、藤刺重掩而顯得幽深。用歐陽脩〈鵲踏枝〉「庭院深深深幾許，楊柳堆煙，簾幕無重數」詞意。繡院，色彩斑斕如錦繡的庭院。❻明　明媚；光彩照人。❼不合　不應該。❽陽春　指陽光明媚的春天。因其能化育萬物，故有德政、恩澤的寓意。如仲長統〈理亂篇〉：「暴風疾霆，不足以方其怒；陽春時雨，不足以喻其澤。」《六臣注文選》中張銑注道：「豔陽，春也。喻明君也。」

【語　譯】春日蒼茫的荒草綿延無際，藤梢、橘刺牽絆著行人的衣裳，阻礙著行人的去路。撲面而來的都是飛落的濛濛柳絮，偏偏是無情之物卻又偏偏善於舞蹈。　這幽深的錦繡庭院究竟誰是主人呢？一朵鮮花孤獨的開在牆角，是如此的光彩照人。不要埋怨沒有人來折取，花朵本不該開在這春光將盡的暮春啊！

【研　析】此詞選自《懷人館詞》。全詞即景抒情，寄託家國身世之感。起句已勾勒出一派蕭條淒清的景象：雜草叢生，一片荒蕪，已覺淒涼，更何況這荒蕪是一發不可收拾，無邊無際，占盡春光呢？而這種暮春景象與作者在相近時期所作的〈尊隱〉一文中，所描述的日之將夕的社會狀況頗為相似——表現為悲風驟至，暮氣沉沉，朝廷不能知人善任，導致詐偽當道，精英豪傑大都選擇隱於山林，主宰國家命脈的京師變得貧弱空虛，一派蕭條。故牽衣礙路的藤刺，應是寓在昏庸朝廷助長下當道的奸邪、法令、制度等。而「偏是」句所

描述的柳絮，它的無情是人的有情所成就的——正因作者不能忘情，儘管處於衰時，心中仍期盼能留住春光，仍不免為燕不住、留不得而愁緒百結，憂思不已；才會被有留緒、離緒象徵的柳絮攪亂情思，覺得它的解舞撲面，是故意令人觸景傷情的無情之舉。當此際，作者不禁感歎「繡院深沉誰是主？」並以此問承上啟下，而答案其實在題中便已點明，在上下文中也得到進一步印證：題中既已稱是「人家廢園」，則顯然已是無主之園了。正因無主，才導致繡院變得深沉——荒草藤刺無人清理，泛濫當道，反客為主，重重掩蔽；本是裝飾庭院的鮮花卻因無人護理而僅存一朵，即便是這僅存的一朵孤花也無人來折取欣賞。

說道寓意，則園的荒廢因無主，國的荒廢當是因主不明，朝廷昏庸難以護賢用賢，致使奸邪當道，法制混亂。至於孤花則是寓作者與其同道的精神及處境。結合相關文論，作者對孤獨的理解與追求自成一家：他認為「百世為縱，一世為橫，橫收其實，縱收其名。」既不贊同為追求縱向的虛名而歸隱山林，又感歎在衰世要求得橫向的實用困難重重；故主張豪傑之士要敢於「孤於縱」——特立獨行，不計虛名，知難而上，以濟世安民之實為己任。結句的「莫怨」與「不合」，看似指責孤花不會選擇開放的時間，其實是在為其原本就不可選擇的花期抱不平，更是在稱賞其雖生不逢時，處於衰時衰境中，又無同伴，無主人欣賞，仍能明豔如此，正是自己理想的化身。

197

減字木蘭花

龔自珍

偶檢叢紙中得花瓣一包。紙背細書辛幼安「更能消幾番風雨」一闋，乃是京師憫忠寺海棠花，戊辰暮春所戲為也。泫然得句❶。

人天無據，被儂留得香魂住❷。如夢如煙❸，枝上花開又十年❹。

十年千里❺，風痕雨點斕斑裡❻。莫怪❼憐他，身世依然是落花❽。

【注　釋】❶偶檢叢紙中六句　此詞作於嘉慶二十三年戊寅（西元一八一八年）暮春，作者時年二十七歲。「更能消幾番風雨」一闋，指辛棄疾詠落花的〈摸魚兒〉詞。憫忠寺，建於唐貞觀年間，雍正年間大修後改名「法源寺」。戊辰，嘉慶十三年（西元一八〇八年）。泫然，水珠滴落的樣子，指流淚。❷人天無據二句　感歎人事及天命無常，一個偶然戲為的舉動便讓花魂留存了十年。人天，即人事與自然。在佛教語中指人界與天界。無據，沒有依據；無法把握。香魂，指花瓣芬芳的魂魄。❸如夢如煙，形容十年的時光如夢煙般轉瞬即逝、往事如夢煙般迷茫難追。吳融〈上巳日花下閑看〉：「如煙如夢爭尋得。」❹枝上花開又十年　既指封存的花瓣盛開時距今已有十年，又指十年後枝上又綻放了新的花朵。❺十年千里　既指花瓣在十年漂泊後相距其所生長的憫忠寺海棠已有千里之遙，也指十年來花瓣已隨作者漂泊千里。❻風痕雨點斕斑裡　指相距千里的兩地花瓣在這十年來，在樹上的飽受風吹雨打，被封存的則經歷風雨漂泊，都變得乾枯斑駁。化用辛棄疾〈摸魚兒〉「更能消、幾番風雨」詞意。斕斑，色彩斑駁狼藉。❼莫怪　難怪。❽身世依然是落花　形容十年來飄零的身世宛如落花。趙鼎〈無題〉：「膠膠身世竟何窮，急電飛花過眼空。」

【語　譯】人事與天命都沒有憑準，偶然間便被我留住了香魂。真是宛如夢煙啊，枝上花朵開放轉眼又過了十年。

相去十年相隔千里，留下了風的痕跡與雨的斑點，變得斑駁狼藉。也難怪要憐惜他，我的身世依然是如這落花一般。

【研　析】此詞選自《懷人館詞》，創作背景參見注釋。全詞即事抒懷，語言明白曉暢，意境深婉有味。古來以落花寄託飄零無依身世之感的詩詞無數，而此詞將寄慨放到特定的環境中，就別有一番情味了。最獨特的妙處在通過「偶檢」、「戲為」與「十年」、「泫然」等時間、情感對照，讓這一日常小事，具有了尋常與奇跡、偶然與必然，短暫與永恆、輕鬆與沉重的辯證內涵與深層感悟：作者當年收藏花瓣，本是少年人一時興起而作的風雅趣事，如今也是因為偶然翻檢才得以重見花瓣，這一收一檢都顯然即興而輕鬆。然而，卻正是這些偶然的舉動讓原本早應化作海棠樹下香塵，只是作者生命中匆匆過客的落花，得以留存十年，並且伴隨作者在風雨中經行千里，成為十年人生的見證者；而作者十年來輾轉於京城、杭州、徽州、上海間，常懷芬芳情志，卻屢試不第、漂泊不遇的人生經歷，又恰如落花；故堪稱是人花奇緣。再看前後題詞的情感內容，也是同中有異：十年前抄錄辛棄疾詠落花的名篇，可見作者素有憐香惜玉的情懷，但處在當時的年齡、境遇中，未必能體會到原詞淒婉沉鬱的身世之感。因此要強調是「戲為」，而非鄭重其事。而十年後，已有了與落花、與辛棄疾相似經歷，與落花又有了相伴十年的緣分，故在重見此花此詞時，心情必不再是當年的輕鬆遊戲，而是感同身受，深沉淒涼了。此種心情鬱結難舒，就必然會泫然淚下，發而為詞，鄭重與沉重便與十年前截然不同了。起句最妙，這段人花奇緣所包含的相反相成的辯證關係，也只能用「人天無據」四字來解釋與概括了。此後便是對上述人花奇緣的敘述，突顯出人天際遇的變幻莫測。結二句直揭同命相憐的題旨，「依然」二字既包含著對客觀命運的不平與無奈，也同樣有對主觀信念的堅持——如落花般借助天機與人力頑強留存，即使漂泊無依，歷經滄桑，也依然常懷芬芳，守護香魂。謝章鋌《賭棋山莊詞話》評道：「牢落百感，其不自得可慨矣。」

198 臺城路

賦秣陵❶臥鐘❷在城雞籠山❸之麓，其重萬鈞❹，不知何代之物。

龔自珍

山陬❺法物❻千年在，牧兒叩之聲死❼。誰信當年，楗鎚❽一發，吼徹山河大地？幽光靈氣，肯伺候梳妝，景陽宮裡❾？怕閱興亡，何如移向草間置！

漫評盡今古，便漢家長樂❿，難寄身世。也稱人間，帝王宮殿，也稱斜陽蕭寺⓫。鯨魚⓬逝矣，竟一臥東南，萬牛難起⓭。笑煞銅仙⓮，淚痕辭灞水。

【注釋】❶秣陵　南京。❷臥鐘　位於今南京鼓樓東北大鐘亭內。《南京都察院志》載：鐘樓原在坐子鋪，建於明洪武十五年（西元一三八二年），樓上懸鳴鐘一口，洪武二十四年（西元一三九一年）四月二十日，鑄造立鐘一口於樓前，洪武二十五年（西元一三九二年）十二月十四日，造臥鐘一口於府軍衛後崗。到了清康熙年間，鐘樓倒塌，鳴鐘、立鐘皆毀，惟獨臥鐘尚存，半陷於土中，俗稱倒鐘廠（臥鐘鑄造日期與現存大鐘銘文有誤）。臥鐘於光緒十五年（西元一八八九年）由江寧布政使許振褘在此建亭懸掛，稱鐵柱亭（大鐘亭）。❸雞籠山　又名北極閣，位於南京市區，東連九華山，西接鼓樓崗，北近玄武湖，為鍾山延伸入城餘脈。春秋戰國時期，以其山勢渾圓，形似雞籠而得名。雞籠山高約一百米，古時是城中重要制高點。南朝齊武帝到鍾山射雉至此聞雞鳴，故雞籠山又改稱雞鳴山。❹鈞　古代計量單位，三十斤為一鈞。❺山陬　山腳。❻法物　古代帝王用於儀仗、祭祀的器物。「法物謂大駕鹵簿儀式也。」❼聲死　聲音微弱。常建〈弔王將軍墓〉：「戰餘落日黃，軍敗鼓聲死。」❽楗錘　應作犍槌，梵語的音譯。意為「聲鳴」。指寺院中的木魚、鐘、磬之類。道誠《釋氏要覽・雜記》：「今詳律，但是鐘磬、石板、木板、木魚、砧槌，有聲能集眾者皆名犍椎也。」❾肯伺候梳妝二句　《南齊書・武穆裴皇后傳》：「上數遊幸諸苑囿，載宮人從後車。宮內深隱，不聞端門鼓漏聲，置鐘於景陽樓上。宮人聞鐘聲，早起裝飾。」❿漢家長樂　指漢代長樂宮。西漢高帝時，就秦興樂宮改建而成，故址在今陝西西安西北郊漢長安故城東南隅。錢起〈酬闕下裴舍人〉：「長樂鐘聲花外盡，龍池柳色雨中深。」⓫蕭寺　佛寺。李肇《國史補》：「梁武帝造寺，令蕭子雲飛白大書『蕭寺』。」⓬鯨魚　指刻成鯨魚形狀之撞鐘大杵。⓭萬牛難起　以萬牛之力都拉不動。⓮銅仙　用李賀〈金銅仙人辭漢歌〉詩「憶君清淚如鉛水」句意，三國魏明帝時，欲把漢武帝時所鑄金人承露盤，從長安移至洛陽，拆遷時，金人泣下，遂留置灞水之濱。後常用此典表達國破家亡之感。

【語譯】山腳下的大臥鐘已歷千年，牧童用力撞擊但聲音低啞微弱。有誰相信在當年，這鐘磬的聲音一發，就會響徹整個山河大地？這大臥鐘啊，蘊涵著千載的幽光和靈氣，那為伺候梁武帝宮娥的景陽鐘又怎麼能和它相比？這口閱盡千載興亡的大臥鐘啊，不知道它怎麼會被人棄置在榛莽簇生的雜草叢中！　回首歷史，長路漫漫，細細評說今古事！哪怕是漢家長樂宮中，也難以寄託你的身世。儘管有人說你曾經置身氣勢嵯峨的皇家宮殿，也有人稱你就在夕陽映照下的僧家蕭寺！只可惜那撞擊大臥鐘的鯨魚形大杵已不復存在，你再也不會發出地動山搖的宏音巨響。真遺憾，竟然讓你寂寞地靜臥在東南，就是有萬頭公牛也拉不動你這龐然大物。真可笑，那即將別離長安的承露盤，只能無可奈何地對著無言的灞水默默地流著不盡的淚水。

【研　析】這是一首詠物詞，所詠者為南京城外的大臥鐘，這口鐘鑄成於明初洪武二十一年九月，現懸置於南京市鼓樓東北大鐘亭內。這首詞載於龔自珍的《庚子雅詞》，當作於道光二十年（西元一八四〇年），是年八月作者曾遊歷南京，作者借對大臥鐘的詠歎，表示其對危亡時局的憂慮，也是對自己懷才不遇之處境的表露。

上片寫大臥鐘，起句「山陬」是從空間上點明臥鐘所處的環境，「千年」則是從時間上點明其被棄置的命運，「牧兒」一句進一步從人事的角度寫其不被世人所識，只會成為那些山野牧童嬉戲之物，「聲死」兩字是著力突出其不得其用的悲劇性命運，鐘本來是用來發聲的，如今它不但被棄置不用，而且還不能發聲了，可想而知，這該是一種什麼樣的悲劇！接著三句，筆鋒一轉，揭示其曾經有過的輝煌，將讀者的思緒由當前拉回到過去：當年可也是聲音鏗鋐，響徹了整個山河大地。「楗錘一發」比較形象地刻劃了擊鐘人的姿態，「吼徹山河大地」是對「楗錘一發」之動作效果的具體描述，其中，「吼徹」一詞，用極誇張的手法，非常貼切地表達了大臥鐘聲音給予人的力度感。「幽光靈氣」一句，是對大臥鐘優良材質的說明，也是對其深沉歷史蘊含的形象說明，它不是一般物理學意義上的鐘或磬，而是一口負載有深邃歷史感的大臥鐘，從而對大臥鐘存在的意義作了歷史的概括和美學的昇華。這一句在結構上起著承上啟下的作用，意在說明它有著不同於尋常鐘磬的獨特品格，它的命運本來不應該是被棄置「山陬」的！接著下來兩句，「肯伺候梳妝，景陽宮裡」，是對上述意義的展開和說明，一個「肯」字下得極妙，在語氣表述上是反問，在意義表達上卻是肯定，意在說明大臥鐘應該是放置在更為宏闊的場景下，絕不會屈就去為那些宮中嬪妃作為報時之器，懸掛在景陽樓上！歇拍由對臥鐘命運的感慨轉到對歷史興亡的感喟上，看著眼前這口大臥鐘，作者聯想起它所經歷的人世滄桑，看大臥鐘又何嘗不是在瀏覽歷史的興盛與衰亡？「何如移向草間置」一句，是對起端首句的回應，也是對第二、第三兩句意義的引申，意思是說這樣一口兼有優良材質和歷史蘊含的大臥鐘，不知道是什麼原因又是被什麼人棄置在草野之間？進一步說明了大臥鐘被拋棄不用的悲劇性命運。

過片，承接上片之意脈，上一句說「怕閱興亡」，這一句卻說「漫漫評盡今古」，「漫漫」一詞用語貼切，這是作者面對大臥鐘生發的歷史感慨，也是作者借歷史的興衰變化感慨大臥鐘的命運。接下來一句，「便漢家長樂，難寄身世」，典出《漢書》，漢代長樂宮有懸鐘一口，漢初淮陰侯韓信因遭呂后之忌，被斬於長樂宮懸鐘之室。錢起〈酬闕下裴舍人〉：「長樂鐘聲花外盡，龍池柳色雨中深。」這句是說即使是長樂宮也無法安放得下這口大臥鐘，顯然，它不是出自漢代的長樂宮，回應了詞題「不知何代之物」，接著自然會要進一步追問它來自何方？從而逼出了下面兩句：「也稱人間，帝王宮殿，也稱斜陽蕭寺。」「也稱……也稱」的句式，是說對它的身世有多種說法，或謂來自宮殿，或謂來自佛寺，作者也沒有最終給出一個明確的答案，其意大約是想借對大臥鐘身世的探尋去追尋歷史——「評說古今」，詠物實為詠史，他的眼光從眼前的大臥鐘回溯到千年以前從漢到梁的歷史變遷，從而強化了作品的思想蘊涵。按意脈的發展，接著應該是敘說作者對歷史的感慨，但作者卻筆鋒一轉，再次返回到對大鐘的描寫上，大鐘何以竟不得其用，原來是撞擊大鐘的大鯨魚「逝矣」！一個「逝矣」，表示了作者深沉的人生感慨，良材（「大鐘」）竟不得其用，原來是沒有相應的「良工」，這一句很顯然是作者由其自身遭遇發出的慨歎。作者一生宦途失意，在科舉仕進的道路充滿坎坷和波折，先是四應鄉試而中舉，而後是六應會試才勉強以第九十五名中進士，為官後他放言無忌，痛擊時弊，時遭譏議，始終不得重用，最後不得不辭官南歸，這首詞對「大鐘」境遇的感慨又何嘗不是自身處境的表白？接著二句，進一步說明大鐘被棄的事實：「一臥東南，萬牛難起」。這一方面說明大鐘被棄時間之久，意謂自從其被棄置以後再也沒有被啟用過；另一方面則反證大臥鐘之作為良材的品質並沒有喪失，它是不會屈尊被人用來作為宮殿或佛寺的報時之器的。結拍是借銅仙來寫大臥鐘，銅仙因將被人遷移至洛陽而潸然淚下，大臥鐘呢？它被人棄置草間又何嘗不是心有慼慼焉！

199 清平樂　池上納涼

項廷紀

水天清話❶，院靜人銷夏❷。蠟炬風搖簾不下，竹影半牆如畫。

醉來扶

上桃笙❸，熟羅❹扇子涼輕。一霎荷塘過雨，明朝便是秋聲。

【作　者】項廷紀（西元一七九八—一八三五年），原名繼章，又名鴻祚，字蓮生，後改名廷紀，浙江錢塘（今屬浙江杭州）人。幼年喪父，艱苦力學，性格沉默寡言。道光壬辰（西元一八三二年）舉人，兩應進士不第。道光三年至十五年間，手訂詞稿為《憶雲詞甲乙丙丁稿》。其詞獨寫性情，「幽異窈眇」（譚獻《項君小傳》）。

【注　釋】❶水天清話　水天，形容水天共融的景象。唐李商隱有〈水天閒話舊事〉詩。清話，高雅的談話。❷銷夏　消除暑氣。唐陸龜蒙〈消夏灣〉：「遺名復避世，消夏還消憂。」❸桃笙　桃枝竹編的席。晉左思〈吳都賦〉劉逵注：「桃笙，桃枝簟也。吳人謂簟為笙。」❹熟羅　羅，輕軟而有織孔的絲織品。織羅的絲有練有不練，因而有熟羅、生羅之別。唐柳宗元〈行路難〉：「盛時一去貴反賤，桃笙葵扇安可常。」

【語　譯】在青天碧水間清談，在靜悄悄的院落中消夏。竹簾高掛，微風搖動燭光，照得半牆竹影，婆娑如畫。

酒酣扶上涼席，輕搖羅扇，送來涼風。一陣急雨掠過荷塘，也許明天便能聽到秋聲。

【研　析】這首小詞，寫池上納涼，情由景生，景以情顯；意境渾成，既整麗又流動，不見雕琢痕跡。開篇寥寥四字，「水天清話」，展現了一幅景中含情的圖畫。夏末的夜晚，月光明亮，河水清澈，荷葉托舉著荷花，形成一片清美而秀麗的景色，詞人就坐在這樣的風景裡與親朋好友「清話」。良辰、美景、賞心、樂事，四美齊具，好一派清新雅致的景色與情調。「蠟炬風搖簾不下，竹影半牆如畫。」詞人捕捉到了美麗的一刻。風不大，輕輕的，燭光搖晃而不滅，牆上的竹影也隨著火光的搖動婆娑起來。有美景如此，不待飲酒而心已醉了。詞人將飲酒藏在紙背，下片直接寫醉酒的場面。「醉來扶上桃笙，熟羅扇子涼輕。」看來詞人頗有幾分醉意，要人攙扶；酒力發熱，也要輕搖扇子。桃笙、熟羅，雖不華麗，卻很雅致。「一霎荷塘過雨，明朝便是秋聲。」噼噼啪啪，一陣急雨掠過荷塘，轉眼就停，但詞人卻清醒地聽到了一般人尚難以察知的秋聲，似有一絲苦澀。其實每個人都經歷過，盛夏幾分鐘的急雨並不會帶來涼意，反而會更添一分暑熱，不然也不用說「秋聲」在「明朝」了。這「秋聲」與其說是從雨中傳來，不如說從詞人心底響起。一葉落知天下秋，一場雨知秋將至，尚在與親友清話，尚在酒醉之中，作者能有這種敏感與清醒，這就是「詞心」之所在吧。

200 減字木蘭花

春夜聞隔牆歌吹聲

項廷紀

闌珊❶心緒，醉倚綠琴❷相伴住。一枕新愁，殘夜華香❸月滿樓。

繁笙脆管，吹得錦屏❹春夢遠。只有垂楊，不放秋千影過牆❺。

【注釋】❶闌珊　衰殘；將盡。❷綠琴　綠綺琴的省稱，泛指古琴。〈古琴疏〉：「司馬相如作〈玉如意賦〉，梁王悅之，賜以綠綺之琴。」❸華香　同「花香」。❹錦屏　指有華麗錦繡的屏風。唐牛嶠〈菩薩蠻〉詞：「何處是遼陽，錦屏春晝長。」❺秋千影過牆　化用宋張先〈青門引〉：「那堪更被明月，隔牆送過秋千影。」

【語譯】百無聊賴，興致凋殘，醉拂綠琴相伴。夜未央，花香月色滿樓，枕上又添一段新愁。　隔牆紛繁清脆的歌吹聲，似一陣風，把屏風裡的美夢吹得無影無蹤。只有楊柳無情，不肯放那邊的秋千影過牆來。

【研析】譚獻《篋中詞》卷四云：「蓮生，古之傷心人也。盪氣回腸，一波三折。」又云：「以成容若之貴，項蓮生之富，而填詞皆幽豔哀斷，異曲同工，所謂別有懷抱者也。」這首〈減字木蘭花〉雖短小，卻頗具「盪氣回腸，一波三折」、「幽豔哀斷」之妙。

首句「闌珊心緒」，寫哀感無聊，即給全詞抹上了一道陰影，定下了基調。接著推出主人公的近鏡頭：孤身一人，獨喝悶酒，醉倒在綠琴上。詞人用綠琴之典，是以司馬相如自比，空有一身才氣風流，卻懷才不遇，也無紅粉知己賞識。「一枕新愁」，接續前句，舊愁未去，新愁又生，「一枕」狀其不眠之態，也寫其孤獨寂寞之情。「殘夜華香月滿樓」，由寫人轉而寫景，由室內轉向室外。夜深不眠，故能感受到花香襲人、月滿西樓的美景，這也是一個美麗而又蒼涼的境界。「一枕新愁，殘夜華香月滿樓」，字面看都是熟套，卻精煉而渾成，一字不可改移。過片，承上而來，詞人本來已是醉倚綠琴，觸處生愁，殘夜無眠。現在又有這「繁笙脆管」隔牆傳來，「吹得錦屏春夢遠」，就更難入夢了。「繁笙脆管」和「闌珊心緒」，熱鬧對寂靜，歡樂對淒涼，結果只能是「闌珊」復「闌珊」。行文至此，情意含蓄，一波三折。結拍「只有垂楊，不放秋千影過牆」，自張先〈青門引〉「那堪更被明月，隔牆送過秋千影」句化出，張先是觸景傷懷，作者是直抒胸臆，有些「多情卻被無情惱」（蘇軾〈蝶戀花〉）的含義，解開了「闌珊心緒」的謎底。「繁笙脆管」不想聽而得聽，牆內佳人想見而不得見，又一次形成鮮明對比，可見命運之無情。

作者自言「生幼有愁癡」，這首詞可算例證之一。以愁發端，著力表現了作者「春夜聞隔牆歌吹聲」之時的心理反應和情感感受。意象含蓄，境界鮮明，滿紙清愁，淺吟低唱，無論語言和意境都美麗而有韻味。

201 蘭陵王 春晚

項廷紀

晚陰薄，人在荼蘼❶院落。秋千罷、還倚瑣窗，華雨❷和煙冷銀索❸。近來情緒惡❹，遮莫❺青春過卻。單衣減、沉水❻自薰，酒病經年怯孤酌。

低低燕穿幕，任箋綠綃紅❼，心事難託。柳絲倚夢輕漂泊。歎衾鳳❽羞展，鏡鸞❾空掩，思量睡也怎睡著，恨依舊寂寞。

妝閣，閉魚鑰❿。怕唱到〈陽關〉⓫，簫譜慵學，夜占蛛喜朝靈鵲⓬。只目斷千里，錦帆天角。玲瓏簾月，照見我，又瘦削。

【注釋】❶荼蘼　亦作「酴醿」，花名，薔薇科，春末夏初開花。❷華雨　同「花雨」。❸銀索　指秋千索。❹惡　難過。❺遮莫　盡教；任由。❻沉水　即沉水香，也稱沉香，一種名貴香料。❼箋綠綃紅　指用紅、綠色的彩箋和錦帛寫信。❽衾鳳　即被子上繡的鳳鳥。❾鏡鸞　鏡子上雕刻的鸞鳥。❿魚鑰　魚形的鎖。南朝梁簡文帝〈秋閨夜思〉：「夕門掩魚鑰，宵床悲畫屏。」⓫陽關　指〈陽關曲〉，又稱〈陽關三疊〉。參嚴繩孫〈蝶戀花〉詞注❸。⓬夜占蛛喜朝靈鵲　指用蜘蛛、喜鵲來占卜喜事。《開元天寶遺事》：「時人之家，聞鵲聲皆為喜兆，故謂靈鵲報喜。」有一種小蜘蛛，稱為喜蛛，亦稱蟢子。據說看見小蜘蛛沿著蛛絲下掛時，朝掛喜，夜掛氣（生氣）。歐陽脩〈玉樓春〉：「蜘蛛喜鵲誤人多，似此無憑安足信。」

【語譯】傍晚時分，薄暮陰陰，人正在荼蘼花開放的院落中。秋千蕩罷，倚著窗臺，看花落如雨。秋千的銀索在煙霧迷蒙中漸漸冷卻。最近心情不佳，任憑青春逝去。已經是穿單衣的季節，只好親自準備熏衣的沉香屑。年來幾番病酒，真害怕自斟獨酌。　空望著燕子低低穿過簾幕，不管用多少紅箋綠錦，心事也無所囑託。柳絮帶著魂夢隨意漂泊。被子上繡的雙鳳讓人羞慚，鏡子上雕的鸞鳥讓人懊喪，思量來思量去，怎麼也睡不著。恨並寂寞著。　把自己關在妝閣，下了鎖鑰。懶於練習簫譜，怕唱到〈陽關三疊〉。晚上占喜蛛，早上看靈鵲。可千帆過盡，歸帆還在天的一角。透過簾幕的玲瓏月光，照見我又瘦削了許多。

【研析】據〈憶雲詞甲稿〉中自序，這首閨怨詞作於道光三年（西元一八二三年）之前，但年方二十餘歲的項蓮生，卻將這首詞寫得如此嫻熟，實有天份過人之處。上片重在描寫環境，營造氛圍。「晚陰薄」，仍是傍晚而無斜陽，將入夜分尚未沉沉，就這麼薄薄一層陰晦，籠著院落與心頭。「荼蘼院落」，「開到荼蘼花事了」（宋王淇〈春暮遊小園〉），荼蘼雖繁豔，卻是春花之絕唱；且院落中「華雨和煙」，是連荼蘼也成落紅飛去了。寂寞的時間太久了，隨意來蕩秋千，因為明知心情不會好轉；秋千蕩完，斜倚瑣窗，看煙雨中秋千索漸漸冷卻。短短四句，占了三韻，層層寫來，似有千鈞重量，卻無處擔著。「近來」兩句是招供語，說最近情緒不好，只能任由春去，吐露了情緒的冰山一角，四兩撥千斤。後半片換個角度繼續渲染。「青春」、「單衣」，呼應「荼蘼」、「華雨」，加一倍寫春暮。「孤酌」和「秋千」一樣，是自我排遣，悶酒難喝，病酒更不宜喝，卻又無可奈何。「經年」又透露出寂寞的沉重與長久。

中片重在寫情事。孤酌醉酒欲覓床，鏡頭也已轉到室內。「低低燕穿幕，任箋綠綃紅，心事難託。」知道不會有人來，故而簾幕低垂；偏偏燕子穿簾而來，是顧傳語麼？然而紅箋綠錦已費了太多，經年心事卻每每落空。燕子之有情，正襯得遊子之無情。「柳絲倚夢」，實際是「夢倚柳絲」，此處正是「魂夢任悠揚，睡起楊花滿繡床」（馮延巳〈南鄉子〉）之翻寫。「輕漂泊」，即不以漂泊為意：所思之人，漂泊不歸，「我」之魂夢又有何可繫？「衾鳳羞展，鏡鸞空掩」，點明相思主旨；「思量睡也怎睡著」，以曲入詞，聰明俊俏。「恨依舊寂寞」，若作動賓結構解，是因為依然寂寞而悵恨，其語便淺；若作主謂結構解，是連恨也寂寞，愈顯無人知無人管，似更有味。

三疊情景交寫，場景依然在室內，時間已入夜。「妝閣，閉魚鑰」，再表無人自守之意，較之「低低燕穿幕」，有動靜虛實之變化。魚和燕子一樣，也是傳信之物，古詩說「呼兒烹鯉魚，中有尺素書」；簡簡單單「閉魚鑰」三字，其實有「水闊魚沉何處問」（歐陽脩〈玉樓春〉）的味道。「怕唱到〈陽關〉，簫譜慵學。」秋千，飲酒，唱曲，無一不是歡樂事，在本詞中則全部充當了以樂事寫哀情的作用。細細品味，秋千已經打過，飲酒孤酌而醉，唱曲則懶而不為，寫法各不相同。「夜占蛛喜朝靈鵲。只目斷千里，錦帆天角。」蛛也報喜，鵲也報喜，到頭來都是空歡喜；便望向天邊，也不見錦帆歸來。對比何其鮮明，又何其殘忍！寫了大半篇幅的院落妝閣之後，終於「玲瓏簾月，照見我，又瘦削」三句放開了手腳，吹來一股清涼。明月，要為蔓延全篇的沉默寂寞添上最後一筆。「卻下水晶簾，玲瓏望秋月」（李白〈玉階怨〉），現在還不是拜月的時節，可美麗的月光仍然那麼引人遙望，惹人遐想。陸天隨詠白蓮曰「無情有恨何人覺，月曉風清欲墮時」，這望月之人，亦若白蓮，已被拋棄，漸漸瘦削。

全詞以閨怨為主題，從傍晚寫到中夜，調子有抑有揚，二疊之後，借著酒力，就著夜色，情感漸漸顯現。詞人就著閨閣取材，圍繞著寂寞左寫右寫，橫說豎說，層層渲染，筆法不散、不重、不贅，用典渾化，整飭俊麗，雖然稍顯局促、缺乏時空的調動，但已是難得的上佳之作。

202

水龍吟　秋聲

項廷紀

西風已是難聽，如何又著芭蕉雨？泠泠❶暗起，澌澌❷漸緊，蕭蕭❸忽住。候館❹疏碪❺，高城斷鼓，和成淒楚。想亭皋木落❻，洞庭波遠❼，渾不見，愁來處。

此際頻驚倦旅，夜初長，歸程夢阻。砌蛩❽自嘆，邊鴻❾自唳，剪燈誰語❿？莫更傷心，可憐秋到，無聲更苦。滿寒江剩有，黃蘆⓫萬頃，捲離魂去。

【注　釋】❶泠泠　象聲詞，指風聲。❷澌澌　象聲詞，指雨聲。❸蕭蕭　象聲詞，風雨交雜聲。❹候館　本為古時的驛站，在詩詞中通常指行人寄住的旅舍。姜夔〈齊天樂〉云：「候館迎秋，離宮弔月，別有傷心無數。」❺碪　同「砧」。搗練之石。❻亭皋木落　柳渾〈搗衣〉：「亭皋木葉下，隴首秋雲飛。」❼洞庭波遠　《楚辭．湘夫人》：「嫋嫋兮秋風，洞庭波兮木葉下。」❽砌蛩　石階裡的蟋蟀。❾邊鴻　指秋後由邊塞南飛的大雁。❿剪燈誰語　李商隱〈夜雨寄北〉：「何當共剪西窗燭，卻話巴山夜雨時。」⓫黃蘆　指秋後發黃的蘆葦。語出白居易〈琵琶行〉：「黃蘆苦竹繞宅生。」

【語　譯】秋風本來就難以為聽，如何又偏偏遇上芭蕉著雨？先是風聲泠泠暗然而起，而後是雨聲澌澌稍然逼緊，接著是風雨蕭蕭突然停了下來。我寄寓在旅舍，隱約聽到了遠方傳來的陣陣搗衣聲，還有高城上斷斷續續的更鼓聲，它們攙雜在一起匯合成淒楚迷離的情感流水。遙想那兀立在水邊高地上的涼亭，在秋風的掃蕩下落葉紛紛，還有洞庭湖的波濤聲漸行漸遠，但眼前只是茫茫一片，看不見「愁」由何而起，來於何處。

在這個特殊的時候，特別深刻地感受到倦遊在外的辛苦。長夜是何其漫漫，在夢中都難找到歸家的路。階下蟋蟀的陣陣悲唱，邊塞南來的大雁聲聲哀鳴，我在客舍剪去久燃的燈花，又有誰能和我一起西窗下共話？

不要憂心惆悵，落寞自傷，更可怕的是在秋天到來時，無秋聲比起有秋聲來更悲更苦。值得慶幸的是，還有那江畔萬頃的黃蘆，伴隨著寒江上浩蕩的秋風，將我的離魂一起席捲而去。

【研　析】這是一首詠物詞，所詠對象為秋聲，作者借秋聲抒寫了自己孤旅落寞的感傷情懷。自宋玉〈九辯〉以來，詠秋成為古代文人筆下的重要母題，悲秋亦成為古代文人心中揮之不去的心靈紐結，而歐陽脩的〈秋聲賦〉更把這種「悲秋」的情懷推至頂峰，項廷紀的這首〈水龍吟〉在對「秋聲」的描寫上與對悲秋情懷的表現上亦頗具特色。

上片寫秋聲，因秋聲無其形，故發端從秋風秋雨寫起，寫秋風秋雨也不是正面地描摹，而是從聽者的感受寫起：「西風已是難聽，如何又著芭蕉雨？」「難聽」是說難以為聽，一個「難」字傳達出聽者孤單落寞的情緒；「芭蕉雨」在古代詩詞中是一個比較典型的秋天意象，而詞人以「已是……如何又……」的問句，構成前後兩句在語氣上的遞進關係，真切地表達了自己對於秋天悄然到來的無端苦態。接著三句，用三個象聲詞「泠泠」、「澌澌」、「蕭蕭」，形象而具體地描摹了「秋聲」的情狀，讓讀者真切地感受到秋風浩蕩秋氣蕭瑟的秋日景象。如果說前面三句是寫自然界的「秋聲」的話，那麼後面三句寫的便是人間的「秋聲」了：「候館疏碪，高城斷鼓，和成淒楚」。「候館」、「高城」點明自己所處的位置，「疏碪」、「斷鼓」具體而入微地描摹了人間秋聲的情狀，特別是「疏」、「斷」兩個形容詞，用語自然而貼切，「和成淒楚」是說「疏碪」、「斷鼓」相和相鳴形成了一種淒涼的氛圍，從而也把詞人獨居客舍的孤寂落寞心態烘托出來。筆鋒至此，似已無法深入，但到歇拍作者故意蕩開一筆，再借落葉和湖波寫秋聲，提筆以一個「想」字領起，勾勒出一幅「亭皋木落，洞庭波遠」的秋天蕭瑟景象，這兩首詩句也很容易讓人聯想起柳渾〈搗衣〉「亭皋木葉下，隴首秋雲飛」和屈原〈湘夫人〉「嫋嫋兮秋風，洞庭波兮木葉下」等句，從而在藝術上形成聯想性的審美效果，也讓讀者有一種深邃的歷史感和人類情感的共鳴感。「渾不見，愁來處」，是觸景而生之情，但更是為了傳達詞人的感受，筆觸也由寫秋聲過渡到直接寫人的秋感了。

下片抒情，寫詞人對景生情，抒發了其羈旅倦遊的愁懷。過片「此際頻驚倦旅」一句，接續歇拍之句意，並點明題旨，一個「頻」字寫出詞人客居在外的驚悸心理，一個「倦」字既寫出其無奈的心態，也托出其思鄉的強烈意緒，「夜初長，歸程夢阻」是對「頻驚倦旅」的形象說明，客舍在外，難以入眠，倍覺長夜漫漫，即使偶入夢鄉，也總是歸程受阻，思鄉之夢也難得以圓。接著三句，進一步渲染其客舍在外的孤獨感，石階上的蟋蟀在悲鳴著，室外南飛的邊鴻在聲聲哀唱，但在詞人看來，此情此景只會更加激發起其思親念友的懷鄉之情，特別是這裡用兩個「自」字來著意烘托其孤獨寂寞之感，而「剪燈誰語」以反問的形式表達了其內心深沉的苦悶和淒楚。如果順勢而下，接著應該是進一步描述其苦楚的心緒，但詞人卻出以逆挽之筆，通過琵琶反彈的手法，寫無「秋聲」比有「秋聲」更加淒苦，在情緒的表達上則是由自傷轉向自慰：「莫更傷心，可憐秋到，無聲更苦」，語似無奈，意實更深，情感亦更沉鬱。結拍一句，由寫人轉而寫景，詞人將詞筆蕩開，懸想在那充滿秋意的寒江上，有經霜的黃蘆捲起萬頃波濤，把自己思鄉懷親的離愁別緒一捲而去。這一句意境極為開闊，全詞的格調由低沉轉向高揚，體現了詞人一種積極樂觀的人生態度和生命向度。

203

三犯渡江雲

項廷紀

余今年二月客山陰，三月客禾中，四月、七月一再至吳門。遂北渡揚子，游金、焦兩山，留維揚六日。揭來故山，怳焉如夢。塵衣未浣，又為豫章之行。登舟惘惘，扣舷而歌。彌覺旅懷之淒黯矣❶！

斷潮流月去，柁樓❷碎語，侵曉掛帆初。一行沙上雁，又被西風，吹影落江湖❸。紅牆漸遠，拂征衣自歎清臞❹。最淒涼、疏萍剩梗，飄泊意何如❺。

愁余❻！黃花舊徑❼，修竹吾廬❽，是離魂❾來處。料此後、詩邊酒冷，夢裡燈孤❿。停船莫近投書浦⓫，況路長、容易無書。歸便早，今年總負鱸魚⓬。

【注　釋】❶余今年二月十三句　今年，即道光丙戌年（西元一八二六年）。山陰，今浙江紹興。禾，即禾城，今浙江嘉興。吳門，今蘇州一帶。揚子，揚子江，江蘇揚州以下至入海口的長江流域。金、焦兩山，江蘇鎮江的金山和焦山。維揚，揚州。豫章，古郡名，在今江西。王勃〈滕王閣序〉：「豫章故郡，洪都新府。」❷柁樓　船上掌舵的後艙室。柁即舵。❸一行沙上雁三句　寄託浪跡江湖的身世之感。沙上雁，古曲有〈平沙落雁〉，《天聞閣琴譜》闡釋道：「蓋取其秋高氣爽，風靜沙平，雲程萬里，天際飛鳴。借鴻鵠之遠志。寫逸士之心胸者也。」吹影落江湖，語出孟郊〈失意歸吳因寄東臺劉復侍御〉：「長安日下影，又落江湖中。」❹清臞　清瘦。❺最淒涼疏萍剩梗二句　感歎身世如殘萍斷梗，漂泊無依。萍梗乃無根之物，古來便用以喻飄零的身世。如白居易「身方逐萍梗，年欲近桑榆」。❻愁余　意為真令我發愁。詞中換頭常用語，出自屈原〈九歌・湘夫人〉：「目渺渺兮愁予。」❼黃花舊徑　用陶淵明歸隱種菊典故，指家鄉幽雅風物。梅鼎祚〈九日雨〉：「陶家舊徑近全荒，尚有黃花對客黃。」❽修竹吾廬　語出陶淵明〈讀山海經〉「眾鳥欣有託。吾亦愛吾廬」與朱希真〈念奴嬌〉「修竹吾廬三徑」，同樣表達對故鄉幽雅風物的眷戀。❾離魂　離家漂泊的魂魄，作者自寓。用倩女離魂的典故。據陳玄祐〈離魂記〉記載，張倩娘與表兄王宙本有婚約，在父親悔婚後抑鬱成疾，以致於魂魄離開身體去追隨王宙。❿夢裡燈孤　語出劉一止〈次韻朱賓老刪定月夜相訪〉：「夜久燈孤疑是夢。」⓫停船莫近投書浦　用投書浦典故，表示家書難得，故決不願遇到像殷羨那樣丟掉信件的信使。據《世說新語・任誕》記載，殷羨（字洪喬）出任豫章太守，離開都前，不少人託他帶書信，多達上百封。他行至石頭渚時，把這些信都丟到水中，祝告道：「沉者自沉，浮者自浮，殷洪喬不能作致書郵。」⓬鱸魚　用張翰思歸典故。參見蔣春霖〈滿庭芳〉（黃葉人家）注❼。

【語　譯】退潮帶著月光流向遠方，在柁樓上說著閒話，天快亮時便開始揚帆行船。沙灘上的一行鴻雁，又被西風將身影吹落到江湖中了。岸邊的紅牆相距漸遠了，拂拭著征衣感歎自己又清瘦了好些。最淒涼的是那些疏落的浮萍殘餘的斷梗，終日飄泊究竟是怎樣的心情啊！　真令我發愁啊！那點綴著菊花的故鄉小路，依傍著修竹的我家房屋，便是我這流離魂魄的出處了。料想此後，必定是詩旁的酒透著寒冷，夢裡的燈也顯得孤單。停船切不要靠近那投書浦，更何況路遠很容易連書信都沒有。即使能早些回去，今年也必定要辜負故鄉的鱸魚了。

【研析】此詞選自《憶雲詞乙稿》，創作背景參見注釋。全詞描寫渡江所觸發羈旅之愁與身世之感，恰能契合於〈三犯渡江雲〉的詞牌。作者的詞風近似浙西詞派，此詞在意脈轉承與意象運用上，就明顯受到浙派遠祖張炎〈渡江雲〉詞的影響。如張炎詞起二句道：「山空天入海，倚樓望極，風急暮潮初。一簾鳩外雨，幾處閒田，隔水動春鋤。」融情入景，一開一闔的方式就為此詞所模仿：起句以開闊場景切入，次句轉入細部景致描寫，這種對比變換能形成生動的視覺效果，仍為現代攝影所常用。二詞換頭都為「愁余」二字。張詞中「斷梗疏萍，更漂流何處」、「空自覺、圍羞帶減，影怯燈孤」等意象，也都為此詞所沿用、化用。儘管如此，從整體上看作者的風格特色仍是頗為鮮明的。即如《憶雲詞》自序中道：「幼有愁癖，故其情豔而苦，其感於物也鬱而深……其窅敻幽淒……抑亦傷心之極致矣！」正是此種幽淒深鬱的特色，令此詞得以別於張炎詞的疏朗清逸，自成一格。其中佳處，如「一行」句，寓沉鬱之情於清逸悠遠之境，將飄逸身影與漂泊身世生動繪出，是寫雁，也是寫人——秋天正是鴻雁離家南徙的季節，乘西風上征程的清逸身影，與作者背井離鄉，漂泊於江湖間的清臞身影何其相似！又如「黃花」句，化用前人意境如己出。「黃花舊徑，修竹吾廬」本是清雅溫馨的，而「是離魂來處」的介紹卻蒙上了一層幽約淒清的色彩，透出深深的眷戀與憂傷，盡顯傷心人的本色。再如「停船」句，模仿張炎詞「甚近來、翻笑無書。書縱遠，如何夢也都無」的句意與層進技法，意格卻由疏快變為沉重。對「投書浦」典故的化用尤見新意。遊子最盼望親友的書信，但古代交通不便，常有許久收不到書信的情況，便難免會有種種擔憂和猜測。即如作者，最害怕的是遇到不負責任的信使，恰巧那以丟棄書信聞名的投書浦就在附近，當然會杯弓蛇影，不敢靠近，免得不吉，即便如此謹慎，也還是擔心書信會因道遠難行而延誤，正是這些小心翼翼、多愁善感的心理描寫，使得羈旅之苦與相思之深，躍然紙上，令人動容。

204 浣溪沙

項廷紀

風蹴❶飛花上繡茵，柳絲無力絆殘春❷。今年時節去年人❸。

蟬錦暗銷雙枕淚❹，雁弦愁鎖一箏塵❺。不思前事亦傷神❻。

【注　釋】❶蹴　踩踏；踢。❷柳絲無力絆殘春　意為柳絲無力將春情春光牽絆住。柳絲寓意參見董士錫〈蘭陵王〉（水聲咽）注❸。用何希堯〈柳枝詞〉「飛絮滿天人去遠，東風無力繫春心」詞意。❸今年時節去年人　指今春回憶起去年春日的情事，感慨物是人非。用岑參〈韋員外家花樹歌〉「今年花似去年好，去年人到今年老」詩意。❹蟬錦暗銷雙枕淚　指因看到與戀人間成雙成對的舊物，而相思落淚。蟬錦，即連蟬錦。一種繡有連理紋、薄如蟬翼的錦緞。據皇甫枚〈非煙傳〉載，武公業愛妾步非煙曾送給情人趙象連蟬錦香囊表達懷春傷春之情，故在此用以指情人所贈之物。雙枕，指戀人所用的兩個相連的枕，如鴛鴦枕。銷，消散；衰殘。在此指連蟬錦、鴛鴦枕被淚水浸透。❺雁弦愁鎖一箏塵　指箏在戀人去後已許久都無心彈奏了。化用李端〈聽箏〉「鳴箏金粟柱，素手玉房前。欲得周郎顧，時時誤拂弦」詩意，表明昔日箏弦得眷顧，只因要引起知音人的眷顧——此知音既是箏弦的知音，更是戀人的知音；而今日箏弦被塵封只因知音人已經離開了，故無心再去彈奏。雁弦，指箏弦，雁即雁柱，指箏上整齊排列的弦柱。張先〈生查子・彈箏〉：「雁柱十三弦，一一春鶯語。」❻不思前事亦傷神　形容相思極深，故目睹舊物，不必刻意回憶前情，已覺傷心。化用李彌遜〈蔡子應郎中挽詩〉「我亦無心趁哀樂，每懷前事一傷神」詩意。

【語　譯】風將飛舞的花瓣踢落在芳草上，柳絲已沒有力氣牽絆住殘餘的春情春光了。今年的季節，去年的人。　淚水悄悄地流過鴛鴦枕浸透了連蟬錦，愁歎箏上的雁柱與絲弦都被灰塵封鎖了。即使不去回思往事也會黯然傷神。

【研析】此詞選自〈憶雲詞丙稿〉，描述的是春末思念戀人的情境，纏綿悱惻，擅寫今昔對比，體現出作者細膩深婉的情思與多愁善感的個性。開篇二句「蹴上」、「無力」等語已透出對春去花飛深深的憐惜。「今年時節去年人」更揭示出惜花惜春，歸根到底都是惜人惜情。去年的人來到今年春末，卻要再承受一次與去年春末相同的痛苦——離別痛惜卻無力挽留，飛逝的春花便如同去年隨春花飛逝的戀人。「蟬錦」句情境相生，參看注釋可知，連蟬錦、鴛鴦枕，既是戀人舊物，又是雙宿雙棲的象徵，而箏弦塵封又是昔日知音知心人離去的象徵，故對此怎能不傷神！淚銷愁鎖，可見傷神之深。更何況作者的傷神又與尋常人不同，常人「每懷前事一傷神」，已覺情愁深重，而作者卻道「不思前事亦傷神」，可見用情至深，對著這些再熟悉不過的舊物，即便是匆匆一瞥也如見其人，如聞其聲，已足傷神，又何須再去回思前事？然而，用情如此深摯，心思如此細膩，又怎能不回思前事，細細思量之下，其傷神又必將是倍增再倍增了。

205 早春怨

春夜

顧太清

楊柳風斜，黃昏人靜，睡穩棲鴉❶。短燭燒殘，長更坐盡，小篆❷添些。

紅樓不閉窗紗，被一縷、春痕暗遮。澹澹輕煙，溶溶院落，月在梨花❸。

【作者】顧太清（西元一七九九—一八七六年），名春，字子春，又字梅仙，號太清，晚號雲槎外史，原姓西林覺羅氏，滿洲鑲藍旗人，又稱西林春，太清春。清代著名女詞人，有「男中成容若，女中太清春」之稱。有《天遊閣集》，詞集名《東海漁歌》。

【注釋】❶楊柳風斜二句　形容春日暮寧靜閒適的情境。所用意象在詩詞中頗常見，如韓翃〈少年行〉「葉葉春依楊柳風」，于鵠〈寓意〉「黃昏人散東風起」，石孝友〈西江月〉「萬點風頭柳絮……門掩黃昏人靜」，陳克〈菩薩蠻〉「鴛鴦睡穩清溝闊」。❷小篆　即篆香，紋路如篆文，故名。有的香上將一晝夜劃分為一百個刻度，點燃後可依據篆形燒殘的情況來計時，故又稱百刻香。秦觀〈減字木蘭花〉：「斷盡金爐小篆香。」趙令時〈天仙子〉：「玉樓香斷又添香。」❸澹澹輕煙三句　用晏殊〈寓意〉「梨花院落溶溶月，柳絮池塘淡淡風」與歐陽脩〈蝶戀花〉「寂寞起來褰繡幌，月明正在梨花上」詞意。溶溶，如水蕩漾的樣子。

【語　譯】楊柳隨風招展，黃昏人聲已靜，棲息的烏鴉也已安睡了。坐看短短的蠟燭漸漸燒盡，漫長的夜晚即將結束，小篆香也快燃盡，又要添一些了。　紅樓上的窗紗沒有關閉，卻被一縷春痕悄悄地遮蔽了。院落中淡淡的輕煙縈繞，明淨的月光蕩漾，正映照在梨花上。

【研　析】此詞選自《東海漁歌》卷五，作於道光二十六年丙午（西元一八四六年）春，作者時年四十八歲。此詞描述春夜無眠的情景，籠罩在寧靜淡雅的氛圍中，流淌著淡淡的春光，彌漫著淡淡的春愁。意境頗奈尋味，但稍嫌陳熟。起句中描述的都是富有春夜特色的情景，而風輕、人靜、棲鴉睡穩，又正與次句中久坐無眠直至燭殘、香盡、夜將闌的女子形象，形成鮮明的對比，令人不禁要尋思個中原因。在對女子的舉動和視野的描述中，似乎能透露出一些消息。她注意到燒殘的短燭，又頻頻往香爐中添香，可見並非是一味昏昏的枯坐，而是一直在留意著時間，並且有所等待。下闋又描寫她特意敞開了窗，而且目光一直望向窗外，又似乎特別留意到窗戶被春痕遮蔽，不能看得分明，故可以推想她所期待之物應當在戶外，至於是景是人，就不得而知了。結句忽推開一境，此前繚繞的香煙，暗遮的春痕，象徵的是女主人公久待未果的鬱結心情；而此句描述在淡煙籠罩的院落中，蕩漾著明淨的月光，照亮了潔白芬芳的梨花，便象徵著她心結稍解，漸開朗了。本來春夜的朦朧就容易讓人抑鬱，而在久待中忽見一方澄明景致，則往往能令人精神為之一振，暫拋愁緒，舒展心情。而詞外的讀者觀此，也不妨暫放下對詞中疑案的尋思，與詞中人一同品味這穿透蒼茫的清朗春光。

206　醉翁操

題雲林❶〈湖月沁琴圖〉小照

顧太清

悠然，長天，澄淵，渺湖煙。無邊，清輝燦燦兮嬋娟❷。有美人兮飛仙❸，悄無言。攘袖促鳴弦❹，照垂楊素蟾❺影偏。

羨君志在，流水高山❻。問君此際，心共山閒水閒？雲自行而天寬，月自明而露溥❼。新聲和且圓，輕徵❽徐徐彈，法曲❾散人間。月明風靜秋夜寒。

【注釋】❶雲林　許延礽，字雲林。兵部主事許宗彥與女詩人梁德繩之女，作者的好友。擅長詩詞、琴畫、篆刻。著有詩詞集《福連室吟草》。❷嬋娟　姿態美好貌。可指月色、美人，在此兼有二義。❸飛仙　西方之神。道教中的西方七宿，其形象仙，稱飛仙。古將四季與四方相對應，秋季對應西方。蘇軾〈前赤壁賦〉：「挾飛仙以遨遊，抱明月而長終。」❹攘袖促鳴弦　指挽起衣袖彈琴。攘袖，捲起衣袖。促鳴弦，將弦擰緊，指彈琴。白居易〈琵琶行〉：「卻坐促弦弦轉急。」❺素蟾　月亮。傳說月宮中有蟾蜍。❻羨君志在二句　用高山流水的典故，既是形容雲林志向高遠，如山高水長；也是形容她琴藝高妙，與自己互為知音。流水高山，據《列子・湯問》記載，俞伯牙善鼓琴，鍾子期善聽。伯牙鼓琴，志在登高山，鍾子期曰：「善哉！峨峨兮若泰山！」志在流水，鍾子期曰：「善哉！洋洋兮若江河！」伯牙所念，鍾子期必得之……伯牙乃舍琴而歎曰：「善哉善哉！子之聽夫志，想像猶吾心也。吾於何逃聲哉？」❼月自明而露溥　用江淹〈別賦〉「秋露如珠，秋月如珪，明月白露，光陰往來」文意。溥，露水多的樣子。《詩經・鄭風・野有蔓草》：「野有蔓草，零露溥兮。」❽徵　徵音。❾法曲　古代用於佛教法會的一種樂曲。在此指仙樂。

【語譯】悠然，遼闊的天空，宛如明鏡的水面，飄渺的湖煙。無邊無際，清輝燦爛的明媚月亮。有一位美人宛如飛仙，悄然無言。挽袖彈琴，皎潔的月光照在垂楊上，光動影移，搖曳生姿。

羨慕君的志向，寄託在流水高山之上。試問君此時此刻，伴隨心靈進入悠閒境界的究竟是山還是水呢？雲自由的經行而天空更覺寬廣，月自在的照耀而露珠更見充沛。新奏的琴聲和諧且圓潤，徐徐彈奏著輕和清悠的徵聲，這仙樂散落在人間。月仍清明，風已平靜，秋夜透出清寒。

【研析】此詞選自《東海漁歌》卷五，作於道光二十年庚子（西元一八四〇年），作者時年四十二歲。作者與梁德繩、許雲林母女私交甚厚，時有詞作往來，此詞即是其一，除作者外，沈湘佩、吳藻等詞友也有關於〈湖月沁琴圖〉的題詠流傳，堪稱閨秀詞壇的一段韻事。全詞聲色情韻並茂，意象轉承得宜，靈動清雅，光彩照人。即如沈善寶《名媛詞話》評道：「巧思慧想，出人意外。」

起句「悠然」二字可總括全篇意境，此後一系列趁著圓轉流暢的韻腳，躍然而出的清景佳人，都可為「悠然」作注腳：先描繪無邊的水色天光，營造出清靜悠遠的景深，然後以「清輝燦燦兮嬋娟」句巧妙的承上啟下，明豔動人的，既是上文的水色天光，又是下文的如仙美人。「悄無言」句，正是用白居易〈琵琶行〉中「東舟西舫悄無言，唯見江心秋月白」的意境，形容四周凝神聽琴之狀。環境上的重重鋪墊已足，畫中主角便呼之欲出了。於是便自然的引出了「攘袖促鳴弦」的撫琴人，妙在點到即止，隨即的「照垂楊」句又轉入側面烘托，形容琴曲隨月光揚影的轉動悠揚而出，如此用筆，就比描頭畫角的瑣碎刻劃更為高明，能捨形取神。

下闋延續意脈，從不同角度描繪琴曲之神。「志在流水高山」可知其志高雅，「心共山閒水閒」可知其韻閒遠，而由「羡君」、「問君」之語則可知觀畫填詞人與畫中撫琴人互為知音，否則不能知其志與韻。此後「雲自行」以下四句，既能自成境界，又能彼此呼應——「輕徽徐徐彈」即如「雲自行而天寬」；「新聲和且圓」即如「月自明而露溥」，其間關聯不止如此，正能將「湖月沁琴」四字傳神道出。結尾句欲營造如「曲終人不見，江上數峰青」（錢起〈湘靈鼓瑟〉）的空靈靜謐意境，但意象稍嫌重複陳舊，故與前文相比，就略顯薄弱了。

207

江城子

記夢

顧太清

煙籠寒水月籠沙❶，泛靈槎，訪仙家❷。一路清溪，雙槳破煙划❸。才過小橋風景變，明月下，見梅花。

梅花萬樹影交加，山之涯，水之涯。澹宕❹湖天，韶秀❺總堪誇。我欲徧遊香雪海❻，驚夢醒，怨啼鴉。

【注　釋】❶煙籠寒水月籠沙　原是杜牧〈泊秦淮〉的起句。❷泛靈槎二句　用八月浮槎上天的典故。參見張惠言〈水調歌頭〉（東風無一事）注❹。❸一路清溪二句　描述在江南水鄉暢遊的夢境。清溪，即青溪。源出於金陵鍾山。晉樂府〈青溪小姑曲〉：「開門白水。側近橋梁。」雙槳破煙划，南朝〈莫愁樂〉：「艇子打兩槳，催送莫愁來。聞歡下揚州，相送楚山頭。」❹澹宕　靈動搖曳，恬淡舒暢。❺韶秀　美好秀麗。❻香雪海　在蘇州鄧尉山一帶。山中遍植梅花，盛開時芳香四溢，蔓延數十里，如雪似海，故康熙時江蘇巡撫宋犖到此遊賞後，書「香雪海」三字鐫刻於崖壁上，因而得名。

【語　譯】煙霧籠罩著寒水，月色籠罩著沙灘，乘著靈槎去拜訪仙家。一路上都是清溪，雙槳蕩破重重煙霧向前划行。才經過小橋風景就轉變了，在明月下看見了梅花。　梅花萬樹光影層疊，交相輝映，一直綿延到山水的邊際。靈動搖曳的湖天，美好秀麗一向值得稱道啊！我正要遊遍這香雪海，卻突然從夢中驚醒了，不由得埋怨起那擾人清夢的亂啼烏鴉來。

【研　析】此詞選自《東海漁歌》卷一，作於道光十五年乙未（西元一八三五年），作者時年三十七歲。作者少年時隨父親遊幕曾到過江南，醉心於當地的秀美風光，故別後依然夢縈魂牽，此詞即是記錄在夢中重遊江南，一路飛渡，遍覽金陵、青溪、蘇州一帶風光的情景。詞中用流暢筆調描述夢中迭出的江南佳境，如在目前，生動有味。

起句引用杜牧〈泊秦淮〉中描述秦淮風光的名句，朦朧清幽，正契合於初夢入秦淮的情境。而夢境的美妙迷離又恰如仙境，故有了「泛靈槎，訪仙家」二句，將夢遊比作仙遊。「一路」句雙槳衝破迷霧，在清溪中一路前行的景象，暢快如飛，既寫活了夢境，也寫活了心境。「才過小橋風景變，明月下，見梅花」句豁然開朗，推開一派清明新境界，令人眼前一亮，頗有「山窮水盡疑無路，柳暗花明又一村」的意趣。下闋前三句極寫蘇州「香雪海」一帶的秀麗風光，將美景、快意推向巔峰。初見月下梅花已覺驚喜，何況更有萬樹梅花，遍布山之涯，水之涯，綿延無際，蕩漾於這無邊清景中，自然是暢快無比。末句情境陡轉，正當作者希望能乘興遍遊香雪海，盡享美景樂事之時，卻被烏鴉的啼叫聲驚醒了，一切美景都煙消雲散，只能無奈的抱怨啼鴉，而失去後更懂得珍惜，故有了這首通過回味夢境來延續快樂的妙詞。而這種跌宕的心境傳遞給讀者，也自然會引導讀者去一同品味，反覆思量。

208 沁園春

落花

顧太清

點點星星，零零落落，一片飛殘。向東風❶影裡，空勞蛺蝶❷，碧紗窗外，遮沒闌干。柳線❸難牽，簾鉤難掛，無賴封姨❹不見憐。經行處，恰紛紛紅雨，輕拍香肩。

芳魂何處姍姍❺？待剪紙❻，招來月下看。認朦朧❼不準，飄搖不定，煙消雨化，丰韻難傳。慣為花愁，誰禁❽又落？空對長條❾不忍攀❿。從今後，剩綠苔⓫庭院，吹滿榆錢⓬。

【注釋】❶東風　春風。❷蛺蝶　蝴蝶。❸柳線　柳條。❹封姨　風神。❺姍姍　動作緩慢的樣子。❻剪紙　舊俗。把紙剪成錢狀，懸旐以招魂或迎神。杜甫〈彭衙行〉：「煖湯濯我足，剪紙招我魂。」仇兆鰲注引蔡夢弼箋：「甫意若曰：盜賊充斥，身涉艱苦，魂魄為之沮喪，故孫宰剪紙為旐以招其魂也。」❼朦朧　模糊的樣子。❽誰禁　怎能承受。❾長條　無花的枝條。❿攀　折。⓫綠苔　青苔。⓬榆錢　榆莢。因其形小似銅錢。施肩吾〈戲詠榆莢〉：「風吹榆錢落如雨，繞林繞屋來不住。」

【語　譯】看，在地上，星星點點，零零落落，在空中有一片落英正飄灑著。無知的蝴蝶，還追逐著這被東風吹落的花影，飛來飛去，空費神力。在碧紗窗外，庭園的闌干上已鋪滿了無數的落花。柳條也難牽住它，簾鉤也難掛住它，難怪風神封姨對它一點也不憐惜。在我經過的地方，正有花兒紛紛灑灑，恰如天上落下的紅雨，輕輕地拍打在我的肩頭上。　人常說，花應有魂，那請問它現在何方？為何還是姍姍不至？等我用剪紙的懸旐，把它招來月下相看。在朦朧的月光下，它似有似無，似真似幻，飄搖不定，消失在煙霧之中，哪怕是它的丰神逸韻也無法摹狀。我天性慣於對花生愁，又怎能經受得起它的飄零？對著繁花褪盡的空枝，實在是不忍心去攀摘它。從今以後，這偌大的庭院裡，剩下的只有滿地的青苔和榆錢。

【研　析】這首詞作於道光二十二年暮春時節，當時詞人年四十四，其意在藉詠落花以抒其傷逝惜春之情。

上片，是實寫，生動地描寫了暮春時節落英繽紛的景象。起端是一句詩性的描述，作者以遠觀的鏡頭攝取眼前所見：滿地都是星星點點、零零落落、已經凋謝的落英，這時還有一片落花正在空中漫不經心地飄灑著。先是一個整體的鏡頭推出落花漫地的場景，然後是一個特寫的鏡頭對準正在飄然墜地的落花，一靜一動，一宏觀一微觀，開篇就寫出了暮春花落的殘敗景象。緊承一句，是側面烘托，描寫一隻蝴蝶在追逐著這片被東風吹落將要墜地的落英。蝴蝶追逐花兒本是要採花粉釀蜜，但現在牠所追逐的卻是一片落英，所以詞人才會有「空勞蛺蝶」一語。「碧紗窗外，遮沒闌干」，則是從「人」的角度來寫落花，它把人與景分隔在兩個空間，描寫人在碧紗窗內看到的窗外情景：落英滿地，遮沒闌干。當然，對此情此景，人自然會有無限感慨：「柳線難牽，簾鉤難掛，無賴封姨不見憐」。這裡，一「牽」一「掛」襯托出詞人惜春惜花之意，兩個「難」字則傳達出詞人對落花墜地的無可奈何之情，「無賴封姨不見憐」一句，更流露出詞人對風神封姨的嗔怪和責備。封姨，是古時神話傳說中的風神，亦稱「封家姨」、「十八姨」、「封十八姨」。據鄭懷古《博異志・崔玄微》記載，唐天寶中，崔玄微在春季月夜，遇美人綠衣楊氏、白衣李氏、絳衣陶氏、緋衣小女石醋醋和封家十八姨。崔命酒共飲。十八姨翻酒汙醋醋衣裳，不歡而散。明夜諸女又來，醋醋言諸女皆住苑中，多被惡風所撓，求崔於每歲元旦立朱幡於苑東，即可免難。時元旦已過，因請於某日平旦立此幡。是日東風刮地，折樹飛沙，而苑中繁花不動。崔始悟諸女皆花精，而封十八姨乃風神也。歇拍一句，寫詞人由室內走向庭院，大約是想觀賞這落花漫地的情景，不想她也成為這落花庭園中的一道風景：在她經過的小園幽徑，有無數落紅正從枝頭撲簌而下，如春雨一般輕輕地拍打在她的肩頭上。這真是一幅絕妙的落花、美人、庭園共構的風景畫！花落本無聲，但詞人用一個「拍」字，寫出了它的力度感，使得整個畫面也全部活動起來，真可謂用字傳神矣！

下片，是虛寫，詞人不忍心花魂遠去，想通過招魂的方式讓它永駐人間。過片一句起端發問：「芳魂何處姍姍」？在詞人看來，花兒是應該有靈魂的，但到哪兒去尋覓它的芳蹤呢？它為什麼還是姍姍不至呢？「姍姍」一詞，不但把花魂擬人化，形象化，也烘托作者殷切期盼和渴望的神情，「待剪紙，招來月下看」一句，是對起端發問的回答，她通過剪紙招魂的祭神行為把花魂招至月下。接著下來，以一個「認」字領起四個四字句：「朦朧不準，飄搖不定，煙消雨化，丰韻難傳。」這裡，「認」字起承上啟下的作用，引出對招魂行為的進一步說明：月下花魂，似有似無，似真似幻，朦朦朧朧，有時伴隨著煙靄消逝在空中，有時伴隨春雨流淌在地上，真不易把握住它的芳蹤香魂！如果說上片是摹寫落花在白天的凋零景象，那麼下片這幾句就是著重刻劃落花在月夜下的朦朧風姿。接著三句，由寫花轉而寫人，抒寫自己傷春惜花之情，詞人說自己本來就有對花生愁的天性，如今面對這落花如雨的暮春景象，自然情難以堪，生出了無限的愁怨傷感之情。「空對長條不忍攀」一句，是一個放大的特寫鏡頭，鏡頭裡詞人正對著繁花落盡的空枝，是看枝條？還是憶落花？耐人尋味。「不忍攀」三字，生動地傳達出詞人內心深處的情感變化，因為在詞人看來這空枝上面或許還保留有落花的芳魂！結拍三句，是對春花謝落後庭院景象的猜想，滿園都是綠色的青苔和金黃的榆錢，而詞人卻更懷念那紅豔滿枝、春意盎然的繁花世界，她對著繁花謝盡的庭園自然是徒增無盡的哀感和悲傷。

209 如夢令

吳藻

燕子未隨春去，飛入繡簾深處。軟語❶話多時，莫是要和儂❷住？延佇❸，延佇，含笑回他不許。

【作者】吳藻（西元一七九九—一八六二年），字蘋香，號玉岑子，浙江仁和（今屬杭州）人。出身商人家庭，嫁給同邑商人黃某。晚年皈依佛教。吳藻聰慧絕頂，擅詞曲，師事陳文述，列名「碧城女弟子」。詞集有《花簾詞》、《香南雪北詞》。

【注釋】❶軟語　燕子的呢喃聲，此處指燕子說的話。❷儂　我。❸延佇　久立等待。

【語譯】燕子沒有跟著春天離去，而是飛到我的繡簾深處。呢喃多時，莫不是想和我同住？久久佇立，久久思量，含笑回牠：「不行！」

【研析】這首小詞以暮春為背景，通過人和梁上雙燕的對話，刻劃了一個天真少女的閨閣生活情趣，動中有靜，優美簡潔，天真浪漫，讀來生動活潑，詼諧有趣。

「燕子未隨春去，飛入繡簾深處」。初夏的清晨，一位深閨少女剛掀開繡簾，燕子便乘機飛進房來。春天過去了，燕子並沒有飛走，詞人很是欣喜。「軟語話多時」，化自宋人史梅溪「還相雕梁藻井，又軟語商量不定」（〈雙雙燕〉），而出之以淺白流利。燕子嘰嘰喳喳，說了好多話，似乎很著急。女詞人恍然大悟：「難道你們是要和我一起住在這兒嗎？」怎麼辦呢？「延佇，延佇」，徘徊，思索。這麼一件小事怎費得如許思量！有固守舊家的燕兒相伴，豈非少了許多寂寞！而主人呢，明明十分地喜歡，卻狡黠地一笑，回說：「不行。」燕子越著急，就越是惹得少女忍不住逗弄牠們。可想而知，若是接著寫下去，當是燕子伴著銀鈴般的笑聲上下飛舞了。寥寥數語，一個天真活潑，嬌憨柔媚的少女形象躍然紙上。

全篇雖然文字平平，沒有精彩煥然的「句眼」，但發抒性靈，清圓流利，氣韻流暢，展示了一幅少女與燕子「相看兩不厭」的美麗畫面。燕子能與人語，人能明瞭燕意，充滿自然的生機與浪漫的色彩。

210　霓裳中序第一

故苑❶

姚燮

江山易換局，昔苑今樵與牧❷。多少椒丹蕙綠❸，歎復道沉虹❹，香斜埋玉❺。觚棱❻一握，盡上搖天半涼旭❼。無回輦❽，草深花謝，那忍問前躅❾？

喬木，荒鴉來宿，便掖殿只遊麋鹿❿。當年旄騎衛轂⓫，想禁御秋攔，壺街春束⓬。才人遭亂逐，苦賣唱內家舊曲⓭。陵臺樹，杜鵑哀魄，夜望紫煙哭⓮。

【作　者】姚燮（西元一八〇五—一八六四年），字梅伯，號復莊，又號野橋、大梅山民，鎮海（今屬浙江）人。道光十四年舉人。善詩、詞、曲、駢文，兼擅繪畫，尤工於墨梅。有《復莊詩問》、《復莊駢儷文榷》，詞集有《疏影樓詞》、《續疏影樓詞》。

【注　釋】❶故苑　即圓明園。位於北京西郊海澱區。始建於康熙四十八年（西元一七〇九年），經此後六帝營建，成為規模宏大，中西合璧，佳景迭出的皇家園林，有「萬園之園」之稱。西元一八六〇年十月，遭英法聯軍洗劫、焚毀，僅餘殘垣斷壁。❷江山易換局二句　形容江山風景隨著時局、世勢變幻無常，昔日鼎盛的皇家園林已變為任平民往來的廢墟。樵與牧，樵夫與牧民，指代平民百姓。❸椒丹蕙綠　泛指園中殘留的各種色彩繽紛的芳草。椒、蕙都是〈離騷〉中提到的芳草，用以象徵不能為時所用的美好品質。❹復道沉虹　形容昔日樓閣間如彩虹般橫空飛架的復道被損毀，墮落荒廢了。語出杜牧〈阿房宮賦〉：「復道行空，不霽何虹？」復道，樓閣間橫架的通道，因有上下兩重，故稱復道。也作「複道」。❺香斜埋

玉　形容芳草美人在劫後香消玉殞，被塵土掩埋。也比喻亂世人才被埋沒。典出劉義慶《世說新語・傷逝》：「庾文康亡，何揚州臨葬云：『埋玉樹著土中，使人情何能已已！』」❻觚棱　宮闕上轉角處呈方角棱形的瓦脊。❼涼旭　清涼的晨曦。❽無回輦　指昔日的皇室已一去不返了。輦，帝后所乘的車。❾前躅　前人的遺跡。❿便掖殿只遊麋鹿　形容昔日的偏殿廢棄，成為野獸出沒的荒野。據司馬遷《史記・淮南衡山列傳》載，伍子胥勸諫吳王時，曾用「麋鹿游姑蘇之臺」來形容吳宮荒廢後的情景，後遂成為形容宮廷盛衰變易的典故。便掖殿，正殿以外的旁殿，通常供帝王休息消遣，在此指圓明園。⓫旄騎衛轂　指皇家儀衛。旄騎，皇帝儀仗中擔任先驅的騎兵。衛轂，擔任皇家護衛的車駕。⓬想禁御秋攔二句　形容昔日宮苑四季鼎盛。攔，皇帝在行宮行宿時的警衛儀式，在此泛指皇家森嚴的儀衛。壺街，指處處聞宮漏的宮街。司馬光〈宮漏謠〉：「宮漏清高處處聞，六街寂寂夜將分。」⓭才人遭亂逐二句　用昔日擅歌的宮女與宮樂流落民間，表達盛衰易代之慨。才人，宮廷女官名。據《樂府雜錄》記載，大曆中有才人張紅紅本是民間歌女，因擅音律歌曲而被皇帝召入宜春院後，寵澤隆異，宮中號為「記曲娘子」。內家，即宮廷、皇家，因皇宮又稱大內。⓮陵臺樹三句　用望帝化杜鵑的典故。圓明園西元一八六〇年十月焚毀，咸豐帝在西元一八六一年八月去世，故在此當是用望帝喻咸豐帝。陵臺，皇帝的陵園。紫煙，紫色的祥雲，也指山中紫色的煙霧。

【語　譯】江山真容易隨時局變換。昔日的宮苑，如今已變為樵夫與牧民的棲息之所。當年有多少椒蘭吐紅，蕙草凝綠，而今感歎損毀的復道宛如墮落的長虹，埋入塵土的玉樹斜溢出芳香。那一握觚棱，盡聳入雲，搖動著半天清涼的晨曦。再沒有返回的輦車了，野草叢深、繁花凋謝，哪裡還忍心詢問前人的蹤跡呢？長於宮廷的喬木，荒野的烏鴉飛來歇宿，便掖殿也只有麋鹿來遊蕩。當年曾遍布著皇家的車馬儀衛，遙想當年此處秋去春來，盡是戒備森嚴的儀衛喝攔，漏聲清高的御街環繞。才人遭逢亂離被逐出宮外，淒苦地賣唱著昔日宮廷的歌曲。陵園樹上，那已化作杜鵑的哀傷魂魄，夜夜都望著紫煙悲啼不已。

【研　析】此詞選自《續疏影樓詞》卷六。當年的「萬園之園」圓明園，在英法聯軍洗劫後變為一片殘垣斷壁，這一國恥與痛史，令無數華人為之扼腕，此詞作者即是其一，全詞蒼涼淒婉，寄託著作者對劫後圓明園的憑弔與哀思，無論寫景、抒情還是用典，寫實、想像還是追憶，都力求在今昔對比中凸顯出強烈的盛衰之感。如起句、前結與換頭，就反映出昔日的皇家便殿，御輦常來、儀衛森嚴、壺街清高整肅；如今卻成為殘垣斷壁，一任樵夫、牧民等平民百姓棲息，麋鹿、烏鴉等荒禽野獸遊宿。昔日的宮廷今為平民、鳥獸占據，而昔日的宮女、宮樂卻又流落民間，「才人」句即是寫照。這種人物處境的倒置，是凸顯今昔變易、盛衰對比的良方，故為歷來同類作品中所常用，著名的劉禹錫〈烏衣巷〉、杜甫〈江南逢李龜年〉等都屬此類。而如「多少椒丹蕙綠，歎復道沉虹，香斜埋玉」句，則是化用屈原〈離騷〉與杜牧〈阿房宮賦〉中的意象來寫實景，所寄託的眾芳蕪穢，美人遲暮感慨也是古今相通。上述諸句雖能契合題旨，但所用意象與前人同類作品多有重合，故稍嫌陳熟。相比之下，「觚棱一握，盡上搖天半涼旭」二句則能推陳出新，清逸蒼勁，頓令文氣舒展，境界開闊。而結句「陵臺樹，杜鵑哀魄，夜望紫煙哭。」運用尋常典故能切合時事，便獨具新意深思——用杜鵑喻咸豐帝，確有膽識——咸豐帝出生於圓明園，見證並促成了它的鼎盛，卻也因耽於享樂，決策失誤而導致了它的衰敗，而它的衰敗又是國家衰敗的縮影。故此句暗示咸豐帝若在天有靈，必當如望帝般化作杜鵑，面對此園夜夜悲啼，此種悲啼中是對帝王成敗、國家興衰的反思，同樣也是對時人的警示。而所謂「望紫煙」固然有望著陵臺與圓明園山間紫氣之意，也可能有期望祥瑞之氣，重振國運之意。無論是何種意蘊，其中包含的諷諫、沉痛與深思，都耐人尋味。

211 滿江紅

蔣敦復

北固山題多景樓壁❶

第一江山❷，弔千古、英雄陳迹。憑闌處、秣陵❸秋遠，廣陵❹濤碧。杯酒尚關天下事，笑談早定風雲策。想當年、高會此孫劉❺，都人傑。

瓜步❻壘，京口驛。天塹險，分南北。倚危樓一角，下臨絕壁。木葉橫飛風雨至，劍花起舞魚龍出。聽大江東去唱坡仙，銅琵裂❼。

【作　者】蔣敦復（西元一八〇八－一八六七年），字劍人，江蘇寶山（今屬上海）人。科場蹭蹬，出遊南北。道光二十二年（西元一八四二年）避禍為僧，法名妙塵，號鐵岸，別署鐵脊生。太平天國起事，欲響應，干策楊秀清，不能用。起事失敗，再次為僧，潦倒而卒。有《嘯古堂詩文集》、《芬陀利室詞話》、《芬陀利室詞》。蔣敦復詞如其人，憤懣怨懟，離經叛道，激越中寓冷峭。

【注　釋】❶北固山題多景樓壁　北固山，鎮江名勝之一，因橫枕大江，石壁嵯峨，山勢險固而得名。其上有甘露寺，山上多三國時孫、劉遺跡。多景樓即北固亭，建於北固山峰巔絕壁之上，巍然高聳，江景壯麗無匹。❷第一江山　梁武帝蕭衍曾譽北固山為「第一江山」。❸秣陵　南京古稱。❹廣陵　揚州古稱。在北固山上可隔江遠眺揚州。揚州廣陵潮是著名的潮水奇觀，歷代文人多有題詠。❺高會此孫劉　指三國英雄孫權、劉備等人在此會面。這裡是結合歷史傳說展開的想像，未必符合史實。❻瓜步　指瓜步山，在江蘇六和東南。❼聽大江東去唱坡仙二句　指蘇軾《念奴嬌・赤壁懷古》詞「大江東去，浪淘盡、千古風流人物」之句。銅琵，銅琵琶，俞文豹《吹劍續錄》論蘇軾的詞風為：「須關西大漢，銅琵琶，鐵綽板，唱『大江東去』。」

【語　譯】這是天下第一江山，我站在北固樓上，憑弔千古英雄的舊跡。憑欄遠望，古秣陵城秋空高遠，廣陵潮水一片茫茫碧綠。一杯對飲關涉天下事即在指掌；一席談笑早定下風雲良策。想當年，在此飲酒高會的孫權和劉備，都是才能出眾的英雄豪傑。　瓜步山的營壘，京口的古驛，長江是一道天塹，將神州分為南北。我憑靠著高樓的一角，下面正對著懸崖絕壁。木葉紛飛，風雨驟至，拔劍起舞，魚龍出聽。聽唱東坡仙人「大江東去」的豪邁篇章，將那伴奏的銅琵琶之弦也彈得直欲崩裂。

【研　析】這是一首懷古抒懷詞。上闋為懷古，憑弔與北固山有關的英雄豪傑的遺跡，讚美孫權、劉備等人的英雄業績。「第一江山，弔千古、英雄陳迹」，開宗明義，直入主題。「第一江山」，是梁武帝對北固山的讚譽，置於篇首，先聲奪人，不僅點明登臨之地，更借古人之言抒發讚歎之情。「憑闌處」兩句，寫登高憑欄所見的視界之廣闊。詞人西望南京，只見秋空高遠遼闊；北眺揚州，唯見碧浪連天，橫無涯際。「廣陵濤」與「秣陵秋」，都是歷代文人欣賞吟頌的勝景，文學史上不乏佳句名篇。作者將眼前所見美景錘煉為「秣陵秋遠，廣陵濤碧」這一對句，高度凝練，引發對歷史文化以及山川勝景的豐富聯想，鑄煉精工，片言可傳百意。「杯酒二句展現給我們的是一幅鮮活的歷史圖景：孫權、劉備當年於此，飲酒高會，談笑風生之際，就已經定下了共拒曹操的「風雲」之策。「想當年、高會此孫劉，都人傑」二句，熱情的讚美這次盛會，讚美孫權、劉備都是人中的英雄豪傑！下片為抒懷，過片「瓜步壘，京口驛。天塹險，分南北」，將思緒拉回現實，北固山下，當年的瓜步山的戰壘，京口重鎮，長江天塹等險要的形勢依然如故。從技法上講，作者先遠景勾勒，再近景細繪：「倚危樓一角，下臨絕壁。木葉橫飛風雨至，劍花起舞魚龍出。」「危樓」，高樓，指多景樓。「木葉」一詞，典出屈原〈九歌〉「嫋嫋兮秋風，洞庭波兮木葉下。」極力狀寫秋景的蕭瑟淒涼，令人感傷。「風雨至」，應為點化歐陽脩〈秋聲賦〉「如波濤夜驚，風雨驟至」，突出秋聲的驚心動魄。當然，這裡也可以理解為社會現實在作者心中的投影。我們可以覺察到作者深深的憂慮。「劍花起舞魚龍出」，是豪情滿懷、志在用世的詞人的真實寫照。「魚龍出」，意為「魚龍出聽」，作者豪情感慨，拔劍起舞，高歌古人的豪邁篇章，引得魚龍出聽，將那伴奏的銅琵之弦也彈得直欲崩裂。詞人借東坡的千古壯詞抒寫自己悲壯激烈的情懷，真有「鬚髮上指，穿雲裂石」之慨。這首詞奇氣滿紙，文如其人，也恰能妙合作者獨創的「以有厚入無間」的詞論，內涵豐厚，感慨萬端，奪人心魄。

212

水龍吟

陳 澧

壬辰九月之望，吾師程春海先生，與吳石華學博，登粵秀看月，同賦此調，都不似人間語，真絕唱也。今十五年，兩先生皆化去。余於此夜，與許青皋、桂皓庭登山，徘徊往迹，淡月微雲，增我怊悵，即次原韻❶。

詞仙❷曾駐峰頭，鸞吟❸縹緲來天際。成連❹去後，冰弦❺彈折，百重雲水。碧月仍圓，蒼山不改，舊時煙翠。只長林墜葉，西風過處，都吹作，秋聲起。

此夜三人對影❻，倚高寒、紅塵全洗。珠江滾滾，暗潮銷盡，十年心事。欲問青天，素娥❼卻似，霧迷三里❽。剩出山回望，燈明佛屋，有閒僧睡。

【作者】陳澧（西元一八一〇—一八八二年），字蘭甫，號東塾，廣東番禺人。道光十二年（西元一八三二年）舉人，六應會試不中。先後受聘為學海堂學長、菊坡精舍山長。《清史稿》稱他「九歲能文，復問詩學於張維屏，問經學於侯康。凡天文、地理、樂律、算術、篆隸無不研究」。又曾與嶺南詞家譚瑩等人結越臺詞社，研習詞學。著述達一百二十餘種，有《東塾讀書記》、《漢儒通義》、《聲律通考》等。

【注釋】❶壬辰九月之望十五句　本詞是道光二十七年（西元一八四七年）陳蘭甫與許青臯、桂皓庭登粵秀山，追和其師程恩澤（春海）之作。道光壬辰（西元一八三二年），程春海與吳蘭修登粵秀山看月，有〈水龍吟〉詞。粵秀山，即越秀山，在廣州市北。程恩澤（西元一七八五—一八三七年），字雲芬，號春海，安徽歙縣人。嘉慶進士，官至戶部侍郎。熟通六藝，善考據，工詩，是近代宋詩運動之提倡者，與阮元並為嘉慶、道光間儒林之首。吳蘭修，字石華，廣東嘉應州人。嘉慶舉人。生平枕經葄史，構書巢於粵秀書院，藏書數萬卷。❷詞仙　填詞的仙才。這裡指作者之師程恩澤與吳蘭修。❸鸞吟　鸞鳳的清越鳴聲。這裡喻指程、吳二師當年詠作的格調高雅清奇。❹成連　傳說中俞伯牙的老師，這裡指作者的老師。❺冰弦　琴弦的美稱。傳說中有用冰蠶絲作的琴弦，故稱。❻三人對影　李白〈月下獨酌〉：「舉杯邀明月，對影成三人。」這裡指自己與許、桂二人。❼素娥　是中國古代對月亮的別稱。在傳說中亦是月中女神。❽霧迷三里　《後漢書・張楷傳》：「（楷）性好道術，能作五里霧。時關西人裴優亦能為三里霧。」

【語譯】詞仙曾在這粵秀山峰頭駐留，鸞鳳般清越的吟聲隱隱約約來自天際。先師去後，我的琴弦彈盡了雲水之思也無濟。碧天的月亮仍然和以前一樣圓滿，山色也依然如舊時那般蒼翠如煙。只有西風所過之處，都將落葉作一曲曲蕭瑟的秋聲吹起。　這一夜，我們友朋三人形影相對，借著這粵秀山的高寒，將俗塵凡慮一一清洗。波濤滾滾的珠江，那暗啞低沉的潮聲傳來，銷磨盡十年的心志。想去質問那蒼天，月亮卻早躲入層層雲霧裡。我們只得出山來，再回頭佇望，只見僧舍裡一點燈明，悠閒的僧人想已沉沉睡去。

【研　析】本詞上闋寫物是人非，抒發緬懷先師的感傷與惆悵。起手「詞仙」二句劈空而來，筆力清勁。山不在高，有仙則名，「詞仙曾駐峰頭」，遂令山水生色，遂令作者生重遊和韻之想。「鸞吟縹緲來天際」，更是空處著筆，鸞鳳飄渺清和之聲從空際隱約傳來，似斷若續，飄渺難辨，喻指二位前輩的絕作清越絕俗，滌人俗慮，讓人如登仙界，飄然高舉。緊接三句，寫先輩逝後，知音難覓的惆悵，曲折地寫出自己深情的懷思。詞人將老師比作俞伯牙學琴的老師成連，是對老師的稱頌，其實也有自比伯牙之意，自許亦高。與恩師天人相隔，便是彈折琴弦，也難通心曲。接下來轉入寫眼前景物。「碧月」三句，以碧月依然圓滿，雲山依舊蒼翠，寫景物的「不變」，隱含的是「斯人已去」，物是人非的惆悵。「只長林」四句，渲染蕭瑟淒涼的氛圍，以一個包含遺憾的「只」字領起，情景突變，那長林中紛紛墜葉，那高處令人心碎的秋聲，蘊含著作者多少傷感和惆悵！

下闋轉寫攜友登臨之感，抒情明志。兩部分筆斷意連，值得揣摩品味。「此夜」三句寫友朋三人月下清影相對徘徊，這山間的高寒，正可冷一冷世俗利祿之「熱」心，與上闋所寫的詞仙境界，正一脈相承，有「水窮雲起」之妙。「珠江滾滾，暗潮銷盡，十年心事」三句，點化東坡「大江東去，浪淘盡、千古風流人物」、楊升庵「滾滾長江東逝水」，以及黃山谷「去國十年老盡少年心」等名句，通過對珠江暗啞低沉的潮聲的細切描寫，寫自己十年來的用世之心，都隨潮聲銷磨殆盡。作者真的百慮全消了嗎？考其生平，作此詞時，作者二十八歲，神童得名，少年得志的他此時已是第四次應進士不第，回想名揚天下的先生也早已仙去，怎能不心事鬱結。故作曠達的背後，依然可以隱約感受到作者的牢騷。而「問青天」三句，效仿屈子，質問天意何等不公，此意更為顯豁。「天意從來高難問」，作者寫的眼前實景「素娥卻似，霧迷三里」，月色昏昏霧茫茫，不就是天意昏聵的真實寫照嗎？結片三句，寫出山後回望的一剎那，忽有徹悟一般：或許，手倦拋經，一燈閒睡的僧人，才是世間得道之人，或許這樣的生活才是自己的歸宿。在這耐人尋味的禪境中，讀者會隨作者一起陷入深深的思索，也正是此詞結句的妙處。

213

甘州

陳澧

惠州朝雲墓，每歲清明，傾城女士，酹酒羅拜。坡公詩云：「丹成逐我三山去，不作巫陽雲雨仙。」余謂朝雲倘隨坡公仙去，轉不如死葬豐湖耳❶。

漸斜陽、淡淡下平堤，塔影浸微瀾❷。問秋墳何處？荒亭❸葉瘦，廢碣❹苔斑。一片零鐘碎梵❺，飄出舊禪關❻。杳杳松林外，添做蕭寒。須信竹根長臥❼，勝丹成遠去，海上三山❽。只一抔❾香冢，占斷小林巒。似家鄉、水仙祠廟，有西湖、為鏡照華鬘❿。休腸斷，玉妃煙雨，謫墮人間⓫。

【注釋】❶惠州朝雲墓九句　道光三十年（西元一八五〇年），詞人時任河源訓導，至惠州府送考，遊豐湖朝雲墓。朝雲，姓王氏，錢塘人，東坡愛妾。東坡貶官惠州時，獨留朝雲隨侍。後朝雲染病死於惠州，葬於豐湖，其墓成為惠州勝地之一。東坡〈朝雲詩〉有「丹成逐我三山去，不作巫陽雲雨仙」之句。❷塔影浸微瀾　塔，指惠州泗洲塔，又名玉塔，為紀念泗洲大聖僧伽所建。蘇軾〈江月〉：「一更山吐月，玉塔臥微瀾。」❸荒亭　指朝雲墓上六如亭。朝雲生前念佛，臨終誦《金剛經》偈「一切有為法，如夢幻泡影，如露亦如電，應做如是觀」，故亭名六如。❹碣　石碑。❺碎梵　細碎的梵聲。梵聲即梵音，泛指梵唄、佛號、鐘聲等。❻禪關　佛寺。朝雲墓旁原有棲禪寺。❼竹根長臥　典出蘇軾〈悼朝雲〉：「歸臥竹根無遠近，夜燈勤禮塔中仙。」❽丹成遠去二句　指學道煉丹成仙。丹成，仙丹煉成。三山，指傳說中蓬萊、方丈、瀛洲三座海上仙山。❾一抔　一捧；一掬。❿似家鄉水仙祠廟二句　意謂和杭州一樣，惠州也有西湖（豐湖），可對鏡梳妝；像杭州西湖邊有水仙祠一樣，惠州人民也會在你死後建祠供奉。家鄉水仙祠廟，指朝雲家鄉杭州西湖舊有水仙王廟。華鬘，指女子美麗的鬢髮。據《一切經音義》，天竺風俗，取草木時花，以線貫穿，結為華鬘，不問貴賤，莊嚴身首，以為飾好。⓫玉妃煙雨二句　指朝雲香消玉殞。蘇軾〈花落復次前韻〉：「玉妃謫墮煙雨村，先生作詩與招魂。」詩中原以玉妃（楊玉環）喻指梅花，這裡用以象徵朝雲。

【語　譯】淡淡的斜陽，漸漸沿平堤落下，玉塔的影子浸入湖水微微漾起的波瀾。試問朝雲的墳墓今在何處？眼前是那荒蕪的古亭、零落的枯葉，殘破的石碑上已經霉苔斑斑。一片零落的鐘鼓與念誦聲傳來，出自那朝雲舊日修行過的僧寺禪關。聲音直飄到遠遠的松林外，與山林添上幾分蕭瑟和淒寒。　朝雲啊，你應該相信，在這竹根之下長眠，勝似仙丹煉成，高步仙山。只這一抔淨土香墳，就占盡了小小山林的風光無限。這裡正像是你家鄉的水仙祠廟，又有平波如鏡的西湖為你照影，梳理華鬘。東坡先生也不必為如玉妃般美麗的朝雲，謫居人間而傷心腸斷了。

【研　析】陳蘭甫這首詞，在諸多憑弔朝雲之作中最為別出心裁，深情奇論，洵足警人。上闋寫朝雲墓在斜陽下的蕭寒，籠罩著一層感傷的情緒。「漸斜陽」三句寫朝雲墓的遠景，先是「寒日無言西下」的大背景烘染，日落平堤，光影漸漸暗淡下去，淡淡的感傷便從詞人的心底升起。「塔影浸微瀾」，用東坡名句，煉「臥」為「浸」，與上文「下」一樣，都是靜中有動，而「浸」字則更為細緻生動描繪出墓塔的影子在夕陽湖水中微微漾動的景象，搖動人的情思。「問秋墳」三句以設問把鏡頭切入近景。這是從視覺感受來寫：荒郊中的六如亭旁，木葉由枯黃而瘦，紛紛飄落，殘破的石碑上苔痕斑斑點點；「一片零鐘」至上片末尾，則轉入以聲傳情。「舊禪關」仍在，香魂已杳，如今只有飄渺隱約的鐘聲梵誦相伴，怎不令人淒然！結句更借梵聲將神思蕩出更悠遠之處，整個山林增添了幾分蕭瑟和淒寒，通感手法，不著痕跡。

下闋愈轉愈奇，奇在持論，奇在性情，奇在人生終極價值的去取。「須信」三句即以「奇論」起筆，彷彿是和朝雲對話。丹成遠去又當如何，「高處不勝寒」，碧海青天，輕舞弄清影，不太落寞乎！而竹根獨臥，清淨安閒，高雅淡遠，不正是佳人的好歸宿嗎？「天寒翠袖薄，日暮倚修竹」，這修竹不正是佳人的絕妙伴侶麼？再者，「只一抔香塚，占斷小林巒」，朝雲墓的小小一抔香土，占盡林間的無限風光，雍雍松林，穆穆清風，甚合追求寧靜淡泊的雅意，不也勝過三山遠去嗎？還有，最令人安慰的是，「似家鄉、水仙祠廟，有西湖、為鏡照華鬘」，這裡也有堪比錢塘的西湖名勝——惠州西湖，也有朝雲的祠廟，如杭州西湖也有水仙祠廟，風物大相類同，你正好可對著這明鏡般的水面，梳理自己如雲的秀髮，此情此景足以慰人的鄉思之苦，豈不是一舉多得，遠勝於去那遠離故鄉的三山嗎？以上三層，皆為寬慰朝雲之意，而能窮曲折，盡情理，朝雲有靈，能不頷首！作者寬解朝雲之後，意猶未盡，忽又來與東坡理論：「休腸斷，玉妃煙雨，謫墮人間」，朝雲的死葬豐湖，或許恰恰是上天的一種眷顧，東坡先生不必傷心腸斷，為之招魂。「玉妃」二字，一語雙關，既有月下白梅的朦朧素潔，又有月下仙子的縞袂飄舉，搖曳生姿，空靈出塵。整個下闋可謂奇想翩翩，讓人目不暇給。

聯繫作者蹭蹬不遇的坎坷命運，一代學者的才華胸襟，以及對竹根獨臥，佳山水入懷抱的嚮往，加上對鄉音鄉情的眷戀，我們是否可以說，作者勸慰朝雲，在某種程度上恰是抒寫自己超然塵外的性情，表明卓異的人生價值取向，借他人酒杯，澆自己胸中塊壘。

214 百字令

陳　澧

夏日過七里瀧，飛雨忽來，涼沁肌骨。推篷看山，新黛如沐，嵐影入水，扁舟如行綠頗黎中。臨流洗筆，賦成此闋。倘與樊榭老仙倚笛歌之，當令眾山皆響也❶。

江流千里，是山痕寸寸，染成濃碧。兩岸畫眉聲不斷，催送蒲帆❷風急。疊石皴煙，明波蘸樹，小李將軍筆❸。飛來山雨，滿船涼翠吹入。便欲艤❹棹蘆花，漁翁借我，一領閑蓑笠。不為鱸香兼酒美❺，只愛嵐光呼吸❻。野水投竿，高臺嘯月❼，何代無狂客？晚來新霽，一星雲外猶濕❽。

【注　釋】❶夏日過七里瀧十一句　七里瀧及厲鶚〈百字令〉（樊榭）詞見厲鶚〈百字令〉（秋光今夜）詞注❶。❷蒲帆　蒲草做的船帆。❸疊石皴煙三句　謂七里瀧兩岸風景像李昭道畫那樣精美。唐代畫家李昭道，大畫家李思訓之子，世稱「小李將軍」。擅長青綠山水，畫風富麗精緻。此處疊、皴、明、蘸皆作動詞，指畫法。如皴為中國畫畫石之法。❹艤　停船靠岸。❺不為鱸香兼酒美　鱸香、酒美皆用晉人張翰事。《晉書・張翰傳》：「翰因見秋風起，乃思吳中菰菜、蒓羹、鱸魚膾，曰：『人生貴得適志，何能羈宦數千里以要名爵乎！』遂命駕而歸。」又：「翰任心自適，不求當世。或謂之曰：『卿乃可縱適一時，獨不為身後名邪？』答曰：『使我有身後名，不如即時一杯酒。』時人貴其曠達。」❻嵐光呼吸　嵐光，經山間霧氣折射的彩色陽光。呼吸，語出蘇軾〈書林逋詩後〉：「呼吸湖光飲山淥。」❼野水投竿二句　野水投竿，指嚴子陵垂釣七里灘。高臺嘯月，則暗用謝翺痛哭西臺事，見前厲鶚〈百字令〉（秋光今夜）注❶。❽一星雲外猶濕　又桐江岸有客星山，據《後漢書・嚴光傳》記載，光武帝召嚴子陵同榻臥，嚴把腳放在光武帝肚子上，形成客星犯御座的天象。厲鶚〈百字令〉：「一星在水。」

【語　譯】江中奔流千里的碧波，是青山的影子，寸寸染成。兩岸畫眉聲不斷傳來，催送輕帆的風兒是那樣迅疾。疊起山石，皴出煙影，明亮了江面，蘸綠了樹枝，恰似出自小李將軍的畫筆。飛來的山雨，吹入滿船清涼翠色。　真想繫船蘆花之中，向那漁翁，借一領閒釣的蓑笠。我不為鱸魚和美酒，只愛在這美麗的嵐光中呼吸。嚴子陵的野水垂釣，謝皋羽的高臺長嘯，哪朝哪代沒有不羈的「狂客」？傍晚時分雨後初晴，客星山在雲端外仍然潤濕。

【研　析】從小序中能看出，蘭甫對此詞頗為自矜，有與前輩厲鶚一較高下之意。此詞上闋著力寫山水之美，氣象萬千。下闋則重在抒情言志，寄慨遙深。

起筆三句，或從梁吳均〈與朱元思書〉「水皆縹碧，千丈見底」等句觸發靈感，又能翻出新意。若還說水映山色，再難出奇；若言山將水染色，便覺山水有情無間，滿紙翠滴。緊接著「兩岸畫眉聲不斷」，比之「好鳥相鳴，嚶嚶成韻」（吳均〈與朱元思書〉），婉轉自由；而「聲不斷」三字，與「催送蒲帆風急」，聯繫起來，則大有「輕舟已過萬重山」的樂趣與快意。下面「疊石」三句則是把山水圖景比作小李將軍的妙筆丹青。人常言「詩中有畫」，蘭甫此詞乃是「詞中作畫」，「疊」、「皴」、「明」、「蘸」，皆是畫法。若沒有詩人與畫家之手眼，絕難有如此巧妙的思致。「人在畫中遊」，是怎樣的愜意呢？「飛來山雨，滿船涼翠吹入」便是最好的回答：山雨飛來，給人帶來一船翠色，一船清涼和愜意！

上闋寫奇山異水，下闋則轉入抒情明志。「便欲艤棹蘆花，漁翁借我，一領閑蓑笠」，陶醉於山水，油然而生遁隱之思。「縱然一夜風吹去，只在蘆花淺水邊」（唐司空曙〈江村即事〉），作者多想做一個散淡隨意的漁翁！「鱸香酒美」，是此地豐富的物產賜予作者的齒頰之福，然而詞人志不僅在此；「不為鱸香兼酒美」，是說並非如張翰的全身遠禍，而是真正地為這「風光」而來。「野水」三句，開始擬想隱居的生活。「狂客」是對自己的自嘲，也是自負，是對返璞歸真，放浪於形骸之外；「野水投竿，高臺嘯月」則是把自己想像成兩位古人，效仿他們峻潔的品格。詞人胸羅萬卷，卻仕途不順，不得伸其平生所學，更加上生處亂世，江關烽火，國事頹危，萬千不平與感慨，集聚心頭。於是高蹈出世的嚴子陵，清狂不羈的謝皋羽，都成為他奉為偶像，目為同調的對象。末二句「晚來新霽，一星雲外猶濕」，寫遙望客星山之遠景，以景結情，寄情悠遠，恰到好處。此二句從厲鶚「萬籟生山，一星在水」中化來，評家以為卻更勝一籌：一者「濕」字有「元氣淋漓障猶濕」的畫意；二者樊榭句雖工卻用於中段，不如蘭甫此句用於結句，遙望之中境界開闊，又隱含遙懷嚴子陵的悵惘，深思悠遠。另外，「一星雲外猶濕」又是反杜甫的名句「迴眺積水外，始知眾星乾」之意而用之，體現「粹然大儒」填詞深厚的才、學、力，令人嘆服。

215　木蘭花慢

江行晚過北固山❶

蔣春霖

泊秦淮❷雨霽❸，又燈火、送歸船。正樹擁雲昏，星垂野闊❹，暝色浮天。

蘆邊，夜潮驟起，暈波心、月影蕩江圓。夢醒誰歌楚些❺，泠泠❻霜激哀弦。

嬋娟❼，不語對愁眠，往事恨難捐❽。看莽莽南徐❾，蒼蒼北固，如此山川！

鉤連，更無鐵鎖，任排空檣櫓自回旋❿。寂寞魚龍睡穩，傷心付與秋煙⓫。

【作者】蔣春霖（西元一八一八—一八六八年），字鹿潭，江蘇江陰人。幼從父居荊門，登黃鶴樓賦詩，有「乳虎」之目。父歿，奉母居京師。性倜儻，棄舉業任鹽官，居揚州。與太平軍交戰，詞多紀時事。咸豐七年（西元一八五七年）丁母憂去官，居東臺聖壽寺水雲樓。同治七年（西元一八六八年）卒於吳江。早年工詩，中年一意於詞，與納蘭性德、項鴻祚有清代三大詞人之稱。所作《水雲樓詞》，風格較為多樣，小令、長調兼擅。小令大多婉轉流麗，長調則頗多感慨國事之作，尤其對太平天國運動中生靈塗炭的現實有所體現，不用比興之法，而有深沉意致。

【注釋】❶江行晚過北固山　本詞當作於道光二十七年丁未（西元一八四七年）秋。北固山，位於今江蘇鎮江市東北，三面臨江，地勢險峻。據劉義慶《世說新語》載，荀中郎在京口，登北固望海。云：「雖未睹三山，便自使人有淩雲意。」❷秦淮　即秦淮河，發源於江蘇溧水東北，經金陵（今南京）流入長江。據許嵩《建康實錄》記載秦始皇東巡至此，望氣者認為此處孕育有天子氣，於是鑿斷金陵長隴以疏淮水，洩王氣，故名秦淮。六朝以來幾度成為酒樹歌臺聚集的宴遊繁華之地。❸雨霽　雨後初晴。❹樹擁雲昏二句　分別化用杜甫〈返照〉「歸雲擁樹失山村」與〈旅夜書懷〉「星垂平野闊，月湧大江流」詩意。❺楚些　《楚辭・招魂》沿用楚地風俗，以「些」為句末助詞。因此，「楚些」在後世常指招魂歌，也泛指《楚辭》或楚歌。❻泠泠　清涼的樣子。此處形容聲音清脆悠揚。❼嬋娟　姿態美好的樣子。常用以形容明媚的月色花光、纏綿的情致。指代明月、美人等。❽不語對愁眠二句　形容默默回憶起當年鴉片戰爭的慘烈，悲憤難抑。道光二十二年（西元一八四二年）六月，英軍進攻鎮江，副都統海齡率兵拚死抗敵，擊斃擊傷百餘敵軍，但最終無力回天，鎮江失守，英軍艦隊長驅直入，陳兵南京下關江面。七月簽訂喪權辱國的《南京條約》。對愁眠，語出張繼〈楓橋夜泊〉：「江楓漁火對愁眠。」

❾南徐　南朝宋時所置南徐州，即今江蘇鎮江市。東晉永嘉之亂後建都建康（今南京），為安置大批南遷的北方士族而立徐州，南朝宋永初二年稱南徐。❿鉤連三句　追述鴉片戰爭時英軍艦隊在南京江面肆意航行，清軍無力阻擋的場面。鉤連、鐵鎖，化用劉禹錫〈西塞山懷古〉「千尋鐵鎖沉江底，一片降幡出石頭」詩意。晉時東吳為抵禦西晉水軍，在江磧要害鉤連鐵鎖橫截，又作鐵錐暗置江中，但最終仍為王濬所破。檣櫓，桅杆與船槳，指代船隻。在此反用蘇軾〈念奴嬌〉「談笑間、檣虜灰飛煙滅」詞意。⓫寂寞魚龍睡穩二句　意為在淒清的秋河中，本應為水域主人的魚龍卻都在蟄伏酣睡，任由入侵艦隊橫行無忌，故上文所述的種種家國哀思難覓知音，便惟有付與蒼茫煙水了。用杜甫〈秋興〉「魚龍寂寞秋江冷，故國平居有所思」詩意。據《水經注》記載，魚龍以秋日為夜，秋分以後，蟄寢於淵。

【語　譯】停泊在秦淮河上恰值雨後初晴，更有燈火護送著返航的船隻。正看見樹木簇擁著昏暗的雲霧，星光籠罩著遼闊的原野，夜色在天空中浮動。蘆葦叢邊，潮水突然上漲，月影映照在波心中，蕩起一輪輪漣漪，圓潤生光。夢中醒來是誰在歌唱著楚地的悲歌，清冷的晚霜激蕩著清揚哀怨的弦音。　明媚的月光，默默地對著懷著哀愁睡去的人，往事的遺恨難以消除啊！試看蒼蒼莽莽的南徐州與北固山，是如此的一片大好山河！想要鉤連船隻抗敵，卻再沒有鐵鎖了，只能任由英軍入侵的艦隊凌空盤旋，來去自如。而作為水域主人的魚龍卻都在甘於寂寞地蟄伏酣睡，這無盡的傷心也惟能付與秋江上的蒼茫煙水了。

【研　析】此詞選自《水雲樓詞》卷一。秦淮本是為洩金陵天子氣而建的，又是著名的金粉繁華之地，幾度盛衰，便是王朝興亡的見證與縮影。因此，歷代文人過此，往往會產生世事變化莫測的感慨，尤其是處於衰亂世的國民，盛衰興亡之感就更為強烈了。如杜牧〈泊秦淮〉中的「商女不知亡國恨，隔江猶唱〈後庭花〉」即是千古傳誦的名句。此詞作者即屬衰亂世國民之列，故夜泊秦淮，置身於這淒美清幽的景致中，難免會想起歷代興亡的往事，與鴉片戰爭的痛史，於是便寫下了這首懷古名篇。譚獻《篋中詞》評道：「子山、子美，把臂入林。」陳廷焯《白雨齋詞話》評道：「精警雄秀，造句之妙，不減樂笑翁（張炎）。」觀全詞情境剛柔相濟，起伏跌宕，實景、歷史、感慨融為一體，確實與多家國之憂，興亡之慨的庾信、杜甫作品頗為相似，在意境上也有繼承。

其中最值得稱道之處有二：一是剛柔相濟，詞筆極富變化。如「正樹擁雲昏」句，「看莽莽南徐」以下二句，氣象壯麗，令人心潮澎湃，思接千載；而如「蘆邊」以下三句則細美幽約，柔情似水，憂思如夢，又令人沉思感懷，回味無窮。換頭「嬋娟」引領的「不語對愁眠，往事恨難捐」，情致由柔轉壯。結句又漸轉為沉鬱飄渺，此種善於變化的情境有助於引人入勝，發人深省。即如陳廷焯《詞則》評道：「『圓』字警絕，不減『平沙落日圓』也。」「『看莽莽南徐』以下，淋漓大筆。」即可見此種精約與宏大相濟的特色。二是議論精闢。如「鉤連」二句，接連化用兩個東吳歷史典故，便將鴉片戰爭時鎮江的局勢生動繪出。昔日東吳鐵鎖橫江鉤連的精密布陣，仍為王濬所破，落得「一片降幡出石頭」的下場。而此詞形容清兵連鉤連的鐵鎖都沒有，其無力抗敵更是可想而知了。接著又反用蘇軾「談笑間、檣虜灰飛煙滅」詞意，昔日東吳周瑜能在談笑間殲敵，而今日卻只能任由敵軍的檣櫓橫行無忌，今昔對比，當然會感到無比的沉痛。又如結句同樣是典故與情境結合，興象深遠的範例。用酣睡的魚龍象徵未覺醒的朝廷與國民，飽含眾人皆醉我獨醒的孤寂之感與國民之憂。「傷心付與秋煙」——篇終接渾茫，更覺言外之意無窮。

216 淒涼犯

蔣春霖

十二月十七日夜，大寒。讀書至漏三下。屋小如舟，虛窗生白❶，不知是月是雪。因憶江南野泊，雪壓篷背時光景，正復似之。

短簷鐵馬❷，和冰語、敲階更少殘葉。鼠聲漸起，芸編❸倦擁，酒懷❹添渴。回首疏燈暈結❺，覺霜逼、簾衣自裂。似扁舟、風來柁尾❻，野岸冷雲疊。

垂虹❼夜，瘦櫓搖波，一枝簫咽。窗鳴敗紙❽，尚驚疑、打篷乾雪。悄護銅瓶，怕寒重、梅花暗折。卻開門、樹影滿地，壓凍月。

【注釋】❶屋小如舟二句　形容屋小而空，像船艙，戶外光線映入顯得格外明淨通透。屋小如舟，用蘇軾〈寒食雨〉「小屋如漁舟，濛濛水雲裏」詩意。虛窗生白，語出《莊子・人間世》：「虛室生白，吉祥止止。」道家主張萬有生於虛無，故「虛」、「白」是能容納、生成萬物的最高境界。在此虛窗生白既是實景，又是空靈、明淨心境的象徵。❷鐵馬　即簷馬，古代的風鈴。用玉、竹等物製成，懸掛在簷下，風起便會發出聲響。起源於中國古代的占風鐸，主要用於占卜，也有為判斷風向、辟邪或悅耳而懸掛的。❸芸編　指書籍。芸，香草，置書頁內可以驅除書蟲。陸游〈夏日雜題〉：「辟蠹芸編細細香。」❹酒懷　想喝酒的心思。❺暈結　燈焰外圍籠罩著昏黃的光圈。❻柁尾　船尾。柁，同「舵」。❼垂虹　垂虹橋。在今江蘇吳縣境內。始建於北宋，為木橋，元代改建聯拱石橋，三起三伏，有如垂虹，故名。風光秀麗，為歷代文人雅集之所。「垂虹夜月」為吳江八景之一。❽敗紙　破舊殘敗的糊窗紙。

【語譯】短短屋簷下掛著的簷馬叮噹脆響，和著簷冰落下叮咚聲好像在說話，敲落臺階的殘葉聲則越來越少了。悉悉索索的鼠聲漸漸響起，困倦的擁著書，想喝酒就越發覺得渴了。疏淡的燈環繞著昏黃的光圈，覺得晚霜的嚴寒，逼得簾布都要自己凍裂開來。這情景便宛如一葉扁舟，被寒風吹打著柁尾，遙對著冷雲重疊的岸邊荒野。

回想起野泊垂虹橋的那一晚，瘦弱的船櫓蕩著江波，一支簫聲悲涼嗚咽。破敗的窗紙臨風作響，尚且令人心驚，誤疑作是乾雪敲打船篷聲。悄悄地保護好銅製的花瓶，害怕寒氣太重，將梅花摧折了。推開門，卻看見滿地的樹影，斑駁地壓在清冷的月光上。

【研析】此詞選自《水雲樓詞》卷一。作者在雪夜讀書時，被夜漏所警，無意中看到小屋內空明的景象，頓覺似曾相識，不禁回憶起當年夜泊垂虹橋的光景，遂作此詞。偶然一念，便入深思，便成詞境，正是詞人佳趣。此詞選用〈淒涼犯〉的詞牌，除此調慣壓入聲，宜寫激楚幽咽意格外，也暗喻為種種淒涼情境所侵凌之意。全詞對聲響的描摹尤為生動，聲情、聲景交融，實聲、虛聲應和，出神入化。

首句描繪屋外聲響，漸急促的冰擊風鈴聲、漸稀疏的落葉聲，已匯成了一曲秋盡冬來的交響樂。次句忽轉靜，以致於能聽到細微的鼠聲，由動入靜，正是意緒來襲，漸入深思的佳境。於是趁著倦意與酒意，在疏燈昏幻光暈的搖曳中，在回憶的驅使下，漸漸由現實進入聯想，這一系列細緻傳神的描寫，令讀者感同身受，被霜振簾衣聲引入了那個被風聲、寒氣、雪光籠罩的扁舟中。

換頭正式進入對垂虹夜泊的回憶，瘦櫓搖波聲動，簫聲咽，窗鳴敗紙聲起，無聲不淒冷，在其縈繞下的小舟也顯得異常衰弱，搖搖欲墜。「尚驚疑、打篷乾雪」句可謂承上啟下，虛實相生，既是當年舟中之感，也是今日屋中之感，從想像拉回現實，便有了「悄護銅瓶，怕寒重、梅花暗折」的舉動，驚疑中透出珍惜。而梅花所寄託的即是作者在苦寒紛亂的時勢中，最望堅守、最為珍視的芬芳高潔情誼。結句一振，由昏暗漸轉分明，與序言中「是月是雪」的疑問遙相呼應。作者心中當然期待的是象徵光明的月，而非象徵苦寒的雪，而此結句正表明在開門後得到的答案，正如作者所希望的那樣，是月而非雪。儘管這月光不幸為重重樹影所壓，又為嚴寒所凍，不能算是豁然開朗，但在經歷了種種淒涼與疑懼後，見到這絲縷的光明，也能令人稍感安慰了。

217

滿庭芳

蔣春霖

秋水時至，海陵諸村落輒成湖蕩。小舟來去，竟日在蘆花中。余居此既久，亦忘岑寂。鄉人偶至，話及兵革，詠「我亦有家歸未得」之句，不覺悵然❶。

黃葉人家，蘆花天氣❷，到門秋水成湖。攜尊船過，帆小入菰蒲❸。誰識天涯倦客❹？野橋外，寒雀驚呼。還惆悵，霜前瘦影，人似柳蕭疏❺。

愁余，空自把，鄉心寄雁，泛宅❻依鳧。任相逢一笑，不是吾廬。漫託魚波萬頃，便秋風、難問蓴鱸❼。空江上，沉沉戍鼓，落日大旗孤❽。

【注釋】❶秋水時至十句　此詞作於咸豐十年庚申（西元一八六〇年）秋，同年蔣春霖在罷官後，移居溱潼鎮（在今江蘇泰州）聖壽寺內水雲樓。海陵，在今江蘇泰州。西漢初置縣，隸屬臨淮郡。此處地勢低，水流多，故每到秋水泛濫時，各村落便成為一片汪洋。蔣春霖〈雜詠〉詩即道：「海陵地卑濕，無山水色渾。」據周夢莊《水雲樓詞疏證》考證：當年「七月，運河決露筋祠，泰州、東臺、鹽城大水，詞中所謂『到門秋水成湖』也……溱潼……鎮四面環水，舊時出入非船不可。咸豐十年，鹿潭四十三歲」。兵革，指太平天國軍事。據劉勇剛《水雲樓詩詞箋注》所述，此時「鹿潭家鄉江陰在太平軍手上，故有『我亦有家歸未得』之歎」。我亦有家歸未得，語出杜荀鶴〈春日旅寓〉：「江上有家歸未得，眼前花是眼前愁。」❷黃葉人家二句　用黃葉紛飛，蘆花滿天的景象點明秋季。用林逋〈北山晚望〉「村路飄黃葉，人家濕翠微」與方逢辰「去時好趁蘆花天」詩意。❸菰蒲　菰與蒲都是水草，故用以泛指長滿各種水草的湖泊。❹天涯倦客　淪落天涯，身心俱疲的行客。蘇軾〈永遇樂〉：「天涯倦客，山中歸路，望斷故園心眼。」❺還惆悵三句　感歎離人如秋柳般清瘦蕭條。蕭疏，稀疏蕭條。❻泛宅　指以浮泛水上的行船為家者。據《新唐書．隱逸傳．張志和》載，張志和不以所乘舟敝漏為慽，反稱其「願為浮家泛宅，往來苕霅間。」在此既指以船為家的處境，又指顛沛流離的際遇。❼便秋風難問蓴鱸　用張翰思歸典故。據劉義慶《世說新語》載，張季鷹（張翰）任齊王東掾時，見秋風起，便想起家鄉吳中的菰菜羹、鱸魚膾，於是道：「人生貴得適意爾，何能羈宦數千里以要名爵？」便棄官還鄉了。後因以秋風蓴鱸喻思鄉歸隱。❽落日大旗孤　用杜甫〈後出塞〉「落日照大旗，馬鳴風蕭蕭」詩意。

【語譯】黃葉飄落人家，蘆花飛滿天際，秋水盈門變成一片湖泊。攜帶著酒杯划船行過，小小的船帆蕩入重重水草中。誰認識我這淪落天涯，身心俱疲的行客呢？鄉野橋外，受驚的寒雀叫個不停。更令人惆悵的是嚴霜中人瘦弱的身影，便如秋季凋零的柳樹般清疏蕭條。　真讓我悲愁，只能白白地將一片思鄉的心意寄託給大雁，讓浮泛在水上的家宅依傍著水鴨。任彼此相逢一笑，卻並不是我的家。隨意將身家託付給這無邊無際的波濤，即便是已到了這秋風起的時候，也難以訊問家鄉中的菰羹、鱸膾。空蕩蕩的江面上，回響著駐軍沉悶的鼓聲，落日下的大旗顯得如此孤獨。

【研析】此詞選自《水雲樓詞》卷一，創作背景見注釋。全詞即境抒情，境為獨特之境——秋水盈門，以水為家，不是在海陵的特殊地勢中難有此境；情也為獨得之情——在故鄉有家難歸，在異鄉也無家可安，漂泊的身世莫過於此；而表達此情此境的方式也頗有特色。即如朱庸齋《分春館詞話》所評：「全詞多用淡語，似溫婉不迫，而末數語以最重之筆力，將全章振起，則覺到淡語皆有味矣。」「淡語皆有味」本是馮煦對「古之傷心人」秦觀與晏幾道詞的評語，只有用情極深的人，才能厚積薄發，用看似平淡輕鬆的語言表達出深摯入骨的情感，在反襯中形成獨特的感染力。

起句「黃葉人家，蘆花天氣」本來溫馨，「到門秋水成湖」也似為佳景，繼之以「攜尊」句的自在逍遙，又有誰能想得到所描述的是洪水淹沒村落的情景呢？結合背景，淒苦無奈之感便油然而生了。「誰識」以下都是淒苦無奈的寫照。堪稱疏快中有摯情、淡蕩中有深味典範的，如「人似柳蕭疏」一語尤妙，用李清照「人比黃花瘦」的意境，而以「蕭疏」二字傳神，加上柳本有「留」的寓言，蕭疏正是欲歸不得的表現。又如「任相逢一笑，不是吾廬」。不能安卻不得不隨遇而居的無可奈何，讓相逢時看似輕鬆的會心一笑顯得如此的沉重，正是久經災劫的亂世人常有的心態與默契——痛苦漂泊已成習慣，故表面上波瀾不驚，似已是司空見慣；內心中卻是暗流洶湧，充滿絕望與無奈。結句一改疏淡，以重筆壓陣，前文被掩蓋、壓抑的憂愁孤寂噴薄而出，也確實如朱庸齋所道有振起全章的功效。

218 甘州

蔣春霖

甲寅元日，趙敬甫見過❶

又東風喚醒一分春，吹愁上眉山❷。趁晴梢剩雪，斜陽小立❸，人影珊珊。
避地依然滄海❹，險夢逐潮還。一樣貂裘冷，不似長安❺。　多少悲笳聲裡，認匆匆過客，草草辛盤❻。引吳鉤❼不語，酒罷玉犀❽寒。總休問、杜鵑橋上❾，有梅花、且向醉中看❿。南雲暗，任征鴻去⓫，莫倚闌干⓬。

【注　釋】❶甲寅元日二句　此詞作於咸豐四年甲寅（西元一八五四年）元日。作者時在江蘇東臺富安場鹽大使任上。趙敬甫，趙熙文，字敬甫，陽湖人。官至安徽候補直隸州。❷眉山　對眉毛的美稱。典出《西京雜記》，據載，卓文君容貌姣好，眉色看去如遠山般嫵媚動人。❸小立　暫時的駐足站立。❹避地依然滄海　形容避難遷居到他鄉，仍如滄海一粟。避地，遷居異地以避災禍。在此指躲避太平軍興起的戰亂。滄海，富安臨淮海，產淮鹽，作者時富安場鹽大使。❺一樣貂裘冷二句　形容在他鄉身心俱寒，不比故土。化用張輯〈貂裘換酒〉「且趁霜天鱸魚好，把貂裘、換酒長安市」詞意。貂裘換酒，典出李白〈將進酒〉：「五花馬，千金裘，呼兒將出換美酒，與爾同銷萬古愁。」長安，唐代都城，在此代指故土。❻草草辛盤　用王安石〈示長安君〉「草草杯盤供笑語，昏昏燈火話平生」詩意。草草，草率；不精細。辛盤，舊俗正月初一，將五種味道辛辣的香料放置盤中，供食用，用以滌蕩五臟氣，兼取迎新之意。❼吳鉤　兵器名，形似劍而曲。春秋吳人善於鑄造此種兵器，故稱。後泛指利劍。此詞當是化用李賀〈南園〉「男兒何不帶吳鉤，收取關山五十州」詩意。❽玉犀　犀牛角製成的酒杯。傳說犀牛角可以辟寒。❾杜鵑橋上　指國勢動盪的徵兆。用邵雍卜筮典故。相傳邵雍行到洛陽天津橋上，聽到杜鵑啼聲，便認為是朝廷將用南方人為相，導致天下多事的徵兆。❿有梅花且向醉中看　用朱敦儒〈鷓鴣天〉「且插梅花醉洛陽」詞意，與上文邵雍洛陽卜筮典故呼應，表達難問政事，且趁著醉意看梅花的複雜心情，難得糊塗，卻又不甘糊塗，不能糊塗。⓫南雲暗二句　用陳江總「心逐南雲逝，形隨北雁來」詩意。南雲，鄉親的象徵。《詩經．凱風》用「凱風自南，吹彼棘心」起興，寄託著孝子對母親勞苦的感恩，成為典故。陸機〈思親賦〉道：「指南雲以寄款，望歸風而效誠。」後南雲便寄託了懷鄉思親之情。征鴻，用鴻雁傳書典故。參見龔自珍〈金縷曲〉（我又南行矣）注❻。⓬莫倚闌干　參看朱祖謀〈摸魚子〉（近黃昏悄無風雨）注❾對「憑闌意」的解釋。

【語　譯】東風又喚醒了一分春意，吹來的哀愁鎖上了雙眉。趁著放晴的樹梢上還剩著殘雪，在夕陽下暫立片刻，身影幽獨而清逸。為避難遷居到他鄉，仍然如滄海一粟，險象環生的夢追逐著浪潮又回去了。一樣的貂裘在這裡卻顯得這樣的寒冷，不像在故鄉中那樣溫暖。　在多少悲怨的胡笳聲中，認出了匆匆來拜年的客人，草草準備著迎年的辛盤。拔劍在手沉思不語，酒後玉犀杯觸目生寒。總別再問杜鵑橋上的亂國徵兆了，既然有新開的梅花，且趁著醉意去觀賞吧。南風吹來的雲已經暗淡了，任憑征鴻飛去，不要再倚靠著闌干觀望了。

【研　析】此詞選自《水雲樓詞》卷一。時值新春佳節，正所謂「每逢佳節倍思親」，更何況作者家鄉一帶年來為太平軍所擾，戰亂不斷，親友吉凶難料，故懷鄉思親之愁就更為深重了。朱庸齋《分春館詞話》評道：「鹿潭長調多用賦體。賦體筆力須健挺，積健為雄，始無拖沓之弊。其〈甘州〉詞云：『又東風喚醒一分春，吹愁上眉山。』此調宜用重筆，故鹿潭尤喜填之。『避地』二語，筆力極重。下半闋細寫兵亂中生活，收筆挺健有味。《白雨齋詞話》謂其『真得玉田神理』，其實感慨較玉田尤深也」。就頗為精當，善用重筆、健筆敘事寄慨，以增強情感的力度與深度，確實是此詞的一大特色。而與此種特色相輔相成的則是反襯的修辭手法。

起句已用反襯法點明創作背景及情感基調。「又東風喚醒一分春」原本是何等朝氣蓬勃的意境，但對作者的影響卻是「吹愁上眉山」，只因新春喜慶更增加了團圓的期待與離別的愁苦。這與蘇軾中秋詞「不應有恨，何事長向別時圓」的意境正相通。次句「晴梢剩雪」同樣是冬盡春回的樂景，與「人影珊珊」的孤寂恰成對比，只因戰火所帶來的嚴冬綿延無期。接下來的「避地」句，避地本來意味著已逃離苦海，是值得慶幸的，但對作者而言，逃得了身，卻逃不出心中的恐懼和牽掛，故夢由心生，仍是險象環生，「逐潮還」所包含的情感尤為微妙深婉，令人動容——這「還」固然有被動的成分，逃離險境的人往往會在噩夢中又回到險境中；但更多的是主動的成分，作者如此牽掛鄉親，故夢魂即便是冒險也希望能還鄉。故下文道「一樣貂裘冷，不似長安」，「酒罷玉犀寒」，貂裘、美酒、玉犀杯本來都是禦寒佳品，但作者卻仍覺得寒冷，只因這寒不是身寒，而是心寒——同樣的事物，在他鄉怎麼也比不上故鄉溫馨啊！「總休問」句意脈一轉，似乎已不能承受此種為離愁所困，諸事不如意的苦況，希望能趁著醉意，暫時拋開橋上啼鵑所象徵的惜別傷亂之憂，且從梅花中尋求春暖的慰藉。不料結句又兜了回來，作者終究沒能專心的賞梅，而是又被南雲、征鴻等歷來寄託鄉思的景物攪動離愁，於是乾脆選擇「莫倚闌干」，不再眺望了。可是上文已多次印證了愁心才是產生愁境的根源，故即便是莫倚莫看，又豈能免愁呢？

總之，愁人眼中不僅愁境能增愁；而且一切美景、樂事、佳物也都難銷愁，反襯之下更添愁；即便是閉目塞聽，也難逃愁夢愁思的糾纏，這種避無可避的境地，更可見情之重，愁之深。

219

卜算子

蔣春霖

燕子不曾來，小院陰陰雨。一角闌干聚落花，此是春歸處❶。　彈淚別東風❷，把酒澆飛絮❸。化了浮萍❹也是愁，莫向天涯去。

【注釋】❶燕子不曾來四句　化用晏殊〈浣溪沙〉名句：「無可奈何花落去，似曾相識燕歸來。」❷彈淚別東風　揮淚告別春天。東風，指春風，因春風多是從東方吹來的。❸把酒澆飛絮　意為借酒澆愁。飛絮，柳絮，也稱楊花。歷來是離愁別緒的象徵，因此，把酒澆飛絮實是嘗試用酒來消解心中別春傷春的愁緒。❹化了浮萍　據《本草》記載，浮萍暮春始生，傳說是由楊花化生的。飛絮、浮萍都是四處漂泊的無根之物，因此用以喻漂泊無定的生涯。

【語譯】燕子沒有回來，小院中陰雨連綿。闌干的一角堆積著落花，這就是春天的歸宿。揮淚告別春季的東風，拿酒澆敬紛飛的柳絮。柳絮啊，你即便化作浮萍也仍是難免漂泊的哀愁，不要再向天涯飛去了。

【研析】此詞選自《水雲樓詞》卷二，作於咸豐三年癸丑（西元一八五三年）。全詞用傷春來寄託身世之感，題材頗為常見，而獨至之妙在善用層層折進的方法表達出越轉越深，綿延不絕的愁思。上闋化用晏殊〈浣溪沙〉名句，晏殊詞中雖也對花落去感到無可奈何，但有似曾相識的燕子歸來，尚足安慰。而此詞中寫落花，不僅飄落可悲，歸宿更可悲——昔日滿院的春色是何等明豔照人，如今只能在陰雨中聚入一角闌干中，不值一顧了；更何況連燕子也因受陰雨所阻而不能歸來，當然又會倍添惆悵。下闋則化用李白「舉杯銷愁愁更愁」的感悟與飛絮化為浮萍的典故，試想即使能如飛絮般千變萬化，逃到海角天涯，最終也逃不出飄零的命運，逃不出離愁的糾纏，更何況是形體、行動都受限制的人呢？故不如認命隨緣的留下，不要再逃避，徒增漂泊了。這種身心難安卻無法改變境遇，絕望無奈而不得不歸於平淡的心態，正是久經亂世的國民心態，與作者所填的〈滿庭芳〉（黃葉人家）詞參看，可有更深的體會。即如陳廷焯《白雨齋詞話》評道：「鹿潭窮愁潦倒，抑鬱以終，悲憤慷慨，一發於詞，如〈卜算子〉云云。何其淒怨若此。」

220

臺城路

蔣春霖

金麗生自金陵圍城出，為述沙洲避雨光景，感成此解。時畫角咽秋，燈焰慘綠，如有鬼聲在紙上也❶。

驚飛燕子魂無定，荒洲墜如殘葉❷。樹影疑人，鴞聲❸幻鬼，攲側❹春冰途滑。頹雲萬疊❺，又雨擊寒沙，亂鳴金鐵❻。似引宵程，隔溪磷火❼乍明滅。

江間奔浪怒湧❽，斷笳時隱隱，相和嗚咽。野渡舟危，空村草濕，一飯蘆中淒絕❾。孤城霧結，剩罥網離鴻❿，怨啼昏月。險夢愁題，杜鵑枝上血⓫。

【注釋】❶金麗生六句　金麗生，金澍，字麗生，浙江嘉善人。此詞作於咸豐四年甲寅秋。據王韜《金陵癸甲紀事略》序與杜文瀾《平定粵寇紀略・附記四》記載，從咸豐三年癸丑正月二十九日至咸豐四年甲寅七月三十日，張炳元、謝介鶴、金麗生、吳蔚堂等同志數百人曾密謀在金陵太平天國軍中為清官兵作內應，發動兵變，協助官軍攻城。咸豐四年正月，諸人與大營密約，太平軍以正月七日為元旦，此時戒備鬆懈，可趁機攻城。但後來因種種變故未能成事，被太平軍察覺，結果張炳元被俘後寧死不供出同黨，最終被殺。金麗生、謝介鶴等人陸續逃出。❷驚飛燕子魂無定二句　化用驚弓之鳥的典故，形容人如受傷離群的燕子般驚魂無定，草木皆兵。據《戰國策・楚策四》記載，魏國的神箭手更羸拉弓虛射一箭，便能讓在天上飛翔的大雁應聲而落。只因他早已觀察此雁飛行緩慢，鳴聲淒厲，是受傷的離群雁，故聽見弓弦聲便會嚇得拼命高飛，最終因傷口撕裂而墜落。❸鴞聲　貓頭鷹的叫聲。貓頭鷹面似人且好食腐肉，叫聲又極淒厲，故古時被認為是不祥的「報喪鳥」。❹攲側　傾斜。在此指道路不平，行走不穩。❺頹雲萬疊　形容暴雨來臨前黑雲重重下墜，逼近地面的景象。頹，下墜；崩塌。❻又雨擊寒沙二句　形容因受驚過度而將雨打沙灘聲誤疑為追兵的鳴金聲、鐵蹄聲。❼磷火　人和動物的屍體腐爛分解出磷化氫易自燃，形成藍白色的火焰，隨風滾動，若隱若現，常見於夜間荒野中。俗稱鬼火，認為是鬼出行時打的燈籠，且會追人。❽江間奔浪怒湧　用杜甫〈秋興〉「江間波浪兼天湧」詩意。❾野渡舟危三句　形容一路行來，連吃飯也要躲躲藏藏的淒慘境況。一飯蘆中淒絕，用伍子胥藏身蘆中的典故。據趙曄《吳越春秋》記載，伍子胥在逃亡途中遇到漁夫，漁夫幫他渡江後好心替他去取食物。子胥懷疑有變，便藏身於蘆葦深處。漁夫回來見狀，便呼喊道：「蘆中人，蘆中人，豈非窮士乎！」❿羂網離鴻　用被張網捕到的鴻比喻被太平軍困在金陵城中，未能逃出的人。語出《詩經・邶風・新臺》：「魚網之設，鴻則離之。」羂，張網捕捉。離，假借為「罹」。遭受、罹難之意。⓫杜鵑枝上血　用杜鵑啼血典故。相傳杜鵑是蜀主杜宇亡國身死後所化，暮春日夜悲啼，淒婉欲絕，直至口中流血，落地化為杜鵑花。

【語　譯】驚弓奮飛的燕子驚魂未定，如枯殘的葉子一般墜落到荒涼的沙洲上。看到樹木的影子便疑作追兵，聽到貓頭鷹的叫聲又幻想成鬼嗚，歪歪斜斜地走在春季殘冰密布的濕滑道路上。重重疊疊的烏雲壓頂。又兼急雨打在寒冷的沙灘上，那聲響猶如追兵紛亂的鳴金、鐵蹄聲逼近。隔著溪流的磷火若隱若現，好像在為夜行引路。

江間奔騰的波浪洶湧怒吼，與不時傳來的斷續隱約的胡笳聲，互相應和，嗚咽不已。野渡上的舟楫傾危，空村中的草地濕滑，吃個飯也要倉皇藏身於蘆葦叢中真是淒苦至極。孤城為重霧封鎖，剩下多少不幸被張網捕捉到的鴻，只能對著昏黃的月光發出悲怨的啼聲。這險象環生的夢傾注著愁苦，所題下的詞章，字字猶如杜鵑在花枝上悲啼留下的斑斑鮮血。

【研　析】此詞選自《水雲樓詞》卷二，創作背景見注釋。全詞描述金麗生在逃出金陵後，一路躲避太平軍追捕的淒惶境況，通過情與境的轉接，聲與光的配合，勾勒出一幅幅奇詭幽深、驚心動魄的畫面，使人如臨其境，如見其人，真可步武以鬼才鬼氣著稱的李賀詩。陳廷焯《白雨齋詞話》評道：「狀景逼真，有聲有色。因思迦陵〈賀新郎〉……繪聲繪影，字字陰森，綠人毛髮，真乃筆端有鬼。然同一設色，而陳自縱橫，蔣多蕭戚。言為心聲，蔣所遇之窮，又不逮陳遠矣。」就深得詞中三昧。

起句在一「驚」一「墜」的跌宕中已揭出詞旨、詞境。奪命奔逃，卻身不由己；驚魂未定，又屢受打擊，其疑懼驚惶可想而知。從「樹影」到「野渡」句一直都是各種鏡頭切換式的場景描寫，既奇幻詭異，有如夢魅，又真實可感，為人人驚懼時所常有。直到最後的「淒絕」二字才落實到人情。但讀去卻無一句不淒絕——受驚的人原本就是風聲鶴唳，草木皆兵，更何況樹影、鵑聲、春冰途滑、頹雲、雨擊寒沙、磷火、奔浪、斷笳、野渡舟危，空村草濕，都是一些在常人看來已顯得迷幻、恐怖、艱難、壓抑、危險、荒涼的景象。在這一系列鋪墊之後，再道出「淒絕」二字，可謂水到渠成。「孤城」句從金麗生避難的場景跳出，轉寫金陵圍城，意脈似斷實連——逃出之人已是如此淒苦，那些在城中罹難的人，境遇就更是慘不忍睹了，封鎖孤城的昏慘霧氣，是太平軍布下羅網的象徵，同樣也是罹難者血淚、驚懼、怨憤凝結的象徵，更可悲的是，無論再怎樣怨啼也無法驅散霧氣，逃出孤城了。此情此境也必定是金麗生在逃難中時時惦記的，逃出的慶幸、對被困同志的擔憂、對追兵的恐懼，都會因此而倍增。結句回到現實，正所謂：「痛定思痛，痛何如哉！」這篇記錄如噩夢般驚險歷程的詞章，當然字字都是哀愁所寫，血淚所化了。

221 臺城路

易州寄高寄泉❶

蔣春霖

兩年心上西窗雨❷，闌干背燈敲遍❸。雪擁驚沙，星寒大野❹，馬足關河同賤❺。羈愁❻數點，問春去秋來，幾多鴻雁❼？忘卻華顛❽，昔時顏色夢中見。

青衫鉛淚似洗❾，斷笳明月裡，涼夜吹怨。古石敧臺❿，悲風咽筑⓫，酒罷哀歌難遣。飛花亂捲，對萬樹垂楊，故人青眼⓬。霧隱孤城，夕陽山外遠。

【注釋】❶易州寄高寄泉　此詞作於道光二十七年丁未（西元一八四七年），作者時年三十歲。易州，治所在今河北易縣，因境內有易水而得名。清雍正時升直隸州。地勢險要，為河北重鎮。高寄泉，高繼珩，字寄泉，遷安人。嘉慶二十三年（西元一八一八年）舉人，曾任河間、大名教諭，廣東鹽大使。博學多才，與邊袖石、華枚宗稱畿南三子。著有《海天琴趣詞》。❷兩年心上西窗雨　意為兩年來都盼望重聚。用李商隱〈夜雨寄北〉「君問歸期未有期，巴山夜雨漲秋池。何當共剪西窗燭，卻話巴山夜雨時」詩意。❸闌干背燈敧遍　意為久立在闌干旁遠眺，期待看到故人歸來。化用辛棄疾〈水龍吟〉「把吳鉤看了，闌干拍遍，無人會、登臨意」詞意。❹雪擁驚沙二句　形容易州雄奇風光。化用儲光羲〈王昭君〉「日暮驚沙亂雪飛」與杜甫〈旅夜書懷〉「星垂平野闊」詩意。❺賤　據劉勇剛《水雲樓詩詞箋注》考證，為「棄而不用」的意思。❻羈愁　旅途中的離愁。❼鴻雁　用鴻雁傳書典故。參見龔自珍〈金縷曲〉（我又南行矣）注❻。❽華顛　白髮。劉子翬〈醉歌贈金元白〉：「強飯廉頗思故國，據鞍馬援忘華顛」。❾鉛淚似洗　形容思念故鄉、故人的淚水流不斷。化用白居易〈琵琶行〉「座中泣下誰最多？江州司馬青衫濕」與李賀〈金銅仙人辭漢歌〉「空將漢月出宮門，憶君清淚如鉛水」詩意。❿古石敧臺　用燕昭王築臺納士的典故，相傳燕昭王曾築造高臺，臺上置黃金以廣招天下賢士。招賢臺故址即在易縣。汪遵〈燕臺〉：「禮士招賢萬古名，高臺依舊對燕城。如今寂寞無人上，春去秋來草自生。」⓫悲風咽筑　用燕國荊軻易水悲歌典故。據《史記．刺客列傳》載，荊軻刺秦王前，燕太子及知情的賓客都穿白衣冠去與他訣別。送至易水上，高漸離擊筑，荊軻和而歌，為變徵之聲，士皆垂淚涕泣。又前而為歌道：「風蕭蕭兮易水寒，壯士一去兮不復還。」復為慷慨羽聲，眾人都怒髮衝冠。於是荊軻遂就車而去，終已不顧。⓬對萬樹垂楊二句　用李元膺〈洞仙歌〉「楊柳於人便青眼」詞意。楊柳的細葉看上去像人初開的眉眼，故有柳眉、柳眼之稱。在此形容柳眼臨風顧盼，如同知己間互相賞識、眷戀的目光。青眼，用阮籍青白眼典故。據《晉書．阮籍傳》載，阮籍見人則作「青白眼」，看到他尊敬的人，便加以青眼（即正視，能明顯看見黑眼珠）；看到他不屑的人，便加以白眼（即斜視，多露眼白）。

【語　譯】兩年來心上一直惦記著那象徵著團圓的西窗雨，背著燈燭暗自敲遍了闌干。回旋的白雪簇擁著飛舞的黃沙，清冷的星光籠罩著遼闊的原野，千山萬水一同跋涉。懷著數點羈旅的離愁，試問春去秋來，能為人傳遞離愁的鴻雁又有多少呢？忘記了花白的鬢髮，在夢中看見的仍是舊日的容顏。　青衫沾滿了淚水宛如用水洗過一般，淒清的夜晚，胡笳斷斷續續的在明月中傾訴著哀怨。古老的石頭斜倚著高臺，悲涼筑聲在風中凝噎，酒後哀怨的歌聲難以排遣心中的鬱結。紛亂的落花飛捲，面對這青青細葉臨風顧盼的萬樹垂楊，便如同對著故人相知相眷的青眼。重重霧氣隱沒了這座孤寂的城，夕陽也在遠山外漸漸地落下了。

【研　析】此詞選自《水雲樓詞》卷二，為寄贈友人之作，作者填詞一貫擅長在剛柔、徐急、宏約、輕重間變換詞情，塑造詞境，此詞也不例外，而深摯的友情始終貫穿其中，愈轉愈出。譚獻《篋中詞》評道：「豪竹哀思，一時並奏，『馬足』句千古。」起句以思念友人的情境入題，體貼入微，非常巧妙的化用了李商隱〈夜雨寄北〉的詩意，心雨的意象頗有出藍之妙，不僅延續了思念友人、盼望重圓的原意，還增入了點滴在心頭，從未間斷，越積越深的新意，用來形容思念，可謂入木三分。進而「雪擁」句回憶昔日相交情景，意境頓轉為雄闊，肝膽相照的豪情躍然紙上。「羈愁」、「問春」二句為尋常惜別語，稍作點染。而「忘卻華顛，昔時顏色夢中見。」則堪稱佳句。作者與高寄泉為忘年交，高寄泉中舉時作者剛出生，故此句有多重忘年的意蘊——深摯的友誼可以令他們忘記年齡的差異相交，而在愉快真誠的交往中又可以令他們忘記年華的流逝，彷彿一切都停留在風華正茂，心有戚戚之時，此情此景，不斷的在心上徘徊，當然也會在夢中重見。

摯友見面傳書，當然會推心置腹，傾訴衷腸。故過片的青衫淚，斷笳怨，既是承接上文而來的惜別之怨淚，又是開啟下文的訴苦之怨淚。「古石」、「飛花」句即是在向友人傾訴自己飄零不遇，憂思百結的身世之感：此地古來多才士，也多能識才用才之主——曾有燕昭王築臺納賢士，燕太子悲歌別壯士，而今日卻只有懷才不遇的作者孤身在此，歌酒俱難遣愁啊！同時也是在為「對萬樹垂楊，故人青眼」句作鋪墊——世上少知己，生命中為數不多的摯友就顯得尤為可貴了。值此孤寂難遣之際，看到垂楊青眉，便如同看到了惺惺相惜的故人青眼，又怎能不倍增眷念呢？然而，世事往往不如人願，結句的興象即是明證。作者剛剛興起眷念與期待，不料遠眺友人的目光卻被重霧封鎖在孤城中，夕陽的餘暉也漸漸遠去，相思相望難相見，離別的痛苦與無奈盡在其中了。

222

琵琶仙

蔣春霖

五湖之志久矣，羈累江北，苦不得去。歲乙丑，偕婉君泛舟黃橋，望見煙水，益念鄉土。譜白石自度曲一章，以箜篌按之。婉君曾經喪亂，歌聲甚哀❶。

天際歸舟，悔輕與、故國梅花為約❷。歸雁啼入箜篌，沙洲共飄泊❸。寒未減、東風又急，問誰管、沈腰愁削❹？一舸青琴❺，乘濤載雪❻，聊共斟酌。更休怨、傷別傷春❼，怕垂老心情漸非昨。彈指十年幽恨❽，損蕭娘眉萼❾。今夜冷、蓬窗倦倚，為月明、強起梳掠❿。怎奈銀甲秋聲，暗回清角⓫。

【注釋】❶五湖之志久矣十一句　此詞作於同治四年乙丑（西元一八六五年），作者時年四十八歲。五湖之志，返鄉隱居之志。五湖可專指太湖，也可泛指吳越地區的湖泊。據《國語》載，春秋末越國大夫范蠡，輔佐越王句踐滅吳後，功成身退，乘輕舟以浮於五湖。後因以五湖之志指歸隱之志。而蔣春霖家鄉江陰正屬太湖流域，故兼有還鄉之意。羈累江北，作者時居江北東臺，因戰亂無法返鄉。婉君，黃婉君，作者的侍妾。周夢莊《蔣鹿潭年譜》案：「鹿潭善品簫，每得新詞，即命婉君倚聲歌之，大有白石『小紅低唱我吹簫』之風韻。」黃橋，在江蘇泰興東北，對江便是作者家鄉江陰，江陰素有江防重鎮之稱，故云「望見煙水，益念鄉土」。白石自度曲，南宋著名詞人姜夔，號白石道人，善為自度曲，〈琵琶仙〉即是其所創詞調。箜篌，古彈弦樂器，此處泛指琴類樂器。❷天際歸舟二句　天際歸舟，形容遠望去返鄉的舟楫行於天際。語出謝朓〈之宣城郡出新林浦向板橋〉：「天際識歸舟。」梅花為約，因歸舟而觸動的約定必然是還鄉觀梅之約，與梅花約其實也是與故人約。即如周紫芝〈醉落魄〉「歸期已負梅花約，又還春動空飄泊」，陳與義〈次韻張元方春雪〉「不知來何暮，遂失梅花約」。❸歸雁啼入箜篌二句　既是實景，形容歸雁的啼聲與琴聲相應和，人與雁都在沙洲飄泊，同病相憐，但雁能歸人不能歸，故人更淒苦；又暗指琴曲，古琴曲有〈平沙落雁〉，借秋雁遠志寓逸士胸懷。❹沈腰愁削　自稱腰身因憂愁而日漸消瘦。沈腰，瘦弱的腰肢。據《梁書・沈約傳》載，沈約在與徐勉書中稱自己因老病而腰漸細瘦，以致於「百日數旬，革帶常應移孔」。後因以沈腰指細腰、消瘦。❺青琴　古神女，在此借指黃婉君。司馬相如〈上林賦〉：「若夫青琴、宓妃之徒。絕殊離俗。」❻乘濤載雪　用蘇軾〈念奴嬌〉「驚濤拍岸，捲起千堆雪」詞意。雪，指浪花。❼傷別傷春　為春光與離別而傷感。李商隱〈杜司勛〉：「刻意傷春復傷別，人間惟有杜司勛。」❽彈指十年幽恨　指琴聲中道出作者與婉君十年愛情的艱辛。彈指，雙關語，既指彈琴，又是佛教語，喻時光飛逝。《僧祇律》：「二十瞬為一彈指。」十年幽恨，從咸豐五年（西元一八五五年）作者與婉君結識到同治乙丑（西元一八六五年）正好十年，期間流寓泰州、東臺，生活拮据。故云「幽恨」。❾損蕭娘眉萼　嘆惜顛沛流離的困窘生活令婉君愁眉不展。蕭娘，泛指所戀女子，在此指婉君。楊巨源〈崔娘〉：「風流才子多春思，腸斷蕭娘一紙書。」眉萼，眉頭。應是用壽陽眉典故。參見朱祖謀〈宴清都〉（餞臘蠻村鼓）注❼。損眉萼即低眉、皺眉的意思。❿梳掠　梳理；梳妝。⓫怎奈銀甲秋聲二句　指琴聲歌聲淒怨，又牽動了稍稍平復的愁思。銀甲，銀製的假指甲，用以彈箏、琶等弦樂器。秋聲，如秋天般蕭索悲涼的琴聲。清角，古代五音之一，角音清促，故稱清角。據《韓非子・十過》記載，清角為最悲切的樂音。

【語譯】悵望天際行在歸途的扁舟，真後悔當初輕易地與故鄉的梅花定下了春日還鄉的約定。歸飛的鴻雁啼聲混入箜篌樂聲中，同是在沙洲共漂泊。冬寒尚未減退，春風又急吹，試問誰曾顧及我的腰身因憂愁而瘦損呢？一葉扁舟載著如青琴仙女般的美人，在如雪的浪濤中沉浮，姑且一同暢飲玩味吧。　再也別埋怨我要為離別、為春光傷感了，只怕人將老彼此的心情也漸漸地不能一如既往了。十年來相伴相依彷彿就在彈指一揮間，期間的艱辛哀怨令蕭娘美麗的眉頭長顰不展。今夜很冷，困倦的倚靠在蓬草製成的船窗上，為了明亮的月光，強撐著起來梳理。怎奈銀甲彈奏出如秋天般淒婉的樂聲，又暗自轉回到這最為悲切的清角調上去了。

【研析】此詞選自《水雲樓詞續》，創作背景見注釋。全詞悲鬱蒼涼，情真景真，淒婉入骨，營造出「隔花人遠天涯近」的意境——故鄉近在眼前而歸不得，美人長伴身邊而憂不已，往往比相隔千里更令人心痛。詞中暗含著現在、過去、未來的三重憂鬱，一層重過一層：先看當前，「歸舟」、「歸雁」、「梅花約」更反襯出難歸的淒苦。青琴相伴共斟酌的溫馨，也難掩沙洲載雪共飄泊的窘境。又何況回憶往昔，這種淒苦與窘境已非一朝一夕，正是「貧賤夫妻百事哀」啊；展望未來，「怕垂老心情漸非昨」，時間的流逝未必能改變際遇，卻必定會帶走青春，只怕老去後情境更為淒涼，甚至比今昔更不如啊！「彈指十年幽恨」句極妙，堪稱文眼，不僅「彈指」意雙關，既是真景，又是真情；更重要的是，其所包含輕重、久暫的對照，正是作者對變幻莫測、幽鬱難明的人生體驗與擔憂的寫照，也是作者對著心儀的佳人、醉人的明月，也終難擺脫抑鬱心情的根源。在作者心中，他的人生似乎注定要漂泊不定，落魄潦倒，這種際遇，辜負了鄉景鄉情，辜負了青春年華，也辜負了身邊的愛人。黃婉君的人生體驗及態度也略同於作者，因此，在琴聲、歌聲中總揮之不去，暫歇又暗回的都是淒苦幽咽的清角之音。譚獻《篋中詞》評道：「屈曲洞達，齊梁書體。」朱庸齋《分春館詞話》評道：「哀感頑豔，變為淒厲……此調謹守白石之律，用入聲韻，宜表達淒咽之情。四句七字句，上三下四，非韻非對，最為難作。此以宋人詩法入詞，故特峭健。」從不同角度反映出此詞以健筆寫柔情，細緻入微，洞見心曲的特點。

223　暗香　台江感舊❶

謝章鋌

豔雲❷換盡，忽蠻煙蛋雨❸，吹來成陣。試看脂痕，驟染腥膻❹不堪認。何處琵琶細響，濃陰裡，情天也病❺。累蛺蝶❻、無力高飛，一縷瘦魂剩。雙鬢，北風勁。怪滾滾長江，亂潮無定❼。鬼聲相引，空際樓臺又噓蜃❽。無數啼鶯已老，贏一片、斜陽淒緊。春去矣，休再問、花前月影。

【作　者】謝章鋌（西元一八二〇—一八八八年），字枚如，號藤蔭客，福建長樂人。光緒三年（西元一八七七年）進士，不殿試而歸。先後被禮聘主講於漳州、同州以及江西白鹿洞等著名書院，晚年回福州，掌致用書院。生平著作二十餘種，彙編為《賭棋山莊全集》，其中《賭棋山莊詞話》是晚清最重要的詞話之一。

【注　釋】❶台江感舊　台江（今福州台江區一帶），舊稱南台，歷來是商賈雲集的繁盛之地。晚清時期，台江會館、商幫遍地，號稱「聚寶盆」。鴉片戰爭失敗後，清政府被迫與英國簽訂《南京條約》，開放通商口岸，福州即其中之一。❷豔雲　彩雲。此處應指歌舞昇平的社會環境。❸蠻煙蛋雨　邊疆蠻荒之地的煙雨，這裡指外夷殖民者的入侵。蛋，通「蜑」。古代南方的水上居民。蘇軾〈十一月二十六日松風亭下梅花盛開〉：「蠻風蜑雨愁黃昏。」❹腥膻　外族腥膻之氣，這裡代指入侵的西方殖民者。❺情天也病　意謂天本無情，但是看到人間如此可憐，不免動情，乃至生病。唐李賀〈金銅仙人辭漢歌〉云：「天若有情天亦老」，這裡是引申，說天有情乃病。❻蛺蝶　即「蝴蝶」。❼怪滾滾長江二句　指政局動盪，政治混亂。❽鬼聲相引二句　這裡是一種鄙夷的說法，指活動在台江的外國人呼朋引伴，建造房屋。噓蜃，傳說中蜃蛟吐氣成樓臺，指外國人建造的那些樣式奇異的建築。

【語　譯】華彩的祥雲散盡了，忽然間外國侵略軍的硝煙血雨，吹布成陣。試看那台江歌女的紅淚啼痕，驟然沾染異族的腥膻之氣，讓人不敢相認。何處傳來琵琶的輕吟細響，濃厚的陰雲籠罩下，連蒼天也不免傷情。又連累蝴蝶無力高飛，只剩下一縷瘦魂。　兩鬢邊呼嘯著強勁的北風。怪的是國政如長江滾滾的急流，亂潮翻湧，久久不能安定。夷人操著鬼語，建造著好似蜃樓一樣的房屋。無數婉轉啼鳴的黃鶯都已近老去，只剩斜陽下的一片淒涼哀鳴，一陣比一陣緊。春光已經遠去了，不要再去追問那花前月影了。

【研　析】詞題為「台江感舊」，台江在福州南門外十里，為舊時的冶遊之地，急管繁弦，花明柳護，也如秦淮水閣。而如今，「娼妓多貧窶」，其狀甚慘。詞人便由此起筆，通過細膩的筆觸，折射時代的大主題，寄託深沉的悲慨。

上闋以寫眼前淒涼悲慘的台江圖景為主。「黯雲」令人聯想出當日的風流繁華，雖只二字，卻是言簡意豐。「換盡」二字，直接寫出這種景象的消散殆盡。「忽」，體現風雲突變，「蠻煙蛋雨，吹來成陣」，體現侵略者氣焰囂張，來勢洶洶。「試看脂痕，驟染腥膻不堪認。」多麼觸目驚心，侵略者在中華大地上肆意踐踏，胡作非為，連歌女的淚痕之中，都沾染洋人令人作嘔的腥膻之氣。在這些飽蘸悲傷之情的筆墨中，可以讀出詞人對侵略者的無比厭惡和憤恨！「何處琵琶細響，濃陰裡，情天也病。」詞人多情而敏感，由琵琶聲中的愁怨聯想到天也有人的情感，也會為此而憂病，這樣一來，天、地、人都籠罩在這病態低沉的氛圍中了。「累蚨蝶」三句哀感頑豔，在這低沉如病的天宇下，連舊日翩翩飛舞的蝴蝶，也因哀傷受損，只剩一縷孤魂，無力飄舉高飛了。細味此句，「蚨蝶」二字又是語帶雙關，那舊日如蝴蝶翩然的歌女們，如今也貧病交加，非復當日風采，正是「娼妓多貧窶」的藝術寫照。在這裡，作者營造的悲與美結合審美意境，讓人低徊不已。

下闋抒發作者感時傷世的悲苦與無奈。過片「雙鬟，北風勁」二句之後，宕開筆墨，轉入寫鬟髮蒼蒼的詞人對艱難時世感懷。「怪滾滾長江，亂潮無定」，用長江的亂潮翻滾的景象象徵動盪不安的政局，生動形象。「鬼聲相引，空際樓臺又噓蜃」，呼應上片「蠻煙蛋雨」、「腥膻」，以文字做刀劍，嘲罵入侵的外族殖民者。國事日非令人痛楚，民間疾苦讓人無奈，詞人的情緒陷入低沉傷感的谷底，轉為日暮途窮之歎。「無數啼鶯已老，贏一片、斜陽淒緊」。「啼鶯已老」當是從宋人周邦彥「風老鶯雛」的名句中點化而來，加上「斜陽淒緊」的淒涼圖景來強化，便有了更強的藝術感染力。結句「春去矣，休再問、花前月影」照應開篇之「黯雲」，往日繁華風流雲散，舊日花前月下的浪漫自然也無處尋覓。往事不堪回首，相思只是徒勞而已。作者借寫這「風流」，寫出了在內憂外困、國勢日益頹廢的時代，愛國知識分子心懷沉憂，卻又無可奈何的深沉痛苦，全詞在一片蒼涼中收束。

224

永遇樂

登丹鳳樓望黃浦懷陳忠愍公❶。樓在滬城東北女牆上，宋淳熙間立。　周星譽

放眼東南，蒼茫萬感，奔赴欄底。斗大孤城，當年曾此，笳鼓屯千騎。劫灰飛盡❷，怒潮如雪，猶捲三軍痛淚。滿江頭，陣雲團黑，蛟龍敢蟄殘壘❸。

登臨狂客，高歌散髮，喚得英魂都起。天意倘教，欲平此虜，肯令將軍死❹。只今回首，笙歌依舊，一片殘山剩水❺。傷心處，青天無語，夕陽千里。

【作　者】周星譽（西元一八二六—一八八四年），初名譽芬，字畇叔，一字叔雲，號鷗公，別號芝鄉，河南祥符（今開封）人。道光三十年（西元一八五〇年）進士，官至兩廣鹽運使署按察使。少工詩詞，尤工畫。曾結益社，與浙東王星誠、李慈銘等詩酒唱和。有《東鷗草堂詞》。

【注　釋】❶登丹鳳樓懷陳忠愍公　丹鳳樓，道教宮觀，始建於南宋，清代位於上海縣城牆東北角的萬軍臺，下臨黃浦江，可眺望吳淞口海防重地。陳忠愍公，即鴉片戰爭中為國捐軀的民族英雄陳化成。西元一八四二年，英軍軍艦進犯吳淞口，兩江總督牛鑒求和，提督陳化成堅決主戰。六月十六日，陳化成領軍鎮守西炮臺，擊退來犯敵艦多艘。後牛鑒從寶山潰逃，英軍登陸後包圍西炮臺，陳化成英勇戰死，謚忠愍。❷劫灰飛盡　戰火已經平息。劫灰，佛教語，劫難過後的塵灰。李賀〈秦王飲酒〉：「劫灰飛盡古今平。」❸殘壘　殘破的堡壘。❹天意倘教三句　意謂清政府本無意與英軍力戰，等於是間接害死了陳化成。❺殘山剩水　指被戰爭蹂躪後的殘破河山。杜甫〈陪鄭廣文遊何將軍山林〉：「剩水滄江破，殘山碣石開。」

【語　譯】放眼遠望東南，蒼茫中有萬千悲感，奔赴這高樓的欄杆底。這斗大的一座孤城，當年曾經笳鼓競鳴，屯駐千萬鐵騎。硝煙散去，憤怒的潮水翻滾如雪，還捲夾著三軍將士的心酸之淚。江頭團聚著層層昏黑

的戰雲，那蛟龍怎敢侵犯這殘留的堡壘。

狂放的行客到此登高臨遠，披散著頭髮，放聲高歌，把一個個抗英的英魂都喚起。試問上蒼如果真要平定英虜，怎麼肯讓將軍白白死去。如今回首凝望，在這一片殘破的山河中，依然是夜夜笙歌。在這令人傷心的地方，青天默然無語，夕陽的餘光籠罩千里。

【研　析】這首〈永遇樂〉詞感傷時事，沉鬱激昂，真摯感人。「放眼東南，蒼茫萬感，奔赴欄底」，先寫登臨極目的總體感受，起筆雄渾，氣象宏大。「奔赴欄底」用擬人化的手法，將無形的「蒼茫萬感」寫得有形體，有聲勢。由此，我們可以觸摸到作者那對時代風雲飽貯憂患的心靈脈搏。接下來轉入對那場殘酷戰爭的回憶。「斗大孤城，當年曾此，笳鼓屯千騎」，作者彷彿看到了千軍萬馬鏖戰正酣的壯烈圖景。戰爭的結局呢？「劫灰飛盡，怒潮如雪，猶捲三軍痛淚」，令人想起稼軒「鬱孤臺下清江水，中間多少行人淚」以及姜白石的「廢池喬木，猶厭言兵」，只是出語更為激烈憤懣，寫出戰爭的創痕難以癒合，給人們帶來難以消除的長久痛苦。「滿江頭」三句，則說明詞人沒有在悲痛中消沉。因為，他看到了雖然「黑雲壓城」，戰壘殘破，敵人又如蛟龍般兇殘，我們的將士們卻是勇者無畏。上闋，是對以陳化成為代表的堅守吳淞口炮臺英勇的將士們的一曲悲壯的挽歌，這挽歌悲涼中有慷慨激昂，如「怒濤飛雪」般豪壯。

下闋，則轉入深沉的現實憂患。「登臨」三句，先寫詞人自己的狂放不羈，一腔浩然之氣，鬱勃於胸中的壯烈情懷，必然一吐為快，盡情抒發。所以他披散頭髮慷慨悲歌，要讓這歌聲喚起為國捐軀的英靈。「子魂魄兮為鬼雄」（屈原〈國殤〉），在作者心中，他們的英魂是永遠不會消滅的。但是，作者心中也有對上天的不平之氣。「天意倘教，欲平此虜，肯令將軍死」，「天意從來高難問」（張元幹〈賀新郎〉），誰知道當權者是什麼心思？這裡含蓄地揭露了清政府腐敗無能，對外屈膝投降是令「將軍死」，令國事日非的根源所在。「只今回首，笙歌依舊，一片殘山剩水。」在這岌岌可危的殘山剩水之中，上層統治者依然是日日笙歌，醉生夢死，「天意」為何？這三句確是寫實，在租界林立、畸形繁華的上海灘，豪門貴富在這片「樂土」上紙醉金迷，苟且偷安，令關心國家命運的詞人回首之處，情何以堪！無奈之中，詞人只好將目光投向遠處的天際，看到的是「傷心處，青天無語，夕陽千里」的淒涼景象。全詞將歷史與現實結合起來，將敘事與抒懷結合起來，貫之以激蕩悲慨的主觀情感，崇高悲壯，感人至深。

225 望海潮

張景祁

基隆為全臺鎖鑰。春初，海警狎至，上游撥重兵堵守。突有法蘭兵輪一艘，入口游奕，傳是越南奔北之師，意存窺伺。越三日始揚帆去，我軍亦不之詰也❶。

插天翠壁，排山雪浪，雄關險扼東溟❷。沙嶼布棋，飆輪測線，龍驤萬斛難經❸。笳鼓正連營❹，聽回潮夜半，添助軍聲。尚有樓船，鷁帆影裡矗危旌❺。

追思燕頷勳名，問誰投健筆，更請長纓❻？警鶴唳空，狂魚舞月，邊愁暗入春城❼。玉帳坐談兵，有獞花壓酒，引劍風生❽。甚日炎洲洗甲，滄海濁波傾❾？

【作　者】張景祁（西元一八二七—一八九八年後），原名左鉞，字孝威，號韻梅，別號新蘅主人，浙江錢塘（今杭州）人。同治十三年（西元一八七四年）進士，官福建連江、仙遊、蒲城等縣知縣，晚遊臺灣。有《新蘅詞》，其中寫中法戰爭及寶島臺灣的篇什最可注意。

【注　釋】❶基隆為全臺鎖鑰十句　基隆，舊名雞籠，在臺灣島北端，是臺北市的門戶。鎖鑰，鑰匙，比喻關鍵所在，在此指軍事要塞。狎，接近。法蘭，法蘭西，即法國。游奕，游弋，在此指戰船巡邏。奔北，敗北；敗逃。詰，盤查。據連橫《臺灣通志》載：「當是時，法艦輒游弋沿海，以窺臺灣。（光緒）十年（西元一八八四年）春三月十八日，法艦一艘入基隆，三人上岸，登山隙望，似繪地圖。」❷插天翠壁三句　稱基隆地勢雄奇險要，為重要關卡。東溟，東海。❸沙嶼布棋三句　形容基隆水域複雜難過，是臺灣海防的天然屏障。沙嶼，沙灘與島嶼，在此指難行船的淺灘暗礁。飆輪，傳說中能御風而行的神車。在此喻飛馳的軍艦。測線，測量航線。龍驤萬斛難經，用蘇軾〈大風留金山兩日〉「龍驤萬斛不敢過」詩意。龍驤，晉龍驤將軍王濬受命伐吳，曾造大船，長二百步，可奔車馳馬，後因以龍驤指大船。斛，量器名，古代以十斗為一斛，南宋改五斗為一斛。萬斛形容船容量極巨大。❹笳鼓正連營　指軍營中正吹響軍樂。笳鼓，軍中常用樂器，指代軍樂。連營，指軍營中營寨相連。辛棄疾〈破陣子〉：「夢回吹角連營。」❺尚有樓船二句　指我方水師巡海時，巨大樓船在林立船帆中航行的雄壯場面。樓船，有疊層如樓房的戰艦。鱟帆，指像鱟一樣的船帆。鱟是一種海洋生物，據葉廷琯《海錄碎事》記載，鱟殼上有物如角，常偃，高七八寸，每遇風至即舉，扇風而行，俗呼之以為鱟帆。危旌，高聳入雲的旗幟。❻追思燕頷勳名三句　回憶漢名將班超、終軍主動請戰擊敵的風采，希望再出現這樣的將領，來守衛基隆。據《後漢書・班超傳》載，班超生得燕頷虎頸，是能封萬里侯的福相。少時家貧，靠為官傭書以糊口。後選擇投筆從戎，抗擊匈奴，立功西域，封定遠侯。請長纓，據《後漢書・終軍傳》載，漢武帝希望說服南越王歸附漢朝，終軍自請道：「願受長纓，必羈南越王而致之闕下。」後以請長纓喻主動請戰。❼警鶴唳空三句　形容法國軍艦前來刺探的舉動，便是其即將入侵基隆的警報。警鶴唳空，反用風聲鶴唳典故，用鶴唳指敵軍來到的警報。據《晉書・謝玄傳》載，在淝水之戰中，前秦苻堅軍隊被東晉謝玄軍隊所擊敗，餘眾棄甲宵遁，聽到風聲鶴唳，都以為是追兵到了。狂魚舞月，指夜間海魚受敵艦驚動而狂跳。邊愁，因邊境戰亂而引發的憂愁。春城，指基隆。用杜甫〈秋興〉「芙蓉小苑入邊愁」詩意。❽玉帳坐談兵三句　形容將領們在軍帳中安坐談兵，全不覺危機逼近的情景。獰花，邊地的花朵，在此指邊地如花的美女。獰，舊時對南方少數民族的蔑稱。查揆〈緬甸從軍行贈唐少府翊華〉：「少年上馬要殺賊，犵草獰花壯行色。」壓酒，釀成米酒後，壓榨取酒。引劍風生，舞劍生風。戴復古〈次韻陳叔強見寄〉：「風生三尺劍」。❾甚日炎洲洗甲二句　表達早日擊退敵軍、恢復太平的願望。炎洲，神話中的南海炎熱島嶼，在此指地處南疆的臺灣。洗甲，洗淨盔甲兵器，收藏起來，意為停止戰爭。杜甫〈洗兵馬〉：「安得壯士挽天河，淨洗甲兵長不用。」

【語　譯】翠綠的峭壁刺入天空，雪白的巨浪排山倒海，雄奇險要的關隘據守著東海。淺灘與暗礁如棋子般密布，御風而行的神車測量著航線，能載重萬斛的巨輪也難以通過。笳鼓聲正在相連成片的軍營中響起。試聽半夜回蕩的潮水聲，彷彿在為這軍樂聲助威。還有如樓房般的輪船，在林立的風帆影裡高聳著旗幟。　追憶當年生有燕頷福相的定遠侯班超的功業，試問如今有誰能像他一樣投健筆從戎，更請長纓出戰呢？白鶴在空中鳴叫示警，海魚在月下瘋狂的舞動，戰亂危機暗暗湧入了春日的邊城。將領們正在營帳中坐談兵事。既有邊地如花的女子來為他們壓米取酒，又有引劍揮舞的豪興，劍下疾風生。到什麼時候才能在這炎熱的島嶼上洗淨兵甲長不用，令滄海上染血的混濁波濤都傾瀉乾淨呢？

【研析】 此詞選自《新蘅詞》卷六，作於光緒十年（西元一八八四年）。作者晚年宦遊臺灣，見證了臺灣在中法戰爭中的危機與自設行省後的復興，其間有不少詞作論述時事，都堪稱詞史。即如譚獻《篋中詞》所評：「笳吹頻驚，蒼涼詞史。窮發一隅，增成故實」。光緒九年十月作者附輪船赴臺灣淡水任知縣，同年中法戰爭爆發。光緒十年春有法國軍艦一艘入基隆，來刺探軍情，為八月攻打基隆作準備。而我軍卻不加盤查，任其離開，可見軍備不嚴，也因此埋下了隱患。此詞即是有感於此事而發的。上闋以波瀾壯闊的筆觸描寫基隆雄奇險要的地勢，乃是臺灣的天然屏障。而我軍的實力威勢也足以據守雄關。文氣暢健，動感十足，令人心神震盪，如臨其境。下闋則轉為沉重，透出危機與擔憂。換頭已揭示出危機與擔憂的根源，是唯恐缺乏如定遠侯班超般立志衛國，能謀善戰，抵禦外敵的將領。而這種擔憂並不是沒有根據的，即如此次法國軍艦前來刺探的舉動，已驚動了天上的鶴與海中的魚，用悲唳、狂舞來示警，而與魚、鶴的警覺形成鮮明對比的，卻是我軍的無動於衷，任其來去。渾然不覺外敵入侵的愁雲已暗暗籠罩了這春光明媚的邊城。再看軍中本應最早察覺危機、加強海防的將領，卻只知在軍帳中安坐談兵，飲酒舞劍，又怎能察覺帳外敵艦暗中潛入的狀況呢？故結句發出了何日才能太平的疑問，包含著對太平的嚮往與對危機將至的擔憂，歸根到底，是對將士作為的期待，畢竟將領能否利用地利，加強軍備，才是能否實現太平的關鍵。

226 秋霽　基隆秋感❶

張景祁

盤島浮螺❷，痛萬里胡塵，海上吹落❸。鎖甲煙銷，大旗雲掩，燕巢自驚危幕❹。乍聞唳鶴，健兒罷唱從軍樂❺。念衛霍，誰是漢家圖畫壯麟閣❻？遙望故壘，毳帳❼凌霜，月華當天，空想橫槊❽。捲西風、寒鴉陣黑，青林凋盡怎棲託❾？歸計未成❿情味惡。最斷魂處，惟見莽莽神州，暮山銜照，數聲哀角⓫。

【注釋】❶基隆秋感　臺灣基隆，為臺灣最北端門戶。光緒十年（西元一八八四年）八月，法艦數攻基隆，因督辦臺灣事務大臣劉銘傳率軍頑強抵抗，而無法攻入。此後法軍襲擊馬尾港，見張景祁〈曲江秋〉（寒潮怒激）注❶，我軍因守衛不利而大敗。十月初，法艦分頭進犯臺灣基隆和淡水，劉銘傳鑒於兵力不足，決定放棄基隆，最終成功堅守住了更為重要的淡水。❷盤島浮螺　指臺灣島盤踞海上狀如海螺浮出水面。❸痛萬里胡塵二句　悲痛基隆被占領。胡塵，原指北方和西域的少數民族入侵中原時揚起的沙塵。在此借指法國入侵者。❹鎖甲煙銷三句　形容基隆失守後，臺灣岌岌可危的局勢。鎖甲，鎖子甲，泛指鎧甲戰衣。煙銷，指被戰火燒毀。燕巢自驚危幕，燕子在帷幕上築巢，隨時有傾覆的危險，用以比喻身處險境。典出《左傳》：「夫子之在此也，猶燕子之巢于幕上。」❺乍聞唳鶴二句　形容基隆失守後軍中人人自危，毫無歡樂可言的苦況。唳鶴，用風聲鶴唳典故，據《晉書・謝玄傳》載，在淝水之戰中，前秦苻堅軍隊被東晉謝玄軍隊所擊敗，餘眾棄甲宵遁，聽到風聲鶴唳，都以為是追兵到了。從軍樂，此樂既指音樂，也指快樂。樂府曲有〈從軍行〉，而從軍樂，又指從軍的快樂。語出王仲宣〈從軍詩〉：「從軍有苦樂，但聞所從誰。所從神且武，焉得久勞師。相公征關右，赫怒震天威。一舉滅獯虜，再舉服羌夷。」❻念衛霍二句　希望有豪傑猛將抗敵衛國。模仿史達祖〈秋霽〉「念上國。誰是膾鱸江漢未歸客」句法。衛霍，漢武帝時抗擊匈奴的名將衛青和霍去病。麟閣，麒麟閣，漢武帝時所建，漢宣帝時用於供奉功臣畫像，但並不包括衛、霍二人，在此只是泛指抗擊侵略的功臣得到尊重。用李白〈塞下曲〉「功成畫麟閣，獨有霍驃騎」詩意。❼毳帳　原為北方軍中所用氈帳，在此泛指軍帳。❽橫槊　橫陳長矛。用曹操渡江時橫槊賦詩的典故，形容今昔對比，古盛今衰，倍感悲憤。用蘇軾〈赤壁賦〉「方其（曹操）破荊州，下江陵，順流而東也，舳艫千里，旌旗蔽空，釃酒臨江，橫槊賦詩，固一世之雄也，而今安在哉」文意。❾捲西風寒鴉陣黑二句　用曹操〈短歌行〉「月明星稀，烏鵲南飛。繞樹三匝，何枝可依」詩意，用烏鴉難依枯林安身，比喻自己在風雨飄搖的臺灣彷徨無依，難以久留。❿歸計未成　基隆失守後，法軍謀攻臺北未果，於十月二十三日開始封鎖海路，故作者離臺受阻。⓫惟見莽莽神州三句　形容當時中國一片日薄西山的衰敗景象。哀角，悲哀的號角聲。角，軍中示警用的號角，音色悲壯。

【語譯】盤踞海上的臺灣島如浮起的海螺一般，法國入侵者激起綿延萬里的塵埃，吹落到海上，真令人悲痛。鎧甲被戰火焚毀了，軍旗被硝煙遮蔽了，驚悉處境已如帷幕上築的燕巢般岌岌可危了。忽聽聞風聲鶴唳，驚得軍中的健兒不再唱「從軍樂」了。真懷念衛青與霍去病，如今誰能如漢代的名臣般衛國建功，用畫像為麒麟閣增色呢？

遙望舊日軍壘的所在地，氈帳抵禦著嚴霜，月光照耀著天際，空自懷想昔日曹操渡江時橫槊賦詩的壯舉。西風捲起受凍的烏鴉群，望去漆黑一片，青蔥的樹林都已凋零殆盡了，牠們又怎能尋到棲止、依託之所呢？因返回大陸的計畫未能成行而情緒低落。在這最令人痛心的地方，只看見蒼茫遼闊的神州大地上，黃昏的遠山銜著落日的餘暉，傳來了幾聲悲哀的號角聲。

【研析】此詞選自《新蘅詞》卷六，與上述〈望海潮〉（插天翠壁）參看，可更好的瞭解詞中描述的歷史及作者的心境。〈望海潮〉詞作於光緒十年（西元一八八四年）春，描述法國入侵基隆前派軍艦來刺探軍情的狀況，當時作者已對基隆海防鬆弛頗多擔憂；而此詞則寫於同年秋基隆失陷後，時任淡水知縣的作者在淡水遙望基隆，眼見昔日的擔憂不幸成為現實，悲憤填膺，故作此詞。

起句言入侵的外敵來勢洶洶，彷彿是萬里塵沙從天而降。其實當日一艦來刺探已露先兆，只可惜我軍海防不嚴，竟然不加盤查，輕易放歸。如今大軍來犯，當然是無備有患了。「鎖甲煙銷」以下二句，所描述的戰後軍中一片狼藉，稍聞風聲鶴唳，便人人自危的慘狀，與〈望海潮〉中描述的戰前據守雄關、軍威赫赫，雖分明有敵艦來探的警報，也仍然在帳中坐談享樂，不加防備的狀況，恰成鮮明對比。如此盛衰的巨變如何不令人痛徹心肺，而導致此種巨變的失策失職之舉，同樣令人悲憤難當。故前結與過片發出了與〈望海潮〉過片同樣的感歎，希望能有英明的將領來抵禦外敵。然而，此詞過片的「空想」二字卻透出願望難酬的悲哀——作者面對基隆失守的淒慘景象，悲觀的情緒在所難免。故下文種種悲情與悲境相生，重重渲染，令悲哀的氛圍越來越濃：「捲西風」句，悲觀的心境投射到秋日淒清的自然景物中，便產生了淒苦無依，不知何去何從的情味。在這岌岌可危的戰亂之地難尋依靠，而受官職與時勢所限，又欲歸不得，心情當然是鬱結到了極點。在這極度抑鬱中，看到、聽到又還是神州大地上日薄西山的淒涼之象、哀角不斷的淒切之聲，真是情何以堪啊！

227 曲江秋

馬江❶秋感

張景祁

寒潮怒激，看戰壘蕭蕭，都成沙磧❷。揮扇渡江，圍棋賭墅，詫綸巾標格❸。

烽火❹照水驛❺，問誰洗、鯨波赤❻？指點鏖兵❼處，墟煙暗生，更無漁笛。

嗟惜！平臺獻策❽，頓銷盡、樓船畫鷁❾。淒然猿鶴❿怨，旌旗何在？血淚沾籌筆⓫。回望一角天河，星輝高擁乘槎客⓬。算只有鷗邊，疏葒斷蓼⓭，向人紅泣。

【注釋】❶馬江　即馬尾港，為福州瀕海門戶。清時在此設船廠，駐水師。中法戰爭初起，主戰派的張佩綸在當時頗有聲望，奉命會辦福建海疆事宜，兼署船政大臣。但在法軍入侵馬尾港時卻疏於防備，決策失當。光緒十年七月（西元一八八四年八月）初三中法兩軍在馬尾港激戰，福建水師大敗，馬尾船廠被毀。張佩綸被褫職遣戍新疆。❷看戰壘蕭蕭二句　形容昔日戰壘已盡損毀成沙礫。用劉禹錫〈西塞山懷古〉「今逢四海為家日，故壘蕭蕭蘆荻秋」詩意。沙磧，淺灘中的沙石堆。❸揮扇渡江三句　嘲諷張佩綸等人平日裡儼然一派氣定神閑、胸有成竹的儒將風範，實則是疏於戒備、輕敵誤國。據《清史稿・張佩綸傳》記載「法艦集，戰書至。眾聞警謁佩綸，亟請備，（張佩綸）仍斥出。比見法艦升火，始大怖，遣學生魏瀚往乞緩，未至而炮聲作，所部五營，潰其三營，殲焉。佩綸遁鼓山麓，鄉人拒之。」《清朝野史大觀》也稱張佩綸「過上海，中外人士仰望丰采。既而海疆不竟，豐潤（張佩綸）主持重，為敵所乘，聞炮聲先遁，狼狽走鄉村」。揮扇渡江，用周瑜赤壁戰的典故。語出蘇軾〈念奴嬌〉：「大江東去，浪淘盡、千古風流人物……遙想公瑾當年……羽扇綸巾，談笑間、檣櫓灰飛煙滅。」圍棋賭墅，用謝安賭棋典故，據《晉書・謝安傳》記載，東晉時符堅率軍南侵，謝安受命為征討大都督，卻鎮定自若的與謝玄圍棋賭別墅，然後出遊至夜乃還，指授將帥，各當其任。破敵後，有驛書傳來，謝安仍面不改色的與客人下棋，其實內心狂喜以至於入門屐齒已折而不覺。綸巾標格，指儒將風範。綸巾，古時的一種頭巾。相傳為三國時諸葛亮所創，又稱諸葛巾，故常用以指代儒將。❹烽火　報警的煙火。❺水驛　水路驛站。這裡指馬尾港。❻鯨波赤　指激戰中驚濤駭浪被血染紅。鯨波，鯨魚興起的巨大風浪。❼鏖兵　大規模的激烈戰爭。鏖，本是加熱用的鐵器，假借為煎熬，苦戰。❽平臺獻策　諷刺張佩綸在朝堂時高談抗擊法國，慷慨陳詞，最終卻只是紙上談兵。平臺，紫禁城中召見廷臣之處。張佩綸在朝堂時以敢言著稱，好慷慨論事，累疏陳經國大政，鑒於法國侵略越南，覬覦中國，曾上奏章十數篇力主抗法，在當時享有盛名。❾鷁　水鳥名，因古代習慣在船頭畫鷁鳥，故用以指代船隻。❿猿鶴　代指海戰中死難的將士。據《抱朴子》記載，周穆王南征，一軍盡化，君子為猿為鶴，小人為蟲為沙。⓫籌筆　籌劃軍事的筆。在今四川廣元北有籌筆驛，相傳諸葛亮出兵攻魏時曾在這裡籌劃軍事，草擬了〈後出師表〉。李商隱〈籌筆驛〉：「徒令上將揮神筆，終見降王走傳車。」在此諷刺張佩綸失策。⓬回望一角天河二句　指馬江戰役失敗，最終導致光緒十一年（西元一八八五年）六月九日，清廷代表李鴻章與法國公使巴特納在天津簽訂喪權辱國的《中法會訂越南條約》，以結束中法戰爭。用八月浮槎上天的典故，參見張惠言〈水調歌頭〉（東風無一事）注❹。天河，喻天津。乘槎客，喻法國公使。⓭疏葒斷蓼　指各種衰敗的水草。葒、蓼都是開粉紅色花的水草名，在此感歎它們的紅花如血淚。

【語譯】冰冷的潮水怒吼激蕩著，看昔日戰壘的所在冷落淒清，都已損毀成一片沙礫了。想當日將領們揮羽扇渡馬江，下圍棋賭別墅，令人驚詫好一派儒將的風範啊！歎如今烽火映照著馬尾港，問誰能洗淨這被鮮血染紅的滔滔巨浪呢？指點向那曾經激戰的地方，煙塵暗暗地滋生，更不再有漁笛了。　真令人嘆惜啊！想當日在朝堂上從容高論，進獻計策，竟在一時間便使得無數的巨輪銷毀殆盡了。陣亡將士冤魂所化的猿鶴發出淒涼的悲啼聲，如怨如述，我軍的旗幟又在哪裡呢？空見血淚沾滿了籌劃軍事的筆。回望那懸掛在天一角的銀河，燦爛的星輝正高高簇擁著乘仙槎而來的訪客。料想只剩下海鷗旁邊，那些稀疏折斷的葒、蓼等水草，用它們零落的紅花向人們哭訴這段血淚史了。

【研析】此詞選自《新蘅詞》卷六，創作背景見注釋。作者在馬江海戰當年的十月自臺灣新竹內渡至福建，故此詞題為感秋，當作於戰後第二年（西元一八八五年）秋天。全詞善用情景剪接之法，巧妙地將馬江海戰的情景與海戰遺址的現狀拼接在一起，令歷史與現實融合無間，其間的因果關係也昭然若揭。其運用反諷的筆法對張佩綸等將領的輕敵失策進行刻畫、指責尤為生動、深刻。起句馬江怒激的寒潮正是海戰與戰後實況的見證者，故能帶領人神遊今昔，以此開篇，便已奠定了歷史與現實交匯的格局。以下從「揮扇渡江」到「血淚沾籌筆」數句，無一不是將張佩綸貌似有儒將風範、能臣風骨的表現與戰敗時、戰敗後的淒慘景象相穿插，形成反諷的效果，對比之下，張佩綸昔時「揮扇渡江，圍棋賭墅」的處變不驚、「指點鏖兵」的胸有成竹、「平臺獻策」的躊躇滿志，頓時都變為虛張聲勢，可笑可鄙。而因此導致的「鯨波赤」、「墟煙暗生，更無漁笛」、「頓銷盡、樓船畫鷁」等水師覆滅、民不聊生的淒慘結局，也就顯得更為不值不該，令人悲憤異常。而結尾二句所描述的歷史與現實對照則是具有總結性的：「回望一角天河，星輝高擁乘槎客。」是對歷史惡果的總結。用反諷的方式描述李鴻章與法國公使巴特納在天津簽訂《中法新約》的情景，而這也是張佩綸等將領指揮失策遭到慘敗的最終惡果。昔日無力禦敵，今日卻盛禮迎接敵國使節來簽訂賣國條約，還有什麼比這更為諷刺，更令人痛心呢？而結句則是轉入對現實場景的總結。地勢險要，以福建水師與福州造船廠威震一時的馬江，如今卻變為一片廢墟，人跡鮮至，只剩下那些見證過戰敗慘狀，又到了飄零水草的秋季了。水草的紅花彷彿在向作者泣血，其實是作者心中無限悲痛化成的血淚無法排遣，故只能以這看去同病相憐的紅花為寄託了。

228 齊天樂

臺灣自設行省，撫藩駐臺北郡城，華夷輻湊，規制日廓，洵海外雄都也。賦詞紀盛❶。

張景祁

客來新述瀛洲❷勝，龍荒頓聞開府❸。畫鼓春城，瑰燈❹夜市，娖隊蠻韡紅舞❺。莎茵繡土❻。更車走奇肱❼，馬徠瑤圃❽。莫訝瓊仙，眼看桑海但朝暮❾。

天涯舊遊試數。綠蕪環廢壘，啼鵑淒苦❿。絕島螺盤，雄關豹守，此是神州庭戶⓫！驚濤萬古，願洗淨兵戈，捲殘樓櫓⓬。夢踏雲峰，曙霞天半吐⓭。

【注釋】❶臺灣自設行省六句　臺灣在清朝康熙二十三年（西元一六八四年）辟為郡縣稱臺灣府，隸屬福建省。後設臺灣道。光緒十一年（西元一八八五年）始建行省。分為臺南、臺北、臺中三府。升淡水廳為臺北府，設駐巡撫，閩浙總督實兼領。臺灣首任巡撫劉銘傳，治臺七年，推行新政，振興百務，頗有政聲。華夷輻湊，指各族人士薈萃。洵，假借為「恂」，意為誠然、確實。❷瀛洲　傳說中的海上三仙山之一，在此指臺灣。❸龍荒頓聞開府　指在臺灣建行省，設巡撫。龍荒，原指漠北，龍指匈奴祭天處龍城，荒謂荒服。此處泛指荒遠的邊疆。開府，開設府署，清人習慣將任巡撫稱為開府。❹瑰燈　華麗的燈，當時臺灣已有電氣燈。❺娖隊蠻韡紅舞　指臺灣本地民族喜慶的舞蹈。娖，整齊的樣子。蠻，舊時對南方少數民族的稱呼。臺灣地區主要為高山族。韡，光明盛大的樣子。紅舞，臺灣民俗婦女在喜慶場合慣穿紅衣。❻莎茵繡土　綠草如茵，疆土錦繡。❼車走奇肱　臺灣建行省後於光緒十三年開始興建鐵路，故在此當指火車猶如傳說中奇肱國的飛車一般迅速。據《博物志》記載，奇肱國民善為機巧，能作飛車，從風遠行。❽馬徠瑤圃　用天馬來朝的典故。據《漢書》記載，漢武帝時誅宛王獲大宛馬，稱天馬。作郊祀歌道：「天馬徠，從西極。涉流沙，九夷服……天馬徠，龍之媒。游閶闔，觀玉臺。」將天馬來朝視為九夷（即各少數民族）臣服的象徵。故此詞用以象徵設行省有助於統一臺灣各族，安定邊防。徠，同「來」。瑤圃即閶闔、玉臺之意，都是傳說中的天庭建築。❾莫訝瓊仙二句　指希望天仙不要驚訝臺灣建省後變化發展之快。莫訝瓊仙，瓊仙莫訝的倒裝句，用滄海桑田典故，據葛洪《神仙傳》記載，麻姑自稱她曾經三次看見東海變為桑田。後世喻時光飛逝，導致人世發生巨大變遷。❿綠蕪環廢壘二句　回憶起臺灣往昔因戰亂而淒清荒涼的景象。蕪，叢生的野草。廢壘，損毀廢棄的軍營壁壘。啼鵑淒苦，參見陳維崧〈賀新郎〉（吳苑春如繡）注⓬。⓫絕島螺盤三句　指臺灣地勢險要，是中國重要的海防要塞，須嚴密把守。絕，邊遠的；隔絕難通的。螺盤，形容島嶼如海螺般盤踞。雄關豹守，如獵豹般嚴守雄偉險要的關防。語出屈原〈招魂〉「虎豹九關」，稱虎豹把守著九重天關。⓬願洗淨兵戈二句　指希望臺灣能掃淨賊寇，恢復太平。洗淨兵戈，用杜甫〈洗兵馬〉「安得壯士挽天河，淨洗甲兵長不用」詩意。兵戈，兵器，在此指戰爭。樓櫓，樓船，在此指土寇侵略的戰船。此句後有作者自注：近聞埤南嘉彰，土寇竊發。⓭夢踏雲二句　形容夢想中太平後風和景明，天下澄清的景象。

【語　譯】來到臺灣的客人都在述說這瀛洲寶島的新盛況，昔日荒遠的邊疆突然聽說要自設行省了。彩繪鼓的樂聲回蕩在春城，華麗的燈光照耀著夜市，邊地的女子正跳著隊列整齊、場面盛大的紅裙舞。綠草如茵，疆土錦繡。更有火車如傳說中奇肱國的飛車一般飛馳，象徵著各族歸服的俊馬也來到了這仙境中。瑤池的麻姑仙子眼看著此處朝暮間便發生了如此翻天覆地的變化，請不要太過驚訝。　試追述當年到這天涯海角來遊覽所見的情景。碧綠的荒草環繞著廢棄的軍壘，杜鵑的悲啼聲是那樣的淒苦。這絕域的寶島如海螺般盤踞，雄偉險要的關隘有勇猛的虎豹來把守，正是能確保中國神州平安的重要庭戶啊！驚濤駭浪萬古激蕩。但願能洗淨兵器，令它們永不必再用；擊潰土寇，令他們永不敢再來。在夢中踏上聳入雲端的高峰，正見曙光映著朝霞在半空中吐豔爭輝。

【研　析】臺灣在中法戰爭時期久經戰亂，自設行省後，經過首任巡撫劉銘傳推行新政，百廢漸興，時任福建連江知縣的作者重遊故地，看到昔日曾一片荒蕪、烽煙四起的臺灣，煥然一新，初現昔日渴望而不可得的太平景象，自然會倍感欣喜。故此詞的上闋用熱情洋溢，驚喜難抑的筆調勾勒出臺灣自設行省後的新氣象。典故運用得十分巧妙貼切，如瀛洲、車走奇肱、馬徠瑤圃等典故，既契合於臺灣本為海島、新建火車、多駿馬且此時各族和諧，共享太平的現實，又營造出一種仙境的氛圍，將遊客乍見臺灣光彩照人的新貌，疑入仙境的驚喜之情表露無遺。前結尤妙，巧用滄海桑田的典故，連見慣了數千年間滄桑巨變的麻姑仙子，看到此處在短時間便發生了如此翻天覆地的變化，也會驚訝；則此處變化的迅速與巨大，凡人目睹後的驚訝與狂喜，就躍然而出了。

然而，作者近來又聽聞埤南嘉彰等地土寇竊發，久經戰亂初得太平之人，對這類安全隱患總是表現出特別的警惕和擔憂。故此詞的下闋居安思危，轉而回憶昔日臺灣被戰火摧殘的淒涼景象，以提醒時人，臺灣是中國的門戶，鞏固海防是治理臺灣的重中之重，無一刻可掉以輕心。因此，「願洗淨兵戈，捲殘樓櫓」，是作者的夙願，在詞中多次重申。以史為鑒，確實也只有堅守住國防，抵禦住外敵，才能維護這來之不易的太平。下闋的種種反思，在驚喜非常的基調中，注入了一份沉穩，而此種有信心、有遠慮的心態，也正是維護太平所必需的。最後看結句，天高雲闊，霞日交輝，正是作者渴望的太平盛世的象徵，以如此明媚動人的夢境作結，既呼應了前文種種醉人仙境的描述，又顯得空靈蘊藉，餘味無窮。

229

鳳凰臺上憶吹簫

莊棫

瓜渚❶煙消，蕪城❷月冷，何年重與清遊❸？對妝臺明鏡，欲說還羞❹。多少東風過了，雲飄渺、何處勾留❺？都非舊，君還記否？吹夢西洲❻。

悠悠芳辰轉眼，誰料到而今，盡日樓頭？念渡江人遠，儂❼更添憂。天際音書久斷，還望斷、天際歸舟❽。春回也，怎能教人，忘了閒愁❾？

【作者】莊棫（西元一八三〇—一八七八年），字中白，號蒿庵，江蘇丹徒人。先世業鹽，後家道中落。官中書，候補同知，曾入曾國藩幕。著有《蒿庵詞》。莊中白與譚獻並稱常州詞派中堅，其詞緊守比興寄託之法，有含蓄深沉之美感。

【注釋】❶瓜渚　即瓜洲，在今江蘇揚州邗江區，與鎮江（京口）隔江相望。渚，水中小洲。❷蕪城　指廣陵城，即今揚州江都區一帶。西漢吳王劉濞建都於此，築廣陵城。南朝宋竟陵王劉誕據廣陵反，兵敗，城遂荒蕪。鮑照作〈蕪城賦〉諷之，因得名蕪城。❸清遊　清雅的遊賞。❹欲說還羞　語本李清照〈鳳凰臺上憶吹簫〉：「生怕離懷別苦，多少事、欲說還休。」❺勾留　逗留。❻吹夢西洲　典出南朝樂府〈西洲曲〉：「南風知我意，吹夢到西洲。」西洲是詩中女子所思之人居住的地方。❼儂　我。❽還望斷天際歸舟　化用南朝齊謝朓〈之宣城郡出新林浦向板橋〉：「天際識歸舟，雲中辨江樹。」❾春回也三句　化用辛棄疾〈祝英臺近〉：「是他春帶愁來，春歸何處，卻不解、帶將愁去。」

【語譯】籠罩瓜洲的淡煙已經散去，荒蕪城上的月色也已經冰冷，何時能再與你帶著清心雅興，遊覽揚州？對著妝臺上的明鏡，待要訴說些心事，卻羞怯不能開口。多少次東風吹過了，飄渺不定的行雲，如今在何處停留？往日的一切都已改變，你是否還記得呢？願風將我的夢魂吹到你所在的西洲。　年華悠悠，轉眼即逝，誰能料到如今整日在樓頭徘徊的結局？想念伊人涉江遠去，令我更添憂愁。天涯遠，音信久已斷絕，還望斷天涯，尋覓歸舟。春天又過去了，怎麼才能讓人忘掉閒愁？

【研析】這首詞最大的特點是語勢吞咽、纏綿悱惻，譚獻《篋中詞》「不至輕僄，消息甚微」的評語是中肯的。

開篇三句，「瓜渚煙消，蕪城月冷，何年重與清遊」，其實已經概括了全篇，後文都是對這三句的渲染或者深描。前兩句寫殘春淒涼之景，引出下文「東風」、「西洲」、「芳辰」、「春回」一條線索；後一句是離別相思之情，下文對鏡「欲說還羞」、問雲「何處勾留」、「我」自「盡日樓頭」、君已「渡江人遠」等等都是就相思反覆申說。每一次申說，都無責備不歸之意，也不明言愁苦難堪，而是以溫柔親切之語出之。如不說期盼歸來，而說「何年重與清遊」；不說自己的孤獨，而關懷「渡江人」遠行在外。濃情到口，卻又咽下，低徊不已，可憐不已。

若說寄託，「瓜渚煙消，蕪城月冷」當是微露「消息」之處。如果只說平常閨怨、寫揚州月色，不必用「蕪城」這樣沉重的典故。詞人生活的時代，滿清政權遭到了太平天國的沉重打擊，其中以揚州所在的長江下游地區戰況最為慘烈。清軍在揚州城外設立江北大營，南京城外設立江南大營，屢破屢建，兵火長年不熄。

號稱富庶的江南地區滿目瘡痍，數十載都未恢復元氣，「蕪城」之「蕪」較之前代有過之無不及。「何年重與清遊」的感歎，反映了一個時代的悲劇。

230～233 蝶戀花（四首）

莊棫

其一

城上斜陽依綠樹，門外斑騅❶，見了還相顧。玉勒珠鞭❷何處住？回頭不覺天將暮。風裡餘花都散去，不省分開，何日能重遇？凝睇❸窺君君莫誤，幾多心事從君訴。

其二

百丈游絲❹牽別院，行到門前，忽見韋郎❺面。欲待回身釵乍顫，近前卻喜無人見。握手匆匆難久戀，還怕人知，但弄團團扇。強得分開心暗戰，歸時莫把朱顏變。

其三

綠樹陰陰晴晝午，過了殘春，紅萼誰為主？宛轉花幡❻勤擁護，簾前錯喚金鸚鵡。回首行雲迷洞戶❼，不道今朝，還比前朝苦！百草千花❽羞看取，相思只有儂和汝。

其四

殘夢初回新睡足，忽被東風，吹上〈橫江曲〉❾。寄語歸期休暗卜，歸來夢亦難重續。隱約遙峰窗外綠，不許臨行，私語頻相屬。過眼芳華真太促，從今望斷橫波目❿。

【注釋】❶斑騅　毛色青白相間的馬。據《史記・項羽本紀》記載項王「駿馬名騅」，故騅也指駿馬。李商隱有〈對雪〉詩：「關河凍合東西路，腸斷斑騅送陸郎。」此詞也用斑騅指代騎著駿馬的情郎。❷玉勒珠鞭　用珠玉飾的馬銜、馬鞭，在此指代駿馬。❸凝睇　凝視；注目。❹游絲　蜘蛛或蟲吐的絲。用盧照鄰〈長安古意〉「百丈游絲爭繞樹」詩意。❺韋郎　指久別未歸的情郎。據范攄《雲溪友議》載，韋皋遊江夏，與青衣玉簫相愛，臨別與玉簫相約，少則五年，多則七年就會回來迎娶，並以玉指環及詩相贈。後來過了八年仍未歸，玉簫歎道：「韋郎一別七年，是不來矣。」於是絕食而殞。姜夔〈長亭怨慢〉：「韋郎去也，怎忘得玉環分付。」❻花幡　舊俗立春日繫於花間的旗幡，用以迎春和護花。可參見前詞注❻中崔玄徽立幡護榴花的典故。❼回首行雲迷洞戶　意為憶起當初的情事感覺飄渺難憑。行雲，用巫山神女之典。參見朱彝尊〈高陽臺〉（橋影流虹）詞注❾。洞戶，幽深的山洞或內室。❽百草千花　各種花草，也用以指代千姿百態的女子。如歐陽脩〈蝶戀花〉道：「百草千花寒食路，香車繫在誰家樹。」❾殘夢初回新睡足三句　意為正從與戀人相聚的酣夢中醒來，忽然聽到東風送來的〈橫江曲〉，不覺又落入傷別盼歸的哀怨意緒中。新睡足，結合全詞情境，此時能令女主人公感覺睡足的夢，當是與戀人相聚的美夢。橫江曲，關於橫江的曲子，內容大致是說橫江風波險惡，希望離人能早日歸來，又常與傷春意緒相映襯。唐詩〈橫江曲〉道：「家住橫江口，年年傷暮春。落花隨水去，不為待歸人。」橫江，橫江浦，在安徽和縣東南，以風波險惡聞名。李白〈橫江詞〉道：「郎今欲渡緣何事？如此風波不可行……公無渡河歸去來。」❿橫波目　形容女子的眼神如澄波流轉，含媚傳情。如王觀〈卜算子〉道：「水是眼波橫，山是眉峰聚。」

【語　譯】城牆上的夕陽依傍著綠樹，門外騎著斑騅而來的人，已經見過了仍禁不住頻頻相顧。這駿馬將會停在哪裡呢？轉眼間竟已將近日暮了。　落花都已在風中散去了，不知道分開以後，幾時才能重遇？仔細打量君希望君不要誤會，有多少心事要向君傾訴。

千萬縷游絲縈繞著別院，走到了門前，忽與意中人不期而遇。剛想轉身回避頭上的釵子便開始顫動了，卻慶幸跟前尚未有人看見。　握手難捨卻很快就要分別，難以長相廝守，還唯恐被人知道，只得裝作把玩團扇。強忍著不捨分開了，私心裡仍是惴惴不安，只希望回來的時候容顏尚未改變。

正值綠樹成蔭的晴朗中午，過了晚春，還有誰能為這紅花作主呢？嫵媚動人的春幡仍是殷勤地守護著花朵，簾前的金鸚鵡也仍是常喚起他的名字——誤報到他來了。　回想起當初情事如朝雲閉戶般短暫迷離，不可追尋。不料如今，卻比那時還要淒苦！各種如花草般千姿百態的女子都不屑去看，彼此相思的只有我和你。

剛從酣夢中醒來，卻忽然被東風，吹入〈橫江曲〉意中。轉告人們還是不要默默地推斷離人歸來的日期吧，即使歸來了也未必能夠重溫舊夢。　窗外隱隱約約的遠山籠著綠意，真不贊成在臨別的時候，私語纏綿，再三叮嚀啊。美好的時光如過眼雲煙，流逝得實在太快了，從今以後便只能為等待意中人歸來而望眼欲穿了。

【研　析】這組〈蝶戀花〉是常州詞派後勁莊棫的名作，選自《中白詞》補。描述了一個癡心女子與意中人相逢後，夾雜著嬌羞、率真、迷茫、甜蜜、淒苦、哀怨，而始終堅貞不渝的愛情。也可能是按照古人託興的習慣，以男女關係寓君臣、家國關係，寄託對君國的眷戀——雖不得志，忠愛卻一如既往，無怨無悔。四章分別描述了二人定情、重遇、相思、癡守的情景，纏綿往復，娓娓道來，渾然一體。陳廷焯《白雨齋詞話》對此組詞推崇備至，稱賞其「託志帷房，眷懷身世」，「古雅」能「嗣響正中（即馮延巳）」，代表了歷代〈蝶戀花〉詞的最高水平，並逐句點評了其中妙處。陳廷焯詞及詞學均師從姨表叔莊棫，這種關係，使其總評未免有溢美之處，但也意味著其能更好的體察具體意蘊及思路。因此，下面參照陳廷焯的點評來解讀這組詞：

首章上闋描述女主人公與意中人一見傾心，卻不得不分別的情景。陳廷焯評道：「回頭七字，感慨無限。」確實如此，此七字通過女主人公的心理時間與空間時間的反差，巧妙的反映出其愛戀之深與將別之苦。下闋描寫女主人公與意中人分別時戀戀不捨的情景。最妙的是「凝睇窺君君莫誤，幾多心事從君訴」二句，在當時女子專注打量男子是一種頗為大膽的舉動，可見這許多心事的力量之大，但終究仍是欲說還休。這就生動的刻畫出女主人公面對戀人時，真率中卻仍不免羞澀微妙心態。陳廷焯評道：「聲情酸楚，卻又哀而不傷」。

次章描述女主人公與意中人不期而遇後又匆匆分別的情景。陳廷焯評上闋道：「心事曲折傳出。」其實此評可適用於全詞。那麼，是什麼樣的心事呢？其一是因害羞而「怕人知」；其二是因不得不再次匆匆分別而感歎「難久戀」；其三是恐再次重逢時會「朱顏變」。作者對這些心事的把握及刻畫頗為傳神：「欲待回身釵乍顫，近前卻喜無人見」即是嬌羞怕人知的生動寫照。而「但弄團團扇」則是承前啟後，語意雙關——弄團扇既是女主人公掩飾相思神情的嬌羞舉動，而自從漢代班婕妤創作了著名的〈團扇歌〉後，團扇便寄託了女子唯恐因色衰或讒言而被拋棄的擔憂。至於「強得分開心暗戰，歸時莫把朱顏變。」「朱顏」能契合於這一語境的含義有兩種，一是青春的容顏，二是熱情和悅的神色。在這裡究竟是希望重聚時自己青春的容顏尚未老去，還是希望重聚時戀人悅己之心尚未改變呢？結合上下文意，更像是二者兼而有之的。這些羞澀和疑惑都是深摯愛戀的表現，也是令女主人公痛苦彷徨的根源。陳廷焯釋下闋道：「韜光匿采，憂讒畏譏，可為三歎」。認為「怕人知」的舉動與恐「朱顏變」的心理分別象徵著忠臣韜光養晦的作風及憂讒畏譏的擔憂。就文意而言，韜光匿采之說稍嫌牽強，但在常州詞派崇尚寄託的語境中也可自成其說。

三章延續二章意脈，描述女主人公與意中人分別後，相思、迷茫與哀怨都與日俱增，但眷戀之情始終未變的情形。對女主人公神態及個性的描寫尤妙。如敘述她在「紅萼誰為主」的彷徨中，能採取自請花幡來殷勤呵護的積極方式應對，便凸現出她對愛情的主動、珍重、堅持。又如「簾前錯喚金鸚鵡」句，在富有生活情趣的描摹中，女主人公愛而不見的癡情及哀怨躍然紙上：正因她常常叨念意中人的名字，故而學舌的鸚鵡才會錯喚，而錯喚又必定會使主人倍增相思。又如「百草千花羞看取，相思只有儂和汝」。與上文描述的種種負面經歷及情緒相對照，表明她即便是在經歷種種挫折，也不能預見愛情結局的情況下，仍選擇相信意中人與自己有著同樣堅貞不二的情意，此種執著、堅定、樂觀的個性，是全詞中最能令人動容之處。陳廷焯評道：「（上闋）詞殊怨慕。次章蓋言所謀有可成之機，此則傷所遇之卒不合也。故下云：『回首行雲迷洞戶，不道今朝，還比前朝苦！』悲怨已極。結云：『百草千花羞看取，相思只有儂和汝。』怨慕之深，卻又深信而不疑。想其中或有讒人間之，故無怨當局之語。然非深於〈風〉〈騷〉者，不能如此忠厚。」對詞中意脈轉承的分析頗為準確，但此種以寄託解詞的方式未免過於程式化，難以彰顯此詞獨有的個性、意趣及情味。

末章描述女主人公與意中人久別後，感歎再續前緣的希望渺茫，但仍然不改初衷，為愛癡守的情景。陳廷焯評上闋道：「決然舍去，中有怨情，故才欲說便咽住。」中有怨情，欲說還休的解讀頗為精當，而稱其「決然舍去」卻並不準確，若是真感覺重圓無望，決定放棄，下文便不會再有「從今望斷橫波目」的舉動了。結合上下文意，則「寄語歸期休暗卜，歸來夢亦難重續。」「不許臨行，私語頻相屬」等看似決絕的舉動，不過是一時負氣的言行，並不能反映她真實的心境。這種欲罷不能的心理更能襯托出愛戀之深——愛之深，才會怨之切，但畢竟是不忍放棄的，故終於還是以「過眼芳華真太促，從今望斷橫波目」作結，陳廷焯評此句寫出了：「天長地久之恨，海枯石爛之情」就頗能得其中三昧。但又評道：「不難得其纏綿沉著，而難其溫厚和平。」則有待商榷了，此句的語氣直截沉痛，實在難稱是溫厚和平。其實，愛情忠貞的表現本就不限於溫厚和平，沉痛不平仍不悔不渝，更見用情之深。

234　一萼紅　吳山❶

譚獻

黯愁煙，看青青一片，猶誤認眉山❷。花發樓頭，絮飛陌上，春色還似當年。翠苔畔、曾容醉臥，聽語笑、風動畫秋千。一曲琴絲，十三箏柱❸，原是人間。

細數總成殘夢，歎都迷蹤跡❹，只有留連。劫換紅羊❺，巢空紫燕，重來步步回旋。儘❻消受、雲飛雨散，化胡蝶❼、猶繞舊欄干。不分❽中年到時，直恁❾荒寒！

【作　者】譚獻（西元一八三二—一九〇一年），初名廷獻，字仲修，號復堂，浙江仁和（今杭州）人。晚清詞人、學者。同治六年（西元一八六七年）舉人。屢赴進士試不第。曾入福建學使徐樹藩幕。後署秀水縣教諭。又歷任安徽歙縣、全椒、合肥、宿松等縣知縣。後去官歸隱，銳意著述。晚年受張之洞邀請，主講經心書院，不久亦辭歸。譚獻是晚清著名詞學家，所選《篋中詞》六卷續集四卷，為清詞權威選本，流傳甚廣。又輯唐宋元明詞一千七百餘首為《復堂詞錄》。其論詞主常州派，推尊詞體，倡言比興寄託，然以為「作者之用心未必然，讀者之用心何必不然」，故不強作者以就讀者，強調讀者的再創造。有《復堂類集》、《復堂詞》、《復堂詞話》等。

【注　釋】❶吳山　在杭州城南。此時杭州經歷太平天國戰亂，百廢待興。據朱德慈先生《譚獻詞學活動征考》，本詞作於同治五年（西元一八六六年）春，時詞人自閩中歸杭，受命任詁經精舍監院。❷猶誤認眉山　意謂認錯戰亂摧殘後的青山。眉山，山的美稱，用女子秀眉比喻遠山。❸十三箏柱　這裡指十三弦的箏。箏柱，箏上的弦柱，每弦一柱，可移動以調定聲音。❹都迷蹤跡　宋王安石〈題西太一宮壁二首〉（其二）：「今日重來白首，欲尋陳迹都迷。」❺劫換紅羊　紅羊劫，指國難。丙、丁屬火，午、未是馬、羊，古人以為丙午、丁未是國家易發生災禍的年份，故有赤馬、紅羊之說。又近代太平天國起事並非發生在丙午、丁未之年，但因洪秀全、楊秀清之姓氏，亦常被附會為紅羊之劫。❻儘　任憑。❼化胡蝶　即夢中，用莊周夢蝶的典故。❽不分　不料；不意。❾直恁　竟然如此。

【語　譯】愁煙慘淡，遠望去青青一片，尚將遠山誤認作美人的眉黛。樓頭春花綻放，阡陌柳絮飄飛，春色還像當年。曾經醉臥在翠綠的青苔邊，聽歡聲笑語中，秋千隨風飄蕩。我沉入了回憶。忽被一陣琴箏聲驚醒，才意識到原來仍在人間啊。　細細數著，這些往事都成了殘夢，從前行跡都已難尋，能做的只有流連。國家遭難，人民流離，重到家鄉，物是人非，禁不住步步俯仰徘徊。歷盡了如雲飛雨散般的離別，即使在夢中化為蝴蝶，仍然會縈繞著故鄉的欄杆間。只是不曾料想人到中年，光景竟然是這樣的淒涼！

【研　析】太平天國起事的烈火被撲滅後，詞人回到飽經戰火蹂躪的家鄉，江南。風景不殊，江山未改，只是人間已滿是飄零之愁，亂世之憂，壓抑在心頭，揮之不去，故全詞彌漫著感傷而無奈的氣氛。

「黯愁煙，看青青一片，猶誤認眉山。」山色青青，卻籠罩著愁煙怨氛。自然已在自我修復，卻已不是原來的樣子。愁煙、青山，都是詞人心靈創傷的承載者。愁煙前著一「黯」字，進一步加重愁的程度。「花發樓頭，絮飛陌上，春色還似當年。」三句一點二染，皆作者眼目所接。盛開的花枝從樓頭伸出來，白色的飛絮在路上飄飛，一片春光似乎和當年一樣明媚妖嬈。於是「翠苔畔」以下三句追憶自己昔日的快樂生活，友人聚會，醉臥翠苔，笑蕩秋千，歡聲笑語，彷彿生活在世外桃源。一陣哀箏將詞人從回憶中驚醒，卻原來依然在人間。「原是人間」四字，從想像回到現實，有幾分失落；同時又顯得十分平靜，因為人間本來就是如此，人也只能在此間生存。

過片「細數」三句收束上片，用「殘夢」、「迷蹤跡」五字一筆抹去了往日的歡愉甜蜜，過渡到對現實的悲嘆。可就像夢境與現實的巨大反差「原是人間」應有之物一樣，面對「都迷蹤跡」的家鄉乃至時代，歸無可歸，退無可退，除了「流連」，除了接受，還能怎樣？「劫換紅羊」是國難，「巢空紫燕」是家愁，正因為心在流連，才有腳下的「回旋」。接下來「儘消受」兩句，仍是一種無可奈何而不得已之情的表達。「化胡蝶」可以指夢境，其實也可以指死亡，乃至重生；無論現實還是夢境，無論肉體還是靈魂，「我」都要回到這個地方，這是「我」的故鄉，是根所在的地方。同樣，無論如何衰敗、如何淒涼，都是「我」的中國。結尾兩句作出了傾訴式的抒情，「不分中年到時，直恁荒寒」，所有春景、所有心情都收結在「荒寒」兩字之中，「不分」、「直恁」，口語的使用增強了抒情的力度。「誤認眉山」、「還似當年」、「原是人間」、「只有流連」、「步步回旋」、「猶繞舊欄干」，詞人採用的也是層層勾勒、反覆申說之法，不過並沒有裏上像莊中白〈鳳凰臺上憶吹簫〉（瓜渚煙消）那樣的愛情外衣，且在末尾留下了一條「洩洪」的通道，減少了幾分纏綿，增添了幾分疏朗。

235 渡江雲

大觀亭❶同陽湖趙敬甫❷、江夏鄭贊侯❸

譚獻

大江流日夜，空亭浪捲，千里起悲心❹。問花花不語❺，幾度輕寒，恁處❻好登臨？春幡❼顫裊❽，憐舊時、人面難尋❾。渾不似、故山顏色，鶯燕共沉吟。

銷沉❿。六朝裙屐⓫，百戰旌旗，付漁樵高枕。何處有、藏鴉細柳⓬，繫馬平林？釣磯⓭我亦垂綸⓮手，看斷雲、飛過荒潯⓯。天未暮，簾前只是⓰陰陰。

【注釋】❶大觀亭　故址位於安慶市大觀亭街，背倚大龍山，前臨長江，境界開闊，氣象雄偉，故有「大觀」之名。咸、同年間，太平軍曾在這裡與清軍激戰。❷趙敬甫　即趙熙文，字敬甫，陽湖（今江蘇武進）人。❸鄭贊侯　即鄭襄，字贊侯，江夏（今湖北武昌）人，時任安慶知縣。❹大江流日夜三句　化用南朝齊謝朓〈夜發新林至京邑贈西府同僚〉：「大江流日夜，客心悲未央。」❺問花花不語　語本南唐馮延巳〈鵲踏枝〉：「淚眼問花花不語，亂紅飛過秋千去。」❻恁處　何處。❼春幡　也稱「春幡勝」、「幡勝」，古代立春之日，剪有色羅絹或紙為長條狀小幡，以示迎春。❽顫裊　飄動。裊，同「褭」。❾憐舊時人面難尋　典出唐崔護〈題都城南莊〉：「人面不知何處去，桃花依舊笑春風。」❿銷沉　消逝；消失。⓫裙屐　指六朝貴族子弟的衣著。⓬藏鴉細柳　語本姜夔〈琵琶仙〉：「千萬縷、藏鴉細柳，為玉尊、起舞回雪。」⓭釣磯　釣魚時坐的岩石。⓮垂綸　垂絲釣魚。⓯荒潯　荒涼的水灘。⓰只是　恰是；正是。

【語譯】大江日夜奔流，大觀亭下波捲浪湧，喚起了羈旅千里的無限哀愁。詢問花兒，幾番寒流過境，還有什麼地方可以登臨？可花兒卻不肯回答。迎春的春幡又在搖曳，可憐舊時的人面已難尋覓。這眼前景色哪一點像故鄉，連鶯燕也與我一同陷入了沉思中。　全都消逝了，那六朝風流人物的衣履，歷盡千征百戰的旌旗，都付與漁子樵夫等隱士逸人的高枕酣夢了。哪裡還有能庇護住烏鴉的細柳與能栓住馬匹的平原樹林呢？我也是歸隱垂釣的高手啊，看天上孤雲，飛過荒涼的水灘。天色還未晚，簾前卻只是一片陰沉。

【研析】這首詞寫得大開大合、沉鬱頓挫，當得「大觀」之稱。起調三句，宏觀取景，大處落墨。「大江流日夜」、「千里起悲心」兩句出自謝朓「大江流日夜，客心悲未央」，切大觀亭風景，壯闊而大氣；中間加入「空亭浪捲」，畫面外多了許多濤聲，內心處也多了許多曲折。三句相互配合映照，所悲便既大且深，不再是一人一事之悲，而凝成沉重的家國身世之感。接著「問花」三句卻將這一股雄渾之氣頓住，僅就「悲心」輕輕渲染。「幾度輕寒」，詞人似比花兒更敏感；「恁處好登臨」反問，寄寓了詞人深重的憂國之心。太平天國起義的戰火燃燒著大地，也灼燒著人的心靈，便有登臨意，也無處可登臨。「顫裊」的「春幡」背後，是亂世之民驚惶掙扎的內心；而「春幡」下，舊時人面也已難尋。自己所熟悉的一切都不復存在了，連眼前的景色也「渾不似、故山顏色」。花已不語，「鶯燕」也唱不出聲，對著山色，與「我」共沉吟，似乎比老杜的「感時花濺淚，恨別鳥驚心」還要悲傷一些。

過片「銷沉」二字，總領下片，把讀者引向對歷史的思索，和對現實的關照。「裙屐」指向繁華，「旌旗」

指向戰爭，文治也好，武功也罷，都是「古今多少事，漁唱起三更」（宋陳與義〈臨江仙〉）了。六朝繁華當然已經不再，可太平天國平定後，洋務運動興起，在曾國藩、左宗棠、李鴻章等一大批「中興名臣」的經營下，大清朝不是將進入所謂的「同光中興」了嗎？怎麼這裡竟流露出近似亡國遺民情緒的滄桑感？「何處有、藏鴉細柳，繫馬平林」，詞人對再現太平之世已經失去了信心。他甚至想要歸隱，「釣磯我亦垂綸手，看斷雲、飛過荒潯」。可這「垂綸」的心態，不是姜太公垂釣式的大志在胸，不是柳宗元「獨釣寒江雪」式的峻潔孤峭，也不是杜甫「稚子敲針作釣鉤」式的自在閒適，而是「看孤雲飄過荒灘」的淒涼落寞。這恐怕是一個時代的心結吧。結片處，詞人似乎已無力也無意再振起全篇，「天未暮，簾前只是陰陰」，與「大江流日夜」呼應。與暮氣沉沉、腐敗到骨的王朝相應，只有悲傷，沒有悲壯。是啊，帝國創傷在平復，「中興」在上演，天還沒有完全陷入黑暗。可這「陰陰」的天氣瞞不過敏感的心靈；當詩人把它寫出來，也就再瞞不住帝國的滅亡之路。

236

蝶戀花

譚獻

庭院深深人悄悄，埋怨鸚哥，錯報韋郎❶到。壓鬢釵梁金鳳❷小，低頭只是閒煩惱。

花發江南年正少，紅袖高樓❸，爭抵❹還鄉好？遮斷行人西去道，輕軀願化車前草❺。

【注釋】❶韋郎　據《雲溪友議》載，韋皋遊江夏，與青衣侍女玉簫相識相愛。這裡借指情人。❷金鳳　金釵梁上的鳳形飾物。❸紅袖高樓　指遊冶狎妓的生活。紅袖，代指酒樓妓院等娛樂場所的女子。韋莊〈菩薩蠻〉：「如今卻憶江南樂，當時少年春衫薄。騎馬斜倚橋，滿樓紅袖招。」❹爭抵　怎抵。❺車前草　草名，三國陸璣《毛詩草木鳥獸蟲魚疏》：「車前一名當道，喜在牛糞跡中生，故名車前當道也。」

【語　譯】深深的庭院，靜悄悄無人，埋怨那鸚鵡竟然誤報說郎君已來到。別在鬢上的金鳳釵多麼精巧，只是鳳釵的主人卻低著頭，只是一味的煩惱。　想見那鮮花盛開的江南，郎君翩翩正年少，可知那紅袖招人的秦樓楚館，怎麼比得上回到家鄉好？要是能擋住你西去的道路，我真願將這單薄的身軀化作你的車前草。

【研　析】這是一篇懷人之作，開篇首句，「庭院深深人悄悄」，從馮延巳〈鵲踏枝〉「庭院深深深幾許」句中化出，一開始就烘托出一種意境：深閨寂寞，想見情郎而不得。「埋怨鸚哥」兩句句法又和李清照〈如夢令〉「試問捲簾人，卻道海棠依舊」的寫法近似，略去了上句，只寫下句，不說鸚鵡怎麼說，只說人的反應。讀者不難想像，平時女主人是經常和鸚鵡訴說自己的相思的，久而久之，鸚鵡自然能記住一言半語，所以才會有下文的「錯報」。當聽到鸚鵡說情郎到了，急急忙忙跑出來看，卻沒有情郎的影子，其失望和傷悲是可想而知的，故會埋怨鸚鵡。「壓鬢釵梁金鳳小」，寓情於景。金釵精緻小巧，金釵的主人也一定清麗不俗。「女為悅己者容」，整日嚴妝，等待情郎的到來，可是日復一日，不見情郎影子。「低頭只是閒煩惱」，直抒胸臆。煩惱什麼呢？是「悔當初，不把雕鞍鎖」（柳永〈定風波〉），不該放情郎遠遊？還是「諳盡孤眠愁滋味」？任讀者想像。

　下片描寫思婦的心理活動。「花發江南年正少」，一筆雙關：自己青春年少，獨守閨房；丈夫年少青春，浪遊在外。「紅袖高樓，爭抵還鄉好？」她並沒有徒然指責丈夫的浪蕩，而是溫柔規勸，「勸君早還家，綠窗人似花。」（韋莊〈菩薩蠻〉）末兩句是久炙人口的名句，將這種感情進一步深化：「遮斷行人西去道，輕軀願化車前草。」類似的意境在前人詩中已經出現——以短暫分離為背景的，如「腹中愁不樂，願作郎馬鞭。出入擐郎臂，蹀座郎膝邊。」（〈折楊柳歌辭〉）；以十年不歸為背景的，如「願為西南風，長逝入君懷。君懷良不開，賤妾當何依」（曹植〈七哀詩〉）。我們的思婦，可能和丈夫分離有些年頭，但還未到十年之久，故而既不奢望變成馬鞭，能時時依偎，也不恨到覺得就是變成風也得不到一個擁抱，而是選擇化成車前草——車前、當道，隨處可見，不管「香車繫在誰家樹」，「我」總能出現在「你」的眼前。何敢望能阻擋你的車輪，只願你能睹物思人。車前草，也即車前子，古名芣苢（苡）。「采采芣苡，薄言采之」（《詩經．周南．芣苢》），據聞一多先生考證，採芣苢可能有求子之意。可見她是多麼盼望幸福的家庭生活。若是如此，其情益發可憐可哀矣。

237 青門引

譚獻

人去闌干靜，楊柳曉風❶初定。芳春此後莫重來，一分春少，減卻一分病❷。

離亭❸薄酒終須醒，落日羅衣冷。繞樓幾曲流水，不曾留得桃花影。

【注釋】❶楊柳曉風　語本柳永〈雨霖鈴〉：「楊柳岸、曉風殘月。」❷病　指因春色引發的愁思苦悶。❸離亭　送別的亭子。

【語譯】人走後闌干四周就變得寂靜了，在晨風中飛舞的柳絲剛剛安定下來。從此後春天別再來了，因為少一分春色，就能少一分憂愁。　離別時用酒來麻醉，可惜酒意總是要醒的。太陽也落山了，單薄的羅衣已經抵抗不了寒冷。俯身看繞樓而行的幾曲流水，卻不能留住桃花的蹤影。

【研析】以離別為主題的詩詞千千萬萬，譚復堂這首小詞出類拔萃處至少有三：一是不屑寫別時之不捨，而傾全部筆墨於別後淒涼，別具匠心；二是「芳春」三句的無理癡問，極顯情深；三是「繞樓」兩句似含有「愛別離」式的人生哲理，是清醒的痛苦。

這首〈青門引〉上下片間有「曉風」到「落日」的時間推移，空間上以「離亭」為主要場景沒有變化。「人去闌干靜，楊柳曉風初定」，起筆就使讀者陷入一片空虛冷寂的氛圍之中。友人離去，目光似乎再也沒了著落，孤零零的闌干變得十分醒目。此時此刻，孑然獨處，形影相弔，失落，淒涼，不言而喻。「芳春此後莫重來」，所有的離愁別恨都凝結在這一句裡，然後放筆直下——「一分春少，減卻一分病」。寧願春色越少越好，免得引起相思，因為從君別後，「我」病必轉深。正話反說，一往情深。

上片借著酒力勉強支撐，乃至命春天不要再來；下片終於酒醒，只有清醒著體味痛苦。「離亭薄酒終須醒」，到這裡才出現地點，才點出離別，只因上片的構境十分成功，所以非但不覺得突兀，反而有水到渠成之妙。「落日羅衣冷」，意境彷彿「獨立小橋風滿袖」（馮延巳〈鵲踏枝〉）。清晨送人到日暮西山，曉風初定到晚風人冷，一片癡情，極度孤單，都凝結在這五個字中。「繞樓幾曲流水，不曾留得桃花影。」曾經天天照水，曾經片片飛紅，都敵不過流水的無情。一朝飄零，桃花只在夢中；一朝離別，相思託誰以終？終於明白：桃花只開放那幾天，流水卻會一直流下去；相知相伴也只有那些時光，分別才是真正的永恆。

238 喝火令❶

寶　廷

衰草連荒壘，寒林繞故關。角聲嗚咽晚風酸❷。遙見征人❸無數，曝背❹古城邊。

朔氣侵金甲❺，嚴霜冷玉鞍❻。停鞭一望更淒然。幾點旌旗，幾點夕陽山，幾點頹垣❼斷壁，掩映暮雲間。

【作　者】寶廷（西元一八四〇—一八九〇年），字少溪，號竹坡，晚號偶齋，鑲藍旗人，鄭親王濟爾哈朗八世孫。同治七年（西元一八六八年）進士，選庶吉士，授翰林院編修。同、光間，任侍讀學士，直言敢諫，與陳寶琛、張佩綸、鄧承修號稱「清流四諫」。光緒七年（西元一八八一年），授內閣學士，禮部右侍郎。出典福建鄉試。還朝，以在途納妾自劾罷官。卜居西山以終。其詩各體皆工，尤以五言、七言歌行擅長，號稱詩壇領袖。其遺作經其門生林紓編印為《偶齋詩草》。

【注 釋】❶喝火令 詞調名，首見於宋黃庭堅《豫章黃先生詞》，雙調六十五字，下片四五六句例作排比，且句首複沓。❷晚風酸 晚風寒冷，刺眼欲淚，故云「酸」。唐李賀〈金銅仙人辭漢歌〉：「東關酸風射眸子。」❸征人 這裡指軍士，也可能包括戍邊的征夫。❹曝背 裸露著臂膀在太陽底下勞作。❺朔氣侵金甲 朔氣，北地的寒氣。金甲，金屬的甲冑。〈木蘭辭〉：「朔氣傳金柝，寒光照鐵衣。」❻玉鞍 有玉飾的馬鞍，是戰馬之鞍的美稱。李白〈塞下曲〉：「曉戰隨金鼓，宵眠抱玉鞍。」❼頹垣 傾塌的牆。

【語 譯】衰敗的野草黏連著荒棄的營壘，淒寒的樹林環繞著舊時的雄關。軍營中號角嗚咽，寒冷的酸風刺人雙眼。遠遠地看到無數出征的將士，裸露著臂膀在古城邊辛苦的勞作。寒氣侵入冰冷的鎧甲，嚴霜凍透了玉做的馬鞍。駐馬向遠方望去更是一片淒然：夕陽下，幾點小小的旗子，幾點淡淡的遠山，幾堵殘破的城牆營壘，在暮雲下時隱時現。

【研 析】在清代文壇，有兩位才華橫溢的滿清貴族才子，一個是婦孺皆知的詞壇盟主納蘭性德，另一位是堪稱一代詩壇盟主的寶竹坡。竹坡這首邊塞詞著力寫征人塞外生活的苦寒，包含著淒涼酸辛的憂思與感慨，透露出國力衰敗的消息。

詞的上闋以「衰草連荒壘，寒林繞故關」起筆，寫初到邊塞看到的遠景。先是大背景的勾勒：連天的衰草，荒蕪的營壘，蕭疏的寒林，古老的關塞，共同構成淒清荒寒的氛圍。這是從視覺方面的大處著眼，接著，便從聽覺的細處著筆，「角聲嗚咽晚風酸」，進一步寫邊塞的悲涼。「角聲」是古人邊塞題材的詩詞中的常見意象。它的嗚咽，淒寒，常把人們帶入悲傷、思念的萬千感慨中。這句中錘煉最為精工的是一個「酸」字，雖是從李賀〈金銅仙人辭漢歌〉「東關酸風射眸子」中借來，卻既能形象的寫出晚來寒風刺目，讓人眼酸欲淚的情景，又能暗寫出征人與作者內心的悲酸，收到了一石二鳥的功效。「遙見征人無數，曝背古城邊」則轉為寫觸覺感受，以突出「苦寒」二字。寒冷的天氣下，士兵們還光著膀子，是側面描寫，字面之下仍然是一個

「寒」字。作者對將士們這樣的生活無疑是充滿悲憐的。

下闋自然轉入對近景的描寫。「朔氣侵金甲，嚴霜冷玉鞍」二句，分別從〈木蘭辭〉「朔氣傳金柝」以及李白〈塞下曲〉「宵眠抱玉鞍」中化來，對仗工穩，又切合邊塞將士的生活實情——寒氣侵入冰冷的鎧甲，嚴霜讓馬鞍也冰冷如鐵，進一步強化了邊塞的苦寒環境和征戰生活的艱苦。「停鞭一望更淒然」，可見不僅以上所寫內容可總括為「淒然」，而更「淒然」的還在後面：「幾點旌旗，幾點夕陽山，幾點頹垣斷壁，掩映暮雲間。」這裡連用三個「幾點」，雖然是詞律要求如此，然而畫面層次豐富，層層托出，全無湊泊之感，意境非常協調。「旌旗」本是軍隊嚴整，號令一致的代表，卻只有疏落的幾點，軍隊士氣不揚可見一斑；「夕陽山」也用「幾點」修飾，不僅讓人聯想到「日薄西山，氣息奄奄」，更充滿感傷，缺乏生氣；「幾點頹垣斷壁」，更直接寫出國力衰微，軍備廢弛的現狀，可見作者對此充滿著深深的憂慮。「掩映暮雲間」中的「掩映」二字，錘煉精工，生動的描繪出目力所及的範圍內，夕陽下的遠山時隱時顯的狀態，且以景結情，充滿著含蓄不盡的意味。

239

雙雙燕

題蘭史〈羅浮紀遊圖〉❶

黃遵憲

羅浮睡了，試召鶴呼龍❷，憑誰喚醒。塵封丹灶❸，剩有星殘月冷。欲問移家仙井，何處覓、風鬟霧鬢❹？只應獨立蒼茫❺，高唱萬峰峰頂。

荒徑，蓬蒿半隱❻。幸空谷無人❼，棲身應穩。危樓倚遍，看到雲昏花暝❽。回首海波如鏡，忽露出、飛來舊影❾。又愁風雨合離，化作他人仙境❿。

【作　者】黃遵憲（西元一八四八—一九〇五年），字公度，號人境廬主人，廣東嘉應（今梅州）人。光緒二年（西元一八七六年）舉人。歷任駐日、英諸國使館參贊及駐美、英總領事等職。官至湖南按察使。黃遵憲是維新派的代表人物之一，曾參與湖南新政。戊戌政變發生，革職歸里。黃公度是近代文壇一大家，「詩界革命」主帥，善融新詞語、新事物於舊體裁。有《人境廬詩草》。存詞不多，飄灑不群，寄託遙深。

【注　釋】❶題蘭史羅浮紀遊圖　本詞及和作見梁啟超《飲冰室詩話》、潘飛聲《在山泉詩話》等著作。陳澧（蘭甫）遊羅浮山，有「羅浮睡了」之語。西元一九〇二年三月，潘蘭史遊羅浮，憶蘭甫之語，寫在了遊記中。黃公度讀後以此四字為首句，衍成《雙雙燕》詞以寄蘭史。一年後潘氏又追和之。潘飛聲（西元一八五八—一九三四年），字蘭史，號劍士、羅浮山人，廣東番禺人。西元一八八七年遊學德國，受聘柏林大學，教授漢文學。回國後舉經濟特科，後加入南社。辛亥後居上海，鬻文為生。有《說劍堂集》，詞話《粵詞雅》。羅浮，即羅浮山，在今廣東惠州博羅縣，道教「十大洞天」之一。❷召鶴呼龍　羅浮山有白鶴觀、黃龍觀等名勝。此處以鶴、龍比喻能喚醒中國這頭「睡獅」的傑出人物。❸丹灶　指葛洪居羅浮煉丹事。下二句之「仙井」同指此事。❹風鬟霧鬢　指女子美麗脫俗的鬢髮。葛洪妻子鮑姑，也是有名的丹術家，並且擅長艾灸。此處指蘭史與妻子梁靄曾約一同歸隱羅浮山，可惜妻子早逝。梁靄（西元一八六五—一八九〇年），字佩瓊，一字飛素，廣東南海（今廣州）人，知名女詩人，有《飛素閣集》。❺獨立蒼茫　語本杜甫〈樂遊園歌〉：「獨立蒼茫自詠詩。」又，潘蘭史別號獨立山人。❻蓬蒿半隱　指隱居不仕。據《藝文類聚》引《三輔決錄》，漢代張仲蔚隱居不出，所居之處蓬蒿沒人。❼空谷無人　暗指蘭花，切潘蘭史之「蘭」，以喻人品性高潔。❽棲身應穩三句　化用史達祖〈雙雙燕〉：「紅樓歸晚，看足柳昏花暝。應自棲香正穩，便忘了、天涯芳信。」❾飛來舊影　意謂羅浮山原本的面貌。據《廣東通志》卷十記載，羅浮山在增城博羅二縣之界，舊傳蓬萊一峰浮海而來，與羅山合，故名。❿又愁風雨合離二句　意謂風雨中羅浮山又分離，暗指帝國主義列強要瓜分中國，中國山河恐怕要落入他人之手。

【語　譯】羅浮山睡著了，試著呼喚神龍，召來仙鶴，看誰能將它喚醒。在塵封的煉丹爐上，只剩下冷月殘星。想要移居到這個人間仙境，試問要到何處去尋找仙姿綽約、鬟髮如風霧的伴侶呢？只有獨立於蒼茫天地之間，高唱在萬峰峰頂。　荒野小路，多半被蓬蒿隱沒了。所幸蘭花尚能在無人的空谷安身。倚遍高樓，直看到雲昏花暗。驀然回首，海波澄明如鏡，忽然顯露出了羅浮山飛來時的倩影。又發愁風雨飄搖之中，羅山、浮山合而又分，成為別國的仙境。

【研　析】這首〈雙雙燕〉將描寫羅浮山景，致意友人潘蘭史和寄託憂國情懷三方面內容較完美地融合在了一起，寄託遙深；且筆法空靈開闊，「猿驚鶴舉」（潘飛聲語），不傷雕饋，不落俗套，開拓了詞家新境界。

黃公度在詞後原有自注說：「蘭史所著《羅浮遊記》，引陳蘭甫先生「羅浮睡了」一語，便覺有對此茫茫、百端交集之感。先生真能移我情矣。輒續成之，狗尾之誚，不敢辭也。又蘭史與其夫人舊有偕隱羅浮之約，故「風鬟」句及之。」。「羅浮睡了」，是陳澧的一句妙語，本意是指雲煙繚繞下的羅浮山靜謐而神秘。因維新運動失敗而不得不蟄居鄉里已數年的黃公度，看到這句話，頓時引動「睡獅不醒」的憂國情懷，將其置於詞章開篇位置，正是點鐵成金。「試召鶴呼龍，憑誰喚醒」，既契合羅浮山景致和蘭史羅浮之遊，又顯出推舉蘭史為中國先進人物之意，自然渾成。下文便就這三條線索展開。「塵封丹灶，剩有星殘月冷」，寫今日羅浮山之冷清，意境幽遠高曠，此處之「丹灶」可說是中華文化的象徵，顯示出一派衰世之象。「欲問」以下四句，點潘蘭史羅浮之遊。其夫婦琴瑟諧鳴，本有偕隱之志，惜佩瓊女史華年早逝，留下蘭史獨遊羅浮，獨立蒼茫。不過詞人用「風鬟霧鬢」這樣讓人聯想到《柳毅傳》中「風鬟雨鬢」的龍女的典故，將梁氏的早歿塗上了成仙色彩。「高唱萬峰峰頂」，似是對妻子的呼喚，又彷彿在妻子死後鼓盆而歌的莊子，境界之高闊，意氣之瀟灑，可想而知。

下片轉換寫法，假蘭史之隱以託己志。「荒徑」以下四句，設想蘭史歸棲羅浮情景。在外人看來是「蓬蒿半隱」的荒野，在有道之士看來是適合幽蘭孤芳的空谷。戊戌政變後公度只能賦閑在家，雖有一身才華卻無從施展，「空谷無人」也是自況語。「危樓倚遍，看到雲昏花暝」，點化史梅溪成句，「雲昏花暝」呼應開篇「羅浮睡了」，一片雲山霧罩同時也是「老大帝國」暮氣沉沉的寫照。「危樓倚遍」，猶前人言「把欄杆拍遍」，可知詞人胸中鬱結難解之愁。「回首」以下到結尾，用飄逸靈動之語，寫闊大之境，寄寓憂時之情，是全詞的亮點。公度作為近代詩壇一大家，存詞不過十餘首，竟能寫得如此當行本色、寄託遙深，是令人驚嘆的。這與他所懷有的大才力、大抱負與大情懷是分不開的。

240

八聲甘州

送伯愚都護之任烏里雅蘇臺❶

王鵬運

是男兒、萬里慣長征，臨歧漫淒然❷。只榆關❸東去，沙蟲猿鶴❹，莽莽烽煙。試問今誰健者❺，慷慨著先鞭❻？且袖平戎策❼，乘傳❽行邊❾。

老去驚心鼙鼓❿，歎無多憂樂，換了華顛⓫。盡雄虺⓬瑣瑣⓭，呵壁⓮問蒼天。認參差、神京⓯喬木⓰，願鋒車⓱、歸及中興年。休回首，算中宵月，猶照居延⓲。

【作　者】王鵬運（西元一八四九—一九〇四年），字佑遐，一字幼霞，號半塘，又號鶩翁，廣西臨桂（今桂林）人。同治九年（西元一八七〇年）舉人。光緒間官至禮科給事中，為官有直聲。光緒二十六年（西元一九〇〇年），八國聯軍入京，與朱祖謀、劉福桃同陷危城中。三人於王鵬運四印齋中，吟成《庚子秋詞》二卷。二十八年離京南下，主揚州儀董學堂，並執教於上海南洋公學。工詞，與況周頤、朱孝臧、鄭文焯合稱「晚清四大詞人」，王氏居首。有《半塘定稿》、《半塘剩稿》等。半塘論詞力尊詞體，標舉「重、拙、大」，影響深遠。又致力於詞籍校勘，有《四印齋所刻詞》、《四印齋匯刻宋元三十一家詞》。

【注　釋】❶送伯愚都護句　光緒甲午年（西元一八九四年）冬，珍妃因支持光緒帝主戰，遭慈禧太后嫉恨，被貶為貴人，其兄志銳（伯愚）降授烏里雅蘇臺參贊大臣。詞人與盛昱、文廷式、沈增植等賦〈八聲甘州〉詞為志銳送行。烏里雅蘇臺，原中國外蒙古三音諾顏西，今蒙古人民共和國扎布汗省會。清雍正時築城，為定邊左副將軍及烏里雅蘇臺參贊大臣駐所。都護，武官名，都護府長官，都護府是古時為防衛邊境與統治周邊民族而設置的軍事機關。❷臨歧漫淒然　意謂分別時徒然傷悲。臨歧，面臨歧路，指分別。漫，徒然。❸榆關　本指山海關，這裡泛指邊關。❹沙蟲猿鶴　謂君子如猿猴上樹、白鶴騰空，安然自若，而小人如蟲蟻沙塵，任人踐踏。《太平御覽》卷九一六引〈抱朴子〉：「周穆王南征，一軍盡化，君子為猿為鶴，小從為蟲為沙。」❺健者　有實力的人。《後漢書・袁紹傳》：「紹勃然曰：『天下健者，豈惟董公！』」橫刀，長揖，徑出。」❻著先鞭　先人一步，奮擔重任。《晉書・劉琨傳》：「(琨)與范陽祖逖為友，聞逖被用，與親故書曰：『吾枕戈待旦，志梟逆虜，常恐祖生先吾著鞭。』」❼平戎策　平定外族敵寇的策略。❽乘傳　指的是奉命出使。傳，即傳車，古代驛站的專用車輛。❾行邊　巡行視察邊疆。❿鼙鼓　指戰事。鼙，軍隊中所用小鼓。⓫華顛　白髮。⓬雄虺　傳說之大毒蛇，喻指大奸佞。《楚辭・招魂》：「雄虺九首，往來倏忽，吞人以益其心些。」⓭瑣瑣　細碎聲音。⓮呵壁　向壁呵問，發洩胸中憤懣。王逸《楚辭・天問序》：「屈原放逐，彷徨山澤見楚有先王之廟及公卿祠堂，圖畫天地山川神靈，琦瑋僪佹，及古賢聖怪物行事，因書其壁，呵而問之，以渫憤懣，舒瀉愁思。」⓯神京　京城。⓰喬木　代指故國或故里。《孟子・梁惠王下》：「所謂故國者，非謂有喬木之謂也，有世臣之謂也。」⓱鋒車　常指朝廷疾馳徵召之車。⓲居延　古邊塞名，是邊塞的代稱，此處代指烏里雅蘇臺。

【語　譯】是真正的熱血男兒、便應能習慣離家萬里的艱苦遠征，卻在分別的歧路上，不由地相對淒然。你向著邊關東行去，一路上都是戰爭亡魂所化的猿鶴蟲豸，出沒在無邊烽煙中。試問如今誰是有力之人，豪情慷慨，一馬當先？且懷揣平定邊疆的良策，登上傳車，巡行塞外。

已經老去的我常因戰鼓聲催而感到心驚，感歎才經歷了人世的幾多憂和樂，就已經白了頭。耳邊盡是那兇猛毒蛇尖利細碎的聲響，讓人不由得如屈子一樣，對著牆壁，大聲呵問蒼天。細細認取京城高下參差的喬木，但願你乘著朝廷徵召的鋒車歸來時，能趕上國家中興之年。此刻且不要再回首，算算這中宵的明月，也同樣能照到你所在的邊疆居延。

【研　析】用況周頤的話來說，王、盛、沈、文等人為志銳送行的這次調寄〈八聲甘州〉的唱和「略同杜陵詩史，關係當時朝局，非尋常投贈之作可同日語」(《蕙風詞話續編》)。這次唱和催生了不少名作，本詞即其中之一。通觀全詞，遲暮但不頹唐，任氣又不失厚重，顯示出曠達豪邁的氣概，堅韌的力度，和樂觀向上的人生態度。

上闋以「是男兒、萬里慣長征，臨歧漫淒然」起筆，筆力千鈞，為全詞奠定了豪壯的基調。雖然是送人遠謫，卻全無頹喪之氣。「丈夫不作兒女別，臨歧涕淚沾衣巾。」（唐高適〈別韋參軍〉）詞人彷彿在激勵朋友：「男兒本自重橫行」（高適〈燕歌行〉），又何必「臨歧沾巾」呢？可想想此去之處，「沙蟲猿鶴，莽莽烽煙」，古戰場上猿啼鶴唳蟲哀鳴，烽煙滾滾，戰死者的魂魄不散；此一別，又遭慈禧太后「毋庸來京」之諭，相見無期，又怎會不「淒然」。豪壯之中，別有沉鬱。緊接著，「試問今誰健者，慷慨著先鞭」，詞人沒有沉浸在淒涼的情緒裡不能自拔，而是以祖逖、劉琨的志向和事業激勵伯愚為國立功。「且袖平戎策，乘傳行邊」，亦為用典，「乘傳行邊」，指的是伯愚被貶烏里雅蘇臺。作者為朋友的遭遇鳴不平，又有寬慰鼓勵之意，同時，又含蓄地表達了對「后黨」當政者的不滿與憤慨。

下闋起三句，「老去驚心鼙鼓，歎無多憂樂，換了華顛」，轉入自抒懷抱，寫自己深沉的感嘆。「驚心鼙鼓」，說明作者對外國侵略者進犯中華驚心不已。「歎無多憂樂，換了華顛」，是說自己雖然才四十五歲，但由於生逢亂世，常懷深憂，當年的青絲早已經變成了滿頭華髮。「盡雄虺瑣瑣，呵壁問蒼天」，是作者自寫胸中悲憤，同時也是為志銳寫照。詞人以屈原自況，面對「犬聲如豹，獰惡駭人，商音怒號，砭心刺骨」（王鵬運語）的世界，呵壁問天。「認參差」四句，是對朋友能夠早日回到國都，回到故鄉的美好祝願。參差喬木，正是遠行者夢繞魂牽的所在。鋒車，朝廷疾馳徵召之車。作者希望志銳早日被召回，情詞懇切。既有光明在前，此際就不必為眼前的遠別傷悲。「休回首，算中宵月，猶照居延」，作者認為朋友與自己，雖相隔千里，但既然能夠共享這素月一輪，就不會太過落寞。算，推想之意。我們可從這一「算」字中體會出殷勤期盼，處處替朋友著想，百計寬解遠行人的良苦用心。語淡意遠，耐人尋味。如結合全詞細加體味，這月光中還有作者與友人同樣光風霽月般的襟懷和積極樂觀的人生態度，給讀者無窮的回味空間。

241 念奴嬌

登暘臺山絕頂望明陵❶

王鵬運

登臨縱目❷，對川原繡錯，如接襟袖❸。指點十三陵樹影，天壽低迷如阜❹。一霎滄桑❺，四山風雨❻，王氣銷沉❼久。濤生金粟❽，老松疑作龍吼。

惟有沙草微茫，白狼終古，滾滾邊牆走❾。野老也知人世換，尚說山靈呵守。平楚蒼涼，亂雲合沓❿，欲酹⓫無多酒。出山回望，夕陽猶戀高岫⓬。

【注釋】❶登暘臺山句　暘臺山，即陽臺山，位於北京海澱區西北郊，陽臺山主峰妙高峰，是平原地區最高峰。山麓上有著名的大覺寺，為遊覽勝地。明陵，即明十三陵。位於北京西北郊的天壽山。自永樂七年（西元一四〇九年）明成祖建長陵起，至清順治元年（西元一六四四年）崇禎帝入葬思陵止，先後修建了十三座皇帝陵。❷登臨縱目　登山臨水，放眼遠眺，用王安石〈桂枝香〉「登臨送目。正故國晚秋，天氣初肅」詞意。❸對川原繡錯二句　形容錦繡山川與人緊密相連，融為一體。繡錯，如錦繡般縱橫交錯。如接襟袖，形容相距很近，就如同衣襟緊連著衣袖。❹阜　土山。❺一霎滄桑　形容時代巨變，明亡清興。滄桑，桑田滄海的簡稱。參見〈齊天樂〉（客來新述瀛洲勝）注❾。❻四山風雨　用唐玨收葬宋帝遺骨的典故。元兵破宋時，河西僧楊璉真伽發掘宋帝陵，棄遺骨於草莽中，無人敢收。義士唐玨聞訊與同舍數人暗中收葬，義風震一時。林景熙為作〈夢中作〉一詩道：「親拾寒瓊出幽草，四山風雨鬼神驚。」在此用以點明憑弔前朝帝陵的題旨，寄託朝代更迭的興衰感慨。❼王氣銷沉　指帝王之氣消散。古代認為王氣與國運興衰緊密相聯。劉禹錫〈西塞山懷古〉：「金陵王氣黯然收。」❽濤生金粟　濤，松濤，風動松林，聲如波濤，故稱。唐順之〈蒼翠亭〉：「風來松濤生。」金粟，即金粟山，在今陝西蒲城。有龍踞鳳翔之勢，唐玄宗李隆基陵墓——泰陵即位於此。這裡以金粟山泰陵代指天壽山明陵。❾白狼終古二句　用惟有白狼河在長城外奔騰，寓清入主中原，取代明朝一統天下。白狼，白狼河，古水名，即今遼寧境內的大凌河，因發源於白狼山而得名。遼寧是清代盛京的所在地。邊牆，長城。❿平楚蒼涼二句　形容遠林蒼涼，煙雲重疊的淒清景象。平楚，指平野，也指從高處望去叢林樹梢齊平。合沓，重疊。用謝朓「寒城一以眺，平楚正蒼然」與「茲山亘百里，合沓與雲齊」詩意。⓫酹　將酒倒在地上，表示祭奠。⓬岫　頂峰。

【語　譯】登山臨水，放眼遠眺，對面錦繡錯落的山川，便如同衣襟與衣袖般緊密相連，遙指遠處的樹影辨認著十三陵的方位，天壽山低迷得猶如土丘一般。轉瞬間時代已發生滄桑巨變，在那能令鬼泣神驚的四山風雨中，明王朝的氣運消散已久了。風動帝陵激起了陣陣松濤聲，讓人懷疑是否是龍變化成的老松所發出的吼聲。只有白狼河始終在長城微茫的沙草外滾滾奔流。鄉野老人也知道人世已變遷，朝代已更迭，卻仍述說著明陵有山神守護的傳說。遼遠的林海蒼涼，繁亂的煙雲重疊，想要灑酒祭陵卻沒有多少酒。從山中出來後再次回顧，那夕陽依然戀戀不捨地徘徊在高高的頂峰之上。

【研　析】此詞選自《半塘定稿》卷一，作於光緒十九年癸巳（西元一八九三年），即甲午戰爭的前一年。作者在京為官多年，同年授監察御史，升禮科給事中。以敢於諫諍著稱於時。可以想見，在清王朝風雨飄搖的背景下，作者登上能鳥瞰京城及遙望邊境的暘臺山，寫下這首憑弔明朝帝陵的詞，其借古諷今，以史為鑒的意味是十分明顯的。此詞的一大特色是時空的變換轉接別具匠心，由此勾勒出一幅時代更迭，興衰相繼的歷史長卷：起句模仿王安石的懷古名篇〈桂枝香〉，用「登臨縱目」總攬全篇，結合下文真可謂是將現實與想像中的古今萬象都盡收眼底。

在時間上，橫跨唐宋元明清數朝。如「金粟」是以唐帝陵指代明帝陵，暗寓陵墓風水之說實不足持。又如「四山風雨，王氣銷沉久」一句，前半句用的是宋元易代之際，義士唐珏收葬宋帝遺骨的典故，義士的可貴與亡國的慘痛，俱可為後世明鑑；而後半句的一個「久」字，便突破了一代的限制，將此種風雨飄搖，王氣銷沉的歷史由宋元易代延續至明清易代，呼應望明陵的題旨，更進一步延續至當時時局——「四山風雨，王氣銷沉」正是當時時局的寫照。這樣便將歷史感與現實感融為一體，實現了史為今鑑的最終目的。

在空間上，「川原繡錯，如接襟袖」一句的妙處在形成了一種天人合一，綿延無盡的觀覽境界，使得所見所想可不受視力所及範圍的限制，一系列的聯想與「聯視」都變得順理成章——若論一般視力所及的觀覽，則在暘臺山上看去，天壽山一片混沌，明十三陵已不甚分明，只能靠半猜半認在樹影中指點辨認；而長城也是籠罩在微茫沙草間，白狼河更是遠在遼寧境內，遙不可見。然而，在此詞境中，卻都可以通過「如接襟袖」景物聯視及有關朝代興衰聯想，熔為一體。其中一些句子能超越時空限制，且立意新穎，寓意深遠，頗耐品讀。如「野老也知人世換，尚說山靈呵守。」明知明朝已亡，卻還津津樂道於明陵有神靈庇佑，其忠可敬，其愚可笑，其迷信又何其可畏。要振興國運，如果僅寄希望於風水、神靈庇佑，其結果也必然是再一次的「人世換」。又如結句「出山回望，夕陽猶戀高岫」。曲折道出衰亂世中人矛盾的心態——雖然明知時代的更迭便如夕煙西落一樣不可避免，但對國家的忠誠與眷戀卻不會因此而改變。

242 滿江紅

送安曉峰❶侍御謫戍軍臺

王鵬運

荷到長戈❷，已禦盡、九關魑魅❸。尚記得、悲歌請劍，更闌相視❹。慘淡烽煙邊塞月，蹉跎冰雪孤臣淚。算名成、終竟負初心❺，如何是！　天難問❻，憂無已❼。真御史，奇男子。只我懷抑塞❽，愧君欲死❾。寵辱自關天下計❿，榮枯⓫休論人間世。願無忘、珍惜百年身⓬，君行矣。

【注釋】❶安曉峰　安維峻，字曉峰，號盤阿道人，甘肅秦安人，著名諫臣。光緒六年進士，選翰林院庶吉士，十九年（西元一八九三年）轉任福建道監察御史，不到一年便上疏六十餘道。甲午戰爭前夕力諫主戰。在〈請誅李鴻章疏〉中指責議和派李鴻章「平日挾外洋以自重」，要求「明正其罪，布告天下」。並暗示慈禧挾制天子，為議和主謀，李蓮英為幫兇。因此而觸怒后黨，被冠以「妄言」、「離間」的罪名，光緒二十年（西元一八九四年）十二月被革職發配軍臺（今河北張家口），二十五年釋還。因直諫而聲震中外，有「隴上鐵漢」之譽。❷荷到長戈　用杜甫〈夏夜嘆〉「念彼荷戈士，窮年守邊疆」詩意，寓安維峻謫遣事。❸已禦盡九關魑魅　指安維峻因反抗、得罪權奸而被謫遣。典出《左傳・文公十八年》：「投諸四裔，以御魑魅。」與《楚辭・招魂》：「虎豹九關，啄害下人些。」魑魅，山林中害人的鬼神。禦，抵擋；違逆。❹尚記得悲歌請劍二句　指光緒十九年（西元一八九三年）王鵬運與安維峻聯名彈劾李鴻章之事。請劍，用朱雲請劍斬佞臣的典故。據《漢書・朱雲傳》載，朱雲求見漢成帝，願請帝賜尚方斬馬劍，斬殺佞臣張禹，以儆效尤。帝聞言大怒，要將他推出處刑。朱雲攀折殿檻，聲稱要效法古來不畏死的直諫忠臣，後成帝特別保留折斷的殿檻「以旌直臣」。後遂用為頌美諍諫忠臣的典故。更闌，夜將盡。相視，形容朋友間眼神相交，心意相通。典出《莊子・大宗師》：「四人相視而笑，莫逆於心，遂相與為友。」❺初心　本意；初衷。在此指安維峻鋤奸救國的上疏初衷。❻天難問　借天地萬象的奇變無窮，難問難解，來寄託對朝堂上天威難測，政局無常的感慨。用張元幹〈賀新郎〉「天意從來高難問，況人情、老易悲如許」詞意。典出屈原〈天問〉，相傳〈天問〉是屈原遭讒言被流放後，看到楚先王廟有感而作的。❼憂無已　形容無一刻不為國民擔憂。用范仲淹〈岳陽樓記〉「居廟堂之高，則憂其民；處江湖之遠，則憂其君。是進亦憂，退亦憂」文意。無已，無止境。❽抑塞　鬱悶壓抑，不能釋懷。❾愧君欲死　自謙辭，指自己雖同為御史，卻不能如安維峻般盡職忠諫，安維峻獲罪後又不能設法營救。❿天下計　關係天下興衰的計劃舉措。⓫榮枯　寓人世的興衰、窮達。⓬百年身　指人的身體。百年樹人，故稱。

【語　譯】擔負著長戈，已抵抗遍了那些盤踞九關的妖魔。仍然記得當年一同慷慨悲歌，請劍除奸，徹夜交心，相視而笑。如今軍臺淒清暗淡的烽煙縈繞的邊塞明月，映著圍困於冰雪中的孤臣清淚。就算已成就了忠直諫臣的英名，終究還是辜負了鋤奸救國的初衷，到底要怎麼辦才好呢！　天意難以問訊，憂愁了無止境。您堪稱真正的御史，非凡的男子漢。只是我心中鬱結不暢，面對您慚愧得要命。您的寵辱自是關係著天下大計，人世間一時的窮達也不值一提。但願不要忘了保重身體，您請行吧。

【研　析】此詞選自《半塘定稿》卷一，創作背景參見注釋。全詞慷慨悲壯，是典型的以文為詞，其佳處不可以技法求，不僅無修飾語，甚至連描摹渲染語都極少，惟有「慘淡烽煙邊塞月」一句為景語，其餘俱是直抒胸臆的傾心論述之言，真情貫注，一氣呵成，讓人幾乎忘記它是詞，覺得更像是惺惺相惜的同志在傾述衷腸。安維峻因諍諫獲罪被貶謫，同時為之不平的人不少，而作者與安維峻同為以直諫著稱的御史，也曾聯名彈劾李鴻章，作為同僚兼同道，欽佩悲憤之感必然更為強烈，且比一般人更能體會到諫臣的信念與痛苦，故此詞最能震撼人心之處在知音之言與同情之感。最經典的兩句，一是「算名成、終竟負初心，如何是！」非知音、摯友不能道。常人當此際，必定多做寬慰語，例如雖不能達到除奸的效果，但畢竟能名垂青史，令天下扼腕之類；而避諱說這樣的「喪氣話」，但作者深知安維峻的初心同自己一樣，都是只求盡忠救國，而不求名利，才敢於如此直言不諱——須知友人道出彼此心聲的實話，往往比寬慰的虛言更能使失意之人得到安慰。二是「寵辱自關天下計，榮枯休論人間世。」可謂金石之言，擲地有聲，堪為御史座右銘，足慰千古忠臣賢士。其餘尚有「尚記得」句展現的與子同仇的默契，「天難問」句揭示的諫臣憂心的根源，「真御史」句包含的對同為御史的友人最大的肯定，「只我懷抑塞」句流露的不能同舟共濟，以身代受的自責，都非身在其位、感同身受者不能道出。而結句本是親友最常用的臨別勸勉語之一，卻也正因此而顯得質樸真摯，尤其是「君行矣」！臨別一聲歎，承載了上文的種種意緒，重如千鈞，令人臨其境，聞其聲，感其情。

243

祝英臺近

次韻道希感春❶

王鵬運

倦尋芳，慵❷對鏡，人倚畫闌暮。燕妒鶯猜❸，相向甚情緒？落英依舊繽紛，輕陰難乞❹，枉多事、愁風愁雨。

小園路，試問能幾銷凝？流光❺又輕誤。聯袂❻留春，春去竟如許！可憐有限芳菲，無邊風月，任都付、等閒花絮❼。

【注釋】❶次韻道希感春　此詞作於光緒二十一年乙未（西元一八九五年）春，即甲午戰爭後一年，在這一年簽訂了喪權辱國的《馬關條約》。作者時年四十七歲。道希，文廷式，字道希。據《文廷式年譜》載：「本年春，先生有〈祝英臺近〉感春詞寄慨時事，王幼遐（即王鵬運）和之。」文廷式原詞：「剪鮫綃，傳燕語，黯黯碧雲暮。愁望春歸，春到更無緒。園林紅紫千千，放教狼藉，休但怨、連番風雨。

謝橋路，十載重約鈿車，驚心舊遊誤。玉佩塵生，此恨奈何許！倚樓極目天涯，天涯盡處，算只有、濛濛飛絮。」❷慵　懶散，在此形容女子困倦時嬌媚無力之狀。❸燕妒鶯猜　用擬人的修辭，形容人或花的美貌、真心受到鶯燕等春鳥猜疑、妒忌，這是前代詩詞中常見的意象。如陸游詩「燕妒身輕鶯學語」、王彥泓詩「蕙蘭溪徑從來窄，燕妒鶯猜卒未休」。在此用鶯燕對群芳的妒忌、猜疑比喻朝堂中奸臣當道，忠臣反受疑忌。❹輕陰難乞　意味想求一片疏陰庇護也難得。梁雲鏸〈摸魚兒・留春〉：「乞一片、輕陰長護薔薇館。」輕陰，稀疏的樹陰。❺流光　光陰；時光。❻聯袂　攜手，喻協同作某事。袂，衣袖。❼可憐有限芳菲三句　化用沈中震〈百字令〉「春光九十，卻風風雨雨，暗中消半……到而今、無邊風月，付與他人管」詞意。無邊風月，無限風光。風月，明月清風，泛指秀麗風光。

【語　譯】困倦地找尋芬芳，慵懶地對著妝鏡，人倚靠在黃昏中的彩繪闌干上。面對著鶯燕的猜疑、妒忌，還能有什麼心情呢？落花仍是那樣繁亂，想求一片稀疏的樹陰庇護也難得，只是徒然為風雨發愁。　小園中的路，試問還能承受幾番凝神銷魂的哀愁，光陰又被輕易的耽誤了。攜手一同挽留春天，怎料春光竟然就像這樣離去了！可憐這有限的芬芳，無限的風光，就這樣都交給了隨風飄蕩的尋常落花與柳絮了。

【研　析】此詞選自《半塘定稿》卷一，作為次韻之作，與原詞間的主題及意脈都是互相呼應的。中國古典詩文素有用美人香草與兒女柔情寄託家國身世之感的傳統，受等級尊卑制度的影響，在寄託中男女關係又往往是與君臣關係相對應的。此種傳統可上溯到〈風〉、〈騷〉，而詞細美幽約的體制正十分適合於承繼這一傳統，故晚清詞論普遍提倡「寄託」。此詞與文廷式原唱詞都屬於此種寄託之作——主旨都在用女子傷春懷人的情景，寄託對甲午戰敗的悲痛，以及對李鴻章等權臣「辱國病民」的悲憤，與南宋詞人辛棄疾的同題名篇〈祝英臺近・晚春〉頗有淵源。

詞中的意象各有寄託：傷春懷人的女子是作者自寓，所思慕的戀人象徵君主，春象徵國運與政局，而「聯袂留春」者則象徵著希望通過參政挽救國運的二詞作者及其同道志士，鶯燕象徵立場搖擺不定甚至和議賣國、讒言誤國的群臣，風雨象徵這入侵的外敵。

起二句所展現的是一個面對滿園春色仍表現得困倦無聊，卻仍禁不住終日倚闌觀望的女子形象，正是對原唱詞「愁望春歸，春到更無緒」的呼應。女為悅己者容，她無心玩賞、打扮，正因為悅己者不能歸來，又遭到鶯燕的猜忌。同樣的，士為知己者死，但若君主昏庸或無權，信而見疑，忠而被謗，也必然會感到憤懣與寒心。結合時局，文廷式雖曾得光緒與珍妃倚重，在政壇中初見春意，但在甲午戰爭中及戰後，屢次上奏彈劾李鴻章貽誤戰機、排擠忠良、屈辱議和，卻不被採納。反而致使慈禧見折大怒，欲置重罪，李鴻章一黨也對他恨之入骨，圖謀陷害。絕望和痛苦可想而知，正所謂：「玉佩塵生，此恨奈何許！」而同樣懷興國之願，以直諫聞名，也曾彈劾李鴻章的王鵬運也當然會感同身受，正所謂：「聯袂留春，春去竟如許！」二詞上下闋結句的呼應尤能切中時弊，傳達心曲：前結都清醒的認識到春色的凋零（寓國勢的衰微），不能一味埋怨風雨（寓外敵）入侵，園內（寓國內）的「放教狼藉」，「輕陰難乞」（寓朝堂昏暗，自甘墮落，君權受制，忠義之士難求庇護）才是根源。若此種局面得不到糾正，則無論惜花人（寓有志興國之士）如何憂愁悲憤，也是枉然。至於後結，則更為沉痛。柳諧音「留」，而風中飛絮卻每每留不住行人與春光。因此，結句中望春不見，只見飛絮，春愁也惟有飛絮可託的意象，即代表欲留難留的愁怨——在詞境中難留的是戀人，而在現實中難留的卻是以有限春光為象徵的政局，無邊風月為象徵中國的大好河山啊！

244 三姝媚

王鵬運

次珊讀唐人〈息夫人不言賦〉，有感於外結舌而內結腸，先箝心而後箝口之語。賦詞索和，聊復繼聲，亦盍各之旨也❶。

蘼蕪春思遠❷，采芳馨愁貽❸，黛痕深斂❹。薄命憐花，倚東風羅袖，淚珠偷泫❺。暝❻入西園，容易又、林禽聲變❼。那得相思，付與青蘋，自隨蓬轉❽。

惆悵羅衾捫遍，便夢隔歡期，舊恩還戀❾。芳意回環，認鴛機錦字，斷腸緘怨❿。縷縷絲絲，拚裊盡、香心殘篆⓫。漫想歌翻璧月，臨春夜滿⓬。

【注　釋】❶次珊讀唐人六句　次珊，張仲炘。字慕京，號次珊，又號瞻園，湖北江夏人。光緒三年進士，官至江南道監察御史，有直諫敢言之名。甲午戰爭中屬主戰派，反對簽署《馬關條約》。息夫人不言賦，唐代白敏中所作，大旨在同情息夫人不得已而事二夫的悲劇命運，稱讚她溫柔敦厚、以不言守節明志的品行。中有「不咄咄以怨人，常默默而傷己……守而不改，邈矣而心有所在；行之實難，確乎而性有所安……處喧嘩而不亂，挺節操以自持。……外結舌而內結腸，先箝心而後箝口。」等語。息夫人，春秋時息國國君的夫人息媯，楚文王聽說她的美貌，滅息國後迎娶她入宮。她為楚王生了兩個兒子，卻始終不願說話。楚王詢問原因，她答道：「我一個婦人被迫侍奉兩個丈夫，又不能去死，還有什麼好說的呢？」息夫人不由自主的悲劇命運受到後世不少文士的關注，成為詩詞文中較為常用的典事。盍各之旨，意為各抒己見。典出《論語・公冶長》：「顏淵季路侍，子曰：『盍各言爾志。』」❷蘼蕪春思遠　指息夫人對故夫息君的眷念，呼應〈息夫人不言賦〉中「想蘼蕪之不見」文意。蘼蕪，一種香草，即〈離騷〉中寓高潔品質的江蘺。蘼蕪春思典出東漢樂府詩〈上山采蘼蕪〉，此詩描述一個棄婦上山採蘼蕪，下山時偶遇前夫並回憶往事的情境，表達新人不如故人的感慨。春思，被春景觸發的相思。❸采芳馨愁貽　化用屈原〈山鬼〉「折芳馨兮遺所思」文意，承接上句文意。芳馨即「蘼蕪」一類香草。愁貽，因為不知贈予何人而留下哀愁，即「春思」的結果。❹黛痕深斂　愁眉不展。黛，一種青黑色顏料，古代女子用來畫眉。❺薄命憐花三句　用王維〈息夫人〉「莫以今時寵，難忘舊日恩。看花滿眼淚，不共楚王言」詩意。泫，水珠滴落。❻暝　日暮；暮色。❼林禽聲變　形容林鳥聲喧，春季來臨。用謝靈運〈登池上樓〉「池塘生春草，園柳變鳴禽」詩意。❽那得相思三句　形容身不由己，根本沒有相思的權力。青蘋、蓬轉，浮萍與蓬草，都是隨風水流轉，去向不能自主之物。❾惆悵羅衾捫遍三句　形容息夫人夜中撫被，思念與前夫舊日情愛。化用施紹莘〈閨思〉「捫著衾窩舊贈香，可憐幽馥在空床」詩意與納蘭性德〈浪淘沙〉「暗憶歡期原是夢，夢也須留」詞意。捫，撫摩。❿芳意回環三句　參見文廷式〈蝶戀花〉（九十韶光如夢裡）❺。緘字雙關，除封信封外，還指閉口不言。與〈息夫人不言賦〉中「難奪三緘之志」呼應。⓫香心殘篆　燒殘的盤香，既指息夫人因相思徹夜難眠，又象徵她因相思而摧殘的心。⓬漫想歌翻璧月二句　指息夫人回憶在息國時夫妻情好的華美情境。用陳後主與嬪妃歡愛典故。陳後主詩中有「璧月夜夜滿，瓊樹朝朝新」之句，原詩相傳是讚美張貴妃、孔貴嬪的容色的。臨春，既指恰逢春季，又指陳後主為所愛嬪妃所建的臨春閣。

【語　譯】由蘼蕪引發的懷春思緒纏綿悠遠，採下芬芳的花草卻因不知贈予何人而愁思百結，眉黛深鎖。可憐這同樣薄命的花朵，倚託著春風的羅袖，沾滿了悄悄滴下的淚珠。暮色染過西園，轉眼間林鳥的鳴聲又變得喧鬧了。哪裡能夠相思，只能將命運交給青青的浮萍，任她伴隨著蓬草流轉飄零。　滿懷惆悵的撫遍了綺羅被褥，即使與故夫的歡會只能在夢中，也還是眷戀這份舊日的恩情。置身於芬芳的氛圍中，辨認著鴛鴦機上織成的錦字，封存著斷腸的哀思。那篆香絲絲縷縷，拼命地升騰殆盡了，只剩下燒殘的芳心。徒然想起當年璧月迷人的光彩在歌聲中舞動，夜夜都灑遍了春日的樓閣。

【研　析】此詞選自《半塘定稿》卷二，創作背景見注釋。這是一首典型的借古諷今詞，息夫人的「外結舌而內結腸，先箝心而後箝口」的難言之痛，也正是當時處於衰亂、壓抑時局中的國民所共有的，身為言官的作者對此感受必然更為強烈。而息夫人的不言其實是無聲的反抗，哽咽的哀思，其所包含的家國身世之憂、忠君愛國之思、守節明志之意，也正是作者所遵崇的。因此，此詞實是借詠息夫人來道出當世直臣賢士所共有的處境與心聲，作者選此題材邀請同道唱和，盍各之旨的原因也正在此。

全詞的意格可用鬱結難舒來概括，而此種鬱結又是在思不得與思不已的矛盾中形成，而以無言為表現的。前結道：「那得相思，付與青蘋，自隨蓬轉。」極言思不得——命中注定是身不由己，無權相思。然而，其前後卻無一句不在言相思：起句「蘼蕪春思遠」已飛揚著對故夫、故國綿延不盡，不以時空生死為阻隔的相思。而此後的句意基本都在思不得與思不已間循環，從中可見沉默與壓抑不僅沒有讓相思中斷，反而讓相思更深重——「愁貽」、「深斂」、「偷泫」都是壓抑著的相思，「暝入西園」句同樣是在昏暗壓抑的環境中迎來春思。而換頭「惆悵羅衾捫遍」則是思不已的寫照，而此種舉動中流露的相思又比上文的采芳、憐花等顯得更為沉重淒苦。以下「夢隔歡期」是思不得，「舊恩還戀」是思不已，「芳意回環」是思更濃，「斷腸緘怨」便又進入了無言地抑鬱中。而「縷縷絲絲」句則是壓抑中相思不斷積累纏繞，息夫人的芳心也如篆香的香心般徹夜煎熬，雖拼盡生命而無悔，相思顯然又比上文更深一層了。至結句，意境似乎已從鬱結中跳出，但其實卻是落入了鬱結的深淵。只因故人已逝，故國已亡，故往日歡情的頂峰，也正是今日痛苦的根源。對往昔歡情的記憶越清晰，在今日無法挽回的相思之痛就越強烈，越難停歇。

245

八聲甘州

送伯愚都護之任烏里雅蘇臺❶

盛昱

驀橫吹意外玉龍哀❷，烏里雅蘇臺。看黃沙毳幕❸，縱橫萬里，攬轡初來❹。莫但訪碑荒磧，爾是勒銘才❺。直到烏梁海❻，蕃落❼重開。　六載碧山丹闕，幾商量出處，拔我蒿萊❽。愴從今別後，萬卷一身埋。約明春、自專一壑❾，我夢君、千騎雪皚皚。君夢我，一枝楖櫪❿，扶上巖苔。

【作　者】盛昱（西元一八五〇—一八九九年），字伯韞，一字伯熙，號意園，滿洲鑲白旗，肅親王豪格後。光緒三年（西元一八七七年）進士。官至國子監祭酒。精悉典制歷史，剛直敢言，屢劾大臣。中法戰爭時，力主參戰。光緒十五年（西元一八八九年），引疾歸里。居家有清譽，聲名遠播。有《鬱華閣遺集》。

【注　釋】❶送伯愚句　志伯愚，志銳，字伯愚，號窮塞。光緒寵妃珍妃與瑾妃的兄長，甲午戰爭時，曾上疏主戰。在珍、瑾二妃因干預朝政被降為貴人後，志銳也受到牽連，謫為烏里雅蘇臺參贊。當時京城有諺語道：「一自珍妃失寵來，伯愚烏里雅蘇臺。」此詞是宗室盛昱為志銳送行而作的。烏里雅蘇臺，含義為多楊柳。清廷於西元一七三一年設立烏里雅蘇臺將軍，駐烏里雅蘇臺（今蒙古扎布罕省扎布哈朗特）。❷驀橫吹意外玉龍哀　意為驚悉志銳謫遷，感到意外和悲哀。驀，突然。橫吹，橫吹曲，用於軍中。《遼史・樂志》：「橫吹亦軍樂……屬鼓吹令。」玉龍，玉笛。用姜夔〈疏影〉「照君不慣胡沙遠……化作此花幽獨……還教一片隨波去，又卻怨、玉龍哀曲」詞意，用羌笛吹出悲壯的橫吹曲寓志銳謫遷事。❸毳幕　氈帳，即俗稱蒙古包。❹攬轡初來　形容志銳胸懷天下，攬轡入邊關的形象。據《後漢書・范滂傳》記載，范滂當冀州盜賊群起時，受命為清詔使，登車攬轡，慨然有澄清天下之志。轡，馬韁繩。❺莫但訪碑荒磧二句　勉勵志銳在邊關除受命訪拓碑外，更應奮發圖強，建功立業。訪碑荒磧，作者自注道：「同人屬拓闕特勤碑。」闕特勤碑立於唐玄宗開元年間，是為紀念毗伽可汗之弟闕特勤而立的。光緒十五年（西元一八八九年）發現於鄂爾渾河上游的遺址附近，志銳上任後遣人赴現場拓印並題跋，成為此碑的第一份拓本，現藏北京故宮博物院。磧，沙漠。勒銘，鐫刻銘文，在此喻建立功勛。古人將功勛銘刻於金石之上，以傳揚後世。語出李隆基〈幸蜀西至劍門〉：「乘時方在德，嗟爾勒銘才。」❻烏梁海　清代地名，分為三部：唐努烏梁海，現屬外蒙古；阿爾泰烏梁海；阿爾泰諾爾烏梁海，現屬中國。❼蕃落　外族部落。❽六載碧山丹闕三句　回憶昔日彼此在朝野間傾談，立志報國的情誼。碧山丹闕，分別指在野在朝。碧山，寓在野。丹闕，赤色的宮闕，寓朝堂。商量出處，談論仕隱，出指出仕，處指退隱。《周易》：「君子之道，或出或處。」作者自光緒十五年（西元一八八九年）起一直閒居，而期間志銳則在朝為官，故相聚時會互通朝野間見聞得失。拔我蒿萊，用陳子昂〈感遇〉「感時思報國，拔劍起蒿萊」詩意，表達同立報國志的豪情。蒿萊，泛指野草。起蒿萊指從底層奮起報國。❾自專一壑　即各在自己的領域發揮所長。一壑，典出《漢書・敘傳上》：「漁釣于一壑，則萬物不奸其志；棲遲于一丘，則天下不易其樂。」在此用辛棄疾〈鷓鴣天〉「書咄咄，且休休。一丘一壑也風流」詞意。❿椰櫪　木名，可為杖。故用以指代手杖。

【語　譯】忽然聽聞烏里雅蘇臺玉笛奏起的橫吹曲，心中充滿了意外和悲哀。試看黃沙與氈帳縱橫交錯，綿延萬里，君乘馬攬繮初到邊關來。不要只顧著在荒漠中尋訪闕特勤碑，你也是能將功業銘刻於金石之上的人才。一直到烏梁海，整頓得外蕃部落煥然一新。　六年來你我在朝野間，時常商量著仕隱進退之道，令我奮起報國之志。悲歎從今別後，我只能將此身埋藏於萬卷書中了。相約明年春天各在自己的領域發揮所長，我夢見你領著千軍萬馬在白雪皚皚的邊關馳騁；你也夢見我扶著一枝椰櫪木杖攀上高岩，正立在青苔上眺望你呢。

【研　析】此詞選自《鬱華閣遺集》，創作背景參見注釋。志銳謫邊一事關係朝局，當時名流送行寄慨者頗多。盛昱素與志銳交厚，故作此詞為其送行，得到文廷式、王鵬運、沈曾植等人的唱和，流傳頗廣。全詞雄闊清健，真情流露，全不為送別詞俗套所限。志銳此行雖是遭貶謫，但此詞卻不是一味的悲憤抑鬱，最能感動、寬慰人心之處，還在於對友人傑出才志的肯定與彼此深摯友情的自信，只因才志、友情都不會因時空改變而埋沒，也不會因挫折而退色，反而能在歷練中得到更好的施展、變得更為深厚。

上闋起句的「驀」、「意外」、「哀」數個字盡顯對志銳謫遷的震驚和悲哀。而隨後三句對志銳入邊塞的設想與勸勉，令那荒涼廣漠的邊地頓變為馳騁才志的沃土。尤其是「莫但訪碑荒磧，爾是勒銘才」一句，巧用實事勉勵友人不要因貶謫而寒心，而應變遭遇為機遇。當時同行人囑咐志銳借至邊關之便去訪拓舊碑，而此句則指出至邊關的便利遠非訪拓舊碑所能限，訪拓銘刻前人功業的舊碑，只是瑣事；不如自建功業銘刻新碑，才是正事。其中包含的對志銳才智及前途的肯定，正足以一掃抑鬱，振奮人心。

下闋轉入對彼此過去、當下、未來的描述，尤為深摯感人。換頭句道出彼此情誼的根基在同懷報國之志，故能相交多年，不受朝野仕隱之限，惺惺相惜，傾心相談。故隨後便道志銳別後，自己少了能交心的知己，就唯有獨自埋身於書卷中，尋求慰藉了。其中包含的自傷孤寂、無法以身踐志的悲感，其實也是對志銳的情誼與前途的肯定。結二句是全詞中最為精彩感人的句子。雖有千里之隔，朝野之別，也要相約自專一壑，方才不使對方擔心，而自己卻時時眷念對方「我夢君、千騎雪皚皚。君夢我，一枝柳壢，扶上岩苔。」雖為想像，卻如在目前，正是上文在朝在野，自專一壑，仍心志相通的真實寫照——兩幅畫面風格對照鮮明，而情誼則契合無間：一幅是躊躇滿志，豪氣干雲。於作者而言，做此設想是對友人前途的肯定，而夢此情景必然是滿懷欣喜；於志銳而言，能聽從作者的勸勉，為他實現這一夢想，則是最大的回報。另一幅則是滄桑沉鬱，眷念無盡。於作者而言，是自謙衰弱，不能如友人般為國踐志，也顯示出友誼至深，故在摯友別後時刻惦念，以致形銷骨立，仍要堅持扶杖登高，眺望友人；於志銳而言，此種設想則包含了對摯友的體貼與憐惜。總之，唯有我知君思君，才能傳神的設想出君思我的場景，故結句對未來情誼的約定與想像，確已將心意相通的友誼最高境界刻畫得入木三分。

246 柳梢青　志銳

烏城❶上元燈社

水戲魚龍❷，錦江燈火，璀燦雲霞。月色依然，風情依舊，人又天涯。回頭廿八年華，酒醒後、寒煙暮笳。九陌❸金蓮❹，千門簫鼓❺，春在誰家❻？

【作　者】志銳（西元一八五三—一九一二年），字公穎，一字伯愚，號廓軒，晚號迂庵，滿洲鑲紅旗人，他塔拉氏。光緒六年（西元一八八〇年）進士，選庶吉士，授編修。累遷至禮部右侍郎。負奇氣，在京與盛昱等人以風節自礪，數上書言事。甲午（西元一八九四年），得旨赴熱河練兵。旋因妹珍、瑾二妃降為貴人，外放烏里雅蘇臺參贊大臣。在西北著力籌劃防務，熟察邊情，頻頻上疏。宣統二年（西元一九一〇年），遷杭州將軍。次年調伊犁將軍。辛亥革命爆發，死難。有《廓軒竹枝詞》、《窮塞微吟稿》。

【注　釋】❶烏城　烏里雅蘇臺。參見王鵬運〈八聲甘州〉（送伯愚都護之任烏里雅蘇臺）注❶。上元，上元節，即農曆正月十五元宵節。燈社，元宵節觀燈的地方。❷水戲魚龍　用辛棄疾〈青玉案・元夕〉「鳳簫聲動，玉壺光轉，一夜魚龍舞」詞意。相傳古代百戲之一，名為魚龍爛漫，表演時場中有魚龍戲水，變化無窮。在此也可能泛指魚龍形狀的花燈。❸九陌　原指漢代都城長安中的九條大道。後泛指繁華的大道和都市。❹金蓮　蓮花燈，泛指各種花燈。❺千門簫鼓　用楊纘〈一枝春・除夕〉「競喧填、夜起千門簫鼓」詞意，形容節日熱鬧的盛況。❻春在誰家　用王沂孫〈高陽臺〉「霏霏玉管春葭……不知春在誰家」詞意。

【語　譯】各色的魚龍在水波中嬉戲，錦江上燈火通明，璀燦如雲霞。明媚月色依然如故，節慶風俗依然似舊，而人又漂泊到天涯了。　回顧二十八年的時光，酒醒後，在日暮的寒煙中傳來了胡笳聲。繁華的街道上布滿了金蓮花等各色花燈，千家萬戶中傳來了簫鼓等各類樂音，究竟春在誰家呢？

【研　析】此詞選自《全清詞鈔》卷二八，原載《窮塞微吟詞》，創作背景可參見王鵬運〈八聲甘州・送伯愚都護之任烏里雅蘇臺〉注❶。志銳謫為烏里雅蘇臺參贊期間，在元宵節遊覽當地燈社，眼前的繁華喜慶難掩去國懷鄉的孤寂落寞，故作此詞，詞中環境與心情互相映襯，形成一種「樂者自樂，哀者自哀」的意境，哀情在樂境的反襯下顯得更為深沉：「月色」句是團圓與孤寂的對比，元宵本是團圓節，可想見孤身遷謫在異鄉的作者，面對與故鄉元宵一樣團圓的明月與節慶風俗，必然會更覺孤寂落寞，即如蘇軾中秋詞所言：「不應有恨，何事長向別時圓！」接下來的「回頭」二句是昔日抱負與今日境遇的對比，借酒澆愁，在醉中回想昔日在京城出身顯貴，慷慨許國，躊躇滿志，不料酒醒後面對的卻總是邊地清冷的寒煙暮笳，時刻提醒著自己被排擠遷謫的殘酷現實。結句的興象最為蘊藉有味。佳節中，千家萬戶營造的繁華燈市與喜慶簫鼓，令人感覺春無處不在，難以分辨誰家的春意更先，更濃。故令人不禁有「春在誰家」之問，而此問的答案卻是千變萬化、因人而異的，包含著種種複雜的情緒與可能。對作者而言，春必然會在那些歡慶團圓的人家，那麼自家呢？孤寂不遇的現狀似乎不該有春，但團圓未得，壯志未酬，又更為期盼春的眷顧。對讀者而言，也必會結合自身的境遇有不同的感悟，所謂言外之味也正在於此。故葉恭綽評道：「末三語不減窮塞主詞（即范仲淹的名篇〈漁家傲·塞下秋來風景異〉）。」

247 探春慢

志銳

四面寒山，孤城一角❶，煙外穹廬三五❷。雨必兼風，霜前見雪，節序惱人如許❸。淪落天涯久，又誰見羝羊能乳❹？故鄉一片歸心，相對藥爐同苦❺。

堪笑征衣暗裂，只贏得、羈縻塞外驕虜❻。紫雁❼秋空，黃雲❽目斷，莫問中原鼙鼓❾。雖有清宵月，渾不管、淹留羈旅❿。伴我微吟，乍見柳棉飛舞⓫。

【注釋】❶四面寒山二句　語出耿湋〈上將行〉「旌旗四面寒山映」、宋庠〈歲晚感事〉「孤城一角存」。❷煙外穹廬三五語出張孝祥〈和沈教授子壽賦雪〉：「胡兒打圍涂塘北，煙火穹廬一江隔。」穹廬，圓頂氈帳，即俗稱蒙古包。❸雨必兼風三句　形容邊關氣候變化無常，令人煩惱。節序，節氣變化的順序。按正常節序，下雪當在霜降後，故「霜前見雪」指氣候格外嚴寒，根本不依據節序，變化無常。❹淪落天涯久二句　形容久困邊陲，思歸不得。淪落天涯，語出白居易〈琵琶行〉：「同是天涯淪落人，相逢何必曾相識。」羝羊能乳，用蘇武難歸的典故。據《漢書‧蘇武傳》記載，匈奴將蘇武流放到北海荒無人煙處放牧羝羊，稱要等到羝羊能哺乳才能放他回來。羝羊即公羊，是永不能乳的。❺故鄉一片歸心二句　指病中歸心與藥同煎熬，一樣的苦澀，合在一起更是苦上加苦。❻羈縻塞外驕虜　指設法籠絡驕橫的胡虜。羈即馬絡頭，縻即牛繮繩，故羈縻引申為籠絡。如唐朝即對少數民族採用「羈縻」的懷柔政策。❼紫雁　北方邊塞的大雁。古將北方邊塞稱為紫塞。顧禧〈登吳山作〉：「紫雁高飛曉霧濃。」❽黃雲　邊塞的雲，邊塞多沙漠，黃沙飛揚，故雲天常呈黃色。簡文帝〈隴西行〉：「送陣出黃雲。」❾莫問中原鼙鼓　指欲歸中原駐軍而不可得。鼙鼓，古代軍隊所用的鼓，也指代軍隊。❿羈旅長期寄居他鄉。⓫乍見柳棉飛舞　指見到寓意為離別、挽留的柳綿更添傷感。

【語　譯】四面被嚴寒籠罩的山巒環繞著一角孤獨的城池，蒼茫的煙火外是三五頂氈帳。急雨必定夾雜著狂風，霜降前便開始下雪，此處的節序就是如此的變化無常，令人煩惱。淪落邊塞已經很久了，又有誰見過公羊能夠哺乳呢？思念故鄉的一片歸家之心，與爐中的藥相對煎熬，同味苦澀。　可笑征衣不知何時已穿破了，換來的成就只不過是籠絡住塞外驕橫的胡虜。紫塞的鴻雁在秋日的天空翱翔，黃沙飛揚的雲天一望無際，不要再詢問有無機會返回中原駐軍了。雖然有清靜夜空的明月相伴，簡直能讓人不顧長期羈留邊疆的苦況，但在它伴隨我輕輕吟詠的時候，卻偏偏看見柳絮迎風飛舞起來。

【研　析】此詞轉引自楊鍾羲《雪橋詩話》卷一二。作者本是京城世家子，少年時已矢志報國，銳意進取，躊躇滿志，但甲午戰爭及變法失敗後，卻因捲入帝后黨政，先後被貶謫往蒙古烏里雅蘇臺、新疆伊犁等邊地任職，內心的憤懣憂愁可想而知。故這首描述久羈邊關，欲歸不得淒苦情境的詞，完全是直抒胸臆，真摯沉痛，雖無技法修飾，也足感人。

前三句直寫眼前所見，非久居邊塞者不能道；又直陳心中所感，「惱人如許」的是節序，更是久困邊塞的身世；故接下便有「淪落天涯久」句的直截沉痛與「故鄉一片歸心」句的沉鬱蒼涼。欲歸無望，鄉思就變得更苦更深，以致於憂思成疾，這苦心對著苦藥一同煎熬的情景，讀後只覺苦澀逼人而來。鄉思已苦，而更苦的是壯志難酬，換頭句即是壯志難酬的寫照，在邊關飽受「征衣暗裂」的艱辛，卻仍無法大展宏圖，只能用懷柔政策籠絡驕虜，英雄無用武之地的憤懣可知。「紫雁」也是抒寫欲歸不得的苦悶，「莫問」二字盡顯絕望心情。「清宵月」句看似稍稍振起——清宵的月光明媚清純，一如故鄉，在絕望時從中尋求慰藉，似乎能忘記身遭貶謫、羈旅異鄉的愁苦。然而，正當詞人沉浸在伴月微吟的忘憂境界中時，忽然看見飛舞的柳絮，就又被其留緒、離思的寓意牽起了愁緒。如此一觸即發，可見鄉思畢竟難斷，壯志也終究難捨，在忘憂的設想破滅後，重新激起的愁緒也必將更為深重，綿延無盡了。

248 賀新郎❶

文廷式

別擬〈西洲曲〉❷。有佳人，高樓窈窕，靚妝幽獨。樓上春雲千萬疊，樓下春波如縠❸。梳洗罷、捲簾遊目。采采❹芙蓉愁日莫❺，又天涯、芳草江南綠。看對對，文鴛❻浴。

侍兒料理裙腰幅。道帶圍、近日寬盡，眉峰長蹙❼。欲解明璫❽聊寄遠，將解又還重束。須不羨、陳嬌金屋❾。一霎長門辭翠輦❿，怨君王、已失苕華玉⓫。為此意，更踟躕⓬。

【作 者】文廷式（西元一八五七—一九〇四年），字道希，又字芸閣，號純常子、羅霄山人，江西萍鄉人。光緒初，在廣州將軍長善幕中，與其嗣子志銳、姪志均友善。志銳之妹即光緒帝珍、瑾二妃。光緒十六年（西元一八九〇年）進士，殿試一甲第二，授編修。二十年，擢侍講學士，成為帝黨骨幹、清流旗幟。甲午戰爭期間，文廷式力主抗擊侵略者，直劾李鴻章貽機誤國，力諫《馬關條約》不可簽訂。廷式熱心西學洋務，主變法圖強，思想較先進。光緒二十一年，助康有為辦強學會。次年遭慈禧太后革職驅逐出京，朝野震動。戊戌政變後，朝廷詔捕，被迫流亡日本。二十六年（西元一九〇〇年）回國，助唐才常自立軍漢口起義失敗，輾轉萍鄉、上海、長沙等地，著述以終。文廷式為近代一大家，詩詞皆工，其詞涉獵百家、自出機杼，厭枯寂冗慢之音，自許抒寫胸臆、率爾而作，論者以為能繼蘇、辛。有《文廷式集》，詞集名《雲起軒詞鈔》。

【注　釋】❶賀新郎　據文廷式《湘行日記》記載，「光緒十四年戊子正月二十四日」，「車中得〈賀新郎〉詞一首：『別擬〈西洲曲〉。……』此詞擬蘇，竊自謂有數分肖之也。」可知本詞作於光緒十四年（西元一八八八年）正月。又據錢仲聯《文廷式年譜》，文氏光緒十三年六月入京，與志銳整理翰林院存書，輯《經世大典》、《知過軒隨錄》。次年正月離京赴津，二月至上海，三月至長沙。❷西洲曲　屬古樂府雜曲歌辭，寫江南女子對情郎的思念。❸縠　縐紗。❹采采　繁盛的樣子。❺莫　通「暮」。❻文鴛　即鴛鴦，因羽毛華美故稱。❼蹙　皺眉。❽璫　耳珠。❾陳嬌金屋　陳嬌，即陳阿嬌，漢武帝陳皇后，一度得寵，後廢居長門宮。《漢武故事》：「膠東王（漢武帝劉徹）數歲，長公主抱置膝上，問曰：『兒欲得婦否？』……于是乃笑對曰：『好！若得阿嬌作婦，當作金屋貯之也。』」❿長門辭翠輦　長門，長門宮。翠輦，飾有翠羽的帝王車駕。辛棄疾〈賀新郎・別茂嘉十二弟〉：「更長門翠輦辭金闕。」⓫苕華玉　指美人。《竹書紀年》：「桀命扁伐山民，山民女于桀二人，曰琬，曰琰。後愛二人，女無子焉。斫其名于苕華之玉。苕是琬，華是琰。」⓬踟躕　猶豫；徘徊。

【語　譯】填一支別樣的〈西洲曲〉。有一位佳人，她清麗高潔，靚妝窈窕，幽居在高樓。樓上春雲千萬朵，樓下綠波蕩如紗。梳洗打扮後，捲起珠簾玉箔，倚靠著欄杆四處眺望。那茂盛的芙蓉花，讓她在落日餘暉中倍添愁緒。年復一年江南萋萋芳草，又到了綠遍天涯的時節。只見一對對鴛鴦在戲水，又有誰來問我形單影隻？

侍女正在量著她的裙腰寬幅，說是這幾天腰帶變得越來越寬了，她蹙起的眉峰整日難以得到舒展。想解下身上的明珠玉環，寄與日夜思念的遊子，誰知她才解下來又把它重新戴上了。沒有必要羨慕這位藏在金屋裡的佳人，自從翠輦離開長門宮的那一瞬間，君王便忘記舊日的歡顏。這種種遭際令人心懷難釋，她在樓下踟躕徘徊。

【研　析】作者稱本詞是「擬蘇」之作，它的範本就是東坡的〈賀新郎〉（乳燕飛華屋），兩相對比，可知兩詞都採用了《楚辭》的比興手法——用香草美人寄託家國身世，抒寫懷才不遇、幽獨遲暮的感慨與矢志不渝的節操。此詞開篇「別擬〈西洲曲〉」一句，點明佳人相思的主題。「高樓窈窕，靚妝幽獨」八字看似平平，實則化用典故。「窈窕」正是《詩經》中描繪的「君子好逑」的淑女形象；而這位淑女靚妝佇立於高樓上，就更顯出其清高絕俗的風致。即如〈古詩十九首〉中所寫之佳人，孤寂清幽而迥出凡塵：「西北有高樓，上與浮雲齊……上有弦歌聲，音響一何悲……不惜歌者苦，但傷知音稀」。將「靚妝」與「幽獨」合起來看，似有馮正中「和淚試嚴妝」之意。「幽獨」自蘇詞一脈承來，是詞意的核心。因「幽」而「獨」，因「獨」而愈「幽」，一身自是迥出流俗，心中卻有無窮哀怨，只待有人能理會得。「樓上春雲千萬疊，樓下春波如縠」一句接入景語，千萬疊春雲，彷彿情思綿綿；如縠之春水，好似柔情脈脈。再將佳人「梳洗罷、捲簾游目」的佳人形象置於其間，與景便融合無間了。接下來轉用佳人的視角，直抒所見所感。「采采芙蓉愁日莫，又天涯芳草江南綠」。江上芙蓉雖可採，然而採之可贈誰？芳草又綠到江南，而遠在天涯的意中人何時歸？春雲、春水、芙蓉、芳草、鴛鴦，這種種春景，莫不含情，莫不含怨，更襯托出佳人之「幽」之「獨」。

下片寫法與東坡詞有了顯著區別。坡詞轉「詠」榴花，極有騰挪變化之致；芸閣詞則將筆墨集中到寫佳人，大幅議論，較為緊湊。「侍兒料理裙腰幅。道帶圍近日寬盡，眉峰長蹙」，是從側面著筆，寫佳人愁眉不展，衣帶漸寬。「欲解明璫聊寄遠，將解又還重束」，則由側面轉到正面，並寄託身世之感：明璫易解，知音難得。佳人害怕所託非人，士子也怕明珠暗投。據錢仲聯先生《文芸閣年譜》知，本年之初，兩廣總督張孝達電招詞人掌教惠州，詞人考慮到「孝達非心之所服，粵東士習囂雜，變故方起，亦非可以久居，故函梁節庵代辭」。「明璫」兩句可能暗指這件事。「須不羨、陳嬌金屋。一霎長門辭翠輦，怨君王、已失苕華玉」數句，將幾個典故組合到一起，表達了君恩難恃、寵辱無常之感。其實換個角度看，此時詞人尚未成進士，還沒有步入仕途，更不用說接近皇帝，自託美人而以后妃自期，金屋、長門、苕華玉云云，可窺知其名列「四大公車」、必欲一登天子堂的志氣。皇城如海，詞人幾進幾出，不得一遇，卻反過來擔憂君王失去自己這個如美質如「苕華」的人才。「為此意，更踟躕。」這倒也是一種忠愛纏綿的表達。

249 水龍吟❶

文廷式

落花飛絮茫茫，古來多少愁人意❷。遊絲❸窗隙，驚飆❹樹底，暗移人世。一夢醒來，起看明鏡，二毛❺生矣。有葡萄美酒❻，芙蓉寶劍❼，都未稱，平生志。

我是長安❽倦客，二十年，軟紅塵❾裡。無言獨對，青燈一點，神遊天際。海水浮空，空中樓閣，萬重蒼翠。待驂鸞❿歸去，層霄回首，又西風起。

【注釋】❶水龍吟　據「我是長安倦客，二十年，軟紅塵裡」，約知作此詞時距初入京城已二十年。據《年譜》，同治十二年（西元一八七三年）詞人初入都，應順天鄉試不售。二十年後，即光緒十九年（西元一八九三年），充江南鄉試副考官，七月啟程，十月返萍鄉，冬還都。❷落花飛絮茫茫二句　語本秦觀〈江城子〉：「飛絮落花時候、一登樓。便做春江都是淚，流不盡，許多愁。」❸遊絲　飄動的蟲絲。❹驚飆　突起的風。❺二毛　指斑白的頭髮，亦指老人。《左傳・僖公二十二年》：「君子不重傷，不禽二毛。」❻葡萄美酒　典出王翰〈涼州曲〉：「葡萄美酒夜光杯，欲飲琵琶馬上催。」❼芙蓉寶劍　光芒如芙蓉開花的寶劍。《越絕書》：「客有能相劍者，名薛燭。王取純鉤示之，薛燭手振拂揚，其花淬如芙蓉出。」❽長安　這裡指北京。❾軟紅塵　指繁華的都城。蘇軾〈次韻蔣穎叔錢穆父從駕景靈宮〉：「軟紅猶戀屬車塵。」自注：「前輩戲語，有西湖風月，不如東華軟紅香土。」❿驂鸞　像仙人那樣乘鸞神遊天際。江淹〈別賦〉：「駕鶴上漢，驂鸞騰天。」驂，乘；駕。鸞，傳說中鳳凰一類的神鳥。

【語　譯】陣陣落花，茫茫飛絮，引得古往今來的多少愁緒！春日的游絲飛進小窗的縫隙，突起的驚風忽從樹底刮起。人世間也在慢慢地變化著。我經過一夜酣睡，起來看看鏡子，竟暗生無數白髮。縱然有葡萄美酒，身佩芙蓉寶劍，都無法使了卻平生志願。　我是一位在京城漂泊的倦客，二十年來陷溺在這繁華的紅塵世界。無言對著孤燈，青熒讓我神傷，神思遨遊天際。只見遠方的海水浮天蔽日，在空中幻成亭臺樓閣，萬重碧浪看似蒼翠無窮。正欲乘著鸞鳳仙去，我在九天之上回首人間，那兒西風又要到來了。

【研　析】詞人曾談到自己學詞是「涉獵百家，榷較利病」，等到下筆時，「而寫其胸臆，則率爾而作」(〈雲起軒詞鈔自序〉)，故其詞風不拘一家一派，並能自出新意。這首〈水龍吟〉熔沉鬱、豪邁於一爐，頗能發揚蘇軾、辛棄疾詞之妙。

上片有類辛棄疾〈水龍吟・登建康賞心亭〉抒發的豪情。起調時空闊大，氣象渾茫，牢籠全詞。「落花飛絮茫茫，古來多少愁人意」，這一句與辛詞中「楚天千里清秋，水隨天去秋無際」頗為神似。詞人抑鬱不得志，被眼前這落花飛絮纏綿糾結的情景觸動愁腸，故此句說落花飛絮承載了古往今來的多少閒情愁緒，其實也是在暗示自身承載了古往今來不得志者的無盡憂愁。而下文即是對「愁人意」的具體闡述。「遊絲窗隙，驚飆樹底，暗移人世」，勾連前後句，「遊絲」接著上文「落花飛絮」，「樹底」引出下文「夢醒」。因怕見飛花落絮而閉窗，可擋不住細細的遊絲飛過窗戶的縫隙；想在大樹底下歇憩，可「高樹多悲風」，驚飆又將好夢吹起。且春去秋來，人世之變幻，就在不經意間發生。這種種令人心驚卻又無可奈何的情景，當即是作者宦海沉浮生涯的寫照。這「一夢」，顯然不是尋常夢，而是承載詞人政治理想、人生抱負的「夢」；這「醒來」也不是尋常醒來，暗有黃粱夢醒之意。「葡萄美酒，芙蓉寶劍，都未稱，平生志」，數句自稼軒「把吳鉤看了，欄杆拍遍，無人會，登臨意」化出，美酒寶劍，正是詞人才膽氣識的體現，而知音難求，也正是千古英傑的悲情之源！

過片三句，綰結前文，「二十年」云云，其實是說看了二十年的落花飛絮、遊絲驚飆，實在是疲倦不堪了。對於有抱負的人來說，這「紅塵京城」顯然比「風月西湖」更有吸引力。然而「京洛多風塵，素衣化為緇」（陸機〈為顧彥先贈婦〉），在這軟紅的塵世裡，人的生命人的意志也會被磨損得更快一些。一般隨波逐流之人會夜以繼日地玩樂享受，但像作者這樣的懷有抱負的有志之士，必然不會甘心在這碌碌紅塵中消磨生命，故難免出現厭倦紅塵，獨對青燈的情境，正所謂「萬死不摧惟傲骨，十年相憶幾寒燈」（〈舟中偶作示家人〉）。最令人感佩的是詞人並未因此消沉，身困紅塵，卻能神遊萬里，歷覽那「海水浮空，空中樓閣，萬重蒼翠」的壯景，神遊海外仙山，流露出渴望逍遙歸隱之意，但至結句突然一轉，本已「驂鸞歸去」，又不禁「層霄回首」，可見作者終是留戀人間，無法放懷國事，也不能放棄濟世的理想。這與東坡詞中「我欲乘風歸去，又恐瓊樓玉宇，高處不勝寒」的意境頗為神似。結句「又西風起」，照應了前文「驚颿」，這「西風」凜凜有寒意，可能指的是西太后，也可能是泛指人間的種種風波，種種變換，較之稼軒「搵英雄淚」、東坡「但願人長久」等結片之法，意境更為低回沉鬱。

250

祝英臺近❶

文廷式

剪鮫綃❷，傳燕語❸，黯黯碧雲暮。愁望春歸，春到更無緒。園林紅紫千千，放教狼藉，休但怨、連番風雨。謝橋❹路，十載重約鈿車❺，驚心舊遊❻誤。

玉佩塵生，此恨奈何許。倚樓極目天涯，天涯盡處，算只有、濛濛飛絮❼。

【注釋】❶祝英臺近　據錢仲聯《文廷式年譜》，本詞作於光緒二十一年乙未（西元一八九五年）春，「寄慨時事」。甲午戰爭爆發，廷式為主戰派幹將，參劾李鴻章畏葸挾夷自重；二十一年，李赴日議和，廷式力主不可棄臺，《馬關條約》不可簽，得罪於主和派，其身家安全已岌岌可危。四月，乞假出都，回籍修墓。❷鮫綃　一種精美名貴的紗。任昉《述異記》：

「南海出鮫綃，一名龍綃，以為服，入水不濡。」又曰：「鮫人，水居如魚，眼泣成珠。」❸傳燕語　借燕子傳語。❹謝橋　唐代有名妓謝秋娘，詞中常以謝橋喻女子所居之地。晏幾道〈鷓鴣天〉：「夢魂慣得無拘檢，又踏楊花過謝橋。」❺鈿車　飾以金花之車。❻舊遊　指舊時之約，也包括舊遊之人。❼濛濛飛絮　飛絮茫茫一片。

【語　譯】剪破華美的鮫綃，和淚寫上相思，讓燕子代為傳寄。日暮黯淡，愁雲密布。心煩盼著春來，春來更無意緒。園林中萬紫千紅，雖然已是滿地狼藉，卻沒有人為之憐惜，豈能僅僅歸罪於連日的風雨！我重新走過謝橋舊路，還是十年前那輛寶馬香車，卻已不見當年的舊遊人物。明美如玉佩卻蒙上塵土，這樣的人生憾事也只能徒喚奈何。在高樓上倚欄遠望天涯，天盡處，也只是一片蒼茫的飛絮而已。

【研　析】這首〈祝英臺近〉在謀篇意境上多有模仿辛稼軒同調名篇（「寶釵分，桃葉渡」）之處。辛詞作年已不可考，後人猜測是「借閨怨以抒其志」（黃蘇《蓼園詞選》）；而此詞本事分明，顯然也屬於「借閨怨以抒其志」的類型。

起句「剪鮫綃，傳燕語」，精煉婉雅，不亞「寶釵分，桃葉渡」。即如陸游〈釵頭鳳〉道：「春如舊，人空瘦，淚痕紅浥鮫綃透」。這精美的「鮫綃」想必已浸透傷春傷別的紅淚。句中主人公希望燕子能將惜別相思之意傳遞給所思之人。以精麗的鮫綃、輕俏的燕子寫沉重的愁情，是以麗景寫哀情的手法，愁苦更倍其增也。接下來，「愁望春歸，春到更無緒」，生動地刻劃了主人公此刻矛盾微妙的心理，及難以排遣的憂愁：春去時傷春，但當春天到來時，也是空有滿園的萬紫千紅，它無人相伴，它的美也無人欣賞，這不正暗示自己空有抱負卻得不到施展嗎？一句「放教狼藉」，包含了多少的人生感慨和憾恨！人自春愁，何必怨春？春心蕭瑟，何必責雨？結片長達四句才一押韻，要求句法跌宕有層次，才能形散而神不散。算起來，園林紅紫是一層意，無人管領是又一層意，風雨狼藉是一層意，難怨風雨是又一層意，這與辛詞的「斷腸片片飛紅，都無人管，更誰勸、流鶯聲住」意境正相通。此處當是寄託了詞人憂憤於朝政昏暗，黨派傾軋，諫議不能用，對策不能行，導致海戰大敗、議和受辱的感情。

過片宕開一筆，從往昔經行之地寫起，再歸到當下。「謝橋路」尚在，往日風流猶能記憶，然而舊日同遊的人已經不在，即使尚記得舊約，再駕香車來此拾花鈿，也只能是「而今重到須驚」了。十年中，詞人始終處在政壇的顯著位置，曾經榜眼及第、備極恩榮，也因為代表主戰派抗擊李鴻章，幾遭殺身之禍，故「驚心」云云，正是詞人心境的真實寫照；而「玉佩塵生」，則是詞人的真實處境了。從「欲解明璫聊寄遠，將解又還重束」（〈賀新郎〉）到「玉佩塵生，此恨奈何許」，這十年來詞人的一身抱負始終不能盡展。因為需要排憂遣愁，他登上了高樓；因為對處境失望，他望向天涯。可惜心中的愁怨太深太厚，它們隨著那無邊的芳草，隨著無際的碧雲，隨著無盡的飛絮，隨著眼睛裡看到的一切，一起飛向天涯。天涯因為未知而顯得神秘，因為遙遠而讓人嚮往，然而，此詞結句卻點明到「天涯盡處，算只有、濛濛飛絮」而已，表明即便是到了天涯盡頭，不僅不能消愁，反而更使愁上加愁，詞人心中愁腸的難解與前途的迷茫可想而知。總的來說，和「範文」稼軒詞〈祝英臺近〉相比，芸閣此詞纏綿多情不及，深沉遠致過之。

251 翠樓吟

文廷式

歲暮江湖，百憂如搗，感時撫己，寫之以聲❶。

石馬沉煙❷，銀鳧蔽海❸，擊殘哀筑❹誰和？旗亭沽酒❺處，看大艑、風檣峩軻❻。元龍高臥❼，便冷眼丹霄，難忘青瑣❽。真無那❾，冷灰❿寒柝⓫，笑談江左⓬。

一笴能下聊城⓭，算不如、呵手試拈梅朵。苕鳩棲未穩⓮，更休說、山居清課⓯。沉吟今我，只拂劍星寒，欹屏花妥⓰。清輝⓱墮，望窮煙浦，數星漁火。

【注　釋】❶歲暮江湖四句　據錢仲聯《文廷式年譜》，本詞為感德國入侵膠州灣事而作，時作者避居上海。❷石馬沉煙　意謂國家已不復強盛。《唐會要》：「上欲闡揚先帝徽烈，……刻石為常所破敵馬六匹於闕也。」李賀〈追和何謝銅雀妓詩〉：「石馬臥新煙，憂來何所似。」❸銀鳧蔽海　意謂被敵國戰艦占領了領海。銀鳧，白色水鳥，這裡指德國艦艇。❹擊殘哀筑　筑，古時樂器名。《史記．刺客列傳》：「高漸離擊筑，荊軻和而歌于市中，相樂也。已而相泣，旁若無人者。」❺旗亭沽酒　據薛用弱《集異記》記載，王昌齡、高適、王之渙三人飲酒於旗亭，有梨園伶官十餘人至，三人遂以自己的詩歌為對方所唱的次數賭勝，一曲則畫壁一道。後來「旗亭沽酒」成為文采風流的象徵。❻大艑風檣峩軻　指夷人的船隻。大艑，大船。風檣，風中的桅杆。峩軻，高。古詩〈估客樂〉：「大艑峩軻頭，何處發揚州。」❼元龍高臥　據《三國志．魏書．陳登傳》記載，陳登（字元龍）豪邁有大志，看不起前來拜訪的許汜，自臥於大床，讓許汜臥於小床。❽便冷眼丹霄二句　意謂雖對朝廷失望心冷，但不能忘懷於國事與帝王。丹霄，代指朝廷。青瑣，漢宮門，代指宮殿。❾無那　無奈。❿冷灰　指心冷如灰。⓫柝　打更用的梆子。⓬江左　江東，這裡指作者所處的上海。⓭一笴能下聊城　意謂自己有魯仲連一樣的才華和口才。據《戰國策．齊策》記載，齊將田單守即墨，殺燕將騎劫。收復聊城時，一開始久攻不下，魯仲連將一封信綁在箭杆上，射到城中。守將讀後自殺，城遂下。笴，箭杆。聊城，在今山東。⓮苕鳩棲未穩　指自己危險的處境。苕，蘆葦的花。《荀子．勸學》：「南方有鳥焉，名曰蒙鳩。以羽為巢，而編之以髮，繫之以苕。風至苕折，卵破子死。巢非不完也，所繫者然也。」⓯清課　讀書、養性的清雅之事。⓰欹屏花妥　欹，傾斜。花妥，花墮。宋胡仔《苕溪漁隱叢話》前集十引《三山老人語錄》：「西北方言以墮為妥，花妥即花墮也。」⓱清輝　月光。

【語　譯】先王破敵的石馬已灰飛煙滅，外敵來犯的艦艇水鳥般遮天蔽海。亡國之禍就在目前，我自擊筑高歌，可有誰來相和？當年飲酒吟哦的風流文采之地，如今只見得列強的巨艦高帆巍峨。縱然失望於朝廷，我也難以放下經綸天地的壯志，總忘記不了要忠於我的君王。真無奈，閒居在這上海，心冷如灰，耳畔只有幾聲寒柝。

一箭傳書便攻下聊城的功業，算起來，還不如那呵手弄梅花的閒情呢。人在險途，好比在蘆花上做巢的斑鳩，更別說什麼讀書養性的清歡生活。一個人獨自沉吟，在月夜寒星下拭拂我的佩劍，倚靠著屏風，那屏風上的花朵都搖搖欲墮。月光逐漸暗淡下來，即使在茫茫江灘眺望，也只能看到幾點星星漁火。

【研　析】這是一首詠史抒懷之作，詞人通過在歷史、典籍與古人那裡尋找寄託，將無法直說且說了也無用、可又不能不說的壓抑與寂寞委曲地表達出來。本詞幾乎句句用典，吟詩也要「旗亭畫壁」，險境也要「苕鳩未穩」，不能不說客觀上造成了詞意的晦澀，這些沉重的句子卻是詞人憂憤鬱結的情緒。開篇就是一個對比句，「石馬沉煙，銀梟蔽海」，前一句寫歷史的榮光，後一句寫入侵的外敵，沉重老大的「石馬」，輕巧閃耀的「銀梟」，物象之間對比的鮮明犀利，好比當時清朝的積弱與列強的烜赫。「擊殘哀筑誰和」，「筑」已擊「殘」，仍無人和，人生到死都無知音，心事能向誰說？「旗亭畫壁處，看大艑、風檣峩軻」，這是本詞最具特色的章法，它將自己的強作解脫與環境的強大壓力扭合在一起，流露出的是看似平靜的舉動與實則急切的內心。「強忍閒情情轉切」（〈臨江仙〉），這強按心潮的結果是下一次更加猛烈的激蕩。「元龍高臥，便冷眼丹霄，難忘青瑣」，談到自己目前的處境和心情，詞人被清廷革職驅逐，永不敘用，不免會心灰意冷，但他始終無法忘懷光緒帝的恩遇，更難以放棄「元龍高臥」的志氣。「真無那」這是一句最為激憤的話，但也不過是無可奈何的表達。「笑談江左」讓人想起瀟灑的魏晉風度，乃至周瑜、謝安之類的風流儒將，但他心底的「冷灰」、耳邊的「寒柝」也足夠讓讀者感受到濃濃的苦澀之味。

過片道：「一笴能下聊城，算不如、呵手試拈梅朵」，詞意有所轉折，好像要放棄曾有的抱負，但這果真是詞人的真實想法嗎？詞人自比魯仲連，憑藉三寸舌攻下百尺城，是何等自信！而此時德人已占據了膠州灣，山東半島也在其覬覦之中，瓜分危機已迫在眉睫，詞人又怎能甘於侍弄梅花呢？何況自己的處境好比「苕鳩棲未穩」，縱然真的願意過著「山居清課」的日子，也只是一種內心的奢望而已，故接下來的「沉吟今我」是沉思自己的現狀，正是「只拂劍星寒，欹屏花妥」，能做的似乎只有兩件事，拂劍與閒坐而已。這兩句若解成「劍芒若寒星、屏花隨欹妥」的話，不若解成「寒星下拂劍，花落時欹屏」，顯得尤為蕭瑟落寞，儘管這花可能不過是屏風上的畫面而已。結拍的「清輝墮，望窮煙浦，數星漁火」，是全詞中難得的景語，通過淒清枯寒氛圍的渲染，試圖通過這平淡傳遞了一種無可奈何的意緒：挑燈看劍，欹屏而坐，雖然安靜卻無法入眠；窗外只有幾點漁燈而已，實一無可望，卻不禁望斷江浦——黃浦江邊顯然不是久留之地，可是既然已被剝奪了為君國盡忠效力的資格，在這硝煙四起的神州實在難尋一處可施展才華的舞臺了。「白羽一揮猶想象，青山何處足登臨」（〈出京作〉）？

252　齊天樂

秋荷❶

文廷式

蟬聲幾時不到橫塘路，西風送秋如許❷！豔冷紅衣，涼生太液，羅襪塵侵微步❸。嫣然一顧。尚低側金盤，暗擎仙露❹。只恐銷魂，錦鴛飛入白蘋去❺。

又嘶遠樹。有人惆悵極，如怨羈旅❻。葦亂波橫，茿❼疏翠落，誰信秋江能渡？嬋娟日暮❽，願玉笛清商，漫吹愁譜❾。護惜餘香，月明深夜語❿。

【注釋】❶秋荷　此詞作於光緒十一年乙酉（西元一八八五年）七月初二。作者的友人梁鼎芬因《中法新約》的簽訂而疏劾李鴻章有「可殺」之罪多款，觸怒慈禧，被降五級調用，光緒十一年九月離京南歸，在離京前與作者同至南河泡看荷花，各作一詞留念。據梁鼎芬〈臺城路〉（即〈齊天樂〉別名）序載：「乙酉六月二十四日為荷花生日，越八日姚梩甫丈約雲閣與余，往南河泡看荷花，各得詞一首。時余將出都矣。」六月二十六日立秋，故稱秋荷。❷幾時不到橫塘路二句　意為一段時間不來，想不到此處已添了許多秋意。賀鑄〈青玉案〉：「凌波不過橫塘路。」橫塘路，原是江蘇古堤名，後泛指水塘，在此指南河泡。❸豔冷紅衣三句　形容初秋荷花搖曳生姿，備添清涼的意態。豔冷紅衣，紅衣指荷花紅豔的花瓣，荷衣在〈離騷〉中已是高潔品質的象徵，南宋姜夔自創詞牌〈惜紅衣〉來詠荷花，另有詠荷詞〈念奴嬌〉：「嫣然搖動，冷香飛上詩句。」涼生太液，唐大明宮中含涼殿後有太液池，在此指代南河泡。語出花蕊夫人〈宮詞〉：「太液波清水殿涼」。羅襪塵侵微步，語出曹植〈洛神賦〉：「凌波微步，羅襪生塵。」在此將荷花的清逸姿態比作洛神。❹嫣然一顧三句　形容荷花臨風搖擺宛如美人回眸一顧可傾城，又低側荷葉承接露珠的意態。金盤、擎露，用漢代金銅人承露盤的典故，在此以金盤喻荷葉。

❺只恐銷魂二句　意為鴛鴦因怕為荷花銷魂而飛入白蘋中。化用蘇堅〈清江曲〉「屬玉雙飛水滿塘，菰蒲深處浴鴛鴦。白蘋滿棹歸來晚，愁看蘆花一岸霜」意境。❻蟬聲又嘶遠樹三句　用柳永〈少年遊〉「長安古道馬遲遲，高柳亂蟬嘶」詞意，在此指友人將要遠行，故被秋蟬哀鳴觸發離愁。❼芃　萹芃，一種路邊常見的草本植物。❽嬋娟日暮　嬋娟，姿態美好的樣子。可兼指月色、美人、花朵，在此兼有三義。嬋娟日暮即用屈原〈離騷〉「惟草木之零落兮，恐美人之遲暮」文意，在荷花將凋零，友人將飄零之際，表達對美好事物將消逝的擔憂。❾願玉笛清商二句　指用笛聲傳達離愁。清商，商聲是古代五音之一，聲調淒清，故稱清商。正適用於表現愁譜。❿護惜餘香二句　囑咐荷花在秋夜要愛惜餘香，既是表示要銘記此日相聚的情景，珍重彼此的志向與友誼，又是在囑咐友人別後要善自珍重。

【語　譯】多少時候沒到這橫塘路上來了，西風竟吹送入如此多的秋意！紅衣的豔麗中透著冷傲，在池水中蕩起清涼，羅襪所揚起的煙霧逐漸籠罩了淩波輕步。嫣然一顧，喜歡低側著宛如金盤的荷葉，默默地承接著仙露。錦繡的鴛鴦唯恐會因此銷魂，便飛入白蘋中去了。　蟬聲又在遠處的樹上嘶鳴。彷彿是有人在埋怨羈旅，惆悵到了極點。蘆葦零亂秋波橫流，芃草蕭疏翠色零落，又有誰相信能夠渡過這樣的秋江呢？姿態美好的種種事物都已遲暮了，但願玉笛能用淒清的商音，吹遍這哀愁的樂譜。在月明的深夜殷勤地叮囑，一定要愛護並珍惜餘下的芳香。

【研　析】此詞選自《雲起軒詞鈔》，創作背景見注釋。此詞詠秋荷而別有寄託——秋荷象徵的是因忠諫獲罪，將要離京的友人梁鼎芬，也是與梁鼎芬境遇、前途休戚相關的同道，作者即是其一。全詞自然淡雅，風姿綽約。筆下的秋荷生香真色，意態情韻，如在目前。所寄託的內容重大，關係到同志命運與家國興衰。最見功力處在於目前情景與寄託意境結合得渾融無跡。

起句出乎意外的一聲驚歎，便揭開了一明一暗雙重情景的序幕：就目前而言，看到熟悉的荷塘一時不見，便新添了許多清冷的秋色，不再是上回所見的春夏盛觀，很自然會感到驚訝與惋惜。就寄託而言，即如作者在〈致于式枚書〉中所道：「星海之事，大出意外。事隔年餘，忽然發作……時異勢殊，故有此變耶……此行一無佳兆也！同輩數人，潦倒落拓，殆頗相類。前路如漆，奈何奈何！」摯友突遭此不測，已讓作者感到意外與悲痛，更何況此不測也正是時局日下，危機四伏的徵兆，故作者等同道難免會有唇亡齒寒，前途黑暗，如坐危城之感。對世事難料的惶惑又添了一重。「豔冷」以下二句對荷花的傳神描繪，突顯出其雖值秋季，而風姿依舊，也正是梁鼎芬遭此變故，仍「處之泰然」的象徵。而這種冷豔幽香所營造的淒美傲岸情景，自然足以令人銷魂，於是便有了「只恐」句，錦鴛由荷叢飛入白蘋，本是生動的實景，經過擬人化的描述後，正可象徵作者對友人的複雜心境——既折服於其氣度，又不忍見其遭遇。換頭的蟬聲觸動離愁，很自然轉入到對離別的描述。「葦亂」句尤為沉痛。「誰信秋江能渡？」是疑問更是感歎，充滿了對秋荷前途及命運的擔憂，但擔憂並非絕望，作者內心深處仍存有能渡過難關的信念與希望。故在經過上文對高情、淒景、別怨的重重渲染後，才要以明淨溫馨的情境作結，表達對信念與情誼的堅守，以及對荷花、同道及自身的寬慰與勉勵。

253 蝶戀花

文廷式

九十韶光❶如夢裡，寸寸關河，寸寸銷魂地❷。落日野田黃蝶起，古槐叢荻❸搖深翠。

惆悵玉簫催別意，蕙些蘭騷❹，未是傷心事。重疊淚痕緘錦字❺，人生只有情難死。

【注釋】❶九十韶光　即整個春天。九十，春天共有九十日。韶光，春光。❷寸寸關河二句　關河，《史記．蘇秦列傳》：「秦四塞之國，被山帶渭，東有關河，西有漢中。」後指關塞，關防，或泛指山河。左企弓詩諫金太祖有「一寸山河一寸金」句。銷魂，指離別時黯然傷神。典出江淹〈別賦〉：「黯然銷魂者，唯別而已矣。」❸叢荻　叢生的荻草。荻，係多年生草本水陸兩生植物，形似蘆葦。❹蕙些蘭騷　用屈原〈離騷〉典故，寄託作者此時與〈離騷〉相似的心境。蕙、蘭，香草名，常寓忠貞、高潔之士。〈離騷〉：「余既滋蘭之九畹兮，又樹蕙之百畝。」些，楚地常用的句末語氣詞。騷，即離騷，離別時感懷家國身世的憂愁。❺緘錦字　意為封好寄託思念的書信。緘，封閉，此指給寫好的書信封口。錦字，用蘇慧織錦典故。據《晉書・列女傳》載：東晉女詩人蘇慧的丈夫竇滔因罪被徙流沙，蘇慧織錦為〈回文璇璣圖詩〉以寄託離思。

【語　譯】九十日的春光如夢境般轉瞬即逝，寸寸山河都是令人黯然傷神的離別之地。落日下，田野中，黃色的蝴蝶翩翩起舞；古槐上，叢荻間，深深的翠綠隨風搖曳。　充滿惆悵的玉簫聲更催生出無數離情別緒，其實有這樣寄託著如蘭蕙般高潔芬芳情懷的「離騷」，也未必是值得傷心的事情。用重重疊疊的淚痕，鄭重的封好了寄託思念的書信，人生在世，只有深摯的情感是難以消逝的。

【研　析】此詞選自《雲起軒詞鈔》。特色在於用拙重之筆抒寫逆境中憂愁，其中佳句如「寸寸關河，寸寸銷魂地」、「人生只有情難死」，均以直截盡致見長，在憂鬱中注入了執著不屈的風骨與信念。葉恭綽《廣篋中詞》評道：「沉痛。」據錢仲聯《文廷式年譜》載，作者在光緒十一年（西元一八八五年）入京，與盛昱、袁昶、沈曾植等名流交遊，名動公卿。次年，應禮部試，為吳橋王編修所抑，不幸落第，在同年四月離京南下。據作者《南旋日記》光緒十二年四月二十八日（西元一八八六年五月三十一日）記載：「出都……巳刻開車。到志仲魯（志鈞）家稍坐……長樂初（長善）都統出談，謂余何以急行，自言身衰髮白，恐不再見，頗淒然也……知今日朝考題亦泄漏矣……出東便門，得詞一首：『九十韶光如夢裡』。」結合時局，中法戰爭後內憂外患加劇，而作者與忠君愛國同道的境遇卻是「潦倒落拓」、「前路如漆」（可參看〈齊天樂・秋荷〉研析）。而此次的落第與離別無疑再次印證了報國無門，前途黑暗的殘酷現實。

因此，此詞包含的情感頗為複雜，起句的「如夢裡」三字，便是複雜心境的寫照：有不幸落第的抑鬱與不平，有送春別友的不捨與傷感，更多的是對國家與同道前途命運的擔憂。試看「寸寸關河」一句，直截沉痛，道盡亂世國民的心聲。而擔憂中卻仍寄託著無怨無悔的信念與挽救時局的希望。故道「蕙些蘭騷，未是傷心事」、「人生只有情難死」。正所謂「生於憂患，死於安樂」，「蕙些蘭騷」所象徵的家國天下之憂，正是衰世的警鐘與救國的希望，故對國家人民而言，未必是傷心事，反而是幸事。結句更是擲地有聲，所包含的對情感的珍重與堅守，即使超越語境，也是魅力不減，與唐代李賀的名句「天若有情天亦老」參看，可領悟人間情的真諦。人生因情而苦短，卻也因情而長存——惟有深情能超越生死，溝通古今。

254

好事近

文廷式

一片碧雲西❶，夢裡瑤姬宛在❷。整頓平生心事，向嬋娟低拜❸。

鮫綃別淚凝紅冰，猶憶舊時態❹。道是不曾消瘦，但頻拈羅帶。

【注釋】❶一片碧雲西　用一片青雲向西飛去，喻自己離鄉西行。據作者《旋鄉日記》記載，此詞作於光緒十二年七月十八日（西元一八八六年八月十七日），乃是「擬龔定庵詞」而作的。據載，作者在七月十六日返家，十七日早離家，經醴陵往長沙，長沙正在萍鄉西。❷夢裡瑤姬宛在　指念不忘與戀人間的情事。夢裡瑤姬，用巫山神女與楚懷王在夢中相戀的典故。參見〈高陽臺〉（橋影流虹）注⓫。據酈道元《水經注》記載，巫山神女是天帝的小女兒，名為瑤姬。❸整頓平生心事二句　指拜月傾訴相思的心事，祈求團圓。古代素有拜月祈福的傳統。如李端〈拜新月〉「開簾見新月，便即下階拜。細語人不聞，北風吹裙帶」、王沂孫〈眉嫵・新月〉「便有團圓意，深深拜」。嬋娟，指明月。低拜，深深地彎腰下拜，形容十分誠懇。❹鮫綃別淚凝紅冰二句　意為看到戀人所贈手帕上的淚痕，回憶起她分別時戀戀不捨的情態。用晏幾道〈武陵春〉「愁送木蘭橈……記得來時倚畫橋。紅淚滿鮫綃」詞意。鮫綃，傳說中一種材質特異的名貴綃紗，是南海眼淚可化為珍珠的鮫人所織，後泛指薄紗製品。紅冰，據王仁裕《開元天寶遺事》記載，楊貴妃初承恩，召與父母相別，泣涕登車，時天寒，淚結為紅冰。故後因以指美人別淚。

【語譯】一片青雲向西飛去了，夢裡的瑤姬似乎仍在身旁。整頓好平生的心事，向明月深深地拜下。鮫綃上離別的淚水已凝成了紅冰，依然能回憶起她當時的情態：說是並沒有消瘦，只是不斷地擺弄著絲製的衣帶。

【研　析】此詞選自《雲起軒詞鈔》，創作背景見注釋。全詞描述別後對戀人的思念，纏綿悱惻，情態宛然。二人相會時正值十六月圓之夜，匆匆一聚便要西行，故首二句描繪的都是真情真景，自然而然：身如碧雲西飛後，相會之境宛如尚在目前，相思之情早已長駐心間，於是便誠心拜月祈禱重圓。最精彩的是「道是」句對「舊時態」的描述，一方面將所眷戀女子微妙的心境刻畫無遺——分明已經因長期相思而消瘦了，只因害怕作者擔心，故聲稱不曾消瘦，但卻又不自覺的去拈衣帶試寬窄。梁簡文帝蕭綱〈賦得當壚〉詠卓文君與司馬相如情事道：「十五正團團……送別但歌難。欲知心恨急。翻令衣帶寬。」所述情景便與此詞頗為相似，由此可知戀人下意識的「頻拈羅帶」舉動，既是女子嬌羞愁思的慣有表現，又是在暗示她其實已經因消瘦而衣帶漸寬了。

另一方面又將作者對戀人的體貼入微表露無遺，試想如果不是作者發現她消瘦了而關切詢問，她又怎會此地無銀三百兩的聲稱不曾消瘦呢？參看作者在前一日所作的〈點降唇〉詞，描述與她短暫相聚的情景道：「惜別經年，愔愔長憶竊知否？近偎羅袖，密意花房逗。　借看釵鸞，私掐纖纖手。端相久，眉痕依舊，只是梨渦瘦。」在端相、問答間，柔情蜜意昭然若揭。而在得到「不曾消瘦」的回答後，仍能細心觀察到她「頻拈羅帶」舉動，體貼出其中深意，就更是戀人間心靈相通，一切盡在不言中的真實寫照了。

255 鷓鴣天　即事❶

文廷式

劫火何曾燎一塵❷？側身人海❸又翻新。閒拈寸硯磨礱❹世，醉折繁花點勘❺春。

聞柝夜❻，警雞晨❼，重重宿霧❽鎖❾重闉❿。堆盤買得迎年菜，但喜紅椒一味辛⓫。

【注釋】❶即事　意為面對當前事物有感而發，常用作詩詞題目。此為新年即事詞，當作於光緒二十一年乙未（西元一八九四年）除夕。創作背景：甲午戰敗後，內憂外患，國勢衰微。以敢言著稱，名列清流的文廷式屢次上疏，反對議和，並數次奏劾李鴻章黨同伐異、貽誤軍事、但欲議和、喪心誤國等諸罪，最終因得罪權貴而在光緒二十二年被革職出京。❷劫火何曾燎一塵　感歎猛烈的劫火竟然未能摧毀一點塵世間的汙垢。即如王鎡〈縉雲縣仙都山黃帝祠宇〉道：「要還清淨掃塵俗，一炬劫火安得焚。」劫火，佛教語。火災是在舊世界崩潰的「壞劫」之末所發生的三大災難之一，能摧毀初禪天。即如《仁王經》載：「劫火洞然，大千俱壞。」後也指戰火。一塵，一粒塵垢，喻極細微的事物。❸側身人海　用黃景仁〈都門秋思〉「側身人海嘆棲遲」詩意。側身，意猶傾側置身，形容遇到災劫時憂懼不安貌。即如〈大雅・雲漢〉序道：「遇災而懼，側身修行。」❹磨礱　磨物的工具。在此用作動詞時，有磨治、磨煉、切磋之義。❺點勘　校點勘正，在此為仔細賞玩、品味之意。❻聞柝夜　意為聽到擊柝聲的夜晚。柝，古代巡夜人報更時所敲的木梆。《易・繫辭下》：「重門擊柝，以待暴客。」❼警雞晨　意為被雞鳴聲所警醒的清晨。用祖逖聞雞起舞的典故。據《晉書》記載：祖逖與好友劉琨共被同寢，半夜聽到荒雞叫，認為這並非傳說中的惡聲，而是催人奮進的好聲音。於是二人便起身舞劍，習以為常。後世遂用為胸懷大志，發奮圖強的典故。❽宿霧　經夜未散的霧。❾鎖　籠罩；封鎖。❿重闉　城曲重門，即甕城的門。⓫堆盤買得迎年菜二句　語意雙關，既指作者嗜辣的食性，又用紅椒的辛辣自況其耿介犀利的性格。迎年菜，《荊楚歲時記》：「歲暮，家家具肴蔌，詣宿歲之位，以迎新年。」紅椒，迎年菜之一，古有正月初一進椒盤的習俗，飲酒時便將椒放進去。取椒味辛，與新同音，有迎新意。一味，全為一種滋味。在此指紅椒純為辛辣一味，別無它味。

【語譯】劫火何嘗能焚淨一點俗世的塵垢？滿懷憂懼的置身於人海中，又到了這辭舊迎新的時刻。閒時便取硯研墨以消磨人生，醉後又攀折繁花來細品春意。　　擊柝聲傳入耳的夜晚，在雞鳴聲中警醒的清晨，重重經宵未散的霧氣封鎖著城曲重門。盤中堆放著為迎接新年而買來的種種菜肴，只是喜歡純為辛辣一味的紅椒啊！

【研析】此詞選自《雲起軒詞鈔》，創作背景見注釋。全詞圍繞革故鼎新的主題展開，辭舊迎新的節日與陳腐如故的事態恰成鮮明對比，面對內憂外患的時局，在憂患悲憤中仍保持著威武不屈、銳意進取的風骨，確是難能可貴。

明曉起句的寓意是解讀此詞的關鍵之一。目前學界普遍將「劫火」解讀為禍國殃民的甲午戰火與當權惡勢力，將「一塵」解讀為作者，故認為寓意是雖身處衰世，屢遭迫害，仍不為所動，不改初心。歷來文學中確實不乏以一塵自寓表示自謙的，但用在劫火的語境中卻不通，也不能很好的契合時勢。劫火本是佛教語，儘管它殘酷的摧毀了塵世，卻也焚盡了邪惡，舊世界的毀滅後便是新世界建立，而象徵最高境界的四禪天則不受三大災的影響。因此，歷來有形容因自身修為或神靈庇佑逃過劫火的，也常有希望用劫火掃盡世塵的，卻沒有自比塵垢的。如盧綸〈題念濟寺暈上人院〉道：「世塵徒委積，劫火定焚燒。」齊己〈贈持法華經僧〉道：「他時劫火洞燃後，神光璨璨如紅蓮。」因此，在此詞中，「劫火」應為甲午戰火所敲響的警鐘，而「塵」則指國內權奸與種種積弊。戰敗後作者與眾忠臣紛紛進諫希望吸取教訓，嚴懲誤國者，卻終究未能剷除奸佞，挽救時局。可見世間種種塵垢已根深蒂固，以致於如此猛烈的劫難戰火仍未能警醒世人，要革故鼎新，實在是舉步維艱，任重道遠。

而接下來的「側身人海又翻新」與起句呼應，用歲月的更新，來反襯人世的積習難改。值此辭舊迎新之際，卻仍要戰戰兢兢的側身經行於舊塵紛揚的人世，當然會感慨萬千。參看作者在同年所作的〈冬夜絕句〉序言道：「甲午冬……海水群飛，物情惶駭。惟余寂寞閑居，雖有危苦之詞，不改蕭曠之度……今歲……風號壒（即塵）揚，不異疇昔。」就與此詞意境相通。而「雖有危苦之詞，不改蕭曠之度」也正可作為對此詞上闋詞境的概括。「閑拈」句便可為「蕭曠之度」作注腳。下闋描述擊柝聲與晨雞聲則在警醒世人，因煙塵難除而形成的重重宿霧仍然封鎖著國門，而作者即是少數已警醒人之一，因此，便有了這絕妙的結句——選擇情有獨鍾的辛味來迎接新年，寄託的是用一貫的耿介風骨、犀利鋒芒來革除舊弊端，迎接新氣象的希望。

256

憶舊遊

秋雁　庚子八月[1]作

文廷式

悵霜飛榆塞❷，月冷楓江，萬里凄清❸。無限憑高意❹，便數聲長笛，難寫深情❺。望極雲羅縹渺，孤影幾回驚❻。見龍虎臺荒，鳳皇樓迥，還感飄零❼。

梳翎❽，自來去，歎市朝易改，風雨多經❾。天遠無消息，問誰裁尺帛，寄與青冥❿？遙想橫汾簫鼓，蘭菊尚芳馨⓫。又日落天寒，平沙列幕邊馬鳴⓬。

【注釋】❶庚子八月　此時作者寓居上海。據《文廷式年譜》記載「光緒二十六年庚子（西元一九〇〇年），四十五歲。七月，八國聯軍入寇，都城陷。兩宮西狩。珍妃殉難於宮井。先生感傷時事。時借詩詞以寄意……八月，唐黻臣至漢謀發難，事泄死之。是月，先生有〈憶舊游．秋雁〉詞」。❷榆塞　種植榆樹來鞏固邊防，建構要塞。在此泛指邊塞。典出《漢書．韓安國傳》：「累石為城，樹榆為塞。」❸月冷楓江二句　楓江，指紅楓掩映的秋江。武元衡詩：「萬里楓江偶問程。」❹無限憑高意　意為登高遠眺所產生的無限感慨。用柳永〈卜算子〉「江楓漸老……正是暮秋天氣……對晚景、傷懷念遠，新愁舊恨相繼……儘無言、誰會憑高意」詞意。❺數聲長笛二句　長笛聲清冷悠揚，故能激起人們種種惜別、感懷、孤寂的情緒。即如伏滔〈長笛賦〉道：「遠可以通靈達微，近可以寫情暢神。」❻望極雲羅縹渺　感歎孤雁在蒼茫雲海中彷徨無依，前途難料的境況。化用李商隱〈春雨〉「玉璫緘札何由達，萬里雲羅一雁飛」詩意與蘇軾〈卜算子〉「誰見幽人獨往來，縹緲孤鴻影」詞意。雲羅，如羅網般密布的陰雲。❼龍虎臺荒三句　形容國防空虛，邊塞荒蕪，京城陷落，兩宮西狩。龍虎臺、鳳皇樓均為清朝關防、宮苑的標誌性建築，故作者目睹它們因清朝的沒落而荒廢，因身遭亂離而遙遠，便會產生飄零無依，憂國懷鄉之感。龍虎臺，位於北京昌平西北南口鎮，北有虎峪山，西北臨關溝，因有龍盤虎踞之勢而得名，元、明、清三代帝王都曾在此建造行宮。鳳皇樓，位於瀋陽（時稱盛京）清代故宮，當時為盛京最高建築，「鳳樓曉日」、「鳳樓觀塔」相傳為盛京八景之一。❽梳翎　謂孤雁梳理翎毛。❾自來去三句　感歎朝野上下時局不定，風雨飄搖，往來其間，朝夕憂懼。用杜甫〈晚行口號〉「落雁浮寒水，飢烏集戍樓。市朝今日異，喪亂幾時休」詩意。市朝，即朝野。風雨多經，作者昔日為官在朝，身歷戊戌變法的成敗榮辱。後來革職在野，又為朝廷追捕，輾轉各地避禍，最後東渡日本，同年三月回上海，六月到長沙，又遭湖南巡撫俞廉追捕。並於當月得到了珍妃被害的噩耗，又見證了維新派領袖唐才常在漢口密謀發動自立軍起義，事洩就義。⑩天遠無消息三句　感歎珍妃殉難歸天，光緒避禍西行，消息難通，寄託忠君憂國之意。作者身為光緒的忠臣，珍妃的業師，在政壇上又多得帝妃扶持倚重，故得知珍妃慘死、光緒遠行，自然是倍感沉痛與惋惜。天，古代用作君王或天庭的代稱。尺帛，一尺長的帛書。代指書信。用雁足傳書的典故，據《漢書・李廣蘇建傳》記載，常惠為救蘇武，教漢使節對單于說：「天子在上林中射獵時，發現大雁腳上繫有帛書，書上寫明蘇武等此時正在匈奴某澤中。」⑪遙想橫汾簫鼓二句　用漢武帝〈秋風辭〉「秋風起兮白雲飛，草木搖落兮雁南歸。蘭有秀兮菊有芳，懷佳人兮不能忘。泛樓船兮濟汾河，橫中流兮揚素波。簫鼓鳴兮發棹歌，歡樂極兮哀情多」意。作者八月作此詞時，光緒帝正在太原巡撫署改建的行宮中，太原為汾水所經，故用此典來表達對光緒帝的思念及對逝去珍妃的懷念。⑫平沙列幕邊馬鳴　描述敵軍壓境，邊關危急的境況。八國聯軍占領北京後，八月俄軍復犯境，侵占吉林等地。平沙，平坦遼闊的沙原。列幕，軍營中林立的帳幕。用杜甫〈後出塞〉「落日照大旗，馬鳴風蕭蕭。平沙列萬幕，部伍各見招」詩意。

【語　譯】寒霜飛滿榆樹林立的邊塞，冷月照徹紅楓掩映的秋江，萬里山河一片淒清景象，令人倍增惆悵。登高遠眺，感慨萬千。此時縱然有清悠哀怨的數聲長笛，也難以抒寫深摯沉痛的心情。極目遠眺在如羅網般密布的蒼茫雲海中，鴻雁孤獨的身影多少回彷徨驚飛，難尋去路。望去龍虎臺已經荒廢，鳳皇樓也是遼遠難及，更感到飄零無依。　梳理著翎毛，獨自來去，感歎朝野間局勢變化莫測，已身歷了無數風雨。天庭高遠無音訊，試問誰能裁寫帛書，讓鴻雁寄送到青天之上呢？遙想古今帝王橫渡汾河，簫鼓合鳴，蘭菊依舊芬芳。又到了日落天寒之時，但見遼闊的沙原上軍帳羅列，邊馬嘶鳴。

【研　析】此詞選自《雲起軒詞鈔》，創作背景見注釋。作者填此詞時，不僅自己身處險境，四處漂泊避禍，而且國勢日危，風雲變幻，江河日下。昔日同道同遊，忠心護持、寄予厚望的人也多罹橫禍，因此，選用〈憶舊遊〉的詞牌實有深意。以秋日彷徨無依的離群孤雁為寄託，更包含了無盡的悲憤與淒苦。全詞以秋雁為主線視角，周遊萬里，俯覽今昔，將複雜心境曲折道出，宛如心史。而蒼茫開闊境界與深婉幽鬱意緒結合，也形成了獨特的審美境界及感染力。

起二句雖未提秋雁，卻已用秋雁特有的高空俯視視角，揭開了一幅遼闊綿邈的秋景，色澤清冷，聲調淒婉，無一不引人遐想，動人哀思。「望極」句秋雁形影初現，巧妙的化用「玉瑲緘札何由達，萬里雲羅一雁飛」與「誰見幽人獨往來，縹緲孤鴻影」的意境，與實景、實事融為一體，表達出傷別念遠，憂國懷鄉的孤寂情懷。前結撫今追昔，勾勒出一部清朝興衰史，飄零的是國人，也是國運。

換頭的「梳翎」一頓，用整理翎毛寓整理思緒，從上闋的時景剪輯轉入對往事的回顧與對遠人的思念。「市朝易改，風雨多經」八字已涵蓋了「飄零」的因果。由此也自然想到自己與同道忠誠所繫，寄託著掌控時局希望的光緒帝與珍妃，如今珍妃已魂歸天界，而光緒帝也是天高難問，一片忠愛之心無所寄，便惟有託之於想像了：遙想君王如今正在汾水畔，與當年漢武帝〈秋風辭〉中描繪的情景頗為相似——橫渡汾河，簫鼓合鳴，佳人遠逝可懷，蘭菊卻芬芳如故——盛衰的對比如此強烈，「歡樂極兮哀情多」確實是古今同慨。結句的聲、色、情都與起句相呼應，將種種纏綿幽遠的意緒都融入同樣蒼茫寂寥的景致中，秋雁置身其中，與古曲〈平沙落雁〉的意境頗為相似。這日暮邊塞的平沙，是雁的暫歇之地，卻非最終的歸宿，那麼，這雁的前途何在呢？蒼茫寂寥是雁與作者的處境，是時局的象徵，也是作者充滿疑慮與憂思的心境的寫照。胡先驌《評文芸閣雲起軒詞鈔》評道：「尚遺憾於戊戌之失敗，不能已於言。」

257 湘月

山塘秋集分題得壞塔❶

鄭文焯

夜鈴❷語斷，更斜陽瘦影，誰問今古？獨立蒼茫❸，鎮❹占老❺、一角青山無主。衰草叢生，枯楓倒出❻，時見歸禽度。殘烽零劫❼，仗他半壁❽支柱。

長見峭倚荒天❾，淒涼如筆，寫愁邊風雨。不許登臨，怕倦客、題遍傷心秋句。臥影空丘❿，招魂破寺⓫，剩有孤雲駐。夢痕飛上，故王臺榭⓬何處。

【作　者】鄭文焯（西元一八五六—一九一八年），字俊臣，一字叔問，號小坡，晚號大鶴山人、冷紅詞客，奉天鐵嶺（今屬遼寧）人，隸漢軍正白旗。家學熏陶，精於繪畫。光緒元年（西元一八七五年）舉人。後連年會試不中，光緒六年，旅食於蘇。清亡，僑居吳下，隱居不出，以賣畫行醫度日。鄭氏深於詞學，尤長音律、校勘，詞宗清真、白石，於清末獨樹一幟，眾口推尊。詞集名《樵風樂府》。今人輯其詞學著作為《大鶴山人詞話》。

【注　釋】❶山塘秋集句　山塘，在蘇州閶門外，可達虎丘。壞塔，指當時被戰火毀壞的虎丘塔。湘月，〈念奴嬌〉調的別稱之一。這首詞是鄭大鶴早期填製的一首名作，曾刻入《瘦碧詞》，當作於光緒己丑（西元一八八九年）之前。時詞人來蘇方數年，「性好山水，吳中名勝，游迹殆遍」（戴正誠《年譜》），所以這既是一首分題應酬之作，也可看作一首登臨覽勝之詞。❷夜鈴　夜風吹動塔鈴。❸獨立蒼茫　語本杜甫〈樂遊園歌〉：「此身飲罷無歸處，獨立蒼茫自詠詩。」❹鎮　常；整。❺占老　歷時很長。❻枯楓倒出　指塔上長出枯楓，倒伸出來。❼殘烽零劫　指劫後餘災，指社會大破壞、大變動之後尚未完全停止的震動。❽半壁　原指國土淪陷大半的殘局，這裡指壞塔的半壁。❾峭倚荒天　陡直地立在廣闊的天地間。荒天，指大而遠的天。❿空丘　寂寥無人的虎丘山。⓫破寺　即虎丘寺，又名雲岩禪寺。虎丘在康、乾時期盛極一時，多次接待南巡的康熙、乾隆皇帝，形成著名的「虎丘十景」。後在太平天國起事中嚴重破壞，同治年間略有恢復，已大不如前。⓬故王臺榭　虎丘山頂可以望見靈巖山，山上有吳王夫差所築館娃宮等宮殿遺址。姜夔〈一萼紅〉：「野老林泉，故王臺榭，呼喚登臨。」

【語　譯】夜風中已聽不到塔鈴叮咚，斜陽下壞塔的瘦影亦顯伶俜，誰還記得以前是否有這樣的情景？獨立在蒼茫暮色中，看這蒼老的古塔，已鎮不住了這一角青山。塔上衰草叢生，枯楓倒伸出枝杈，不時有歸巢的鳥兒飛過。它歷盡千磨萬難，幸好還有支撐半壁的石柱。　總見它倚靠著長天，傲然峭立，像一椽淒涼的巨筆，抒寫著不盡的愁風苦雨。不能再登臨了，我擔心倦客到此，會題遍傷心詞句。它的殘影臥在那寂寥的虎丘上，殘敗的寺廟裡再也招不來神靈，只剩下了一抹孤雲在這裡長駐不去。我的夢魂啊，已飛上了從前的宮殿臺榭，卻不知落在何處。

【研　析】這裡描寫的蘇州一處風景所在——虎丘塔，它是一座尚未從太平天國戰火帶來的瘡痍中平復過來的「壞塔」，全詞通過對壞塔衰敗蕭瑟景象的描寫，表達了對晚清政局衰落的一片痛惜之情。虎丘自古以來就是久享盛名的風景勝地，蘇東坡說過：「到蘇州而不遊虎丘，誠為憾事！」然而，在詞人筆下已不見其當年盛況：「夜鈴語斷，更斜陽瘦影」。這夜鈴「語斷」，可見塔鈴很可能已在戰火中損毀，而少了塔鈴的語聲，黃昏後此地便更顯淒清，塔影也更顯得瘦弱可憐。在這一片蒼茫淒清中，塔雖然仍獨自堅守，卻已頹老不堪，再也鎮不住這一角青山。「獨立蒼茫，鎮占老、一角青山無主。」這青山無主的感慨也暗喻著國家無主的憂慮。詞人在遠景描寫後，將鏡頭拉近，轉摹近景：「衰草叢生，枯楓倒出，時見歸禽度。」可能因為太久無人修繕，塔上到處是衰草、枯樹，所見也惟有野鳥而已，完全是一片淒涼陰森的氛圍。歇拍以「殘烽零劫，仗他半壁支柱」結束上片，在語調上似乎是在振起，但在情感上卻更沉重，富甲天下的蘇州，冠絕蘇州的虎丘，在戰火可為支柱的竟是如此殘敗的一塔，可見形勢的危急，這也寄託著詞人對國家局勢岌岌可危的擔憂——是該為勉強支撐住半壁江山而慶幸，還是該為這半壁江山已是千瘡百孔而驚慄？

虎丘塔見證了歷史，在風風雨雨之中，它好比一支巨筆，記載下江南的興衰榮辱。「長見峭倚荒天，淒涼如筆，寫愁邊風雨。」這裡「峭倚荒天」的悲涼蒼莽，與此前的「斜陽瘦影」、「獨立蒼茫」相呼應。接下來由景及人：「不許登臨，怕倦客、題遍傷心秋句。」很難想像一個身心疲憊的遊子倦客，來到這號稱杏花春雨的江南，來到康熙、乾隆兩代盛世帝王的題詞之下，來到這「最是紅塵中一二等富貴風流之地」（《紅樓夢》第一回），看到的竟然是空丘，是壞塔，會是怎樣的傷心絕望？「臥影空丘，招魂破寺，剩有孤雲駐」，寫虎丘在斜陽下的淒清景象，影臥在空山，魂遊蕩在破寺，孤雲凝駐在半空，若有物，若無物，意境空靈，情味幽遠。結片兩句，是一個點睛之筆：「夢痕飛上，故王臺榭何處。」「夢」接著「影」、「魂」而來，本是空虛之物；而添一「痕」字，便由虛轉實，由輕轉重，顯出情思的沉重難遣。「故王臺榭」，指康熙、乾隆等盛世帝王虎丘遊覽的遺迹，由此推想虎丘在全盛時期的情景，山前山後軒榭亭臺多達五千餘間，共有勝景二百多處，但這一切全部毀於太平天國的戰火。這種對從前盛世的追懷，實際上透露出對當下衰亂世的擔憂。虎丘破寺招不來往日的香煙，詞人的追懷已成為一種憑弔，他的悲傷其實也是所處時代的悲哀。

258 玉樓春

鄭文焯

梅花過了仍風雨，著意❶傷春天不許。西園❷詞酒去年同，別是一番惆悵處❸。

一枝照水❹渾無語，日見花飛隨水去。斷紅還逐晚潮回，相映枝頭紅更苦。

【注　釋】❶著意　刻意。❷西園　指詞人在蘇州的寓所喬司空巷潘氏西園。❸別是一番惆悵處　化用李煜〈烏夜啼〉：「別是一番滋味、在心頭。」❹一枝照水　化用周邦彥〈花犯〉：「但夢想一枝瀟灑，黃昏斜照水。」

【語　譯】春送走了梅花，卻帶來了風雨，我雖有心要賞春惜花，無奈老天卻不允許啊。和去年一樣，西園高會，飲酒填詞，今年卻別有一番惆悵。　一枝梅花倒映在水面上默默無語，天天都有花兒墮地隨水流去。還有一些會隨著晚潮回來，在枝頭紅花的映襯下，就顯得更加淒苦了。

【研　析】鄭大鶴旅寓蘇州三十多年，生活條件雖然遠不能與隨父遊宦山西、北京時相比，但辛亥之前「先後巡撫十九人，均慕其才名，延贊幕府，豐其廩給，資其諷議」（戴正誠《年譜》），且交遊者如易佩紳、易順鼎父子等也都是名士，這對他這位出身蘭錡貴家、生性蕭散的名流來說也差可以滿足了。這首〈玉樓春〉便是這種閒適生活的反映，寫得格高韻遠，流利疏朗，充滿詩人式的惆悵，頗有北宋風神。

「梅花過了仍風雨，著意傷春天不許」，今年的春天竟然如此清冷，梅花已經零落殆盡，仍然是風吹雨打不休，似乎要冷卻整個世界和所有傷春的情緒。一場場春雨是一個個邁向夏天的腳印。大自然似乎等不及了，傷春似乎也來不及了。「西園詞酒去年同，別是一番惆悵處」，西園依舊是這樣，以酒會友，賦詩填詞，一如往年的喧囂，但今年似乎別有一番惆悵縈繞在心頭。這一番惆悵為何而生？是感慨時局，還是憂傷命運？詞人沒有交代，其實也不用交代。「別是一番滋味在心頭」，若是說得清道得明，就不是「別是一番惆悵」了，不說明，反而可讓讀者去玩味。

下片專詠一枝梅花，上片頓時成為一幅背景。「一枝照水渾無語，日見花飛隨水去」，水邊還有一枝梅花，也許是幸運，也許是堅持，它還在風雨中挺立。只是每天都目睹落紅赴水，想到自己的命運，不禁默然無語。更讓它悲傷的是晚潮還會將斷紅送回，水中、枝頭兩相映照，花朵越是紅豔，此刻的心緒越是淒惻。如果說被風雨打落、流水帶走是花的宿命，是一種不由自主；那麼被晚潮帶回到曾經嬌豔枝頭的地方，就是一種命運的冷漠與殘酷了。也許這就是那個風雨交加的時代刻印在詞人心中的情緒，此時尚能優遊歲月的他，耳聞目睹種種亂世悲相，使得他不禁反思這個時代與自己的命運，筆下的落紅也出現了傷春詩詞中少見的深刻。

259～261 謁金門（三首）❶

鄭文焯

行不得，黦地❷衰楊愁折。霜裂馬聲寒特特❸，雁飛關月黑。 目斷浮雲西北❹，不忍思君顏色。昨日主人今日客，青山非故國❺。

留不得，腸斷故宮秋色。瑤殿瓊樓波影直❻，夕陽人獨立。 見說長安如弈❼，不忍問君蹤迹。水驛山郵都未識，夢回何處覓。

歸不得，一夜林烏頭白❽。落月關山何處笛❾，馬嘶還向北❿。 魚雁沉沉⑪江國，不忍聞君消息。恨不奮飛生六翼，亂雲愁似冪⑫。

【注釋】❶謁金門三首　這組詞共三首，寫於光緒二十六年（西元一九〇〇年），時八國聯軍入侵北京，慈禧及光緒帝西逃。詞人時在蘇州。❷黦地　黃黑色質地。這裡指柳葉在秋風秋雨中長出黑斑。❸特特　馬蹄聲。❹浮雲西北　慈禧太后、光緒帝所逃亡的太原、西安等地在西北方向。〈古詩十九首・西北有高樓〉：「西北有高樓，上與浮雲齊。」❺昨日主人今日客二句　意謂皇帝離開京城，已經不是國家的主人，山河也已不是故國的山河。❻波影直　謂宮殿的倒影高大雄偉。❼長安如弈　意謂都城在戰爭中，數度易手，像下圍棋一樣。弈，圍棋。杜甫〈秋興〉：「聞道長安似弈棋，百年世事不勝悲。」❽烏頭白　這裡指北京城已經易主，成為戰爭廢墟。杜甫〈哀王孫〉：「長安城頭頭白烏，夜飛延秋門上呼。又向人家啄大屋，屋底達官走避胡。」❾落月關山何處笛　樂府橫吹曲有〈關山月〉，即笛曲，寫夜半行軍情狀。❿馬嘶還向北　意謂馬也思念故鄉。〈古詩十九首・行行重行行〉：「胡馬依北風，越鳥巢南枝。」⓫魚雁沉沉　指音信不通，古時有魚寄尺素，雁足傳書之說。⓬冪　遮蓋東西的布巾。

【語譯】想出京城行不得，只好折些黑黃枯敗的楊柳寄託離愁。馬蹄踏破了滿地的霜花，這特特之聲在寒風中回蕩，一隻大雁在月黑風高的關山上飛過。　我向西北遠望，卻被浮雲隔斷了視線，實在不忍心去想你憔悴的模樣。昨天你還是京城的主人，今日竟成為飄泊的行客。青山不改其色，卻已經不是故國了。

想留在京城也留不得，故宮的秋色讓人傷心斷腸。水中高大雄偉的宮殿倒影，也在夕陽中獨立含愁。聽說京城的局勢如棋局般變幻莫測，實在不忍心去打聽你的蹤跡。這水路山程都不通消息，夢醒後真不知要到何處去尋覓。

想回到京城也回不得，白頭鴉在林梢上徹夜悲啼。不知是何處笛聲，又吹起了月落關河曲，戰馬也因思鄉而悲鳴。　山河路遠，音信難通。沒勇氣探聽你的消息。恨不得長出幾對翅膀飛到你身邊，又發愁亂雲如布幕，哪兒也不能去。

【研　析】這三首〈謁金門〉是以庚子事變為主題的詞作，其成功之處在它以聯章複沓的結構形成回環往復的詠歎效果，並採用以夫婦喻君臣的比興手法抒發纏綿的感情，從而上繼《詩》、〈騷〉，成為傳世名作。從「行不得」，到「留不得」，再到「歸不得」，從「不忍思君顏色」，到「不忍問君蹤迹」，再到「不忍聞君消息」，在重章複沓之中，時間不斷推移，感情不斷加深，頗有一唱三歎的效果。整首聯章詞都以女子思人的口吻來寫，抒情上更加自如，情感也更加婉轉深長。

第一首上片懸想出京時的離別。「行不得」以勸慰語發調，不是說不可以走，是說前路艱辛太難走。「颸地衰楊愁折」，點明時間，深秋時節，又值兵氛慘肅，楊柳已呈衰敗的黃黑色，此情此景，那堪折柳送別！「霜裂馬聲寒特特，雁飛關月黑」兩句，設想匆忙逃亡時的情境：寒霜滿地，馬蹄不停，特特之聲彷彿在耳；塞深月暗，北雁南飛，一國之主卻在倉皇逃難。這真是舉國悲淒的時節！下片回到自身。詞人身在江南，所以說「目斷浮雲西北」。「不忍思君顏色」一句，尤其痛切，國君離京逃難，這一事件本已經夠讓人痛苦的了，又怎麼忍心去想君王在路途上的種種憔悴。然而，正因「不忍」，便更為牽掛，更忍不住去思念啊！而在思中呈現的便是「昨日主人今日客，青山非故國」的淒涼境況——一夜之間從大地的主人淪為客人的，不光是帝王，還有所有愛國之人，以及他們眼中的山河。

第二首的上片寫滯留在京之人。京城已經「留不得」，遠望秋色中的故宮更是讓人傷心腸斷。對光緒帝來說，是想留下主持大局也不得，珍妃就因為建議慈禧留光緒帝在京而被殘忍處死。「瑤殿瓊樓波影直，夕陽人獨立」，這兩句設語含蓄，點到即止，卻有意在言外之妙。水波中宮殿的倒影依然是那樣的巍峨，人卻在夕陽中獨立，他和整個京城一起被拋棄了。下片再回到自身。「見說長安如弈」，前有英法聯軍，後有八國部隊，還有義和團北上，燒殺搶掠，一國之都也無法設防了，連一國之君都要出逃到西北。「水驛山郵都未識，夢回何處覓」，這逃難注定是一條最難走的路，何況又是一條從來沒有走過的路，山程水驛，想在夢裡暫回故鄉都找不到來時的路。當然，結尾兩句也可以理解成「我」不知道如何才能到達「君」所在的地方，「夢中不識路，何以慰相思」（沈約〈別范安成〉）？

第三首寫逃亡在外之人。「歸不得」，一夜之間，林中到處都是白頭烏，天下已亂，北京一片榛莽。「落月關山」可以是實景，也可以是笛曲引起的情緒，〈關山月〉本就是軍樂。當時光緒帝等人逃往在北京西南方向的太原、西安等地，連馬兒嘶鳴都是向著北方的，更不用說人的思鄉之情了。對光緒帝來說，這「歸不得」是何其痛切之語，他已經成為慈禧挾持之物，是行是回，全憑他人做主。「魚雁沉沉江國，不忍聞君消息」，這「不忍」是心痛至極後的反話，若是真的不願得知君王的消息，又何必感歎江國茫茫、魚雁沉沉？末尾兩句詞人採用了古詩中常見的寫法，提出願望，展開想像，尤其以飛速來到所思之人身旁或回到所念之地的寫法為多。「恨不奮飛生六翼」，當是從「願為西南風，長逝入君懷」（曹植〈七哀詩〉）、「願為雙黃鵠，高飛還故鄉」（〈步出城東門〉）一類詩句中脫化而來，更增加了沉重一筆──「亂雲愁似冪」，紛亂的愁雲將我蓋住，有翅也不能飛起。

262 漢宮春　庚子閏中秋❶

鄭文焯

明月誰家❷？甚今年今夕，多事重圓。移盤夜辭漢闕，貯淚銅仙❸。珠簾畫棟❹，倒寒波、空影如煙。魂斷處，長門燭暗❺，數聲驚雁鑾弦❻。

還見山河殘影❼，任恁磨成桂斧，補恨無天❽。淒涼鏡塵頓掩，雲裡嬋娟❾。東華❿故事，祝團圞⓫、歸夢空懸。凝望久，蓬壺翠水，西流好送槎還⓬。

【注釋】❶庚子閏中秋　本詞作於光緒庚子（西元一九〇〇年）閏八月十五中秋，傷悲北京淪陷，慈禧、光緒出逃而作。❷明月誰家　語本張炎〈意難忘〉：「無人知此意，明月又誰家。」❸移盤夜辭漢闕二句　用漢武帝金銅仙人辭宮流淚故事。唐李賀〈金銅仙人辭漢歌序〉：「魏明帝青龍元年八月，詔宮官牽車西取漢孝武捧露盤仙人，欲立置前殿。宮官既拆盤，仙人臨載，乃潸然淚下。」漢武帝曾於長安建章宮造神明臺，上仙人以掌托銅盤盛露，取露和玉屑，飲以求仙。❹珠簾畫

棟　典出唐王勃〈滕王閣詩〉：「畫棟朝飛南浦雲，珠簾暮捲西山雨。」❺長門燭暗　長門，漢宮名。漢武帝陳皇后被廢，曾遷居長門宮。唐杜牧〈早雁〉：「仙掌月明孤影過，長門燈暗數聲來。」❻鑾弦　南方少數民族的弦樂器。唐溫庭筠〈春江花月夜〉：「鑾弦代雁曲如語，一醉昏昏天下迷。」❼山河殘影　謂月中有山河的影子。唐段成式《酉陽雜俎・天咫》：「或言月中蟾桂，地影也；空處，水影也。」元楊載〈景陽宮望月〉：「大地山河微有影，九天風露寂無聲。」❽恁磨成桂斧二句　意謂無路為國效力。桂斧，猶言月斧。據《酉陽雜俎・天咫》記載，傳說月乃七寶合成，月勢如丸，其影乃日爍其凸處也，常有八萬二千戶修之。❾嬋娟　指月。❿東華　紫禁城東門為東華門。這裡代指京城。又宋代孟元老著有《東京夢華錄》，追述北宋東京開封舊事。「東華故事」即指京城生活。⓫團欒　團聚。⓬蓬壺翠水二句　暗指盼望光緒帝能早日還京主政。蓬壺，即蓬萊，傳說中東海三座仙山之一，另兩座是方丈、瀛洲，這裡暗指光緒帝戊戌政變後被囚禁在瀛臺。

【語　譯】誰家還有心思賞月？這多事之秋，月亮怎麼忍心今夜再圓。想當年那亡國後離開漢宮的銅人，攜帶著承露盤，這盤中盛載了多少辛酸淚。曾經的珠簾樓閣，連綿不盡的雕欄畫棟，它倒映在寒波中就像是迷離的空影。最令人感傷的是，那如長門宮般淒涼的宮殿，燭火昏暗，不時傳來幾聲令大雁聞之驚心的鑾弦。

看到月中山河殘影，便把它磨成了月斧，也因悵恨無天可補。傷心的明鏡蒙上了塵土，皎潔的明月也被浮雲所遮掩。我祈禱京城繁華重現，人們都回家可以團圓，這樣的歸夢也是空懸而難實現。向遠方久久凝望，蓬壺仙山的海水啊，快向西流，好送漂流的船兒回家去。

【研　析】本詞也是寫庚子事變的名作，辭意哀痛，感人至深。詞作借月起興，用典繁密，但有真情實感貫穿，故凝重而不滯澀，借典故將感情外化成為一個個鮮明、淒涼的景象，虛處傳神，空靈搖曳，有攝人心魄的魅力。

開篇借題發揮，責備圓月，無理而有情。「明月誰家？甚今年今夕，多事重圓。」天月雖已滿，人心卻難圓，故難免要如蘇軾般責怪這明月「何事長向別時圓」？在詞人眼中，這月亮竟借著閏月中秋圓了又圓，更令心中的缺口一次次被撕裂。「移盤夜辭漢闕，貯淚銅仙」用金人辭漢的典故，傷懷故都淪陷。接下來「珠簾畫棟，倒寒波、空影如煙」句寫皇帝離開後，舊都宮殿的淒涼氣氛，用典渾化，空靈幽冷，若無人在，卻有性靈搖蕩：「珠簾畫棟」這樣實實在在的物象，被詞人處理成了「寒水煙影」，迷離蕩漾，似有還無，有一種幽淒幻滅的情愫。「魂斷處，長門燭暗，數聲驚雁蠻弦」，夜風吹過冷宮，燭光陡暗，忽然傳來數聲繁弦，驚動了南歸的征雁。點燭之人，彈弦之人，驚唳之雁都在紙背，出場的是燭影、弦聲、雁唳，以虛攝實，求的是空處傳神的效果。此處當是大鶴「屬事遺詞，純以清空出之」（《鄭大鶴先生論詞手簡》）詞學美學觀的成功實踐。

上片以寫景為主，下片加大了抒情力度。開頭兩韻，轉而寫月，順題下筆，用典工巧妥帖。「還見山河殘影，恁磨成桂斧，補恨無天」，八國鐵蹄踏破京城，殘破的山河倒影在月中歷歷可見，這月亮何忍如此明亮圓滿！詞人欲為國效力，但此刻君在哪裡，國又在何處？「淒涼鏡塵頓掩，雲裡嬋娟」，中秋已過，閏月中秋馬上也要過去了，月兒圓了又將缺，還有何事能圓滿呢？「東華故事，祝團圞、歸夢空懸」，是對月遙祝，許下心願，可幾時又能歸還呢？「東華」不僅是皇帝的「東華」，也是詞人曾經的家，「故里良可懷，吾寧淪泊終？」（《將去京師》）國就是家，無國即無家，國君出逃，都城淪喪，有正義感、責任感的士大夫怎能不起飄零之感。結句，「凝望久，蓬壺翠水，西流好送槎還」，以極隱晦的手法表達了詞人政治上的願望，盼望光緒帝快些返還京城，且能夠擺脫被囚的命運，出來主政。此處詞旨雖晦，卻是詞人的一腔忠愛所鑄，採用的正是「意內言外，仍出以幽窈詠歎之情」（《大鶴山人論詞遺札・與夏吷庵書》）的寫法。

263 水龍吟

送秋

鄭文焯

故園從此無花，可憐秋盡誰家苑？連城江氣❶，傷心一白❷，飛蓬夢遠。鶴老雲孤，蟲淒天瘦❸，歲寒空戀。怪西風容易，者般搖落，爭留待，東風轉？

不信江南腸斷❹，放哀歌、楚聲先變。山川猶是，英雄安在？登臨恨晚。野戍❺殘燐❻，江烽危照，蒼茫望眼。但愁波到海，何人借與，快并刀❼剪？

【注　釋】❶江氣　江上的水氣或霧氣。❷傷心一白　傷心，程度副詞，猶言極、至。納蘭性德〈菩薩蠻〉：「晶簾一片傷心白。」❸鶴老雲孤二句　《太平御覽》卷九一六引《抱朴子》：「周穆王南征，一軍盡化，君子為猿為鶴，小從為蟲為沙。」❹江南腸斷　語本宋黃庭堅〈寄賀方回〉：「解作江南斷腸句，只今唯有賀方回。」❺野戍　指野外駐防之處。❻燐　磷火，俗稱「鬼火」，因人體含磷，屍體腐爛後遇空氣自燃所致。❼并刀　并州出產的快刀、快剪。

【語　譯】故園的花兒從此凋零殆盡，可憐秋天會消逝在誰家庭院？滿城的江霧看起來傷心欲白，我的夢兒隨著飛蓬飄向遠方。仙鶴已經老了，白雲更覺孤獨。蟲鳴聽起來是那麼淒涼，寒天也變得更加消瘦了，歲暮將晚只留下一片空幻。歎息所有的一切，在西風中變得是這般容易搖落，它又如何能等到東風回轉？斷腸之聲在江南何處，我想放聲哀歌，不想楚地已奏起了別音。山川依然如故，但拯國救民的英雄何在？我悵恨此時登臨已太晚。在荒野的堡壘中尚有殘餘的鬼火，江邊的烽火臺屹立在夕陽中，我眼前是一片蒼茫雲煙。愁思如波，東流到海，試問有誰能借我并刀來將它剪斷呢？

【研　析】本詞作於西元一九一一年秋，一聲武昌辛亥革命的炮響，將鄭大鶴由晚清名士變成了民國遺民。天翻地覆的時代變化帶給他的衝擊還不僅僅是心理上的，而且他的社會地位、經濟狀況也是一落千丈。此時鄭氏的詞風也有了變化，用典密度下降，巧思雕琢也不及前作多，像一根枯枝，花葉少了很多，風格變得更加瘦硬，筆法也簡練了不少。這首〈水龍吟〉可稱代表。

首句「故園從此無花」即是一篇之主旨，下文所有景語都在描寫「無花」後的景象，所有情語都在表達「無花」後的心情。秋去還有春來，故園當然還會有花開；可對詞人來說，他的心已經隨著大清朝死去，西元一九一一年的秋天結束後，他已經「看不到」西元一九一二年的春花了。用老話說，普天之下莫非王土，就算明年春天園花照常開放，但已經不屬於他了。這是遺民的堅貞，也是遺民的悲哀。接下來的「可憐秋盡誰家苑」句，不僅是通常的悲秋賞秋，而是一種令人心碎的珍惜與尋覓，因為他已將它看作自己最後的一個秋季。「連城江氣，傷心一白，飛蓬夢遠」，滿城水霧，彷彿陡然間變得慘白，似為大清王朝送葬。「鶴老雲孤，蟲淒天瘦，歲寒空戀」三句，並不僅僅是虛描的景語，而是巧妙鑲嵌了穆王南征、一軍盡化的典故，暗喻王朝的覆滅和時代的蕩滌。鶴般名士也好，蟲樣走卒也罷，一切都將在西風中搖落，吹不到來年東風了。

這一切竟是這樣容易，容易到讓人難以置信，「變端之來，心存目替，其愴恍殆有甚焉」（〈水龍吟〉「我懷栗里高風」詞序）。「不信江南腸斷，放哀歌、楚聲先變」，江南斷腸之句還在寫，可楚地之聲已經變了調。這裡可能暗指湖北武漢是辛亥首義之地。「山川猶是，英雄安在，登臨恨晚」，詞人悵恨自己已進入遲暮之年，但仍不忘呼喚能扭轉乾坤的「英雄」，這也是民國甫建前清遺民們的普遍心態。「野戍殘燐，江烽危照，蒼茫望眼」三句，寫登臨所見，烽火猶燃，鬼火未盡，到處是戰爭與死亡的痕跡，也呼應著前文「鶴蟲」的悲劇。「但愁波到海，何人借與，快并刀剪」，結片故作豪快語，增強了力度，似乎是堅定了做一個愁情滿江的遺民的決心，因為詞人顯然知道抽刀斷水水更流，故園再無花，此愁再難去。

264 月下笛

戊戌八月十三日宿王御史宅，夜雨，聞鄰笛感音而作，和石帚❶。

鄭文焯

月滿層城，秋聲變了，亂山飛雨❷。哀鴻怨語❸，自書空❹、背人❺去。危闌不為傷高倚，但腸斷衰楊幾縷❻。怪玉梯霧冷，瑤臺霜悄，錯認仙路❼。

延佇❽，銷魂處。早漏洩幽盟，隔簾鸚鵡❾。殘花過影，鏡中情事如許。西風一夜驚庭綠❿，問天上人間見否⓫？漏譙⓬斷，又夢聞孤管⓭，暗向誰度？

【注　釋】❶戊戌八月十三日四句　戊戌，八月十三日，光緒二十四年八月十三日（新曆一八九八年九月二十八日），戊戌政變後的第八天，也就是「戊戌六君子」被殺害的日子，作者時在京城任內閣中書，故此詞實際上是為憑弔六君子，抒寫變法失敗的滿懷憂憤而作的，此後不久便憤而棄官。王御史，王鵬運，曾任江西道監察御史。晚清四大詞人之一。時居京城。鄰笛感音，用〈思舊賦〉典故，向秀在嵇康被司馬昭殺害後，經過嵇康舊居，聽到鄰人嘹亮的笛聲，追憶起往日情誼，寫下悼念亡友的名篇〈思舊賦〉。石帚，指姜夔。南宋著名詞人。清人多認為石帚即姜夔，但據夏承燾〈石帚非白石辨〉考證，二者並非同一人。姜有〈月下笛〉，此即和其韻。❷月滿層城三句　寓戊戌政變偷天換日的血腥場面。月滿，農曆八月十三日時近中秋，故云。層城，據《水經注》載，昆侖山最上級稱「層城」，為太帝所居，在此寓指帝后所居的京城。秋聲變，寓西太后發動的政變。❸哀鴻怨語　用〈小雅．鴻雁〉「鴻雁于飛，哀鳴嗷嗷」詩意，喻人民因流離失所而悲啼。❹書空　群雁飛行常在空中排成「一」或「人」字，如同在空中書寫一般，又兼用殷浩書空的典故表達悲憤之意。據《世說新語．黜免》載，殷浩被廢為平民後，每天都用手指在空中反覆書寫「咄咄怪事」四字。❺背人　背向人；避開人，突顯出失意落寞的情狀。語出潘閬〈歲暮自桐廬歸錢塘晚泊漁浦〉「時聞沙上雁，一一背人飛」。❻危闌不為傷高倚二句　形容值此沉痛絕望之際，不願倚高闌遠眺，以免觸目傷懷，更添憂憤。化用歐陽脩〈踏莎行〉「樓高莫近危闌倚」與辛棄疾〈摸魚兒〉「休去倚危闌，斜陽正在、煙柳斷腸處」。倚危闌的感慨參見董士錫〈摸魚子〉（梅州送春）注❾。楊柳寓意參見董士錫〈蘭陵王〉（水聲咽）注❸。❼怪玉梯霧冷三句　指被種種疑似仙境的景致迷惑而錯認了登仙之路。喻當初力圖變法興國，卻不料一切希望盡成虛幻，終究誤入歧途，為奸人所賣，落得皇帝幽禁、忠臣身死的悲慘下場。玉梯，通往仙境的碧玉階梯。瑤臺，傳說中西王母的居所，參見《穆天子傳》，在此暗指西太后慈禧。❽延佇　久立觀望，有所期待的樣子。❾早漏洩幽盟二句　化用朱慶餘〈宮詞〉「含情欲說宮中事，鸚鵡前頭不敢言」詩意，用洩密的鸚鵡寓出賣帝黨的袁世凱。帝黨在得知光緒帝位將不保後，試圖倚重當時貌似支持新政且有兵權的袁世凱，以挽回局勢，袁世凱一面假意應允助勤王保駕，並與譚嗣同等人定下密約，要借天津閱兵除去慈禧一黨的直隸總督榮祿；一面向榮祿告密，直接促使慈禧發動政變，導致變法失敗。❿西風一夜驚庭綠　用庭中充滿生機綠意的草木被秋風染黃摧折，寓初見成效的變法被西太后發動的政變所摧毀。西風，借指西太后。⓫天上人間見否　感歎不知劫後或身死或流亡的戊戌黨人能否再見。用白居易〈長恨歌〉「但教心似金鈿堅，天上人間會相見」詩意。⓬漏譙　古代計時用具。漏，滴水計時的更漏。譙，城門上的鼓樓。⓭孤管　即「鄰笛」。

【語　譯】月光灑滿京城，秋天的聲音變得淒厲了，急雨在亂山中飛舞。群雁哀鳴，在空中書寫下悲憤的字，又背著人飛去了。不要因為寄託憂傷而去倚靠高欄，遠望也只能看見幾縷空令離人斷腸的衰殘柳絲呀！那玉梯上縈繞的霧氣寒冷徹骨，而瑤台裡飛來的嚴霜也已悄悄逼近了，只怪當初將其誤認為登仙佳徑啊！徘徊觀望，在那最令人悲痛悔恨的地方，簾外的鸚鵡早已將秘密的盟誓洩漏出去了。飄殘落花的影子飛掠而過，鏡中所照的近年情事也像這樣虛無飄渺，轉瞬即逝啊。西風一夜之間驚動、摧折了滿庭綠意，試問還能否在天上、人間重逢呢？漏譙報時聲已停歇了，又在夢中聽到了那孤寂的笛聲，不知夢魂和著笛聲又悄悄地向誰飛去了呢？

【研　析】此詞選自《樵風樂府》卷四，是典型的別有寄託之作，在以實景寓實政上頗多妙筆，如起句即傳神勾勒出的一派山雨欲來風滿樓的驚心動魄景象，為全詞奠定了悲壯的基調。「哀鴻」句，融合自然景物與歷史典故，巧不露痕，將悲天憫人的憂憤與天意弄人的無奈曲折道出。又如「早漏洩幽盟」與「西風一夜驚庭綠」句，都是巧用雙關語契合於時事時景，避免了寄託詞常見的晦澀難懂弊病。其中，最值得細究的是前結「怪玉梯霧冷，瑤臺霜悄，錯認仙路」的寓意。目前學者大都認為此句寓光緒帝被幽禁之事，瑤臺即是瀛臺。其實不然，瀛臺非瑤臺，其命名可能源於傳說中的仙山瀛州。且將光緒幽禁之地錯認為仙路也不合邏輯。而瑤臺是傳說中西王母的居所，結合時事，西王母顯然更契合於戊戌政變主謀西太后的身份。此句領字「怪」，當是怨怪之意。變法之初，錯信了慈禧及其麾下陽奉陰違的后黨，正是變法失敗的重要原因之一。「霧冷」體現出奪權之路的艱難、「霜悄」則體現出后黨的冷酷與偽善。下闋所述情事均能與此句呼應，描述出一段因「錯認仙路」而失敗的慘痛經歷——「銷魂處。早漏洩幽盟，隔簾鸚鵡」指的是假意協助變法卻暗中向后黨告密的袁世凱。一個「早」字已道出此時的「銷魂」，既是對袁世凱一貫奸邪的痛恨，更是對新黨一直被其巧言令色所蒙蔽，錯得離譜的悔恨。而「殘花過影，鏡中情事如許。」則表明連留存不多的美麗也是短暫虛幻的，也即為錯認仙路的寫照。「西風一夜驚庭綠，問天上人間見否？」指的是西太后一黨的反撲，如西風摧折百草般，一夜之間便將初現生機的新政摧毀殆盡，新政支持者也或殉難，或逃亡，今後前途迷茫，即便意志堅定，能否重聚也是未知數。以上種種，正是當初認錯路的慘痛結局。至於末句「夢聞孤管，暗向誰度」，除了呼應聞笛的題旨，表達對六君子的哀悼外，還寄寓了找尋知音同道，以糾正「錯認仙路」的失誤，另謀出路，力圖興復之意。

265 六醜

芙蓉謝後作

鄭文焯

又年芳❶催老，悄立遍、闌干危碧。怨花後期❷，無言花暗泣，黦❸地誰惜？更灑黃昏雨，水環風佩，數斷紅消息❹。羅裳❺自染秋江色❻，繐帳❼才遮，珠茵❽旋積。盈盈怎堪搴摘？只輕朱薄粉❾，愁上簪幘❿。西園⓫霜夕，照清池宴席。步綺凌波地，成往跡⓬。尊前換盡吟客，綴仙城⓭夢見，玉顏非昔。釵鈿墜⓮、似曾相識。終不向、一鏡東風媚晚，鬢邊狼藉⓯。飄零恨、獨在江國⓰。怕舊題、錦段重重淚，無人贈得⓱。

【注釋】❶年芳　一年一開的芬芳花朵。❷後期　延誤花期，開得晚。❸黦　黃黑色。在此用作動詞指玷汙。❹更灑黃昏雨三句　化用姜夔〈念奴嬌〉詠荷花的「水佩風裳無數……更洒菰蒲雨」詞意。水環風佩，指芙蓉在水中蕩起的漣漪如圓環，在風中回蕩的清音如玉佩。斷紅，落花。❺羅裳　芙蓉宛如翩翩霓裳般的花葉。屈原〈離騷〉：「製芰荷以為衣兮，集芙蓉以為裳。」後遂以芙蓉衣為高潔品質的象徵。❻秋江色　即秋香色，指秋季常見的淺橄欖、淺黃綠色。這也是芙蓉花葉將枯萎的顏色。❼繐帳　喪禮用的帳幔，在此形容凋零的荷葉。繐，細而稀疏的麻布，古時多用於喪禮。❽珠茵　珍珠攢成的席子。在此形容雨珠聚集在荷葉上的樣子。❾輕朱薄粉　薄施脂粉的淡妝，指淺紅色的芙蓉花瓣。❿簪幘　髮簪和頭巾。指芙蓉的花葉。⓫西園　作者的寓所。⓬步綺凌波地二句　用張先為晏殊出姬所作的〈碧牡丹〉「步帳搖紅綺。曉月墮，沈煙砌」詞意與曹植〈洛神賦〉「凌波微步，羅襪生塵」文意，來比喻芙蓉的凌波仙姿與飄零後一去不返的淒涼。⓭仙城　用芙蓉城典故，歐陽脩《六一詩話》載，石曼卿去世後，有故友見到他，恍如夢中，自稱如今已為鬼仙，執掌芙蓉城。⓮釵鈿墜　指殘荷飄落，釵鈿，古代女子首飾，在此指芙蓉的花葉。⓯終不向二句　反用王夫之〈沁園春〉「西園片片落英，也妝點東風媚晚晴」詞意。⓰江國　河流多的地區，在此指江南。⓱怕舊題錦段重重淚二句　反用項斯〈欲別〉「錦緞裁衣贈」詩意。錦段，錦緞。一種花紋絢爛的絲織品。

【語　譯】芬芳的花朵又一次衰老飄零了，悄悄地立遍了碧綠的高闌。埋怨花開得太遲，對著殘花黯然淚下，淚水與落花沾染遍地又有誰會憐惜呢？更有黃昏時飄灑而下的雨珠，在水中蕩起的漣漪如圓環，在風中回蕩的清音如玉佩，訴說著落花的消息。芙蓉的羅裳上自然染上了秋江的顏色，如繐製喪帳的荷葉剛剛掩過，雨珠立即在葉上聚積起來，望去如珍珠墊子一般，這輕盈動人的花朵怎麼禁得起攀摘？只略施了淡淡的脂粉，如簪幘般的花葉上凝結著即將飄零的哀愁。　回憶起西園飛霜的夜晚，宴席上風華正茂的芙蓉照影清池。踏上這紅綺凌波，風姿迷人的故地，一切的繁華都已成陳跡了。昔日酒杯前同吟的客人都已換了，即便能在傳說中的芙蓉仙城再次夢見，那如玉的容顏也必將改變了。如釵鈿般的花葉飄落了，這情景似曾相識。終究不願向那鏡中虛幻的春風、晚晴獻媚，眼看著鬢上的花葉都飄散了。漂零的遺恨，獨自留在江南。怕看到錦段上舊日的題詞，被重重的淚水染透，卻找不到可以贈與的人。

【研　析】此詞選自《樵風樂府》卷八，大約作於宣統元年己酉（西元一九〇九年）。結合時局，當是別有寄託的。芙蓉從屈原《楚辭》起便已是遺世獨立高潔君子的象徵，這種寓意在歷代文學作品中不斷得到重申及深化，廣為傳頌的〈愛蓮說〉即是其中名篇之一。此詞中的芙蓉應是象徵著在衰亂世運中日漸飄零，卻仍獨立不屈的維新黨人及其後繼者；而芙蓉的凋謝則象徵著變法的失敗，相應而生的是一系列淒婉悲涼的情境，與上文已注釋的〈月下笛〉（戊戌八月十三日宿王御史宅）參看，可更好的瞭解其內涵。

上闋極寫花開之遲與凋零之速之悲，這與戊戌變法在外敵壓境、國勢衰微的時局中，千呼萬喚始施行，卻只維持了短短百日就以慘敗告終的情況何其相似。作者急切的立遍高闌察看芙蓉的境況，而得到的卻是淒慘的「斷紅消息」，看到的卻是「羅裳自染秋江色」——芙蓉高潔芳華的霓裳終究還是被肅秋所吞噬，變成了一派由綠轉黃的秋色，這便是當年作者在京中目睹的「西風一夜驚庭綠」的情景啊！

作者當年驚聞變法失敗，六君子等新黨被害，經歷了數年，國運更為衰落不堪，痛苦和無奈當然也是有增無減。於是下闋在回憶起西園的舊景舊客時，才會產生如此強烈的「成往迹」之感，新政興盛時的短暫風光已如飄零的芙蓉般一去不返了。更為沉痛的是，當日的盟友在辭世或離散後，即便能在天上人間重聚，也難保不會改變；而今日的時局竟又是衰敗更甚當年，透露出似曾相識，悲劇即將重演的徵兆。「終不向、一鏡東風媚晚」與〈月下笛〉中的「殘花過影，鏡中情事如許」正可互相發明，可見作者對只能帶來如鏡中春般虛幻希望的朝廷已頗為失望，不願再倚靠其行復興大計了。以上種種，都加重了飄零恨和孤獨感。結句流露出的正是此類日深的感慨——往事不堪回首，昔日知音多已散，而來日知音尚未遇。一個「怕」字耐人尋味，固然有不遇知音的擔憂，卻也未嘗絕望，仍是透露出一線能將舊題贈出的希望的，正因前途未卜，才會如此惴惴不安啊！

266　夜飛鵲

香港秋眺懷公度❶

朱祖謀

滄波❷放愁地，遊棹❸輕回。風葉亂點行杯❹。驚秋客枕酒醒後，登臨塵眼重開。蠻煙❺蕩無霽，颭❻天香❼花木，海氣樓臺❽。冰夷❾漫舞，喚❿癡龍、直視蓬萊⓫。多少紅桑如拱⓬，籌筆⓭問何年，真割珠崖⓮？不信秋江睡穩，掣鯨身手，終古徘徊⑮。大旗落日⑯，照千山、劫墨成灰⑰。又西風鶴唳，驚笳夜引，百折濤來。

【作者】朱祖謀（西元一八五七—一九三一年），原名朱孝臧，一字古微，號漚尹，又號彊村，浙江吳興人。光緒九年（西元一八八三年）進士，改庶吉士，受編修，官至禮部右侍郎。三十年（西元一九〇四年）出為廣東學政，與總督忤，引疾去官，卜居蘇州。入民國後以遺老自居，校書、著述自娛。彊村四十歲後為王鵬運指引，專力為詞，學夢窗得其神髓，晚年濟以東坡、稼軒，獨樹一幟。兼精校讎之學，所刻《彊村叢書》，搜集唐宋金元一百六十三家詞一百七十三種，精校精刻，沾溉甚廣。龍沐勛、夏承燾、劉永濟、楊鐵夫等現代詞學家皆出其門下，論者推為「宗師」、清季詞壇殿軍、「詞學一大結穴」（葉恭綽語）。另編有《國朝湖州詞徵》、《宋詞三百首》、《滄海遺音集》等，自著詩詞有《彊村語業》、《彊村棄稿》等。

【注釋】❶香港秋眺懷公度　光緒二十八年（西元一九〇二年）秋，朱祖謀自禮部侍郎出任廣東學政，次年春抵廣東，春晚曾到嘉應州（今梅縣），和當時放歸在家、憔悴不已的黃遵憲（字公度）相聚，寫下〈燭影搖紅〉、〈摸魚子〉兩闋詞。甲辰（西元一九〇四年）秋因事舟經香港，又寫此詞寄黃。夜飛鵲，又名〈夜飛鵲慢〉，雙調一百零六字，宋周邦彥首填此調。❷滄波　指香港附近海面。❸遊棹　遊船。❹行杯　傳杯飲酒。南朝梁元帝〈燕歌行〉：「乍見遠舟如落葉，復看遙舸似行杯。」❺蠻煙　指南方少數民族地區山林中的瘴氣。這裡指英國統治下的香港煙霧迷茫，遮蔽了晴空。❻颭　風吹物動。❼天香　這裡指奇異的香氣。❽海氣樓臺　原指海上空氣折射所形成的海市蜃樓。《史記・天官書》曰：「海旁蜃氣像樓臺。」這裡指英人在香港所建造型奇異不同於中國的樓房。❾冰夷　即馮夷，是傳說中的水神。這裡暗指囂張的帝國主義列強。❿癡龍　據南朝劉義慶《幽明錄》記載，傳說洛中有大穴，有人誤墜穴中，見有大羊，取髯下珠而食之。出而問張華。華謂羊為癡龍。這裡以癡龍喻中國。⓫蓬萊　海上三仙山之一，喻指被割讓的香港。⓬紅桑如拱　據晉王嘉《拾遺記》載，西海濱有桑樹，紅葉紫甚，一萬年一結果，食之可長生。拱，樹木歷經久年，樹幹有兩手合抱之粗。⓭籌筆　今四川廣元北八十里有籌筆驛，相傳諸葛亮出師常運籌於此。⓮珠崖　今海南島。《漢書・賈捐之傳》：「願逐棄珠崖，專用恤東之憂……

從之，珠崖由是罷。」這裡指清政府喪權辱國，簽約割地。⓯不信秋江睡穩三句　意謂像黃公度這樣有著出色外交才幹的維新志士，不該賦閑在家，得不到重用。秋江睡穩，杜甫〈秋興八首〉其四：「魚龍寂寞秋江冷，故國平居有所思。」掣鯨，唐杜甫〈戲為六絕句〉之四：「或看翡翠蘭苕上，未掣鯨魚碧海中。」⓰大旗落日　語本杜甫〈後出塞〉：「落日照大旗，馬鳴風蕭蕭。」⓱劫墨成灰　《三輔黃圖》載：武帝初，穿昆明池，得黑土。帝問東方朔，朔曰：「西域胡人知之。」乃問胡人，胡人曰：「劫燒之餘灰也。」後以劫灰喻戰亂。

【語譯】我在滄海上漂流，想要遣放愁懷，小船卻於此徘徊不進。暫且駐足傳杯痛飲，誰想風中黃葉亂飛。這一番秋涼，把我驚得酒醒，登臨舉目一望，被塵世所掩之眼為之大開。在列強硝煙的籠罩下，這灰霾的天空總是不能放晴，只有奇花異草的香氣四處彌漫，隨風飄過海市蜃樓般的洋樓。海神在狂舞，它要喚醒癡龍，看看這蓬萊仙島。　海濱有多少紅桑已達合抱之粗，簽約割讓香港已經有多少年？在這多事之秋，不信你這巨龍會始終沉睡在秋江裡，空有牽控鯨魚的身手，卻難以施展。落日下大旗黯淡無光，映照著無數山崗上被劫火焚燒後餘下的灰燼。秋風又起，送來了陣陣鶴唳之聲，夜笳頻吹驚破了沉沉的夜色，只見怒濤百折，洶湧而來。

【研析】這是一首懷人之作，為懷念友人黃公度而作，詞人既悲慨國恨難解，也歎息友人空有抱負卻不得重用。開篇兩句，寫欲借香港之行遣愁，而愁懷不開。「滄波放愁」，欲觀滄海而一解鬱悶，大筆重重提起；「遊棹輕回」，只說回舟，不說心事，細毫輕輕落下。遂提得一口氣梗在喉中。愁既未得放，故借酒澆之，但「風葉」不知人愁，「亂點行杯」。於木葉蕭蕭、滿山搖落之際舉杯，其愁只會倍增。詞人並未言所愁為何，也許有國事難為之哀，京官外放之慨，還有對罷官病居已數年的黃公度的傷感，並由之產生的對維新派人物的同情和對變法夭折的悼念。知彊村深者，當更能體會。愁情倍增，故而愈加借酒澆愁，以至醉倒就枕。這些意思都藏在紙內，提筆則只說秋風中驚醒，「登臨塵眼重開」。此便是意脈不斷，潛氣內轉之法，寫得句句如出雲之峰，峭拔無比。登臨所見如何？「蠻煙蕩無霽，颭天香花木，海氣樓臺」，字面典雅，組合新奇，表面上不露聲色，實則內含鋒芒。一片奇花異草，海閣蜃樓，都是舶來之物，大陸是看不到的；尤其「蠻煙蕩無霽」

一句，寫香港在夷煙蠻氣的熏染下，雲山霧罩，不見晴天朗日，寄寓了詞人深深的悲慨。好一座寶島，好一座現世蓬萊！中國這隻「癡龍」，「睡獅」，真該好好看看自己被奪去了的東方明珠，被搞成了怎樣一副「烏煙瘴氣」的樣子！

上片已將「香港秋眺」之題面寫足。憂愁愈發濃郁。寫到新香港，又寫到當權者，自然談及歷史。「多少紅桑如拱，籌筆問何年，真割珠崖？」紅桑為傳說中的樹木，仍切香港之地理環境及與大陸之異；連新植的紅桑都已堪合抱，國土被動動筆就割讓的已太多也太久了。「真」字是不必問之問，透露著胸中不可抑之情。接著由「籌筆」聯想到著名外交家、睜眼看世界的好友黃公度，其真有斡旋調解的本領，卻被革職不用，鋒芒本該指向當權者；然而到下筆時，則從黃氏及相當一批戊戌政變中被打倒的維新志士著墨，不信他們能「秋江睡穩」，閑了「掣鯨身手」，「終古徘徊」。這是為了繳足「懷公度」之題面，也是溫柔沉鬱，不露鋒芒之處。「大旗落日，照千山、劫墨成灰」，環顧四周，國勢日衰，大旗外日薄西山，滿目劫火餘灰。雖是虛寫，仍用濃墨，正是夢窗一派「密麗」風格之體現。由落日而入夜，「又西風鶴唳，驚笳夜引，百折濤來」，再添一筆寫岌岌可危的時局，風聲、鶴聲、笳聲、濤聲，聲聲驚心，尤其是「百折濤來」一句，似乎還暗喻著更多難以避免的政治風浪。以「滄波」起筆，以「濤來」結束，首尾呼應，詞人似乎也要乘船離開香港了，帶著愁來登臨遠眺，又帶著更深重的愁懷離去。這首〈夜飛鵲〉藻采奇瑰，鋒芒內蘊，情懷沉鬱，章法若雲中之龍，身藏勢見，鱗爪耀目，是彊村詞中上乘之作。彊村詞學夢窗，能透過其琳琅密麗的字詞，學到潛氣內轉的真本領，兼之內涵深刻豐厚，筆力健峭，故論者以為夢窗不及。

267 清平樂 夜發香港❶

朱祖謀

舷燈❷漸滅，沙動荒荒❸月。極目天低無去鶻，何處中原一髮❹？

江湖

息影❺初程❻，舵樓❼一笛風生❽。不信狂濤東駛，蛟龍偶語❾分明。

【注釋】❶夜發香港　光緒三十年（西元一九〇四年），作者出任廣東學政。次年，因與總督岑春煊意見不合，引疾去官。同年借道香港，取水路北歸。此詞即作於離開香港之際。❷舷燈　船在夜間行駛時，左舷船首帶的紅燈或右舷船首帶的綠燈。❸荒荒　月色朦朧，黯淡的樣子。❹極目天低無去鶻二句　化用蘇軾〈澄邁驛通潮閣〉詩「杳杳天低鶻沒處，青山一髮是中原」句意。鶻，一種猛禽。青山一髮，青山遠望如髮，形容極細。❺息影　隱居休息之意。❻初程　第一程。❼舵樓　操舵的駕駛室。❽一笛風生　化用唐杜牧〈題宣州開元寺水閣〉：「深秋簾幕千家雨，落日樓臺一笛風。」❾偶語　私語。

【語譯】船舷的燈火漸漸熄滅，沙灘在朦朧的月影裡搖晃。極目遠望，天邊低垂，不見飛鶻，那遠望去纖細如髮的中原卻在哪裡？　踏上歸隱江湖之路，舵樓一聲汽笛，帶來一陣凜凜寒風。不信狂濤會東去不返，我分明聽見水底蛟龍的私語。

【研析】這是一首行旅之作，當時詞人從廣東學政任上辭官，道經香港返回內地，這首詞寫其所見所感。在古代，傳統士大夫的行世準則是「用之則行，舍之則藏」，但這出與處的轉換並非像說起來那麼輕鬆，而是難免有許多感慨。詞人從廣東學政的位子上稱病辭職，當是對當時的政權徹底失望了，然而，心中的重擔卻未能因此而卸下，這些難以卸下的沉重與憤激，就反映在〈清平樂〉這首小詞中。上片寫船發香港，月昏夜墨，心意沉沉。「舷燈漸滅。沙動荒荒月」，船舷的燈光漸次熄滅，將甲板、海灘留給月光，凝望處，水底淺沙反射著月光，和海水一起搖曳不定。燈光的熄滅，月光的登場，彷彿是詞人退出紅塵、歸隱江湖的象徵；這眼中景物的朦朧搖曳，又似乎透露了詞人內心的黯然與不平。然而仕途失意，抱負猶在，作者關心的仍然是國家民族的興亡。「極目天低無去鶻，何處中原一髮」，放眼望去，漆黑靜穆的天空與蒼茫沉默的大地相接，萬物都已休息。神州何處，動盪的時代何時是盡頭？鄉關何處，是否真能夠息影江湖？這時一聲汽笛破空而來，驚醒了凝望中的詞人，隨著輪船的移動，彷彿兩脅生風，令人精神為之一振——「江湖息影初程」，從此無官一身輕。此刻回思國事，詞人的情緒也昂揚起來，正所謂「不信狂濤東駛，蛟龍偶語分明。」大廈將傾，難道真的沒人能力挽狂瀾嗎？不會的，這已經不是「魚龍寂寞不曾醒」（左輔〈南浦・夜尋琵琶亭〉）的暗暗時代，而是「不信秋江睡穩，掣鯨身手，終古徘徊」（〈夜飛鵲・香港秋眺懷公度〉）的崛起時代，欲振興國家的新生力量早已在摩拳擦掌，故蛟龍的私語聲其實也是詞人的心聲。全詞章法上先抑後揚，過渡自然，尺水興波；語言簡勁省淨，鋒芒內含，情景交融，藝術性很高。

268

金縷曲

書感寄王病山秦晦鳴❶

朱祖謀

斗柄危樓揭❷，望中原、盤雕沒處，青山一髮❸。連海西風掀塵黯，捲入關榆❹悴葉。尚遮定、浮雲❺明滅。烽火❻十三屏❼前路，照巫閭、知是誰家月❽？遼鶴語❾，正嗚咽。

微聞殿角春雷發。總難醒、十洲濃夢，桑田坐閱❿。銜石冤禽⓫寒不起，滿眼秋鯨鱗甲⓬。莫道是、昆池初劫⓭。負壑藏舟⓮尋常事，怕蒼黃、柱觸共工折⓯。天外倚，劍花裂⓰。

【注釋】❶書感寄王病山句　光緒二十九年秋，日俄關係因爭奪遼東半島而空前緊張，戰事一觸即發。本詞即作於此時，作者時任廣東學政。王病山、秦晦鳴即詞人的朋友王乃徵（字病山）、秦樹聲（字晦鳴）。❷斗柄危樓揭　等於說看高樓上北斗，也暗指戰事在即。斗柄，北斗七星之柄，包括即衡、開泰、搖光三星。危樓，高樓。揭，舉。《詩・小雅・大東》：「維北有斗，西柄之揭。」❸望中原二句　參見本書〈清平樂・夜發香港〉注❹。盤雕，指空中盤旋的猛禽。❹關榆　邊關的榆樹。又，山海關又名榆關。❺遮定浮雲　化用李白〈登金陵鳳凰臺〉：「總為浮雲能蔽日，長安不見使人愁。」❻烽火　指日俄戰爭。❼十三屏　十三山，在遼寧錦縣東七十五里，高一里餘，周二十里，峰有十三，故名。一說，借用明十三陵字面以指關外清帝陵。❽照巫閭知是誰家月　指為爭奪東北，日俄在中國土地上進行戰爭。巫閭，即巫閭山，在遼寧北鎮城西北五公里處。❾遼鶴語　晉陶潛《搜神後記》卷一：「丁令威，本遼東人，學道于靈虛山。後化鶴歸遼，集城門華表柱。時有少年，舉弓欲射之。鶴乃飛，徘徊空中而言曰：『有鳥有鳥丁令威，去家千年今始歸。城郭如故人民非，何不學仙冢壘壘。』遂高上沖天。」❿微聞殿角春雷發三句　追寫戊戌變法的失敗。春雷發，指光緒二十四年（西元一八九八年）四月，下詔變法。《漢書・敘傳》：「上天下澤，春雷奮作。」十洲濃夢，指保守派認不清海外形勢。據《十洲記》記載，傳說八方大海之中，有祖洲、瀛洲等十洲，都是神仙居住的地方。⓫銜石冤禽　謂精衛填海，可能指失敗的維新志士。一說，指甲午海戰時，北洋水師將領鄧世昌等殉難者。任昉《述異記》：「昔炎帝女溺死東海中，化為精衛，一名冤禽。」⓬秋鯨鱗甲　指巨大的戰艦。杜甫〈秋興八首〉其七：「昆明池水漢時功，武帝旌旗在眼中。織女機絲虛月夜，石鯨鱗甲動秋風。」⓭昆池初劫　參見前收〈夜飛鵲・香港秋眺懷公度〉注❾。⓮負壑藏舟　指統治者昏聵無能，遭列強欺辱。《莊子・大宗師》：「夫藏舟於壑，藏山於澤，謂之固矣。然而夜半有力者負之而走，昧者不知也。」⓯怕蒼黃柱觸共工折　意謂害怕局面走向不可收拾。蒼黃，青色和黃色，表示事物發生變化。《墨子・所染》：「染於蒼則蒼，染於黃則黃；所入者變，其色亦變。」柱觸共工折，即共工撞斷不周山的神話傳說（《淮南子・天文訓》），代指天崩地裂的戰事。⓰天外倚二句　意謂期盼能扶持危局、扭轉乾坤的力量出現。戰國宋玉〈大言賦〉：「長劍耿耿倚天外。」辛棄疾〈水龍吟〉：「倚天萬里須長劍。」

【語譯】 在高樓上向高懸著北斗星的方向望去，中原大地就在大雕盤旋隱沒的地方，青山一抹在天際看起來細如髮絲。海面上西風掀起漫天的沙塵，也捲起了從遙遠的邊關飄蕩過來的碎葉。太陽已被浮雲遮住，時明時滅。十三山前路遍是烽火，那照亮巫閭山的真不知是誰家的明月？彷彿有遼東仙人化鶴歸來，語聲嗚咽。

殿角隱隱傳來陣陣春雷。它卻難以驚醒十州的迷夢，面對滄桑巨變，我也只能袖手旁觀而已。那立志銜石填海的精衛冤魂在嚴寒中難以飛起，滿眼盡是秋風中巨鯨的鱗甲。可別說這是昆明池經歷的第一次劫難，像這樣自以為得計，卻難免遭劫的事情已不知經歷過幾番了。只恐時局如布上的染料般青黃難料，變幻莫測，又如被共工觸動的不周山般傾危將折。快揮動光芒四射的倚天長劍，扶危濟世。

【研　析】彊村詞學夢窗（吳文英），同時也沒有忘記轉益多師，尤其在感懷國事的篇章中，能濟之以稼軒詞的骨力，寫得壯懷激烈，異彩紛呈，如此詞就是這樣一首名作。這類詞作繼承了夢窗詞風格密麗、時空交錯的特色，且用典密度很大，故而在理解與欣賞上造成了不小的難度。

起句「斗柄危樓揭」，略去「遙望」、「遠看」等鋪墊語，只說危樓上北斗高據，彷彿從天而降，險峻無比。《詩經》中有云：「維北有斗，西柄之揭。」是說周人向東進取，此句暗用其意，表明北方兵氛已濃。次句「望中原、盤雕沒處，青山一髮」，化用東坡成句，北望中原，路遠山高，傷懷國事，憂心如焚。至「連海西風」二句，寫塞外蕭颯的秋景，暗喻戰事一觸即發：西風直吹到海，揚起漫天塵土，席捲關塞殘葉。「關榆」即邊關的榆樹，也指榆關，即山海關外將成為戰場；「浮雲明滅」則暗喻戰爭雙方劍拔弩張、不知勝敗如何。「烽火十三屏前路，照巫閭、知是誰家月」三句至為痛切，十三山前烽火熊熊，卻不知巫閭峰頭的月色究竟屬誰家。為什麼？因為舉烽火的竟然不是大清軍隊而是列強侵略者！自家之國土，竟成為外人之戰場，這是怎樣昏庸無能的政權在統治著！前結「遼鶴語，正嗚咽」，忽而跳到化鶴的仙人，卻是神來之筆。不管戰爭結果如何，中國國土都會慘遭蹂躪，國民都會無辜犧牲，面對此種亂世橫禍，連超逸忘情的仙人也不禁嗚咽，更何況是世間凡人呢？用典巧妙，令人歎服。

在前結「嗚咽」中悲情已露，至過片「微聞殿角春雷發」復從眼下的關外戰爭，轉到過去的宮廷政治。這樣大的時空跳躍，且不用任何虛字連接，是詞人從夢窗處學來的大手段。儘管預示著希望，但這「春雷」僅自宮牆一角發出，聲音甚為微弱，喚不醒中國這頭「癡龍」。「十洲」是古人對海外世界的想像，虛無縹緲，故「十洲濃夢」是對那些自詡為「天朝上國」的中國人保守自負、不願睜眼看世界心態的辛辣嘲諷。「桑田」，即滄海桑田，一夢醒來，世界已發生滄桑巨變——從前臣服的島夷變成了大日本帝國，但當權者除了坐視這一切外，還幹了什麼？戊戌變法才百天就夭折了。總之，「微聞」以下三句短短十八個字，意蘊豐厚，感情悲切，合稼軒之骨氣與夢窗之壯采而一之。接下來的「銜石冤禽寒不起，滿眼秋鯨鱗甲」句，寫甲午海戰的慘敗，上下分句間形成鮮明對比，在列強越來越囂張的堅船利炮前，維新志士的失敗是如此的令人扼腕。戊戌政變後緊接著的庚子之變，八國聯軍踏破北京城，當時日俄在爭奪東北，無論哪一方勝利都會以之為跳板，覬覦華北、京津……昆明池的劫灰恐怕還會沉積一次又一次，故而此下便有了「負壑藏舟尋常事，怕蒼黃、柱觸共工折」的慨歎，詞人憂心忡忡，怕政府這次所謂坐山觀虎鬥的玩火行為會造成不可收拾的後果。「負壑藏舟」用《莊子・大宗師》語，暗指列強為「有力者」，清廷為「昧者」；「柱觸共工折」，意謂多方勢力角逐，此消彼長，無論結果如何都會產生深遠的影響。詞人用典並非「掉書袋」，而是以少總多，包含深意。結尾「天外倚，劍花裂」，似乎寄寓著詞人對時世的希望，希望能有負偉力者出手力挽狂瀾；不過「劍花裂」云云，還是包含著悲壯的情懷。總而言之，這是一首能體現彊村詞心詞才的佳作，值得讀者再四品讀。

269　聲聲慢

朱祖謀

辛丑十一月十九日，味聃賦〈落葉詞〉見示，感和❶。

鳴螿❷頹墄❸，吹蝶空枝❹，飄蓬❺人意相憐。一片離魂，斜陽搖夢成煙❻。
香溝舊題紅處，拚禁花、憔悴年年❼。寒信❽急，又神宮淒奏，分付哀蟬❾。
終古巢鸞無分❿，正飛霜金井⓫，拋斷纏綿。起舞回風，才知恩怨無端⓬。天
陰洞庭波闊，夜沉沉、流恨湘弦⓭。搖落事⓮，向空山、休問杜鵑⓯。

【注釋】❶辛丑十一月十九日　辛丑，即光緒二十七年（西元一九〇一年）。味聃，洪汝沖，字味聃，湖南寧鄉人，清末詞人，著有《侯蛩詞》、《蛻庵詞稿》。落葉詞，〈聲聲慢・落葉〉：「銀瓶墮水，金谷飄煙，西風一葉驚秋。鳳宿鸞棲，等閒搖落颼颼。春工剪裁幾費，肯隨波、流出宮溝。次夢緊，問人間何世，半晌淹留。　連理桃根猶在，甚花難蠲忿，草不忘憂。浸玉露泉，昭陽往事今休。哀蟬莫彈幽怨，偷稠桑、無語凝眸。誰認取，滿荒郊、都是亂愁。」❷鳴螿　螿，寒蟬，古人認為牠叫聲悲哀。❸頹墄　殘敗的臺階。❹吹蝶空枝　指像蝴蝶一樣飛舞的翩翩落葉。❺飄蓬　飄零的蓬草，比喻無常的

命運。❻一片離魂二句　用倩娘離魂典故。據陳玄祐〈離魂記〉記載，張倩娘與表兄王宙本有婚約，在父親悔婚後抑鬱成疾，以致於魂魄離開身體去追隨王宙。在此既指離枝飄逝的葉魂，又暗寓逝去珍妃的芳魂。夢成煙，意為往事都如夢如煙不可追尋。陳文述〈感舊〉詩「往事回頭已十年舊……蘅蕪香澹夢成煙。」❼香溝舊題紅處二句　用紅葉傳詩的典故。古代有不少這類典故，大意都是久困深宮的宮女，在落葉上寫下寄託懷春意的詩篇，放入御溝隨水流出後為宮外人拾得，由此引發一系列悲歡離合的故事。此處用此典，正契合於落葉、宮禁、帝妃愛情的主題，是珍妃在冷宮中淒苦幽禁生活的寫照。禁花，兼指典故中久困的宮女與現實中的珍妃。禁，有宮禁與幽禁雙重含義。❽寒信　嚴寒將至的徵兆。❾又神宮淒奏二句　用〈落葉哀蟬曲〉的典故。據王嘉《拾遺記》載，漢武帝在寵妃李夫人逝世後，思念不已。在泛舟池上時，令女伶唱其自度曲，面對落日、淒奏、涼風、激水，觸景傷情，因賦〈落葉哀蟬曲〉。在此寓光緒對珍妃的思念。哀蟬既呼應上文的因寒冷而悲鳴的「鳴螿」，又能兼指〈落葉哀蟬曲〉。❿終古巢鸞無分　意為帝后往昔恩愛的緣分再也沒有了。巢鸞，在愛巢中相依的鸞偶。鸞鳥是鳳凰的一種，常寓后妃，又常以鸞儔寓愛侶。無分，沒有緣分。⓫飛霜金井　用黃葉被嚴霜金井吞噬，喻珍妃在慈禧逼迫下墮井而亡。化用王昌齡〈長信秋詞〉「金井梧桐秋葉黃，珠簾不捲夜來霜」詩意。⓬起舞回風二句　起舞回風，用李賀〈殘絲曲〉「落花起作回風舞」詩意。用落葉在風中流轉不定的無常命運，喻珍妃在宮中寵辱都不由自主的命運。無端，無緣無故，突顯出她任人擺布的無辜和無奈。⓭天陰洞庭波闊二句　用湘妃典故。相傳舜帝晚年在一次南巡中去世，葬於蒼梧。他的兩個妃子娥皇、女英追之不及，相與痛哭，眼淚灑在竹子上形成難以磨滅的斑紋，成為斑竹。最終二妃躍入湘江殉情，葬於洞庭湖中君山，化作湘水之神——湘妃。湘弦，唐代錢起在著名的〈湘靈鼓瑟〉詩中稱世傳湘妃善於鼓瑟，弦音淒苦怨慕，寄託了對舜的思念。此詞用珍妃比湘妃。⓮搖落事　即如宋玉〈九辯〉所道「悲哉！秋之為氣也。蕭瑟兮，草木搖落而變衰」。在此用秋葉的飄逝喻珍妃之死。⓯向空山休問杜鵑　勸珍妃的魂魄不要再去惦念、詢問光緒帝，以免得知他不幸的處境，會更為憂愁。空山，幽靜少人跡的山林。杜鵑，相傳杜鵑為戰國時蜀王杜宇（號望帝）死後所化，啼聲淒切，淚盡繼之以血。在此用杜鵑寓遭受亡國危機的光緒帝。用皎然〈秋晚宿破山寺〉「秋風落葉滿空山」與何應龍〈傷春〉「欲向空山問杜鵑」詩意。

【語　譯】寒蟬在殘敗的臺階間悲鳴，風吹樹葉如蝴蝶般翩翩落下，只留下空空的枝條，與如飛蓬般飄零的人同病相憐。那一片離開了身軀的魂魄，在夕陽下搖曳如夢轉成煙，愈難追尋。芬芳的御溝是當年紅葉題詩流傳的地方，那被拋棄的禁宮花朵，年年都憔悴不堪。嚴寒的徵兆已迫近了，再加上宮中皇帝思念愛妃的淒婉樂曲，都寄託給這寒蟬的悲鳴了。

昔日同巢鸞偶相依戀的緣分再也沒有了，黃葉正面對著嚴霜、金井的摧折，一切纏綿情絲都被迫斬斷、拋棄了。在回旋的風中起舞，才知道此生所經受的種種恩澤與怨恨都是無因而起，不由自主。天色陰鬱，洞庭湖上波瀾壯闊，沉沉的夜幕下，離情別恨在湘妃的弦音中回蕩。這木葉飄逝的悲劇啊，若是飄到了空山中，切莫再去惦念、問訊那啼血的杜鵑了。

【研析】此詞選自《彊村語業》卷一，所描述的光緒與珍妃的愛情悲劇，也是變法失敗後維新黨人命運和國運的縮影。珍妃，他他拉氏，侍郎長敘之女。光緒十四年（西元一八八八年）被選入宮後，因聰慧美麗而受寵，曾協助光緒處理朝政，是戊戌變法的支持者之一。光緒二十六年（西元一九〇〇年），八國聯軍攻陷京城，珍妃被慈禧太后借故命人推入寧壽宮外井中而亡。此後，慈禧偕同光緒帝一行離京西幸，次年（西元一九〇一年）簽訂了喪權辱國的《辛丑條約》後返京，十一月抵京。據龍榆生《彊村本事詞》所言，此詞即作於光緒返京後。珍妃之死，得到了當時許多支持變法人士的同情，作了不少悼念的詩詞，普遍以落葉、金井等意象寓珍妃之死，序言中提到的〈落葉詞〉即是其一。

此詞寫帝妃愛情，頗類〈長恨歌〉，所選取的御溝流紅、禁花憔悴、神宮淒奏、巢鸞無分、流恨湘弦、空山杜鵑等典故意象，均與宮廷帝妃相關，且能契合實事，而最能動人處還在於少了一份高高在上——既不以君王之愛為恩賜，也未作忠烈的渲染以拔高主題；卻多了一份平常夫妻的深情——紅葉題詩本是反映宮女淒苦處境及對愛情的渴望的，用以形容被困冷宮的珍妃，則視光緒為戀人多於君主。神宮淒奏與湘弦流恨的主角雖為帝妃，但音樂中所表達的生死相思卻無關身份，只見真情，遙相呼應更包含有超越生死的琴瑟合鳴之意。而換頭的「終古巢鸞無分」尤為哀感纏綿。象徵珍妃的落葉被嚴霜摧折後飄入深井，帝妃的情緣就這樣終結，再無法挽回了。至結句道即使是此後珍妃魂魄能化為湘妃，又怎麼忍心見到象徵著光緒魂魄的杜鵑在空山中為君權旁落、國家衰亂而啼血呢？在這生死難償的苦戀中，相思與憂傷又更進一層了，即如〈長恨歌〉

所言：「天長地久有時盡，此恨綿綿無絕期。」更值得稱道的是「起舞回風，才知恩怨無端」句，所描述的不由自主，隨時成為居上位者爭鬥犧牲品的命運與悲哀，是千古居於卑位的臣子妃妾共有的，故即便是超越珍妃一事，也能引起共鳴；尤其是在那個鼓吹雷霆、雨露莫非天恩的時代，作者能如此清醒地揭示出珍妃與變法悲劇的根源，確有膽識。

270

宴清都

壬寅小除夕陽山舟中❶

朱祖謀

餞臘蠻村鼓❷，聲聲急，雁邊低和鳴櫓❸。瓊簫市遠，膏爐焰薄❹，好春何許！橫溪數萼嬌紅❺，點綴入、迎年秀語❻。任向夕、雪意垂垂，韓山冷落眉嫵❼。銀荷翠管❽西船，歌呼簺博❾，渾忘羈旅。塗箋燥墨，沾杯淡酒，自溫眠緒❿。荒雞定憐沉夢，是一夜、鄉心幾處⓫。喚緒風⓬、帆色新年，春程未誤。

【注釋】❶壬寅小除夕句　此詞作於光緒二十八年壬寅（西元一九〇二年）小除夕，作者時年四十六歲，於這年秋簡放廣東學政。小除夕，除夕前一天，民俗此日要在家置酒宴，彼此拜訪「別歲」。焚「天香」於戶外。陽山，陽山縣位於廣東省西北部，峰奇水秀。❷餞臘蠻村鼓　指南方小村中送別臘月的鼓聲。餞臘，送別臘月，即辭舊年。蠻村，南蠻的村莊，即南方荒僻的村莊。❸鳴櫓　行船搖櫓的聲音。❹瓊簫市遠二句　形容遠離了繁華的都市生活。瓊簫市，指代繁華的都市。瓊簫，玉簫，指代繁華地區才用的名貴樂器，與上文蠻村鼓、鳴櫓等民間聲樂相對照。膏爐，熏爐，貴人雅士常用的熏香用具。❺橫溪數萼嬌紅　指映入溪中的橫枝紅梅。用林逋〈山園小梅〉「疏影橫斜水清淺，暗香浮動月黃昏」詞意。❻迎年秀語可泛指迎接新年的吉利曲辭、話語、對聯、揮春等。秀語，美好動聽的語句。林則徐〈除夕書懷〉：「邊氓也唱迎年曲，到耳都成勞者歌。」❼任向夕雪意垂垂二句　嵌入相關典事描繪雪中梅的精神。向夕，傍晚。雪意，欲雪的寒意。垂垂，漸漸下落的樣子。辛棄疾〈江神子〉：「暗香橫路雪垂垂。」韓山，唐代文豪韓愈曾任陽山縣令，享有清譽。為紀念韓愈，陽山人在他當年讀書垂釣的地方創建書院，道光二年改名韓山書院。冷落眉嫵，用壽陽眉典故，相傳壽陽公主臥於含章殿簷下，梅花落到額上眉心間，成五出花，拂之不去，十分美麗，宮女競相效仿，稱為「梅花妝」。史深〈花心動〉：「見梅花清姿……長記壽陽眉嫵。」❽銀荷翠管　銀荷，銀色的荷葉杯。翠管，碧玉雕成的管狀盛器。這裡的銀、翠只是美稱，泛指各種盛酒肴的杯盤。❾簺博　古代一種賭博性遊戲。即如陸游詩：「酒酣博簺為歡娛，信手梟盧喝成采。」❿塗箋燥墨三句　形容生活但求愜意，不拘小節。箋，題詩、寫信等用的小幅紙張。燥墨，乾燥的墨，墨太燥不便於書寫。淡酒，度數不高，酒味淡薄的酒。自溫眠緒，自然能培養睡意。溫，蘊積；補養。眠緒，入睡的心情。⓫荒雞定憐沉夢二句　意為荒雞也同情思鄉的人，不忍早啼打擾鄉夢。荒雞，指三更前啼叫的雞，舊時認為牠叫聲不祥。鄉心，眷戀故鄉的心。⓬緒風　餘風。即如屈原〈涉江〉道：「乘鄂渚而反顧兮，欸秋冬之緒風。」

【語譯】偏僻的南方小村中送別臘月的鼓聲，一聲比一聲急促，被大雁攜去與搖櫓聲遙相應和。那回蕩著玉簫聲的繁華城市已經遠離，熏爐的光焰也變得淡薄了，美好的春光處處都是！疏影橫斜映入清溪的幾枝嬌豔紅梅，點綴到迎接新年的美好語句中。任憑傍晚韓山中欲雪的寒意漸生，攜著清冷落到嫵媚的眉間。　西面的船上擺放著各色盛酒肴的杯盤，在高吟呼號中玩起了博簺的遊戲，快樂得完全忘記了身在他鄉。塗鴉箋紙的乾燥墨跡，浸潤杯子的淡薄酒水，自然可以培養睡意。那習慣早啼的荒雞一定是同情沉酣的鄉夢而不忍啼叫，這一夜，寄託著鄉思的夢魂不知到了幾處。呼喚餘風、在新年中揚帆，春日的行程尚未耽誤。

【研析】此詞選自《彊村語業》卷一，創作背景見注釋。此詞描述作者在地處僻遠的陽山度過小除夕的情景，體現出真純、生動、有趣的邊民風情，而作者置身其中所別有的一番情味，也傳神寫出。上闋描繪遠離都市的南部小村特有的迎年光景，淳樸可愛，生趣迴然。村鼓聲、雁聲、鳴櫓聲交織而成的迎年村樂，比起都市的瓊簫聲，更多了幾分真純的野趣；橫斜溪上的數朵嬌豔紅梅，點綴著質樸的迎年秀語，又飛入欲雪的韓山書院中，冷香直撲人面，比起在都市中守著熏爐，又不知多了幾許快意與活力。故令人不禁要感嘆：「好春何許」！若非遠離都市，又怎能真正品味到活潑的春意呢？下闋直接描繪身在其中的情味。前二句極寫無拘無束的飲宴遊戲令人開懷，樸素清雅的生活令人氣定神閑，安然入夢，似乎已全然忘卻身在異鄉了。然而後二句意脈一轉，所述的安眠好夢卻恰是思鄉之夢啊！這種在快樂安閑中忘乎所以，不知何處是他鄉；然而鄉思欲斷終難斷，夜深人靜自歸來的情境，可謂人人心中常有，而筆下難得，若非細心體會，善於捕捉，必不能見於文詞。故結句中為鄉夢激起的鄉情一發不可收拾，便直接打算要趕在新年歸去了，呼喚緒風揚帆是何等的急切，又是何等的快意啊！

271

燭影搖紅

晚春過黃公度❶人境廬❷話舊

朱祖謀

春暝鉤簾，柳條西北輕雲蔽❸。博勞千囀不成晴❹，煙約遊絲墜❺。狼藉繁櫻刬地❻，傍樓陰、東風又起。千紅沉損，鵯鵊❼聲中，殘陽誰繫？容易消凝❽，楚蘭多少傷心事❾。等閒❿尋到酒邊來，滴滴滄洲淚⓫。袖手危闌獨倚⓬。翠蓬⓭翻、冥冥海氣。魚龍風惡⓮，半折芳馨，愁心難寄⓯。

【注釋】❶黃公度　黃遵憲，字公度，別號人境廬主人，廣東梅州人，晚清著名詩人，政治家、教育家。在戊戌變法中參與推行新政。嘗試取反映社會變革的新事物、新思想入詩，興起「詩界革命」。著有《人境廬詩草》等。❷人境廬　黃遵憲故居，位於梅州市東郊。戊戌變法失敗後，黃遵憲辭職還鄉，仍致力於民主及教育事業。❸春暝鉤簾二句　意為欲留住西下的夕陽而恨其被雲所蒙蔽，以夕陽喻日漸衰微的國運。春暝，春日陰鬱的黃昏。暝，昏暗；黃昏。柳，寓意見本書〈蘭陵王〉〈水聲咽〉注❸。西北輕雲蔽，化用李白〈登金陵鳳凰臺〉「總為浮雲能蔽日，長安不見使人愁」詩意與辛棄疾〈菩薩蠻〉

「西北望長安，可憐無數山」詞意，分別以西北方的長安、蔽目的雲、日寓京城、禍國殃民者與國運。❹博勞千囀不成晴　指博勞本不在呼晴喚雨之位，故千啼百囀也不能使天氣晴朗起來。博勞，即伯勞，一種鳥。曹植稱其「以五月鳴，其聲鵙鵙」。❺煙約遊絲墜　形容煙霧籠罩著垂掛的遊絲。約，約束；籠罩。墜，垂掛。遊絲，見本書〈高陽臺〉（橋影流虹）注❼。❻狼藉繁櫻剗地　指滿地櫻花飄零依舊。狼藉，散亂堆積的樣子。繁櫻，櫻花樹落下的繁花。剗地，依舊；依然。❼鵯鵊　一種在春分後的淩晨鳴叫的鳥，農家以為下田之候，俗稱催明鳥。❽消凝　凝神銷魂。❾楚蘭多少傷心事　用屈原《楚辭》典故。楚蘭，《楚辭》中芬芳的蘭是忠臣君子的象徵。多少傷心事，《楚辭》中的君子在讒邪當道、君主不明的環境中，常受排擠，難行濟世救國的志向。❿等閒　無端；隨便。⓫滄洲淚　用陸游〈訴衷情〉「此生誰料，心在天山，身老滄洲」詞意，表達驅除韃虜的護國志向未成，卻被迫辭官還鄉的痛苦。滄洲，位於渤海沿岸，常用以指代隱士居住的水濱。⓬袖手危闌獨倚　結合上下文，當是化用陸游〈書憤〉「關河自古無窮事，誰料如今袖手看」詩意與辛棄疾〈摸魚兒〉「休去倚危闌，斜陽正在，煙柳斷腸處」詞意。袖手，藏手於袖。在此表示遭逢國家危亡，卻不能參與時事的無奈。⓭翠蓬　蓬萊仙山的美稱。即如吳文英〈滿江紅〉：「雲氣樓臺，分一派、滄浪翠蓬。」⓮魚龍風惡　魚龍，泛指龍及各種水族。傳說中龍及其部屬能興風作浪。語出奚淏戈〈解連環〉：「便買蓑衣，又生怕、魚龍風惡。」⓯半折芳馨二句　用朱敦儒〈驀山溪〉「無意壓群芳，獨自笑，有時愁，一點心難寄」詞意。芳馨，指芬芳的花朵。

【語譯】陰鬱的春日黃昏用簾鉤掛起簾子，望去柳枝西北方的天空都被浮雲遮蔽了。伯勞再怎樣千啼百囀也不能使天空晴朗起來，煙霧依然束縛著垂下的游絲。紛繁的落櫻依舊散亂堆積著，東風又依傍著樓影悄悄吹起了。無數紅色的花朵隕落了，鵯鵊聲聲催明，但又有誰能繫得住西下的夕陽呢？　此刻真容易凝神銷魂，便如楚〈騷〉中的蘭花不知有多少傷心事。不知不覺便已尋到酒邊來了，酒與胸中「心在天山，身老滄洲」的沉痛融合後，便化作了點滴不盡的淚。獨自倚靠在高欄上，無奈地袖手旁觀。蓬萊仙島似乎翻騰在遠處浩瀚的大海雲霧間。魚龍們興起的大風多麼猛烈啊，吹折了過半芬芳的花朵，憂愁的心恐怕再難找到寄託了。

【研析】此詞選自《彊村語業》卷一。據錢仲聯《黃公度先生年譜》記載，光緒二十九年癸卯（西元一九〇三年），黃遵憲在家鄉積極興教辦學，時值朱祖謀任廣東學政，晚春拜訪人境廬與黃遵憲話舊，因作此詞，在對晚春情景的述論中，寄託著對戊戌變法的感懷及對變法失敗後，朝局為后黨把持，國勢日衰的憂憤。

上闋多用挽留光明的意象，如柳條、遊絲、博勞千囀、鶗鴂聲繫殘陽等，挽救國勢之意，可謂一篇之中，三致志焉。然而，國勢難挽之悲，卻也暗寓其中。試看柳條欲留住光明，而光明卻被雲霧遮蔽了，西北是黃昏落日的方向，也象徵著京城的方向，即如君權旁落，為后黨所蔽導致了變法失敗與國勢日衰。再看欲挽留光明的兩個啼鳥，竭心盡力仍難挽敗局，正是寓維新黨人變法失敗，而作者特意選這兩種鳥為寓，也是希望以史為鑒，揭示出失敗的根源：一是不在其位，難謀其政。古語云：「鳩鳴喚雨，鵲噪呼晴。」而博勞則不在呼晴喚雨之列，所以不論其怎樣千啼百囀也不能使天氣晴朗起來。二是不當其時，難踐其行。鶗鴂俗稱催明鳥，正常應在凌晨啼叫才能催明，而此時正值黃昏，夕陽西下已成定勢，要催明是不可能的。因此有不少學者認為鶗鴂應是鵜鴂（即杜鵑）傳寫之誤。其實未必，此處更像是用鶗鴂在黃昏啼鳴來表明啼不適時，試圖在黑暗勢力正旺時挽留光明，必然是徒勞無功；結合時事，維新黨人並未能掌握要職實權，帝黨勢力與后黨相去懸殊，難以維繫，故變法的時機實未成熟，失敗固然令人痛心，但也是必然的。遊絲的墜落，千紅的狼藉，即是變法失敗、國勢難挽的象徵。

而換頭所謂「多少傷心事」，都是為此種欲挽難挽的局勢而發。下闋都在渲染此種無奈與沉痛，為抑鬱蒼涼的氣氛所籠罩，層層轉深——尋酒澆愁反更激起壯志難酬的悲憤，心潮澎湃卻不得不袖手旁觀，欲重整旗鼓去追尋象徵理想社會的仙山，卻又遭遇到狂風暴雨，最終年華與心力被摧折過半，滿懷的愁緒卻仍是難尋依託。總之，此詞深諳潛氣內轉之法，寄託遙深，經歷及處境的困窘淒涼盡顯，憂國救國的心志也盡顯，因此，能讓海內同道折服歎賞。即如王鵬運〈彊村詞序〉道：「昨況夔笙（況周頤）渡江見訪，出大集共讀之，以目空一世之況舍人，讀至〈梅州送春〉、〈人境廬話舊〉諸作，亦復降心低首，曰：『吾不能不畏之矣！』」

272

摸魚子

梅州送春，時得輦下故人三月幾望書❶

朱祖謀

近黃昏、悄無風雨，鑾春❷安穩歸了。匆匆染柳熏桃❸過，贏得錦箋淒調❹。休重惱，問百五韶光、醞造愁多少❺？新顰舊笑。有拆繡池臺，迷林鶯燕，裝綴半殘稿❻。

流波語❼，飄送紅英最好。西園沉恨先掃❽。天涯別有憑闌意，除是杜鵑能道❾。歸太早，何不待、倚簾人❿共東風老？消凝滿抱。任秉燭呼尊⓫，綠成陰矣，誰與玉山倒⓬？

【注釋】❶梅州送春二句　此詞作於光緒二十九年癸卯（西元一九〇三年）春末，作者時年四十七歲。與前面的〈燭影搖紅・晚春過黃公度人境廬話舊〉，同作於梅州，創作背景可參見前詞。送春，送春光離去，告別春天的意思。輦下，帝輦之下，指京城。望，望日，農曆每月十五。❷鑾春　南方的春天。舊時南方邊地稱南鑾。❸染柳熏桃　指春風染綠了柳樹，熏紅了桃花。用毛際可〈減字木蘭花〉「誰扣簾櫳，小試熏桃染柳風」詞意。❹錦箋淒調　用高明〈寄月彥明省郎〉「詞客錦箋題水調」詩意。錦箋，精美的箋紙。淒調，淒涼的詞調。❺問百五韶光二句　到了寒食節，春天就將結束了，所以會產生無數傷春愁緒。百五，寒食日，在冬至後的一百零五天。韶光，春光。即如童軒〈寒食漫興〉道：「韶光大半轉頭空。一百五日寒食節，二十四番花信風。」❻有拆繡池臺三句　形容殘景與殘稿同病相憐，相映成悲。拆繡，拆下錦繡，形容群芳凋零，美景不再。迷林，因林中舊景改變而迷路。殘稿，殘缺不全的文稿。❼流波語　形容水波流淌的聲音如同語音。❽西園沉恨先掃　化用蘇軾〈水龍吟〉「不恨此花飛盡，恨西園、落紅難綴」詞意。❾天涯別有憑闌意二句　憑闌意，用柳永〈鳳棲梧〉「草色煙光殘照裡。無言誰會憑闌意」與辛棄疾〈摸魚兒〉「休去倚危闌，斜陽正在，煙柳斷腸處」詞意，指身處亂世中的僻遠邊地，憑闌遠眺時所產生的種種憂國、懷鄉、傷春、懷人的意緒。杜鵑寓意參見〈賀新郎・贈蘇昆生〉注❾。❿倚簾人　指時常倚簾賞春光的人。⓫秉燭呼尊　持燭照明，呼酒澆愁。尊，酒樽。⓬綠成陰矣二句　化用杜牧〈歎花〉「如今風擺花狼藉，綠葉成陰子滿枝」與令狐楚「三月唯殘一日春，玉山傾倒白鷗馴。不辭便學山公醉，花下無人作主人」詩意。綠成陰，綠葉成蔭是夏季來臨、花落結子的標誌。玉山傾，醉倒。玉山，對人身體的美稱。《晉書・裴楷傳》稱裴楷風神高邁俊爽，宛如玉山，光彩照人。

【語　譯】接近黃昏時四處靜悄悄的沒有風雨，南疆的春天就這樣安穩的過去了。春風匆匆吹過，染綠了柳樹，熏紅了桃花，如今卻只剩下精美的箋紙上淒清的送春詞調了。不要再煩惱了，試問那寒食的春光，釀造了多少惜春的愁緒呀？新近送春的愁眉與舊日迎春的歡笑形成強烈的對照。尚留有撤去錦繡風光的池臺，在風光已改的林中迷路的鶯燕，正可以點綴這半已殘缺的書稿。　流淌的水波如泣如訴，用來飄送落花最合適了。先掃盡西園裡那些一去不返的落花所傾注的刻骨怨恨吧。還有那些憑闌遠眺時所產生的種種悲愁意緒，也唯有春末啼血的杜鵑才能傾訴。回去得太早了，為什麼不等待倚簾賞春光的人同這春日東風一起老去呢？滿懷都是凝神銷魂的悲情。任憑怎樣持燭呼酒，終究都要面對繁花落盡，綠葉成蔭的現實，還有誰能與我同醉同傾呢？

【研　析】此詞選自《彊村語業》卷一，通過對送春情景的描述，寄託對如暮春般飄零衰弱的時局、身世的擔憂，以及對寄書故人的思念。類似題材與寓意在詩詞中頗為常見，而此詞的特色在於用沉穩、暢健的筆調來表達意緒，形成一種滄桑感——只因這種種寥落、孤寂、淒清的意緒由來已久，才能以司空見慣的沉穩心態來應對、排解，換言之，這種沉穩也正意味種種意緒鬱結已深，刻骨銘心了。即如辛棄疾〈醜奴兒〉所言：「少年不識愁滋味……為賦新詞強說愁。而今識盡愁滋味，欲說還休。欲說還休，卻道天涼好個秋。」

起句已營造出與通常送春詞不同的平靜沉穩氛圍，似乎春天與白晝在無風無雨的平靜中安安穩穩地就過去了。以下三句則是在平穩的掩蓋下，暗暗透出種種深層的不安：春風「匆匆染柳熏桃過」，似乎無聲無息就飄逝了，而期間被略去的，是其成就又摧折桃柳繁華的過程，正是這種被隱藏的起伏跌宕，暗自醞造愁多少，流露在錦箋淒調中，體現在舊笑新顰中，殘留在拆繡池臺中。鶯燕會在林中迷路，也正因連牠們也不能適應周圍景色發生了如此迅速的盛衰變化。而書稿半已殘缺，則表明這淒調已不知寫了幾年，春去之痛已不知經歷幾回了。曾經轟轟烈烈，最終卻去不留痕，就更顯得可悲可歎。春是如此，變法、國運、青春、友情就更是如此了。

眼看著不安就要湧出，故換頭二句不得不以加倍的沉穩來控制。落花隨水流去，本是哀景，而作者偏說好，只因帶去了西園的落花，正免得人睹物傷懷，也算是帶去傷春恨了。這種兼有樂觀與回避性質的寬慰，與「卻道天涼好個秋」何其相似！此後再接再厲——那涵蓋種種愁緒的憑闌意，欲說還休，且交付給杜鵑去說吧。至於人，又何妨在東風中伴隨著春光悄悄地度過年華呢？然而，出去歸來都注視著這令人銷魂的落花殘春，滿懷的愁緒終是難消，故最終決定要借酒趁醉擺脫愁緒，而此時已是春盡夏至，綠樹成蔭了——作者春愁持續的時間之長可見，消愁的種種嘗試都為徒勞也可知。末道：「誰與玉山倒？」則表明連借酒避愁的嘗試也要失敗了，只因能與共醉的知音人實在難尋啊！

273 祝英臺近

欽州天涯亭梅❶

朱祖謀

掩峰屏❷，喧石瀨❸，沙外晚陽斂。出意疏香❹，還鬥歲華豔。暗禽啼破清愁❺，東風不到，早無數、繁枝吹淡。

已淒感，和酒飄上征衣❻，莓鬟❼淚千點。老去難攀，黃昏瘴雲❽黯。故山❾不是無春，荒波哀角，卻來憑、天涯闌檻❿？

【注釋】❶欽州天涯亭梅　此詞作於光緒三十年（西元一九〇四年）冬，作者時年四十八歲，漂泊於端州、連州、香港、欽州等地間。同年日本侵占旅順，故友王鵬運在蘇州去世。欽州，位於廣西南部。天涯亭，位於今欽州市中山公園內，宋慶曆年間知州陶弼始建，因「欽城南臨大洋、西接交趾、去京師萬里，故以天涯名」。❷峰屏　由山峰構成的屏障。❸石瀨　水流為石所阻而激成的急流。❹出意疏香　指梅花立意別致的疏影暗香。出意，立意。疏影暗香，用林逋〈山園小梅〉「疏影橫斜水清淺，暗香浮動月黃昏」詞意。❺喧禽啼破清愁　用楊慎〈臨江仙〉「江國梅花千萬朵……正是相思春信早，翠禽啼破香愁」詞意。❻征衣　遊子、旅客的衣服。征，遠行。❼莓鬢　泛指莓苔一類的植物。因它們叢生蔓延，看上去毛茸茸的像人的鬢髮，故名。如李嶠詩：「香橈犯苔髮」。胡宿詩：「綠髮莓苔地。」❽瘴雲　瘴氣。南方山林荒野特有的能令人致病的邪氣，主要是濕熱氣候下森林中動植物腐爛的毒氣。❾故山　家鄉。❿憑天涯闌檻　參見〈摸魚子・梅州送春〉注❾。

【語譯】山峰構成的屏障掩映著，水擊石所形成的急流喧鬧著，沙灘外的夕陽漸漸隱沒。梅花那立意別致的疏影暗香，還在與時光爭豔。日暮鳥兒的啼聲打破了淒涼的愁緒，在這東風吹不到的邊地，早有無數原本繁茂濃郁的枝條，因花葉被北風吹落而變得暗淡了。　已有淒涼之感了，此種傷感和著酒飄上了遊子的衣襟，在如鬢髮般蒙茸的莓苔上灑下了點點淚珠。逐漸衰老後已很難爬上這黃昏中被瘴氣籠罩的昏暗山峰了。家鄉並不是沒有春天啊，為什麼卻要伴著荒涼的波濤與悲壯的號角，到這地處天涯的天涯亭來倚欄尋春呢？

【研析】此詞選自《彊村語業》卷一，創作背景見注釋。欽州天涯亭已有九百多年的歷史，因「欽城南臨大洋、西接交趾、去京師萬里，故以天涯名」。天涯之名的來源，能讓到此的遊客產生去國懷鄉、忠君憂國、漂泊亂離等種種情懷。天涯亭備受歷代州官、文士關注，曾多次遷修，西元一九三五年遷建今址，故又稱「宋迹三遷」，而這種滄桑變幻的歷史，又使遊客增添了不少世易時移，弔古感今的情懷，傳下了不少詩詞典故。因此，已到中年的作者在亂世中輾轉來到此地，上述種種感受必然會更為強烈，這首詠梅詞即是為寄託這種種感慨而作的。和一般的詠物詞不同，此詞雖名為詠梅，但實際寫到梅花的只有「出意」、「喧禽」二句，而更多的是詠賞梅人，也即是作者賞梅的種種情境，真摯蒼涼，有一種獨特的拙質之美，結句尤佳。

　　起二句不言梅，先渲染周圍雄奇蒼涼的環境，以突顯出天涯之感。至「出意疏香」句，梅花才在重重鋪墊後生動躍出，試想在這樣險怪昏暗的環境中，一支明豔芬芳，風姿綽約的梅花躍入眼簾，當然會顯得出其不意，分外別致。但此後又轉為抑鬱了。儘管梅花敢於與天時、地勢爭豔，但無奈孤立無援，最終仍是被無情的北風所吹淡了。下闋則全是與梅花身世相似的觀梅人自道。換頭「已淒感」承上啟下，是傷上闋所詠之梅，也是自傷下闋所述的身世。以下便自述一路漂泊如落梅，空有無數傷心淚。而不顧年老體弱，仍在這昏瘴之地苦攀登，直至來到這僻遠的天涯賞梅的作者，與那不顧嚴寒荒涼仍與歲華爭豔的梅花也頗為相似。結句感慨最深，為前人所未道，卻道出了時人所欲言。梅花的淒苦命運是因為生不逢地，而作者卻是生在秀色甲天下的江南，卻為何要拋下春光無限的故鄉，歷盡千難萬險，來到這春光少得可憐的天涯來苦苦尋春呢？答案是不言自明的，只因生不逢時啊！試看古今天涯中人的種種意緒，又有哪種不是為時地限制與變遷而發的呢？

274 南鄉子

朱祖謀

病枕不成眠，百計湛冥夢小安❶。際曉東窗鵜鴂喚，無端❷。一度殘春一惘然❸。

歌底與尊前，歲歲花枝解放顛❹。一去不回成永憶❺，看看❻。惟有承平❼與少年。

【注釋】❶百計湛冥夢小安　意為千方百計的使自己的心緒安定下來才稍稍睡得安穩了。湛冥，深沉靜默。小安，稍稍安穩。❷際曉東窗鵜鴂喚二句　意為天將明卻無故為杜鵑驚醒。際曉，將近天亮。鵜鴂，杜鵑鳥。化用〈離騷〉「恐鵜鴂之先鳴兮，使夫百草為之不芳」詩意，所寄託的感世憂國之意也略同。杜鵑啼血惜春意味著已到了春末，群芳凋零，此後春光便再無法挽留了。用以寓時局，則指國事衰微已近乎無法挽救的境地了。無端，無緣無故，也常用於表示無故受到侵害、困擾。如陸龜蒙詩：「雪侵春事太無端。」❸惘然　憂思疑懼，迷茫失落的樣子。❹歲歲花枝解放顛　意為年年花枝都會怒放。解，知道；會。放顛，放縱癲狂。在此既指花枝盡情綻放，又指賞花人縱情享樂。❺永憶　永遠只能留存在回憶中。❻看看　眼看著，在此有撫今追昔、回顧反思的意思。如柳永〈殢人嬌〉：「別來光景，看看經歲。」❼承平　太平安定。

【語　譯】病中輾轉枕上，難以安眠，千方百計讓心緒平靜下來才稍稍睡得安穩了。天將亮時忽然聽到東窗傳來杜鵑傷春的悲啼，真是無故受擾。經歷一次暮春就有一番失落與迷茫。　歌聲中，酒樽前，年年花枝都會盡情綻放，如癡如狂。而一去不復返、只能永遠停留在回憶中的，撫今追昔，只有太平的時光與青春的年華。

【研　析】此詞選自《彊村語業》卷三，描述暮春夜因病難以安眠的情景，此病是身病，更是心病，難眠全因家國身世之憂。因此，在上闋中安眠的嘗試才會被象徵亂離的杜鵑啼聲所打破，而且還要強調這種情況是年年如此。試想尋常之病又怎會一年一度呢？也只有在鵑啼之時觸發的春去之恨與亂世之憂，才會因時變、世亂不已，而年年來襲。下闋則進一步揭示出憂病的根源——春去時百花飄零固然可悲，但「歲歲花枝解放顛」，春去春還來，花落花還開，都不是無法重溫、無法挽回之事。作者輾轉反側，反覆思量，那「一去不回成永憶」的，只有為亂世所帶走的青春與太平。人生中最痛苦的莫過於美好的事物曾經得到過，卻又無法挽回的失去了，故在春與承平、少年的對比中，「病枕不成眠」的根源就昭然若揭了。

275　蝶戀花

康有為

記得珠簾初捲處，人倚闌干，被酒❶剛微醉。翠葉飄零秋自語，曉風吹墮橫塘路❷。

詞客看花心意苦，墜粉零香，果是誰相誤❸？三十六陂飛細雨❹，明朝顏色難如故。

【作　者】康有為（西元一八五八—一九二七年），字廣廈，號長素，廣東南海人。近代著名政治家、思想家、學者，影響極大。光緒二十一年（西元一八九五年）進士，授工部主事。多次上書光緒帝，要求變法。曾領導「公車上書」和「百日維新」。戊戌政變後逃亡國外。組織保皇會、孔教會，策動張勳復辟。有《康南海先生詩集》。

【注　釋】❶被酒　飲酒；中酒。❷翠葉飄零秋自語二句　暗指荷花凋零。南唐李璟〈攤破浣溪沙〉：「菡萏香銷翠葉殘。西風愁起綠波間。」唐陸龜蒙〈白蓮〉：「還應有恨無人覺，月曉風清欲墮時。」橫塘，地名，在蘇州市西南。這裡和下文「三十六陂」都是虛指，並不一定是實地。❸詞客看花心意苦三句　化用宋賀鑄〈踏莎行〉：「斷無蜂蝶慕幽香，紅衣脫盡芳心苦。」又：「當年不肯嫁春風，無端卻被秋風誤。」宋趙令時〈蝶戀花〉：「墜粉飄香，日日紅成陣。」❹三十六陂飛細雨　語本宋王沂孫〈水龍吟・白蓮〉：「三十六陂煙雨。舊淒涼、向誰堪訴。」三十六陂，揚州地名，這裡泛指大片的荷塘。三十六，言其多。陂，池塘。

【語　譯】還記得珠簾捲起的地方，倚著欄杆，當時正是中酒微醉的狀態。飄零的翠葉在秋天中喃喃自語，被清晨的寒風吹落在橫塘路上。　詞人看花不是真的看花，他的詞心與花心一樣清苦。試問這些凋零墜地的香粉，究竟是被誰耽誤了？細雨飄飛在水面輕柔的荷塘上，明天這荷花的顏色必定難如從前了。

【研　析】康南海不以詞名世，這闋小詞卻寫得很精粹：情境簡練——一位借酒澆愁的詞人，面對秋風凋零的荷塘；詞旨鮮明——芳菲搖落，好景不長，人生多故。作者並沒有施展太多技巧，只是融化前人句子，卻能寫得人花合一，感動心靈。這便是高才與摯情一時交會結出的果實。

上片是一個完整的鏡頭。動作是「珠簾初捲」，簾內是醉酒的詞人，簾外是狼藉的荷塘。「人倚闌干，被酒剛微醉。」早晨起來便借酒澆愁，只緣心中愁悶難抒。「翠葉飄零秋自語。曉風吹墮橫塘路。」橫塘，是虛指之地，本能給人浪漫的想像，即如賀鑄〈青玉案〉道：「凌波不過橫塘路。但目送，芳塵去」；唐崔顥〈長干曲〉道：「君家何處住？妾住在橫塘。停船暫借問，或恐是同鄉」；然而眼前的「橫塘」卻是一派眾芳蕪穢的景象——有情有恨卻無人知覺，曉風中蓮花吹墮，翠葉沙沙，似共詞人語。詞人本用愁眼看花，而花的寂寥落寞更倍增人愁。故下片很自然的融情入景，描繪人花相憐的情境：「詞客看花心意苦，墜粉零香，果是誰相誤。」「心意苦」，荷花如此人亦然。心意，即薏芯，是芳香荷花與甘美蓮子中，緊緊抱著的最苦的部分。所苦為何？秉性清高，不肯從俗嫁與東風；花開不折，只有在秋風中搖落。花豈不美？風豈無情？這是荷花的個性和選擇，又能怪誰人相誤？「三十六陂飛細雨，明朝顏色難如故。」金風更兼細雨，花與人皆已遲暮。「明朝歸路下塘西，不見鶯啼花落處」（蘇軾〈木蘭花令〉），明日來時，愁懷又豈能解，何況連「墜粉零香」已不可得矣。

276 臺城路

梁鼎芬

乙酉六月二十四日為荷花生日。越八日，姚檉甫文約雲閣與余往南河泡看荷花，各得詞一首。時余將出都矣❶。

片雲吹墜遊仙景❷，涼風一池初定。秋意蕭疏，花枝眷戀，別有幽懷誰省？斜陽正永，看水際盈盈，素衣❸齊整。綰笑蓮娃❹，歌聲亂落到煙艇。

詞人酒夢乍醒，愛芳華未歇，攜手相贈。夜月微明，寒霜細下，珍重今番光景。紅香自領，任漂沒江潭，不曾淒冷。只是相思，淚痕苔滿徑。

【作　者】梁鼎芬（西元一八五九－一九二〇年），字星海，一字伯烈，號節庵，廣東番禺人。光緒六年（西元一八八〇年）進士，授翰林院編修。中法戰爭期間，疏劾李鴻章，降五級調用。後入張之洞幕，主廣雅書院。並助張之洞施行新政，主管新學堂事。辛丑後，官至湖北按察使，署布政使。三十二年（西元一九〇六年），入覲，面劾慶新王奕劻、直隸總督袁世凱。詔詞責，引疾乞退。辛亥後，叩謁光緒帝、后陵，竭盡臣禮。西元一九一七年張勳復辟，病起周旋。事不成，憂憤卒。有《款紅樓詞》。

【注　釋】❶乙酉六月五句　光緒乙酉（西元一八八五年），詞人因疏劾李鴻章、言辭激烈而獲罪，降五級任用，憤而辭官，將欲歸里。本詞即作於此時。舊俗以六月二十四為荷花生日。樫甫，即姚禮泰（西元一八四八年－？），字樫甫，廣東番禺人。同治十三年（西元一八七四年）進士。散館授編修。雲閣，即文廷式。南河泡，在北京城南，觀荷勝地。❷片雲吹墜遊仙景　謂風吹落荷好似仙境。片雲，指荷花瓣。吳文英〈高陽臺・落梅〉：「宮粉雕痕，仙雲墮影，無人野水荒灣。」❸素衣　指荷花。❹絕笑蓮娃　絕笑，大笑。蓮娃，採蓮少女。

【語　譯】一陣涼風襲來，荷池中搖落片片白雲，美麗的景色宛如仙境。待風停水靜，蕭瑟的秋意中，花枝眷戀不捨，個中別有幽情，試問誰能理解？斜陽也停下腳步，看衣裳素雅整齊的荷花盈盈立於水中。盡情嬉笑的採蓮姑娘，一串串歌聲灑落在煙際船中。　詞人陡然從醉夢中驚醒，愛它荷花未凋，正堪攜手相贈。月色朦朧、寒霜輕降，請珍重此時的光景。自領受紅豔和芳香，任憑飄零淹沒在江湖中，也不會覺得淒冷。只是會惹起相思，令淚痕灑滿遍是蒼苔的路徑。

【研　析】這首詞作於詞人因剛直敢諫而遭貶謫之時。詞人失意卻未絕望，將高潔之志、珍重之情寫得如荷香般沁人心脾。

起頭兩句入題明快，對南河泡荷花作了全景式掃描，並對「風吹荷落」之景做了特寫。「片雲吹墜遊仙景，涼風一池初定。」涼風中，花瓣如雲墜落，好似仙境一般。風乍起又乍停，池塘恢復了平靜，可荷落的那一幕卻觸動了詞人的心靈：「秋意蕭疏，花枝眷戀，別有幽懷誰省。」就這樣輕輕搖落，竟不畏懼蕭瑟的金風？竟不眷戀安穩的枝頭？落荷之情，有誰能省？好像此時的「我」，本來宦途失意，打點行囊準備辭官歸里，現在又來到這賞荷勝地，似乎留戀不捨。世人會怎麼看我呢？詞人沒有回答。「斜陽正永」四字，是肺腑中自然流出的好句。散淡悠閒時，看紅日疾似下坡車；思心徘徊時，似連斜陽也靜靜相望。「看水際盈盈，素衣齊整」，池塘風定，荷花盈盈而立，若素衣仙子齊齊起舞。「絕笑蓮娃，歌聲亂落到煙艇。」採蓮少女的歌聲和笑聲，為美景又添了令人快樂的一筆。「亂」字是秦少游「亂分春色到人家」之亂，是丘遲「群鶯亂飛」之亂，不是雜亂無章，而是生意欣然。再回看這斜陽，是溫暖，而不是頹唐。那麼上文那些問題，詞人似乎已有了答案？

過片好一句語淺意永的「詞人酒夢乍醒」。酒的麻醉，夢的恍惚，都被這荷風吹醒、歌聲驚醒；不是這一刻出遊的驚醒，而是這一次貶謫的清醒。「愛芳華未歇，攜手相贈」，荷花未凋，就請攀折相贈，青春仍在，壯志猶存，自可「海內存知己，天涯若比鄰」。當然，人生漫漫，總難免有「夜月微明」的孤寂、「寒霜細下」的冷清；唯如此，才須格外「珍重今番光景」。揚鑣分道在即，且珍惜這難得的聚首，難得的清遊。「紅香自領，任漂沒江潭，不曾淒冷。」一篇主旨，盡在此三句，正從放翁「零落成泥碾作塵，只有香如故」之堅貞自守而來，卻又添幾分恬靜，真是大人君子之語。這便是落荷的「幽懷」，也是詞人的領悟吧。自己的問題解決了，便只有友情放不下。「只是相思，淚痕苔滿徑。」「苔」字以名詞作動詞用，淚痕濕濃，生出碧苔滿徑，較張惠言「淚痕點點凝斑」（〈木蘭花慢・楊花〉）似更簡潔。其實，作者〈出都留別〉「蘭佩荷衣好將息，思量只是負恩時」，也抒發了「青山處處埋忠骨」式的情懷，只是和本詞相較，不免少了幾分馨香，多了些些酸腐。

277

菩薩蠻

和南雪丈甲午感事❶

梁鼎芬

無端橫海天風疾❷，龍愁鼉憤今何及❸？夜夜看明星❹，荒雞❺聽二更。

淒涼三月雨，念此❻芳菲主❼。鶗鴂❽一聲先，人間最可憐。

【注釋】❶和南雪丈甲午感事　詞人葉衍蘭（南雪）於西元一八九四年創作了〈菩薩蠻〉十首詠甲午戰爭，次年梁鼎芬填此詞以和。葉衍蘭（西元一八二三—一八九七年），字南雪，號蘭臺，廣東番禺人。葉恭綽之祖父。咸豐六年（西元一八五六年）進士。官戶部郎中、軍機章京。晚年歸里，主講越華書院。有《秋夢庵詞鈔》。❷無端橫海天風疾　代指激烈的甲午戰事。❸龍愁鼉憤今何及　謂海上大戰，水底魚龍震動，現在不知道怎麼樣了。鼉，鼉龍；鱷魚。❹夜夜看明星　謂關注戰事的發展。古人以為人間之事變皆上應天象，故有占星之舉。❺荒雞　三更前啼叫的雞，其聲不祥。《晉書・祖逖傳》：「(祖逖)與司空劉琨俱為司州主簿，情好綢繆，共被同寢。中夜聞荒雞鳴，蹴琨覺曰：『此非惡聲也。』因起舞。」❻念此　猶言「於此時念」。❼芳菲主　司掌花草芳菲之神，如青帝。❽鶗鴂　鳥名，三月始鳴，鳴時草衰。〈離騷〉：「恐鶗鴂之先鳴兮，使夫百草為之不芳。」

【語譯】一陣狂風無端大作，迅疾掠過浩瀚的大海，那被震動的水底魚龍，現在是否無恙？夜夜觀看天上的星象，耳畔卻傳來二更荒雞不祥的啼聲。　三月份下起的冷雨，帶有一種淒涼的寒意，它讓人會懷想起青春的主人。人間最令人惆悵的，莫過於鶗鴂先鳴。

【研析】這首小詞以比興寄託的手法，寄寓慷慨沉摯的感情，兼具雋永意味和梗概風骨。起句，「無端橫海天風疾」，以狂風吹海掀起怒濤，比喻激烈的甲午海戰，氣勢逼人。「無端」二字，包含了國人對戰事突起而海師大敗的驚愕，也包含了對日本侵略者悍然進攻的控訴。第二句「龍愁鼉憤今何及」承上而來，表面上寫在大戰震動下，連水底的龍鼉都難免憤怒憂愁，也是在暗喻整個神州大地的鼎沸、華夏民族的激憤，而「今何及」三字則是沉痛慨歎這種憤愁與覺醒來得太晚，已挽回不了節節敗退、喪權辱國的局面。這兩句出於梁節庵筆下，猶覺慷慨激烈，只因在中法戰爭期間，梁氏曾疏劾李鴻章有六可殺，被連降五級；二十年後入覲，仍面劾奕劻「通賕賄」、袁世凱「權謀邁眾，城府阻深」，自云「但有一日之官，即盡一日之心。言盡有淚，淚盡有血」(《清史稿》本傳)。而前結「夜夜看明星，荒雞聽二更」兩句，正是詞人胸中憂憤的寫照。「二更荒雞」，其鳴不祥，預示著國事可哀；更是要喚醒如祖逖、劉琨般聞荒雞而中宵起舞的英雄！可見節庵雖不能上陣殺敵，其救國之志卻不輸祖、劉。下片語調更加沉痛。「淒涼三月雨，念此芳菲主。」三月春雨在愁人看來實在是淒涼無比，也因此更加想念司花神。「芳菲主」在此暗喻詞人寄以厚望的光緒帝等當權者。而結句則暗喻朝廷如今奸臣當道，即如春末「鶗鴂一聲」，芳菲都盡，最可憐的是人間，是中國，是國民。即如屈原道：「恐鶗鴂之先鳴兮，使夫百草為之不芳」，寄託著憂讒畏譏，心憂君國之思。詞人對中國一片忠愛，於本詞可窺一斑。

278 水龍吟

況周頤

己丑秋夜，賦角聲〈蘇武慢〉一闋，為半塘所擊賞。乙未四月，移寓校場五條胡同，地偏，宵警嗚嗚達曙，淒徹心脾。漫拈此解，頗不逮前作，而詞愈悲，亦天時人事為之也❶。

聲聲只在街南，夜深不管人憔悴。淒涼和併，更長漏短，彀人無寐❷。燈炧❸花❹殘，香消篆❺冷，悄然驚起。出簾櫳❻試望，半珪❼殘月，更堪在，煙林外。

愁入陣雲❽天末，費商音❾、無端淒戾。鬢絲搔短，壯懷空付，龍沙❿萬里。莫謾⓫傷心，家山更在，杜鵑聲⓬裡。有啼烏見我，空階獨立，下青衫淚。

【作　者】況周頤（西元一八五九－一九二六年），原名周儀，因避宣統帝溥儀諱，改名周頤，字夔笙，號蕙風，廣西臨桂（今桂林）人。光緒五年（西元一八七九年）舉人，曾官內閣中書，後入張之洞、端方幕府。辛亥後，流寓上海，鬻文自給。一生致力於詞，尤精於詞論，有《蕙風詞》、《蕙風詞話》、《餐櫻廡隨筆》等。王國維稱其詞「小令似叔原（晏幾道），長調亦在清真（周邦彥）、梅溪（史達祖）間，而沉痛過之」（《人間詞話》）。

【注　釋】❶己丑秋夜十二句　甲午中日戰爭中清軍慘敗，乙未（西元一八九五年）三月被迫簽訂《馬關條約》。本詞即作於此時。己丑（西元一八八九年）秋，詞人曾填〈蘇武慢・寒夜聞角〉一詞，論者許為蕙風慢詞壓卷之作。半塘即王鵬運。校場五條胡同，在今北京宣武門外。❷淒涼和併三句　意謂警報聲、打更聲、水漏聲混雜在一起，十分淒涼，讓人聽得無法入眠。漏，水漏，古時計時器。彀，設陷阱；設圈套。❸炧　蠟燭燒殘。❹花　燭花。❺篆　彎曲如篆字的香煙。❻簾櫳門簾。❼半珪 半圓，此指下弦月，即二十三、四日的月。珪，瑞玉，上圓下方。❽陣雲 雲堆積如兵陣。《漢書・天文志》：「陣（陣）雲如立垣。」❾商音 古代「宮、商、角、徵、羽」五音之一。亦指旋律以商調為主音的樂聲。商音屬金，象兵事，悲涼哀怨。❿龍沙 泛指塞外沙漠。宋張元幹〈石州慢〉：「萬里想龍沙，泣孤臣吳越。」⓫謾 隨意；散漫。⓬杜鵑聲 杜鵑聲似「不如歸去」。

【語譯】淒厲的警報聲，也不管人已聽得憔悴不堪，只管徹夜響在街南。這淒涼的聲音，和著清秋長夜中急促的更漏聲，把人攪得無法入眠。燭花結了又落，沉香已散灰變冷，我也被悄悄驚起身。掀開門簾，看那半璧般的下弦月，遠遠地掛在煙林外。 愁思飛入雲端，消逝在天際，商聲淒厲無端。這鬢角的髮絲越搔越短，我徒有報國壯志，不能赴塞外疆場衝鋒殺敵。傷心只是徒然，不如趁故園尚在，伴著聲聲杜鵑歸去。此刻只能與啼鴉相伴，獨自站在空空的臺階上，任憑淚水打濕了青衫。

【研析】據詞序，這是一首感慨時事之作。上片寫秋夜聞眠，夜不能眠。開篇點題，寫警報聲及人聽後的感受。「聲聲只在街南，夜深不管人憔悴」，這單調的警報聲不停不息，就在街南淒厲地嘶叫著，欲聽它不前，不聽又不歇，真是無聊又無奈。聯繫中日簽訂《馬關條約》這一背景，可知開篇這簡簡單單的兩句話，其實是從無限傷心憤慨中折射出來的。「夜深」引出下文的「長更短漏」，更聲漸長，漏聲漸促，和不遠不近的警報混成一片淒涼，將人的神經牢牢箍住，讓你無法入眠，讓你愁腸百結。「無寐」再啟開下文「驚起」。「燈灺花殘，香消篆冷」兩句對仗工整，狀寫愁夜的漫長難熬。「悄然驚起」四字，值得細細品味。這「驚起」，好比一個剛睡醒的人，恍惚怔忡了許久忽然坐起，原是人在長久處於一種狀態之後無意識地打破，打破後才明白已呆滯了許久，是「起」而「驚」，而非「驚」而「起」。此時心中另有一番空蕩蕩的失落，是連長久的悲傷都淡化了的那種深深的落寞。這種感覺人人皆有，惟詩人才能寫之。加上「悄然」兩字，即是「暗驚」，秦觀「念柳外青驄別後，水邊紅袂分時，愴然暗驚」（〈八六子〉），周密「彩勝宜春，翠盤消夜，客裡暗驚時候」（〈探春慢〉）皆是此種。驚起而望，「半珪殘月，更堪在，煙林外」，堪堪半輪，且是殘月，遠遠掛在煙林之外。這哪裡是芳菲四月的月亮，不過是詞人淒涼心緒的外化。整個上片針絡明而密，詞境整而淒。

下片順寫起身遠望後的心情。「陣雲」、「商音」指向不休的戰事；「鬢絲搔短，壯懷空付，龍沙萬里」，從前人「白頭搔更短」、「萬里想龍沙」等成句中脫化而出，傳達了詞人憂國憂民、老大傷悲的情懷。「莫謾傷心，家山更在，杜鵑聲裡」三句，強作解脫，國事難為，當局者又無能，白白傷心有何用處？坐困危城，不如歸去，似乎是解脫了。然而，結拍「有啼烏見我，空階獨立，下青衫淚」一句，把詞人的解脫再度拉回，其實他並沒有真正地忘卻現實，他借烏鴉的視角寫自己，表白此時之孤寂無人能會。烏鴉是留鳥，不會遷徙，「我」是一世青衫，功名難立，且有家難回。這兩句是從「玉階空佇立，宿鳥歸飛急」化出，那麼「何處是歸程，長亭更短亭」的路遠難歸之意也就藏在句中，留待讀者體會了。本詞寫景純用白描，似不用力，卻樸質深沉，感人肺腑。不論是遠處的警報、更聲、漏聲和月色，還是近處的殘燭、香灰，都散發著末世的淒涼味道。

279

鳳棲梧

過香爐營故居❶

況周頤

記得天涯揮手❷去，夢逐征鴻❸，繞遍東華路❹。梁燕可知人在否？相逢也莫淒涼語。

淚眼更看門外樹，欲斷無腸❺，苦恨香驄❻誤。最是不堪回首處，鳳城西去棠梨雨❼。

【注釋】❶過香爐營故居　本詞為悼亡室人桐娟（或即周淑人，參見馮幵〈況君墓誌銘〉）作，時間在光緒壬辰（西元一八九二年）春。據鄭煒明《況周頤先生年譜》，況氏於光緒庚寅（西元一八九〇年）春夏間南下，秋到上海。約九月間，姬人桐娟去世。壬辰（西元一八九二年）二月，況氏返京。香爐營在今北京市宣武區宣武門外。鳳棲梧，〈蝶戀花〉調的別名之一。❷天涯揮手　意謂揮手告別，行向遠方。❸征鴻　大雁。❹東華路　清代的中樞官署設在宮城東華門內，況周頤曾官內閣中書。這裡借指北京。❺欲斷無腸　化用宋秦觀〈阮郎歸〉：「人人盡道斷腸初，那堪腸已無。」❻香驄　寶馬。❼鳳城西去棠梨雨　鳳城，指京城，即北京。棠梨，代指作者亡姬桐娟之墓，在宣武門西。馬祖常〈楊妃墓〉：「馬嵬坡上棠梨樹。」作者〈青衫濕遍〉一詞中，亦有「料玉扃、幽夢鳳城西。認伶俜、三尺孤墳影，逐吟魂、繞遍棠梨。念我青衫痛淚，憐伊玉樹香泥」可證。

【語　譯】還記得揮手告別、踏上天涯路的情景，從那時起，總在夢裡追趕北歸的大雁，尋遍了京城的舊路。梁上的燕子可知我已經回來？久別重逢切莫提那淒涼之事。　我淚流婆娑，怔怔地看著門外樹，愁腸早已經斷盡，可恨我竟被這遊蹤不定的寶馬給耽誤了。最不堪回首的地方，是你在京城西側長眠處，棠梨樹下又飄起了絲絲春雨。

【研　析】這首詞情深筆化，自然老到，是能一窺南唐、北宋大家堂奧的佳作。開篇從分手時寫起，拉開時空距離，將分別時的許多情事藏在句中。「天涯揮手」，即「揮手向天涯」，前途之茫茫，征人之踟躕，留人之不捨，都在其中，讀者自能體會。「夢逐征鴻，繞遍東華路」，是追憶在外時思家之情緒，也是此刻心緒茫茫、百感交集的體現。這三句可謂一往情深，正為寫如今天人永別而蓄勢。「梁燕可知人在否，相逢也莫淒涼語」，從側面著筆，看似寫燕，實則寫人，極自然，又極沉鬱。前一句說人不知燕還在否，燕亦不知人已歸來，此時只有滿眼淒涼，則當詞人不在之日，姬人之幽怨哀傷可知，此刻詞人之悔恨亦可知；後一句翻進一層，說人燕若相逢，可不必再話淒涼之事，其實正說明淒涼恰在詞人心頭，揮之不去。

過片三句，將馮延巳「淚眼倚樓頻獨語」、「香車繫在誰家樹」，秦少游「人人盡道斷腸初，那堪腸已無」等名句重新組合，成一新句，感情更濃厚，意蘊也更豐厚。這三句，是詞人此刻心情之自述，眼見物是人非，悔恨放浪萍蹤；也是對姬人未亡時的設想，當自己未歸之時，閨人豈不也是日日望著空樹斷腸，苦念著寶馬香車歸來！結拍點明悼亡之旨，字面很清楚，詞意卻很沉重。「最是不堪回首處」，先提起一話頭；「鳳城西去棠梨雨」，再以景致敷衍之，以求情味悠遠不盡，句法與賀鑄「試問閑愁都幾許？一川烟草，滿城風絮，梅子黃時雨」（〈青玉案〉）、納蘭性德「一往情深深幾許，深山夕照深秋雨」（〈蝶戀花〉）相同。讀者想像亡人墳冢處風雨如晦之景，便不難體會詞人不堪回首之情。

280 鷓鴣天

況周頤

如夢如煙憶舊遊❶，聽風聽雨臥滄洲❷。燭消香灺❸沉沉夜，春也須歸❹何況秋！
書咄咄，索休休❺，霜天容易白人頭。秋歸尚有黃花在，未必清樽不破愁。

【注　釋】❶如夢如煙憶舊遊　意謂回想舊時遊樂時光，已經如夢如煙。唐吳融〈上巳日花下閑看〉：「如煙如夢爭尋得，溪柳回頭萬萬絲。」白居易〈憶舊遊〉：「憶舊遊，舊遊安在哉？舊遊之人半白首，舊遊之地多蒼苔。」❷聽風聽雨臥滄洲　滄洲，猶言江湖，虛指遁跡隱居之地。吳文英〈風入松〉：「聽風聽雨過清明。」❸燭消香灺　香灺，指香燭燈芯的餘燼。唐李商隱〈聞歌〉：「此聲腸斷非今日，香灺燈光奈爾何！」❹春也須歸　宋蘇軾《分類東坡詩》卷一四〈陌上花引〉：「父老云：吳越王（錢鏐）妃每歲春必歸，臨安王以書遺妃曰：『陌上花開，可緩緩歸矣。』」❺書咄咄二句　既有不甘與自嘲之意，也有安貧樂道、放懷閒適之情。《晉書・殷浩傳》：「浩雖被黜放，口無怨言，夷神委命，談詠不輟，雖家人不見其有流放之戚。但終日書空，作『咄咄怪事』四字而已。」又，《舊唐書・司空圖傳》：「（司空圖）晚年為文尤事放達，嘗擬白居易〈醉吟傳〉為〈休休亭記〉曰：『……休休也，美也，既休而具美存焉。』……因為〈耐辱居士歌〉，題於東北楹曰：『咄咄！休休休！莫莫莫！伎倆雖多性靈惡。賴是長教閑處著。』」辛棄疾〈鷓鴣天〉：「書咄咄，且休休，一丘一壑也風流。」

【語　譯】回想起昔日的清遊，如夢一般迷離，又像煙一樣飄渺難尋。此際閒居高臥，且聽風聲吟唱，雨聲叮咚。蠟燭燒盡，沉香灰冷，夜色深沉。便是陌上花開的芳春，也擋不住回家的腳步，更何況在這滿天蕭瑟的秋季！　誰說人間咄咄怪事太多，其實休休美事也不少，還是安閒知命。這霜濃似雪的秋天，是白髮生長的季節。不過在秋天歸來，至少還有菊花正開；一場酣醉，未必不能解悶消愁。

【研　析】據秦瑋鴻《況周頤詞編年》，本詞作於民國三年（西元一九一四年）秋。此時作者寓居上海，賣文為生，十分困窘，甚至無米下鍋。詞人苦中作樂，愁中放曠，填作了這首流利輕快的小詞。詞作以一副新巧工整的對仗句開篇，「如夢如煙憶舊遊，聽風聽雨臥滄洲」，往事舊雨，如夢如煙，可以追懷，不能再即；現在已經「身老滄洲」，遁身滬上，風雨如晦，就在枕邊，這情緒不免有些消沉和孤獨。「燭消香灺沉沉夜，春也須歸何況秋」，披衣夜起燭盡香殘，心境與夜色同沉，引動了詞人的歸興。春天陌上花開，風景優美，盡可以賞玩，卻留不住回家的腳步，何況在這淒冷的秋季呢！此處埋下一個「花」字，是為下文說菊花作伏筆。

「書咄咄，索休休」，襲用稼軒詞名句，用殷浩與司空圖的典故。概而言之，「咄咄」暗喻了民國以來發生的太多詞人不能接受的「怪事」，「休休」則是求閑思退心態的形象寫照。司空圖所謂「非濟時之用，又宜休也」，恰恰概括了民國時代許多前清遺老與時代對立的無奈與自嘲。「霜天容易白人頭」，接著前文之「秋」而言，秋霜既能染白鬢髮，也能催人生出白髮，「白人頭」之說取後者之意，前者之趣。「秋歸尚有黃花在，未必清樽不破愁」，接上片末句而言，以菊花應春花，伴以清樽，頗有名士風範。「尚有黃花在」，好似「人間重晚晴」，也算是步入晚年的遜清遺民們一種自珍自守吧。

281 醉翁操

況周頤

一九初交，寒消未幾。海濱風日，饒有春意。天時人事，我愁如何。倚此索隘庵、孟劬、漚尹和❶。

淒然，春妍，含暄❷。渺風煙❸，堪憐。南鴻為誰愁驚寒❹？雪明霜暗何天❺？憑畫闌，有恨付無言❻。隔軟紅❼幾家管弦。豔陽錯認，生怕啼鵑❽。
玉鍾翠袖，回首承平少年❾。花有香而歌前，柳有陰而吟邊❿。何因青鬢斑？多
情無韶顏⓫。阻夢萬千山亂⓬，雲殘照春忍還⓭？

【注　釋】❶一九初交七句　一九初交，指冬至。冬至是年中夜最長，晝最短的一天，所謂「陰極之至，陽氣始生」，而陽數始於一，終於九，一九初交即陰陽初交之意。隘庵，孫德謙，字壽芝，一字隘庵，江蘇元和（蘇州）人。精研經史。孟劬，張爾田，字孟劬，號遁庵，浙江錢塘（杭州）人。史學家、詞人。漚尹，朱祖謀，原名朱孝臧，字藿生，一字古微，號漚尹，又號彊村，浙江吳興人。與況周頤、王鵬運、鄭文焯並稱為晚清四大詞人。❷暄　溫暖。❸風煙　風霧，泛指朦朧的景物。如駱賓王詩：「風煙標迥秀。」❹南鴻為誰愁驚寒　用蘇軾〈卜算子〉「縹緲孤鴻影。驚起卻回頭，有恨無人省。揀盡寒枝不肯棲，寂寞沙洲冷」詞意，以幽獨不群，彷徨無依的鴻雁自況。❺何天　怎樣的天氣。❻有恨付無言　用韋莊〈望遠行〉「欲別無言倚畫屏，含恨暗傷情」詞意。❼軟紅　綿軟的紅塵，引申為繁華的塵世。❽啼鵑　寓意參見陳維崧〈賀新郎・贈蘇昆生〉注❾。❾玉鍾翠袖二句　觸景生情，回憶起少年時歌舞昇平的情境。化用晏幾道〈鷓鴣天〉「彩袖殷勤捧玉鍾，當年拚卻醉顏紅」詞意。承平，太平安定。❿花有香而歌前二句　化用陳著「城頭柳色吟邊動，山曲梅花夢裡香」詩意。⓫何因青鬢斑二句　用李賀〈金銅仙人辭漢歌〉「天若有情天亦老」詩意。青鬢斑，黑髮轉為花白。韶顏，青春美好的容顏。⓬阻夢萬千山亂　化用秦觀〈鷓鴣天〉「一春魚雁無消息，千里關山勞夢魂」詞意。⓭雲殘照春忍還　不忍回頭望鄉，只因視線為亂山、殘雲、春色重重阻隔，望而不見，只會更增哀思。用秦觀〈鷓鴣天〉「一春魚雁無消息，千里關山勞夢魂」、趙彥端〈沙塞子〉「但芳草、迷人去路。忍回頭、斷雲殘日，長安何處」詞意。還，回頭。

【語　譯】淒涼仍在。春光嫵媚。蘊含溫暖。飄渺的風物。惹人憐。南來的鴻雁在寒枝上驚起，究竟在為誰傳書寄愁呢？雪光與霜影相映，不知究竟是什麼天氣？倚靠著彩繪的欄杆，滿懷離情別恨卻無法言說。隔著繁華的紅塵傳來了幾家歌樓的管弦聲。

將雪光誤認作豔陽天，生怕遇到悲啼的杜鵑。美人的翠袖捧著玉製的酒杯，讓人回憶起年少時歌舞昇平的日子：在花香中歌唱，在柳蔭邊吟誦。為何昔日的烏髮而今轉為斑白？

只因人若多情便難留住青春的容顏啊！夢魂欲歸卻為萬千亂山所阻礙，忍回頭？稀疏的雲映照著春色，卻不知歸路在何方。

【研 析】此詞選自《蕙風詞》，詠冬至情境寄託家國身世之感，妙處在感悟到冬至特色與時勢特點的契合之處，從而將天時、人事、人心中獨特而複雜的境況傳神寫出。從序言中「海濱風日，饒有春意」的敘述看，此詞當作於民國元年作者避地上海之後，改朝換代之時，亂世黑暗與新時代曙光交接的人事，正與陰極陽生的天時十分相似。故所謂「天時人事，我愁如何？」應是用杜甫〈小至〉「天時人事日相催，冬至陽生春又來……雲物不殊鄉國異，教兒且覆掌中杯」詩意，「愁」即為在冬至來臨，陰陽新舊交替之際，所觸發的雲物不殊鄉國異感慨，包含著對以往太平的眷戀，對當今亂世的憂懼，以及對重建太平的期待。

〈醉翁操〉詞牌幾乎句句入韻，而且平仄韻通叶，形成一種跳躍圓轉的韻律感。尤其是開篇連續五句都是兩三字一韻，對情境轉接的要求頗高，既要善於換境換意，又要保證意脈不斷。此詞就處理得頗妙：開篇五句已點明題旨，也奠定了全詞的基調，「淒然」，表明象徵國運淒迷的嚴冬正興，鄉國之憂也正濃。「春妍，含暄。」轉將逐漸透出的春意生動繪出。「渺風煙」則是冬至陰極，陽初生，氣候不明時飄渺風物的寫照，又象徵著時勢亂極，新政權初建，前途不明。「堪憐」則是作者對以上種種情境的感受，對冬寒的憐憫，春暖的憐愛，交匯於飄渺的風煙中；而在接下來詞句中貫穿的哀樂盛衰對比，更將此種複雜心境傳神道出：「雪明霜暗何天。」「豔陽錯認，生怕啼鵑。」二句最妙，遙相呼應，描繪的冬至情景與亂世心態，真實感人——只因窗外雪光霜影輝映，辨不清實際的天氣，才會錯認為是豔陽天，而這種錯認正體現出對陽春的渴望。「生怕啼鵑」含義更為深曲。杜鵑通常是在春末才會悲啼的，古來常用杜鵑啼血的典故，寄託對春去國亡的擔憂，由此可見久經亂世的作者已如驚弓之鳥，即使是在錯認陽春的欣喜中，仍擔心這溫暖與太平會如少年時的承平時光一般，轉瞬即逝。可想而知，在得知誤認後，面對冰冷的現實就必定會倍添哀愁了。又如「憑畫闌，有恨付無言。隔軟紅幾家管弦」三句，幽鬱難名的家國之恨與隔著紅塵的管弦之樂恰成對比，頗有「商女不知亡國恨，隔江猶唱〈後庭花〉」的意味。再如「玉鍾」以下三句回首少年時太平歡樂的情景，恰與此後「何因」以下四句所描述的現實形成強烈的對比——青春已為多情老，夢魂難從亂世歸，在如此淒苦的現實中，對亂世的擔憂必會如冬至之陰寒上升到極致，而對太平的渴望也必會如冬至之陽氣逐漸萌生。

282

減字浣溪沙

況周頤

聽歌有感（其二）

惜起殘紅❶淚滿衣，它生莫作有情癡❷。人天無地著相思❸。

花若再開非故樹❹，雲能暫駐亦哀絲❺。不成消遣❻只成悲。

【注釋】❶殘紅　指落下的紅花，也泛指各色落花。❷它生莫作有情癡　化用歐陽脩〈玉樓春〉「人生自是有情癡，此恨不關風與月」詞意。情癡，一往情深；情有獨鍾。❸人天無地著相思　形容不僅人間，即便是天上也容不下相思。採用並拓展了歐陽脩〈錦香囊〉「一寸相思無著處」與李冠〈蝶戀花〉「一寸相思千萬緒。人間沒個安排處」詞意。❹花若再開非故樹　用屈大均〈夢江南〉「縱使歸來花滿樹，新枝不是舊時枝」詞意。內涵詳見屈大均〈夢江南〉注。❺雲能暫駐亦哀絲　化用秦青悲歌的典故。據《列子・湯問》載，薛譚跟秦青學唱歌，自以為已將秦青的歌唱技巧都學會了，便要辭歸。秦青在為他餞行時撫節悲歌一曲，聲振林木，響遏行雲。令薛譚從此打消了回家的念頭，專心學歌。此詞用這一典故，意為歌曲即便能達到如秦青般令行雲暫住的效果，也是極悲之音。哀絲，雙關語，絲可指琴、瑟等弦樂器，哀絲即悲哀的弦樂聲；也可通於「思」，哀絲即悲哀的思緒。❻消遣　用令人愉快的事情來打發時間，排憂解悶。

【語譯】痛惜飄零的落花以致於淚水灑滿衣襟，來生千萬不要再有這樣的癡情人了。人間天上都沒有地方安放得下這份相思。　樹上的花朵即便再開，那樹也再不是舊時的樹了；歌聲即便能使雲朵暫時駐足，也必定是寄託著深重的哀思。不但不能達到排解憂悶的目的，反而會更增悲愁。

【研析】此詞選自《蕙風詞》，作於民國五年丙辰（西元一九一六年），同年十月六日至十二月下旬，梅蘭芳在上海演劇，作者與朱祖謀往觀，對梅蘭芳戲劇的意境、技藝都大為激賞，前後為此填詞不少，感時傷亂的家國身世之感也寓於其中。即如趙尊嶽《蕙風詞史》所評：「先生以側豔寫沉痛，真古人長歌當哭之遺，別有懷抱者也。」〈減字浣溪沙〉即是其中一組，原組詞共五闋，此詞是第二闋，當是為梅蘭芳演出的京劇《黛玉葬花》所作的。全詞即如其所詠之劇情曲詞，哀感頑豔，一往情深，尤能以直質的盡頭語見長。

起句「惜起殘紅淚滿衣」既是劇中黛玉葬花悲歌的情境，又是作者觀劇聽歌的感受，在作者心中殘紅即是衰亂時勢與衰老飄零身世的象徵。「它生莫作有情癡」的勸誡直截沉痛，言外之意卻無窮。參看作者在同樣詠《黛玉葬花》的〈西子妝〉詞中也有「斷無情種不能癡」之句，只因作者與劇中人同是癡情人，才能深切感悟到癡之源與情之痛，故才會有「莫作有情癡」的勸誡，而此種勸誡放在它生而非今生，則有深意——只因深知今生已情根深種，注定要一生受情癡之苦了，故與其說是要勸誡它生須絕情，不如說是在感歎今生難忘情啊！接下來的「人天無地著相思」，正是情癡之苦的寫照。在《紅樓夢》中由天上欠淚的木石奇緣到人間還淚的寶黛情緣，始終都是相思債難償。相應的，作者在亂世中也注定要一直為種種思慮所困擾。「花若再開非故樹，雲能暫駐亦哀絲」二句，結合歌境、歌藝，進一步渲染了無止境的情癡之苦。最後以「不成消遣只成悲」的感受綰結全篇，只因悲音未必使人悲，關鍵是聽者的心態——別人聽歌能排遣憂悶，而作者卻反而更添悲苦，正因他不是將歌作為與己無關的戲劇來欣賞，而是作為自己身世性情的投影來體味。即如龍榆生《清季四大詞人》所評：「念亂憂生，極掩抑零亂之致。」

283 蘇武慢 寒夜聞角❶

況周頤

愁入雲遙，寒禁霜重，紅燭淚深人倦❷。情高轉抑，思往難回，淒咽不成清變❸。風際斷時，迢遞天街❹，但聞更點❺。枉教人回首，少年絲竹，玉容歌管❻。憑作出、百緒淒涼，淒涼惟有，花冷月閒庭院❼。珠簾繡幕，可有人聽，聽也可曾腸斷❽？除卻塞鴻，遮莫城烏，替人驚慣❾。料南枝明日，應減紅香一半❿。

【注　釋】❶角　號角聲。號角原為軍中傳號令所用的吹奏樂器，聲音高亢、蒼涼、悠遠。❷愁入雲遙三句　三個分句分別化用胡應麟「相思愁絕彩雲遙」、李賀「霜重鼓寒聲不起」與杜牧「蠟燭有心還惜別，替人垂淚到天明」詩意，表達離別後觸景傷情、聞聲動心、相思刻骨的心境。紅燭淚深人倦，燭淚即蠟燭燃燒時滴下的蠟珠。淚深意味著燃燒的時間很長了，夜已深了，因此對紅燭相思的人也已困倦了。❸清變　即淒清的變聲，變聲包括變宮、變徵，是古七音中最為淒清的音調，故稱清變。❹迢遞天街　指京城綿延向遠方的廣闊街道。迢遞，遙遠的樣子；連綿不絕的樣子。天街，唐代都城長安南的朱雀大街，稱為天門街，簡稱天街。在此指代都城的街道。❺更點　夜晚報更的鼓點。古代將一夜分為五更，按更擊鼓報時。❻少年絲竹二句　在此為互文，形容風華正茂的少年少女絲竹、歌管合鳴的歡樂場景，取琴瑟和諧之意。絲竹，絲弦與竹管樂器。玉容，美如玉的容顏。歌管，泛指唱歌及奏樂。❼憑作出百緒淒涼三句　意為無論做出多少淒涼的情緒，也無人憐惜，只能空對著淒冷的庭院，倍添惆悵而已。化用王寀〈浣溪沙〉「斜紅勻過晚來妝。嬌多無事做淒涼。借問誰教春易老，幾時能勾夜何長」詞意。百緒，即數不清的情緒，百感交集的意思。❽珠簾繡幕三句　化用白居易〈醉後聽唱桂華曲〉「桂華詞意苦丁寧，唱到常娥醉便醒。此是人間腸斷曲，莫教不得意人聽」詩意。❾除卻塞鴻三句　用溫庭筠〈更漏子〉「驚塞雁，起城烏，畫屏金鷓鴣……紅燭背，繡幃垂，夢長君不知」詞意。遮莫，俚語，盡教、任憑的意思。❿料南枝明日二句　意為南枝上的花明早必將被風吹落一半了。何遜〈送韋司馬別〉：「予起南枝怨，子結北風愁。」南枝，南向的枝條。紅香，指代紅豔芬芳的花朵。

【語　譯】遙遠的雲端寄託著離愁，繁重的晚霜承受著寒冷，紅燭上淚痕已深了，對燭相思的人也已累了。情緒激揚到了極點便會轉為沉鬱，思緒飛往遠方後就很難再收回來了，那吹奏出淒清變聲的號角，也斷斷續續，哽噎不成聲調了。當角聲在風中斷絕時，那綿延向遠方的京城大道中，就只能聽到打更人報更的鼓點了。空讓人回憶起當日正值青春的少年與佳人歌管、絲竹相合，和諧歡愉的場景。

到如今，任憑再如何作出千百種淒涼的意緒，也不過是將這種種淒涼，付與這花自清冷，月自清幽的庭院而已。在那珠綴、彩繡的簾幕之後，是否也有人在傾聽，聽到後是否也曾相思斷腸呢？已經習慣了那些塞上的鴻雁，城上的烏鴉，猶如代替人承受憂懼一般，在號角聲中驚起。料想明日在南向枝條上，那些紅豔芬芳的花朵應該已經減少一半了吧。

【研　析】此詞選自《蕙風詞》，抒寫春愁，融合了傷春、憂國、思鄉、懷人等多重意緒。況周頤〈水龍吟・聲聲只在街南〉序道：「己丑秋夜，賦角聲〈蘇武慢〉一闋，為半塘（王鵬運）所擊賞。」可知此詞作於光緒十五年己丑（西元一八八九年）秋夜，作者時年二十九歲，在京城任內閣中書，與端木埰、王鵬運等師友交遊甚密，填詞論詞，接受了師友「重拙大」的詞學理念，一改往昔的側豔詞風，此詞即是作者此時詞作中的名篇，不僅大受詞學前輩王鵬運的擊賞，而且後世名家也多有佳評。如王國維稱其「境似清真（周邦彥），集中他作，不能過之。」作者也一直將此詞視為得意之作，即如趙尊嶽《蕙風詞史》所載：「〈寒夜聞角〉一詞，先生深自喜之，尤愛自誦：『憑作出……聽也可曾腸斷。』謂：『當時筆力千鈞，百煉剛化為繞指柔，極詞家明轉之說，與早歲所作，又不相侔矣。』蓋早歲〈落花詞〉有『披被不聽雨，算作一宵晴。』此為硬轉法也。」作者在《蕙風詞話》中也自道：「余少作〈蘇武慢・寒夜聞角〉云：『憑作出……聽也可曾腸斷。』半塘翁最為擊節。比閱方壺詞〈點絳脣〉云：『曉角霜天，畫簾卻是春天氣。』意與余詞略同，余詞特婉至耳。」觀此詞也確如所言，妙在舉重若輕，用沉鬱婉轉的風格、筆法表現出深摯厚重的情思、感悟。如「情高轉抑，思往難回，淒咽不成清變」句，描述的正是此種人情中常有的化激烈厚重為沉鬱悠遠的表達方式——其最終淒咽難言的狀態，代表著抑鬱的頂峰，往往比最初的激楚狀態，更為淒苦，更能動人。即如在樂調中，清變之音本最悲切，但此種樂音在突然凝咽之時往往比演奏中更顯悲鬱，正所謂「此時無聲勝有聲」。這種無聲中鬱結的思緒，在「迢遞天街」上斷續打更聲的襯托下，就更顯得分明且綿延無盡。又如最受稱賞的「憑作出、百緒淒涼，淒涼惟有，花冷月閒庭院。珠簾繡幕，可有人聽，聽也可曾腸斷？」，意脈層層折進，情思越轉越深。「百緒淒涼」已難承受，再加上無論如何也無人見憐，還要對著清冷的庭院，聽著令人斷腸的落花聲，當然是無計消愁更添愁。更何況還要惦記著珠簾繡幕中的故人，不知他是否也聽到了這淒苦的聲音，是否也為之斷腸，其實也象徵著是否能感受到作者的相思，並且同樣的思念作者。倘若聽到了且斷腸，則作者會因憐惜而添愁；倘若未曾聽到或根本不上心，則作者也會因失落而添愁。再如「除卻」句，「替」字傳神，被角聲驚起的明為塞鴻、城烏，實為離人。而結句中描述驚醒後想到的落花無數，正是禁受上述種種夜間斷腸聲的必然結果，此時不必再言愁，已覺哀愁滿紙了。

284 曲玉管

憶虎山❶舊遊

況周頤

兩槳春柔，重闉❷夕遠，尊前幾日驚鴻影❸。不道瓊簫吹徹，淒感平生，忍伶俜❹。杳杳蘅皋，茫茫桑海，碧城往事愁重省❺。問訊寒山，可有無限傷情，作鐘聲❻。換盡垂楊❼，只縈損、天涯絲鬢。那知倦後相如❽，春來苦恨青青。楚腰擎❾。抵而今消黯❿，點檢青衫紅淚⓫，夕陽衰草，滿目江山，不見傾城⓬。

【注釋】❶虎山　虎丘，在江蘇蘇州西北郊。❷重闉　城曲重門，即甕城的門。❸驚鴻影　寓美人翩翩的身影。化用陸游〈沈園〉「傷心橋下春波綠，曾是驚鴻照影來」詩意。驚鴻，曹植〈洛神賦〉用「翩若驚鴻，婉若游龍」來形容洛神，故後世以驚鴻指代美人。❹伶俜　孤單飄零的樣子。❺杳杳蘅皋三句　形容時過境遷，往日情事杳茫不可追尋。蘅皋，長滿杜蘅等香草的岸邊。典出曹植〈洛神賦〉：「稅駕乎蘅皋，秣駟乎芝田。」蘅，杜蘅，多年生草本植物，《楚辭》中稱美的香草之一。桑海，桑田滄海的簡稱。據葛洪《神仙傳》記載，麻姑自稱她曾經三次看見東海變為桑田。後世喻時光飛逝，導致人世發生巨大變遷。碧城，據《上清經》記載，元始天尊的居所以碧霞為城。後世以碧城指代仙人的住處。❻問訊寒山三句　化用張繼〈楓橋夜泊〉「姑蘇城外寒山寺，夜半鐘聲到客船」詩意。寒山，即寒山寺，在蘇州城外楓橋鎮。原名「妙利普明塔院」，相傳在貞觀年間，著名詩僧寒山來此住持，遂改名寒山寺。❼換盡垂楊　用晏幾道〈采桑子〉「別來樓外垂楊縷，幾換青春。倦客紅塵。長記樓中粉淚人」詞意。楊柳寓意參見董士錫〈蘭陵王〉（水聲咽）注❸。❽倦後相如　用司馬相如與卓文君苦戀的典故，以相如自況。倦，一因相思多愁，二因體弱多病，司馬相如素病消渴。❾楚腰擎　形容為相思所苦的種種憔悴情狀。楚腰，纖細柔弱的腰肢。典出《韓非子·二柄》，相傳先秦時楚靈王喜歡腰肢纖細的人，於是楚國中人人節食以求細腰，以致瘦弱不堪，需扶著牆才能行走。擎，支撐；支持，在此指用細腰勉強支撐身體。❿消黯　黯然銷魂，形容別後極其愁苦傷神。江淹〈別賦〉：「黯然銷魂者，唯別而已矣。」⓫點檢青衫紅淚　化用白居易〈琵琶行〉「座中泣下誰最多？江州司馬青衫濕」詩意。紅淚，美人惜別之淚。據《拾遺記》載，曹丕戀人薛靈芸離別父母登車時，用玉壺承淚呈紅色，後凝結如血，後世因以紅淚指美人離別之淚。⓬夕陽衰草三句　形容故地重遊，卻只剩下滿面蒼涼景色，而昔日戀人已難追尋。用韋莊〈下邽感舊〉「今日故人何處問，夕陽衰草盡荒丘」詩意。傾城，原指女主擅權，傾覆邦國。後也指令人傾倒的美人。如《漢書·外戚傳》載，李延年〈北方有佳人〉歌道「寧不知傾城與傾國？佳人難再得。」此詞用美人義項。

【語　譯】兩槳蕩過了柔美的春波，重門掩映著遙遠的夕照，有多少日那如驚鴻般翩躚的身影曾舞動在我的酒樽前。不覺吹起了瓊簫，淒清的樂音在空中回蕩，平生的感慨都傾注其中，忍受著孤苦與飄零。那幽遠渺茫的芳草岸，已經歷了滄海桑田的變遷，重新回顧那碧城中的往事，更覺愁腸百結。試問寒山寺，可還有無限的離別傷感，但聞鐘聲響應。　當年垂楊已完全換了新的青絲，因愁思牽絆而憔悴蒼老的只有這飄泊天涯的髮絲吧。哪裡知道我這如司馬相如般因多愁多病而疲倦已極的人，在春天來時最怕被這青青依舊的柳絲牽動別恨。勉強支撐著纖弱的腰肢。到如今黯然銷魂，細察青衫上美人流下的紅淚，夕陽下連綿衰敗的黃草，視野中盡有無限江山，唯獨不見那傾城的佳人。

【研析】此詞選自《蕙風詞》，詞中回憶起虎山舊遊時的情事，在今昔對比中，表達對昔日戀人的眷念，也融入了〈風〉〈騷〉思美人，悲遲暮之意，寄託著年華老去，飄零不偶的身世之感。上闋所用的驚鴻、蘅皋、桑海、碧城等典故都是將所思慕的女子比作仙子，營造出「來如春夢不多時，去似朝雲無覓處」的淒美蒼茫意境。相會的美好更反襯出難尋的愁苦孤寂。愁苦孤寂無處可託，只有寒山寺中那觸發千古離愁的鐘聲來回應，鐘聲便如美人的蹤跡，沉重清晰的印在心頭，卻又漸悠遠漸飄散，無跡可尋。下闋楊柳絲的頻換而常青與人鬢髮絲的不改而漸白，恰成鮮明對比；故飽經滄桑，孤寂衰老的倦遊人，看著這青青柳絲，當然會徒增憂愁，抱怨它不解人情，偏作青春、挽留之態來惹人愁思、令人消瘦了。結句所展現的相思極苦，仍追尋不已，終追尋不見的情境，所包含的深摯、執著、渺茫，同〈國風・蒹葭〉的「蒹葭蒼蒼，白露為霜。所謂伊人，在水一方。溯洄從之，道阻且長。溯游從之，宛在水中央」的情境；以及屈原〈離騷〉中上下求索，反顧舊鄉的情境，何其的相似。故葉恭綽稱：「末三句亦所最自賞。」所賞的當即是此種〈風〉〈騷〉之旨。

285 望江南

陳銳

春不見，孤負❶可憐春。淡柳鎖愁煙漠漠，小闌扶恨水粼粼。往事已成塵。

人不見，孤負可憐人。花下又逢三月雨❷，夢中猶隔一條雲。風露夜紛紛❸。

【作者】陳銳（西元一八五九－一九二二年），字伯弢，一字伯韜，號袌碧，湖南武陵（今屬常德）人。光緒十九年（西元一八九三年）舉人。官知縣。王闓運弟子。詩詞並工。詞與王鵬運、朱孝臧、鄭文焯等人齊名，被推為一代詞宗。況周頤讚其詞「沉著沖淡」、「格高律細」。有《袌碧齋詞》、《袌碧齋詞話》。

【注釋】❶孤負　同「辜負」。❷花下又逢三月雨　化用宋晏殊〈木蘭花〉：「花底離愁三月雨。」❸風露夜紛紛　語本黃景仁〈綺懷〉其一五：「為誰風露立中宵。」

【語　譯】春天不見了，我辜負了可愛的春光。漠漠的煙柳，垂著淡黃枝條，緊鎖著哀愁；粼粼碧波，繞著小小曲欄，倚靠著怨恨。往事紛然，零落成塵，早已不堪回首。　那人已離我而去，我辜負了可愛又可憐的伊人。三月的花兒，剛剛開放卻偏偏遇上了冷雨。那夜夢見她了，遠遠的隔著一條孤雲。不眠的人啊，只好消受這夜風凜凜，寒露紛紛。

【研　析】這是與賀雙卿〈望江南〉的同調之作，同樣的雙調結構，同樣的上下片起句，通過對讀，頗能突顯本詞的「沉著沖淡」的風格——像一幅水墨畫，著筆不多，卻愁怨滿紙。起句以「春不見」開篇，表達的是人生感喟，這「孤負可憐春」的感喟，顯然較雙卿「尋過野橋西」要沉靜許多。其實從全篇來看，春天還沒有過去，不是尚有淡淡煙柳、粼粼碧水嗎，何況下片更直接寫到三月花雨。春天仍在，卻注定要「孤負」，只因心中愁情堆積，觸目成怨，無法欣賞春色。同樣的意思，雙卿「染夢淡紅欺粉蝶，鎖愁濃綠騙黃鸝」出之以淒豔，此處「淡柳鎖愁煙漠漠，小闌扶恨水粼粼」兩句則是淡婉的風格。「鎖」字見愁之難去，「扶」字見愁之沉重，既是寫景，也是況人，皆是煉字之法。結片處，雙卿說「幽恨莫重提」，是不提而提，真摯而痛切；此處以「往事已成塵」作結，是提而不提，縱然腦海中、眼眸裡往事堆積，卻也只是難以復燃之死灰而已。

如果說雙卿詞過片處的「人不見，相見是還非」還有些情動的執著，那麼此處「人不見，孤負可憐人」只有對沉重命運的屈服。人生猶如浮雲，無跡各自西東，只剩下無窮的悵惘和不盡的思念。「花下又逢三月雨，夢中猶隔一條雲。」如今獨自行吟花下，天公依然不會有絲毫憐惜，連人帶花，風吹雨打；夢中才得與伊人見，已是不堪，卻還被斷雲阻隔，是連虛幻中也得不到一刻的圓滿。兩句虛實相配，括盡傷心。結句「風露夜紛紛」較雙卿「山遠夕陽低」更深一步，將時間寫到深夜，將感情冷到冰點。由白天的冷雨，引出夜晚的寒露，由夢中的情景暗示中宵的不寐，平平淡淡之中亦有井然之脈絡，當得「格高律細」之評。

286

望海潮

自題小影❶

譚嗣同

曾經滄海，又來沙漠，四千里外關河❷。骨相❸空談，腸輪自轉❹，回頭十八年過。春夢醒來波❺。對春帆細雨，獨自吟哦。惟有瓶花，數枝相伴不須多。

寒江才脫漁蓑。剩風塵面貌，自看如何？鑒不因人❻，形還問影❼，豈緣酒後顏酡❽？拔劍欲高歌。有幾根俠骨，禁得揉搓？忽說此人是我，睜眼細瞧科❾。

【作　者】譚嗣同（西元一八六五—一八九八年），字復生，號壯飛，湖南瀏陽人。湖北巡撫譚繼洵子。少年時即胸懷大志，隨父宦遊南北。甲午戰爭後，提倡新政。創南學會，辦《湘報》。光緒戊戌（西元一八九八年）入京，授四品銜軍機章京，參與康、梁變法。政變起，拒絕出逃，與劉光第、楊深秀、林旭等同時遇害，史稱「戊戌六君子」。今人輯其詩文為《譚嗣同全集》。

【注　釋】❶自題小影　這是作者僅有的一首存世詞作，見於其《石菊影廬筆識・思篇》（五十），自評曰：「性不喜詞，以其靡也。憶十八歲作〈望海潮〉詞自題小照云（詞略）。尚覺微有氣骨。」光緒八年（西元一八八二年），詞人十八歲，時隨父宦遊甘肅任上。❷曾經滄海三句　詞人生於湖南，幼時居北京，十三歲隨父之甘肅秦階道任所，十五歲回湖南瀏陽讀書，十八歲時再赴西北。❸骨相　人的形體相貌，相術認為與人的命運相關。❹腸輪自轉　謂愁腸滿腹。古樂府〈古歌〉：「心思不能言，腸中車輪轉。」❺波　語氣助詞，多見於戲曲對白。❻鑒不因人　鏡子裡照不出人的真實面貌，暗指當時社會普遍存在著人才被埋沒的現象。鑒，鏡子，也做鑒別解。❼形還問影　這裡指的是一個人有限的力量（形）與理想（影）之間的矛盾衝突。晉代陶淵明有「形影神組詩」，包括〈形贈影〉、〈影答形〉、〈神釋〉三首詩，可以參看。❽酡　飲酒後臉色變紅。❾科　戲曲中表示角色某某動作的術語。

【語　譯】曾經泛舟江海，今又前來沙漠，四千里關河邁過。方士的骨相之言只是空談，腹中愁腸輪轉不休，一回頭已經過了十八年。春夢該醒了。對著細雨中的江上春帆，我獨自一人吟哦。一路相伴的惟有瓶中花，只須寥寥幾枝便已足夠了。　寒江上雨停了，我脫去蓑衣，對著鏡子自照，這風塵面貌自己覺得怎麼樣？鏡子照不出精神，現實與理想存在差距，難道是因酒醉後面紅的緣故？拔出寶劍，想要起舞高歌。胸中究竟有幾根俠骨，可禁得起紅塵的揉搓？忽然說這人就是我啊，睜開眼睛把鏡子仔細端詳。

【研　析】這首詞自題小照，對鏡自問，回想十八年來的生活，年輕的譚嗣同陷入了對人生的思考。他發現一副小照只不過照出的是他的一個剪影，而照不出十八歲的才華與壯志，十八年的經歷和成長。「糟粕所傳非粹美，丹青難寫是精神。」（王安石〈讀史〉）詞人由此聯想到自己置身其中的那個腐爛、顛倒的晚清社會，種種偏見與不公，掩蓋與疏離，真理與現實之間，不就差得像真人與照片一樣遠嗎？在這首〈望海潮〉中，他用真摯坦誠的態度，清壯頓挫的詞句表達了少年志士的焦慮和豪情。

詞人開篇沒有從小照落筆，而是描述了自己壯遊的經歷。「曾經滄海，又來沙漠，四千里外關河。」這不僅是十八歲一年的行跡，而是十八年來足跡遍及南北的寫照。在〈三十自紀〉一文中，詞人用大量篇幅回顧有生以來南北奔走之狀，「和數都八萬餘里，引而長之，堪繞地球一周」，途經大山、小水、形勢勝跡，不計其數。旅途中詞人「升峻遠覽以寫憂，浮深縱涉以騁志，哀鳴簫於凌霞，翼疊鼓於華輈」（〈三十自紀〉），意氣何等瀟灑，志向何等高遠，豈是從一張小小的照片能看得出來？「骨相空談，腸輪自轉，回頭十八年過。」一回頭已過十八年，那些「骨相」之說應驗了嗎？如果一生浮沉早已注定，為何腹中憂愁無法消除？不切實際的「春夢」還是醒醒吧。「對春帆」四句，變雄壯為恬淡，細雨春帆，數枝瓶花，獨自吟哦。此處也是自問自嘲：小照裡的「我」，可有現在的平靜、淡然和孤獨？

照片不足為憑，不如借鏡子直面自身。「寒江才脫漁蓑。剩風塵面貌，自看如何？」雨停了，脫去蓑衣，露出飽經風塵的臉。「鑒不因人，形還問影，豈緣酒後顏酡？」鏡子照出了外貌，照出了風塵滄桑，照出了人的神態，似乎比小照要準確些；可是，鏡子照不出人的才華和抱負，也照不出人的理想和信念。一句話，鏡子只能取「形」，卻不能取「影」取「神」。以銅為「鑒」，「我」認不出我自己；以人為「鑒」，更是充滿偏見和不公。「鑒不因人」，是詞人酒後的調侃，更是對社會的嘲諷，是對自己空有抱負卻不得施展的慨歎；「形還問影」，是詞人酒後狂語，卻反映了理想與現實的差距。「拔劍欲高歌。有幾根俠骨，禁得揉搓？」詞句清壯有力。今日之「我」，已非小照之「我」；鏡中之「我」，也不是真我。真我在胸中俠骨，手中寶劍，口中狂歌，這豈容得俗世來消磨！一詞之中，忽有「春帆細雨」之柔美平靜，忽有「拔劍高歌」之慷慨激昂，可見詞人心情之鬱勃，筆法之頓挫。「忽說此人是我，睜眼細瞧科。」這才是真實心聲的吐露！這才是少年志士的譚瀏陽啊！這個「志節、學行、思想為我國二十世紀開幕第一人」（梁啟超語）的譚復生，對「真我」的追求，象徵著晚清維新志士的精神力量。

287 甘州

庚子五月津門旅懷寄友❶

王允晢

又黃昏、胡馬❷一聲嘶，斜陽在簾鉤。占❸長河❹影裡，低帆風外，何限❺危樓。遠處傷心未極❻，吹角似高秋。一片銷沉恨❼，先到沙鷗。

國破山河須在❽，願津門逝水，無恙東流。更溯江入漢❾，為我送離憂。是從來、興亡多處，莽武昌雙岸亂雲浮。詩人老，拭蒼茫淚，回睇❿神州。

【作者】王允晢（西元一八六七－一九二九年），字又點，號碧棲，福建長樂人。光緒十一年（西元一八八五年）舉人。官建甌教諭。後入奉天將軍、北洋海軍幕。入民國後，署理安徽婺源縣事。晚歲歸鄉里。碧棲為近代詩詞名家，「同光派」健將。詞學南宋王沂孫、姜夔、張炎諸大家，「音響淒惋」（黃濬《花隨人勝庵摭憶》）。有《碧棲詞》。

【注　釋】❶庚子五月句　庚子（西元一九〇〇年）五月，八國聯軍以保護教民為名，增兵京津，戰爭一觸即發。時作者旅居天津，感於兵氛，遂填此詞。津門，即天津。本詞一名「庚子五月津門旅懷寄太夷」。太夷，即鄭孝胥，後者時任京漢鐵路南段總辦，兼辦漢口鐵路學堂，故詞中有「武昌雙岸」之語。❷胡馬　指列強的軍隊。❸占　察看。❹長河　指天津海河。❺何限　無限。❻未極　無極。❼銷沉恨　指亡國之恨。杜牧〈赤壁〉：「折戟沉沙鐵未銷，自將磨洗認前朝。」❽國破山河須在　杜甫〈春望〉：「國破山河在，城春草木深。」❾溯江入漢　武昌位於長江與漢江交匯處。❿睇　望。

【語　譯】又到了黃昏時分，遠處傳來一聲戰馬的長鳴，日暮的殘陽懸掛在室外的簾鉤上。看長長的海河上，落下風帆的船隻，緩緩駛過高樓的倒影。傷心無盡處，又一聲畫角，將這暮春天氣，吹成了深秋。一片興亡之感，看沙鷗已然白頭。

就算國家破亡，山河也應還在。願流過津門的水啊，依舊不息地向東流。更能溯長江而上，進入漢江，將我的離愁，帶給老友。武昌從來都是關係存亡的要衝，怕漢江兩岸又會戰雲密布。到那時，老去的詩人，又該北望蒼茫的神州，擦拭縱橫的老淚了。

【研　析】這闋〈甘州〉哀戚沉重，樸質無華，無一毫「搖頭擺尾」、為情造文之處，可說是「國家不幸詩家幸，賦到滄桑句便工」（趙翼〈題遺山詩〉）的證明。

上片寫兵氛之中，登樓所見。起調「又黃昏、胡馬一聲嘶，斜陽在簾鉤」，十分警動，胡馬嘶鳴，破空而來，如殘陽般淒厲，聲音、色彩相配合，成功營構了一種淒黯的氛圍。尋著馬嘶，順著斜陽向外望去：「占長河影裡，低帆風外，何限危樓。」海河上敵船駛過樓影，蓄勢待發；登樓一望，愁懷無限。正傷心處，畫角又起，較馬嘶之淒厲轉而悲咽，也許是戰鬥即將打響。原本暮春時節，卻因角聲而秋意彌漫。「一片銷沉恨，先到沙鷗。」詩人似乎比歷史學家更能預見未來。這一刻八國聯軍屯兵津門，京津失守已經難以避免。待到大兵過境，一片瘡痍灰土，亡國之痛，自不待言。「人言頭上髮，總向愁中白。拍手笑沙鷗，一身都是愁。」（辛棄疾〈菩薩蠻〉）江上所見，沙鷗已經「白頭」；鳥獸如此，人何以堪？

下片轉而「寄友」，益加沉痛。國事已不可為，是否山河依舊，人事不非？「國破山河須在，願津門逝水，無恙東流。更溯江入漢，為我送離憂。」詞人將一片愁心付予窗下的流水，願隨流水直到友人身邊。詞句也是大巧若拙，好似流水從肺腑中流出。「是從來、興亡多處，莽武昌雙岸亂雲浮。」若京津失守，國家便亡，偌大中國群龍無首，像武昌這樣兵家必爭之地，必定大亂。事實證明詞人是很有遠見的。很快，兩江總督劉坤一、湖廣總督張之洞等方面大員制定「東南互保」之策，與列強簽訂和平協議，一定程度上保證了河北、山東以外各省的穩定。然而，也由此進一步削弱了中央的權威，為以後軍閥割據局面的形成埋下無窮的隱患。最終，辛亥革命也還是恰好在武昌打響了第一槍，詞人的預感竟成了先兆。末三句「詩人老，拭蒼茫淚，回睇神州」是從對方著筆，想像其國破後北望神州時的哀痛，更顯關切之深。這深情背後，仍是濃重的憂國之意。

288

浣溪沙

陳洵

如夢風花赴鏡流❶，舞楊❷無力倚嬌柔。黛奩脂盝自然收❸。未必真珠全賺淚❹，斷無羅帶肯瞞愁❺。春光誰分❻薄於秋！

【作者】陳洵（西元一八七一—一九四二年），字述叔，號海綃，廣東新會人。早年遊歷江右為幕客，潦倒窮愁，得朱祖謀推許，始為詞壇注目，從此引朱氏為一生知己。二十世紀三十年代執教中山大學，主講詞學。海綃於詞學吳文英、周邦彥，華妙精深。朱祖謀謂其與況周頤為「並世兩雄，無與抗手」。有《海綃詞》、《海綃說詞》。

【注　釋】❶如夢風花赴鏡流　指女子照水梳妝。宋秦觀〈浣溪沙〉：「自在飛花輕似夢，無邊絲雨細如愁。」鏡流，池塘。❷舞楊　寫女子身姿。有如隨風舞蹈的楊柳。溫庭筠〈楊柳枝〉：「宜春苑外最長條，閑裊春風伴舞腰。」❸黛奩脂盝自然收　指女子稍施粉黛，妝成自然。黛奩，盛畫眉毛的顏料、工具的匣子。脂盝，胭脂盒。❹未必真珠全賺淚　意謂不是所有淚水都能得到珍重。真珠，即珍珠。《博物志》卷九：「南海外有鮫人，水居如魚，不廢織績，其眼能泣珠。從水出，寓人家積日賣絹。將去，從主人索一器，泣而成珠滿盤，以與主人。」❺斷無羅帶肯瞞愁　謂漸漸寬鬆的羅帶，瞞不住人的日漸愁損。柳永〈鳳棲梧〉：「衣帶漸寬終不悔，為伊消得人憔悴。」❻分　分辨；分別。

【語　譯】清麗纖柔好似夢一樣的飛花，來臨池照水梳妝，她婀娜的身姿真如嬌柔無力、隨風飄舞的垂楊。薄施粉黛，淡掃蛾眉，妝容若有若無，散發著自然的光輝。　不是每一滴淚水都被看做珍珠而珍重，漸漸寬鬆的羅帶，瞞不住日日因愁而瘦損的身體。才知道這讓生命綻放的春色，其實比摧殘的秋風更薄情！

【研　析】這首詞寫閨怨，題旨上沒有什麼新的開拓，全憑奇巧的構思和頓挫的句法取勝。上片寫佳人之美。「如夢風花赴鏡流，舞楊無力倚嬌柔」兩句，謂其寫法為賦，或比、或興皆無不可。一者落花飛舞墜落流水，楊柳嬌柔無力隨風擺動，本是一片明豔春景，故可說是賦。再者詞人以赴水風花比女子容顏之美麗，以隨風楊柳比女子身姿之婀娜，又可說是比；且句中寫風花「如夢」，楊柳「嬌柔」，又是比中有比。三者落花赴水，楊柳舞風，雖是春景，卻已有遲暮之意，詞人以明媚的春光充滿讀者的心靈，好迎接伊人的到來，又暗暗逗漏一點春深已無多之意，肇端下文的閨愁，說是興，當亦無不可。這兩句既描形，又寫意，還造景，可謂一舉多得。從句法來看，兩句都有不同程度的倒裝和省略。尤其後一句，假如強行恢復邏輯語序的話，應作「嬌柔舞楊倚無力」或者「嬌柔舞楊無力倚」。作「倚嬌柔」，無疑是將楊柳的「嬌柔」放在了最突出的位置，最大化了「倚」的丰姿。「黛奩脂盝自然收」之「自然」一方面是「當然」之意，一方面是不假外物、呈現本來面目之意。統觀整個上片，字字填實而挺秀，極見鍛煉之功。

下片寫愁情。過片「未必真珠全賺淚，斷無羅帶肯瞞愁」，全用議論，參錯用典，句法工整有力。前一句用鮫人泣珠的典故，又翻出了新意。若有人見有人惜，即便是為了化珠以報，流淚也算是值得的；可總有太多獨自傷心流淚的時刻，無人知無人重，故而流淚也成無謂之舉。後一句是說縱然可以咽住淚、強作歡，可以如花似柳、臨池照鏡，然而衣帶漸寬、革常移孔的事實是沒法遮掩的。兩句在對仗方面，實對實，虛對虛，十分工整。結片「春光誰分薄於秋」語氣放緩，照應上片的風花楊柳，收束全篇於春怨，又染筆於「秋」意，頗有含蓄不盡之致。

289 水調歌頭

甲午

梁啟超

拍碎雙玉斗❶，慷慨一何多❷！滿腔都是血淚，無處著悲歌。三百年來王氣❸，滿目山河依舊，人事竟如何？百戶尚牛酒❹，四塞已干戈。千金劍，萬言策❺，兩蹉跎。醉中呵壁❻自語，醒後一滂沱❼。不恨年華去也，只恐少年心事❽，強半為銷磨。願替眾生病，稽首禮維摩❾。

【作者】梁啟超（西元一八七三—一九二九年），字卓如，號任公，又號飲冰室主人，廣東新會人。光緒十五年（西元一八八九年）舉人。後從學康有為於萬木草堂，接受維新思想。西元一八九五年春，助康有為發動「公車上書」。主北京《萬國公報》（後改名《中外紀聞》）和上海《時務報》筆政，鼓吹變法。西元一八九八年，參加「百日維新」。九月，政變發生，逃亡日本。民國初年支持袁世凱，曾出任司法總長。後反對袁氏稱帝，加入討袁行列。袁世凱死後，梁啟超出任段祺瑞北洋政府財政總長兼鹽務總署督辦。西元一九一七年十一月，段被迫下臺，梁啟超也隨之辭職，從此退出政壇。西元一九二三年至西元一九二七年，任教於清華學校，為國學院四大導師之一。西元一九二九年一月十九日病逝於北京協和醫院。梁氏學識淵博，著作宏富，涉及政治、經濟、哲學、歷史、文學、新聞、藝術、宗教等多個領域。在文學上，領導「詩界革命」、「小說界革命」，創造報章新文體。有《飲冰室合集》。

【注　釋】❶拍碎雙玉斗　表示極大的憤慨與失望。據《史記・項羽本紀》，鴻門宴後，劉邦僥倖逃脫，項羽謀士范增將獲贈的一雙玉斗打碎，稱項羽「豎子不足與謀」。❷慷慨一何多　表示感情激越難以自已。清張惠言〈水調歌頭〉：「百年復幾許，慷慨一何多。」❸三百年來王氣　自西元一六一六年努爾哈赤建立後金政權起，到甲午戰爭已經過了二百七十八年，三百取其整數言之。北周庾信〈哀江南賦并序〉：「將非江表王氣，終於三百年乎？」❹百戶尚牛酒　指清兵虛耗糧餉，毫無作為。百戶，世襲衛所官職。牛酒，牛肉美酒，指犒軍之物。❺千金劍二句　指滿腔豪氣與才學。清龔自珍〈行香子〉：「恐萬言書，千金劍，一身難。」是年春天，詞人曾入京參加會試不第。萬言策，通常指上奏朝廷的救國之策。❻呵壁　向壁呵問，發洩胸中憤懣。❼滂沱　涕淚橫流。《詩・陳風・澤陂》：「涕泗滂沱。」❽少年心事　語本李賀〈致酒行〉：「少年心事當拏雲，誰念幽寒坐嗚呃。」❾願替眾生病二句　意謂願意向維摩詰學習，以世人的痛苦為自己的痛苦。《維摩詰所說經》：「其往問者，維摩詰因以身疾，廣為說法。……人問居士是疾何所因起？曰：『一切眾生病，是故我病。』」稽首，古時跪拜大禮。

【語　譯】都要拍碎了雙玉斗，國事是如此讓人失望，胸中的憤激如何掩得住！滿腔都是血和淚，哽咽之中唱不出悲歌。三百年的王氣就要走到盡頭，眼前還是那個不變的山河，人事政局究竟要變成什麼模樣？兵將拿著糧餉卻飽食終日，強敵已在國家邊塞燃起了戰火。　千金寶刀之豪氣，萬言長策之經綸，都只能在歲月中慢慢蹉跎。醉中怒問蒼天，國事為何如此暗昧？醒來卻不覺淚如雨下。不恨青春逝去，只怕庸碌無為，將少年壯志消磨殆盡。我願意禮拜維摩詰尊者，請教究竟怎樣才能救大眾於水火。

【研　析】這首〈水調歌頭〉作於甲午戰爭之後，是詞史上最為憂憤愁懣之作，是年輕的維新志士梁啟超奏出的時代最強音。甲午、乙未兩年是近代中國人心頭極為恥辱黑暗的一頁，西元一八九四年發生的甲午戰爭，帶給國人的震動遠比中英鴉片戰爭、中法越南戰爭乃至中俄、中德等等摩擦禍釁都要多太多，因為「島夷」日本擊潰了「天朝」水師，「同光中興」如同泡沫，中國人寄寓朝廷的希望被摔了個粉碎。

開篇兩句，如爆竹炸響，聲厲勢雄，振起全篇。「拍碎雙玉斗，慷慨一何多。」當年，范增打碎劉邦贈送的玉斗，怒斥項羽「豎子不足與謀」；是年任公參加會試，獻言獻策卻下第，空懷滿腔熱忱與才華竟不得晉身，怎不叫人激憤！「滿腔都是血淚，無處著悲歌。」胸口為血淚所堵塞，詞句也由血淚凝結而成，它要借此詞噴湧而出。「三百年來王氣，滿目山河依舊，人事竟如何」，詞人明用庾信〈哀江南賦并序〉，暗用東晉王導新亭灑淚事，揮灑淋漓，表達了對國事的悲觀失望，對民族危亡的憂懼。「百戶尚牛酒，四塞已干戈」，是對「人事」句反問的回答。「王氣」雖然凋零，山河風景不異，國家尚未崩潰，仍可有所作為。可是二十年經營的北洋水師竟然全軍覆沒，統治者還在「修園子」、「辦點景」，全然不顧迫在眉睫的瓜分之禍。真是國事尚可有為，人事已不可為！

下片由國家轉到自身。「千金劍，萬言策，兩蹉跎。」有壯志，有才學，卻眼睜睜看著國是日非，也只能空將滿腔的熱血化成了歲月的蹉跎。「千金」、「萬言」，分量極重，卻被「兩蹉跎」輕輕挫去，語言間的張力驚心動魄。此等憂憤，不是生在太平之世的人所易體會的。「醉中呵壁自語，醒後一滂沱」，醒來還醉，醉來還醒，借酒澆愁，酒醒更愁，呵壁自語，涕泗滂沱，誰人知曉！這《詩》、〈騷〉之語，信手拈來，頗有幾分稼軒詞的味道。「不恨年華去也，只恐少年心事，強半為銷磨。」此是從肺腑流出的痛切之語。青春可貴，然而青春更值得揮灑與奉獻，青春可以流血流汗，但總不能「滿腔都是血淚」。顯然詞人不願罷休，更不願沉淪，而是以天下蒼生為己任。「願替眾生病，稽首禮維摩。」任公並非認為佛教能救中國，而是覺得像維摩詰這樣「以眾生病為病」的大乘佛教精神，是當時社會所缺乏的。

290 金縷曲

梁啟超

丁未五月歸國，旋復東渡，卻寄滬上諸子❶。

瀚海飄流燕❷。乍歸來、依依難認，舊家庭院。惟有年時芳儔❸在，一例差池雙剪❹。相對向、斜陽淒怨。欲訴奇愁無可訴，算興亡、已慣司空見❺。忍拋得，淚如線。
　故巢似與人留戀。最多情、欲粘還墜，落泥片片。我自殷勤銜來補，珍重斷紅猶軟。又生恐、重簾不捲。十二曲闌❻春寂寂，隔蓬山、何處窺人面❼？休更問，恨深淺。

【注釋】❶丁未五月歸國三句　西元一九〇六年九月，清政府宣布預備立憲。自西元一八九八年戊戌政變後逃亡日本後，梁啟超於光緒丁未（西元一九〇七年）始回國，為成立政聞社參與立憲而奔走。五月到達上海，欲訪當時立憲運動領袖岑春煊以及袁世凱。不成，隨即離開上海。本詞即作於此時。❷瀚海飄流燕　喻指自己自遠方漂泊而來。瀚海，同「翰海」。極遠之地。《史記・衛將軍驃騎列傳》：「登臨翰海。」《史記索隱》引崔浩說：「群鳥之所解羽，故云翰海。」翰，長而堅硬的羽毛。周邦彥〈滿庭芳〉：「年年如社燕，漂流瀚海，來寄修椽。」❸芳儔　美好的伴侶，指維新運動中的志同道合者。❹一例差池雙剪　指維新人士都在為國事奔走。一例，一樣；都。差池，燕子飛時羽毛參差狀。雙剪，形容燕尾。《詩・邶風・燕燕》：「燕燕于飛，差池其羽。」❺已慣司空見　「司空見慣」的倒文。這幾句化用周邦彥〈西河〉：「燕子不知何世，向尋常、巷陌人家相對。如說興亡斜陽裡。」❻十二曲闌　與下文「蓬山」相應，代指仙人居住的地方。李商隱〈碧城〉：「碧城十二曲闌干。」❼隔蓬山何處窺人面　意謂音訊不通，暗喻光緒帝被囚。李商隱〈無題〉：「劉郎已恨蓬山遠，更隔蓬山一萬重。」

【語譯】顛沛流離的燕子，穿山越海回來，卻發現已經不是自己魂牽夢縈的家園。幸好從前的伙伴們都還在，仍然紛紛奔走於世間，斜陽下相見，難掩心中的淒冤傷感。向誰傾訴這胸中非同一般的愁苦？盛衰興亡已經司空見慣，有淚又豈敢輕彈。　舊日的燕巢依依難捨。片片落下又片片粘回，是修補故巢的泥土，更是心中的款款深情。珍惜落花吧，它們依然柔軟可用，我要不辭勞苦地將故巢修補。卻又怕簾幕重重不能捲起，將我和主人生生隔斷。如今他在遙遠的蓬萊仙宮，曲曲回欄鎖住了寂寞的春天，又怎麼才能相見？更別提有多少愁怨。

【研　析】在本詞中，作者巧妙選擇了多情、辛勤、弱小而漂泊的燕子自喻，抒寫心中隱衷，每一個「燕子」活動的場景，都寄寓了深厚的思想內涵，這就是他對祖國的款款深情，和為救國圖強而忍辱負重、不屈不撓的堅強意志。

「瀚海飄流燕」五字領起全篇，直將九年流亡海外之辛酸、今朝急至滬上之深懷，一筆括盡。「瀚海」本是群鳥解羽而死之地，如今一隻艱難險阻中漂流、等待了九年的小燕，要回來找尋自己的舊家園。五字之中，盡是拳拳愛國之心。「乍歸來、依依難認，舊家庭院。」九年來，政局動盪，國家混亂，尤甚離去之時。「惟有」以下三句點題中「滬上諸子」，這些從前同主變法的友人還在，且仍在為救國而奔走呼號，只是面對江河日下的時局，不由得相對淒怨不已。「欲訴奇愁無可訴，算興亡、已慣司空見。」這兩句用燕子閱盡興亡的熟套，卻深藏隱衷。戊戌變法失敗後，光緒帝被囚瀛臺，音信不通；慈禧太后雖勉強授意施行憲政，卻對康、梁等人恨之入骨；革命派勢漸洶洶，又與自己政見不同；眼下掌握實權、影響力巨大的袁世凱，又是曾扼殺變法的劊子手……可依靠的有力者在何處？真真訴無可訴。可就算見慣興亡、屢歷失敗，又怎能拋棄救國的夢想、「淚下如線」？熱淚與熱血，在詞句中湧動。

上片寄友，下片抒懷。「故巢似與人留戀」，不說人戀故巢，而說故巢戀人，感情便加深一層。熱血男兒如任公，時刻聽著祖國的呻吟與呼喚，此次匆匆來去，亦非詞人所願。下文含有政治隱喻，以燕補舊巢寄託救國理想。「最多情、欲粘還墜，落泥片片」，是說國事尚可有為；「我自殷勤銜來補，珍重斷紅猶軟」，是說那些曾遭到摧折的行動與人才仍有可用之處，「我」願意辛苦周旋。「補巢」猶言「補天」，也表明了詞人願意改良而不願革命的立場。接下來「又生恐」三句婉曲隱晦地表達了對政局的憂慮和積藏的傷感。晚清暗寫政治的詞作中，「蓬山」、「蓬萊」常常指向囚禁德宗的瀛臺；連皇帝的音訊都沒有，又怎樣打起保皇立憲這面大旗！「重簾不捲」，燕子不得而入；「曲闌春寂」，幽囚之人（德宗）又該是怎樣的淒涼。此數句發意甚高，藏旨甚深，而流韻甚遠。結片「休更問，恨深淺」兩句，又將這一點幽情挫去，打起精神，藏起私怨，以天下為念。讀者讀至此處，不管是處在什麼時間，站在什麼立場，都不能不為任公愛國之情所感動。

291 暗香

梁啟超

延平王祠古梅，相傳王生時物也❶。

東風正惡，算幾回吹老，南枝殘萼❷。水淺月黃❸，長是先春自開落。二百年前舊夢，早冷卻、棲香羅幕❹。但剩得、片片倩魂❺，和雪度溪彴❻。依約，共瘦削。便撩亂鄉愁，驛使難托❼。鸞箋❽罷寫，閑煞何郎舊池閣❾。休摘苔枝碎玉❿，怕中有、歸來遼鶴⓫。萬一向、寒夜裡，伴人寂寞。

【注　釋】❶延平王祠古梅二句　宣統三年（西元一九一一年）二月，詞人攜湯覺頓、長女令嫻赴臺灣遊歷，為辦日報籌款，順便考察日本帝國主義統治下的臺灣。延平王祠即鄭成功祠，在臺灣臺南市東。廟內有古梅一株，相傳為鄭成功手植。❷東風正惡三句　意謂東風盛則梅花將落，喻日本侵略者攻占臺灣，剝削臺灣人民。〈白氏六帖〉：「大庾嶺上梅，南枝落、北枝開。」❸水淺月黃　以梅花生長的清幽環境代指梅花。宋林逋〈山園小梅〉：「疏影橫斜水清淺，暗香浮動月黃昏。」❹二百年前舊夢二句　意謂二百多年後鄭成功開創的局面已經淪落，延平王祠也已冷落。鄭成功康熙元年（西元一六六二年）收復臺灣，距作此詞時約兩百五十年。❺倩魂　美好的靈魂，這裡指梅魂。❻度溪彴　渡過溪橋。度，同「渡」。彴，獨木橋。姜夔〈夜行船〉：「略彴橫溪人不度。」❼便撩亂鄉愁二句　意謂臺灣人民和詞人自己縱然思念祖國，卻被日人封鎖，音書不通。驛使難托，〈荊州記〉載，陸凱與范曄相善，自江南寄梅花一枝與曄，並贈詩曰：「折梅逢驛使，寄與隴頭人。江南無所有，聊贈一枝春。」❽鸞箋　指非常珍貴的信箋。❾閑煞何郎舊池閣　指面對美景名勝卻無心吟詠，池閣也冷落了。何郎即何遜，曾在揚州作〈詠早梅詩〉。❿苔枝碎玉　指梅花如玉，點綴在碧苔色的枝條上。姜夔〈疏影〉：「苔枝綴玉。」苔枝，指苔梅，梅花中較名貴的品種，其枝若布滿碧苔。⓫歸來遼鶴　這裡指鄭成功的魂靈，棲於古梅之上。詩詞中梅、鶴常連用，且都為白色，故說鶴藏於梅。《搜神後記》記載，遼東人丁令威，去家學道，千年後化鶴歸來，棲於城門華表上，高唱「城郭依舊人民非」。後多用作表達物是人非的滄桑感。這裡也是用姜夔〈疏影〉「想佩環、月夜歸來，化作此花幽獨」句法。

【語　譯】東風正勁，連著幾番吹來，把南枝上早開的梅花吹落了。疏影在水邊橫斜，暗香在月下浮動，它先於春天而到，在一角自開自落。這是一樹見證兩百五十年前豐功偉績的古梅，但眼前只見得帷幕中香火冷落。只剩下片片芳魂，和著雪片，悠悠飄到溪橋那邊。　在朦朧之中，人與梅花一樣瘦削。我被思念故鄉的哀愁折磨著，卻找不到代我探問的驛使，帶走我此刻看梅的落寞。推開鸞箋，我已不忍下筆，惟有愧對才情，空對美景。莫要攀折那殘梅，其中說不定棲息著千年後重尋故里的白鶴。寒夜裡，面對此情此景，牠一定像我一樣哀歎寂寞。

【研　析】梁任公這首〈暗香〉寄託遙深，通過古梅將自己與延平王，與古梅之精魂相綰合，寫出自己濃郁的鄉愁、國仇、民族之恨。

開篇就從家國之恨寫起。「南枝殘萼」，喻指被迫割讓於外族侵略者的臺灣。歷史上，先有十六世紀中期荷蘭殖民者入侵臺灣，後被鄭成功趕走；西元一八八四年至西元一八八五年中法戰爭期間，法軍入侵臺灣，又被劉銘傳打敗；現在又被日本侵略者強占，真是已經「幾回吹老」，而如今「東風正惡」。本來日本人已禁止島外中國人登臺，幸而詞人先期取得介紹書，否則只能臨河而返回（參見丁文江、趙豐田《梁啟超年譜長編》）。詞人心中之沉痛可想。他將林逋詠梅的名聯，簡化為「水淺月黃」，取其寂寥之意；「先春開落」云云，當指清政府本無意也無力發展臺灣。西元一八八五年臺灣方設行省，由劉銘傳任巡撫，亦任由劉氏自修鐵路、自建炮臺、電臺，開展各種新式事業。現在呢，臺灣已成為日本殖民地，而且在日本統治下，其發展速度、工業化程度都遠遠甩開大陸。志在救國的任公，耳聞目睹，能不悵然（同前）！「二百年前舊夢，早冷卻、棲香羅幕」，當年鄭成功收復臺灣的功績，竟為如今的清朝統治者所敗落。昔日香火旺盛的延平王祠，也已荒涼冷落。「但剩得、片片倩魂，和雪度溪彴」，反用白石「略彴橫溪人不度」之句，人不度而花能度，象徵著臺灣人民不會忘記祖國。詞人遊臺時，於雞籠、臺北都受到當地人的歡迎，並感歎「遺民之戀戀於故國，乃如是耶？對之惟有增恧」（《遊臺灣書牘・第二信》）。將如此深情託以片片落梅，更覺淒美動人。

下片繼續自己與古梅之邂逅。「依約，共瘦削」，人與梅花同瘦。古梅是延平王親手種下，目睹山河之異，怎能不日日消瘦；黨禁未開，通緝還在，詞人無法返回祖國，也不免引動鄉關之思。「便撩亂鄉愁，驛使難托」，此刻縱然與古梅、與寶島人民同氣連枝，惺惺相惜，可遠隔重洋，更兼日人封鎖，欲寄梅花，也無路可通。「鸞箋罷寫，閑煞何郎舊池閣」兩句，更透露了作者鬱結的情懷。在臺灣考察的一個月裡，任公自承「此行乃得詩八十九首，得詞十二首」（《遊臺灣書牘・第六信》），不算是「閑煞何郎舊池閣」；其言「鸞箋罷寫」，其實是自嘲「玩物喪志」（同前）。本為籌款、考察而來，卻只得吟詩填詞，籌款一事一無所獲。自己徒傷家國之悲，有甚益處？「休摘」兩句，旨意見注釋中所臆解，古梅已是歷史的見證者，民族精神的化身。此處粘合典故，又緊扣梅、鶴之物態，不費力氣而有意深韻遠之效果。「萬一向、寒夜裡，伴人寂寞。」「伴人寂寞者」，不但是古樹梅花之靈，亦有延平王鄭成功之魂。結片兩句雖稍嫌平易，然而能營構冷寂之氛圍，幽遠之韻致已是難得。

292 水龍吟

金天羽

畫師樊少雲〈羅漢觀瀑圖〉，此大龍湫畔諾詎那應真故事也，事詳《雁宕遊記》❶。

九天垂下銀虹，悄無聲向澄潭底。毒龍❷潛寐，醒來便到，人間遊戲。佛法降龍，戒阿羅漢，來持半偈❸。到雁山勝處，龍湫瀑下，結四果❹，安禪地❺。

十丈危崖如洗，抱龍都❻、蒼寒水氣。朝陽光射，珠璣萬斛❼，幻成霞綺。靜極投虛，愔愔❽天籟，雷霆收起。笑普陀山趾，潮音聖洞，百靈狂沸❾。

【作　者】金天羽（西元一八七四－一九四七年），初名懋基，又名天翮，字松岑，後改今名，號鶴望，別署有麒麟、愛自由者、金一等，江蘇吳江人。自幼厭科舉帖括，重經世之學。光緒二十四年（西元一八九八年）薦試經濟特科，以祖老辭。在家鄉興辦學校，講求實學。二十九年，在上海，與章太炎、鄒容、蔡元培、吳稚暉等交往甚密，參加革命團體愛國學社。在《江蘇》上發表長篇小說《孽海花》第一、二兩回，後由曾樸續寫。《蘇報》案發，屏跡歸鄉里。民國初年，任江蘇省議員，西元一九二三年任吳江教育局長，江南水利局長。去職後居蘇州。抗日戰爭期間，任上海光華大學教授。有《天放樓詩文集》。

【注　釋】❶畫師樊少雲三句　樊少雲（西元一八八五－一九六二年），名浩霖，字少雲，晚號曇叟，江蘇崇明（今屬上海市）人。著名畫家、音樂家。大龍湫是浙江雁蕩山瀑布之一。樊少雲畫的是諾詎那羅漢遊雁蕩大龍湫故事。諾詎那，又名諾詎羅，十六羅漢之第五。應真，羅漢的別稱。❷毒龍　這裡不是指為害的怪獸，而是指未成佛的修行者。釋迦如來過去世中曾為大力毒龍，為持戒而遭獵戶剝皮，小蟲噬身，死後生於忉利天上。❸佛法降龍三句　意謂阿羅漢以佛法來降毒龍。阿羅漢，即羅漢，梵語音譯，為小乘佛教修證的最高果位。半偈，《涅槃經》謂釋迦如來往昔入雪山修菩薩行時，從羅剎前半偈「諸行無常，是生滅法」，歡喜而求後半（生滅滅已，寂滅為樂），羅剎不予，乃約捨身於彼。後半偈也稱雪山半偈。❹四果　小乘佛教修行的四種境界，包括須陀洹果、斯陀含果、阿那含果、阿羅漢果。❺安禪地　可以參禪修行的地方。王維〈過香積寺〉：「薄暮空潭曲，安禪制毒龍。」❻龍都　指前文毒龍居住的水潭。❼珠璣萬斛　意謂水氣在朝陽的照耀下像無數珠子放出光芒。璣，不圓的珠子。斛，量器，十斗或五斗為一斛。❽愔愔　幽深悄寂。❾笑普陀山趾三句　意謂嘲笑普陀山潮音洞內百靈狂亂沸騰，不及此處虛靜。普陀山在浙江舟山群島，是佛教聖地，供奉觀世音菩薩。潮音洞，在普陀山下，海水激蕩，產生回聲，故名。

【語　譯】龍湫飛瀑好似一道銀虹垂下九天，悄無聲息，直探龍湫潭底。潭水中潛修的毒龍，睡醒來便到人間遊歷。阿羅漢持著雪山半偈，來此地以佛法降伏了毒龍。就在這雄偉的雁蕩山中，神秘的龍湫瀑下，證得了阿羅漢果，創下了禪修的寶地。　十丈高崖，壁立如洗，懷抱著龍穴，騰起迷蒙冰冷的水氣。朝陽射來，幻化出無數珠璣，燦如霞，爛如綺。天籟本是無聲之聲，看靜到極致，收起雷霆之勢，化實為虛。可笑神聖的普陀山下，潮音洞裡，百靈還只知道狂舞喧沸。

【研　析】這是一首堪稱典範的題畫詞。詞人放飛想像，開掘哲理，以文字之奇為畫卷增色。故事之奇幻，哲理之玄妙，與雁蕩龍湫之瑰麗，相得益彰。

上片由圖畫發揮出生動的佛教故事。「九天垂下銀虹，悄無聲向澄潭底」，起筆兩句雄健瑰奇。飛瀑如銀色長虹，高自九天垂下，似非凡間之物，已是神奇；飛流到水，一無烜赫之相，二無喧譁之聲，竟悄無聲息地直探潭底，更加奇上加奇，充滿神秘。水不在深，有龍則靈，潭底便盤臥著一隻「毒龍」。而且牠沒有興風作浪，只是「醒來便到，人間遊戲」。遊戲人間，紅塵中爬滾，則此龍與人何異？原來是還未證果的緣故。「佛法降龍，戒阿羅漢，來持半偈」，這裡的「阿羅漢」便是諾詎那，「降龍」並非降伏、消滅，而是傳法、點化，否則「雪山半偈」有何用處？於是雁蕩龍湫成為得道證果之地。「到雁山勝處，龍湫瀑下，結四果，安禪地」，與開篇「九天」兩句相呼應，神秘莫測的迷霧散開，綻放出佛法的實光。上片融化佛典，了無痕跡。

過片再度振起，「十丈危崖如洗，抱龍都、蒼寒水氣」，昔時龍已去，此地水猶寒，詞句蒼勁有力。這兩句與「九天垂下銀虹，悄無聲向澄潭底」兩句相呼應，飛瀑是自上而下，水氣是自下而上，一急驟，一紆徐，一閃亮，一迷離，充滿變化之妙。且「十丈危崖」之剛硬險峻與「蒼寒水氣」之飄渺變幻也適相配合，充滿張力，引人入勝。「朝陽光射，珠璣萬斛，幻成霞綺」，當毒龍成佛而去，無數劫後萬道霞光射來，水氣彷彿也得道飛升一般，幻成無數珠玉，燦爛如錦，絢麗似霞，如鏡花水月般變幻莫測。當「雷霆收起」，「愔愔」無聲，「靜」至「極」點，「天籟」作響，便可化實為虛，澄空一切，色即是空，空即是色。這就是虛靜之境界，諾詎那羅漢的境界，也是龍湫之境界，〈羅漢觀瀑圖〉之境界，也是詞人所要表達的哲理。結片宕開一筆，以南海普陀潮音洞作參照，那裡浪濤大作、「百靈狂沸」的喧鬧狂熱景象，無疑就顯得可笑了。

293 滿江紅❶

秋　瑾

小住京華，早又是、中秋佳節。為籬下、黃花開遍，秋容如拭❷。四面歌殘終破楚❸，八年風味徒思浙❹。苦將儂、強派作蛾眉，殊未屑。

身不得，男兒列；心卻比，男兒烈。算平生肝膽，因人常熱。俗子胸襟誰識我？英雄末路當磨折。莽❺紅塵、何處覓知音？青衫濕。

【作　者】秋瑾（西元一八七五－一九〇七年），字璿卿，又字競雄，號鑑湖女俠，祖籍浙江山陰（今紹興），生於福建閩縣（已廢入福州市）。後隨父赴湘，適富紳子弟王廷鈞，隨王居京師。西元一九〇四至西元一九〇六年間，曾赴日本留學。西元一九〇五年加入同盟會。歸國後，主講潯溪學校，倡辦《中國女報》，督辦大通學校。西元一九〇七年，她與徐錫麟等組織光復軍，擬於七月六日在浙江、安徽同時起義，事洩被捕。七月十五日從容就義於紹興軒亭口。有《秋瑾集》。

【注　釋】❶滿江紅　據陳象恭《秋瑾年譜及傳記資料・秋瑾年譜》記載，西元一九〇三年中秋，秋瑾著男裝至戲院看戲，遭到丈夫王廷鈞打罵，一怒之下搬到泰順客棧。王廷鈞只有請求吳芝瑛把她接到吳家新宅紗帽胡同暫住。秋瑾在激憤之餘，填了這首〈滿江紅〉詞。❷秋容如拭　謂秋色爽淨明亮如擦拭過。❸四面歌殘終破楚　用項羽被劉邦圍垓下，四面楚歌故事，影射列強環伺的時局。❹八年風味徒思浙　指自己結婚到如今已八年，每每思念故鄉浙江。❺莽　廣大；遼闊。

【語　譯】不得已滯留京華，歲月匆匆，又到了中秋佳節。燦爛的菊花開遍了牆籬，秋氣將天地間擦拭得格外明淨清爽。四面楚歌唱罷，霸王項羽難逃厄運；八年婚姻生活，毫無生氣，只想回到風起雲湧的故鄉浙江。這被老天強塞給的女兒身，我真真不屑。此身不得入男兒行列，此心卻比男兒更剛烈。一腔熱血，渾身肝膽，常常因亂世而變得熾熱。俗人碌碌，世道齷齪，誰能理解我現在處於英雄末路、失意摧折的心境？這茫茫紅塵中，我的知音在何處？淚水流下濕透了青衫。

【研　析】光緒二十九年（西元一九〇三年），因丈夫王廷鈞在京任戶部主事，秋瑾也來到京城。天子腳下通常人才薈萃，但同時網密犬多，人言可畏。瀟灑不羈、一心如男兒般行事的秋瑾，只會感到更多束縛。而且當時革命黨人多在海外及南方活動，鑒湖還沒有找到人生方向。不管陳譜中記載的本事可信度如何，讀者都可以從這首〈滿江紅〉中讀出作者緊繃的心理狀態與梗概鬱勃的情緒，這來源於壓抑的現實與凌雲壯志間的矛盾。

開篇交待了時間地點，「小住京華，早又是、中秋佳節」、「早又是」三字，流露出一種時不我待的急躁情緒。「小住」則告白讀者京城僅是寄身之所，並無歸屬之感。「為籬下、黃花開遍，秋容如拭」兩句，是全詞僅有的景語，簡省之極。詞人看到了盛放的菊花，卻一筆帶過，對菊花之美全不會心；儘管簡淨明爽的秋色令人愉悅，竟也完全不肯費筆墨形容，只用一句「秋容如拭」敷衍了事。接下來便是愁緒的噴發：「四面歌殘終破楚，八年風味徒思浙。」前一句傷國事，後一句寫己憂。痛苦的根源就在於「苦將儂、強派作蛾眉，殊未屑」。對身處男女不平等社會的秋瑾來說，女人既是天生的，也是變成的。她希望自己最好有男兒的體魄，沒有；她希望自己能像男兒一樣建功立業，不行。試問這樣的壓力如何承受？有學者指出，此處表現了鑒湖女俠「對於女性這個被動的性別所具有的離棄而非拯救之情」（鄧紅梅《女性詞史》），與她後來的思想高度還有差距。此論頗為深刻。

「身不得，男兒列。心卻比，男兒烈。」過片緊接上文，善用詞調體制，用複沓的形式，痛快的語言，表達心與身也即理想與現實的激烈衝突。「算平生肝膽，因人常熱」，完全是大丈夫式的壯懷。「因人而熱」並非是因他人的阻撓或不理解而憤怒，而是以眾生病為己病的愛國情懷。「俗子胸襟誰識我？英雄末路當磨折。」詞人本就不會考慮俗人的看法，而是自詡英雄，末路不得意之時難免經受種種磨折。詞作抒情不斷加強，愈發激越，也愈發「男子化」。「莽紅塵、何處覓知音？青衫濕。」「紅塵」中只有「俗子」，鑒湖找不到知己。這裡的青衫不僅僅是當一個才人失意的文化符號使用，而當是喜著男裝的秋瑾固有之物、常穿之服。這樣一來，在千年詩詞史上用濫了的「青衫濕」典，反而又有了別樣的光彩。

294 鷓鴣天

秋瑾

祖國沉淪感不禁❶，閑來❷海外覓知音。金甌❸已缺總須補，為國犧牲敢惜身？

嗟險阻，嘆飄零，關山萬里作雄行❹。休言女子非英物，夜夜龍泉壁上鳴❺。

【注釋】❶感不禁　禁不住感慨。❷閑來　猶言「特來」。李白〈行路難〉：「閑來垂釣碧溪上。」❸金甌　金屬酒器，多代指國土。❹雄行　壯行；豪傑之行。❺龍泉壁上鳴　指渴望殺敵建功。龍泉，寶劍名，出自《晉書・張華傳》。

【語譯】面對沉淪的中國，忍不住感慨萬千。為了力挽狂瀾，我特地遠渡重洋，到海外尋找志同道合的鬥士。已經殘缺的國土必須光復，為國犧牲，怎能愛惜自己的生命？　踏破多少艱難險阻，咽下多少寂寞飄零，我激情豪邁地越過關山萬里。休要說女子做不了英雄豪傑，豈不聞那牆上的龍泉寶劍夜夜激鳴。

【研析】這闋〈鷓鴣天〉當作於詞人求學日本之時。這一首豪邁粗雄、大聲鏜鞳之詞，就革命史而言，烈士秋瑾做的是切切實實的工作和貢獻；就詞史，尤其是女性詞史來看，詞人以一位柔弱的江南女子，寫出如此激昂慷慨的詞篇，無論是在內容上還是在風格上，都有重大的突破。

上片寫壯懷，開篇兩句，語樸意濃，純是愛國志士之言。「祖國沉淪感不禁，閑來海外覓知音。」國難當頭，高視天下，「問幾個、男兒英哲」（〈滿江紅〉）？詞人自然而堅定地將「補天」之責扛在肩上，將犧牲的覺悟放在心頭，這是怎樣的愛國熱情與民族革命鬥志！「閑來」並非無聊取樂，而是在身處之環境左衝右突不得其所，無可作為而憂憤苦悶。六十年前，一位為國家民族犧牲個人前途命運的英雄，寫過「苟利國家生死以，豈因禍福避趨之」（林則徐〈赴戍登程口占示家人〉）的名句；六十年後，當國難深重至幾乎瓜分豆剖時，一位覺醒後毅然掙脫性別、傳統、命運多重枷鎖而尋道扶桑的女子，將前人詩句中雍容沉靜的士大夫氣度換成慷慨激昂的革命家精神：「金甌已缺總須補，為國犧牲敢惜身？」華夏兒女不屈之意志，六十年中，前後輝映。這短短十四個字，不只是女性詞史上的雷聲，更是中國婦女史上的里程碑。

下片寫海外之行。「嗟險阻，嘆飄零，關山萬里作雄行。」多少阻撓與冷眼，艱難與壓力，怎會沒有情緒，然而只用六字一勾而過，詞人胸懷之寬廣令人敬佩。詞不是善寫啼紅愁綠、脂融粉膩嗎？不是連男子都要作閨音才是本色當行嗎？「我」本就是女子，卻偏不如此。「雄行」，是特意要作「男子之行」，與「雌行」劃清界限。「休言女子非英物，夜夜龍泉壁上鳴。」寶劍是詞人摯愛的物品，也是其作品中常用的意象，曾執著地一再吟詠：〈紅毛刀歌〉、〈劍歌〉、〈寶刀歌〉……詞人會「不惜千金買寶刀」（〈對酒〉），也會「醉摩挲、長劍作龍吟」（〈滿江紅〉）；它不但是作者所嚮往的男兒的象徵，更是壯志與豪情，氣魄與力量的象徵。據說此詞原稿在「秋案」發生時，為清紹興府搜去作「罪狀」公布。罪在何處？難道把「夜夜龍泉壁上鳴」看做是要「謀反」嗎？此處恰好說明鑒湖詞之精芒人人都可讀而得之。

295 虞美人❶

王國維

碧苔深鎖長門路❷，總為蛾眉誤❸。自來積毀骨能銷❹，何況真紅一點臂砂❺嬌。

妾身但使分明❻在，肯把朱顏悔？從今不復夢承恩，且自簪花坐賞鏡中人❼。

【作　者】王國維（西元一八七七—一九二七年），字靜安，一字伯隅，號觀堂，浙江海寧人。諸生，應鄉試不舉。西元一八九八年至上海，入《時務報》館。西元一九〇一年留學日本。次年因病回國，執教於通州、蘇州師範學校。西元一九〇六年入京任清政府學部總務司行走，轉而研究詞學及戲曲史。辛亥革命後，以遺老自居，致力於研究甲骨文、金文與漢簡。西元一九二三年任清廢帝溥儀南書房行走。次年，溥儀等被逐出故宮，王國維擬自殺未遂。西元一九二五年起任清華研究院國學門導師。西元一九二七年六月，自沉於頤和園昆明湖。王國維在哲學、史學、文學、小學、考古等領域均有重大成就，聲名顯赫，著有《觀堂集林》。存世詞籍有《人間詞》、《人間詞話》、《清真先生遺事》、《唐五代二十一家詞輯》等。

【注　釋】❶虞美人　據陳鴻祥《王國維年譜》，西元一九〇四年羅振玉在蘇州籌建江蘇師範學堂，後蘇州教育會長張謇在報紙上指責其在蘇州占用校地建房，羅因此辭職而去。王國維是羅好友，當時也在江蘇師範學堂任教。羅振玉堂弟羅振常認為這首詞是為其不平而作。❷長門路　長門，漢宮名。漢武帝陳皇后失寵後，退居長門宮。後常以「長門」喻失寵女子居住的冷宮。❸蛾眉誤　意謂因自身美貌而遭妒恨，招來禍端。屈原〈離騷〉：「眾女嫉余之蛾眉兮，謠諑謂余以善淫。」宋辛棄疾〈摸魚兒〉：「長門事，準擬佳期又誤。蛾眉曾有人妒。」❹積毀骨能銷　指不斷的誹謗能摧毀一個人。《史記・張儀列傳》：「積羽沉舟，群輕折軸，眾口鑠金，積毀銷骨。」❺臂砂　即守宮砂。舊俗以朱砂飼壁虎，搗之點於臂上，以為可驗貞操。❻分明　清白；有定分。杜甫〈新婚別〉：「妾身未分明，何以拜姑嫜。」❼鏡中人　指自己。

【語　譯】濃綠的苔蘚封鎖著通往長門宮的道路，都是被美麗的容顏給耽誤了。歷來太多的毀謗便能將一個人徹底吞噬，何況手臂上那朱紅色的守宮砂是那麼嬌小。

只要自身清白本分，又怎麼會後悔自己天生的美麗容顏？從此以後，不再祈求得到恩寵，且對鏡簪花，自我欣賞，自我堅守。

【研　析】這首〈虞美人〉詞感情溫婉高潔，語言含蓄洗練。「碧苔深鎖長門路」，起調寫景，是一副幽寂冷落，託出「蛾眉遭妒」的詞旨。「華殿塵兮玉階苔，中庭萋兮綠草生」（漢班婕妤〈自傷賦〉），門庭冷落，碧苔滿路，這裡成了被遺忘的角落。為什麼會這樣？因為「總為蛾眉誤」，歸根結底逃不過「木秀於林，風必摧之」的規律。「自來積毀骨能銷，何況真紅一點臂砂嬌。」「自來」二字無比強勢，「何況」二字充滿無奈，四字下得自然而痛切。指鹿能說馬，三人能成虎，眾口能鑠金，積毀能銷骨，從來都是如此！能證明清白的那一點宮砂印記是那麼嬌小，又有誰會注意到！兩句構成剛與柔的對比，衝擊著讀者的心靈。宮砂雖然微小但紅得明豔，清白雖然孤獨卻不容玷汙。無論外力多麼強大，都不會彎折一身傲骨。

過片一轉：「妾身但使分明在，肯把朱顏悔？」就算因為卓犖不群而遭嫉妒，「我」也不會為此改變分毫，更不會後悔。語氣雖不激烈，卻很堅決。接下來兩句將這種境界進一步提升，甚至產生了對中國古詩詞中香草美人比興傳統的突破。在那些以男女喻君臣的古典詩詞中，不論其感情是哀傷還是欣悅，是怨艾還是憤激，是進取還是猶疑，抒情者往往都是被動的，最終都是希望當權者能回心轉意，希望自己懷才得售，希望賢人進、小人退。在此處，「從今不復夢承恩，且自簪花坐賞鏡中人」，則有了不一樣的意味。女子不再以獲得男子的寵愛為自身價值的最終實現，而且明確表示承不承恩不重要，重要的是「我」之才貌迥出時輩，「我」之德行亦高於他人。但能自我圓滿、自我欣賞、自我堅守，便不被承認又有何妨？這種精神境界在詞中實為鮮見。詞人借宮妃失寵的舊題材，寫出了人生的大意義。

296 蝶戀花

王國維

昨夜夢中多少恨❶，細馬❷香車，兩兩行相近。對面似憐人瘦損，眾中不惜

搴帷❸問。陌上輕雷聽隱轔❹，夢裡難從，覺後哪堪訊？蠟淚窗前堆一寸，
人間只有相思分。

【注　釋】❶昨夜夢中多少恨　化用李煜〈望江南〉：「多少恨，昨夜夢魂中。」❷細馬　良馬。❸搴帷　撩起車旁的布幔。❹陌上輕雷聽隱轔　輕雷、隱轔，指路上的車聲。轔，象聲詞。

【語　譯】昨夜的夢，不知道有多少離愁別恨，我騎著香驄馬，她坐著油壁車，就這樣相逢，就這樣靠近。四目相對，她看到面容憔悴、身體瘦損的我，似乎格外憐憫，不管旁邊有人，撩起香車的布幔，關切地詢問。大路上傳來輕雷般的轔轔車聲，驚醒了我的美夢，夢裡沒有隨她而去，醒後還到哪裡問訊？蠟燭徹夜不滅，堆起一寸高的燭淚，彷彿在提醒我在人世間只有相思的緣分了。

【研　析】這首詞與其說是記述夢境、回憶往昔之作，不如說是憂世憂生，苦苦追求而不得之心理的宣洩。詞作上片寫夢境，下片寫現實，全篇就是一個從夢境回到現實的過程。

在殘酷現實的觀照下，夢境越美妙便越可恨。詞人開篇便點明一「恨」字，「昨夜夢中多少恨」，這使得下文所有對夢境的追憶都籠罩著悵恨之情。「細馬」以下四句是夢的重現。「細馬香車，兩兩行相近。」詞人筆觸極細，寫在夢中與伊人漸行漸近，讀者似乎能感覺到他不斷加速的心跳聲。「對面似憐人瘦損。」「似」，是看到了而又不確定，因為她沒有說話，詞人卻看到了她關切的神情。他對這種神情是如此熟悉，以至於知道她一定又是在憐惜自己的消瘦。「眾中不惜搴帷問。」她不避猜嫌，特意掀簾相問，霎時間整個世界只剩下兩個人。整個上片遣詞造句沒有什麼出奇之處，而勝在以細節傳情，非深於情者不能道。

過片「陌上輕雷聽隱轔」，可以解為被車聲驚醒，也可以解為伊人之香車遠去。不管照哪一種意思理解，都是幸福的終結，悲傷的開始。古人詩所謂「雷隱隱，感妾心。側耳聽，非車音」，失望之餘畢竟還可以期待；此處徒然看著伊人遠去、美夢醒來而無可奈何，詞人之失落可知。「夢裡難從，覺後哪堪訊？」意指很明

確：夢裡都追求不到的東西，醒來又怎麼能得到。在作者看來，細馬香車行相近、憐人瘦損、不惜搴帷問，這「不似人間世」的「一霎幽歡」（〈蘇幕遮〉），只能出現在夢境裡，而人間只有痛苦，只有淒涼。以夢中的樂景反襯現實生活中的哀情，其哀倍增。從夢裡回到「人間」，房間裡空空如也，冷冷清清，只有窗臺上的一堆蠟淚。這「一寸蠟淚」以實寫虛，將所有旖旎的夢境都像琥珀一樣封存了起來，也把所有冷漠淒清都凝結了起來，堆在詞人的心裡。

297

蝶戀花

王國維

百尺朱樓臨大道，樓外輕雷❶，不間❷昏和曉。獨倚闌干人窈窕，閒中數盡行人小。

一霎車塵生樹杪❸，陌上樓頭❹，都向塵中老。薄晚❺西風吹雨到，明朝又是傷流潦❻。

【注　釋】❶輕雷　車聲。❷不間　不分。❸樹杪　樹梢。❹陌上樓頭　陌上指遊子，樓頭指思婦。❺薄晚　傍晚；向晚。❻流潦　指路上的流水和積水。

【語　譯】路邊聳立著富麗的高樓，路上從早到晚車聲不斷。窈窕佳人獨自憑欄，百無聊賴，看那一個個行人的身影，由遠而近，由大而小。　一陣車輪飛馳，揚起的塵土飛上了樹梢。路上的行人，樓上的女子，都在這塵埃中慢慢老去。薄暮籠罩了大地，西風吹來了涼雨，今日飛揚的塵土又將變成明早令人煩惱的泥淖。

【研　析】這首被論者稱為「通首字字珠玉」（羅振常批注《人間詞》）的小令，散發著冷眼旁觀人間的味道。「百尺朱樓臨大道，樓外輕雷，不間昏和曉。」此處用點染之法，以居住環境側面烘托人物形象。「百尺朱樓」是點，迥拔出塵的紅樓中居住的一定不是尋常女子。「樓外輕雷，不間昏和曉」是染，環境嘈雜，世俗擾攘，正是高樓中佳人所處之「圍城」。「獨倚闌干人窈窕，閑中數盡行人小。」美麗窈窕的佳人獨自倚欄，居高臨下，無聊中點數著路上的行人。她是在搜尋自己要等的人，還是無聊看著行人，抑或是等待了太久已經絕望，詞人沒有交待。讀者能確定的，是她無法擺脫的落寞。

過片由靜轉動。「一霎車塵生樹杪」，可能是忽然有車子停在樓下，也可能是車子發動離去，也可能是路上的車子飛馳而過，也就是說這一句的背後可能是相聚，可能是離別，也可能僅僅是路過。然而不管是哪一種過程，結局都是一樣的：「陌上樓頭，都向塵中老。」無論你貧富貴賤，無論你是在樓頭抱著絕望等待，還是在路上揣著希望追逐，都將在這擾攘的紅塵中老去。讀至此處，終於悟到詞人寫的已不僅僅是高樓中佳人的故事，而是整個人生的悲劇命運。然而更可憐的是就算參透了人生的悲劇，也不意味著能得到解脫。「薄晚西風吹雨到，明朝又是傷流潦。」風雨依然會如約而至，道路也依然會泥濘不堪，悲劇人生只有慢慢去經歷。短短六十個字的小詞，沒有奇思妙想的詞句，卻能步步昇華，揭示人生的大哲理、大意義，讓人回味不已，這便是《人間詞》的魅力所在。

298

蝶戀花

王國維

窗外綠陰添幾許，剩有朱櫻❶，尚繫❷殘紅住。老盡鶯雛❸無一語，飛來銜得櫻桃去❹。

坐看畫梁雙燕乳❺，燕語呢喃，似惜人遲暮。自是思量渠❻不與，人間總被思量誤❼。

【注釋】❶朱櫻　櫻桃。❷繫　拴縛。❸鶯雛　幼鶯。宋周邦彥〈滿庭芳〉：「風老鶯雛，雨肥梅子。」❹銜得櫻桃去化用唐李商隱〈深樹見一顆櫻桃尚在〉：「惜堪充鳳食，痛已被鶯含。」❺蒹乳 燕子餵養雛鳥。❻渠 猶言「他」。此處指燕子。

【語 譯】那窗外的綠樹，又添了不少濃陰，只剩下成熟的櫻桃，勉強在綠葉中留住了一點春天的紅色。當初的雛鶯已經衰老，牠悄不作聲地飛來，銜了顆櫻桃又飛去了。 默坐著，看那畫梁上雙燕在餵養雛鳥。燕語呢喃，像在惋惜我已垂垂老矣。燕子從不思量，當然不能理解我心中的愁苦。可歎世上之人不能不思量，便不能不痛苦。

【研 析】這首詞是代表王國維詞風的經典之作，既有南唐北宋詞的外表，又有濃郁的悲觀主義內涵。全詞關鍵在「遲暮」一語，如李義山「刻意傷春復傷別」，是借惜春以寄慨。開篇三句，寫綠肥紅瘦，點出「傷春」的主題。「窗外綠蔭添幾許，剩有朱櫻，尚繫殘紅住。」「朱櫻」已是初夏的水果，且是果實而不是花朵。結出深紅的果實，來延續殘春的生命，這樣一點衷懷，是詞人心中鬱結的體現。「老盡鶯雛無一語，飛來銜得櫻桃去。」老邁的黃鶯一聲不響地把櫻桃叼走了，也把作者的希望叼走了。周邦彥的「風老鶯雛」，是說雛鶯在風中漸漸長大；詞人的「老盡鶯雛」是指衰老，老邁。因其老邁，牠對一切失去興趣，只剩下為生活覓食了。鶯兒是春天的歌手，是春光的一張名片，現在竟已無情冷漠至如此，令人心傷。這「惜堪充鳳食，痛已被鶯含」的紅櫻桃，顯然是詞人心中理想的化身，它是多情而高貴的，卻如此脆弱，且落得這般境地。

上片的「鶯老無情自銜櫻」，可說是一個理想淪落的寓言，下片的「燕不思量自乳雛」則關涉到在這樣一種環境中人的處境如何。詞人起初覺得相比梁間燕子的忙忙碌碌、生機勃勃，自己的黯然神傷實在是衰老不堪的表現。可是轉念一想，燕子本來就不會有如許傷春、傷時的煩惱，因為牠們壓根「不思量」；而人呢？「人間總被思量誤」，思量之處便有鬱結，便有不得，便有執著，便有痛苦，永遠無法擺脫。「人生之所欲既無以逾於生活，而生活之性質又不外乎苦痛，故欲與生活、與苦痛，三者一而已矣。」（《靜安文集·紅樓夢評論》）在詞人看來，無論人怎麼「思量」，「思量」出什麼結果，都難逃悲劇之命運。

蝶戀花

王國維

黯淡燈花開又落，此夜雲蹤❶，知向誰邊❷著❸？頻弄玉釵思舊約❹，知君未忍渾拋卻❺。
妾意苦專君苦博，君似朝陽，妾似傾陽藿❻。但與百花相鬥作❼，君恩妾命原非薄。

【注釋】❶雲蹤　像雲一樣漂浮不定的蹤跡。❷誰邊　何處。❸著　著落。❹頻弄玉釵思舊約　舊約，從前的約定、盟誓。玉釵或許是定情之物。南唐馮延巳〈采桑子〉：「如今別館添蕭索，滿面啼痕。舊約猶存，忍把金環別與人。」❺渾拋卻　全拋棄；徹底拋棄。馮延巳〈鵲踏枝〉：「叵耐為人情太薄，幾度思量，真擬渾拋卻。」❻藿　向日葵。魏曹植〈求通親親表〉：「若葵藿之傾葉太陽，雖不為之回光，然終向之者，誠也。臣竊自比葵藿，若降天地之施，垂三光之明者，寔在陛下。」❼相鬥作　競勝；比賽。馮延巳〈鵲踏枝〉詞：「莫作等閑相鬥作，與君保取長歡樂。」

【語譯】黯淡的燭火開出了燦爛的燈花復又落下，你漂泊不定的腳步今夜會停在誰家？你送的玉釵在手中跳動，你說的海誓山盟在心頭沉重，總難相信你會真的把我拋下。　也許是我太過專情，而你又太過博愛。你像光輝燦爛的朝陽，讓我這朵葵花不由得朝向你的方向。只要還曾與百花爭豔，還曾在陽光下美麗綻放，又怎敢傷悲你的恩情太少、我的命運涼薄。

【研析】王國維在《人間詞話》中曾給予馮延巳《陽春集》「深美閎約」的高評，因為馮詞有其情溫婉、其境深廣的特點。本詞就深受《陽春集》的影響，並且達到了「深美閎約」的境界。

上片起句「黯淡燈花開又落」造語平常，涵義卻豐富。長夜獨坐，孤單落寞是一層意；燈芯結花，好似報喜，終究落空是又一層意。燈花好似春花，開落之間交織著希望與失望，可說是女子命運的形象概括。燈花結而又落之間，或許藏著「剪燭」的動作，這是第三層意。長夜的孤寂，等待的煎熬，她甘心承受，只因心中還有所希冀。如若不然，自可獨自歇息，任由燈明燈滅。這樣寫，正為下文「頻弄玉釵」的動作和「君恩妾命原非薄」的堅強與自解做下鋪墊。「此夜雲蹤，知向誰邊著？」以問句的形式，肯定了丈夫的不會歸來，委婉地表達了心裡的失望。兩句由南唐馮延巳〈鵲踏枝〉「幾日行雲何處去？忘卻歸來，不道春將暮。百草千花寒食路，香車繫在誰家樹？」脫化而來，揭示出愛恨無著的棄婦心理。「頻弄玉釵思舊約。」看著定情的信物，想著愛情的誓約，這位癡心的女子心頭又一次升起希望：想當初，我們是那樣相親相愛，你一定不會忍心把我完全拋棄的。

下片五句凸顯女子的癡情，將其對情愛的執著，對往事的眷戀，遭丈夫冷遇的憂鬱，被拋棄的無奈，乃至痛苦中的堅強，次第呈現，情深筆細。「妾意」三句點染，先作「換我心，為你心，始知相憶深」（五代顧敻〈訴衷情〉）式的告白，再作「何用結中款，仰指北辰星」（晉陸雲〈為顧彥先贈婦往返詩四首〉其三）式的誓言。論者多以「君似朝陽，妾似傾陽藿」兩句是繼承清代王士禛「郎似桐花，妾似桐花鳳」（〈蝶戀花〉）的名句而來；其實這種「君如妾似」，將男女雙方各擬一物以形象見意的寫法由來已久，如「君當作磐石，妾當作蒲葦」（〈古詩為焦仲卿妻作〉）、「君若清路塵，妾若濁水泥」（曹植〈七哀詩〉）等等。詞人「朝陽葵藿」之喻，形象地說明了愛情的忠貞與堅定，於傳統中翻出了新意。

末兩句「但與百花相鬥作，君恩妾命原非薄」直抒胸臆，展現癡情與執著，其情至深，其境更深。自知陽光不可能集中到自己身上，但只要還有向著陽光的機會，能讓「我」在百草千花之中表現自己的高格，就已經心滿意足了。這是否是愛情的最高境界，不同人可能有不同的看法。其實作愛情看尚嫌淺薄，不若作人生看，內涵更加閎深。這是一種「捨其事而成其心」的哲人式的追求與境界。婚姻、愛情不圓滿，我的感情卻可以純淨無滓；現實、結果不圓滿，我的理想追求卻可以始終不移。

300

蝶戀花❶

王國維

閱盡天涯離別苦，不道❷歸來，零落花如許。花底相看無一語，綠窗春與天俱暮。待把相思燈下訴，一縷新歡，舊恨千千縷。最是人間留不住，朱顏辭鏡❸花辭樹。

【注釋】❶蝶戀花　光緒三十一年（西元一九〇五年）春天，長期在外奔波的王國維回到家鄉海寧，與夫人莫氏相見，後又北行。此時的莫氏已因病纏身，西元一九〇七年去世。這首詞或作於莫氏去世前。❷不道　不料。❸朱顏辭鏡　意謂紅顏老去，盛年不再。馮延巳〈鵲踏枝〉：「日日花前常病酒，不辭鏡裡朱顏瘦。」

【語譯】漂泊天涯，嘗盡了離別之苦。盼著歸來，卻沒想到歸來時，花兒已這般凋殘零落。我和她在花底重逢，千言萬語卻不知從何說起。曾經的滿窗綠色，曾經的窗前倩影，就像天色一樣，無可挽回地進入黃昏了。昏燈下，把相思細細傾訴，一點點重逢的歡娛，卻伴隨著千萬縷分隔的痛苦。人世間最留不住的就是歲月，它帶走了鏡中的紅顏和枝頭的春色。

【研析】夫妻久別重逢，悲涼多過歡欣。「閱盡天涯離別苦」，起調凝重至極，飽含著淒涼的人生體驗。「不道歸來，零落花如許。」沒想到在外受盡千般漂泊之苦，好不容易回得家來，舉目所見竟然是落紅滿地，給重逢抹上了一道悲傷。這兩句也雙關妻子莫氏身患重病，憔悴堪憐。「花底相看無一語」，伸足上句，點出相顧無言的痛苦心情。為什麼會「無一語」？是話太多，不知從何說起？是愁怨太深，不知該不該說？是悔恨莫及，說了也無用？此時心情，可比蘇軾〈江城子〉的「相顧無言，惟有淚千行」。「天涯離別苦」的淒涼孤單，對作者來說，是生命中無法填補的空洞。看著綠窗前像花兒一樣美麗的人兒，也像花兒一樣的衰謝凋零，除了「綠窗春與天俱暮」的一聲長歎，還能說什麼，還要說什麼？李商隱說「相見時難別亦難」，詞人說離別苦，相見也苦。

過片「待把相思燈下訴」承「天暮」而來，一個是「閱盡天涯離別苦」的遊子，一個是「綠窗春與天俱暮」的思婦，青春難留，朱顏易逝，本應夫妻相依相守的大好年華，都像花兒一樣凋落了。丈夫常年奔波在外，妻子獨守閨房，照顧老人、撫養幼子，其悲可想，其苦可知，故久別重逢，對妻子來說，一定是愛恨交織的，內心之幽怨分明可見。以作者敏感細膩的心理，不可能不理解，可以說「一縷新歡，舊恨千千縷」實是代妻子而言的。一分重逢之歡樂，怎能抵得消十分久別之痛苦？所有淒涼和感慨，凝成一句話，「最是人間留不住，朱顏辭鏡花辭樹」，演繹出人世間不變的自然規律。留不住的，何止四季之春，何止人生青春，何止嬌豔花朵，萬事萬物最後都是「朱顏辭鏡花辭樹」。什麼是悲劇人生？認識到了年華易逝，愛人應該相依相守，然而卻不得不一次又一次地選擇離別。明明知道「已恨年華留不住，爭知恨裡年華去」（〈蝶戀花〉）但無可奈何。這就是王國維在詞中寄寓的人世間的普遍哲理。

301 清平樂

王國維

垂楊深院，院落雙飛燕。翠幕銀燈春不淺，記得那時初見。

眼波靨暈❶微流，尊前❷卻❸按❹〈涼州〉❺。拚取一生腸斷，消他幾度回眸❻。

【注釋】❶靨暈 臉頰上的酒窩兒和紅暈。❷尊前 酒筵上。尊，同「樽」。❸卻 退；轉身。❹按 指按譜彈奏。❺涼州 指古曲〈涼州〉。❻拚取一生腸斷二句 倒裝句法，猶言因她幾度回眸而腸斷一生，且明知如此也不願壓抑感情。宋趙令時〈清平樂〉：「斷送一生憔悴，只消幾個黃昏。」拚取，不顧惜；甘願。消，消受。

【語　譯】記得那年我第一次與她相見：深深的小院，綠楊低垂，翩翩燕子雙飛。華麗的帷幕，精緻的燈盞，春意惹人陶醉。　她的剪水雙眸蕩漾著笑意，酒渦紅暈裝滿了溫柔，敬過酒便回身彈起那曲〈涼州〉。不惜用一輩子的相思斷腸，來消受她幾次深情的回眸。

【研　析】這首詞寫酒筵歌席上的一見鍾情，題材上無甚新意，純以技巧取勝，語言輕巧流利而不輕薄。上片是「那時初見」的場景：小院深深，簾幕沉沉，雙雙燕子飛來飛去，銀燈明媚，春意盎然，一片浪漫旖旎的氣氛。下片是「那時初見」的伊人：眼波欲流，淺笑盈盈，纖手按〈涼州〉。最難消受，美人恩重，幾度對「我」回眸。「我」知道動心是傷心的開始，有情是絕情的根源，可「我」不願去考慮這些。「眼波向我無端豔，心火因君特地燃」，縱然要一生相思，一生斷腸，此刻「我」也要聽從心的召喚，朝向愛情的方向。詞人將「記得那時初見」放在上片的末尾，既使得上片的寫景因為有了「著落」而更加鮮明可感，又為下片寫人吊足了胃口、留夠了空間，章法妙絕。且上片寫景是粗筆烘染，下片寫人（也是寫景）是細筆勾勒，前後相得益彰。「初見」是甜蜜的，是快樂的，是單純的。以後還有沒有見面，我們不得而知，但那次初見的美好，已在我們心中定格，這就足夠了。「拚取」是當時的衝動，也是此刻的不悔。

302 浣溪沙

王國維

掩卷平生有百端❶，飽更❷憂患轉冥頑❸。偶聽鶗鴂❹怨春殘。

坐❺覺亡何❻消白日，更緣隨例弄丹鉛❼。閒愁無分況清歡！

【注　釋】❶百端　百緒；百感。❷更　經歷。❸冥頑　冥頑不化。❹鶗鴂　鳥名。見梁鼎芬〈菩薩蠻・和南雪丈甲午感事〉注❽。❺坐　因為。❻亡何　同「無何」。沒辦法。❼更緣隨例弄丹鉛　意謂（之所以悶悶不樂）更因為要照著成法校勘古書。緣，由於。丹鉛，用來調顏料的朱砂和鉛粉，是古人校勘書籍所用之物。唐韓愈〈秋懷〉詩之七：「不如覷文字，丹鉛事點堪。」

【語　譯】掩卷思量，一生中的百般哀樂，一起湧上心頭。歲月消磨，憂患侵蝕，敏感的心靈已變得麻木不仁。一聲鵜鴂陡然撥動心弦，原來春意早已闌珊。　既不知道如何打發冗長無聊的日子，又不得不做那些死板的校勘，連多愁善感的興致都已消失殆盡，還到哪裡去尋找清雅恬淡之樂呢！

【研　析】本詞抒發的是一種飽經憂患的中年落寞之感。「掩卷平生有百端，飽更憂患轉冥頑」，讀書掩卷，靜思身世，萬感平生，心灰意冷，彷彿對什麼事情都麻木了。「轉」字值得玩味。它似乎告訴我們變得「冥頑」不靈其實是詞人主動的選擇，既是一種自嘲，也是一種堅守。因為飽經滄桑之後人通常會變得世故圓滑，可詞人不願隨波逐流，以俗世的眼光看來自然顯得「冥頑」。然而詞人並非沒有傷心處。「偶聽鵜鴂怨春殘」，「偶」字下的驚心動魄，傳遞出了那種驀然心驚之感。清末的動亂，國事的頹廢，甲午中日戰爭，清軍敗北；八國聯軍入侵，燒殺搶掠；清王朝內憂外患，岌岌可危，對作者來說，又怎一個「春殘」了得。

「坐覺亡何消白日」，沉默的日子怎麼過？用什麼來抵擋眼前的這一份空虛孤寂？前人說「不為無益之事，何以遣有涯之生」，原是一句憤激之語。「更緣隨例弄丹鉛」，這種鉛黃刀筆的瑣碎工作只會讓真正有才華有抱負的人更加煩悶。古人侈談「三不朽」，「立言」最末，在「立德」、「立功」之後；若能以文字「為天地立心，為生民立命，為往聖繼絕學」也是極有價值的，可眼下詞人卻不得不抽出大量時間「為生活故而治他人之事」（《靜安文集續編．自序一》），華年、志氣，就在此中迅速消磨了。因為「冥頑」，多情的「閒愁」也找不到了；因為「憂患」，有味的「清歡」也早已是奢侈。全詞詞句並不深奧，卻悲涼到難以卒讀。

303　祝英臺近

呂碧城

綰銀瓶，牽玉井❶，秋思黯梧苑❷。蘸綠搴芳❸，夢墮楚天遠。最憐娥月含顰❹，一般消瘦，又別後、依依重見。

倦凝眄❺，可奈病葉驚霜，紅蘭泣騷畹❻。滯粉粘香❼，繡屧❽悄尋遍。小欄人影淒迷，和煙和霧，更化作、一庭幽怨。

【作　者】呂碧城（西元一八八三—一九四三年），字聖因，一字蘭因，安徽旌德人。山西學政呂鳳岐幼女。姐妹四人中，碧城、惠如、美蓀都以詩文聞名於世，號稱「三呂」。幼年遭遇家庭變故（父親去世，族人奪產，親家退婚等），磨煉出剛毅果敢的性格。西元一九〇四年初離家出走逃亡天津，得《大公報》經理英斂之賞拔，成為《大公報》編輯。旋任北洋女子公學總教習。辛亥後，任北洋政府咨議，後辭職赴上海。西元一九二〇年，赴美國哥倫比亞大學留學。後遠遊歐洲，卜居瑞士，皈依佛教。西元一九四三年病逝於上海。有《曉珠詞》。

【注　釋】❶綰銀瓶二句　指垂瓶下井打水。綰，用繩索栓住後垂放。銀瓶，精美的瓶子。玉井，就井臺、井欄的雕刻華美而言。❷秋思黯梧苑　意謂宮苑中籠罩著濃郁的蕭瑟秋意。〈吳夫差時童謠〉：「梧宮秋，吳王愁。」❸蘸綠搴芳　從碧綠的水中摘取芳草。❹娥月含顰　意謂月亮也皺眉愁怨。娥月，以傳說中的月宮仙子嫦娥代指月。❺眄　望；看。❻紅蘭泣騷畹　意謂蘭花圃中紅蘭低泣。紅蘭，江淹〈別賦〉：「見紅蘭之受露。」騷畹，即蘭畹，蘭圃。《楚辭・離騷》：「余既滋蘭之九畹兮，又樹蕙之百畝。」王逸注：「十二畝曰畹。」❼滯粉粘香　意謂蘭花摧折，粉、香零落。❽繡屧　刺繡的木鞋。又春秋時吳王宮中有用來聽女子足音的屧廊，與前文「梧苑」呼應。

【語　譯】垂下牽著素絲的銀瓶，搖動著玉井上的轆轤，無邊的秋意瀰漫在淒黯的梧桐庭院。採一束水邊的芳草，夢沉沉，寄不到遙遠的楚天。最可憐的是那月宮裡的嫦娥仙子也含愁帶怨，與我一樣消瘦，缺了又滿，依依相別又重見。　凝眸望月很久，已經有些疲倦，環顧四周，染病的葉子又驚霜打，芳圃中紅蘭低垂哭泣。尋尋覓覓，也顧不得粉零香落，沾在刺繡的花鞋上。我站在欄杆邊，人影朦朧淒迷，浮動在蒼茫煙霧中，更化成滿庭幽怨。

【研　析】這首詞寫得騷豔纏綿，曾得到晚清大詩人樊增祥的讚賞，認為可以媲美辛棄疾的同調名作。關於其主旨，錢仲聯先生疑為傷悼珍妃，可備一說，不過不宜句句坐實。

開篇三句，雅而古，豔而重，為全詞定下基調。「縋銀瓶，牽玉井，秋思黯梧苑。」這裡「銀瓶」、「玉井」，都是構境用的「道具」、「符號」，未必是實寫。能用此美器，主人自不尋常；親自汲井，自當別有懷抱。「梧苑」暗用古歌謠「梧宮秋，吳王愁」，點染秋意之外，更添一縷滄桑之感。沈德潛《古詩源》評這首歌謠曰：「國家愁慘之狀，盡於六字中。」也許此處也寄寓了詞人對時代氛圍的體會。「蘸綠搴芳」，寫人之芳潔，用字稍顯冷僻，是在古貌中求新顏。「夢墮楚天遠」，楚天雖闊，夢卻無法飛揚，益見情懷之沉重難堪。結片「娥月」三句，纏綿綺豔，月前添一「娥」，增添了柔弱婉約的情致：月與人一樣，同顰、同瘦，依依相別，又依依重見。是否是人間太無情，上天竟多情起來？

過片「倦凝眄」，承上啟下，因凝眸望月而疲倦，目光自然而然地轉向其他事物。「可奈病葉驚霜，紅蘭泣騷畹」，寫人間淒涼之狀，用字雅麗，寄託深廣。葉已病而霜又至，命運之殘酷竟不給人喘息的機會。種蘭九畹是源自《楚辭》的意象，本有寂寞之意，圃中紅蘭又泣，覽之不免心傷。「滯粉粘香，繡屧悄尋遍」，不必落實「她」在尋找什麼，而應體會其尋尋覓覓之情狀。「小欄人影淒迷，和煙和霧，更化作、一庭幽怨。」棄人取影，為的是遺形而取神。人影如煙如霧，隨煙隨霧，融化在一片幽怨之中。幽怨之中，豈止影、煙、霧？從銀瓶、玉井、梧桐，到月色、病葉、紅蘭，皆籠罩在幽怨之中，其境深窈不可端方。

304　壽樓春

黃　侃

去國已將一年，故鄉秋色，未知何似。登樓眺遠，萬感填胸。古人有言：悲歌當哭，遠望當歸。無聊之極，賴有此耳[1]。

看微陽西斜。倚層樓醉起，秋在天涯。怎奈鄉關千里，斷雲猶遮。悲寄旅，思年華。問浪遊、何時還家？想故國哀蕪，長亭舊柳，惟有數行鴉。摧蓬鬢，驚塵沙。聽寒風野哭，荒戍清笳。換盡人間何世❷，海桑堪嗟❸。涼露下，滄波遐。澹一江、萋萋蒹葭❹。但遙想蒼茫，招魂路賒❺愁轉加。

【作　者】黃侃（西元一八八六—一九三五年），字季剛，號季子，湖北蘄春人。西元一九〇五年留學日本，參加同盟會。回國發動革命並參與武昌起義。民國後退出政界，潛心治學，歷任北京大學、武昌高師、中央大學教授。黃季剛師從章炳麟、劉師培，精音韻訓詁考證之學，為一代小學大師、國學巨子，「章黃學派」開創者之一，培養出楊伯峻、陸宗達、程千帆、潘重規、黃焯等一大批著名學者。於詞亦稱作手，「不徒小令高華，慢詞亦有家數」（錢仲聯《近百年詞壇點將錄》）。

【注　釋】❶去國已將一年十句　據錢仲聯先生《清詞三百首》中考證，本詞約作於民國元年（西元一九一二年）秋。西元一九一一年辛亥革命爆發，漢口光復，復又失陷，詞人遠走上海，主《民聲日報》。小序中所言「去國」，為離開故鄉之意。悲歌當哭二句，出自樂府〈悲歌行〉「悲歌可以當泣，遠望可以當歸」。〈壽樓春〉調，南宋詞人史達祖自度曲，雙調一百零一字。❷人間何世　意謂地覆天翻，人間已不復舊時面目。北周庾信〈哀江南賦序〉：「日暮途遠，人間何世。」❸海桑堪嗟　意謂滄海桑田使人愁歎。❹涼露下三句　意謂白露漸生，滄波渺渺，一帶蘆花萋萋蕭瑟。《詩・秦風・蒹葭》：「蒹葭萋萋，白露未晞。所謂伊人，在水之湄。溯洄從之，道阻且躋。溯游從之，宛在水中坻。」遐，遠。澹，風拂水漾貌。蒹葭，蘆葦。❺路賒　路遠。

【語　譯】淡薄的夕陽從西邊緩緩落下。我醉酒醒來，倚樓眺望，眼前是一派遠到天涯的茫茫秋色。怎奈故鄉在千里之外，連視線都被斷雲遮住。旅食四方，寄人籬下，蹉跎年華，怎能不令人悲傷？想問一聲，何時能結束浪遊，回到家鄉？遙想故鄉那荒蕪的田野，長亭外舊識的垂柳，如今恐怕只剩下幾隻啼鴉。鬢髮亂如蓬草，自己看了都要吃驚，原來是歷經風塵侵襲。聽那淒慘的哭泣和清苦的笳聲，從遠處荒涼的戍所傳來，在寒風中反覆盤旋。世事巨變，人間已不再是原來的模樣，滄海桑田真可歎！白露淒淒，碧波淼淼，一江蘆荻蕩漾。遙望大地蒼茫，遊子之魂，路遠難招，不覺更添愁怨。

【研析】黃季剛是一代國學大師，尤精音韻訓詁，可他筆下這首〈壽樓春〉本色自然，純以情意深長取勝，可知學人所填之詞未必是一味掉書袋的「學人之詞」。

上片側重抒發思鄉之情。「看微陽西斜。倚層樓醉起，秋在天涯。」醉起又倚樓，是「舉杯銷愁愁更愁」；人在天涯，滿眼秋意也愈發蕭瑟起來。「起」亦可作「層樓」解，醉眼朦朧之中，層樓像巨人一樣矗起，給人的感覺也愈發壓抑。「怎奈鄉關千里，斷雲猶遮」，點明思鄉之意。鄉關已在千里之外，斷雲還遮斷望眼，情意翻進一層。「悲寄旅，思年華。問浪遊、何時還家？」詞人以樸質的語言直抒胸臆，痛切感人。發問的人可以是自己，也可以是苦苦等候的家人，是不明言而雙關的用法。結片「想故國衰蕪，長亭舊柳，惟有數行鴉」三句，遙想故鄉破敗之況，為思鄉之情染上慘淡之色。烏鴉是留鳥，篤守家園，反襯著人的離鄉背井，不惟可懷，尤為可羨；「長亭舊柳」寄寓了曾經的分別之苦，也承擔了長久的天各一方。試問詞人何以流落至此？這便要引出下片的興亡之感。

下片一開始，作者並沒有立刻展開議論，而是先寫戰亂中大地滿目瘡痍、人民流離失所的慘況。「摧蓬鬢，驚塵沙」，是所有背井離鄉之人的共同寫照。「聽寒風野哭，荒戍清笳。」戰場的硝煙暫時散去，人世的傷悲卻無法消除，淒清的笳聲，悲慘的哭聲，隨著寒風亂飛，聞之腸斷心碎。為什麼！「換盡人間何世，海桑堪嗟。」只因袁世凱竊取了辛亥革命果實，民主制度並沒有建立起來，軍閥橫行，遺丑跳梁，國人仍然生活在水深火熱之中。「涼露下」三句，突顯了詞人行吟澤畔、尋尋覓覓的身影。「澹一江、萋萋蒹葭」，既是環境，也是心境；「澹」字既寫水漾，也寫風拂，可謂一舉兩得。將「澹」字置於句首醒目的位置，也利於讀者體會詞境。結拍歸到鄉關之思。「但遙想蒼茫，招魂路賒愁轉加。」其實既是「招魂」，就無關乎距離；這裡說「招魂路賒」，其構思好比「夢也難到」，是加倍寫法。

正如錢仲聯先生所說，〈壽樓春〉調前後闋多拗句，難度很大。像「微陽西斜」、「何時還家」、「驚塵沙」、「滄波遐」、「萋萋蒹葭」這樣的三連平、四連平之句，都是詩詞中極少見的；而黃季剛此詞卻能寫得妥帖自然，毫不費力，顯示出深厚的文字功底。

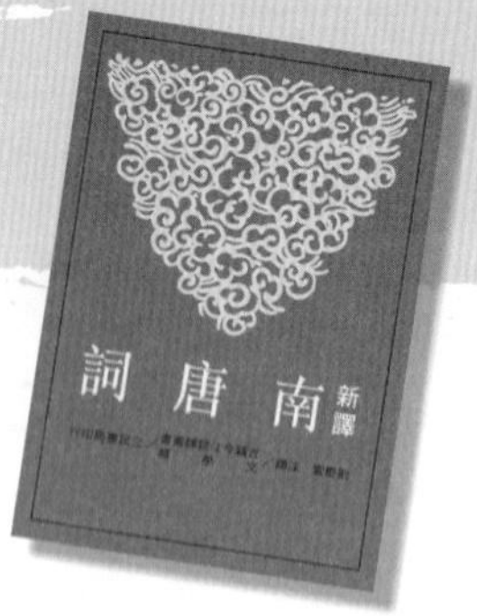

◎新譯南唐詞

劉慶雲／注譯

南唐詞在詞的發展史上具有承先啟後的重要作用。宋詞的繁榮雖在數十年之後，南唐詞卻是導夫先路，開一代風氣。本書主要收錄南唐詞人馮延巳、李璟、李煜詞作一百五十餘首，除了對作品的情感內涵及藝術表現手法做出研析，尤注意其在創新方面的貢獻，如題材的開闊、意境的昇華、哲思的鎔鑄等，進而揭示出詞人的整體創作在詞發展史上的意義。既有助於讀者對作品的理解，又有助於對詞發展線索的把握。

◎新譯宋詞三百首

劉慶雲／注譯

本書注譯者兼顧各種題材、不同風格，從兩萬多首宋詞中精選三百首詞作，可謂擇取了宋詞中的精華。書中對所選錄詞作的作者、詞牌，均有簡要介紹，作品中較為生僻的詞語並有解釋說明，對詞作用現代語言略加疏通，結合歷史嬗變、社會風氣及作者個人經歷，盡可能揭示其情感內涵及蘊含的社會、哲理的意義。本書尤其注重對詞作藝術表現方法、美學特徵的研析，開掘其獨特的視角、巧妙的構思、新穎的意象以及語言運用的特色，以期讀者能在閱讀中獲得啟示。

◎新譯蘇軾詞選

鄧子勉／注譯

蘇軾作為一代文豪，不僅詩文書畫成就卓著，詞作也以推陳出新見長，開啟了南宋豪放詞派的發展。蘇軾將本屬詩歌範疇的題材引入詞的創作，諸如農忙、悼亡、贈別、言志、詠物、詠史、談禪等，使詞逐漸由供歌妓演唱助興的地位，雅化為文人抒寫人生感慨的工具。本書精選蘇詞二百餘首，每闋詞均附有詳盡的注釋、語譯、賞析，為研究蘇軾其人其詞不可或缺的佳作。

國家圖書館出版品預行編目資料

新譯清詞三百首／陳水雲,昝聖騫,王衛星注譯.——
初版二刷.——臺北市：三民，2020
面；　公分.——(古籍今注新譯叢書)

ISBN 978-957-14-6134-2（平裝）

833.7　　105003497

古籍今注新譯叢書

新譯清詞三百首

注 譯 者　陳水雲　昝聖騫　王衛星
發 行 人　劉振強
出 版 者　三民書局股份有限公司
地　　址　臺北市復興北路 386 號 (復北門市)
　　　　　臺北市重慶南路一段 61 號 (重南門市)
電　　話　(02)25006600
網　　址　三民網路書店 https://www.sanmin.com.tw

出版日期　初版一刷 2016 年 4 月
　　　　　初版二刷 2020 年 8 月
書籍編號　S033850
I S B N　978-957-14-6134-2

三民書局

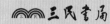